KB206569

광장의 문학

격변기 한국이 읽은 러시아
해방에서 개방까지

광장의 문학

격변기 한국이 읽은 러시아
해방에서 개방까지

김진영 지음

성균관대학교
출 판 부

서문

교차로에서

1.

한국과 러시아 관계에 대해 생각하기 시작한 것은 페테르부르크 동방학연구소에 소장된 옛 문헌을 접하면서다. 러시아에서 첫 연구년을 보낸 1996~1997년 무렵이었다. 20세기 초엽 흑백 사진이 여러 장 담긴 V. 세로솁스키의 조선 인상기(이 책은 이후 후배들과 함께 『코레야 1903 가을』로 번역했다), 소련 외국노동자출판부에서 번역한 조선어판 아동용 『걸리버여행기』 같은 책자가 있었다. 고문서도 있고, 시내 분관에는 아무도 관심 갖지 않는 '코레야' 관련 자료의 카드 카탈로그가 서랍 가득했다. 한국문학(즉, 남한의 정전 문학)이라 할 만한 것은 고전과 김소월 시집이 전부, 나머지는 모두 소비에트·북한 자료들이었다. 당시만 해도 러시아와 대한민국의 문화적 교집합은 일제 강점기에 멈춰 있었다.

이후의 변화는 '격변'이라고 표현해야 옳다. 한국학 분야는 근대 자료 아카이브를 발 빨리 구축했고, 문학을 포함한 '사회인문학' 전반에 걸쳐 식민기와 해방기 소비에트·러시아 문제의 본격적인 연구 성과를 이루었다. 근래에는 국내 러시아학계도 소비에트·러시아를 경유하는 남북한 연구에 눈 돌리고 있다. 소련을 알면 북한도 쉽게 이해할 수 있다는 생각을 항상 해왔다. 소비에트·러시아를 배제한 채 20세기 한국을 이야기하는 것 자체가 실은 어렵다. 그 면에서 러시아학은 한국학에 기여할 여지가 앞으로도 많다고 생각한다.

한국학으로서의 외국 문학 연구에 대한 신념에는 변함이 없다. 직전 책『시베리아의 향수: 근대 한국과 러시아문학, 1896~1946』에서 "나의 목표는 근대 한국의 시대사를 러시아문학의 프리즘으로 투시해 재연하는 것이었고, 그것이 러시아학 연구자로서 기여할 몫"이라고 밝혔던바 그대로, 이번에는 현대 한국의 시대사를 비춰보고자 했다. 1896년 조선왕조 사절단의 첫 러시아 여행부터 1946년 이태준의 첫 소련 여행까지를 다루었던 지난번 책에 이어, 이태준의 이념적·정서적 동반자들이 소련에 열광한 해방 무렵부터 전쟁, 분단, 냉전, 반체제 운동, 페레스트로이카, 포스트모더니즘으로 전개되는 개방 이후까지를 정리했다. 격변의 한국 사회가 러시아문학을 어떻게 읽었는지, 뿐만 아니라 러시아라는 큰 '텍스트'를 어떻게 읽고 받아들였는지가 나의 관심 대상이었다. 그 과정에서 북한 체제 형성기의 소비에트 문화 이식과 한민족 디아스포라 문제도 언급하게 되었지만, 본령을 벗어난 주제라 아무래도 부족한 점이 많다.

가까운 과거를 말하는 것은 쉽지 않은 일이다. 문헌만 찾아보고 끝날 일이 아닌 것이, 아직도 그 시대를 살아 생생히 기억하는 사람이 있고, 80~90년대 세대는 바로 오늘의 주역이기도 하다. 그들에게 근과거는 여전히 진행 중인 현재로 여겨지며, 기억 또한 여전히 생성 중이다. 근대의 역동성이 일제 강점의 암흑 현실을 배경 삼았다면, 현대의 역동성에는 분단 현실이 버티고 있는데, 그 현실 여기저기에 이념의 지뢰가 깔렸다. 20세기 한국에 각인된 러시아와 러시아문학의 흔적을 '이념의 토포그라피(지형도)'라 명명해도 틀린 말은 아닐 것이다.

한때 이념의 '백지' 소리마저 듣던 내가 이렇게 쓰고 있자니 겸연쩍기만 하다. 나는 갈등의 현장에서 빗겨나 있는 편이었다. 개인적으로 큰 부침을 겪지 못했다. 80년대 10년을 몽땅 미국 대학 캠퍼스에서 보내고 1991년에 돌아와 보니 후일담이 쏟아져 나왔다. 90년대 대학에는 '살아남은 자의 슬픔'과도 같은 공동의 부채감과 '사회적 대의'의 중력이 남아 있었다. '지식인의 책무'에 대한 막연한 컨센서스도 있었다. 좀 혼란스럽긴 하였으나, 글로벌·디지털·자본의 위세에 휩쓸려 뒤돌아볼 마음조차 잃어버린 오늘과는 달랐다고 회고된다. 지나간 시대를 공부하는 과정이 내 경험과 의식의 공백을 메꿔주었고, 덕분에 뒤떨어진 외톨이의 소외감을 조금은 극복할 수 있었다. 더불어 해방기를 방불케 하는 오늘의 사회문화 정세 앞에서도 맥락을 이해하려는 태도를 갖게 되었다.

　그러나 문학을 통해 세상을 배우고 생각하던 시절은 끝난 것 같다. 페레스트로이카를 정점으로 위대한 러시아문학의 시대는 막을 내렸다. 문학이 "시대정신의 중요한 전성기관傳聲機關"이라던 임화의 일성도 아득한 느낌이 든다. 역사적으로나 문화적으로나 소비에트·러시아는 20세기 한국의 가장 중요한 참조점 중 하나였다. 러시아문학을 읽고 소개하고 전파하는 일련의 과정이 20세기 한국의 사회문화사를 형성한 것은 분명하지만, 21세기에 대해서는 더 이상 그런 말을 할 수 없을 듯하다. 21세기는 러시아문학을 동원하지 않을 것이다. I. 브로드스키И. Бродский의 시 제목대로 "아름다운 시대의 종말"이다.

2.

왜 '광장의 문학'인가.

　'광장'은 최인훈 소설에서 빌려온 개념이다. 러시아 문학정신은 20세기 한국의 지식인·민중 모두를 움직였다. 최남선이 민족 계몽의 목적으로 톨스토이 우화를 처음 소개한 1909년 시점부터 러시아문학은 광장에 속한 문학이었다. 개인을 넘어 시대가 읽고 집단이 감동한 문학이었다는 뜻이다. 해방 이후의 분단 현실은 러시아문학 독법에도 양분화를 가져왔으며, 정치이념에 따라 각 지형이 선점하는 러시아문학의 목록과 의미가 나뉘었다. 광장에서 읽는 문학과 밀실에서 읽는 문학도 두 방향으로 갈라졌다. 그러나 어느 쪽에 속하건, 러시아문학 본연의 자리는 광장이었다.

개인의 고통과 내적 분열과 구원을 다룰 때조차도 러시아문학의 시선은 원래 개인 너머를 향해 있었다. 러시아문학이 체제의 축에 얽매인 한손잡이 문학이던 시절에도 '저항 문학', '반체제 문학', '양심의 문학'으로서 위상은 변함없었고, 밀실에서 유통되었다는 사실만으로 러시아·소비에트문학은 이미 광장의 문학이었다. 80년대 청년 독자층이 소비에트문학을 모범 삼아 시대적 욕구를 결집하고 관철하던 시기는 광장의 분출로 절정을 맞이했으나, 동시에 한국의 민주화(개방)와 소련 민주화(몰락)가 정반대 사회문화 양상으로 발현되는 아이러니도 나타났다. 소련의 서구화·자본주의화 경향이 한국에서는 탈서구·탈자본주의 동력으로 반사되고, 자유와 민주화에 대한 갈증은 오히려 소련 체제의 문화를 향한 에너지로 표출되기도 했다. 21세기가 계승한 포스트모던 '탈정치의 정치'와 디지털-AI 세상에서 전개될 앞으로의 흐름은 관전 대상이다. 과연 러시아 문화가 21세기에도 하나의 현상을 만들어낼 수 있을까?

한 가지 변수는 오늘 이 시점 이후 러시아의 향방이다. 소련 제국이 사라지더니, 러시아 제국이 돌아왔다. 스탈린보다도 더 오래 집권하게 될 푸틴의 러시아가 다시 세계사의 중심에 올라 위협적인 파동을 일으키고 있다. 한러 관계도 냉전 시대로 돌아가는 듯하고, 루소포비아(Russophobia, 공로의식)의 장벽도 다시금 굳어져 간다. 이 와중에 러시아 청년층은 K-컬처에 열광하고 있다. 러시아는 '보편의 척도'로는 이해할 수 없다고, 그래서 그저 믿는 수밖에 없다고 19세기 시인 F. 튜체프Ф. Тютчев가 말했다. 상투적 경구警句로 들리던 그 말이 지금처럼 절감된 적은 없다. 러시아는 수수께끼다. 여전히 관심 깊게 지켜보아야 할 오리무중의 텍스트다.

'광장의 문학'은 문학의 경계를 넘어 러시아와 한국의 역사·문화 접점에서 생성된 다양한 텍스트까지를 포함한다. 러시아가 곧 광장의 문학이다. 20세기 한국 역사와 집단 (무)의식에 새겨진, 일반적으로 '표상表象'이라 부르는 무형의 기록이다. 책의 부제를 '격변기 한국이 읽은 러시아(러시아문학이 아니라)'로 한 것은 그런 의미에서다.

그래도 이 책은 문학도의 책이라는 점을 상기하고 싶다. 러시아에 관해 쓰면서, 힘에 부치는데도 역사, 이념, 정치 문제를 언급하지 않을 수 없었고, 또 대부분 시대와 집단의 관점에서 서술할 수밖에 없었다. 광장의 문학이란 그런 것이다. 그러나 문학은, 근본적으로는 밀실의 소산이다. 개인의 영역에서 출발해 전체로 나간다. 거대한 전체의 움직임을 얘기할 때도 그 안의 작고 작은 개인 존재는 지워지지 않는다. 문학도의 훈련 배경으로는 일반화하거나 범주화하는 것이 영 어색하고, 어느 한쪽으로의 단정이나 결론도 익숙지 않다. 이 책은 개인 시각으로 본 전체의 그림이기에, 다른 쪽에서 보면 틀린 부분도 있을 것이다. 일부 선전 문학을 제외하면, 책에서 다룬 거의 모든 텍스트가 개인의 눈으로 보고 쓴 작품들이다. 문학의 범주에 속한다는 이유로 시시비비의 심판에서는 어느 정도 자유로운 작품들이다. 이 책도 그 틈에 슬그머니 끼워 넣고 싶다.

'광장'에서 읽는 것과 '밀실'에서 읽는 것이 같을 수 없음을 소설가 최인훈은 북조선에서의 어린 시절 터득했다. 그런가 하면, 오랜 세월이 흘러 개방된 러시아를 여행하던 중 그는 광장과 밀실이 하나로 통한다는 사실도 깨달았다. 이 책 마지막 장에서 다루는 『화두』 이야기다. 모든 개인은 광장과 밀실의 교차로에서 세상과 시대를 바라보게끔 되어 있고, 작가는 그 지점을 눈과 머리와 가슴으로 포착하여 쓰는 사람이다. 책을 쓰는 동안 내 앞에는 교차로의 지형적 특이점이 떠오르곤 했다. 교차로는 대립적인 두 길이 합류하고 갈림으로써 시각과 담론의 총체성('보편성'이 아니라 '총체성'이라고 B. 그로이스는 강조했다)을 확보해주는 지점이다. 균형을 잡는 지점이다. 파스테르나크의 『닥터 지바고』 끝부분에 나오는 다음 대목이 내게는 항상 인상 깊었다.

나는 사람들로 붐비는 도시 교차로에서 산다. (⋯) 밤낮을 가리지 않고 벽 너머 길거리로부터 들려오는 소음은 동시대의 인간과 직결되어 있다. 램프 불로 붉게 물들어가는, 그러나 아직은 오르지 않은 무대 장막 뒤에서 울리기 시작한 깊은 어둠과 신비의 서곡과도 같다. 문과 창 너머로 쉬지 않고 끊임없이 아우성치며 움직이는 이 도시는 우리 각자의 인생에 대한 거창한 서론이다.

3.

감사의 인사를 덧붙이고자 한다.

이 책은 한국연구재단의 지원을 받았다. 3년간의 저술 지원도 컸지만, 무엇보다 결과물 제출 마감의 압박은 큰 도움이 되었다.

원고를 받아준 성균관대학교출판부에 감사한다. 원고 형태를 가늠할 수 없는 연구 계획서 단계에 출판을 제안해주셨고, 오래 기다려주셨다. 한국 대학출판사에 대한 내 선입견을 여지없이 무너뜨린 현상철 선생님과 김수영 선생님의 친절하고 치밀한 전문성에 감동받았다.

저술 중 일부는 학술지(『러시아연구』, 『비교한국학』, 『슬라브학보』)로 선보인 내용에 기초했다. 논문 단계에서 건설적인 조언과 격려를 보태준 익명의 심사자들께 고맙다는 인사를 전한다. 누구인지 안다면, 책이라도 한 권씩 보내드리련만.

가족의 힘도 기억한다. 부모님(김용원·신갑순)의 무조건적 믿음과 인정 속에서 나는 아주 많은 것(스트레스 포함)을 받았고, 덕분에 많은 것을 이겨낼 수 있었다. 내 책을 읽어주실 두 분이 계셔서 참 다행이다. 좀 더 오래 곁에 계시면서 다음 글도 읽어주시면 좋겠다. 사회학자다운 비판의식과 포용력으로 나를 붙들어준, 내 삶의 동반자 구해근 교수가 보기에도 이 책이 시시하지 않았으면 한다. 서로 영역은 다르지만, 함께 나누는 대화는 풍부했다. 그는 언제나 내 가벼운 말과 생각의 무게추였다.

그리고 학생들. 첫 연구년에서 돌아온 1998년부터 '러시아문학과 한국문학'이라는 수업을 개설해 몇 년에 한 번씩 진행했다. 최근에는 '러시아문학과 세계문학'으로 개명했다. 근본이 푸시킨 전공자인 내가 이런 책을 쓸 수 있게 된 것은 그동안의 수업과 학생들 덕이다. 학생을 실망시키지 않으려고, 학생과의 약속을 지키려고(내 책이 나올 때 당신들을 기억하리라) 애쓴 것이 사실이다. 수업은 역시 가장 큰 공부였다. '러문연' 세미나를 통해 러시아문학에 대한 여러 생각을 공유했던 대학원생들도 내 생각에 귀 기울여주었다. 모두 고맙다.

이제 입항이다.

2024년 가을
김진영

목
차

일러두기

1. 본문에 인용된 외국어 텍스트는 달리 명시되지 않은 한, 인용자 자신의 번역이다.
2. 참고문헌 출처와 부연 설명은 미주를 사용하되, 미주에서는 참고자료 작성을 약식화하고, 대신 책 뒤에 수록된 「참고문헌」 섹션에서 상세 정보를 밝혔다. 단, 일제 강점기 신문·잡지 자료와 해방기 북조선 정기간행물 자료는 미주 안에 상세 서지 정보를 넣었다.
3. 인용 자료는 국립국어연구원의 현대표준어법에 맞추어 철자·띄어쓰기·외래어 표기 등을 통일하였으나, 예술 텍스트 또는 원문 뉘앙스 강조가 필요하다고 판단된 경우 수정하지 않고 그대로 보존했다. 또한 일반적으로 자리 잡은 표기(바흐친, 즈다노프 등)도 그대로 유지했다.
4. ( ) 표시와 차별하여 [ ] 안에 들어간 내용은 저자 자신의 첨언이다. 그 외에 본문에 사용된 문장 부호는 다음을 의미한다.
   「 」: 시·단편·논문
   『 』: 장편 소설, 단행본, 잡지
   《 》: 영화, 연극, 드라마
   " ": 인용
   ' ': 강조, 간접 인용
   (…): 인용문의 말 줄임
5. 일부 챕터는 다음의 학술지 게재 논문을 기초로 수정 보완한 내용이다.
   제1장 「'붉은 산'과 '붉은 기' 사이: 오장환의 예세닌 독법에 관하여」, 『비교한국학』 28:1, 2020, 15-31쪽.
   제2장 「언어의 기념비: 해방기 '조소(朝蘇)친선'의 서사와 수사」, 『러시아연구』 31:1, 2021. 87-118쪽.
   제3장 「스탈린의 '태양' 아래: 김일성 형상의 원형을 찾아서」, 『러시아연구』 32:2, 2022, 75-104쪽.
   제4장 「문학사 기술과 이념성: 한국적 맥락에서 읽는 신간 옥스퍼드 러시아문학사」, 『슬라브학보』 34:1, 2019, 1-22쪽.
   제5장 「강철과 어머니와 고리키: 80년대 운동권의 러시아 문학정신」, 『슬라브학보』 37:3, 2022, 199-226쪽.
   제9장 「한국어로 읽는 『안나 카레니나』: 2017년 이후 독서계의 지형도와 새로운 번역의 가능성」, 『러시아연구』 30:1, 2020, 1-25쪽.

'붉은 산'과 '붉은 기' 사이

혁명기 시인
오장환과 예세닌

월북 시인 오장환의 예세닌 번역은 "20세기 전반부에 나온 번역시 중 가장 뛰어난 업적"으로 손꼽힌다. 오장환은 도쿄에서 절망에 젖어 지내던 시절 술에 취하면 예세닌을 울며 애송했다. 그러나 시인이 정작 예세닌을 번역한 것은 일제 강점기의 그 시절을 훌쩍 넘겨, 자신과 조국의 향방을 결단해야 했던 해방 공간의 혼돈 속에서다. 이 점이 흥미롭게 여겨진다. 그가 번역한 예세닌은 혁명의 기운을 견디다 못해 스스로 파멸한 비극적 서정 시인이 아니라, 과거를 뉘우치며 자신을 채찍질해 나아가던 '새로운 고향'의 시인이었다. 번역을 통해 구축한 예세닌의 초상은 곧 오장환의 자화상이다.

오장환이 예세닌을 읽고 애송하던 시점과 그를 번역하는 시점 사이에는 큰 거리가 놓여 있다. 해방이라는 역사적 상황과 정치적 이념, 시민으로서 시인의 임무에 대한 자각은 그의 예세닌 독법에도 지각 변동을 일으켰다. 그 결과물이 『예세닌시집』(1946. 5)이다. 오장환의 예세닌 번역은 이념과 서정의 갈림길에서 '오늘'의 의미를 역설한, 전향의 선언이자 증거물이다.

러시아 '최후의 농촌 시인последний поэт деревни'을 자처하며 인기를 끌던 S. 예세닌С. Есенин의 떠들썩한 삶은 드라마틱한 자살로 마감됐다. 1925년에 일어난 이 사건은 일본에서 대중적 호기심을 자극했고, 당시 모스크바 유학 중이던 구라하라 고레히토藏原惟人의 현지 통신 「세르게이 예세닌의 죽음」은 일본 최초의 예세닌론으로 자리 잡았다.[1] 1929년에 문예지 『시신詩神』 '예세닌 연구호'가 등장하고,[2] 1930년과 1936년에 각기 다른 번역자의 번역시집이 출간될 정도로 예세닌의 사후 인기는 높았다.[3]

혁명기 중국의 경우도 못지않다. 1922년 후유이지胡愈之가 러시아의 새로운 문학을 소개하며 처음 거론한 이후, 예세닌은 주로 혁명의 맥락에서 읽혔다. 대표적인 독자가 루쉰老迅이다. 그는 「혁명문학」을 위시한 여러 글과 강연을 통해 예세닌의 죽음이 현실 앞에 무너진 혁명의 꿈을 뜻한다면서 중국 혁명운동의 경각심을 일깨우는 교훈으로 삼고자 했다. 예세닌의 비극을 고대 러시아 농촌 문화와 도시 문명 간 충돌로 이해했던 당대 영미권 관점과 대조되는 해석이었다.[4]

국내에서는 함대훈의 「전원시인 예세닌론」(『조선일보』, 1929.12.7~11)이 첫 평문으로 꼽혀왔으나, 실은 그에 앞서 1927년부터 소개 기사가 확인된다. 박영희가 일본 프롤레타리아 문학 잡지 『문예전선』을 직수입해 게재한 혁명 10주년 기념 연재물에서 예세닌은 A. 블로크А. Блок와 함께 "도시 및 농촌의 소부르주아 이데올로기를 반영한" "초기의 혁명적 문학"으로 분류되었다.[5] 같은 시기에 최초의 예세닌 번역시 「하느님의 틀린 얼굴」도 소개되었다.[6] 종교적 낙원상에 현실 사회적 낙원상을 덧씌움으로써 변혁의 순리를 이해하고자 한 예세닌의 혁명기 시편으로, 원제목은 '거룩한 변모(顯聖容, преображение)'다. 하늘의 신에게 새끼 송아지를 낳아 달라고 조르던 우매한 민족 앞에 마침내 '거룩한 변모'의 시각이 무르익고, 그러자 영원한 양식을 줄 "빛나는 손님светлый гость"이 나타나 진리의 한마디를 던져준다는 내용이다. '동반자 작가' 예세닌으로서는 가장 혁명적 확신에 차 있던 시기의 작품이다.

블로크나 V. 마야콥스키В. Маяковский 등 많은 모더니스트가 그러했듯, 예세닌의 혁명관은 새로운 삶과 새로운 시대를 향한 문화적 진보성을 바탕으로 한 것이었다. 근본적으로 낭만적 이상주의와 맥을 함께하며, 그렇기 때문에 희망-회의-확신-실망 사이의 감정적 부침도 컸다. 예세닌은 초기에는 혁명을 반겼으나, 1920년에 오면 이미 "오늘의 사회주의는 내가 상상했던 것과는 전혀 다르다" 라며 낙심하게 된다. 1925년에 쓴 자전적인 글에서도 자신이 받아들였던 혁명이 역사적 사건으로서의 혁명과 근본적으로 다른 성격임을 밝힌다.[7]

예세닌 시를 국내에 처음 소개한 '독인毒人'이 실제로 누구인지는 알 길이 없다. 그러나 1926~1928년의 『중외일보』 지면에 소련 관련 문화 기사를 집중적으로 게재했으며, 「노농로서아 시초」도 발표한 것으로 미루어 러시아어를 공부한 사회주의자의 윤곽만큼은 확실해 보인다. 예세닌 시에 두 번 등장하는 핵심어 'преображение'를 본연의 어원적 의미('하느님의 틀린 얼굴')와 동시대의 사회적 의미('혁명')로 각각 풀이한 대목 또한 역자의 러시아어 실력과 더불어 그의 확고한 이념성을 증명해준다. 혁명 10주년을 맞은 1927년, 프로문학이 맹위를 떨치던 식민지 조선에서 예세닌은 혁명의 당위성을 설파한다는 계몽적 기획 하에 선택된 작가 중 한 명이었다.

뒤를 잇는 두 번째 번역시 「검은 땅으로Черная, потом пропахшая выть!...」(1914)도 같은 범주에 속한다. 1933년 9월 7일자 『조선일보』 지면을 통해 조벽암이 소개한 이 시는 예세닌의 데뷔 시절, 즉 페트로그라드로 이주하기 이전의 초기작으로, 러시아 시골 정경을 잔잔하게 묘사한 소품이다. 그러나 역자는 풍경 너머의 부조리한 현실에 주목했고, 결과적으로 경향성이 덧칠된 농촌시를 탄생시켰다.

원시는 "땀으로 일구어진 검은 땅이여!/ 내 어찌 너를 사랑해 아끼지 않을 수 있으랴Черная, потом пропахшая выть! / Как мне тебя не ла-
скать, не любить"로 시작하여 "구리 빛 반짝이는 텅 빈 벌판.../ 구슬픈
노래여, 너는 러시아의 아픔이다Оловом светится лужная голь.../ Грустная
песня, ты - русская боль"로 끝맺는다. 비록 "러시아의 아픔"이라는 표
현이 등장하긴 하지만, 예세닌이 그린 농촌 풍경은 "저녁녘의 풍
요"와 "갈대의 자장가"를 배경으로 노인네의 이야기와 어부의 노
래가 흐르는 안온한 정경이다. "텅 빈 벌판"의 헛헛함이 눈에 걸릴
수 있겠으나, 이는 알고 보면 궁핍의 불모성이 아니라 경작을 위해
일구어진 흑토의 원형 상태를 가리킨다.

　예세닌이 노래한 것은 저녁노을 진 시골의 한가함이다. 하루의
힘든 노동 끝에 찾아든 평화로운 휴식은 일종의 '달콤한 애수'를 불
러일으키면서(예컨대 밀레의 「만종」 그림처럼) 러시아인 보편의, 더 나아
가 인류 보편의 감성에 호소한다. 러시아적 감수성의 원류로 손꼽
히는 이 '토스카тоска', 곧 슬프고 그립고 애틋한 감상感傷의 공감력
이야말로 '농촌 시인' 예세닌이 누린 인기의 본질이었으며, 더 나아
가 근대기 조선 및 20세기 초 전 세계 독자를 매료시킨 러시아문학
의 정수였다. 러시아 농민의 노래가 품고 있는 '아픔'은 바로 그러
한 성질의 감성이다.

　"고향을 노래하면 반듯이 서러워지는 심정, 그것은 향수에서 일
어나는 '페이소스'에 그치지 않는다는 것은 적어도 조선 시에서만
은 진리다"라고 임화는 썼다.[8] 그러나 이 진리는 조선 시 이전에 러
시아 시를 관통하는 기본 요소이기도 하다. 연민의 휴머니즘은 곧

예세닌의 고향 땅

잘 분노와 저항의 비판의식을 수반하기 마련인데, 고된 고향 현실 앞에서 느끼는 서러움은 억압받는 민중을 향한 사회의식의 근원이 될 수밖에 없었다. 19세기 러시아문학의 위상을 우뚝 세워 놓은 비판적 리얼리즘의 뿌리가 거기 있다.

조벽암은 예세닌 시 앞뒤 4행을 다음과 같이 옮겼다.

> 검은 땀으로 이뤄진耕 配置여/ 어찌하여 그대를 사랑치 않으리/ (…) / 적은 둠벙은 주석錫같이 빛나고.../ 구슬픈 노래여 그대는 러시아의 苦憫이다

'나의 애송시' 지면에 실린 이 시는 조벽암 자신의 번역이 아닐 수도 있다. 숙부인 포석 조명희의 영향을 받았으며, 고리키 문학론을 번역했고,[9] 카프와 구인회 동반작가 시절을 거쳐 1949년 월북했다는 정도를 제외하면, 조벽암과 러시아어문학의 연관성에 대해서는 알려진 바가 없다.

조벽암의 고리키 번역은 일본어본과 영어본을 참고한 중역이지만, 예세닌은 중역으로 보기 어렵다. "땀으로 일구어진 검은 땅"을 "검은 땀으로 이뤄진耕 배치"로, "텅 빈 벌판"을 "적은 둠벙"으로 옮긴 것은 명백한 오역인데, 그것은 충분치 않은 러시아어 실력으로 사전 열심히 찾아가며 번역할 때 생길 수 있는 종류의 오역이다.[10] 그리고 '검은 땅'에서 '검은 땀'으로의 변용은 이념의 혼입에 의한 오역 또는 의도적 수정일 것이다. 비유어 '검은 땀'이 가리키는 착

취와 수탈의 현장성은 뚜렷하며, 역자는 확고한 이념 아래, 필경 성급히 시를 읽어 번역에 임했으리라 상상된다. 그런 맥락에서 당시 생각을 공유하며 함께 의식 있는 시를 읽던 주변 누군가의 초역본을 조벽암이 자신의 애송시 삼아 소개했을 가능성도 없지 않다.

실제 번역자가 누가 되었건, 이 시의 괄목할 점은 번역 투의 극복에 있다. 오장환의 예세닌 번역이 창작시로 읽히는 것 못지않게 조벽암이 소개한 번역은 자연스럽고, 그 내용과 어조 또한 "비판적 목소리에 풍부한 서정을 입히"던 『향수』 시절 조벽암의 시적 '포즈'와 부합한다.[11] 시인과 전신자의 '포즈'가 일치할 때, 창작과 번역의 경계가 쉽게 허물어지는 것은 당연하다.

조벽암의 첫 시집 『향수』는 1938년 발간되었다. "1920년대가 '님'의 시대였다면, 1930년대는 '고향'의 시대였다"는 진단도 있지만,[12] 시적 제제로서 고향 상실감과 향수가 일제 강점기 한국문학의 지배소임은 자명한 사실이고, 특히 1930년대 후반의 경향은 두드러진다.[13] 시기적으로 훨씬 앞선 정지용 시(「향수」, 「고향」)를 선두로, 30년대 후반부에 이르면 고향 시편(이향, 방랑, 향수, 망향, 귀향 등) 집중 현상이 일어나고, 조벽암의 첫 시집을 위시해 백석의 첫 시집 『사슴』, 이용악의 첫 시집 『분수령』과 그다음 시집 『낡은 집』, 오장환의 첫 시집 『성벽』 등 향토성과 관련된 대표 시집들은 모두 그 시기(1935~1938년)에 앞 다투어 등장했다.[14]

세 번째 예세닌 번역시 「사랑하는 나의 고국이여Край любимый! Сердцу снятся...」(1914)도 1938년에 나왔다. 메이지대학 유학생 『회보』11호에 실린 것으로, 역자 우남又南의 신원은 밝혀지지 않는다. 제목은 '사랑하는 그곳이여' 정도로 옮기는 편이 더 정확했을 터인데, 유학생 회보라는 지면 성격에 부합하도록 '고국'을 강조한 듯하다. 조벽암이 앞서 소개한 번역시처럼, 자연을 배경으로 화자의 애상적 인생관이 드러나는, 전형적인 예세닌 초기 시다.[15] 직전의 번역시(『검은 땀으로』)와도 공명이 느껴진다. 두 편 다 예세닌 데뷔 시절 작품이고, 두 편 다 농촌 풍경의 소품이고, 그 정경을 관통하는 고독한 화자의 연민이 배어 있다. 모두 단순 중역은 아닌 듯하고, 제한된 수준이나마 역자의 러시아어 지식이 확인되며, 그래서 발생한 실수도 눈에 띈다. 내용 전달은 정확한 편이고, 원작과의 일체감 속에서 언어에 앞선 감정으로 수긍해 화답한 번역인 듯, 창작 시편으로 읽어도 큰 무리가 없다.

물론 이 같은 유사성에 바탕 하여 우남을 조벽암으로 단정할 수도 없고, 두 번역시를 동일 인물의 작업이라 섣불리 추정하기도 어렵겠지만, 주목하고 싶은 것은 조선의 예세닌이 일정한 관계망 속에서 집단적으로 향유된 정황이다. 평론가 유종호는 오장환의 예세닌 번역을 이렇게 평했다.

오장환 자신이 실토하고 있듯이 예세닌 번역시는 일본 것을 매개로 한 중역이며 원문 충실성이란 면에서는 수상쩍은 부분이 없지 않다. 그렇지만 매우 운율적이고 우리말로 된 시와의 경쟁력도 갖추고 있어 20세기 전반부에 나온 번역시 중 가장 뛰어난 업적이라고 생각한다. 시인에게 끌리고 시세계에 공감하면서 작업을 했기 때문에 울림 있고 음률적인 번역으로 귀결되었다고 생각된다. 국부적인 충실성에 얽매이지 않고 대담하게 작품 쓰듯이 처리한 것도 도움이 되었다고 생각한다. 그런 의미에서 번역 대상 작품의 친화적 파악과 사랑의 노동만이 읽을 만한 번역시를 남겨놓는다는 좋은 교훈을 오장환의 예세닌 번역시는 전해 주고 있다.[16]

과연 이 같은 평가가 오장환에게만 해당하는 것일까? 구습에서 구습 타파로, 농촌에서 도시로, 고향(조국)에서 외지로, 가족주의의 중심에서 타지의 외톨이로, 그리고 마침내 '이념'이라는 지향점으로 전이해간 근대적 삶의 도형으로부터 독인, 조벽암, 우남, 오장환, 이용악 등 이른바 '예세닌적' 독자-번역자의 현실은 동떨어져 있지 않다.[17] 현실 상황의 유사성 측면에서 예세닌 문학은 그들이 걷는 행로의 훌륭한 전범이자 동반자였고, 결과적으로는 또 하나의 고향이 될 혁명 러시아로의 출구였다. 그런 이유에서 "대상 작품의 친화적 파악과 사랑의 노동"이 오장환 한 개인의 현상은 아닐 듯하다.

애초 이념적 기획 하에 유통되기 시작했던 농촌시가 점차 식민지 조선의 원형적이고도 시대 상황적인 고향의식과 합치를 이루면서 자아와 타자의 발성이 뒤섞인 시적 복화술의 경지로 전개되는 과정은 예세닌 수용사의 중요한 대목이다. 그것은 조벽암만의,

또는 오장환이나 이용악만의 경우를 떠나, 예세닌 시를 읽고 울지
않을 수 없었던 당대 독자들의 집단적 공감 지수와 관련된 문제이
다. 대리 발언대로서 러시아문학의 흔적이 여기저기 뚜렷한 근대
한국문학 안에서도 예세닌 시는 원초적인 고향 정서와 함께 자연
스레 독자 본연의 문학으로 흡수되었다. 당대의 예세닌 번역이 번
역의 한계를 쉽게 뛰어넘을 수 있었던 가장 큰 이유는 여기에 있다
고 본다.

오장환의
《예세닌시집》

혁명적 자아의
안전통행증

오장환이 처음 예세닌을 접한 경로는 밝혀지지 않았으나, 1935~
1936년(지산중학교)과 1937~1938년(메이지대학교) 두 차례에 걸친 일본
유학 중이라고 보는 편이 무난할 것이다. 1936년에 일본에서는 예
세닌의 두 번째 번역시집이 나온 참이었다. 오장환이 첫 시집 『성
벽』을 낸 것은 1937년이며, 길 떠남·고향·향수·어머니 등 예세닌
풍 제재가 등장하는 것도 그 무렵이다.

　『예세닌시집』은 1946년 5월에 발간되었다. 러시아 시인의 단독
번역시집으로서 첫 번째일 뿐 아니라, 세계 여러 시인의 단독 번역
시집 중에서도 두 번째에 속한다.[18] 그러나 이 번역집을 내기 이전
까지 오장환은 예세닌을 언급한 적도, 혁명기 다른 어떤 러시아 문
인(가령 고리키나 마야콥스키 같은)을 호명한 적도 없다. 식민지 지식인의
러시아문학 애호가 각별했음에도 러시아문학 독서 편력을 내세우

지 않았으며, 다만 자신의 이념적 향배가 뚜렷해지면서부터 참조하고 번역한 흔적이 있다.[19]

번역시집 서문 격인 「예세닌에 관하여」 첫 대목에는 「목로술집의 모스크바Москва кабацкая」를 춰음하던 1940년대 초 도쿄 시절의 회고와 함께, 당시 울면서 애송했다는 시 「나는 고향에 왔다...Возв-ращение на родину」가 인용되었다. 그러나 그 절절한 시편을 애송하던 시절의 오장환은 예세닌을 번역하지 않았으며, 뚜렷한 예세닌풍 시를 발표하지도 않았다.[20] 그렇다면 왜 군이 1946년 시점에 와서 방탕하고 절망적이던 옛 시절의 예세닌을 소환해 번역하는 것인가? 이것이 오장환의 예세닌 번역에 관한 문제의식의 첫 질문이다. 해방을 맞아 혁명 시인으로 거듭난 오장환이 왜 하필이면 실패한 혁명 시인, 더 나아가 '반혁명 시인'으로까지 낙인찍힌 '전원시인' 예세닌을 번역하는가에 대한 설명이 필요할 것이다. 정치적 격문 색채가 짙은 『병든 서울』과 그렇지 않은 예세닌 시 번역을 동시에 내놓는 자기 모순적 행위를 납득하기 위해서다.

『예세닌시집』의 최초 논평자라 할 김동석은 일찍이 "장환이 예세닌에 의탁하여 시방 조선의 시대와 시인을 읊은 것"이라는 탁견을 내놓았다.[21]

혁명기의 시인은 어느 때고 어느 나라에서고 불행한 인간이다. 시란 생리적인 것인데 시인의 생리가 일조일석에 변할 수 없는 것이기 때문이다. (…) 시는 논리가 아닌 만큼 그렇다고 행동도 아니기 때문에 시인이 시인으로서 사회주의자가 된다는 것은 불가능에 가까운 일이다. 예세닌의 고민도 여기에 있었다. 장환이 러시아어를 모르면서도 예세닌에 대하여 생리적인 공감을 느끼고 역까지 하였다는 것은 장환 또한 예세닌과 꼭 같은 혁명기의 시인이기 때문이다.[22]

좌익 평론가 김동석에 따르면, 혁명기 시인의 불행은 시대적 숙명이고, 진정한 시인은 "예세닌과 같은 시대적인 자아의 모순 갈등을 체험"해야만 한다. 그럼으로써 혁명기 시인의 내적 분열은 초극되어야 한다는 것이 그의 최종 입장이었다. 오장환을 "탁류의 음악"에 비유했던 그가 『예세닌시집』에서 읽어내고자 한 것은 이념으로써 생리를 이겨내고 행동으로써 고민을 지워내겠다는 혁명기 조선 시인의 다짐이었다.[23] 예세닌의 안타까운 죽음이 반복되지 말아야 한다는 절박감을 번역시집 출간의 주요 동기로 봤던 것이다. 그 메시지를 강조하기 위해서인 듯, 그는 오장환이 서문 끝부분에 인용한 루나차르스키의 외침("아, 우리는 한 사람의 셸요샤조차 구할 수가 없었다. 그러나 그의 뒤를 따르는 수많은 청년들을 위하여 우리는 어떠한 일이라도 해야만 한다.")을 자신의 서평 말미에 조선의 당대적 언어로 다시금 옮겨놓았다.

그러면 시방 조선에서 우리들은 어떠한 일을 해야 하느냐? 적어도 시대와 더불어 새로워지려고 애쓰는 시인들을 반동 진영에

넘기거나 자살하게 내버려두거나 해서는 안 될 것이다.²⁴

애초 예세닌의 자살을 "공식적이요 기계적이며 공리적인 관념
론적 사회주의자들"에게 책임 지우면서 "현재 조선에도 구더기처
럼 득시글득시글 끓는 무리들"을 더불어 겨냥한 것은 오장환 자신
이었다. "그까짓 구더기 같은 것들"을 비난함으로써 강렬한 공분의
식과 함께 예세닌의 자살을 변호했던 것이다.

> 이것은 현재 조선에도 구더기처럼 득시글득시글 끓는 무리들이
> 다. 물론 그까짓 구더기 같은 것들에게 밀려난 예세닌을 훌륭하
> 다는 것은 아니다. 오히려 안타까운 편이다. 그리고 예세닌이나
> 나를 위하여, 아니 조그만치라도 성실을 지니고 이 성실을 어데
> 다가 꽃 피울까 하는 마음 약한 사람들을 위하여 공분을 참지 못
> 한다는 것이다. (…) 그는 끝까지 자유롭고, 또 그 자유를 위하여
> 누구의 손으로 죽은 것이 아니고 스스로의 손으로 자기의 목숨
> 을 조른 것이다.²⁵

"예세닌이나 나를 위하여, 아니 (…) 마음 약한 사람들을 위하여"
라는 구절이 말해주듯, 오장환은 예세닌의 삶에 자신을 투영하고,
그의 때 이른 죽음에 빗대어 자신의 고뇌를 호소한다. 소월과 예세
닌을 비교한 글 「자아의 형벌」에서 그는 "자아에게 향하여 내리는
최고의 무자비한 형벌! 준열한 양심이 요구하는 지상명령!"(542)으

로 자살을 정의하는 한편, 두 시인의 죽음을 미화하기도 했다. 그러면서 이렇게 썼다.

> 내 처지는 이러니 관대하게 보아줄 할 수는 없으나 친구의 입장
> 은 이러니 동정이 안 갈 수 없다는 것은 일면 떳떳하여도 보인
> 다.(540)

이른 나이에 자살했다는 점 외에 소월과 예세닌을 하나로 연결해주는 지점은 무엇인가? 그리고 그들의 불행에서 오장환이 느낀 일체감의 정체는 무엇인가? 이 질문에 대한 대답이 『예세닌시집』의 이해로 이어질 것이다.

예세닌의 자살은 사건 당시부터 충격과 논란의 대상이었고, 마야콥스키는 시인의 죽음이 전설적으로 미화되고 모방되는 것을 막기 위해 「세르게이 예세닌에게Сергею Есенину」라는 제목의 풍자시를 쓰기도 했다. 자살한 시인이 예세닌 한 명은 아니었음에도, 그에게는 유독 "혁명의 피를 이어받지 못한 시인", "마지막 구舊인텔리켄치아", "무정부적인 농민 시인", 도시와 농촌의 대립에 절망한 "봉건적 농민 시인" 등의 힐책이 쏟아졌으며,[26] 따라서 혁명에 동조하는 입장에서는 "예세닌적 경향의 청산"이 시급해진 상황이었다.[27]

그러나 오장환은 예세닌을 이해하고자 했다. 그를 도회의 시인으로 규정했고, 소시민 인텔리의 면모를 관용했으며, 동시에 그의 '성실'을 강조했다.[28] "말년까지 작품을 통하여 보조를 맞추기에 피

흐르는 노력을 아끼지 않은 예세닌의 안타까운 몸짓"(541)에 대한 애도는 "세기는 저를 버리고 혼자 앞서서 달아간 것 같사옵니다"(538)라고 편지했다던 소월의 무력감과 맞닿아 있을 뿐 아니라, 그 편지를 인용한 오장환의 자기 연민과도 겹친다. "새 시대의 요구"에 발맞추고자 다짐하면서도 항상 "나는 또 늦었다"(「나의 길」)라고 괴로워했던 혁명기 시인의 자의식이 두 선배 시인의 불우한 초상에 투사되었고, 그들의 패배를 납득함으로써 자신의 패배를 '지양'하려는 목적의식이 두 시인과의 일체감을 조성했던 것으로 보인다.

오장환은 그들의 패배 요인(즉 자살 동기)을 이성(이념)과 감성(감정)의 불일치, 그리고 소시민 인텔리의 무위로 이해했다. 그것은 시대가 야기한 문제였다. "시인이 시인으로서 사회주의자가 된다는 것"의 어려움을 김동석도 역설했지만, 혁명적 시대와 서정성의 불화야말로 L. 트로츠키Л. Троцкий가 지적했던 예세닌 자살의 근본 원인이었다.

우리의 시대는 암울한 시대이다. 아마도 이른바 문명화한 인류 역사상 가장 암울한 시대일 것이다. 이 시기를 위해 태어난 혁명가는 자신의 시간상의 조국인 시대를 위해 광폭한 애국심에 들려버린다. 예세닌은 혁명가가 아니었다. 「푸가초프」와 「스물여섯 사람에 관한 발라드」의 작가는 서정시인 중에서도 가장 은밀한 서정시인이었다. **하지만 우리의 시대는 서정의 시대가 아니다. 세르게이 예세닌이 자신의 시대와 우리를 자의적으로, 너무 일찍 떠**

나버린 주된 이유는 거기에 있다.²⁹ (인용자 강조)

예세닌의 죽음이 "시인이 시인으로서 사회주의자가 된다는 것"
의 반증이었다면, 김소월의 죽음은 시대 앞에서 몸부림쳤던 감성의
자기 형벌("양심이 요구하는 지상 명령")이었다. 그 같은 암울한 전사
를 되새기며 오장환은 "피 흐르는 노력"의 안간힘을 이어가겠노라
다짐한 것이다. "지상 명령과 마지막 한 장의 투전장!"(543) 사이에
서 오장환이 뽑아 든 카드는 후자였는데, 풀어 말하면 그것은 이성
과 감성의 괴리를 넘어 '옳은 것'을 향해 앞으로 나가는 길, 즉 '탁
류의 음악'에 짐 지워진 실존적 갈등을 뒤로 한 투쟁의 길이었다.
"저도 모르게 소시민을 고집하려는 나와 또 하나 바른 역사의 궤도
에서 자아를 지양하려는 나와의 거리"(542~543)라며 스스로를 분석
한 오장환에게 예세닌은 그 내적 이중성의 준거와 다름없었다.

　　"우리 공청원의 책상 위에는 『공산주의 입문』과 함께 예세닌의
　　얇은 시집이 놓여 있다"고 기급을 하여 놀란 부하린의 말은 어제
　　까지도 아니 실상은 무의식중의 현재까지도 오래인 과거를 통하
　　여 정서상의 감화를 입어온 우리에게 있어 많은 시사를 주는 것
　　이다. 그렇다. 급격한 전환기에 선 우리에게는 이성과 감성이 혼
　　연한 일체로서 행동과 보조를 맞추기는 힘드는 일이다.

　　아 이 원통함이 술로써 씻어질 수 있는가

거칠은 들판을 무작정 헤매인대도

이 몸뚱이를 사뭇 짓이긴다 하여도

어떻게 마음속의 고뇌를 씻을 수 있느냐

그 때문이다

흘러내리는 괴타리를 찢어 던지고

공청共靑의 뒤에서

나도 줄달음질을 치고 싶어진 것은...

이것은 말년까지 작품을 통하여 보조를 맞추기에 피 흐르는 노력을 아끼지 않은 예세닌의 안타까운 몸짓이다. 의지와 감성의 혼선은 이처럼 장벽을 건넌다. 하물며 그 생활에서 모든 것을 내어던진 소월, 소월에서랴.(540~541)

위 인용문(「자아의 형벌」)에 등장한 시는 바로 『예세닌시집』에 수록된 마지막 시 「가버리는 러시아Русь уходящая」의 종결 부분이다. 예세닌은 근본적으로 비정치적 시인이었으며, 그가 동조한 혁명 비전은 러시아 농민의 원형적 낙원상에 기반한 것이었다. 그렇기에 예세닌과 혁명의 관계는 애초부터 평행선을 달릴 수밖에 없었고, 혁명 초기인 1920년에 이미 "오늘의 사회주의는 내가 상상했던 것과는 전혀 다르다"라는 것을 그도 인정하지 않을 수 없었다. 예세닌 시 「가버리는 러시아」와 「소비에트 러시아」에 등장하는 '러시아'는 원어로 고대 러시아를 가리키는 '루시Русь'다. 번역으로는 드러낼

길 없는 이 부조리한 수식어구 자체가 현실 '낙원'의 비현실성을 말해주는 모순어법이기에, 예세닌 시를 아이러니 없이 읽는다는 것은 불가능하다.

오장환이 과연 이 아이러니를 읽어냈을지 의문인데, 필경 읽어내지 못했을(않았을) 것 같다. 무엇보다 그의 시선이 예세닌의 "피 흐르는 노력"인 '성실'을 입증하는 데 쏠려 있었기 때문이다. 예세닌 시의 핵심은 '과도기의 나'가 가야 할 길에 있다. 시인의 비유를 되풀이하자면, 아무 행동 없이 젊은 날을 낭비한 채 두 시대 사이에 양다리를 걸치게 된 '나'가 이제라도 바짓자락 치켜들고 뒤좇아 가겠다는 의지의 다짐인 것이다. 이해를 돕기 위해 「가버리는 러시아」의 마지막 네 연을 오늘의 언어로 직접 옮겨본다.

투쟁 속에 살아온 자,/ 위대한 사상을 수호해온 자가/ 나는 부럽다./그런데 젊음을 허비한 내게는/ 기억조차 남아 있지 않구나.// 이 무슨 수치인가! 이 무슨 더 없는 수치인가!/ 내가 비좁은 틈새에 처해버리다니./ 나는 내가 바쳤던,/ 농담 삼아 바쳤던 것 대신/ 다른 것을 바칠 수도 있었다.// 사랑스런 기타여,/ 노래하라, 노래하라!/ 집시 여인아, 아무거나 불러 보거라,/ 사랑도 평온도 알지 못했던/ 내 독살된 시절을 잊을 수 있게.// 나는 안다, 슬픔은 술로써 달랠 수 없다는 것을./ 모두 다 버리고 황야를 떠돈들/ 영혼은 치유될 수 없다는 것을./ 그래서 내가 이토록/ 바짓자락 치켜들고/ 콤소몰을 뒤좇아 달리고 싶은 건지도 모른다.[30]

오장환의 번역은 표면적 의미 전달에서 비교적 정확한 편이다. 가장 큰 미덕으로, 번역이 아니라 자신의 시처럼 들리게 하는 자연스러움이 있다. 그러나 이 미덕은 많은 부분 중역에서 얻어진 불로소득이기도 하다. 가령 "내가 비좁은 사이(틈새)에 처해버리다니 Я очутился в узком промежутке"를 오장환은 "과도시대 좁은 틈사구니서 삐져난/ 이 몸의 불운"으로 실감나게 옮겨놓았는데, 그것은 오장환이 참고한 요다 데츠로八田鐵郎 번역본에 나오는 그대로다.[31]

한 가지 예를 더 들겠다. "나는 새로운 인간이 아니다! 숨겨서 무엇하랴?/ 한 다리로는 과거에 남아/ 다른 한 다리로 강철의 전투를 따라잡자니/ 미끄러져 넘어지는 것이다 человек не новый!/ Что скрывать?/ Остался в прошлом я одной ногою,/ Стремясь догнать стальную рать,/ Скольжу и падаю другою."로 번역되는 9연이다. 오장환은 이렇게 옮겼다.

무엇을 숨기랴/ 나는 새 사람은 아니다/ 지난해부터 나는/ 한편 다리밖에 없는 사내가 되었다/ 강철의 군대를 쫓아가려고/ 추썩거리다 나가자빠져/ 한편 다리를 날린 것이다.

웃음을 자아내는 이 오역의 일차적 책임 역시 일본인 번역자에게 있다.[32] 오장환은 일본어 번역 첫 두 행의 순서를 바꾸었을 뿐이다. 그러므로 저본 텍스트에 충실한 번역을 두고 자연스럽게 읽히느니 안 읽히느니, 또는 원시에 정확하니 안 정확하니 논하는 것 자체가 무의미한 일일 수밖에 없다. 그럼에도 불구하고 오장환의 『예세닌시집』이 중요한 것은 그가 이 시집에서, 그리고 이 시기에, 번역자 이상의 작업을 수행했기 때문이다.

오장환은 요다 데츠로의 번역시집(『エセ-ニン詩抄』)을 중심 저본 삼았지만, 그 밖의 다른 번역시집에서 시를 선택하기도 하고, 다른 해설의 인용문을 빌려 쓰기도 했다.[33] 기계적인 번역자로 멈추지 않고 연구자로서의 역할을 자처한 셈이다. 중요한 것은 오장환이 어떤 시를 어떻게 번역했느냐보다, 어떤 시를 골라 어떻게 배치했느냐의 문제이며, 따라서 편집자로서의 역할이 강조되어야 할 것이다. 그는 예세닌의 서정적 자아가 아닌 혁명적 자아를 번역했고, 혁명기 러시아 시인의 초상을 '감성'이 아닌 '이성'으로 읽어내고자 했다. 어쩌면 바로 이 점이 시인 오장환 자신에 대한 역설일 수 있다.

이는 또한 1930년대 후반 예세닌 팬덤을 형성했던 다른 월북 향토 시인들(조벽암, 이용악 등)과의 차이점이기도 하다. '전원시인(농민시인)' 예세닌을 과거의 유물로 묻어둔 그들과 달리, 오장환은 해방 후에 오히려 예세닌을 공개 호명해 노래했다. "그는 끝까지 전원시인은 아니었으며 (…) 끝까지 도회의 시인이었"(460)다는 문제적 표현은 예세닌의 혁명적 동시대성을 부각하기 위한 수사였으며, 격동의 시점에 군이 시인을 소환하는 데 대한 해명이었을 법하다. 그것은 세상을 "정지한 형태로서 보느냐, 그렇지 않으면 끝없는 발전의 형태로서 보느냐"의 입장 정립에 따른 논리였다. 예컨대 전원시(농촌시, 농민시의 동의어로서)는 "원칙적으로 농민이 쓴 시라야 할 것"(「농민

과 시」, 502)이라는 변증법적 혁명관으로 볼 때 예세닌은 결코 전원시
인이 될 수 없었다.

『예세닌시집』은 총 14편의 시가 1, 2부로 나뉘어 실려 있다. 14편
의 일본어 저본은 선행 연구를 통해 이미 확인된 바 있으므로,[34] 러
시아어 원시만 수록 순서대로 밝혀보겠다.

1 부	나는 농촌 최후의 시인	Я последний поэт деревни...	1920
	평화와 은혜에 가득 찬 이 땅에	Мы теперь уходим понемногу...	1924
	메밀꽃 피는 내 고향	Устал я жить в родном краю...	1916
	작은 숲	Мелколесье. Степь и дали...	1925
	봄	Весна	1924
	어머니께 사뢰는 편지	Письмо матери	1924
	어릴 적부터	Все живое особой метой...	1922
2 부	나의 길	Мой путь	1925
	소비에트 러시아	Русь советская	1924
	나는 내 재능에	Стансы	1924
	하늘빛 여인의 자켓	Голубая кофта. Синие глаза...	1925
	눈보라	Снежная замять крутится бойко...	1925
	망나니의 뉘우침	Исповедь хулигана	1920
	가버리는 러시아	Русь уходящая	1924

서문용으로 부분 번역한 「그래, 이제 정해졌다. 돌아감 없이...
Да, теперь решено. Без возврата...」와 「노래하라, 노래하라. 저주받은 기
타 위로...Пой же, пой. На проклятой гитаре...」, 「귀향Возвращение на
родину」까지를 목록에 합치면, 오장환이 다룬 예세닌 시는 총 17편

이다. 오장환이 사용한 요다 번역본은 41편이 7부로 나뉘어 있고, 「나는 내 재능에 군은 신념을 가지고 있다...」와 「나의 길」로 시작하여 「귀향」,「소비에트 러시아」,「가버리는 러시아」의 순서로 마무리된다. 앞뒤의 이 다섯 편은 모두 오장환이 뽑아 번역하는 시들인데, 요다 번역본은 수록시 제목과 순서만 봐도 혁명에 동참한 시인의 행로가 일목요연하게 정리되는 느낌이다.

한편 오장환의 구성 방식에는 다른 원칙이 있다. 1부는 예세닌을 대표하는 「나는 농촌 최후의 시인」으로 시작해 「어릴 적부터」로 끝나고, 2부는 「나의 길」에서 시작해 「가버리는 러시아」로 끝난다. 두 파트는 크게 '길 떠남'과 '귀환'의 주제로 대비된다. 1부 파트가 떠돌이 농촌 시인의 향수와 관련된 시편이라면, 2부는 소비에트 공화국 시인으로 귀향한 '나'의 자기 성찰이 주를 이룬다. 물론 이때 '귀향'은 단순히 고향 땅으로의 회귀를 말하는 것이 아니라, 내면 의식의 정착을 의미한다. 1부의 시계(時計·視界)가 과거를 향한다면, 2부의 시계는 현재에 맞춰져 있고, 1부의 소재가 떠나간 자연, 농촌, 고향 어머니, 어린 시절로 축약되는 것이라면, 2부는 도래한 새 시대와 지나가버린 젊음의 대조로 종합된다.

오장환의 선집 구성에는 일본어 번역자보다 훨씬 복합적이고 구체적인 방향성이 있다. 그것은 변증법적 논리 하에 '농촌 시인' 예세닌에서 '도회 시인' 예세닌으로의 진화 과정을 그려내되, 시대와 시대 '사이'에 끼어버린 과도기적 자아의식을 비극적으로 융숭하겠다는 내심에 다름 아니다. 고향을 떠나 "온 마음까지 피투성

에세—닌 詩集

譯 吳章煥

1895—1925

서울 動向社 刊

『에세-닌시집』(1946) 속표지와 차례

이"(「어릴 적부터」)가 되어버린 시인이 삶의 제2챕터로 넘어와 이제는 새롭게 걸어야 할 '나의 길'을 선언하고(「나의 길」), "훌륭한 싸베트 공화국" 시민의 시보다도 중요한 의무(「나는 내 재능에」)와, 사랑보다 더 큰 뜻을 품은 '눈보라'의 진실(「하늘빛 여인의 자켓」)과,[35] "시월과 오월"의 정신이 꽃 피워낼 미래(「싸베트 러시아」)를 노래한다는 큰 프레임 안에서 2부의 시편들은 진행된다.

그런데 이 전향적인 플롯 저변에는 '쓸모없어진 나', '우스꽝스러운 나', '외다리의 나' 곧 "과도시대 좁은 틈사구니서 삐져난/ 이 몸의 불운"이 주제의식으로 어려 있다. 그러므로 오장환의 번역시집을 순서대로 잘 읽는다면, 새 시대를 좇아 서두르는 마음과 줄달음질이 실은 앞을 내다보는 눈과 뒤돌아보는 눈 사이의 거리, 다시 말해 이성의 길과 감성의 길 사이에 낀 절박한 몸짓임을 알아보게 된다. 새로운 시대, 새로운 삶, 새로운 힘, 새로운 노래의 속도감이 강조되면 강조될수록 그만큼 시인의 느림에 역점이 가해지는 까닭에서다.

제목과 내용 모두 예세닌 시의 판박이인 오장환의 「나의 길」은 이렇게 끝맺는다.

> 나의 갈 길,/ 우리들의 가는 길,/ 그것이 무엇인 줄도 안다./ 그러나 어떻게? 하는 물음에 나의 대답은 또 늦었다.// 아 나에게 조그만치의 성실이 있다면/ 내 등에 마소와 같이 길마를 지우라./ 먼저 가는 동무들이여,/ 밝고 밝은 언행의 채찍으로/ 마소

와 같은 나의 걸음을 빠르게 하라.

3·1절을 기념하여 쓴 이 시의 창작 시점(1946.2.24)은 「예세닌에 관하여」 끝에 부기된 날짜 '1946년 2월 17일'과 거의 겹친다. 시는 해방을 기점으로 "크게 결의를 맹세하려던 그날그날을 조목조목 일기로 적은" 시집 『병든 서울』에 수록될 때 「나의 길」로 게재되어 시집 끝에서 두 번째 위치에 자리 잡았다. 시집 맨 끝에는 저 유명한 「어머니 서울에 오시다」가 위치한다.

『예세닌시집』은 1946년 5월, 『병든 서울』은 1946년 7월에 앞 다퉈 나왔다. 서정성을 기준으로 삼는다면, 『예세닌시집』은 이듬해 6월에 나온 『나 사는 곳』과 연결성이 더 짙다. 오장환 자신은 『나 사는 곳』을 해방 전 "암첨暗瞻하던 시절"의 창작이라고 밝히면서 『병든 서울』과 선을 분명히 그었으나, 이는 이념적 잣대에 의한 훗날의 분류법일 뿐, 창작 시기 면에서는 『나 사는 곳』 또한 "엄밀히 말해서 해방 이후의 작품"이라는 것이 연구자들 사이에 공통된 의견이다.[36]

『나 사는 곳』(1947) 속표지

그러나 세 시집을 따로 구분해 읽기보다 하나의 큰 틀로 연결할 때 드러나는 논리가 있다. 『예세닌시집』이 대비되는 두 파트로 나뉘어 있음을 앞에서 살펴보았는데, 『나 사는 곳』과 『병든 서울』의 관계 또한, 비록 순서는 바뀌었어도, 『예세닌시집』의 구성 체계와 닮았다. 두 창작 시집의 대비는 서정의 노래와 이념의 격문, 농촌과 도시, 옛 고향과 새 고향, 목적 없는 탕아와 목적을 획득한 혁명 시인 등의 이분법적 세계를 각각 분리해 보여주면서, 통합적으로는 두 세계 사이의 일관된 방향성을 입증한다. 『나 사는 곳』에서 『병든 서울』로의 전향과 『예세닌시집』 1부에서 2부로의 전개가 감성(변)→이성(증)→행동(합)으로 이어지는 발전 법칙의 투영이라고 할 때, 세 시집은 혁명의 문학적 실천이라는 공통 기획 아래 함께 묶인다.[37]

<나의 길>

뒤로 하는 고향
새로 맞는 고향

오장환은 8월 15일을 경계로 자신의 시집을 분류했으며, 역시 8월 15일을 경계 삼아 예세닌을 새롭게 읽었다.

그렇다. 두 번 다시 누가 돌아가느냐
아름다운 고향의 산과 들이여! 이제 그러면...
신작로 가의 포플러도,
내 머리 위에서 잎새를 흔들지는 아니하리라.
추녀 얕은 옛집은 어느 결에 기울어지고
내 사랑하던 개마저 벌써 옛날에 저 세상으로 떠나버렸다.
모스크바 이리 굽고 저리 굽은 길바닥에서
내가 죽는 것이
아무래도 전생의 인연이 게다.

.....

.....

너무 크게 날으려던 이 날개

이것이 타고난 나의 크나큰 슬픔인 게다.

그렇지만, 뭘...

그까짓 건 아무 것도 아니다

나는 동무야! 나야말로 결단코 죽지는 않을 테니까 --

나는 이 노래를 얼마나 사랑하여 불렀는가. 그것도 술 취한 나머지에... 물론 이것은 8월 15일 훨씬 이전의 일이다. **그때 일본은** 초전에 승승장구하여 여송도呂宋島를 거침없이 점령하고 저 멀리 싱가포르까지 병마를 휘몰 때였다.

나는 그때 동경에 있었다. 그리고 불운의 극에서 헤매일 때였다. 하루 1원 80, 90전의 사자업寫字業을 하여가며 살다가 혹간 내 나라 친구를 만나 값싼 술이라도 나누게 되면 나는 즐겨 이 노래를 불렀던 것이다.

그때의 나의 절망은 지나쳐 모든 것은 그냥 피곤하기만 하였다. 나는 예세닌의 시를 사랑한 것이 하나의 정신의 도약을 위함이 아니었고 다만 나의 병든 마음을 합리화시키려 함이었다.

시라는 그저 아름다운 것, 시라는 그저 슬픈 것, 시라는 그저 꿈 속에 있는 것, **그때의 나는** 이렇게 알았다. 시를 따로 떼어 고정한 세계에 두려 한 것은 나의 생활이 없기 때문이었다. 거의 인간 최하층의 생활소비를 하면서도 내가 생활이 없었다는 것은, 내가 나에게 책임이란 것을 느낀 일이 없었기 때문이었다. 그리고 피곤하기 때문이었다.

그때의 나는 이런 식으로 예세닌을 이해하였다. 이것은 물론 정말 예세닌과는 거리가 먼 나의 예세닌이었다. (448~449, 인용자 강조)

절망의 시 「목로술집의 모스크바」를 인용하며 시작한 번역 서문 첫 문단에서 오장환은 '그때의 나'를 이렇듯 다섯 차례나 강조한다. 물론 '그때의 나'에 찍힌 역점은 '지금의 나'를 향한 역점에 해당하는 것이다. 오장환은 예세닌을 노래하던 시점과 번역하는 시점을 엄연히 구분 짓는데, 그것은 "오래인 과거를 통하여 정서상의 감화를 입어온"(540) 예세닌과 오늘 말짱한 정신으로 이해한 예세닌을 격리하는 일이며, "나의 예세닌"으로부터 "우리의 셀요샤[세료쟈]"를 떼어내는 작업이기도 하다. 그런 이유에서라도 과거 술 취해 노래하던 시절의 애송시(「목로술집의 모스크바」, 「귀향」)를, 가장 인기 있는 예세닌 시임에 불구하고, 번역시집에서 배제한 것은 당연하고 합리적인 처사였다.

소월론인 동시에 예세닌론인 「지상의 형벌」 마지막 구절에서 오장환은 "어제와 오늘의 상거相距"(543)라는 표현을 썼다. "저도 모르게 소시민을 고집하려는 나와 또 하나 바른 역사의 궤도에서 자아를 지양하려는 나"(542) 사이의 괴리를 자인하는 가운데, 그럼에도 불구하고 기억해야 할 생활의 절대 지표로서 명기된 말이다. 예세닌 번역은 그 자체가 "어제와 오늘의 상거"를 말해주는 기록이자 '해방기 시인' 오장환의 '안전통행증'에 해당한다. "요는 세상을 어떻게 보느냐에 있다"(453)는 혁명의 명제가 예세닌 독법을 새롭게 결정짓고, 수정된 독법의 결과인 번역을 통해 그 효력은 검증된다.

그렇기에 1946년 시점에서 오장환이 예세닌을 번역하는 것도, 『예세닌시집』과 『병든 서울』과 『나 사는 곳』을 동시에 상자하는 것도 실은 모순이 아니다. 세 시집의 동시 출현은 앞서가는 시대와 사라지는 시대를 향한 이중의 인사치레를 의미하기 때문이다. 향토의식과 도시적 위악의 내적 분열 외에도 오장환과 예세닌에게는 '외톨이 지각생'으로서의 공통분모가 엿보인다. 예세닌이 그랬던 것처럼, 오장환 역시 과거와 오늘의 틈새에 끼어 '나의 길'을 모색하는 시인이었고, 시대의 속도감 앞에서 뒤늦은 자신의 존재를 애통해했다. 두 시인 공히 시대의 방향성을 알고 함께 앞으로 나가고자 했지만, 예세닌은 일찍이 그 길의 비극성을 이해하고, 자신의 운명이 그 길을 벗어나 있음도 인식했다. 그 과정에서 예세닌이 원망한 것은 앞서나간 '싸베트 정권'이었지 지각한 자기 자신이 아니었다. 마지막 해에 쓴 「나의 길」에서 돌아온 탕아가 "바지자락 치켜들고/ 콤소몰을 뒤쫓아 달리고 싶은" 까닭 역시 자신의 비극적 운명을 잊기 위해서였지, 단순히 맹렬한 당원이 되겠다는 뜻은 아니었다.

예세닌의 「나의 길」은 "삶이 강기슭에 닿고 있다Жизнь входит в берега"는 비장하고도 유장한 한 마디로 시작한다. '나의 길'은 말하자면 종말의 길이다.

> 삶이 강기슭에 닿고 있다./ 마을의 오랜 거주민인/ 나는 이 땅에
> 서 보았던/ 것들을 회상하노라.
> 시여,/ 조용조용 얘기해다오,/ 내 지나간 삶을.[38]

오장환은 이렇게 번역했다.

> 생활의 흐름은 기쁨에 넘치고/ 나는 이 동리의 오래인 주민,/ 이
> 땅에서 보고 온 모든 사물은/ 이 가슴 속에 — / 조용 조용히 노래
> 부르자/ 오, 나의 지난날.

오장환의 번역이 일본어 번역본에 충실하다고 앞서 말했기 때문
에 확인해볼 필요가 있는데, 이 경우에는 매우 흥미로운 이탈이 눈
에 띈다. 바로 첫 번째 행이다. 요다 번역에 따르면 "생활의 흐름이
강기슭에 넘쳐흐른다生活の流れは岸に溢れてゐる"정도로 해석될 문장
을 오장환은 "생활의 흐름은 기쁨에 넘치고"로 옮겼다. 원시의 종
말론적 비유를 충분히 이해하지 못한 일차적 책임이야 일본어 번역
자에게 물을 수 있겠으나, '기쁨'이라는 단어는 오장환만의 것이다.
의역에 의역을 거치며 알아듣기 힘든 관념의 언어가 알아듣기 쉬운
생활의 언어로 바뀌는 과정에서 오장환이 옮긴 「나의 길」은 절망의
시가 아닌 희망의 슬로건으로 둔갑해버렸다. '되돌아보는 시'에서

'앞을 향한 시'로 변모했다.

"정말 예세닌과는 거리가 먼 나의 예세닌"은 이런 경우를 두고 해야 할 말이다. 해방기의 오장환에게 "삶이 강기슭에 닿고 있다"는 목전의 종말감은 그 자체로서 납득 불허한 표상이 아닐 수 없었을 것이다. 예세닌의 줄달음질과 안간힘을 안타까워하며 번역을 통해 뒤늦게나마 그 도로徒勞의 삶을 복권시키려는 입장에서라면, '나의 길'은 당연히 약진의 길이고 또 '우리의 길'이어야만 했다. 그리하여 오장환은 다시 쓰는 것이다.

> 나의 갈 길,
> 우리들의 가는 길,
> 그것이 무엇인 줄도 안다.
> 그러나 어떻게? 하는 물음에 나의 대답은 또 늦었다.
> ─오장환,「나의 길」부분

오장환의 「나의 길」은 다시 쓴 예세닌 시다. 시 안에서 "나의 갈 길"과 "우리들의 가는 길"은 동의어고, 그 길은 예정된 "밝고 밝은" 미래를 향한다. 예세닌과 달리 오장환은 뒤돌아보지 않으며, 책망의 채찍은 자신의 과거와 자신의 느림에만 겨냥되어 있다. 뒤돌아본 과거는 뉘우침의 대상으로서만 의미를 지닐 따름이다.

오장환은 '탕아의 귀환'이라는 성서적 회심의 원형 안에서 예세닌을 읽었다. 그것은 오장환이 선택한 '길'의 공식에 따른 독법이었다. 뉘우침은 회심과 귀향의 필수 전제 조건이며, 그런 의미에서 '무뢰한xyлиган' 시절의 예세닌 시 「망나니의 뉘우침」(1920)을, 창작 시기나 실제의 위악적 내용과 무관하게, 번역시집 말미에 배치한 것은 다분히 의도적인 선택이었다. "누구보다도 정직한 예세닌, 누구보다도 성실한 예세닌, 누구보다도 느낌이 빠르고 또 많은 예세 닌"(453)에 덧보태 '착한 예세닌'의 초상은 그런 식으로 『예세닌시 집』을 통해 완성되었다.

예세닌의 "참담한 패배"(458)라는 비극적 결말을 배제한다면, 그 초상은 해방기 오장환의 자화상으로 무리 없이 대체된다. '다시 찾 은 고향'의 문제가 여기서 대두되는데, 예세닌의 비극은 되돌아간 고향이 "그리던 고향은 아니더뇨"(정지용, 「고향」)라는 절망감에서 기 인한 것이었고, 「소비에트 러시아」나 「가버리는 러시아」 등의 말년 시에 담긴 아이러니는 종국의 파멸에 대한 예고를 의미했다.

> 아 여기가 내 고향이다/ 여기가 나를 낳은 땅이냐/ 나도 시민의
> 벗이라고 얼마나 시 속에 외쳤는가/ 그러나 인제 내 시는 아무짝
> 의 소용도 없다/ 사실은 나부터도 쓸데가 없어진 것이 아닐까.//
> 고향의 옛집이여, 용서하여라/ 그날 네게 바치는 모든 힘은 끝났
> 다/ 이제는 나에게 노래도 청하지 마라./ 네가 괴로워할 때/ 나는
> 그처럼 노래 부르지 아니했느냐
> ―「소비에트 러시아」 부분, 오장환 번역

오장환

예세닌과 오장환의 길이 갈리는 것은 이 지점에서다. 『병든 서울』의 오장환은 "바짓자락 치켜들고/ 콤소몰을 뒤쫓아 달리"던 예세닌을 지표로 삼았을 뿐, 직전 단계인 귀향의 쓰라린 경험에 대해서는 눈을 돌린다. 콤소몰을 뒤쫓는 운동의 관성 속에서 '귀향'은 혹은 부정되거나 혹은 전혀 다른 차원으로 관념화되는 것이다. 그런 뜻에서 『나 사는 곳』과 『병든 서울』의 차이는 각각 옛 고향과 새 고향에 고정된 시선의 차이로 요약될 수 있으며, 후자의 시집에서 '나의 길'의 선포와 '어머니의 상경'으로 이어진 피날레는 새 고향의 설정에 따른 자명한 수순이라 이해된다.

아니올시다. 아니올시다.
나는 그런 사람과는 아무런 관계도 없습니다.
내가 생각하는 것은
이 가슴에 넘치는 사랑이 이 가슴에서 저 가슴으로
이 가슴에 넘치는 바른 뜻이 이 가슴에서 저 가슴으로
모든 이의 가슴에 부을 길이 서툴러 사실은
그 때문에 병이 들었습니다.

어머니 서울에 오시다.
탕아 돌아가는 게
아니라
늙으신 어머니 병든 자식을 찾아오시다.

—오장환, 「어머니 서울에 오시다」 종결부

　예세닌은 혁명에 휩쓸린 고향('소비에트 루시')으로 돌아와 환멸을 느끼고 결국 자살한 반면, 오장환은 그러지 않았다. "탕아 돌아가는 게/ 아니라"는 전제는 확고하다. 「어머니 서울에 오시다」(1946년 6월 『신문학』에 발표, 『병든 서울』 수록)와 대칭적 쌍둥이 관계를 이루는 또 한 편의 시 「다시 미당리」(1946년 7월 『대조』에 발표, 『나 사는 곳』 수록)를 병치해 읽을 때, 오장환이 뜻하는 귀향의 역설은 한층 뚜렷해진다. 늙은 어머니가 병든 아들을 수발한다는 동일 제제의 두 시편에서 근본적인 차이점은 '누가 어디로'의 방향성, 그리고 인간이 느껴야 할 '사랑'의 속성과 향방에 있다. 돌아온 탕아 앞에 밥상 차리는 고향 노모와 병든 아들의 밥상을 차리기 위해 서울로 상경한 노모의 대비, 아들을 향한 어머니의 "크나큰 사랑"과 병든 아들이 "모든 이"에게 쏟아 붓고자 하는 "가슴에 넘치는 사랑"의 대비는 마치 1946년 시점의 오장환에게 선택 가능했던 두 편의 시나리오처럼 서로를 반사한다. '가야할 길'과 '가지 않은 길'의 거울상인 두 시야말로 갈림길의 교차점에서 시인이 마지막으로 할애한 이중의 시선일 수 있다.

　오장환은 물리적으로 고향을 되찾았던 적은 있지만, 이념적으로는 돌아가지 않고자 했다. 『나 사는 곳』 수록 시편들이 실제로는 해방 후의 귀향을 노래하고 있음에도, "오늘의 나 사는 곳"은 "우리들의 사는 곳"(『나 사는 곳』 서문, 623)으로 덮어씌워졌으며, 서정적 고향 시편의 현재성은 의도적으로 부정되었다. 『나 사는 곳』이 "'내'가 '우리'로 바뀌는 사다리"(623)에 대한 역설적 증언인 것과 마찬가지로, 『예세닌시집』은 '어제'와 다른 '오늘'의 의미를 경계 짓는 선언적 기록이며 전향의 증거물이다. 단순한 번역시집이 아니다.

오장환의 "가도 가도 고향뿐"인 「붉은 산」(1945.12)과 "두만강 건너" 「붉은 기」(1949.2) 사이에는 불과 3년 남짓의 시차가 놓여 있다. 그 기간에 걸친 이른바 해방 공간에서 시인의 행보는 긴박했으니, 그것은 서정에서 이념으로의 방향 전환이자 뒤로 하는 고향과 새로 맞는 고향간의 치환을 포괄하는 행보였다.[39] 그리고 시인이 환기하는 붉은 색의 채도와 표상은 그 노정에서 확연히 달라졌다.

제
2
장

언어의 기념비

해방기 조소친선의
서사와 수사

해방 직후 미소 양국이 한반도를 통치하게 되면서 소련과 미국은 각각 '해방군'과 '점령군'으로 스스로의 역할을 규정했다. 소련은 미국 못지않게 헤게모니를 차지한 정치력의 주체였음에도 조소 관계는 '친선дружба'이라는 상호성의 맥락에서 서술되었고, 양국민 관계는 '친구' 사이의 '우정'으로 통칭되었다. 표면적으로는 평등 원칙에 입각한 국제주의 이념의 원리였지만, 실은 타자를 보다 효율적으로 관리하기 위한 전략의 수사였다. 소련이 구사한 '영향력의 기술'과 북조선이 확산한 '수사의 기술'을 통해 이념의 제도는 문화적으로 안착할 수 있었다.

소련군 환영시집『영원한 악수』와 환송시집『영원한 친선』그리고 10년 후 발간된 조소 수교 10주년 기념 문집『해방의 은인』은 모두 조소친선 사상을 대표하는 기록물이다. 기록의 공통분모를 찾아가는 과정에서 확실히 드러나는 점은 해방기 북조선의 체제 수립 과정이 소비에트 러시아 20년사의 압축본이라는 사실이다. 초기 북한을 이해하기 위해 스탈린 시대의 이해가 전제되어야만 할 이유다.

〈조
소
문
화
협
회
〉
와

《조
소
문
화》

1947년 여름 평양을 방문했던 안나 루이스 스트롱A. L. Strong의 '목격자 리포트'에 흥미로운 대목이 있다.

[북한 인민이] 소군정을 대하는 우스울 만큼 순진한 태도는 갓 해방된 민족으로서의 허풍스런 측면도 부분적으로 있지만, 소련의 **영리한 수법**shrewd technique 탓이기도 하다. (…) 소련에는 **영향력을 가하는 나름의 기술**their own technique of influence이 있다. 앞으로 지켜볼 일인데, **소련은 언제나 '영향'이라고 하지 '지배'고 하지 않는다.** 나는 그 어떤 의미에서건 소련인이 "자신 위에 군림한다"고 느끼는 북한 사람을 만나보지 못했다. 오히려 "조선 인민의 힘"에 대한 거의 신비스러운 확신을 봤을 뿐이다. (…) 정치에 있어 그들은 국제 관계에 대해 아직 더 배울 것이 남아 있는 희망찬

청소년들 같다.[1](인용자 강조)

 스트롱의 관찰에 따르면 소련의 '영향'은 '지배'의 사실상 동의어고, 소련은 다만 '지배'라는 말을 하지 않을 뿐이다. 갓 해방된 '순진한' 조선으로서도 국제 관계에 무지하여 소련의 지배를 지배로 인식하지 못할 뿐이다. 미군정과 소군정 모두 자국의 우월성을 선전하기 위해 주둔지 대국민 계몽과 홍보에 주력한 점은 공통되지만, 후자가 보다 보편적인 효과를 거두었다면 그것은 지배력을 행사하는 노련한 방식, 즉 강제성을 은닉한 '영향력의 기술'과 무관하지 않다.[2] '친선'은 정치적 힘의 메커니즘을 수평적·양방향적 관계 안에서 재해석하고, 이념의 제도를 '문화'의 이름으로 전파하게 될 그 기술의 명칭이었다.

 조소친선은 해방기 북한의 '시대정신'이었으며,[3] 실제로 사상의 반열에 오른 주제로서 담론화되었다. 안함광의 『조선문학사』는 이른바 "평화적 민주 건설 시기"인 1945~1950년 북한문학의 지배적 경향 중 하나로 조소친선사상을 지목하면서, 그 사상이 "현실적이며 정치적인 것으로 인간을 확고히 보장하는 과학적 실천 사상"이라고 정의 내렸다.[4] 조소친선이 단순한 국가 간 우의 개념이 아니라, 체제 성립의 필수적 실천 과제였다는 의미로 이해하면 될 것이다. 『조선문학사』 중 "해방 후 우리 문학 발전에서의 쏘베트 문학의 영향"이라 제목 붙여진 3쪽짜리 소개글에는 "선진적/향도적"이라는 수식어가 무려 6번이나 등장하는데,[5] '선진 소련'의 '향도적 역

할'이 비단 문학·문화 영역에 국한된 것만은 아니었다. 다만 초기
북한 체제와 실생활 전반에 걸친 소련의 절대적 위상을 규정하고
일반화하는 통로로서 문학의 도구적 기능은 중요했고, 그런 이유에
서 조소친선 테마의 텍스트를 면밀히 들여다볼 가치가 있다. 소련
의 존재감이 서사화되고, 또 서사를 통해 표상화되어가는 과정과
그 정치적 맥락을 추적하기 위해서다.

친선의 선전·관리 창구로서 조쏘문화협회(조쏘친선협회)가 조직
된 것은 해방 직후다. 1945년 11월 조쏘문화협회(1958년 '조쏘친선협회'
로 개명)가 설립되고 1946년 7월 기관지 『조쏘문화』[6]가 출범한 것에
비해 주한미공보원USIS-Korea 설립은 1949년 1월,[7] 『월간아메리카』
창간은 1949년 3월로 3년 이상 뒤늦었을 뿐 아니라, 활동 방식에서
도 차이를 보였다.[8] 주무 기관과 기관지 명칭을 위시해 간행물 내
용의 목차만 훑어봐도 알 수 있듯이, 조소 관계는 처음부터 '문화
친선'에 초점을 맞추어 최소한 표면적으로는 수평적이고 자발적인
협력 관계로 대중화 노선을 취했던 반면, 한미 관계의 경우 미해외
공보처 산하의 주한미공보원 외에는 일반 대중 참여의 양방적 연대
(가령 한미문화협회나 한미친선협회 등)가 조직되지 않았다. 친선 정책의
개념 자체가 한미 관계에서 희박했다고 볼 수 있다.

그러나 친선을 매개로 한 소련의 대외선전 활동은 레닌의 코민
테른에서 소연방대외문화교류협회(VOKS, Всесоюзное общество куль-
турной связи, 1925~1958)로 이어지면서 문화외교 전략과 조직력을 축
적해온 터였다. '복스VOKS'는 문화 학술 교류를 통해 대외 관계를

관리했으며, 중도적 입장의 서구 문화 지식인들을 친소파로 포섭함에 있어서도 성과를 발휘했다.[9] 북한의 경우 해방 직후에는 결코 긍정 일변도가 아니었던 소련 이미지가 변화하기 시작한 것도 복스 VOKS가 관장하는 조쏘문화협회 설립 이후였는데, 1946년 중반(즉, 『조쏘문화』 발간 시점)부터 확대된 조소친선주의는 1947년 미소공동위원회 결렬 후 특히 공고해졌고, 적극적인 소련 문화 선전사업으로 '해방자'와 '방조자'의 이미지를 북한 사회에 정착시켰다.[10]

해방 후 1946년대까지가 조소친선 준비기였다면, 1947년부터 1949년까지는 절정기로 볼 수 있다. 그 시기를 관통하면서 다양한 교류 사업이 시행됨은 물론, '조쏘친선'이라는 단어가 시대적 대명사로 자리 잡았다. 북한의 조소친선주의는 남북이 단일 공동체로서의 비전을 포기한 채 서로 대립하게 되는 시점, 동시에 서로의 정체성을 상대적이고 경쟁적인 맥락에서 확립해가는 시점과 정확히 겹친다. 그 면에서 조소친선의 의의가 "소련이라는 국가를 通번역하여 국가 건설의 기반을 조성하려는 잠정적 수준에서의 문화·정치적 국가 기획"에 있었다는 분석은 정확하다.[11]

북한 주둔 소련군 총사령관이자 전권대사였던 T. 슈티코프T. Ф. Штыков 비망록에 따르면, 소련 유학생 파견, 소련 교원 초빙, 레닌·스탈린 저작물 번역과 같은 주요 문화 사업은 1946년의 준비를 거쳐 1947년 하반기부터 본격적으로 시행되었다.[12] 남한에서 반공 캠페인이 강화되고 남로당 대다수가 월북하던 그 시기에 북한은 북한대로 소련이 앞서 강행했던 일련의 문화 탄압 정책을 모방적으로 실행했다. 대표적인 사례가 1946년 소련 문예지 『레닌그라드』와 『별(즈베즈다)』 폐간 조치의 복사판이라 할 『응향』 사건이다. 소련작가동맹을 모델로 한 북조선문학예술총동맹은 1947년 2월 중앙상임위원회 결정서를 통해 원산문학동맹이 펴낸 시집 『응향』과 일련의 발간물(『관서시인집』, 『문장독본』, 『써클 예원』, 『예술』 등)을 부르주아 사상미학의 잔재로 비판했고, 결과적으로 "문학예술은 인민에게 복무해야 할 것"이라는 당론적 입장을 끌어냈다.[13] 그리하여 소련에서 1920년대까지의 비교적 다양했던 모더니즘 예술 실험이 사회주의 일원 체제 통제로써 마감되었던 것과 똑같은 상황이 1947년을 기점으로 북한에서도 반복되었다.

「시집 『응향』에 관한 북조선문학예술총동맹 중앙상임위원회 결정서」(『문화전선』[3]와 즈다노프의 「잡지 『별』, 『레닌그라드』에 관한 보고」(『조쏘문화』[4]가 거의 동시에(정확하게는 즈다노프 보고서가 한 달 뒤에) 발표된 상황이 말해주듯, 북한의 『응향』 사건은 스탈린식 문화 숙청 작업인 즈다노프 환난Ждановщина의 '동시 통번역'이었고, 또한 다가올 사회주의 리얼리즘론의 예고이기도 했다. 『응향』 사건은 하나의 예일 뿐이고, 해방 후 북한 체제는 레닌 사후 소련이 도입했던 체제 강화 정책들을 직수입해 이식한 결과였다. 즉, 해방기 북한의 문화제도 수립 과정은(사실 문화에만 국한된 문제가 아니지만) 혁명에서 스탈린 체제 확립에 이르는 소비에트 러시아 20년사의 압축본이었던 셈이다. 북한 체제 정립기의 제반 현상이 안겨주는 기시감은 거기서온다. 초기 북한을 이해하기 위해 스탈린 시대의 이해가 뒷받침되어야만 하는 이유도 거기에 있다.

출판 상황에 대해 곁들여 언급하자면, 슈티코프 장군의 비망록은 어떤 문헌을 번역·보급하는가의 문제에 소련이 깊이 개입했음을 말해준다. 1946년 말에 소련 측이 결정한 번역의 우선순위는 레닌의 『무엇을 할 것인가』, 『일보전진 이보후퇴』, 마르크스 엥겔스의 『공산당선언』, 스탈린의 주요 저작 등이었고,[14] 1945~1950년 기간 중 출판된 70여 편 번역문학의 대부분은 혁명, 전쟁, 스탈린 체제 선전을 주제로 한 사회주의 리얼리즘 작품이었다.[15] 해방기 북한 사회에서 소련문학은 인민의식 계몽과 국가 건설의 모범으로 기능했으며, 문학 창작의 교본으로 활용된 경우에도 학습 내용은 혁명적 사상성에 집중되었다.

번역은 북한과 소련에서 동시 진행되었다. 가령 N. 오스트롭스키H. Островский의 『강철은 어떻게 단련되었나』와 『쏘련희곡집』 등은 모스크바 외국노동자출판부에서 1947년 간행한 번역물이다. 1946년에 소련을 찾은 이태준은 1930년대에 이미 외국노동자출판부에서 나온 조선어 책자들을 보며 놀라움을 금치 못하는데,[16] 해방 전 소련의 고려인 중심으로 진행되었던 번역 작업은 해방을 기해 조쏘문화협회·조쏘출판부와 연계해 이어졌다. 해방 후 북한으로 귀환하거나 파송된 고려인들이 주요 직책을 차지하여 소련 제도를 보급하는 데 앞장섰음은 주지의 사실이다. 그들은 『조선신문』, 『노동신문』, 『조선문학』 등의 발행을 주도하며 소련식 편집 체제와 용어를 정착시키고, 아울러 동시대 소련문학 작품과 이론, 혁명사

『조쏘친선』(1949년 11월)과
『조쏘문화』(1961년 11월)

상과 당 결정서 등의 실시간 유통을 도운 문화 번역자들이었다.[17]

『조쏘문화』,『조쏘친선』은 두말할 나위 없고,『문화전선』,『조선문학』,『문학예술』등의 해방기 문예지 지면을 채운 것도 소련과 연관된 작품, 평론 그리고『소비에트문학Советская литература』이나『문학신문Литературная газета』같은 매체에서 직수입된 번역물이었다.[18] 북조선예술총동맹 기관지『문화전선』, 그 뒤를 이은 북조선문학동맹 기관지『조선문학』과『문학예술』의 편집 방향은 전적으로 정치 상황과 연동되어 있었던 만큼, 수록 내용의 추이는 곧 시대의 변화를 대변해주는 지표로 읽힌다. 조소친선이 지배했던 1946~1949년 시기에는 소련 관련 지면이 문예지의 중심을 이루다가 그 이후부터 확연하게 감소하는 추세를 보이지만, 스탈린 사망(1953.3), 스탈린 사망 1주기(1954.3), 혁명 40주년(1957.11)과 같은 특정 시점이 오면 다시금 특집 테마로 비중 있게 부상한다. 최소한 '주체사상'이 확립되는 1960년대 중반 이전까지는 소련의 정치적·문화적 위상이 형식적으로나마 유지되었다는 얘기다.

그럼에도 불구하고 1960년대 중반 이전에 문예지에서 러시아-소련의 자취가 돌연 사라지는 두 시점이 있다. 해방기 너머의 얘기임에도 조소 관계의 맥락에서 중요한 까닭에 언급하자면, 그중 하나는 스탈린 사후 소련파 숙청이 이루어지는 1956년이다. 먼저 1956년 1월호『조선문학』에서 러시아어, 러시아 작가, 소비에트 러시아 관련 글이 자취를 감추고, 그다음에 러시아어를 비롯한 외래어 사용이 전반적으로 억제되는 데 이어 러시아인 필진도 현격히

감소한다. 상황은 다음과 같다. 1953년 스탈린 사망 후 소련에 등을 돌리며 '주체'의 길을 걷기 시작한 김일성은 N. 흐루쇼프H. Хрущёв 가 스탈린을 공개 비판한 제20차 당대회에 앞서 1955년 12월, 당중 앙위원회 전원회의를 통해 소련계 간부들을 비판함으로써 대대적인 반소련 캠페인을 예고한다. 12월 28일에 나온 김일성의 연설(「사상 사업에서 교조주의와 형식주의를 퇴치하고 주체를 확립할 데 대하여」)은 소련파 숙청의 신호탄이었고, 그 기류는 1956년 1월호 문예지 편집에 그대로 반영되어 3월호에는 임화와 이태준에 대한 공개 비판이 등장했으며, '반종파 투쟁'을 통해 친소파 숙청이 완결되는 것으로 상황은 전개되었다. 북한에서 활동하던 소련파 문화·지식인들이 대거 희생당하거나 망명하는 시기가 이 무렵이다.

유사한 현상으로, 김일성 일당 체제가 확립된 1961년에도 『조선문학』에서 소비에트혁명에 대한 언급이 완전히 사라졌다. 관례적으로 매년 11월 호에 게재되던 10월 혁명 축시 전통은 밀려났고, 대신 천리마 운동과 '수령을 따라 배우자!'라는 슬로건이 그 자리를 메꿈으로써 스승-원조자 소련의 위상은 마침내 김일성 수령의 절대 권위로 대체될 수 있었다. "망각이 국가를 창조하는 데 있어 결정적인 요소"라는 역설의 명제처럼,[19] 주체의 새 역사는 소련의 기억을 삭제함으로써 시작되었다.

다시 해방기 조소 관계로 돌아와, 설립 초기에 지식인과 지도층 중심의 단체였던 조쏘문화협회는 1947년부터 대중적 외연을 확장하면서 협회원 수도 대폭 증가했다. 『조쏘문화』 창간 즈음인 1947

년 초 3천7백여 명이었던 회원 수는 소련군이 철수하는 1948년 12월까지 8십9만여 명으로 2백 배 이상 늘어났다. 1949년 4월에는 1백3십만 명을 기록하기에 이르는데, 이 놀라운 확산세에서 가장 가파른 변화를 보이는 시기가 바로 군중 문화단체로의 전환이 이루어진 1947년이다.[20] 자명한 사실임에도 효과는 괄목할 만했다. 교육, 행정, 기술, 문화 전 영역에 걸쳐 제도적으로 이식·수용된 소련 모델은 출판, 강연, 교육, 전시, 영화 상영, 홍보 등 조쏘문화협회가 주도한 각종 군중 참여 사업을 통해 전 인민적 차원으로 학습되고 전파되었으며, 그 과정에서 "북한 사람들의 의식 속에 심어진 러시아 문화양식이란 전적으로 스탈린주의적 문화 개념과 일치"를 이루는 인식 구조가 형성되었다.[21] 무엇보다 중요한 사실은, 이 모든 과정이 강제성 아닌 자발성의 성격을 띠었다는 점이다.

조쏘문화협회 설립 4주년 즈음 있었던 '조쏘친선과 쏘베트문화 순간旬間'(1949.10.11~20)은 자발성의 의미가 연출된 최대 규모 친선 행사였다. 전국에 걸쳐 동시다발적으로 진행된 이 순간(열흘) 축제는 강연회 33,200회, 전람회 24,898회, 회합 11,000회, 소련 연극 공연 83회, 소련 영화 상영 2천여 회, 소련 예술단의 순회공연 22회, 소련 홍보 기사 게재 2천여 건 등으로 이루어진 획기적 스케일의 경축 행사였는데, '동원'된 인원만도 총 1천5백5십3만 명이었다.[22] 당시 인구가 1천1백만 명, 1946년 인민회의 대의원 선거 시 유권자 수가 450만 명이었음을 감안한다면[23] 놀라운 참여도의 인민 축제였을 뿐만 아니라, 때를 맞추어 산업 증산 투쟁까지 함께 전개해나

조쏘친선과 쏘베트문화순간
경축대회(1949)

간 국가적 약진 운동이기도 했다.[24] 소련과의 정식 수교 1주년을 기념하는 시점에서 기획된 이 사업에는 당연히 조선민주주의인민공화국 수립(1948.9.9) 후의 발전상을 소련 대중과 우방에 알리는 자국 홍보 의미도 내포되어 있었다.

> 금번 실시되는 '조쏘친선과 쏘베트문화순간'은 조선 인민의 전 인민적 욕망에 응답하는 것이며 이 사업은 조쏘 량국간의 친선을 강화하며 쏘련 문화와 조선 문화와의 교류를 강화함에 있어서 크나큰 기여를 할 것이다. (…) 우리 문학예술가들은 이 순간에 쏘련 문학예술의 고상한 사상성과 높은 예술성을 직접적으로 연구하여 자기 예술 창조에 도움으로 하게 할 것이며 크나큰 발판으로 되게 할 것이다. 이뿐만 아니라 우리의 연극 음악 무용 단체들이 쏘련의 우수한 연극 음악 무용들을 상연함으로써 우리 예술 발전에 막대한 영향을 가져올 것이며 쏘련 군대에 의하여 해방된 후 쏘련의 끊임없는 방조에 의하여 찬란히 발전한 우리의 예술을 그들에게 보여줌으로써 우리 민족 예술을 쏘련에 소개하게 될 것이다.[25]

월간 『조쏘문화』가 『조쏘친선』으로 대체된 것도 1949년 10월 친선 축제를 기해서다. 위에 인용된 『조쏘친선』 창간호(책임주필 박길룡) 권두언(「'조쏘친선과 쏘베트문화순간'에 대하여」)이 역설한 바는 크게 세 가지로 첫째, 위대한 해방자이자 원조자인 소련을 찬양하며, 둘째로 전 인민은 "고상한 사상성과 고귀한 도덕성"을 반영한 선진 소련문화예술을 배우려는 갈망이 크고, 셋째로 북한의 문화예술 발전과 조국의 통일 독립을 위해 소련과 영원불멸한 친선 강화를 열망한다는 내용이다.[26] 권두언에서 사용된 단어 '친선'은 마르크스-레닌주의 세계관에 입각한 소련의 "형제적 친목과 동지적 협조" 그리고 그에 상응한 북한 인민의 자발적 응답을 한 마디로 축약한 상징적 키워드였다.

친선의 수평 구조는 찬양, 동경, 모방의 종적 관계를 연대와 우의의 횡적 관계로 보정하면서, 당 차원의 사업을 인민 주도 행사로 정당화하는 이중 효과를 지닌 것이었다. 소련과 북한의 관계에서는 북한의 적극성에, 당과 인민의 관계에서는 인민의 적극성에 역점을 둠으로써 '힘'은 능동과 수동으로 양분되는 대신 두 주체 사이에 균등 배분될 수 있었다. 균등 배분된 것처럼 보이게 해주었다는 바로 그 의미에서, 친선은 정치적 전략의 수사였다.

조소친선 정신의 대중화가 '국가'를 확립하는 과정에서 필수 과정이었음은 자명한 바다. 해방에서 정권 수립까지의 궐위 기간 동안 북한이라는 일차적 의미의 민족 공동체와, 더 크게는 사회주의 국가라는 세계 민족 공동체의 틀을 유지해준 중심축은 다름 아닌 소련이었다. B. 앤더슨Anderson의 용어를 빌리자면, 북한은 소련과의 관계를 통해 '상상의 공동체'가 요구하는 '동시성'을 확보할 수 있었다.[27] 조소친선 서사의 핵심어들, 예컨대 '상봉, 만남, 악수, 친구, 화답'과 같은 공시적 결속력의 비유어들이 가리키는 최종 지향점은 바로 그것이었다.

〈영원한 악수〉에서
〈영원한 친선〉으로

조소친선 서사의
마스터 플롯

'조쏘친선과 쏘베트문화순간' 축제는 소련군 철수 이후 시행된 최대 규모의 친선 행사였다. 공화국 수립과 수교 1주년을 기념한 사업이지만, 소련군의 부재를 기억의 연속성으로 대체하는 상징적 효과를 띠었다. 소련군 대표단 귀국(1947.5)과 소련군 철수 시점(1948.12) 사이인 1947년 8월 모란봉에 세워진 해방탑도 해방 2주년을 맞아 소련 해방군의 공훈을 되새긴 기억의 상징물이었다. 문석오, 조규봉, 이쾌대 등이 작업한 것으로 알려진 30미터 높이의 탑 꼭대기에는 붉은 오각별이 달리고, 받침대에는 '전투'와 '상봉' 장면의 부조가 덧붙여졌으며, 몸체에는 러시아어와 한국어로 친선 문구가 새겨졌다.

위대한 쏘련 인민은 일본 제국주의를 쳐부시고 조선 인민을 해

방하였다. 조선의 해방을 위하여 흘린 피로 조선 인민과 쏘련 인민의 친선은 더욱 굳게 맺어졌나니. 여기에 탑을 세워 전체 인민의 감사를 표하노라. 1945년 8월 15일.

조소친선 서사를 특징짓는 일련의 구성 요소 중에서도 핵심적인 것이 자발성과 영속성이다. 친선은 국가가 아닌 인민의 역사이며, 인민 스스로 자아낸 감정과 기억의 열매인데, 전쟁에서 희생의 '피'를 나눈 양국 인민은 혈족으로서의 운명을 공유하게 된다. 그것이 조소친선의 깊은 의미이자 약속하는 내용이다. 임화가 붉은 군대 환영시 「발자욱」(1945.11)에서 노래하듯이, 양국 인민의 만남은 "어느 것이 그대들의 것인지/ 어느 것이 우리의 것인지 알 수가 없"는 일체감의 경지를 보여준다.[28] 오랜 기다림 끝에 상봉한 두 나라 인민은 하나이며, 피로 얽힌 그들의 결속력은 끊어질 리 없다. 친선에 자동으로 따라붙는 수식어 '영원한'에 대해 굳이 부연하면 그러하다. 『영원한 악수』(1946.9)로 명명된 소련군 환영시집과 『영원한 친선』(1949.2)이라 제목 붙여진 환송 시집이 수미상관 구조로써 강조한 것은 바로 영원불멸한 결속력의 사슬이었다.

합동 시집 『영원한 악수』의 표제시인 이정구 작 「영원한 악수」를 인용한다.

양 여가리에선 사람들의 떼가/ 깃발을 흔들어 만세소리 높게 부르는데/ 따와리씨/ 너는 무조건하고/ 내 손과 내 몸을 걷잡아 흔드

누나/ 오오 오랫동안 그리워하던 동무여/ 우리들은 네가 오기를/ 무한히 기다렸다.// 머언 나라에서 온 너/ 비록 보지는 못했으나/ 건강한 네 몸과 네 마음을/ 항상 굳게 신용하고 있던 우리들/ 이제 한자리에 마조 앉고 보니/ 안타까웁다 언어 불통이여/ 너와 나는 온갖 시능을 해 가면서/ 생각과 뜻의 같음을 전하고 있구나/…/ 너와 나는/ 오직 한 가지 진리를 믿기에/ 영원한 악수를 한다.[29]

　‘악수’는 친선 서사에서 빈도수가 높은 단어이다. 그것은 “무조건 (…) 내 손과 내 몸을 걸잡아 흔드”는 반가움의 표현이고, 동지 의식의 기호이며, 소련인 ‘따와리씨товарищ’와 조선인 ‘동무’ 사이의 언어불통을 상쇄하는 비언어적 소통 수단이다. ‘악수’는 몸과 의식의 합일을 비유하는 환유적 의미 또한 지니고 있다. 몇 가지 예를 더 들어보겠다.[30]

　　우리의 피부색은 달라도/ 우리의 사상은 하나./ 심장과 영혼이/ 서로를 반기니,/ 이것은 바로 무언의 악수.
　　―한병천

　　그들과의 인사에 말은 없어도 조왔다/ 다-만 덥석 손을 잡고 서로 웃고…// 마음으로의 친선의 자리에 권이있어 무얼하리/ 연달아 철철넘는 껍을쪼아 한숨에 마히자
　　―이찬, 「붉은 병사」

키는 서로 같지 안아도/ 한결같이 수수하고// 얼굴만 보면 새삼
스런 감격으로/ 가슴 후더워지는 사람들// 그들과의 인사의 말
은 통치 않아도 좋았다/ 덥석 손을 잡고 서로 웃고.../ 마음으로
의 친선의 자리에 권을 기다리랴/ 련달아 철철 넘는 컵을 쪼아
한숨에 마신다

—이찬, 「쏘베트 병사」

의로운 쏘련 병사들과 해방된 시민들 사이에는 군은 악수와 뜨
거운 포옹이 교환되었다.

—우혁, 「초도에 붉은 기가 나붓기던 날(이야기)」

"피부색은 달라도/ 우리의 사상은 하나"라는 정신적 일체감이
조소친선 사상의 근본이라면, 조소친선 서사의 실제 목표는 그 사
상의 구체화에 있다. "조소친선의 사상은 본질적으로 구체적 행동
의 세계를 요구한다"고 역설한 안함광은 조소친선 문학의 과제를
네 갈래로 정리했다.[31] 요약하면, 조소친선 서사는 감사의 느낌, 감
사의 행동, 혁명적 이상향의 인식, 혁명적 이상향의 추구라는 총 네
단계로 구성된다. 은인(해방자, 원조자)을 향한 감사의 감정은 보은의
행동으로 열매 맺고, 소비에트 주권에 대한 친밀감은 조선의 주권
확립으로 실천되는 자연스런 인과 과정이 서사 흐름의 골자를 이룬
다. 모든 갈등 요소는 주인공의 의식화, 즉 혁명적 진리의 깨달음이
라는 클라이맥스를 통해 평화롭게 종식된다. 사회주의 리얼리즘의

마스터 플롯을 무의식(spontaneity, стихийность)에서 의식(consciousness, сознательность)에 이르는 변증법적 전환으로 규명해 보인 K. 클락Clark의 서사 모델은 조소친선의 경우에 대입해도 아무 무리가 없다.[32] 다만 "근원적 본능의 에너지를 의식의 에너지로 변화시키는 프롤레타리아 전위대a vanguard of the proletariat"[33]의 성장이 '스승-선구자'와 '학생-후계자'의 전수-승계 의례로써 완성된다는 기본 플롯만큼은 해방기 조소친선 서사에서 한층 단순화하는 경향을 보인다. '스승-소련'과 '학생-조선'의 관계가 '문명 vs. 야만'이라는 이분법의 단순 계몽 논리와 뒤섞이면서 의식 전수가 자칫 문명 전수의 일환인 양 축소되어버리기 때문이다.

소련을 향한 감사의 '도의적 의식'이 구체성을 띠어야 한다고 했을 때, 그 구체성은 해방 전쟁에서 피 흘리고, 산업 기술을 전수하고, 용광로와 발전소를 복구하고, 전염병 방역에 앞장서는 등의 현실적 원조 사례들로 서사화하기 마련이다. 즉, 다양한 경험을 나열하고 모든 경험을 관통하는 친선 정신을 표출하는 것으로서 서사 패턴은 틀지어진다. 요지는 "희망찬 생활의 길잡이"인 조소친선 사상이 "온 인민의 가슴에 물결쳐 흐르고 있는 현실"을 묘사하고, "쏘련의 따뜻한 손길"을 향한 온 인민의 "깊은 감격과 희망"이 얼마나 강렬한가를 '구체적으로' 전달하는 것이다.[34] 한 마디로 조소친선 문학은 "조소친선의 사상을 본질적으로 체득하며 해방 및 원조의 은총에 감격하면서 일층 생산에 정신 분투하는 노동자 농민 기타 근로 인민"[35]의 구체화된 성장 서사라 할 수 있다.

1959년 발간된 『해방의 은인』을 예로 삼고자 한다. 해방기를 훌쩍 넘어선 1959년에 출간되었지만, 조소 수교 10주년을 기념하는 이 책은 수교 1주년 때 출간된 『영원한 친선』의 메시지를 그대로 담은, 말하자면 리바이벌 친선문집이다.[36] 앞표지에 소련 적군 병사의 그림이 나오고, 내지 맨 앞에 해방탑 사진이 첨부된 작품집은 북한이 소련 군대의 힘으로 해방되고 복구되고 발전해온 10년 세월의 증명서나 다름없다. 수록된 작품들도 해방기에 창작된 한설야, 이기영, 이춘진 등의 작품과 그로부터 10년이 흐른 시점에 회고된 다양한 기억의 서술로 혼합되어 있다. 국외 도서관에서 확인한 실물 책자의 수록 내용을 소개한다.

1. 홍순목, 「추모탑의 오각별: 이야기」

2. 리춘진, 「이완 뻬뜨로위치 대위: 오체르크」

3. 오의근, 「붉은 별: 이야기」

4. 강립석, 「길가에서: 오체르크」

5. 홍인국, 「추억: 오체르크」

6. 리북명, 「8월의 회상: 회상기」

7. 리재훈, 「저수지를 지켜 준 쏘련 병사: 이야기」

8. 우혁, 「초도에 붉은 기가 나붓기던 날: 이야기」

9. 리경선, 「그들이 남긴 은공: 이야기」

10. 한설야, 「남매: 소설」

11. 리기영, 「꽃병: 소설」

12. 리춘진, 「안나: 소설」

13. 윤시철, 「한 도공의 이야기: 소설」

14. 박민순, 「붉은 수첩: 소설」

15. 이·우르쥬멜라쉬윌리, 「조선에서의 수기: 소설」

16. 이·꾸즈네쪼브, 「쏘련 영웅 엘·엔 쭈까노바: 오체르크」

    수록된 글은 모두 실화(오체르크) 혹은 실화와도 같은 사실성이 강조된 작품들(이야기, 소설)이다. 맨 마지막에 실린 두 편의 소련 수기는 친선의 구색을 갖추기 위해 첨부된 듯하고,[37] 나머지는 북조선 방방곡곡의 평범한 인민이 해방기에 직접 경험하거나 전해 들은 '아름다운 이야기'들로 이루어졌다. 이야기들에 따르면, 38선 부근 마을부터 함경도의 '영웅 도시' 원산과 청진까지 소련군의 '은덕'과 '은공'과 '은혜'가 미치지 않은 곳 없고, 그 기억은 세월이 지나도 여전히 또렷하다. 작품집 서문을 쓴 이기영은 '결초보은'이라는 고사성어까지 사용하면서 소련군의 공덕을 후대에 전해 사회주의 선구자인 소련 인민을 배워나감이 "인류 도덕에 부합될 뿐만 아니라 자신들의 행복과 번영을 위해서도 아주 유익할 것"이라고 강조한다.[38]

    이기영의 「꽃병」은 "맑스 레닌주의 사상으로 강철같이 단련된" 소련군 사령관과 의사 부부가 강원도 두메산골에 문명의 혜택과 의술을 베풀고, 감복한 주민들이 감사의 표시로 꽃병을 선물하는 이야기다. 「꽃병」 이외의 다른 이야기들도 서사 구조는 비슷해서, 소

이기영

련군의 헌신과 희생을 통해 북조선은 지상 낙원으로 변해가고, 소련군이 만들어주고 복구해준 시설물(노동자 휴게소의 분수대, 용광로, 발전소 등)은 6·25전쟁에도 끄떡없이 힘차게 돌아가며, 그 은혜의 기억은 세월이 흘러도 지워지지 않는다. 소련인은 조건 없는 시혜자, 조선인은 소련인의 방조 아래 성장 중인 대견한 수혜자로 역할이 정해져 있다. 소련이 조선을 지켜주고, 도와주고, 회생시키는 어른의 존재라면, 소련에 의존하는 조선은 약하고, 무지하고, 고집 세고, 무방비 상태인 어린애다.

이기영은 소련을 '재생의 은인'에 비유하면서 결초보은을 다짐하거니와("조선 사람들은 '재생의 은인'에 대하여는 백골난망으로 '결초보은'을 한다는 속담이 있다."), 소련은 한 마디로 '새 생명'의 근원이다. 여기서 '새 생명'은 크게는 '새 세상'의 탄생에 따른 '새로운 삶'의 혁명적 토포스topos지만, 결초보은의 미담에서 그것은 종종 물리적 생명과 관계된 회생의 토포스로 현실화한다. 조소친선 서사에 자주 등장하는 주제가 소련군의 의료 원조이고, 자주 등장하는 인물이 소련 간호사·의사(특히 여의사)라는 점은 바로 이 생명의 토포스와 연결되어 있다. 『해방의 은인』의 미담 중에서도 5편이 목숨을 건져주는 이야기이며, 그중 4편은 전염병(콜레라), 결핵, 기생충 감염 등의 위험에서 구사일생으로 되살아나는 이야기다. 소련군은 나쁜 바이러스를 진압한 방역의 영웅이자, 문자 그대로 생명의 은인인 셈이다.

1946년 여름 북한에는 실제로 전염병이 돌았다. 그런 까닭에 당시 소련을 방문했던 1차 사절단(이태준, 이찬, 이기영, 허정숙 등 25명)은 보로실로프 공항에 도착하자마자 스이훈 강변의 격리촌으로 이동해 며칠을 보내야 했다. 그러니까 소련 의료 시설, 군의관, '세스트라 양들(간호사)'과의 접촉이 소련인과의 첫 경험이 되었고, 그때 접한 의료진과 의술의 첫인상이 '선진 소련'의 가장 확고한 증거물로 각인되었던 것은 사실이다. 격리촌 경험 외에도 조선에서 온 '손님'들은 개별적인 의료 혜택을 받으며(실은 '복스'가 주선한 특혜였다) '위대한 소련'의 '관대함'에 감복하곤 했다. 이태준은 첫 소련 여행 중 두 번이나 병원 신세를 졌고,[39] 위병을 앓던 이기영은 네 번째 방문 때 한 달간 키슬로보드스크 요양소에 머물면서 『두만강』 소설을 퇴고했고,[40] 백남운, 이찬, 한설야도 마찬가지로 소련 방문 시 신병 치료를 받았다.[41] 시인 오장환의 경우 남포소련적십자병원에서 치료받다가 모스크바 보드킨Водкин 병원에 옮겨져 신장 투석까지 받은 경험으로 「남포병원」과 「모스크바 5·1절」을 썼다.

소련과 생명력의 불가분 관계에 대해 이기영은 1949년 여행 기록 「쏘련은 인민의 위대한 벗」 말미에 흥미로운 소회를 남겨놓았다.

모스크바에서 조국으로 돌아온 나를 보고 모두들 건강해졌다고 한다. 사실 나는 쏘련에 체재한 동안 한 번도 탈이 난 적은 없었다. 나의 이번 쏘련 방문은 불과 한 달 남짓한 짧은 기간이었다. 그러나 내가 생각해 보아도 방쏘 중에 나의 몸은 확실히 튼튼해진 것 같다. 이것은 나의 기적일까? 나는 3년 전에 제1회 조선인민방쏘사절단 일행 25명 중의 한 사람으로 쏘련을 방문하였었는데 그때도 그러했다. 그것은 쏘련 인민들의 건전한 생활환경 속에 뛰어든 나 같은 약질도 부지중 그들에게 동화된 것이 아닐런가? 쏘련은 모든 점에 있어서 건실하고 명랑하고 자유스럽고 행복하여 어두운 구석이라고는 찾아볼래야 볼 수가 없다. 쏘련 인민들의 생활 속에 들어가게 되면 사실 약한 사람이라도 강해질 수밖에 없다. 왜 그러냐 하면 그의 주위에 둘러 있는 모든 것이 강대한 생활력에 마치 쇠가 지남철에 끌리듯이 견인되기 때문에 약한 자도 강해지고 삐뚤어진 자도 올바르게 자연히 교정될 수 있기 때문이다.[42]

소련 여행 중에 건강해졌다는 이기영의 생각은 소련이 곧 '건강'의 담지자라는 믿음과 일맥상통한다. 소련(인)은 조선(인)을 건강하게 해주는데, 그것은 소련(인)의 의술이 발달해서만이 아니라, 근본적으로 소련(인)이 곧 '생명'이기 때문이다. "건강한 네 몸과 네 마음을/ 항상 굳게 신용"(이정구, 「영원한 악수」)해온 조선인이다. 소련(인)의 건강은 몸과 마음과 정신의 전 영역에 흐르는 전일론(全一論, holism)적 생명력과 상통하는 것으로, 일제하에 병들었던 조선(인)을 치유해줌으로써 새 생명의 탄생과 지속을 이루어낸다. 핵심적 친선 테마 모티브인 '재생'의 의미는 그것이다.

… 죽음에서 건져준 크리블랴크 선생의 파아란 눈동자 자기의 몸을 꼭 껴안듯이 하고 나무로 만든 청진기를 통하여 고달픈 제 심

장을 엿듣는 선생의 번쩍이는 눈동자, 입원하던 날밤에 잠도 못 자고 자기를 꼭 지켜주고 껴안아주고 그리고 이따마큼씩 굵다란 주사침을 찔러주고 손발까지 문질러주던 그 땀난 얼굴… 그것은 영원히 원주의 머리에서 사라지지 않을 것이다. (…) 아무리 괴로운 때라도 크라블랴크 선생의 그 눈동자만 보면 자기는 절대로 죽지 않는다는 굳은 신념이 생겼다. **마음은 항상 어머니처럼 그에게 안겨 있었다.** (…) 별들도 추워서 벌벌 떨고 속삭일 엄두를 못 하는 밤, 그 밤은 왜놈과 함께 영원히 물러가고 오늘은 **말도 서로 통하지 못하는 쏘련의 여의사가 왜놈이 짓밟다 남은 생명을 도루 찾아 주려 밤을 새가면서 싸우고 있는 것이다.** 정반대의 두 개의 세계가 분명히 보이고 검은 세계에서 밝은 세계로 넘어간 자기가 또한 의식되었다.[43](인용자 강조)

한설야 단편 「남매」의 주인공 원주는 해방 전 징병에 끌려갔다가 심장병에 걸려 사경에 처했으나, 소련적십자병원에서 소련 여의사의 헌신적인 치료로 건강을 회복하는 인물이다. 주인공의 부활은 조국의 재생과 동일 시점의 사건이며, 건강을 되찾은 주인공은 예전 일터인 대장간-철공소 대신 "새 조선의 용광로"에서 "생명과 행복을 위한 싸움"의 용사로 거듭난다. "지쳤던 심장에서 청춘의 핏줄이 다시 고르게 고동하는 것"과 "새 조선의 용광로에서 이글이글 흘러내리는 쇳물"은 서로를 비유하는 동시적이고도 동질적인 역사役事이다. 사회주의 조국 건설의 기치 아래서 개인과 전체, 몸과 정신의 문제는 분리되지 않으며, 목숨을 구해준 소련 여의사의 땀과 "이제 우리의 생활은 우리의 손으로 쌓아 올려야 하겠다"라고 결의하는 조선 인민의 땀 역시 구분되지 않는다. 그 모두가 "사람 살리는 거룩한" 성전聖戰이기 때문이다.

> 아직 사람 잡는 싸움을 꾸미는 놈들이 한편에 있는가 하면 여게는 사람 살리는 거룩한 싸움이 있구나 싶었다. 조국과 세계 평화를 위한 싸움에서 돌아온 크리블랴크 선생은 오늘 조선 인민의 행복을 위하여 생명을 위하여 싸우고 있는 것이다. 마땅히 어느 날 어느 곳에서고 간에 생명과 행복을 위한 싸움이어야 하리라 싶었다. 싸움도 승리도 도처에 있는 것이다.[44]

소련인 (여)의사를 통해 생명의 맥을 잇고, 새 생명을 얻게 되는 기본 플롯은 소련(인)을 단순히 조선(인)의 구원자로 자리매김하는 것에서 한 걸음 더 나아가, 양편을 한 가족으로 엮어준다. 소련인 의사가 여성이라는 사실은 (가령 김사량의 조소친선 대표작 「칠현금」에서처럼 소련인 남성 의사가 없는 것은 아니지만) 소련 의사 상당수가 여성이라는 실제 상황 외에도, 탄생과 돌봄의 역사에 내포된 모성성과 맞닿아 있다. 소련 여성은 '어머니처럼' 조선인을 안아주고, 보살펴주고, 되살려주며, 새 생명의 탄생을 이루어낸다. 그런 맥락에서 소련은 조선의 원형적元型的 '고향'이요 '어머니'다. 조소친선의 사대주의적 수사법이 '효孝'의 유교 전통과 맞닿아 있다는 해석은 그러므로 충분히 타당하며, 소련의 젊은 여성과 조선의 젊은 남성 사이에 연애 감정이 전혀 개입되지 않는 서사적 특이점도 같은 맥락에서 설명될 수 있다.[45]

"오, **자애로운 휴양의 터여,**/ 한없이 **따사로운 쏘련의 품이여**"(이찬, 「흑해의 달밤」), "오! 은혜로운 쏘베-트 품에서/ 또 한 번 우리의 심장 울리는 밤"(이웅태, 「조국이여! 씩씩하여라」) 등의 시구에서와 같이, 조소친선 수사는 모성적 여성성('자애롭고 따사로운 품')과 자연스럽게 짝을 이룬다. 실제로 선집 『해방의 은인』 중 홍인국의 「추억」은 일제에 맞서 용광로를 지키다 산화한 붉은 군대 분대장의 어머니가 조선에 와 용광로 복구 사업에 참여하면서 죽은 아들을 대신한 수천수만 조선 인민의 '어머니'가 된다는 이야기다. 한편, 리경선의 「그들이 남긴 은공」처럼 조선 여인네가 소련군의 '어머니'가 되는 경우도 있다. 이 이야기에서 소련 군인들은 빨래도 해주고 식사도 마련해주는 원주민 여성을 '우리의 어머니'라 부름으로써 의사疑似 가족 관계를 형성한다. 그러나 이때의 어머니 역할은 생명 원천으로서의 모성과 거리가 있는 가사노동형 범주에 해당하며, 애초 소련군이 사용한 '어머니матушка'라는 단어 자체도 러시아어에서는 관용적 호칭에 불과하다는 점을 감안할 때, '소련-어머니/조선-아들'의 원 구조와는 본질적인 차이를 보인다.

조소친선 서사에서 모성은 새 세상의 탄생과 지속을 약속하는 최상급 수사로 작동한다. 절대적 결속력과 보호 본능이 담보된 어머니-자식 관계는 다른 어떤 외교적 구호나 미사여구보다도 강력한 비유로써 친선의 강도를 극대화하는 한편, 국가 간 주종의 역학 관계를 "육친 같은 애정"의 상등 관계로 중화시켜준다.[46]

의료 테마와 혁명적 생명사상을 교과서적으로 결합해낸 이춘진의 「안나」(1948)를 주목할 필요가 있다. 1946년 6월의 전염병 확산 때 소련 여의사 안나가 어부의 아내를 살리고 쌍둥이 아들의 출산까지 돕는다는 실화적 이야기에서 안나는 선진 의술과 합리적 사고와 불굴의 의지로써 방역에 성공하는 영웅이다. 안나의 헌신은 의사로서의 단순 의료 행위를 넘어 소련의 '조국전쟁(제2차 세계대전)'과 혁명 경험에서 비롯된 동지적 형제애의 발로이며, 사회주의 신념인 '자연력에 대한 인간 승리'를 성취하는 과정으로 기술된다. "노호하는 파도"에 맞서 싸우고, 혹독한 호열자를 물리치고, 조선 어부(관호)의 바위 같은 고집마저 꺾어놓는 "구슬처럼 조롱조롱 땋아 올린 황금색 머리"의 그녀는 자애로운 동시에 단호하고, 여성적인 동시에 남성인 '인신人神'의 존재이다. "물속에 넣어도 살아나고 불속에 넣어도 그냥 있고 칼로 베어도 칼이 들지 않은 희랍 신화에 나오는 장수"인 25세 처녀 안나가 전염병으로부터 새 생명(그것도 쌍둥이)을 구하고, 결국에는 "키가 크고 발달된 가슴과 쇳덩이 같은 팔뚝"을 가진 관호를 사회주의 건설의 '새 인간'으로 만든다는 이야기 중심에는 기적 창조의 신화적 모티브가 자리해 있다. 안나는 영웅인 동시에 영웅의 '어머니'이다. 사회주의 조국 소련의 영웅 신화에 해당하는 안나의 역사가 그녀의 보호와 인도 아래 태어나는 새 조선의 영웅 신화로 이어지는 것은 당연한 수순일 것이다.

소련 의사단이 온 뒤로는 호열자 발생률이 훨씬 적어지고 사망률이 현저하게 적어졌다. 매일같이 안나의 치료를 받는 귀동녀의 몸은 하루하루 지날수록 몸에 살이 오르고 힘이 났다. (…) 안나가 병사에 나타나는 것이 기뻤다. 안나가 증류수 주사와 링거 식염 주사를 놓을 때에는 **어머니 품에 안긴 어린애처럼** 기쁜 것이다. (…) 관호는 가족수용소에서 자기 안해가 소련 여의사가 놓은 주사를 맞고 살아났다는 소식과 자기 집을 경비대원들이 불사르려 할 때에 여의사가 와서 중지시키었다는 소식을 들었다. 관호는 말할 수 없이 기뻤다. 낯색이 다르고 말이 통하지 않는 여의사가 아주 가까운 **육친 같은 애정**으로 떠오르는 것이었다. (…) 육대 본부 앞에서 관호는 병사로 가는 안나와 마주쳤다. 관호는 아무 말도 없이 안나에게 다가섰다. 안나는 웬일인지 몰라 엉거주춤히 서서 관호를 본다. 관호에게는 안나가 **누구보다 가까운 육친같이** 보였다. (…) 관호의 가슴에는 여러 가지 말이 폭풍처럼 일어나서 빙빙 돈다. 관호는 입을 벌렸으나 가슴이 쩡하여 말이 나가지 않는다. 관호의 눈에서는 뜨거운 눈물이 솟구쳐 흐르는 것이었다. 관호는 이제야 자기의 잘못을 뼈저리게 느끼었고 자기가 해야 할 일을 똑똑히 알았던 것이다. 관호는 모든 것을 자백하고 특설대원을 자원하기 위하여 민청 사무소로 발을 옮겼다.

*

관호의 안해는 격리병사에서 **남자 쌍둥이를 무사히 낳았다.** 한 아이는 해방돌 또 한 아이는 민주바위라고 아명을 붙였다. **지금도**

두 쌍둥이는 무사히 자라나고 있다. 관호는 특설대원으로 인민위원장의 표창을 받았으며 **지금도 육대에서 모범 어부로 고기잡이를 하고 있다.**[47](인용자 강조)

"어머니 품에 안긴 어린애"는 조소친선의 알레고리에 다름 아니다. 안나가 주인공 관호와 그의 아내(귀둥녀), 그들의 쌍둥이 아들 '해방돌'과 '민주바위'에게 어머니 같은 존재이듯, 소련은 조선에게 관념적이고도 실질적인 어머니(어버이)이며, 자연히 소련인과 조선인은 한 가족을 형성한다. 이 '가족'이라는 관점에서 볼 때 양국 인민이 느끼는 "육친 같은 애정"은 수사적 비유라기보다 차라리 논리적 사실에 가깝다. 관호가 '지금도' '모범 어부'로 고기잡이를 하고, 그의 두 쌍둥이가 '지금도' '무사히' 자라나고 있는 것처럼, 조선의 건강한 '아들들'은 소련 '어머니-영웅'의 혈통을 이어받아 초인적 영웅으로 성장해나갈 것이며, 그리하여 기적 창조의 역사는 반복될 것이다. 조소친선은 그 역사를 향한 믿음과 갈망으로 쓰여진 한 편의 대서사시epic였다.

<생명의 뿌리>

재생과 회생의 엠블럼

조쏘친선협회 의장 이기영은 소련의 "은덕이 태산과 같이 높고 바다와 같이 깊다 해도 오히려 말이 부족하다"면서 결초보은의 도리를 강조했다.[48] '결초보은'이라 함은 일차적으로 소련의 '은혜'를 영원히 기억하고, 궁극적으로는 소련의 '자식'으로 잘 자라나 자립하는 것을 의미한다. 조소친선 서사는 그 이중 과제가 아로새겨진 언어의 기념비였다. 흡사 부모님 은혜에 보답하려 노력하는 자식처럼, 조소친선의 텍스트들은 한결같이 "'우리도 어떻게 하든지 쏘련과 같은 사회주의 사회 제도를 하루 속히 건설하도록 하여야만 하겠다'는 의욕과 행동의 정열을 돋구"[49]기 위해 제작되었다.

조소친선 서사는 대부분 조쏘문화(친선)협회를 위시한 국가 조직에 의해 공식적으로 기획된 문어文語적 기념비였지만, 간혹 구어口語적 형태의 기념비도 눈에 띄기는 한다. 일례로 당시 인민들 사이에 구전되던 풍문 형태의 인삼 이야기가 있다. 1946년 가을 3개월 간의 북한 체류를 기록한 A. 기토비치A. Гитович・B. 부르소프Б. Бурсов 공저 『우리는 조선을 보았다Мы видели Корею』에 나오며, 기토비치의 단독 시집 『조선에 관한 시Стихи о Корее』에도 나온다. 이야기는 50년간 만주를 헤맨 끝에 산삼을 발견해 온 칠십 노인이 죽어가던 소련 장교를 그 산삼으로 살려낸다는, 그야말로 결초보은의 '전설легенда'이다. 기록자인 기토비치・부르소프는 그와 같은 전설이 "소련 군대와 소련인을 향한 조선인의 마음"을 잘 보여주는 것이며, 그런 마음은 이후 백 번도 더 확인할 수 있었다고 썼다.[50] 그렇다면 "소련 군대와 소련인을 향한 조선인의 마음"은 한 마디로 무엇인가? 기토비치는 시 「생명의 뿌리: 조선의 전설Корень Жизни: корейская легенда」에서 자신이 확인한 조선인의 마음을 이렇게 '통역'해놓았다. 왜 소련 젊은이에게 귀한 인삼 뿌리를 주었는지 노인이 직접 설명하는 부분이다.

왜냐하면 그 청년은/ 함께 사는 우리 모두에게/ 자기 자신과 가족만/ 생각하지 말라고 가르쳤기 때문이라네./ 난 나 혼자만의 이익을 좇았건만,/ 청년은 모두의 이익을 좇았고/ 모두의 자유를 위해 다쳐 피 흘리며/ 죽어가고 있었기 때문이라네./ 난 단 하나의 생명만을 구하고자 했건만,/ 청년은 수천의 생명을 구해주었지./ 조국이 그렇게 명했으니까./ 그보다 더 사심 없는 나라 있을까,/ 우리 땅에서 살게 된 이제부터/ 조선인은 한시도 잊지 않

을 것이네/ 억압받던 불쌍한 인민에게/ 생명의 뿌리를 가져다주는 소련을.[51]

시에서 소련이 내려준 '생명의 뿌리'는 대문자형이다. '생명의 뿌리를 가져다주는 소련을/ 조선인은 한시도 잊지 않겠다Никогда, корейцы не забудем/ Что несет Россия Корень Жизни'는 다짐에서 소련과 생명의 뿌리는 하나의 등식으로 합쳐진다. 생명의 뿌리라는 표상은 앞서 기술한 재생과 회생의 토포스와 맥을 공유하고 있다. 그것은, "어머니 품에 안긴 어린애"와 마찬가지로, 조소친선의 알레고리이며, 두 표상은 생명의 원천을 가리킨다는 의미에서 유의類意적이다. 조선의 인삼(또 다른 생명의 뿌리Корень Жизни)은 소련에 보답하는 공물로서 대단히 적확한 상징성을 띠는 셈이다.

생명의 나눔은 조소친선 서사의 핵심이자 이상향이다. '생명의 뿌리'는 애초 소련이 조선에 내려준 은덕이지만, 친선이라는 대등한 상호성의 관계에서 그 생명은 서로를 살리고 서로를 지탱하는 힘으로 발전되어야만 했다. 한쪽이 한쪽을 일방적으로 살리는 것이 아니라, 서로가 서로를 위해 피 흘리고, 서로의 생명을 구하고, 서로의 혈육이 되어주는 양방향의 호혜성이야말로 친선 서사에 합당한 관계였으며, 더불어 원조의 수혜자인 북한의 자존감과 주체성을 위해서도 바람직한 관계 설정이었다.

친선 서사의 표상 '악수'를 떠올리면 된다. 동시적 맞교환의 상징인 악수가 함의하는 바는 '나'와 '너'의 모든 것이 서로의 것으로써 교환 가능한 가치를 지니고, 둘은 처음부터 '하나'라는 믿음이다. 그 믿음을 말하기 위해 조소친선 서사의 소련(인)과 조선(인)은 혹은 부모-자식으로 엮이고, 혹은 하나의 기념비(탑, 분수대, 발전소, 댐)로 수렴되고, 혹은 서로의 생명을 대신하는 관계로 설정되었다. 또한 인물들의 생각과 감정은 서로 상응하는 마음으로, 말없이도 공유되는 본능의 교감으로 그려졌다.

한설야의 단편 「모자」(1946, 개작본은 1950년대 중반)에서 소련 군인은 자신의 딸을 위해 간직해온 모자를 조선의 어린 여자애에게 대신 씌워준다. 여기서 모자는 이방(인)까지도 보듬어 품는 육친애의 상징물이다. "소련 군인을 형상화한 최초의 단편소설" 「모자」는 개작의 역사를 지닌 작품으로, 초판본은 소련군을 부정적으로 그렸다는 이유에서 검열 받아 작품집에서도 빠졌다가, 1950년대 중반에 보다 긍정적이고 정교한 방향으로 수정, 발표되었다고 한다.[52] 개작본 「모자」 속의 소련군에게 조선은 "고향인 소련과 한 젖줄기에 매어진 땅"이며, 독일 파시스트 손에 죽어간 친딸은 "조선이 낳은 나의 딸"과 하나이다. 그것은 어떤 계기를 통한 돌연적 깨달음이 아니라, 조선에 발 디딘 순간부터 감지된 친밀감의 연장선상에서 나온 결론이다. 북부 동해안의 K평야는 우크라이나를, C강은 드네프르 강을 연상시키며, '승무'는 「볼가의 뱃노래」와 닮은 점이 있다는 식으로 양국의 친연성은 이성이 아닌 오감의 자각으로써 인정된다. 그렇기 때문에 조선의 해방전쟁은 소련의 조국전쟁과 분리되지 않고, 해방을 맞은 조선 인민의 환호 소리는 고향 땅에서 희생당한 가족의 비극을 대신할 수 있는 것이다. 또한 "신생하는 조선의 새로운 공기"와 "새로운 환경 속에서의 새것의 산생"이 소련군의 아픔을 치유해주고, 종국에는 그에게 '새로운 고향'과 '새로운 가족'을 선사해줄 수 있는 것이다.

> 아니 차라리 그들은 누구나 내 벗이요 겨레인 것 같다. (…) 나는 이 고향에다 전쟁에서 잃은 것보다 몇 백 갑절 아니 몇 천 갑절 더 놀랍고 아름다운 것을 살려놓으리라 다짐하였다. 그래야 내 잃은 것을 찾을 수 있을 것이다. 내 가족도 찾을 수 있을 것이다. (…) 나는 나의 가방 속에 깊이 간직한 내 딸 프로쌰의 모자를 생각하였다. 모자도 이제야 임자를 만난 것이다. (…) 새싹이 무럭무럭 자라나는 이 거리로 귀엽게 아장아장 걸어가는—**프로쌰의 모자를 쓴 프로쌰의 동생, 아니 바로 프로쌰**… 그리고 모든 이 나라의 어린이들이 파노라마처럼 내 머릿속에 떠돌고 있다. (개작본, 인용자 강조) [53]

1946년 원본에서는 그와 같은 본능적 친연성은 강조되지 않았다. 우크라이나 조국 땅과 조선 땅의 유사성도 전혀 없고, 부자연스러운 '승무'의 세계는 소련인의 분노를 자극할 따름이다. 플롯의 전개와 메시지는 같더라도, 소련인의 마음이 향한 종착지는 자신의 원 고향, 자신의 죽은 딸로 고정되어 있다. 조선의 계집아이는 결코 소련군의 프로쌰가 아니다.

내게 붙잡힌 계집아이에 대한 따스한 애정은 바로 죽은 자식에게로 가는 나의 맘 ─ 아버지의 맘이었다. 나는 이 순간 내 고향을 생각하였다. 폐허가 된 내 고향을 그전보다 몇 갑절 더 훌륭하고 아름다운 고장으로 다시 만들어놓으려는 욕심이 불같이 치미는 것을 나는 느꼈다. 무한한 애정과 함께 **고향은 내 맘속에 부활하였다.** 내 넋은 어느덧 고향의 노래를 불렀다. (…) 새싹을 키우는 이 거리로 귀엽게 걸어가는 ─ **프로쌰의 모자를 쓴 프로쌰의 동생** 그리고 모든 이 나라의 어린이들… 이런 것이 파노라마처럼 내 머릿속에 떠돌고 있다.(초판본, 인용자 강조)[54]

작품 「모자」가 과연 소련군이 자신의 분노를 못 이겨 총을 난사하고 주민을 위협하는 장면만으로 발표 직후 검열 대상이 되어야 했는지, 또한 초판본 필화와 관련된 동시대 월남 인사(현수)의 증언이 얼마나 정확한지는 확인할 도리가 없다. 분명한 것은 개작을 거치면서 소련 군인의 형상이 수정되었음은 물론, 작품에 담긴 조소친선의 노선 역시 조정되었다는 사실이다.

한설야의 「모자」는, 앞서 살펴본 다른 친선 서사와는 반대로, 소련(인)이 조선(인)을 통해 잃어버린 '생명의 뿌리'를 되찾는 이야기다. 조선에 온 소련인은 자신의 친자식 같은 조선의 '새싹'들을 위해 헌신함으로써 결국 죽었던 미래를 회복하게 된다. 작품의 부제("어떤 붉은 병사의 수기")[55]가 말해주듯, 자각의 주체가 조선인이 아닌 소련인으로 설정되어 있음은 흥미로운 지점이 아닐 수 없다. 해방기 조소친선의 맥락에서 바라볼 때「모자」의 특이성은 소련군의 난폭한 형상에도 있지만, 보다 근본적으로는 소련(인)과 조선(인)의 뒤바뀐 관점, 전복된 역할에 있다. 요컨대 수혜자-조선인이 아니라 시혜자-소련인의 각성을 기록한 것부터 예외적이며, 소련군이 자아를 인식하고 새 삶을 찾게 되는 과정에서 조선이 의도치 않게 조력자의 위치로 올라서게 된 역逆구도가 '해방의 은인'에 대한 감읍과 찬양의 마스터 플롯에 표면적으로 역행한다.

그와 같은 파격은 어쩌면 작가 마음속에 자리한 결초보은 심리의 문학적 구현이었을 수도 있고, 어쩌면 반대로, 주(소련)-종(조선) 구도의 고의적 해체였을 가능성도 있다. 개작 역사를 따질 때 염두에 둘 점은 과거에 무슨 말을 했었느냐와 더불어, 현재에 무슨 말을 하기 위해 고쳤는지의 문제이다.「모자」초판본은 조소친선 사상 준비기에, 개작본은 소련파 숙청이 감행되던 '주체' 성립기에 집필되었다. 작품의 역逆구도는 1956년 이후, 다시 말해 소련의 지배력이 실질적으로 자취를 감추고 새 힘의 역학이 선포되는 과정에서 훨씬 강화된 모습으로 세상에 등장했다. 한설야의 쇄신된「모자」를 해방기 조소친선 사상 자체의 개작본으로, 즉 주체의 시점에서 다시 쓴 조소친선 서사로 읽어볼 필요가 있다.

제 3 장

스탈린의 '태양' 아래

김일성 형상의 원형을 찾아서

해방 후 처음 군중 앞에 나타난 34세의 김일성은 의혹을 불러일으켰다. 젊고 단순하고 유쾌한 사람으로 비친 그의 모습은 민중이 기대하던 백전노장과 일치하지 않았다. 그러므로 김일성 형상화 작업의 첫 과제는 그가 가짜가 아닌 진짜 항일 영웅이라는 사실을 입증하고, 스탈린과의 친연성을 통해 적법한 계승자로서 위상을 확립하는 것이었다. 스탈린이 곧 레닌이듯, 김일성은 스탈린이어야 했다. 두 지도자의 형상 또한 동일 공식에 기초한 닮은꼴이어야 했다. 그 과정에서 자리 잡은 것이 '태양'의 수사법이다.

태양 수사는 '진짜냐 가짜냐', '사실이냐 소문이냐'의 기로에서 출발한 김일성의 지도자 정체성을 정당화하는 전략으로, 동시에 해방기 친親스탈린·소련 이데올로기를 표출하는 수단으로 적극 활용되었다. 태양은 러시아혁명기 예술이 부각한 '새 힘'의 상징물이었다. 북조선의 정치 담론에서 태양 수사의 원조는 스탈린이었으며, 김일성을 또 하나의 태양으로 호명하는 것은 조소친선 이념에 속한 자동 어법과도 같았다. 태양 수사의 계승은 권력의 계승이었다.

김일성의 등장

김일성이 일반 대중 앞에 첫 선을 보인 것은 1945년 10월 14일, 평양 공설운동장의 '소련군 환영대회'를 통해서다. 이후 '민족의 태양 김일성 장군님의 조국 개선을 환영하는 군중대회'라 일컬어질 그 자리에서 김일성은 "'레닌'과 '스탈린'의 엄청나게 큰 초상화"를 배경으로 소련군정 사령부가 작성한 원고를 읽었다.[1] 대회는 소련이 "처음으로 인민에게 전설의 김일성 장군을 선보여 부상시킨다는 정치 캠페인"의 일종이었으며, 캠페인 목적은 김일성을 '항일 빨치산 투쟁 민족 영웅'으로 못 박는 것이었다.[2]

그러나 약관 34세의 김일성은 민중이 기대하던 백전노장의 모습과 거리가 멀었고, 의혹의 빌미를 제공할 수밖에 없었다.[3] 초기 소련 측 인사들이 공통되게 주목한 것도 조선 지도자의 예상 밖 젊음과 쾌활함이었으며, 그의 첫인상은 "젊고 단순한 사람, 유쾌한 사

람", "놀랍도록 솔직하고 밝은 얼굴의 젊은이" 등으로 묘사되었다.[4]
이것이 논의의 출발점이다. '쾌활한 젊은이'의 인상과 '민족 지도
자'로서의 무거운 사명, 젊은 '인간 김일성'의 초상과 만고불멸 '영
웅 김일성'의 위상은 어떻게든 합치를 이루어야만 했다. 따라서 의
외의 첫인상은 비범성의 표식으로 인정되고, 가짜냐 진짜냐의 의혹
은 각종 '사실'로써 불식되는 과정이 초기 김일성 영웅 서사의 기본
플롯을 차지하게 되었다.

1946년 여름부터 지방인민위원회 선거 시기까지 약 5개월간 북
한에 체류했던 소련 기자 기토비치·부르소프의 인상기 『우리는 조
선을 보았다』는 김일성의 '실체'를 근거리에서 보고 전달한 초기 문
헌이다. 저자들의 목표는 소련 내에 전혀 알려지지 않거나 어렴풋
하게만 짐작되던 해방 조선의 실상을 직접 눈으로 확인해 전달하는
것이었고, 그 실상의 핵심이 김일성이었다. 그러나 그들이 그려낸
김일성은 직접 관찰한 바의 재현이라기보다 다양한 정보를 합성한
2차 구성물construct에 가까웠다. 직접 대면에 앞서 그들은 이미 '전
설'과 '명성'에 휩싸인 지도자의 '풍문'을 들어 알고 있었으며, 대면
후에는 "위대하고도 찬란한 인간과 만났다는 느낌"의 여운 속에서
빨치산 참모 안길이 전해주는 '이야기'를 세 시간에 걸쳐 기록했다.
이때 통역자가 문일[5]이다. 책에서 열세 쪽 분량에 해당하는 '김일
성 장군' 챕터는 영웅 이순신의 역사로 시작하는데, 이 또한 정률[6]
의 전언傳言에 기초한 것이었다.

이순신의 명성을 능가하는 전쟁 영웅이 조선 땅에 다시 나타나기까지는 수백 년 세월이 흘러야 했다. 과거의 영웅이 그러했듯, 오늘의 영웅 역시 일본과의 전투를 통해 명성을 얻었다. 그는 10년도 훨씬 넘는 세월을 조선 유격대 대장으로 활동했는데, 처음에 30명에 불과했던 부대는 몇 년 후 10만 명의 유격군대로 커졌다. 그의 이름 김일성, 인민의 사랑과 전설로 둘러싸인 그 이름을 모르는 조선인은 아무도 없다. 그가 겪어온 삶과 투쟁의 역사는 평범치 않다. 우리는 5개월간 북조선 땅을 여행하며 김일성에 대한 수백 가지 이야기를 들었다. 그의 유격대 대원과 대장들의 목격담도 받아 적었다. 농민이 전하는 전설들도 기록했다. 그리고 김일성 본인과 긴 대화를 나누는 행운도 여러 번 가졌다. 그의 지휘 하에 시행되어온 북조선의 민주적 개혁에 대해서는 우리 눈으로 직접 확인했다.[7]

기토비치·부르소프는 김일성에 관한 떠도는 이야기를 수집하는 한편 체험자를 심층 면접하고, 김일성에 대한 개인적인 인상도 기록했다. 현지인과의 콘택트 존contact zone에는 항상 공식적인 통역이 따랐으며, 이야기 제공자와의 만남 역시 통역자가 주선했다. 김일성 비서였던 문일이나 소련군 출신 문화부 위원이었던 정률은 모두 소련이 파견한 소련 출신 인사였으며, 이들 문화 번역가가 수집한 '떠도는 이야기들'이 '영웅의 초상'을 구성해주었다. 유격대원의 증언이나 기토비치·부르소프 자신들의 목격담은 떠도는 이야기의 신빙성을 뒷받침할 보조 자료였고, 정률이 들려준 이순신전은 청년 김일성의 초상에 항일투쟁의 역사성을 덧입혀줄 배경 자료에 해당했다.

기토비치·부르소프의 기록에 따르건대, 김일성 형상의 윤곽은 1945년 10월 환영대회 후 1년도 채 못 되는 시간에 정착되었던 듯하다. 그들이 수집한 수백 종의 이야기와 전설, 내부자 증언 등이 당시 빠른 속도로 진척된 형상화 작업의 확산력을 증명해준다. 전언에서 출발한 김일성의 전설적 위상은 1946년 3월의 토지개혁과 11월의 인민위원회 선거를 거치면서 직접 체험된 '사실'로 굳혀졌고,[8] '풍문'이 '사실'로 치환되는 순간을 사건화 한 한설야 작 「개선」(1948)은 김일성 영웅 서사의 전범으로 자리 잡았다.

『한설야선집』(1960)에 수록된 「개선」 판본에는 '1948.3.1'이라는 집필 시점이 명시되어 있다.[9] 한설야는 1946년에 이미 김일성 항일투쟁기인 「인간 김일성」과 「영웅 김일성」을 썼고, 같은 해 노동절을 기해서는 「김일성 장군 인상기」를 썼다. 『노동신문』의 전신 격인 『정로』에 연재된 이 인상기는 단행본 『김일성 장군』(북조선 5·1절기념사업준비회, 1946)으로도 발행되었으며, 이듬해에는 단행본 『영웅 김일성 장군』(신생사, 1947)으로 재발행되었다.[10] 항일 영웅 김일성을 주인공 삼은 단편 「혈로」가 대중 앞에 첫 선을 보인 것도 해방 1주년을 기념하는 1946년 8월이었다.[11] 그로부터 1년 반 지나서 발표된 「개선」은 소련군을 주인공으로 한 한설야의 문제작 「모자」와 연동되어 두 차례 개작을 거친 후 김일성 체제 확립 시기인 1960년

여성 대의원들과 함께한 김일성(1946)

판본으로 발전했다. 김일성 형상의 모델 텍스트로서는 이 1960년 판본이 공식 정본의 위상을 지닌다. '3월 1일'의 집필 시점 표시는 이후 수령 형상 중심축으로 자리 잡게 될 항일투쟁 서사의 증표라 하겠다.[12]

「개선」의 김일성 영웅화 전략은 실체 없는 '소문'에서 실체 있는 '사실'로의 반전에 있다. 이야기는 김일성에 관한 의문과 소문으로 시작해 사실로서의 검증(숙모의 증언)을 통과한 후, 민중이 신앙하는 미래 비전으로 끝맺는다. 말하자면, 의문에서 사실을 거쳐 확신으로 귀결되는, 의식화의 변증법적 경로를 보여준다.

창주 어머니는 오늘도 사람이 모여 선 곳마다 기웃거리고 있었다. 아무리 해도 오늘은 자기 가슴에 풍겨진 커다란 **의문**을 품고 가야 할 참이었다. 그 **의문**은 자나 깨나 그의 가슴에서 횃불처럼 펄럭거리고 있었다.

"김일성 장군이 돌아왔다!" 하는 **지나가는 소문**을 들은 지 이미 이틀이 되어도 아직 그 **적실한 사실**을 알 길이 없었던 것이다. 아무와 물어보아도 처음은 저도 아는 체 말을 하나 다가서서 따지면 그저 저도 **들은 소문**이라고 생개맹개 대답할 뿐이다. (…) 비록 **지나가는 소문**이라 하더라도 오늘은 밑바닥까지 갈라보고 집으로 돌아가야지 그저 흐지부지하고 말 수는 없었다. 창주 어머니는 거리 길가에 모여 선 사람 중에서 그럼직한 사람을 골라가며 "여보십시오. 김일성 장군이 돌아왔다는 말이 **사실**이웨까?"하고 물었다. 그런즉 거개 다 "글세 그런 **소문**이 있기는 합데다만 우리는 **보지 못 했쉐다**" 하고 대답하는 것이다. 사람마다 **소문**을 들은 것은 사실이니 때지 않은 굴뚝에서 연기 날 리 없다고 생각되어 창주 어머니의 심장은 바짝 더 죄였다.[13](인용자 강조)

의심과 불신의 렌즈를 통과한 영웅 김일성은 인민의 눈과 귀를 통해, 그리고 한 걸음 더 나아가 가까운 친척(숙모인 창주 어머니)의 기억과 증언을 통해 그 실체성을 부여받는다. 일반 민중에게는 외모부터가 "듣던 소문같이 영웅 기골"이며,[14] 숙모에게는 "분명히 옛날의 어린 장군 그대로"이듯,[15] 김일성에 관한 소문과 의문은 언제나 사실로 드러나기 마련이다. 그리고 흥미롭게도, 그 소문은 사실로 드러나는 것에 멈추지 않고 눈으로 확인할 수 없는 또 다른 차원의 환영으로 이어지며 급기야 역사적 현장의 대광경을 눈앞에 재생해낸다. '사실이 된 소문'을 초월해 '사실이 된 전설'의 단계로 진화하는 이 과정에서 실제 역사를 소환하는 힘은 '상상'에 있다. 예컨대 숙모가 지금 듣게 된 목소리는 과거 검은 힘을 물리쳤던 불벼락의 메아리이며("지금 머리 우에 들리는 장군의 목소리는 소리가 아니고 바로 그 불벼락이었다"), 그 소리는 항일투쟁 역사의 재현을 시작하는 '액션!'의 외침과도 같다.

숙모는 바짝 귀를 기울이고 장군의 말을 한 마디 한 마디 새겨볼 수는 없으나 그 소리를 듣는 사이에 쏘련 군대가 들어오자 왜놈들이 거미 새끼 흩어지듯 뿔뿔이 쫓겨 가던 광경이 다시금 선히 보이고 그 광경 가운데서 번개같이 휘날리는 장군의 모양이 눈앞에 어른거렸다. 그리고 **새까만 어둠 속에 둥그런 햇발이 솟아올라 오만천지가 모조리 휘황해지는 광경**이 또 눈앞에 나타나고 뒤이어 수 없는 사람들이 손에다 각각 새 연장을 들고 그리고도 발은 한결같이 한 길로 물결처럼 내달리는 광경이 또 눈앞으로 방불히 지나갔다.

그때 만세 만세 만세... 하는 무서운 10만의 합창 소리가 하늘로 퍼져 올라가는 가운데서 장군의 그림자가 어른거렸다. 그 그림자는 숙모의 눈망울 속에 마치 **큰 바다 파도 우에 솟은 태양처럼 두둥실 떠올랐다.**[16](인용자 강조)

김일성의 불벼락 같은 목소리는 무대의 막을 올리는, 또는 영상을 틀기 시작하는 신호다. 막이 오르면 무대 위에서는 영웅적인 항일투쟁 역사가 벌어지고, 승리와 함께 새 세상이 도래하고, 민중은 새 삶을 향해 달려 나간다. 김일성이 영도한 투쟁의 역사를 세 가지의 연속 장면으로 그려내면 바로 그 같은 영상이 만들어진다. 그것이 과거에서 현재에 이르는 영상이라면, 이제 그 무대에 실제 김일성이 등장함으로써 현재는 미래로의 영속성을 획득하게 될 것이다. 이 불멸의 운동력을 상징적으로 대변해주는 기호가 바로 '태양'이다. 여기서 태양은 기표인 동시에 기의인 기호, 즉 아이콘icon이다. 김일성은 실제로 절망의 어둠을 물리친 '둥그런 햇발'이자, 앞으로의 밝은 삶을 밝혀줄 '생명의 원천' 곧 일출의 태양이기 때문이다. "전 조선 3천만의 태양이요, 어버이요, 스승"인 김일성의 존재는 그러므로 등장하는 순간부터 영원불멸이다. "모든 조선 사람의 태양"이고, "드솟는 태양처럼 빛나는 장군"이며, "휘황찬란한 햇살"로서 "만화경처럼 빛나"는 얼굴의 김일성에게는 만물의 근원으로서 태양-조물주가 지닌 주요 속성—따뜻함, 생명력, 창조력 등—이 내재해 있다.

> 장군은 본시 어릴 적부터도 그랬지만 몸을 가만히 가지고 있지 않았다. 새 무엇이 일순간도 쉬지 않고 몸속에서 움직여 몸의 동작으로 나타나는 것이었다. 그러므로 그 몸 전체에서는 늘 무엇이 생동하고 발기하고 있는 것 같았다. 그래서 몸은 늙은 나무처럼 팟팟하지 않고 언제나 푸른 잎, 새싹처럼 부드럽고 자유스럽게 움직였다. 거기에는 음악도 있고 무용도 있는 것 같았다. 그것은 다름 아닌 장군의 몸 속에서 흘러넘치는 창조력의 표현일 것이다. 이 몸동작도 숙모에게는 깊은 인상으로 남아 있었다.[17]

태양의 비유가 가리키는 것이 무엇인가. '바다 위에 두둥실 떠오른 태양'의 정경, 다시 말해 일출 광경은 새로운 시작을 의미한다. 김일성-태양의 출현은 그러므로 새로운 세상, 새로운 삶, 새로운 인간의 탄생을 뜻하는 것이다. 러시아혁명 초 레닌은 새로운 사회주의 시대의 설계에 따른 '새 인간형новый человек, человек нового типа'의 탄생을 주문한 바 있다. 마찬가지로 김일성이 구상하는 새 조선이 새로운 낙원으로 변하는 과정에도 새로운 인간형인 새로운 영웅의 존재가 요구된다. 새로운 낙원은 "땅 가는 모든 사람들이 생을 노래하게 될 그 즐거운 진경"이며,[18] 그 사회의 일원은 자연히 러시아혁명 영웅에 버금가는 영웅으로의 의식화 과정을 거치도록 예정되어 있다. 가령 창주 어머니가 감옥에 붙잡혀간 아들을 보러 감옥에 가서 수감된 청년들을 보는 순간 그들 모두의 어머니로 거듭나는 대목은 고리키의 '어머니'가 보여준 의식화 과정과 별반 다를 바 없다.

그때 내가 경찰서에 가 보니까 숫한 청년이 갇혀 있어요. 그게 다 제 살 일이나 계집 일 하다 들어갔겠습네까. 어떤 청년은 저 놈들이 두드려 패고, 코로 물을 먹인다, 고춧가루를 부어 넣는다 하는 통에 세멘 바닥을 손톱으로 긁어서 손톱이 죄다 뒤로 젖혀졌는데도 점심 먹을 때 끼웃이 들여다보니까 그도 나를 내다보고 빙긋 웃으면서 눈인사를 합데다. 아마 저희들과 같은 청년의 어머닌 줄 알았던가 봐요. 그래 나는 그때부터 기운이 납데다. 오! 내 아들도 외롭지 않구나. 동무들이 얼마든지 있고 또 뒤를 이어 자꾸 있을 것이라 생각했쇠다. 온 조선 사람이 모두 떠들고 일어나주기를 바랐쇠다. 아니 나부터도 그까짓 놈들이 무어 무서울 것 있으랴. 내 아들이 죽는데 낸들 무어 죽는 게 그리 겁나랴 싶었쇠다. 내가 죽느라면 내 뒤에도 사람이 있을 테지, 아니 첫째 우리 장군이 있지 않느냐, 이렇게 뱃심이 생겨서 그 담부터는 경찰에 밥을 가지고가서 내 아들께 먹이겠다고 때를 썼쇠다. 그러니까 점점 더 간이 커집데다레.[19]

숙모의 말은 "조선 인민들의 마음"을 대변하는 의식의 전형이다. "배우지 못하고, 돈 없고, 권리 없던 한개 농촌 부인에게서 조선의 앞길에 비치는 무한한 희망과 광명을 장군은 이제금 다시 느끼었다"라고 작품은 서술한다.[20] 김일성의 '햇살'이 비치는 북조선은 지도자와 인민이 한마음 한뜻으로 움직이는 광명의 세계다. 한설야의 「개선」은 바로 이 인민(창주 어머니)의 관점에서 기술된 것인바, 태양의 은유법으로 구성된 김일성 형상은 인민에게 이어지면서, 동시에 새 세상의 새 인민이 앞으로 해나가야 할 바를 제시하는 교시적 역할을 하게 된다. 사실에서 전설로의 치환은 이때 이루어진다.

태양의 수사학

스탈린과 김일성

「개선」은 "태양으로서의 김일성의 형상을 집중적으로 그려낸 첫 경우"로 일컬어지지만,[21] 김일성 형상에 부여된 태양 수사의 기원은 그 이전인 1946년으로 거슬러 올라간다. 1946년 8월 15일, 즉 해방 1주기를 기념한 김일성 장군 찬양 문집 제목이 다름 아닌 "우리의 태양"이었고, 그 안에는 "가릴 수 없는 우리의 빛, 감출 수 없는 우리의 태양, 다사로운 초양初陽, 혁혁한 백광白光"으로 김일성을 칭송한 이찬의 「찬讚 김일성 장군」을 비롯해 박세영의 「햇볕에 살리라: 김일성 장군에 드리는 송가」 같은 찬양시들이 수록되었다. 1948년에 발표된 박영보 희곡의 제목 또한 "태양을 기다리는 사람들"이었으며, 박세영의 조소친선 시 「해 하나 별 스믈」(1947)에서도 김일성은 '태양'으로, 김일성이 내린 20개 정강은 '별'로 비유되었다.[22]

태양과 절대 권력 간 비유가 북한 고유의 수사법인 것은 물론 아니다. 원시 부족 사회의 태양 숭배, 프랑스 전제군주의 '태양신' 별칭을 비롯해 동양 유교 문헌이 적시한 '천무이일天無二日 국무이왕國無二王' 원칙[23] 등, 동서고금을 통틀어 해와 달과 별의 천체 질서는 인간 사회 전반의 질서를 대변하고 정당화하는 공리적 근거로 자리해왔다. 그럼에도 불구하고 북한의 태양 수사에 유교주의적 관례나 민간신앙적 전통 이상의 특별 의미를 부여하게 되는 것은 해방기 소련과의 관계망이라는 시대적·정치적 특수 조건 때문이다. 요컨대 소련의 레닌·스탈린을 원본 삼아 모택동과 김일성이 각각 '동방에서 떠오르는 태양'으로 묘사될 때, 그것은 혁명 후 새롭게 배열된 세계 질서 안에서 자기 증식형 메타 기호의 의미를 지닌다.[24]

태양은 러시아혁명기 예술 작품이 부각한 '새 힘'의 상징물이었다. 가령 혁명기 미래주의 오페라 「태양에 대한 승리Победа над солнцем」(1913)나 V. 마야콥스키B. Маяковский의 시 「여름 별장에서 블라디미르 마야콥스키에게 일어난 비범한 모험Необычайное приключение бывшее с Владимиром Маяковским летом на даче」(1920)은 모두 자연력을 능가하는 초인적 혁명성을 태양끼리의 경쟁에 빗댄 작품들이었다. 혁명은 성공했다. 그것은 새로운 태양의 승리였다. 혁명의 세계주의가 새로운 천체 질서를 창조했기에 당연히 태양은 과거에 뜨고 지던 그 태양이 아니며, 태양 수사의 상징성은 당연히 봉건·제국주의 시대의 일차적 신화 체계 너머로 확장되어야 했다.

요점은 김일성이 태양에 비유되는 단순 사실이 아니라, 그 비유를 2차(메타) 신화 체계로 파생시킨 논리적 배경이다. 해방기 북조선

포스터를 제작할 때 "햇살을 그려 넣어 온 세상에 빛을 뿌리는 모습을 형상화하라고" 한 김일성의 지시는[25] 사회주의 표상 문법에 대한 적확한 이해력, 그리고 그것의 재현 의지를 말해준다. 그때의 태양은 사회주의 세계라는 이차적 의미에서의 "신화의 입구로 다가서는 기호"이며,[26] 김일성은 오직 새로운 신화 체계에 속함으로써 스탈린의 적법한 계승자 자격을 얻을 수 있었다.

그런 의미에서 해방기 은유어 '위대한 태양'을 스탈린 형상과 분리하는 일은 불가능하다. 북한에서 스탈린의 자취가 삭제되기 이전까지 태양의 원조는 스탈린이었으며, 김일성을 또 하나의 태양으로 호명하는 것은 조소친선 이념에 속한 자동어법과도 같았다. 서로를 위해 피 흘린 소련(인)과 조선(인)이 혈연으로 맺어졌듯 두 지도자 역시 동일 혈통의 영웅성을 지닌다는 논리 하에 태양은 혈통의 유전자를 표상하는 의미소seme였다. 그런데 소비에트 사회에서 태양 수사는 스탈린 찬양 서사의 기본값이기 이전에 레닌으로부터 유래한 것이다. '레닌-태양Ленин-Солнце'은 혁명 러시아 초기의 슬로건이었으며, 마야콥스키나 예세닌 같은 혁명기 대표 시인도 작품에서 그 상투어를 차용했다.[27]

그리고는:/ 격노한 폭풍우를/ 헤쳐나온 후/ 태양 가까이/ 앉아/ 수염처럼 달라붙은/ 초록 해초와/ 해파리의 붉은 점액을/ 털어내는 거다./ 혁명 속으로 더 멀리/ 헤엄쳐나가기 위해/ 나는 **[레닌의] 태양** 아래 나를 씻는다.[28]

—마야콥스키, 「블라디미르 일리치 레닌」 중에서(인용자 강조)

하지만 이 빌어먹을/ 얼어붙은 혹성이여!/ 넌 **레닌의 태양**으로도/ 여전히 녹혀지지 않는구나!/ 그래서/ 통 큰 영혼의 시인인 내가/ 술 마시고 싸움질하며/ 추태를 부리게 된 것이다.[29]

—예세닌, 「답신」 중에서(인용자 강조)

태양은 권력 담론의 매개체였다. 레닌 사후 스탈린이 정권을 장악하면서 레닌에게 따라붙던 태양 수사는 스탈린의 적통성과 위상을 증명하는 정치 도구로 활용되기 시작했다. 특히 스탈린 숭배가 본격화한 1930년대 중반 이후에 오면, 태양이 공식 선전물의 중심 표상으로 확고히 자리 잡는다. '스탈린=세상을 밝히는 태양', '모스크바=지지 않는 새로운 태양이 뜨는 곳'은 기정값이었다.[30] "당신은 태양처럼 창공을 밝힌다", "황금 태양에 영광을, 크레믈 위에 뜬 별들에 영광을, 우리의 소중한 스탈린에 영광을!", "스탈린 동지는 전 지구의 태양!" 등과 같은 표어가 범람하고, 그런 관용구를 시각화한 선전 포스터들도 쏟아져 나왔다. 태양뿐 아니라 불꽃, 서치라이트, 전기와 램프 불빛, 황금색 등 빛과 관련된 다른 이미지도 동일 맥락 안에 포섭되었는데, 가령 크레믈 책상 앞에 앉아 밤새워 일하는 스탈린 포스터(「스탈린은 크레믈에서 우리 모두를 보살핀다」, V. 고보르코프, 1940)에서 책상을 밝혀주고 있는 램프는 태양의 대용물(야간 버전)에 해당하는 것이었다.

고보르고프, 스탈린 포스터(1940)

이 모든 스탈린-태양 담론의 시원始原으로 앙리 바르뷔스H. Bar-busse의 『스탈린: 한 인간의 눈으로 본 신세계Stalin: A New World Seen Through One Man』(1935)를 주목하는 이유는, 그것이 스탈린 형상화의 원형을 마련한 세계 최초의 스탈린 전기이자, 북한의 김일성 형상 수립에서도 뚜렷한 참조점 역할을 했기 때문이다. 10월 혁명 후 프랑스에서 모스크바로 이주해 볼셰비키 당원이 된 바르뷔스는 유럽 지성인으로서는 유일하게 스탈린을 네 번 접견했으며, 스탈린과 밀착해 코민테른 정책 수립에도 참여한 것으로 알려진다.[31] 바르뷔스의 스탈린 전기는 자신이 눈으로 관찰한 바와 신념으로 믿은 바를 집필한 프롤레타리아 혁명 완수의 역사였다. 이 국가적 과제물에서 전기 작가가 부각한 내용은 크게 세 가지로, 첫째는 세계 중심으로서 스탈린-태양의 존재감이다.

> 모스크바 중심, 저 광대한 동서양 러시아의 중심인 붉은 광장. (…) 레닌 기념비 위에 올라선 한 사람이 모자 높이로 손을 들어 올리기도 하고, 직각으로 팔 굽혀 손을 흔들기도 한다. 그는 긴 군복 코트를 입고 있지만, 그것이 그를 민중으로부터 구분 짓지는 않는다. 이 사람이 중심이다. **모스크바로부터 전 세계를 향해 빛 발하는 그 모든 것의 심장**이다.[32](인용자 강조)

기록영화 한 장면을 방불케 하는 이 대목에서 부활한 레닌처럼 나타나 손 흔들고 있는 스탈린은 전 세계를 향한 빛의 근원이다. 바르뷔스가 적시한 또 하나의 영웅적 면모는 바로 "레닌을 빼닮은 소박하고 겸손한 인간다움simplicity and modesty of Lenin's"에 있다. 스탈린은 거처도 소박하고, 복장도 단벌 병사복이며, 급여 또한 보통 공산당 고위 간부 수준으로 기술된다.[33] 일찍이 단순함과 겸손함이 천재 혁명가 레닌의 놀라운 특성으로 지적되었던바,[34] 바르뷔스는 스탈린에 대해서도 천재성과 평범성의 조화를 통해 '스탈린=레닌'이라는 등식을 완성했다.

> 모든 혁명가 안에는 레닌이 있다. 그러나 레닌의 생각과 말을 그 누구보다도 닮은 사람은 스탈린이다. 그는 오늘의 레닌이다.[35]

바르뷔스 전기의 세 번째 메시지는 레닌의 현현인 스탈린이 모두의 운명을 보살피며 모두를 위해 일하고 있다는 것이다. 그의 카메라-눈은 스탈린의 집무실 안을 줌인zoom-in해 들어가 하나의 고정 이미지, 즉 오늘도 오직 '당신'을 위해 불철주야 전력투구 중인 위대한 스탈린 형상으로 클로즈업되며 끝난다. 1940년 제작된, 밤중에도 불 밝혀진 책상 앞의 스탈린 포스터는 바르뷔스의 이 스틸커트에서 기원을 찾아 마땅하다.

> 당신이 어디 있건, 당신의 가장 멋진 운명은 당신을 보살피며 당신을 위해 일하는 이 사람 손에 달려 있다. 학자의 머리와 노동자 얼굴을 하고 병졸의 군복 입은 이 사람 손에 말이다.[36]

빛의 근원인 스탈린, "학자의 머리와 노동자 얼굴"을 한 보통 사람 스탈린, 모두를 보살펴 잘살게 하는 아버지 스탈린. 이것이 바르뷔스가 확립한 사회주의 지도자 형상의 공식이다. 이 공식이 김일성 형상화 작업의 표본이 되었음은 물론이다. 단적인 근거로『문학예술』3권 5호(1950)에 나란히 실린 명월봉의 「쏘베-트 시문학에 있어서의 쓰딸린 스승의 형상」과 엄호석의 「조선문학에 나타난 김일성 장군의 형상」을 들 수 있다. 명월봉은 1948년 입북하여 약 10년 체류하는 동안 김일성종합대학 초대 러시아어학과장을 지내며 소련문학과 언어학 이론을 번역 소개한 인물이고,[37] 엄호석은 훗날 작가동맹출판사 주필, 김일성종합대학 교수 등을 역임하게 될 북한 문예 정책의 대변자였다.[38]

이찬, 조기천, 한명천, 민병균, 박세영, 김북원, 김우철, 이원우, 한식, 한설야 등의 김일성 찬양문학을 언급한 엄호석은 '관념적 낭만주의'(19세기 사조)와 '고상한 낭만주의'(20세기 혁명문학)를 대립시킨 후, 후자를 혁명 미학 발전의 최종 단계로 지목했다.[39] 그의 가설에 따를 때, 혁명문학사는 사실주의에서 낭만주의로 이행하는 역방향의 발전사이며, 혁명 영웅은 구체적 사실성에 기반한 낭만성을 통해 그 형상이 완성에 이른다. 이때의 '낭만성'이란 '사실성'이 '정치적 진실성'과 만나 예술적으로 표현되는 것을 의미한다. 엄호석이 그 미학의 정점으로 제시한 범례는 다름 아닌 M. 고리키М. Горький의 「레닌의 회상В. И. Ленин」이었다. 고리키 회상록은 레닌 사후인 1924년 초본이 발표되고 1930~1931년에 증보 출간되었는데, 출간 당시 미망인 N. 크룹스카야H. Крупская가 "모든 것이 사실Правда всё"이라며 "일리치가 온전히 살아 있다Живой весь Ильич"는 평을 남길 정도로 진실성을 인정받은 레닌 전기의 원형이다.[40]

엄호석이 레닌 형상의 사실성에 주목했다면, 나란히 글을 실은 명월봉은 스탈린 형상에 나타난 '살아 있는 레닌'으로서의 존재감, 그리고 천재성과 평범성의 '경이로운 조화'에 집중했다. 바르뷔스의 공식 전기 이후 스탈린이 레닌의 현현이라는 인식은 진리나 다름없었다. 스탈린에게 따라붙은 '평범한 소비에트인советский про- стой человек'의 꼬리표도 실은 고리키가 레닌의 미덕으로 추앙한 평범함("평범함. 그는 진실처럼 평범하다. Простота. Прост, как правда.")의 메아리였다.[41] 명월봉이 키르기스 콜호즈원의 스탈린 찬양시(「모두가 너의 유언대로 실현되었다」)를 범례로 인용하면서 "그는 오늘의 레닌이다"라는 바르뷔스의 명제를 잊지 않고 소환해내는 것도 그런 배경에서다.[42]

스탈린 입장에서 레닌과의 유사성은 당연히 지도자 혈통을 정당화하는 도구적 개념이었고, 다시 강조하건대, 이 점은 스탈린과의 유사성을 강조한 초기 김일성 형상의 핵심 논리이기도 하다. 죽은 레닌을 그의 '아우'이자 '충직한 벗'인 스탈린이 대체함으로써 소련문학의 '낙관적 로맨티시즘'이 완성되는 것이라면, 김일성 형상은 레닌-스탈린 형상의 특성을 계승함으로써 북조선의 '고상한 낭만주의'를 창출해야만 했다.[43] 그 과제를 염두에 둔 명월봉은 이렇게 결론짓는다.

레닌과 스탈린

그러면 우리의 결론은 명백하다. 스탈린! 이 이는 전 세계 근로자들의 태양이며 가장 사랑하는 령도자며 공산주의의 승리의 상징이며 레닌의 가장 친근한 벗인 동시에 볼쉐비크 당의 수령이며 모든 승리의 조직자다. 이러한 것이 그의 형상의 근본적 내용으로 되어야 한다.[44]

전 세계 근로자들의 태양이며, 가장 사랑하는 영도자이며, 공산주의 승리의 상징인 동시에 '레닌의 벗'인 스탈린 형상이 김일성에 이항하는 과정에서 필요했던 것은 '레닌의 벗'을 '스탈린의 벗'으로 교체하는 정도에 불과했다. 스탈린 형상의 근본적 내용은 곧 김일성 형상의 그것이며, 형상의 주요 토포스 또한 계승 대상이 되었다. 그 예로 다시 한 번 태양 수사의 경우를 짚어보고자 한다. 다음은 명월봉이 글에서 소개한 잠불 자바예프(Джамбул Джабаев, 1846-1945)의 장시 「스탈린의 노래Песня о Сталине」 일부분이다.

쓰딸린! 그대는 **봄의 태양**이러라! / 그대는 마치 **따스한 햇볕**과도 같기에/ 벌판에는 싹이 트고 백화는 피기 시작하며/ 가슴은 힘차게 고동치고/ 핏줄기 뜨겁게 뛰노라/ 일생에 두 번 다시 못오는 청춘을/ 그대를 찾기에 오랜 세월은 흐르고/ 흘러 나는 어느덧 늙어서 은빛 수염이 늘어졌건만/ 그대를 만난 지금 나는 다시 젊어졌도다/ 기적인양 다시 잠불에게는 청춘이 돌아왔나니/ 온몸의 피는 마치 꾸무쓰(말젖으로 만든 감주)처럼 괴여 용솟음치는 것

같고/ 등은 다시 펴지는 것 같고/ 하이얀 이빨 다시 나오는 듯하
네// 90평생에 다시금 맞는 청춘이러라/ 쓰딸린 당신에게 나는/
마지막 머슴사리를 청산하고/ 인민의 축복과 당신의 은덕으로
말미암아/ 재생된 우리의 사랑을 바치노라/ 우리는 무엇을 알았
던가? 비애와 빈곤과 암흑뿐/ 우리는 무엇을 보았던가? 쇠사슬
과 채찍과 총검뿐/ 부자놈들은 우리를 개만도 못하게 부렸나니/
억눌린 무리의 외침소리 암흑 속에 살아졌거늘/ 그러나 불끈 솟
아 어둠을 몰아내는/ 마치 **태양**인양 그대는 와서/ 인민은 다시금
그대의 힘으로/ 구원되었노라// 드디어 우리는 국장을 만들고,/
기빨을 높이 올렸나니 이는/ 가장 빛나고 행복스러운 나라의 것
일세// **태양 스탈린**이여! 크레믈린 안에 **영원히 빛나라!**...[45] (인
용자 강조)

잠불은 카자흐스탄의 즉흥 음유시인aqyn으로, 1930년대 중반에
'발굴'된 후 1938년에는 최고 영예인 레닌 훈장까지 받은 전설적 인
물이다. 그가 창작한 많은 친혁명, 친스탈린 구전 민요가 러시아어
로 번역되어 인기를 얻었는데, 발굴 당시 이미 70세, 「스탈린의 노
래」를 불렀을 때가 무려 90세에 이르렀던 이 유목민-시인에 대해서
는 여러 가설(그는 실제 창작자가 아니고, '번역자'로 지칭된 관변 시인들이 그를
내세워 체제 선전의 도구로 삼았다는 설 등)이 전해진다. 원작자가 누가 되
었건, 잠불 시의 특징은 스탈린을 단순히 태양으로 비교하는 데 그
치지 않고, '그가 왜 태양인가'라는 비유의 근거를 구체적으로 밝힌

다는 데 있다. 태양은 추위를 이기는 따뜻한 온기요, 어둠을 물리치는 빛이자, 생명을 주고 또다시 태어나게 하는 힘이다. 그 힘이 구순 노인 잠불의 회춘을 불러온 것처럼, 억눌린 민중을 구원하는 기적을 일으키고, 사방 널리 모든 생명체 하나하나에 평등의 확산력을 발휘한다. 잠불의 그리고 잠불 뒤에 숨은 소련 체제의 태양 수사는 결국 다 같이 잘사는 지상 낙원의 비전을 주장하고 설득하기 위한 논증 방식인 동시에, 끝없이 이어지는 열거법enumeratio의 부연 언술로써 민중의 뇌리에 그 메시지를 정착시키는 주술 행위에 가까웠다. 전통적인 의미의 태양-절대 군주 수사, 하물며 태양-레닌 수사와의 변별점은 여기에 있으며, 이것이 핵심이다. 태양-스탈린은 단순한 절대 권력을 넘어, 그 권력을 향한 우상 숭배культ личности의 논리적 수단이자 상징이었던 것이다.

스탈린 형상을 계승한 김일성 형상의 공식도 '논증'을 중요시한다는 점에서 동일하다. 엄호석 평문 「조선문학에 나타난 김일성 장군의 형상」의 목적은 기존 작품 소개나 분석보다 창작 원칙의 교시에 있었는데, 그 원칙은 설득력 있는 '정서'를 노래해야 한다는 것, 그리고 장군의 혁명적 위업을 연구하고 표현함으로써 '관념적 낭만주의'가 아닌 '고상한 낭만주의'(혁명문학)의 단계에 도달해야 한다는 것이었다. 이때 엄호석이 제시한 논증 방식이 바로 "숨은 일화와 사실, 전설과 사적"의 열거법이다. '김일성＝태양'의 수사법은 텅 빈 관념적 도식으로서가 아니라 실제 일화를 통해 증명되어야 했다. 장군의 위대함을 논리적으로 설득해야 한다는 출발점은

보천보 사건 『동아일보』 호외(1937년 6월 5일자)

동일했지만, 북한에서는 실증(일화)의 축적이 논리 전개를 대신해주었다. 어떤 수사를 사용하는가와 관계없이, 지도자 형상에서의 방점은 비유가 아닌 사적史蹟을 통한 설득력에 있었기 때문에, 가령 1937년 보천보 사건을 묘사한다 치면, 우선 일련의 사적을 조사한 후 세밀한 '디테일'을 담아 사건의 정치적 의의를 표출하는 방식이 되어야 했고, 빨치산 활동을 다룰 때는(한설야의 「혈로」에서처럼) 김일성이 구사한 빨치산 전술의 완벽성이 현장 자료로써 입증되어야 했다.[46] 그것이 김일성 찬양 서사의 중추인 '일화'의 존재 의미였다.

두 〈태양〉

N. 그리바초프의 〈김일성장군〉

논의를 정리하는 의미에서 소련 시인 N. 그리바초프H. Грибачев가 쓴 김일성 찬양시에 주목한다. 그리바초프는 제2차 세계대전에 참전하여 보도 기자로 활동했으며, 이후 이른바 '당의 소총병 автоматчик партии'을 자처하며 관변 문인 역할을 이어간 인물이다. 총 5장으로 이루어진 서사시 「김일성Ким Ир Сен」은 6·25전쟁 초반인 1950년 8~11월에 썼다고 되어 있다. 앞서 해방기 북한을 방문한 후 인상기를 쓴 기토비치·부르소프처럼, 그리바초프는 1949년 10월부터 1950년 전쟁 발발 시점까지 북한에 머무르며 자신이 본 바를 시로써 기록했다. 그렇게 해서 1951년 11월 발간된 시집이 『불굴의 조선Непокоренная Корея』이다.[47] 그는 시집 서문에서 자신이 조선 인민을 직접 눈으로 보았고("Я видел корейский народ."), 평화의 노력과 용기와 자유의 열망으로 가득 찬 조선 인민의 승리를 믿어

의심치 않는다고 밝혔다. "조선 인민이 거둘 승리의 이름으로во имя победы корейского народа" 쓴 이 조선 '이야기рассказ'맨 마지막에 서사시 「김일성」이 등장한다. 이 작품은 북한에서도 동시 번역되어 러시아어판보다 오히려 먼저 단행시집으로 나왔는데, 이때 번역자는 다름 아닌 「백두산」 시인 조기천이었다.[48]

1950년 8~11월 사이에 쓰여진 「김일성」은 목적성을 지닌 전쟁시로, 집필 의도는 백두산 빨치산 대장 김일성의 영웅성을 되새기면서 6·25전쟁의 승리를 확신하기 위함이었다. 소련 작가 그리바초프가 그려낸 김일성은 앞에서 서술한 영웅 형상화 작업의 공식을 그대로 따르고 있다. 무엇보다 김일성은 스탈린의 적자임이 강조된다. 그는 스탈린처럼 '강철'의 힘과 의지를 지닌 인민의 보호자며, 태양(=스탈린)의 아들이다. 더불어 그리바초프의 김일성은 1930년대 바르뷔스가 정착시킨 영웅 스탈린을 신체적으로나 정신적으로 닮았다. 몇 가지 예를 들자면, 김일성은 예의 그 쾌활하고 단순한 젊은이가 아니라, 침착하고 다정한 외유내강형 인물로 묘사된다.

침착하고도 다정하신 태도/ 우슴어린 안광 —/ 그이는 담화에 만족하여/ 우리말을 주의깊이 듣기도 하시고[49]

원문과 대조해보면 더 잘 드러나는데, 이 초상은 평소 스탈린의 전매특허라 여겨지던 단어들(친절, 다정, 침착, 특히 눈웃음)의 조합에서 벗어나 있지 않다. 그리고 이 모습은 1949년 2월 김일성과 함께 스

탈린을 접견한 백남운이 감격 속에 묘사했던 초상과 일치하는 것이
기도 하다.

처음에 악수할 때의 인상으로는 키가 큰 편은 아니었다. 그러나
앉은키는 높을 뿐만 아니라 결코 70의 고령으로 볼 수 없는 건강
한 동작과 름름한 기상은 과연 혁명적 투쟁정신의 화신으로서
새 인간을 대표하는 세계적 위인의 장엄한 모습이다. 또한 그 미
우眉宇에 나타나는 영매한 기상은 스스로 기압을 느끼게 하면서
도 눈초리에 서린 전 세계 인민의 벗다운 인자한 안광은 좌중을
더웁게 한다.

(…)

인류의 신사회를 창조하는 최고의 '기사技師'인 만큼 세계노동
인민의 태양으로서 숭앙하는 것은 자연스러운 일이어니와 사물
에 정통하는 태양이 그 두뇌 속에 서리고 있는 듯이 세계 정치 사
정을 꿰뚫고 있는 천재적 정치가인 인상을 받게 되었다. 회담
하는 중에 두 번이나 스탈린이 입을 빙그레 하고 눈우슴을 보냈
다. 조선 사정에도 정통하고 있는 표정이었다.[50]

70대 스탈린과 30대 김일성의 유사성은 그들이 일하는 집무실
과 집무 방식에도 드러난다. 바르뷔스가 묘사했던 스탈린의 소박
한 집무실에는 레닌 초상이 걸려 있고, 공식 행사 때 스탈린의 자리
는 언제나 레닌 입 초상 아래 또는 레닌 영묘 위에 위치했다. 마찬

가지로 김일성의 작은 방 벽에는 스탈린 초상이 걸렸고("벽에서 쓰딸린이 바라보시는 사무실"),[51] 스탈린이 항상 레닌과 함께했듯, 그는 스탈린과 직접 대화하며 인민의 번영을 가져오는("우리들이 어떻게 잘살 것을/ 그이와 쓰딸린이 이야기 하셨다")[52] 혁명 영웅으로 그려진다.

스탈린이 그런 것처럼 그는 인민과 함께 하는 보통 사람이며("그는 우리 같은 사람이다"),[53] 또한 스탈린처럼 보통 군복을 입고 전쟁터에 나타나 부하들을 보살핀다. 이 부분은 특히 바르뷔스 전기에도 인용되었던 내전 기간 중의 스탈린을 환기하는 측면이 있다. 당시 반혁명군 반항이 가장 심했던 차리친Tsaritzin 전장에서 "스탈린은 침착했고, 평소처럼 생각에 잠겨, 실제로 잠도 자지 않으면서"[54] 부대를 돌봤다는 것이다. 전선에서 김일성의 모습도 유사하다.

하지만 전사들의 이야기를 믿을진대/ 철화 속에서 지어내인 그 말을 듣건대/ 그이는 표식 없는 보통 군복을 입으시고/ 부대에도 여러 번 나타났다네// 친히 침착한 동작으로/ 모든 것을 시찰한다네./ 무기는 제자리에 있는가/ 탄약은 넉넉한가.[55]

조기천은 원시를 아주 정확히 옮기지는 않았는데, 원문에서 좀 더 확연히 드러나는 것은, 김일성의 초상 자체가 상투화된 스탈린 초상의 번역물에 가깝다는 점이다. "평범한 모습으로/ 평범한 외투와 모자를 쓰고запросто в части/ в шинели и шапке простой" 부대에 나타난 김일성의 초상은 바로 바르뷔스가 묘사했던 평범한 병사복 유니폼의 스탈린, 그리고 더 근본적으로는 그에게(그리고 레닌에게) 속성으로 내재된 '평범성простота' 원칙의 구현에 다름 아니다. 역시 조기천이 정확히 번역하지 않았지만, 원문의 "침착하게, 성실하게,/ 눈을 가늘게 떠 주의 깊게/ 시찰한다и сам, не спеша, честь по чести,/ прищурив внимательный глаз,/ обследует"는 부분도 스탈린의 특징 묘사와 일치한다. 그리바초프는 소련에서 확립된 스탈린 형상에 따라 그 원본의 복사품인 조선 영웅을 그려낸 것이다. 그 같은 복제 작업은 결과적으로 두 지도자가 하나의 혈통에 속한다는 사실과 함께 그들 운명의 동일성을 예견해주는 기제로 작동한다. 즉 스탈린의 외모와 성품과 "강철의 의지"를 지닌 김일성은, 스탈린이 그러했듯 조선 인민을 불철주야 돌볼 것이 당연하다. 독일 파시스트에 맞서 조국전쟁을 승리로 이끌었던 스탈린처럼 김일성 또한 양키와 유엔에 맞선 작금의 전쟁을 승리로 이끌리란 확신은 그래서 논리적 설득력을 얻는다.

> 잠도 없이 교대도 없이/ 인민의 행복을 위하여/ 장군은 명철한 지혜를 베푼다/ 강철의 의지를 뻗는다/ (…) // 모든 것을 들으시며 보시며/ 모든 것을 알으시며/ 오직 하나의 목적을 가르친다/ 사단도 군단도 아니라/ 3천만을 결전에 일으키신다// 폭격에 무너지고 불탄 조선에/ 아직은 명절이 오지 않았건만/ 전쟁의 어려운 이 시각에도/ 령장은 벌써 승리를 예견하였다/ 나의 심장은 이렇게 말한다![56]

『해방일보』에 함께 등장한 등장한 스탈린과 김일성(1950년 8월 15일자)

바르뷔스가 스탈린 전기에서 결론으로 제시했던 것은 "당신이 어디 있건, 당신의 가장 멋진 운명은 당신을 보살피며 당신을 위해 일하는 이 사람 손에 달려 있다"라는 낙관적 숙명론이었다. 그것이 곧 그리바초프가 김일성 형상에 그대로 이식한 최종 결론이기도 하다. "모든 것을 들으시며 보시며/ 모든 것을 알으시"는, 흡사 절대자-태양과도 같은 김일성의 능력은 스탈린의 능력에서 오는 것이며, 따라서 "쏘베트 로씨야의 빛свет из России"이자 "떠오르는 아침해солнце всходящее"인 두 '태양'을 따르는 인민은 행복할 수밖에 없다. 그런 각도에서 볼 때, 그리바초프의 서사시 「김일성」은 결국 김일성의 이름과 형상을 빌린 또 다른 스탈린 찬양시였다.

그리바초프의 서사시는 6·25전쟁 한복판에서 쓰였다. 바꿔 말해, 해방기 조선친선 이데올로기가 '조국 해방 전쟁'의 격전장으로 옮겨가면서 스탈린과 김일성 간 혈맹의 필요성이 극대화하던 기간에 제작되었다. 스탈린-태양이 마지막으로 정점에서 위력을 발휘하던 시기의 형상물인 것이다.

해방기 소련 여행자의 가장 큰 관심 대상은 뭐니 뭐니 해도 "전세계 근로 인민의 숭앙하는 태양"[57] 스탈린이었다. 이태준, 한설야, 백남운 등이 혹은 먼발치에서 혹은 코앞에서 본 스탈린 묘사 대목은 가치 있는 비교 분석 대상이 아닐 수 없다. 그중 한설야의 수필 「스탈린은 우리와 함께 살아 있다」는 1953년 스탈린 서거를 추모하며 예전 만남을 떠올리는 형식인데, 추모 글이니만큼 감상적 어조를 띠는데다가, "세기의 태양" 스탈린을 추모하는 시점과 살아 있는 또 하나의 '태양' 김일성을 추앙하는 시점이 교묘하게 뒤섞여 있어 언급하고자 한다.

한설야는 1947년 9월의 모스크바 8백주년 기념식에서, 이후 1952년의 레닌 서거 기념식에서 스탈린을 직접 보았다. 회상은 1952년에 본 말년의 스탈린에 집중된다. 신병 치료차 모스크바에 체류하던 중 기념식에 참석하게 된 한설야의 관심은 줄곧 스탈린을 향했다. "스탈린을 뵈는 것은 스탈린을 보는 동시 그의 위대한 스승이시며 전우이신 레닌을 보는 것과도 같았다"라고 한설야는 회상한다. 레닌에 대한 보고문이 낭독되는 순간에도 참석자들은 "레닌 사상의 구현자인 스탈린"의 이름을 불러 찬양했는데, 한설야는 "그것이 곧 레닌에의 추모"라고 받아들였다.[58] 참석자들이 관람한 기록 영화《레닌》도 두 지도자가 함께 나오는 많은 장면을 통해 그들이 일심동체의 인물임을 강조해주었다고 기억했다. 한설야의 기억에 따르면, 레닌 서거 기념식은 실은 계승자 스탈린을 향한 축원의 자리였다.

스탈린의 적통성이 레닌 형상을 통해 인정받았듯, 해방기 김일성의 적통성은 스탈린 형상을 바탕으로 확립되었다. 그리고 더욱 중요한 것은, 레닌의 죽음이 스탈린 등극으로 이어진 것처럼, 스탈린의 죽음은 김일성 독자 체제의 탄생으로 이어졌다. '원본' 스탈린의 죽음이 살아 있는 김일성에게 그 권좌를 물려받는 적법한 계기를 만들어주었고, 이 정치적 복선의 의미를 한설야를 위시한 조선의 추모자들은 놓치지 않았다. 레닌 서거 기념식이 그러했듯이, 스탈린에 대한 추모는 김일성을 향한 축원의 통로였던 것이다. 한설야는 스탈린이 과거 볼셰비키당에 부여했던 '돌격대' 칭호를 조선 인민에게 내려주었다는 김일성의 말을 인용함으로써 결국 스탈린과 김일성이라는 두 돌격대 대장의 일체성을 은연중 암시해주었다. 그것은 이제 "우리의 스승이시며 강철의 영장이신 김일성 원수"[59]가 '강철 스탈린'의 자리에 올라 위대한 혁명정신의 적통인 유일 '태양'으로 빛나게 될 차례라는 예고이기도 했다. '조국해방전쟁'이 끝나가던 시점에 소환된 스탈린의 죽음의 기억(스탈린은 1953년 3월에 사망했다)은 이렇듯 김일성의 임무와 위상을 알리는 정치적 선언과도 같았고, 그런 의미에서 스탈린-태양의 소멸은 "주체의 위대한 태양"을 부르는 신호였다.[60]

한설야의 논법은 조영출의 추모시 「영생불멸의 쓰딸린이시여」(1953)에서도 정확히 확인되는 바다.

> 당신의 심장은 그 고동을 멈추었어도/ 당신의 생명의 영원의 태양,/ 당신의 이름은 불멸의 광명,/ (…)/ 백전백승의 깃발을 주신 당신의 은혜, **우리의 당에 '돌격대'의 이름을 주신/ 아 혁명의 천재 쓰딸린이시여**!/ 우리는 앞으로 전진하오리/ 민족과 독립과 자유를 위하여/ 당신께서 유언하신 그 깃발, 높이 들고… / **우리의 선두엔 김일성 원수 서 계십니다/ 그이는 당신의 제자, 우리의 수령**/ 그이는 당신의 유언을 충실히 지키며/ 당신이 가리키신 그 영광의 길로/ 우리를 이끌고 나아가실 민족의 령장,/ **레닌 선생께 드**

린, 당신의 그 맹세와도 같이/ 그 맹세를 지키신 당신의 모범과도 같이,/ 그이는 당신을 본받을 것이며/ 우리는 그이를 따라 전진하오리니.[61](인용자 강조)

그러나 1950년대 초반 스탈린 서거 시점에 강조되었던 '계승의 논법'은 생명력이 그리 길지 않았다. 얼마 지나지 않아 대두된 '주체의 논법'이 김일성을 유일무이한 '민족의 태양'으로 확정지었고, 그 논법에 따라 계승의 흔적은 역사에서 소거되기 때문이다. 항일투쟁의 역사 또한 다시 쓰이고 재배치되어야 했다. 예컨대, 조영출은 1981년에 쓴 김일성 찬양문 「조선의 별, 위대한 태양을 우러러」에서 김일성-태양 수사가 1920년대 조선청년공산주의자들의 것이었음을 주장했고, 그 예로 불멸의 혁명송가 「조선의 별」을 언급했다.

1920년대 조선의 청년공산주의자들이 경애하는 김일성 동지를 조선의 별로, 민족의 태양으로 높이 우러러 부른 노래가 반세기가 넘는 오늘에 와서 우리 인민의 가슴을 더욱 격동시키는 것은 무엇 때문인가. 불멸의 혁명송가 「조선의 별」. 이 노래에는 일제 식민지 통치의 암흑 속에서 짓밟히고 신음하는 조선 인민의 참담한 운명을 구원할, 삼천리강산의 새날을 고하는 려명의 새별로, 민족의 태양으로 솟아오르신 경애하는 김일성 동지의 위대성과 그이의 숭고한 풍모가 담겨져 있고...[62]

1920년대 말 김혁이 지었다는 최초의 3절짜리 혁명송가에 실제로 '태양'이란 단어는 등장하지 않는다. 대신 여명의 '새별'이 반복될 뿐이다.[63] 김일성은 애초 스탈린의 태양 아래 위치한 혁명의 여러 별 중 하나였다.[64] 일제 강점기 인민의 노래나 글에서 군주를 뜻하는 '태양'이 쉽게 등장했을 리 없고, 앞서 살펴본 대로 해방기에 도입된 태양 수사는 스탈린 원본에서 유래한 정치 담론의 재현 방식이었다.

그러므로 만약 훗날 어느 시점에 그 '별'이 '태양'으로 동일시되어 읽히기 시작했다면, 그리고 그것이 바로 1980년 이후 주체의 언어론이라면, 여기서 흥미로운 결론을 도출하게 된다. 그것은 '주체'가 하나의 언어를 또 다른 언어로 읽어내는, 일종의 해석학적 hermeneutic 행위의 역사라는 것이다. 주체는 단순히 새로운 미래의 언어만 만들어낸 것이 아니라 과거의 언어도 만들어냈다. 그 기원과 원형은 의도적으로 망각한 채, 단어의 의미와 용례를 재정의하고 교정함으로써 주체는 마침내 미래와 과거 모두를 지배하는 권력적 담론, 즉 A. 유르착A. Юрчак이 말한 '메타 담론'을 완성할 수 있었다. "메타담론은 마르크스-레닌주의적 교리의 독립적인 외부 '정전'에 입각해 권위적 언어를 평가하고 측정했으며, 이 정전에 대한 지식(혹은 해석)은 이 담론의 외부에 자리한 '주인'(스탈린)이 소유했다"라고 유르착은 말한다.[65]

주체의 메타 담론을 향해서도 되풀이할 수 있다. '태양'에 관한 지식과 해석은 결국 '주인'(김일성)에게 속한 것이었다. 그래서 하나의 언어(단어)에 대해 전혀 다른 독법이 가능했고, 기표와 기의 혹은 원본과 복사물의 경계도 쉽게 무시될 수 있었다. 그런 의미에서 주체의 언어는 표절의 언어요 참칭의 언어였다. 원형이 아니면서 원형을 자처한 언어였다.[66] 그와 같은 방식으로 해방기 메타 신화의 체계에 속해 있던 김일성-태양 수사는 권력의 실질적 지배자인 메타 담론의 체계로 이향했다. 그리고 그곳에서, 이제는 신화적 비유가 아닌 권위의 실체로서 빛을 발하기 시작했다. 유르착의 표현을 빌리자면, 사라지기 전까지는 영원히.

문학사와 이념성

한국적
맥락에서 읽는
러시아 문학사

소련 붕괴와 포스트모더니즘(신역사주의, 탈식민주의 등) 같은 정치적이고 문화적인 지각 변동은 러시아 문학사 기술에도 새로운 접근을 요구하게 되었다. 러시아/소비에트, 체제/반체제로 이분화된 문화의 역사를 어떻게 단일 서사로 융합할 것인가의 문제에 대해 러시아는 여전히 답을 찾는 중이다. 망명 아카데미즘의 뿌리를 지닌 서구 학계는 '러시아 문학' 자체를 어떻게 규정할 것인가, 파편적 정보가 넘쳐나는 글로벌리즘 시대의 역사는 어떻게 서술할 것인가 등과 같은 근본 문제에 골몰해 있다. 러시아 문학사는 과연 어떻게 기술되어야 하는가? 국가·학문 영역·제도의 경계가 희미해진 현실에서 일국 문학national literature은 어떻게 교육되고 연구될 수 있는가?

한국의 러시아학에는 고민해야 할 또 하나 요소가 있다. 민족 내에서의 이념 분극 현상이 그것이다. 일제 강점기에서 분단기로 이어지는 현대 한국의 사회정치적 특수 상황은 러시아 문학사 기술에도 영향을 미쳐 내용과 형식 양면에 뚜렷한 흔적을 남겼다. 한국의 러시아 문학사를 읽는 것은 현대 한국 사회를 읽는 또 다른 방법이다.

A HISTORY OF
RUSSIAN
LITERATURE

ANDREW KAHN

MARK LIPOVETSKY

IRINA REYFMAN

STEPHANIE SANDLER

《러시아 문학사》가
나오기까지
옥스퍼드

새 러시아 문학사가 옥스퍼드대학출판사에서 나왔다.[1] A. 칸Kahn,
M. 리포베츠키Lipovetsky, I. 레이프만Reyfman, S. 샌들러Sandler 등 영
미권의 4인 전문가가 8년여 공동 작업을 통해 완성한 1천 쪽 가까
운 분량의 이 문학사는 D. S. 미르스키Д. Святополк-Мирский와 V. 테라
스Terras의 업적을 잇는 역작으로 환영받고 있다.[2] 대체 '문학사'란
무엇인가? 그에 앞서 '문학'이란 무엇인가? 문학사는 왜 거듭 기술
되며, 새롭게 무슨 말을 할 수 있는가? 그리고 새 옥스퍼드 문학사
의 어떤 획기적인 기획이 학계와 대중 독자의 관심을 끄는가?

먼저 그동안 영어권에서 출간된 대표적인 러시아 문학사의 계보
를 간략히 살펴보겠다. 사실 러시아 밖에서의 러시아 문학사 기술
역사는 그다지 길지 않다. 19세기 말엽에 프랑스에서 나온 『러시아
소설(Melchior de Vogüé, Le roman russe)』(1886)과 20세기 초 독일에서 나

온 『러시아 문학사(A. Brückner, *Geschichte der russischen Literatur)*』(1905)를
바탕으로 영국인 M. 베어링Baring이 쓴 『러시아문학의 지표*Landmarks
in Russian Literature*』가 등장한 것은 1910년에 이르러서다.[3] 즉, 1백 년
남짓에 불과하다. 베어링의 문학사가 등장하기 이전에도 세계 독자
에게 지대한 영향을 끼친 영문판 소개서가 있었는데, 바로 P. 크로
폿킨П. Кропоткин의 『러시아문학: 이상과 현실(*Russian Literature: Ideals
and Realities*)』(1905)이다. 망명객 크로폿킨의 미국 강연을 기초로 출간
된 이 책이 러시아문학에 관심은 높았으나 직접적 지식이 부족했던
서구 문화계에서 정론으로 자리 잡았다. 일본에서는 1910~1920년
대에 걸쳐 세 번 이상 번역될 정도로 인기를 끌었고, 당시 크로폿킨
의 무정부주의에 매료되었던 조선의 청년 지식인층에게도 권위 있
는 입문서 역할을 했다.[4] 1902년에 영어로 번역된 D. 메레시콥스키
Д. Мережковский의 단행본(『*Tolstoi as Man and Artist: with an Essay on Dostoevski*』)
또한 유사한 맥락에서 초기 형태의 러시아 문학사를 대신해준 책
이다.

물론 영어권을 위시해 공산권 밖의 전 세계 러시아 문학사에 기
초를 제공해준 결정적인 저술은 미르스키의 『러시아 문학사*A History
of Russian Literature*』였다. 1926년과 1927년에 두 권으로 나뉘어 출간
된 망명 귀족 미르스키의 문학사는 1949년 F. 위트필드Whitfield 통
합본으로 재발간된 후 고전이 되었다. 서구에서 교육받은 러시아
문학도의 기본 교과서가 다름 아닌 미르스키 문학사였고, 현대 한
국의 러시아문학도를 훈련시킨 가장 오래된 참고서 중 하나도 1984

표트르 크로폿킨

년에 번역되어 나온 미르스키 문학사였다.[5]

미르스키 문학사가 독보적인 존재감을 드러낸 가운데 영어권에서는 여러 종의 문학사가 초기에는 대부분 망명 학자들에 의해, 그리고 이후 그들이 가르친 학생들에 의해 집필되었다. 그중 괄목할 만한 저술로 V. 테라스의 『러시아문학 핸드북Handbook of Russian Literature』(1985), C. 켈리Kelly의 『러시아문학: 아주 짧은 소개서Russian Literature: A Very Short Introduction』(2001), C. 에머슨Emerson의 『캠브리지 러시아문학 입문The Cambridge Introduction to Russian Literature』(2008), A. 바흐텔Wachtel & I. 비니츠키Vinitsky의 『러시아문학Russian Literature』(2009), E. 도브렌코Dobrenko & M. 발리나Balina의 『캠브리지 20세기 러시아문학 안내서The Cambridge Companion to Twentieth-Century Russian Literature』(2011) 그리고 앞서 소개한 4인 공저의 『러시아 문학사A History of Russian Literature』(2018) 등을 들 수 있겠다.

이들 문학사를 괄목할 만하다고 평하는 근거는 그 내용에 있다기보다 구성과 형식의 새로움에 있다. 새 문학사를 반복하여 집필하고 출간하는 학자들의 공통된 동기는 시대적 변화 흐름에 맞춘 문학 교육 방법론의 고민에서 비롯한다. 기존의 문학사와는 뭔가 다른 문학사, 그리고 단조로운 연대기적 서술을 넘어 '문학사 이후의 문학사'[6]를 모색하는 와중에 제일 먼저 등장하는 시도가 시대·사조·인물을 중심으로 한 고전적 틀로부터의 탈피인데, 가령 테라스 편집 하에 1백 명 넘는 필진이 공동 작업했던 『러시아문학 핸드북』의 백과사전식 구성 방식이 그 예다. 컴퓨터와 인터넷을 통한 정보 검색이 상상조차 되지 않던 시절에 나온 키워드 중심의 '핸드북'은 당시로서 대단히 선구적인 기획이었고, 그러나 바로 그 점에서 유행을 더 빨리 타버린 감도 있다. 인터넷을 통한 정보 검색과 확산이 가속화하고, 인터넷이 제공하는 정보 수준 또한 전문서 이상으로 전문화된 오늘 상황에서 종이 백과사전의 의미가 퇴색해버리는 이치에서다.

『핸드북』의 뒤를 이은 다른 문학사 역시 새로운 구성과 관점을 표방한 것들이다. 이 책들의 가장 중요한 공통점이라면, 연대기 형식이나 정전正典 중심주의의 폐기이다. 연대, 인물, 작품과 같은 '사실'보다는 그 사실에 대한 해석이 역사 쓰기를 추동하며, 따라서 하나의 관점, 하나의 서술, 하나의 역사는 없다는 식의 포스트모던 신역사주의가 문학사 기술에도 가치와 관계의 중심 이동을 이루어낸 것으로 보인다. 탈식민주의 지식 이념이 만들어낸 지배와 대항의 논리, 글로벌 시대의 세계 중심과 주변에 대한 비판의식, 그리고 형식주의적 구심력을 대체한 해체주의적 원심력의 관성 속에서 러시아 문학사의 패러다임 역시 변신을 요구하게 된 것인데,『핸드북』이후의 영미권 출간물은 거의 모두 이 새로운 패러다임에 관해 고민한 흔적들이다.

시대는 기술 내용의 정확성을 넘어 구성과 관점의 독창성에 주목하고 있는 듯하다. 한국에서도 유사한 시도가 있었지만, 인물로 보는 문학사, 테마로 보는 문학사 등은 초보적인 방식이겠고, 근래 영미권에서는 가령 C. 켈리처럼 푸시킨의 '기념비' 시(Я памятник себе воздвиг нерукотворный…) 구절구절을 챕터 제목 삼아 푸시킨이라는 하나의 공통분모로 러시아 문학사를 관통해 요약하거나 G. S. 모슨Morson의 경우처럼 아예 러시아 문학사의 '사실'을 조롱하고 패러디하는 유희적 실험물이 등장했다.[7]

그와 관련하여 주목할 점은 1980년대 이후에 나온 문학사류 책에서 '역사'라는 단어가 '핸드북', '입문서', '가이드', '안내서' 등으로 대체되어가는 경향이다. 일종의 시대적 유행일 수도 있겠지만, 역시 신역사주의적 자의식, 그리고 그 일환이라고 할 지적 반권위주의의 파장으로 여겨진다. 그리고 이 역시 포스트모던의 연장선상에 있을 터인데, '객관적 사실성'의 권력에 도전하는, 또는 그 우위로 올라선 '주관적 진실성'의 역설로 이해된다.

C. 에머슨이 자신의 책을 문학의 '여행 가이드'에 비유하면서 주관성을 강조한 배경은 다음과 같다. 러시아문학이 200년 역사를 통해 구축해낸 "그 어떤 '분위기'a certain 'tone'", 즉 러시아문학은 심각하고, 설교적이고, 반정부적이고, 소설은 너무 길고 형이상학적 관념으로 가득 차 있다는 식의 일반론에 관한 언급 직후 나오는 대목이다.

문학의 경우 '입문서'는 주관적인 작업이다. 그것은 고유의 형태를 가지며, 이는 곧 틈새가 많고 비약이 크다는 것을 의미한다. 그것은 허구적 플롯이나 실제적 전기로 이루어진 역사, 핸드북, 백과사전, 개요가 아니며, 마치 과학 교재에서처럼 '최고의 것'

을 개괄하는 최첨단 교과서는 더더욱 아니다. 오늘날 그런 종류의 객관적 정보를 제공하는 검색 엔진이나 업데이트 가능한 온라인 자원과 겨룰 수 있는 출판물은 존재하지 않는다. '입문서'는 아마도 눈에 띄는 지표, 도로 표시, 연결 통로를 가리키는 여행 가이드에 가장 가까울 것이다. 가리키고 있는 출발점에서 그보다 더 복잡한 곳으로 안내해주는 것이 목적인만큼, 관심 있는 독자가 다른 곳에서 더 상세히 찾아볼 수 있을 이름, 작품, 주제를 소개해주어야 한다. 비러시아인 독자를 그 같은 영토에 발 딛도록 초대하는 비러시아인 필자의 입장에서는 '바깥에서' 손에 넣을 수 있는 문학 텍스트와 도구를 범례로 선택할 수밖에 없다. 어느 정도 잘 번역되었고, 타깃 언어(이 경우에는 영어)에서도 좋은 작품으로 살아남을 수 있고, 러시아 경계 밖에서도 문화적 영향력을 축적할 수 있는 범례들 말이다.[8]

비록 '입문서'라는 명목 하에 기술의 주관성을 변호하고 있긴 하지만, 에머슨의 책은 연대순으로 주요 작가와 사조를 개괄한다는 기본 구성상 문학사 계보에서 벗어나 있지 않다. 다만 자신의 판단이나 출판 사정에 따라 시 장르와 망명문학을 기술 대상에서 제외한다거나 특정 작가와 작품을 전면에 내세운다는 점에서 주관적이며, 보편적인 정전canon의 틀을 일부 수정하고 있을 뿐이다. 에머슨의 문학사를 통해 독자(학생)는 그녀가 가리키는 길을 따라 목적지에 도착하게 되는 것이고, 여행 과정이 목적지 도달 못지않게 중요함을 아는 문학 여행자라면 에머슨의 비유가 반어법적 수사에 불과하다는 생각을 하게 된다.

문학의 이해에서 정작 중요한 것은 목적지(작품, 작가, 사조)를 뒷받침하는 배경의 수많은 작은 길과 장애물들이기 때문이다. 문학사가 반복 기술된다는 사실이야말로 '목적지'를 능가하는 '과정'의 의미에 대한 반증일 테다. 그 면에서 '역사'라는 고전적 타이틀을 고수한 채 등장한 2018년도 옥스퍼드 문학사가 과연 어떤 안내서 역할을 표방하는지 짚어볼 만하다.

세로 쓰는
러시아 문학사

세계문학 시대의
일국 문학

옥스퍼드 문학사 집필진 중 한 명인 A. 칸에 따르면, 애초 출발점은 현대의 정보 홍수 속에서 파편적 사실들을 어떻게 통일성 있는 큰 그림에 짜 넣을지에 대한 고민이었다.[9] "사실의 집적a collec-tion of facts" 이상인 문학사를 목표 삼아, 지속과 결렬의 반복으로 이루어진 진화 과정을 "이야기를 하는 것tell stories"이 기본 아이디어였다고 한다. 집필진은 2009년부터 본격적인 논의를 시작했고, 심포지움을 열었으며(옥스퍼드, 2012), 학술대회 라운드테이블을 조직했다. '사실Fact'이라는 대주제로 열린 2015년 슬라브·동유럽·유라시아 학회(ASEES, 전 AAASS)에서의 라운드테이블이었는데, 세션 제목은 '러시아 문학사를 어떻게 쓸 것인가'였다. 논의의 요지는 "일국 문학들national literatures이 더욱 더 상호의존성을 띠게 되고 문화의 경계 또한 침투가 무척이나 수월해진 시대에 한 나라 문학의 역사는 어떻게 기술되어야 하는 것일까? 러시아 문학사 기술에 도전하는 특별한 의미는 무엇인가? (⋯) 과연 무엇이 문학인가?"[10]였다. 옥스퍼드 문학사는 시대 변화에 직면한 이 질문의 최종 답변이 된 셈이다.

역사서의 기본에 합당하게 옥스퍼드 문학사는 연대순으로 기술된다. 총 939페이지의 거대한 책은 구성상으로는 매우 단순하게 중세, 17세기, 18세기, 19세기, 20~21세기의 다섯 파트로 나뉘지만, 각 파트 안으로 들어가 보면 그 내용이나 구성이 결코 단순하거나 고전적이지 않다. 많은 이에게 익숙한 19세기 파트를 일례로 들자면, 맨 앞에 "19세기의 윤곽Defining the nineteenth century"이라는 일종의 서문이 있고, 1. 제도들, 2. 문학장, 3. 주관성, 4. 산문의 형식, 5. 제국기의 문학적 정체성과 사회 구조, 6. 인물형: 영웅과 반영웅, 7. 여주인공과 해방, 8. 국가 건설의 서사 등과 같은 하부 챕터가 이어진다. 19세기 인물형에 관한 6장은 '낭만적 추방자, 잉여인간', '천재', '광인', '작은 인간', '지방민'으로 세분화한다. 8장의 여성 인물형은 '필수적 여성',[11] '어머니', '아내와 정부', '타락한 여자와 유혹하는 여자', '혁명가'로 또 세분화한다.

하부 챕터 중간중간에는 '키워드'와 '케이스 스터디'의 박스 처리된 팝업 섹션도 삽입되어 있다. 특별 관심 포인트로 선택된 이들 항목에서는 결투하는 작가들, 앨범, 제국의 검열, 고골, 나데쥬다 두로바, 일기 작가로서의 레프 톨스토이와 소피아 톨스타야, 낭만주의, 변방 문학, 인텔리겐치아, 민중, 니힐리즘, 테러리즘, 소보르

노스티соборность, 국민 시인 등의 토픽이 하이라이트로 설명된다. 고골과 두로바는 개별적으로 다루어지면서도 푸시킨, 톨스토이, 도스토옙스키가 별도로 항목화되지 않음은 특이점이다. 또한 명작의 제목이나 주인공이 부각되는 경우도 거의 없다. 연대기적이고 개념적인 접근 방식을 따르되, 정전의 "초상화 전시실portrait gallery"형식은 거부하겠다는 대원칙의 구성 논리다.

그렇다면, 예컨대, 러시아문학 최고의 정전인 푸시킨은 어떻게 다루어지는가? 여기서 집필진의 의도와 관점이 더욱 뚜렷해지는데, 푸시킨은 19세기 초반의 한 공간에만 있지 않고 17세기 민담에서 20세기 아흐마토바에 이르는 2백 년 역사 곳곳에 편재해 있다. 푸시킨이『예브게니 오네긴』의 5천5백여 행을 4음보 약강격 운율로 9년에 걸쳐 썼다는 사실은 별도로 설명되지 않지만, 작품의 인물형이나 자연 묘사, 문체가 18세기에 뿌리를 두고 있다는 점, 작품에 나오는 영지와 자연이 톨스토이, 곤차로프, 악사코프, 나보코프의 가족 소설로 이어지는 전통을 만든다는 점, 또한 '시로 쓴 소설'을 통한 장르 모색이 궁극에는 톨스토이의『전쟁과 평화』와 도스토옙스키의『죄와 벌』로 귀결된다는 점은 명시된다. 한마디로 말해, '사실'은 언제나 '맥락' 속에서 '맥락'에 대한 설명과 함께 제공된다.

이것이 필경 공시적이자 통시적인 역사 기술법일 것이다. 푸시킨을 '알렉산드르 푸시킨, 1799~1837'이라는 독자 항목으로 등장시키지 않는 것은 그의 존재를 축소하기 위해서가 아니라 극대화하

알렉산드르 푸시킨 자화상

기 위해서다. 그는 '알렉산드르 푸시킨'이라는 이름 대신 '국민 시인The national poet'으로, 즉 한 명의 천재 작가를 뛰어넘어 하나의 '현상'으로서 조명되며, 푸시킨의 진정한 존재감은 그가 출현하기 이전과 이후의 문화를 포괄함으로써 완성된다. 그러므로 옥스퍼드 문학사의 관심은 결코 푸시킨 문학의 평가나 그 평가의 재현을 향한다고 볼 수 없다. 러시아문학을 '바깥에서' 바라보는 그 관점은 푸시킨 문학이 러시아 '안에서' 평가의 굴곡과 계기를 거쳐 정전화되어온 역사에 주목할 따름이며, 그것은 '왜 푸시킨인가'라는 질문에 당혹스러웠던 사람이라면 당연히 수긍할 만한 입장이다. 그것은 또한 동일 질문에 답하는 가장 합리적이고 효율적인 방법이기도 하다. 푸시킨이 러시아 문화와 사회를 대표하는 기호로 자리 잡게 된 '사실'은 그 사실을 만들어낸 러시아 사회와 문화적 전통에 의해 가장 객관적으로 증명되는 것이지, 별도의 작품 해석이나 평가를 필요로 하지 않기 때문이다.

푸시킨의 경우를 통해 보건대, 옥스퍼드 러시아 문학사는 포스트모던 시대가 직면한 평가와 정전 문제를 여유 있게 우회하면서, 동시에 문학사의 경계를 사회문화사로 확장시켜놓은 현대적인 성과물이다. 옥스퍼드 러시아 문학사의 출현은 문학사 기술 양식의 진화 가능성을 말해주며, 더 크게는 문학과 문학 교육의 효용에 대한 변함없는 신념을 증거해주는데, 그런 의미에서 4인 집필진은 글로벌 세계문학의 위용에 맞선 '일국 문학'의 '마지막 모히칸'으로 비교될 수 있다. 일국 문학의 경계나 위상이 희미해져가는 대학 현실에서도 그들은 여전히 그 문학의 특성과 존재 의미를 주장하고, 이론이 아닌 텍스트가 어떻게 교실에서 여전히 유용하고 흥미롭게 논의될 수 있는지를 시연해 보여주는 것이다.

세계적인 것the global에 대한 집착 속에서 개별 전통에 대한 관심을 실질적으로 내쫓김 당하고 만 21세기의 독자에게도 여전히 일국 문학의 역사는 필요한 걸까? 한 마디로, 그렇다. 세계문학이 부상하고 지금 바로 우리 눈앞에 뿌리 없는 새 글로벌 정전이 형성되고 있다고 해서 일국 문학의 역사가 본질적으로 무효화되는 것은 아니다. 글로벌 역사는 개별 역사가 말 그대로 고정적이거나 일차원적이라는 생각을 조장할 수 있다. 세계화된 문학의 지배소인 경계 넘기는 분명 그 어떤 개별 전통보다도 훨씬 역동적으로 보인다. 그러나 그 경계 넘기야말로 우리로 하여금 고립이라는 개념과는 확실히 거리가 먼 러시아의 문학사에 대해 좀 더 잘 이해하게 해준다. 러시아문학의 지도는 한 번도 러시아의 지리적 경계와 일치했던 적이 없다. (⋯) 1990년대 들어 정체성 정치identity politics는 문학 정전과 개별 국가 문학에 대한 맹렬한 논쟁을 불러왔다. 러시아문학이 그 면에서 자유로웠던 것은 아니지만, 문화적이고 민족적인 차원에서 격심한 분열을 겪지는 않았다. 러시아문학이 일찍이 경험했던 것은 민족적이기보다는 지리적인 분열이었다. 1920년대부터 1990년대까지 러시아 망명문학계는 소비에트문학의 지위를 의문시했으며, 가령 나보코프처럼 영어로 '성공한' 러시아인 작가가 진정한 러시아 작가로 불릴 수 있는가에 대해서도 문제를 제기했다. 고골이 우크라이나계 러시아인인지, 러시아계 우크라이나인인지, 러시아어로 쓰는 우크라이나 작가인지, 또는 러시아 작가인지의 오래된 질문에는 여전히 논쟁점으로서의 정당성이 있고, 그 질문은 굳어버린 고정 관념을 수정시키곤 한다. 소련 붕괴의 결과는 문화 전쟁의 폭발이 아니라, 새롭고 오래된 문헌이 대규모로 급작스럽게 입수 가능해졌다는 데 있다. 그로 인해 학자들은 정전의 구성과 러시아 안과 밖의 독자 사회를 논의하게 되었다. 외부 전통이 개방됨으로써 다양한 정전들 사이의 대화적 관계에 대한 전향적인 문제 제기도 가능하게 되었다.[12]

페레스트로이카 이후의 러시아 문학사 재편성 문제(소비에트 러시아문학과 망명문학 처리 문제, 사회주의 리얼리즘 문학에 대한 평가 등)가 우선적으로 러시아 내부의 현안이라면,[13] 러시아 밖, 그것도 세계문학 종주국이 된 미국 대학의 연구자가 직면한 실존적 현안은 글로벌 문학 구도 안에서 러시아문학을 어떻게 포지셔닝할 것인가로 집약된다.[14] 그리고 이는 미국 중심의 서구 학문 경향으로부터 절대 자유롭지 못한 한국 학계의 실존적 고민과도 겹치는 문제이다. 문화학으로서의 문학 연구 추세와 '세계문학' 이론의 약진 속에서 러시아문학을 독자적으로, 게다가 고전적으로 연구하는 일은 어느새 매우 고독한 작업이 되어버렸다. 어쩌면 무모한 작업이 되었다고까지 말할 수 있겠고, 그 같은 자의식은 더 근본적으로는 네오 리버럴·디지털 시대의 문학 교육이 안겨주는 막막함 혹은 '멸종의 위기감'과 맞닿아 있는 것이기도 하다.[15]

옥스퍼드 러시아 문학사는 바로 이 21세기적 위기감의 산물이다. '문학사'와 '러시아문학'이라는 명명 자체가 위협받는 시대에 '무거운' 러시아적 존재감을 드러낸 이 책의 생존 방식은 무엇인가? 옥스퍼드 문학사의 전략은 맥락과 흐름의 강조를 빌려 파편적 디지털 지식의 확산에 대응하고, 문화적 혼종성에 대한 자의식을 방편 삼아 세계문학론을 포섭하는 일이다. 러시아문학은 일견 세계문학과 경쟁 구도 안에 놓여 있는 것처럼 나타나지만, 그것은 실은 갈등의 대결이기보다 길항의 공존 관계로 제시된다. 통상 절충주의 eclecticism, 다성주의 또는 자기 모순성 등의 개념으로 묘사되어온 러시아의 문화적 특성이 21세기 세계문학의 이념이나 조건에서 전혀 벗어나지 않음은 물론, 오히려 그것을 일찍부터 체현해온 것으로 파악되고 해석되는 것도 특징이다.

옥스퍼드 문학사의 또 다른 미덕으로 미르스키 문학사 이하 선행 연구들에 대한 적극적 용인과 활용을 들지 않을 수 없다. 그동안 러시아 문학사 기술과 문학 연구가 어떠한 방향으로 진화해왔는가를 드러냄으로써 옥스퍼드 문학사는 보전과 진보라는 역사의 양 궤를 유지한 채 '문학사의 문학사'로서 기능하게 된다. 문학의 역사를 이용해 학문의 역사까지 포괄하려는 기획은 이 책을 진정한 의미의 학술서로 분류시키고, 동시에 대화주의의 학술적 실천으로 성격 짓는다. 한편, 이렇듯 문학사의 기능을 21세기적 사고와 언어 틀에 맞게 첨단화하면서도 1차 텍스트의 의미를 포기하지 않는다는 점에서 옥스퍼드 문학사는 여전히 정통 러시아문학 연구의 혈통을 이어받은 책이다. 과거 한때 비교문학의 현란한 위세 앞에서 덜 지적이고 덜 세련된 학문 변방쯤으로 취급받던 열등감의 기억을 이제는 세계문학의 나팔에 맞춰, 또 맞서 떨쳐버린 반등의 문학사라 하겠다.

한국의 러시아 문학사 기술

이념과 문학사 문제

21세기 문학 연구의 매니페스토를 방불케 하는 옥스퍼드 러시아 문학사는 국내 러시아 문학사 기술의 역사에 관해서도 생각하게 한다. 최남선이 『소년』 잡지에 작가 톨스토이를 처음 소개한 1909년을 시작점으로 할 때,[16] 한국과 러시아문학의 만남은 영미권 경우와 마찬가지로 1백 년 남짓한 역사를 갖고 있다. 그러나 일제 강점기 내내 지속된 러시아문학 붐에도 불구하고, 해방이 되기까지 통사 자체는 쓰이지 않았다. 해외문학파 이선근이 『해외문학』에 게재한 「로서아문학의 시조 푸-슈킨의 생애와 그의 예술」(1927.1)과 「여명기로서아문단회고」(1927.7)가 그나마 문학사적 성격을 띤 글이었고, 아마도 역사학도로서 러시아문학의 흐름 전체를 단계적으로 개관하려는 의도가 있었으리라 짐작되지만, 『해외문학』의 폐간과 함께 더 이상은 이어지지 않았다. 역시 해외문학파인 김온, 함대훈을 위시해 조선 문인들이 쓴 다수의 글도 단편적인 문단 현황 소개나 감상 수준에 그치고 만 경우가 대부분이다. 일본어가 지식인의 공용어였던 상황에서 새삼 별도의 러시아 문학사가 필요했을 리 없고, 즉시적인 유행과 정보 확산이 더 시급했던 까닭이다. 한국 근대기의 러시아문학은 동경과 모방의 대상이긴 했어도 연구 대상은 아니었다.

'러시아 문학사'라는 제목의 단행본이 출간된 것은 해방 후이다. 더 정확히 말하면, 미·소/남·북 냉전이 본격화한 1947년 2월에 들어서다. 한때 좌익 계열의 동반자 작가였다가 중간자적 입장으로 선회한 홍효민이 이념 대립의 파고를 염두에 둔 채 집필한『로서아문학사』는 그 자체로서 당대 상황을 증거하는 기록물이다. 한국에서 러시아 문학사 집필의 저변에 드리워진 이념적 그림자는 십중팔구 이 최초의 문학사로부터 기원한다. 서구에서 집필된 러시아 문학사가 '망명 아카데미'의 전통을 바탕으로 반소비에트적 입장을 대변해주었다면, 한국의 러시아 문학사 기술은 한국 현대사와의 밀접한 관계 속에서 반소비에트냐 친소비에트냐로 분극되었다. 홍효민의『로서아문학사』서문은 다분히 징후적이다.

나의 야심은『조선문학사』를 쓰고 싶었다. 그러나 적년積年의 빈궁으로 몇 십 년 모은 귀중한 신문 잡지류를 이주할 때마다 처분해 버렸다. 이것은 큰 잘못이었다. 이제 다시『조선문학사』에 손을 대려하니 자료불비다. 그래서 우선 남의 것을 손대보았다. 그 첫

째는『문학사』를 쓰는 방법이 어떠한가 함이요, 그 둘째는 지적 地的으로 가까웁고, 정적으로 비슷한『로서아문학사』를 손대었다. 여기에 한 가지 유감인 것은 나는 로서아어를 모른다는 것이다. 내가 로서아어를 안다면 좀 더 이런 역술류의 것이 나오지 않았을 것이다. 역시 이것은 米川正夫요네카와 마사오, 昇曙夢노보리스무, 岡澤秀虎오카자와 히데토라 등의 것을 거의 답습한 셈이다. 그러나 오늘 조선서 누가『로서아문학사』를 집필하던 그것은 이런 류에 지나지 않을 것이다. (…) 우리는 앞날의 '조선문학'을 위하여 남의 것을 많이 받아들이지 아니하면 안 되게 되었으며 또한 받아들이는 데도 그 태도를 우리 민족을 위하는 데 입각하지 않으면 안 될 것이다. 우리는 그저 로서아의 것은 무조건 하고 좋다는 태도를 지나서 비판적인 태도가 필요하다. **우리는 무조건 하고 로서아를 좋아한 폐단이 도처에서 일어나고 있음을 본다. 그것은 공산주의란 괴물이 그렇게 시키고 있는데 문학상에도 이 영향은 적지 않다.** 조선인은 조선적인 데 입각하여 모든 것을 받아들이자는 말이다. 이 책을 냄에 있어 이 말을 왜 하느냐 하면 때로는 이런 것까지도 **선전책자**와 같이 알 우려가 있어 두어 마디 해두는 것이다. 이 책자는 어디까지든지 학구적인 곳에 그 중점을 두었다는 것을 거듭 말하여 마지않는다. 1947.2.23.[17](인용자 강조)

인용된 서문 중 두 대목이 눈길을 끈다. 하나는 문학의 이념화에 대한 자의식이고("공산주의란 괴물", "선전책자"), 다른 하나는 자국 문학사와 러시아 문학사에 대한 무의식적 동일시다("나의 야심은 『조선문학사』를 쓰고 싶었다"). '조선문학사'를 쓰고 싶었으나 사정상 '러시아 문학사'로 대신하게 되었다는 것은, 저자 말대로 러시아가 지리적으로 인접해 있고 러시아문학이 정서적으로 친근해서 뿐만 아니라, 실은 러시아와 러시아문학이 한국과 한국문학을 비춰주는 거울과 다름없었다는 의미로 간파된다. 그것은 러시아문학이 한국 근대문학 성립에 기초를 제공했고, 한국의 지식인 사회에 미친 영향이 그만큼 깊었다는 말이며, 따라서 한국문학의 흐름과 운명을 대변해주었다는 뜻이기도 하다.

러시아 문학사를 통해 한국 문학사의 방향을 진단하고 제시하려는 관성은 모방과 이식의 과정을 거쳐야만 했던 근대적 의식의 발현이자, 이후 20세기 후반까지 지속될 '향向러시아성'의 모체이기도 하다. 한국의 '향러시아성'은 애초 서구 자본주의와 제국주의의 대안으로 자리 잡았던 개념적 러시아로부터 이념적 소비에트 러시아로 이행하면서 현실 사회 비판의 준거로 작용한 면이 있다. 물론 그 관성은 '반러시아/소비에트성'이라는 제도적 중력의 저변에 억류된 것이었다. 분단 후 북한에서 전개되는 상황까지 포함해 생각하면, 러시아문학을 향한 한국적 관점의 이 분극 현실은 망명 아카데미 주도하에 일방향적으로 진화된 서구의 경우보다 훨씬 복잡하고 정치적일 수밖에 없다. 그 단적인 예를 1989년의 『러시아문학사 개설: 러시아문학의 민중성과 당파성』에서 찾게 된다.

본 입문서는 러시아문학의 올바른 문학사적 전망을 밝히기 위한 시도라고 할 수 있겠다. 비록 간략하게, 많지 않은 항목을 다루고는 있지만 러시아문학을 바라보는 우리들의 관점은 거의 드러났다고 본다.

먼저 우리는 러시아문학을 바라보는 편향적인 모더니즘적인 관점을 지양하였다. 러시아문학을 건강한 민중성의 발현 과정으로서 지속적인 발전의 개념으로 파악한다는 뜻이다. 혹자들은 민중이라는 개념조차 희석화시켜서 평민이라는 개념을 사용하고자 하지만, 우리는 그러한 비역사적인 개념을 비판한다. 19세기 러시아의 암담한 현실에서 러시아문학은 러시아 민중의 꿈을 반영하는 중요한 형식이었으며, 러시아 역사의 전망을 모색하는 사회적 형식이었다고까지 할 수 있다. 여기서 우리는 러시아문학의 사회성과 민중성의 전통에 주목하고 그러한 정신의 지속적인 발현으로서 20세기 러시아-소비에뜨 문학을 바라보고자 하는 것이다.

또한 우리는 우리 문학적 관점에서 러시아문학을 보아야 한다고 생각한다. 그동안 일부 '전문가'들 사이에 이루어졌던 기계적이고 훈고학적인 러시아문학 연구는 더 이상 우리에게 아무런 도움도 되지 않는다. 우리가 우리 문학적 입장에서 러시아문학을 본다는 것은, 지금 현재 우리의 문학이 직면한 여러 가지 문제들을 해결하려는 문제의식을 지니고 러시아문학, 나아가 여러 다른 외국문학을 연구한다는 뜻이다. 이러한 전제는 어찌 보면 너무나

도 당연한 이야기이지만 맹목적인 학문적 사대주의가 외국문학
계에 난무하는 실정에 비추어 반드시 강조되어야만 할 것이다.[18]

『러시아문학사 개설』이라는 당당한 제목의 이 책은 당시 노어노
문학과 재학 중인 대학원생 1인과 학부 졸업생 1인에 의해 공동 집
필되었다. 수학 기간이 짧은 약관의 나이로 독자적인 러시아 문학
사를 펴낸 전대미문의 이 사건은 어찌 보면 '소년(청춘)' 시절에 러
시아문학을 읽고 소개하던 근대기 지식인의 상황과 비견되는 것이
기도 하다. 20세기 초와 후반 모두 열혈 청년을 위한 수업은 교실
안보다 교실 밖에서 더 많이 이루어졌으며, 그들의 학습은 제도 너
머의 교과서와 커리큘럼에 따른 것이었다. 즉, 스스로 찾아 헤아려
가는 독학의 과정이었다. 그들에게는 나름의 계몽적 목적의식이 뚜
렷했으며, 실천과 집행의 열망이 컸고, 그런 의미에서 그들은 모두
이념의 향방을 떠나 본질적으로 '운동권'이었다.

『러시아문학사 개설』은 1989년에 출간되었다. 2인 저자는 서문
끝에 '1989.6'이라고 발간 시점을 명시하고 있다. 홍효민이 서문에
서 자신의 문학사 출생일을 '1947.2.23'으로 못 박은 것과 같은 맥
락에서다. 요컨대 두 문학사 모두 사회 변혁기의 정점에서 탄생했
으며, 저자들은 그 점에 대한 정확한 인식(또는 계산) 하에 러시아 문
학사를 기술했다. 그러므로 그들의 러시아 문학사는, 두 경우 모두,
시대적 산물이자 정치적 선언의 의미가 짙다. 1989년도 『러시아문
학사 개설』의 부제가 "러시아문학의 민중성과 당파성"인데, 문학

사 기술의 정치적 콘텍스트는 이미 그 지점에서 윤곽을 드러냈다고 본다. 자본주의 사회 구조 일반은 물론, 서구 중심의 러시아문학 연구 전통을 향해서도 비판의 칼날을 겨누었던 두 저자는 훗날 고리키와 벨린스키를 전공하는 연구자 겸 비평가로 성장하게 된다.

『러시아문학사 개설』에서 "편향적인 모더니즘적인 관점", "맹목적인 학문적 사대주의"로 공격당한 국내 연구 경향은 다름 아닌 서구 망명 아카데미즘의 추종을 일컫는다. 사실 홍효민의 『로서아문학사』 이후 분단 초기의 한국은 러시아문학을 세계문학사의 한 귀퉁이에 전시했을 뿐, 그 위상에 걸맞은 자리를 배당하지 않았다.[19] 분단 이전의 러시아문학 붐에 대치되는, 당연히 정치 상황에 따른 의도적 배제였다. 반공주의가 국가 이념일 수밖에 없었던 분단기 현실에서 러시아문학은 서구 망명 아카데미의 반소·반체제 입장을 기반으로 수용되었는데, 이는 해방기부터 분단 초기를 통틀어 소비에트 아카데미즘에 함몰되었던 북한과 대립의 짝을 이룬다.[20]

그와 같은 학문적 분위기가 1980년대 중반까지의 주류를 형성하면서 문학사에 해당하는 책은 모두 슬로님M. Slonim, 에를릭V. Erlich, 치젭스키D. Chizhevsky 등 망명 연구자의 번역물로 충당되었다. 그러므로 1984년에 나온 미르스키 문학사의 번역자가 '왜 미르스키인가'를 설명하는 가운데 "좌우로 지나치게 치우침이 없이 공정하게 서술된 적당한 분량의 문학사가 필요했다"[21]라고 밝히는 대목은 주목할 만하다. 그러나 미르스키 이전에 D. 블라고이Д. Благой, А. 부시민А. Бушмин, D. 리하초프Д. Лихачёв 편집의 소련과

『문학입문』(1946)

학아카데미 러시아 문학사가 번역 대상으로 고려되었으며, L. 예르
쇼프л. Ершов의 소비에트 문학사도 추가 번역하겠다고 말한다는 점
에서 역자(미르스키 번역 당시 대학원 재학)의 관심은 이미 망명 아카
데미즘과 반공의 경계 너머를 향해 있었다.

그것이 1980년대 중반 즈음 반체제 지식인 사회 일반의 관점이
었다. 해방기 좌익 진영에서 번역 발간한 맑시스트 문학서(비노그라
도프, 『문학입문』, 1946)가 원저자와 역자는 감춰진 채 제목만 바꿔 복간

된 1985년을 분기점으로[22] 이른바 한국 민주화 운동기의 러시아 문학사는 사회주의 리얼리즘, 혁명문학, 프롤레타리아 문학이론과 같은 소련 공산당 공식 입장의 메아리가 주를 이루었다. 망명 연구자의 저술로서 번역된 문학사 역시 1989년에 나온 R. 힝글리와 M. 슬로님의 『소련현대문학사』였다.[23] 소련 문화예술, 혁명, 사회주의·공산주의 관련 서적의 출간 동향을 어림잡아 살펴보더라도 1988~1990년 사이, 특히 1989년의 급증 현상은 돌출적이다. 그 추세를 한눈에 확인할 수 있도록 이념 서적 전자도서관('노동자의책')에 소장된 관련 도서의 출간 연도별 통계를 그래프로 옮겨본다. 개념적 통계로 받아들이면 되겠다.

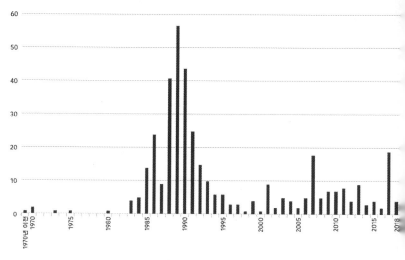

1970년부터 2018년까지 연도별 이념서적 출간 실적('노동자의책' 소장 도서 목록에 기초)

이강은·이병훈 공저『러시아문학사 개설』은 시대적 상징물로서의 가치를 지닌다. 문학사 기술이 문학 외적 상황(사회 흐름, 이념)의 하부 구조로 자리 잡게 되는 메커니즘을 명백하게 예증하기 때문이다. 집필 당시 저자들의 학문적 역량이 문학사 저술에 합당했는가와 별개로, 또 그들의 문학사가 과연 독자적으로 축적된 지식과 판단의 산물이었는가와 별개로, 사관의 차별성과 목적의식 만큼은 한국의 러시아 문학사 기술 역사가 기억해야 할 작업이다.

1989년의『러시아문학사 개설』이후 동일한 유형의 러시아 문학사는 다시 나타나지 않았다. 개방기를 통과한 국내 러시아 문학사는 탈이념, 탈연대기, 탈객관의 길로 접어들었고, 물론 고전적인 의미의 통사가 완전히 사라진 것은 아니지만,[24] '문학사 이후의 문학사'에 대한 고민이 지속되고 있음은 분명하다.[25] 정명자의『인물로 읽는 러시아문학』, 조주관의『러시아문학의 하이퍼텍스트: 테마로 읽는 러시아문학』, 정막래의『러시아 역사를 통한 문학 읽기』, 석영중의『러시아문학의 맛있는 코드: 푸슈킨에서 솔제니친까지』, 이현우의『로쟈의 러시아문학 강의』등과 같은 일련의 작업은 모두 러시아문학의 거대한 흐름을 21세기 독자 취향과 눈높이에 맞춰 재구성하려는 노력의 성과물이다.

다만 우려되는 점은, '문학사 이후의 문학사'를 위한 이 같은 시도가 인문학 대중화의 추세와 합쳐지면서 자칫 스케일 크고 무게감 있는 '통사'의 소멸을 초래하지 않을까 싶은 것이다. 문학사가 웹공간의 언어와 구조에 잠식당한 상황에서 결국 1차 텍스트나 역사적 문맥 없이도 지식의 장을 종횡무진하는 것이 미덕인, 그리고 그렇게 하도록 권유받는, 2차 문학의 세계에 빠져든 것은 아닌지도 의심하게 된다. 과연 문학사는 퇴화 중인가? 과연 1차 문학은 망각의 길을 걷는 것인가? 이 공포감에 대한 위안이자 처방으로 새 옥스퍼드 러시아 문학사가 눈앞에 있다.

강철과 어머니와 고리키

1980년대 운동권을 중심으로 한국 사회가 읽은 소비에트문학은 하나의 문화정치 현상을 만들어냈다. 그것은 일제 강점기와 해방기 좌익 지식인이 주도했던 소비에트문학 열풍의 리바이벌 현상이기도 했다. 사회주의 리얼리즘 문학 전범으로 손꼽히는 오스트롭스키의 『강철은 어떻게 단련되었는가』와 고리키의 『어머니』는 각각 1986년과 1985년, 청년 운동가들에 의해 번역 출간되어 당대의 베스트셀러가 되었다.

오스트롭스키와 고리키 모두 시대가 읽은 문학이다. 그러나 1980년대와 일제 강점기의 독법에는 유사성과 함께 차이점이 나타난다. 두 시대는 문학의 이념성을 앞세웠다는 면에서는 공통되지만, 현대가 읽은 고리키와 오스트롭스키는 한결 구체적 목적성을 띠었고, 지식인의 독점물이었던 일제 강점기와 달리 훨씬 광범위한 민중적 지지 속에서, 집단 기획과 합의에 따라 수용되었다. 일제 강점기의 『강철』과 『어머니』가 '밀실'의 문학이었다면, 1980년대 두 소설은 '광장'의 문학이었다.

〈강철〉의 시대

《강철은 어떻게 단련되었는가》

한때 유행한 텔레비전 드라마 《응답하라 1988》에서 서울대 재학생 딸 보라가 이불 안에 숨어 읽는 책이 N. 오스트롭스키 Н. Островский 의 『강철은 어떻게 단련되었는가』(이하 『강철』)이다. 80년대 운동권이 던 이 딸은 90년대 중반에 이르면 검사로 성장한다.

M. 고리키 М. Горький의 『어머니』와 함께 소련 사회주의 리얼리즘 문학의 전범으로 손꼽히는 오스트롭스키 소설은 공산권 서적 붐이 일던 1980년대 중반에 번역 출간되었다. 첫 번역은 아니었다. 일제 강점기에 부분적으로나마 소개된 적이 있으며, 첫 완역본은 1947 년 모스크바 외국노동자출판부에서 나온 것으로 알려진다.[1] 1954 년에는 평양의 조쏘출판사가 번역본을 출간했고,[2] 남한에서는 1986년이 되어서야 처음 등장했다. 운동권 청년 조영명이 번역한 온누리출판사 간행물이다. 비록 개인 번역자 이름이 명기되기는 했

으나, 실은 기존 번역물을 참고해 몇 명이 나누어 작업한 것이라고 김용항 발행인은 회고했다. 당시 재야 운동권 인사들의 생계 수단이자 지적 저항 수단이던 '불온서적'(사회주의 관련 이념서, 공산권 저작물, 판금 서적 등) 번역·출판 작업은 대부분 전문성과 관계없이 급조된 조야한 수준이었지만,[3] 그 의의와 파급력은 대단했다. 1990년에는 러시아문학 전공자 김규종이 또 한 종의 『강철』 번역본을 출간했고,[4] 온누리출판사의 2권짜리 번역본은 단독으로 10만 부에 달하는 판매량을 기록했다.[5]

『강철』은 가난한 집에서 태어난 열두 살짜리 소년 파벨 코르차긴이 공장 노동자를 거쳐 볼셰비키 붉은 군대 장병으로 내전에 참전했다가 부상당한 후, 심각한 여러 병마와 싸우면서도 끝내 굴하지 않고 마침내 '강철 같은' 작가로 부활하는 이야기다. 전쟁의 포탄으로 한눈을 잃고, 철도 공사에 참여하다가 티푸스를 앓아 사경을 헤매고, 또다시 중추 신경을 손상당해 자리에 눕고, 마침내 온몸이 불치의 염증을 앓아 삶의 희망을 잃게 되는데도 불사조처럼 되살아나 펜으로써 '노동'한다는 이 불굴의 영웅 서사는 주인공 파벨 코르차긴의 이야기일 뿐만 아니라 노동자 출신 작가 오스트롭스키 자신의 이야기이기도 했다.

루이 아라공이 "노동자에 의해 씌어진 최고의 민중문학"으로 격찬했다는 『강철』은 소비에트 소설의 마스터 플롯을 가장 충실히 구현해낸 사회주의 리얼리즘 대표작 중 하나이다. K. 클라크Clark의 설명대로 소비에트 소설의 핵심은 '무의식'에서 '의식'으로의 변증

병상에 누워서도 아내와 작업 중인 니콜라이 오스트롭스키(1936)

법적 진화 과정에 있다.[6] 모든 소설은 사회주의가 실현된 낙원 사회와 긍정적 영웅의 실재를 증명해주는 방식으로 전개되며, 주인공은 앞서가는 지도자-리더의 인도로 의식의 눈뜸을 경험한 후 진정한 사회주의 일꾼으로 거듭나야 한다. 이때 중요한 것이 주인공이 경험하는 의식화 과정의 개연성이다. 근본적으로 계몽의 문학인 사회주의 리얼리즘 소설에서 영웅은 '프롤레타리아 전위대'로서의 모델-민중이어야 했는데, 이는 그들이 일반 독자를 위한 학습과 모방의 교본 역할을 일임 받았기 때문이다. 『강철』의 파벨 코르차긴이나 『어머니』의 펠라게야 닐로브나는 모두 의식화의 기적을 몸소 체현해낸 모범적 모델-민중으로 그려졌다.

그러나 사회주의 리얼리즘의 도식을 벗어난 독법도 있었다. 월남하기 전 중학생 때 『강철』을 길에서 우연히 주워 읽게 되었다는 최인훈은 『회색인』의 주인공 독고준을 통해 1950년 한국전쟁 초기의 독서 경험을 이렇게 묘사한다.

아침밥이 끝나면 수확을 높이기 위해 떼어낸 사과 풋열매를 호주머니에 가득 넣고 책을 옆에 끼고 밤나무 숲으로 간다. 그가 요즈음 읽고 있는 책은 『강철은 어떻게 단련되었는가』였다. 유명한 소련 작가의 그 소설은 러시아 제정 끝 무렵에서 시작하여 소비에트혁명, 그 뒤를 이은 국내 전쟁을 통하여 한 소년이 어떤 모험과 결심, 교훈과 용기를 통해서 한 사람의 훌륭한 공산당원이 되었는가를 말한 일종의 성장소설이었다. 그러나 그가 공산당원이라든가 짜르 정부가 얼마나 혹독했는가는 아무래도 좋았다. 소설의 처음부터 독자의 마음을 사로잡는 주인공 소년의 익살스럽고 착한 성격이, 그리고 황폐해가는 농촌과 도시의 눈에 보이는 듯한 그림, 주인공의 바보같이 순진한 사랑, 그러한 것이 준의 마음에 들었다. 그것은 다름 아닌 『집 없는 아이』의 소비에트판 번안이었다. 선량하고 용기 있는 소년이 세상을 이기고 씩씩한 청년이 되어 이쁘고 영리한 색시를 얻는 이야기였다. (…) 그는 독서를 통해서 눈부시게 다채로운 현상의 저편에서 울리는 생명의 원原 리듬, 혹은 원 데생을 찾아낸 것이었다.[7]

작가-화자가 『강철』을 읽는 방식은 두 가지이다. 하나는 훌륭한 공산당원의 성장소설로 읽어내는 공적 방식이고, 다른 하나는 그것을 『집 없는 아이』류의 행복한 이야기로 읽고자 하는 사적 방식이다. 최인훈의 표현을 빌리자면, 전자는 '광장'의, 후자는 '밀실'의 독법이겠다. 프랑스의 고아 소년 레미가 온갖 수난을 거치며 가까스로 살아남아 생모를 만난다는 19세기형 해피엔딩과 우크라이나 소년공 파벨이 역시 온갖 수난을 거친 끝에 민중 영웅으로 승리한다는 혁명소설의 해피엔딩은 설령 동일한 성장소설 장르에 속한다 해도 전해주는 메시지가 전혀 다르다. 주인공 독고준은 사회주의 리얼리즘의 실제 메시지가 무엇인지, 그 소설을 어떻게 읽어야 하는지 잘 알고 있다. 그러나 이 밀실형 독자에게는 주인공 소년이 "공산당원이라든가 짜르 정부가 얼마나 혹독했는가는 아무래도 좋았다." 그에게 중요한 것은 "선량하고 용기 있는 소년이 세상을 이기고 씩씩한 청년이 되어 이쁘고 영리한 색시를 얻는 이야기"였기 때문이다. 포탄이 떨어지는 날 선 전쟁의 현실 속에서 독고준이 풋사과 깨물며 읽고 싶어 한 『강철』의 세계는 그것이다. 어린 독고준이 『강철』을 통해 경험한 외적 현실과 내적 현실의 이 이중성은 이후 그가(그리고 작가 최인훈이) 겪게 될 비극적 갈등의 은유이자 예고이기도 했다.

비슷한 시기 『강철』을 읽고 그 경험을 자신의 훗날 소설에 소환해낸 또 한 명의 월남 작가가 이호철이다. 그의 분단소설 『남녘사람, 북녘사람』(2002)에는 북한 인민군에 소속된 원산 출신 고등학생(작가의 자전적 인물)이 남로당 출신 월북 인사와 대화를 주고받는 가운데 오스트롭스키 소설을 언급하는 장면이 나온다. 부르주아 행태를 보인 한 동무를 "대장간의 쇳덩이 두들기듯이" 다루어 길들여야 한다는 대목에서다.

"우선 철저히 미워해야 할 겁니다. 그런 종류의 행태가 발붙일 구석을 추호나마 용서하지 말아야 할 것입니다. 그건 너무 당연한 거 아닙니까?"
"구체적으로 어떻게? 어떤 식으로 말입니까?"
"두드리는 거지요. 대장간의 쇳덩이 두들기듯이. 『강철은 어떻게 단련되었는가』라는 소설도 보지 못했습니까?"
"오스트로프스키의. 보았지요. 동무는 남쪽에서 용케 그런 책까지 얻어 보았군요. 허지만 그 경우는 엄연히 그런 조건 속의 그 경우고, 이 경우는 이 경우입니다."[8]

당대의 필독서 목록에 속해 있던 소설을 사적으로 어떻게 읽을지는 이호철에게 별로 중요하지 않았던 듯하다. 작가는 대신 투쟁의 비유로서 『강철』이 통용되던 시절의 사회상과, 그 같은 시대의 파고 앞에서 당혹감을 느껴야 했던 한 문학 소년의 자화상을 그려주었다. 남로당원이 대변한 시대적 독법의 열쇠는 소설 내용이 아닌 제목에 감춰져 있다. 그것이 이념 대립 시기에 유통된 『강철』의 의미였다. 해방기 혁명 투쟁 교본으로서의 소설은 프롤레타리아 소년의 의식화나 성장을 보여주기보다, 우선 "대장간의 쇳덩이 두들기듯" 반동의 기미를 짓밟아 처단하는 폭력성을 정당화하는 데 유용했다. 『강철은 어떻게 단련되었는가』는 풋사과 깨물며 홀로 읽어야 할 소설이 아니라, 공동의 행동 지침으로 제시된 정치적 표어에 가까웠던 것이다.

오스트롭스키 소설이 혁명 서사의 교육적 의의를 되찾게 되는 것은 80년대 운동권 세대에 이르러서다. 사회주의 리얼리즘 소설의 본령에 걸맞게 『강철』은 대중 의식화 교재로 널리 확산되었다.[9] 80년대 후반에 사용된 「사회과학 학습을 위한 도서목록」(운동권 세미나 커리큘럼) 중 '알사'(혁명사) 학습 단계에서 채택한 러시아혁명 관련 소설은 『강철』과 『어머니』였다.[10] 사회주의 리얼리즘의 전범인 두 소설을 읽는 가운데 "조직의 성원들은 이들 소설과 서사의 주인공들이 대중과 어떻게 만나고 헌신하며 그들의 지도자가 되었는가를 떠올리며, 자신을 남한 혁명의 전위로 상상했"다.[11]

오스트롭스키의 혁명 서사가 뒤이어 전개될 한국 운동권 문학과 노동자 소설의 전범이 되었다는 사실은 괄목할 만하다. 인천에서 선반공으로 위장 취업해 근무하던 대학생 정화진은 「쇳물처럼」(1987)과 『철강지대』(1990)를 썼다. "등장인물들이 드러내는 건강한 삶의 모습을 통해 노동자 현상 소설의 새로운 면모를 보여"주었다고 평가받는 그의 데뷔작 「쇳물처럼」은 "지금까지의 노동 현장 소설이 밝음보다는 어두운 현실에 초점을 맞춘 비극적 결말을 통해서 도태된 삶의 모습과 좌절된 의식의 관계를 보이고 있는 데 반해서 새롭게 진행되고 승리한다는 상승적인 의미 구조를 지니고 있기 때문"에 신선감을 주었다는 평을 받았다.[12] 제1회 전태일문학상 수상작(보고문학 부문)인 오길성·김남일의 『전진하는 동지여』(1988), 제2회 전태일문학상 수상 작가인 안재성의 『파업』(1989), 여성 노동소설 주자였던 김인숙의 보고문학 「하나 되는 길」(1988)과 전자업체 노동자들의 노동 투쟁 현장을 기록한 「성조기 앞에 다시 서다」(1988) 등도 모두 '강철'형 인간들이 활약하는 '강철 소설' 장르로 분류된다.

80년대를 구가한 노동 현장 문학과 오스트롭스키 소설의 상호 텍스트성은 구체적인 텍스트 사이의 상호 영향 관계보다, 노동자의 각성과 글쓰기를 통한 자아실현이라는 대원칙의 동질성에 있다. 오스트롭스키가 그러했고, 또 그의 분신인 파벨이 혁명의 완성 단계에서 사회주의 리얼리즘 문학의 전위대가 되는 것처럼, 한국의 운

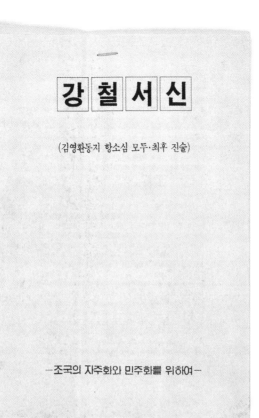

「강철서신」(1987)

동권은 '읽기'와 '쓰기'의 병행을 통해 노동 혁명의 전위대가 되고
자 했다. 80년대 NL 운동권 지침서로 회람된 저 유명한 「강철서신」
의 핵심어 '강철'은 오스트롭스키 소설이 한국 사회의 독자, 작가,
운동가 집단에 행사했던 당대적 의미의 낙인이었다.

〈운동〉의 역할 대본

《어머니》

또 다른 80년대 '현상' 『어머니』의 영향력도 대단했다. 일제 강점기 홍남비료주식회사 노동자였다가 8.15해방 후에는 월북 작가로 활동한 리북명의 소설 『질소비료공장』(1927)에서 주인공이 공장 갈 때 카프 선집과 『어머니』 단 두 권의 책을 들고 들어가는 장면이 나오는데, 이 풍경은 1980년대 한국에서도 반복된다.

고리키의 『어머니』는 1949~1951년 사이에 북한에서 번역 출간되었고,[13] 남한에서는 1985년에 운동권 출판사 '석탑'에서 최민영 번역으로 나왔다. 표지는 광주 출신 민중미술가 홍성담의 목판화 '어머니'였다. 대학생 운동권 다수가 '학출'이란 이름으로 노동운동에 헌신하여 공장에 위장 전입하던 시절이다. "매일 요란하고 벌벌 떨리며 찢어지는 듯한 공장 사이렌 소리가 교외 노동자 지구의 연기 자욱하고 기름 냄새 나는 새벽을 울리면, (…)"[14]으로 시작되는

홍성담, 「어머니」(1983)

소설『어머니』는 공장지대 현실을 실감 나게 전해주었을 뿐만 아니라, 무한한 사랑과 희생정신의 표상인 '어머니'를 소환해냄으로써 민중의 보편적 감성을 자극했다. 머릿수건 동여맨 고향 어머니와 그 품에 안긴 아들을 형상화한 홍성담의 표지화는 한국판 피에타상이었다.

『어머니』역시 운동권 필독서였다. '알사' 교재는 물론 운동권 서점과 노동자 대상 도서원(부산의 '햇살도서원' 등)의 추천 도서에도 제목을 올렸다. 정치인 심상정은 대학 2년생 때인 1979년에 읽은 책으로 레닌의『무엇을 할 것인가』같은 의식화 기본 서적과 함께『어머니』를 꼽았다.[15]

> 고리키와『어머니』는 1970~80년대 운동 세대들이 가장 많이 읽은 소비에트 작가이자 작품이다. 이 작품은 평범한 여성인 니브로나[닐로브나]가 혁명가로 성장해 가는 아들 빠벨과 그의 친구들의 활동과 투쟁에 감화되어 각성되는 과정을 그린다. 그녀는 시베리아로 유형을 간 아들의 뜻을 이어 그의 최후 진술을 배포하다가 헌병의 폭행으로 최후를 맞는다. 이러한 '어머니' 니브로나[닐로브나]의 이야기에서 많은 이들은 전태일과 그의 어머니 이소선 여사를 연상하였으며, 운동의 정당성을 증거하는 서사로 수용하였다.[16]

소설『어머니』의 의미는 운동권 세대의 감수성을 일원화하고 민

구로동맹파업 당시 대우어패럴 시위(1985)

중 중심의 혁명 전술 전략을 학습시켜주었다는 것 외에도, 당대의 젠더의식을 싹 틔워줬다는 점에서 괄목할 만했다. 80년대 운동 서사를 연구한 정종현에 따르면, "고리키의 『어머니』를 매개로 하여 이루어지는 여성 지식인-여성 노동자의 정서적 감응이 이후의 각성된 노동자로서의 '구로동맹파업'의 중요한 기반이 되었다."[17]

> 그때 언니[심상정]가 『어머니』라는 책을 보라고 주었는데 빠샤만 생각나서 기억을 더듬기 위해 그 책을 다시 보았다. 그때는 빠벨이 어떻게 성장해가는가 하는 내용보다 노동자로서 열심히 싸워나가는 것만 바라본 것 같다. 지금은 아이들의 엄마가 된 내 조건과 나의 현재 고민과도 연결된다. 변화된 아들 모습을 보고 투쟁에 참여하는 어머니 모습을 다시 보게 됐다. 경찰에게 짓밟히면서도 본분을 잃지 않던 어머니가 보여준 용기는 나이를 떠나서 자기 역할을 해내는 멋진 모습이었다.[18]

무엇보다 희생된 '운동가의 어머니'(크게는 운동가의 여성 인맥)라는 인물상이 고리키 소설의 전범에 따라 현실 차원으로 편입되었다는 점은 한국 사회문화사의 중요한 지점이다. 분신자살한 노동자 전태일과 서울대생 이재호의 어머니는 각각 '한국판 고리끼 어머니'로 지칭되었다.[19] 전태일 어머니 이소선, 이한열 어머니 배은심, 이재호 어머니 전계순 등 운동가의 희생 뒤에는 으레 어머니-운동가의 역할이 뒤따랐다. 민가협(민주실천가족운동협의회) 소속 어머니들이 함께 읽은 소설『어머니』는 과거 소련 얘기가 아니라 지금 그들의 얘기였고, 문학 작품이기 전에 자신들에게 맡겨진 역할 대본이나 다름없었다.

'어머니'는 슬퍼하고 인내하는 수동적 모성에서 깃발 들고 앞장선 능동적 투쟁의 상징으로 형상화되었다. 백기완은 고리키의 어머니상이 "참된 여인상"으로서 자신의 고향 어머니와 겹쳐지며 모진 고문의 고통을 이겨내게 해주었다고 회고하기도 했으나,[20] 80년대 운동권이 염두에 둔 어머니는 그보다 훨씬 급진적이었다. 예컨대『강철서신』의 저 유명한 '품성론' 중 하나인 "어머니다운 품성"은 "온갖 슬픔을 딛고 마지막에는 스스로 총을 드는 어머니에게서 보여지는 혁명적 낙관주의"로 구체화되었다.『강철서신』은 "어머니다운 품성"의 예시로 북한의『피바다』를 들었지만,[21] 붉은 깃발 앞에 총 들고 선『피바다』속 어머니의 원조는 다름 아닌 고리키의 어머니였다.

『어머니』는 그 면에서『강철』보다 훨씬 보편적이고 광범위한 파급 효과를 지닌 소설이었다고 할 수 있다. 고려대학교 노어노문학과 79학번으로 고리키를 전공한 경북대학교 교수 이강은의 기억은 다음과 같다. 당시 일본 러시아학계의 소비에트문학 연구 경향을 소개해준 박형규 선생의 수업 자료가 학과 학생들에게 전반적인 영향을 미쳤으며, 본인은 학창 시절부터 일종의 사노맹 외곽 조직에서 잡지 만드는 일에 관여하게 되었다. 화다출판사에서 나온『러시아 프로문학운동론』(1988)을 '이한화'라는 필명으로 엮은 장본인이 바로 이강은 자신이었다. 그는 1985년 고리키 연구로 석사학위를 취득한 후, 공군사관학교 교관 생활을 하면서 흐거레출판사 제의를 받아 사회주의 리얼리즘, 소련 문예비평 관련 서적(『소련현대문학비평』, 1988)을 번역했다. 같은 과 후배였던 이병훈과 함께 비판적 사실주의 입장에서 『러시아문학사 개설』을 야심차게 출간한 것도 1988년이다. 20대에 쓴 문학사였다. 당시의 문학사 발간 작업을 회고하며 두 공저자는 '창피한 일'이라고 덧붙였지만, 그럼에도 불구하고 소비에트문학 붐을 타고 등장했던 이 문학사가 "겁 없이 쓴 문학사"이자 "자신에 찬 문학사", "인생 초반부에 쓴 역사"였음도 당당하게 인정했다.[22] 그것은 소비에트문학 이론에 대한 경이감, 루카치와 변증철학을 향한 동경심, 그리고 탈서구자본주의적 반항의식 등이 반영된 젊은 시대색의 산물이었다.

80년대 러시아·소비에트 문헌 소개에는 고려대학교 노문학도의 활약이 컸다. 1974년 창설된 고려대학교 노문과는 1980년에 대학원 과정을 개설함으로써 러시아어 문헌의 번역 소개가 가능한 전문 인력을 다수 배출했다. 1987년에 국내 최초로 노한사전을 발간한 것도 고려대학교 노문학도들에 의해서였다. 소비에트문학 연구가 강세인 일본에서 수학했고, 일본 러시아문학회 회원이기도 했던 박형규 교수 덕분에 학생들은 당시로서는 접근 불가능한 소비에트 자료를 접할 수 있었으며, 젊은 혈기로 러시아·소비에트 문헌 소개에 총력을 기울였다. 고리키는 물론 V. 벨린스키B. Белинский, N. 체르니솁스키H. Чернышевский 등의 비판적 사실주의 평론과 소비에트 문예이론을 앞서 소개한 번역자들, 또 러시아어권 출판에 앞장 섰던 출판사 열린책들의 발행인(홍지웅)은 모두 고려대학교 노문과 출신이다. 개화기 일본(도쿄외국어학교)의 러시아학도가 진보사상에 쏠릴 수밖에 없었던 것처럼,[23] 80년대 한국의 러시아학도 역시 반자본·반체제 사상에 자연스레 경도되었다. 당대 지식인의 우상이었던 루카치의 러시아 리얼리즘론이 『변혁기 러시아의 리얼리즘 문학』(조정환 역, 동녘, 1986. 원저 *Der russische Literatur in der Weltliteratur*, 1964) 으로 출간되었을 때의 충격을 고려대학교 78학번 김규종(경북대학교 노문과 교수)은 이렇게 회상했다.

> 1980년대 루카치는 브레히트와 함께 대한민국의 근본적인 사회 ·정치적 변혁을 꿈꾸었던 열렬한 문학도들의 지침이자 등대였다. (…) 특히 『변혁기 러시아의 리얼리즘문학』 제1부 제3장 '러시아혁명적 민주주의 문학의 세계적인 의미'는 러시아문학과 동시대 대한민국 사회의 변혁에 대한 열망으로 들끓고 있던 나에게는 거센 폭풍우와 우레비와 같은 것이었다. (…) 19세기 중반 러시아문학의 이정표를 건립하였던 벨린스키, 체르늬셰프스키, 도브롤류보프와 같은 혁명적 민주주의 비평가들의 작업에서 민중 해방과 사회 발전의 동력을 포착한 루카치는 그들의 입장에서 혁명과 변혁을 향한 보편주의 관점을 언급한다. 이제 새삼 그 시절을 돌이켜본다. 그때 나는 우울했으되, 얼마나 아름다웠던가. 얼마나 크고 너른 꿈으로 세상과 우주를 향하여, 혹은 '어린

왕자'의 작은 별나라로 날아갔다 오기를 반복했던가! 모든 사람
들이 자유와 평등과 형제애로 서로를 보듬고 앞으로 나아가기를
얼마나 나는 깊이 희구했던가. 모든 파탄 나버린 관계들의 복원
과 재가동을 통하여 인간 해방과 노동 해방이 성취되기를 나는
얼마나 간절히 열망하였던가.[24]

과연 1980년대 중후반은 소련 문헌의 시대였다. 일찍이 1940년
대가 경험한 좌익 주도 출판 현상의 리바이벌 측면이 두드러졌다.
국내 번역문학 통계 자료에 따르면, 1945~1949년의 혼돈기에는 정
치성 강한 소비에트문학이 집중적으로 번역 소개되었고, 문학 이
외에도 소비에트혁명 관련 보도가 주를 이루었다. 1980년대 중후
반 역시 일종의 의사疑似 혁명 시대였다. 소비에트문학의 영향으로
노동자 문학과 운동권 문학이 발판을 마련해, 급기야 1988년은 노
동문학과 노동해방문학 시기로 자리매김했다. 바로 그해에 전태일
문학상이 제정되어 1989년에는 제1회 수상작이 나왔다. 『강철은
어떻게 단련되었는가』와 『어머니』를 전범으로 활용한 결과였다고
본다.

진보 세대는 공통적으로 러시아문학에 심취했으나, 그 안에서도
80년대와 그 이전 운동권 사이의 묘한 취향 차이를 지적하지 않을
수 없다. 한마디로, 이전 세대에는 '혁명적 낭만주의'의 그림자가
드리워졌다. 가령, 70년대 운동권을 주제 삼은 황석영 소설 『오래
된 정원』(2000)에서 주인공이 공책에 베껴 친구에게 읽어주는 시는

예세닌의 「어머니께 드리는 편지」다. 혁명의 투쟁가가 아니다. 그 시는 이념과 서정 사이에 양다리를 걸친 채 시대의 희생양이 되고 만 예세닌의 독백인 동시에, 비슷한 운명 앞에서 예세닌을 읊으며 위로받던 월북 시인 오장환(예세닌의 번역가)의 고백이었다. 당연히 소설 속 주인공 자신의 고백이라고도 볼 수 있다. 황석영 소설의 주인공은 도피 생활 중 일본 유학생 출신 빨치산의 딸을 만나 사랑에 빠지고(여주인공이 어릴 적 아버지로부터 배운 러시아 민요 「뱃사람의 이별」을 남자에게 가르쳐주고 함께 부르는 장면도 연결 지어 기억할 대목이다), 그녀는 아버지와 오버랩된 운명의 남자를 위해 내조자 겸 보호자 역할을 한다. 이 이야기 안에서 예세닌 시는 원과거와 근과거의 지식인 혁명가를 하나로 묶어주는 정체성의 표지로 기능한다. 서정과 감상의 연결고리인 예세닌 시를 소환한다는 점에서 70년대 운동권은 80년대 운동권 현실과 분명 거리가 있다.

90년대 후일담 소설의 대표작 격인 김영현의 『풋사랑』(1993)에도 예세닌 시가 등장한다. 운동권 청년들의 계보를 이어주는 것은 러시아 역사·문학과 러시아 노래다. 예컨대 80년대 운동권 대학생 영민의 방에는 전봉준과 레닌의 초상이 걸려 있고, 구속된 운동권 대학생 윤태형의 애창곡은 「스텐카 라찐」이고, 한편 70년대 학번 영훈이 과거 어린 영민에게 읽어주는 시는 예세닌의 「지는 해의 붉은 날개」다. 허무주의자인 의붓형 영훈은 "러시아혁명 이후 혁명에 절망한 나머지 페테르스부르그의 한 호텔에서 권총으로 자살해버린 이 지극히 목가적인 시인의 시를 가장 좋아했"다는 것이다.

지는 해의 붉은 날개는 사라져가고 있고,/ 울타리는 저녁 안개 속에서 조용히 졸고 있다./ 서러워 마라, 나의 하얀 집이여,/ 또 다시 너와 내가 혼자가 된 것을. (…) 러시아풍의 이런 시를 조용히 소리 내어 읽을 때면 영훈이 형은 이 세상의 고통이나 괴로움은 다 잊어버린 사람처럼 보였었다. 얼마나 낭만적인 아름다움으로 설레던 모습이었던가. 약간은 애수적이고 약간은 우울한 그 모습 속에서 영민은 자기 나이보다 더 빨리 성숙해버린 형의 냄새를 마음껏 맡으며 자랐다. (…) 한때는 그[영훈]가 꿈꾸었던 곳은 자작나무가 늘어서 있는 러시아의 산촌이었다. 예세닌의 시에 나오는 그런 마을에서 조국도, 역사도 없이 그냥 하나의 생명으로 살다 가고 싶었다.[25]

　황석영과 김영현 소설에서 예세닌 시가 80년대 이전 세대의 주제가로 거듭 등장하는 것은 흥미로운 사실이다. 7080 운동권의 성격이나 방향성이 예세닌과 고리키라는 소비에트혁명기 문학의 두 축으로 갈라지고 있음은 우연이 아닐 것이다. 예세닌은 과도기의 시인이었다. 혁명에 동조한 '동반자 작가'였지만, 곧이어 혁명에 대한 환멸감과 서정적 향수를 가슴에 안은 채 스스로 소외되어간 시대적 비극의 주인공이다. 이미 1920년에 들어서면서 "오늘의 사회주의는 내가 상상했던 것과는 전혀 다르다"며 낙심했던 그의 비극은 근본적으로는 소부르주아 모더니스트의 한계로 이해되기도 한다.

반면 고리키는 룸펜 프롤레타리아에서 프롤레타리아 혁명가로 전환한 의지의 인간이었으며, 신념의 행동가였다. 역시 과도기의 소설가였으나, 모더니스트가 아니라 19세기형 민중주의자였고, 혁명의 선언자였다. 성향으로나 출신 배경으로나 대조를 이루었던 두 작가는 한국의 관성 잃은 70년대 엘리트 운동권과, 마치 선배의 무력감을 보상이라도 하려는 듯 급진의 가속을 이어가던 80년대 민중주의 운동권(가령 NL파 운동권 주동 인물이 되는 『풋사랑』 속 영민) 사이에서 각각 상이한 감성과 행동의 참조점 역할을 했다. 예세닌의 어머니는 시골에 남아 아들 편지를 기다리는 구식 어머니였지만, 고리키의 어머니는 아들의 뜻을 받들어 도시에 올라와 싸우는 투사였다. 예세닌이 '지는 해의 붉은 날개'를 구슬프게 노래했다면, 고리키는 '폭풍을 예고하는 바다제비'(『해연의 노래』)처럼 혁명의 도래를 힘차게 예고해주었다.

그러므로 이렇게 말할 수 있을 듯하다. 80년대 이전 세대는 러시아혁명기의 서정적 낭만성에 경도되었고, 그 면에서 일제 강점기 지식인의 동반자적 혁명의식과 결을 함께 한 반면, 혁명의 전사였던 80년대 운동권은 실제 투쟁 교본으로서 소비에트문학에 몰두했다. 후자는 프로문학운동을 기점으로 혁명 투사가 되었던 일제 강점기의 급진 좌익 청년들과 닮은꼴이었다. 그들에게 문학은 상상력에 의한 감동보다 노동자 의식 각성과 민중운동 전략 같은 지극히 현실적인 효용성에 존재 의미가 있었다. 감동이 없었다는 것이 아니라, 감동의 성질과 의미가 달랐다는 말이다. 문학은 사회적 대

의의 수단이었고, 그 맥락 안에서 『강철』과 『어머니』는 시대의 현상
이 될 수 있었다. 또한 80년대 학번이 읽은 『어머니』는 이후 그들이
가르치게 된 90년대 학번에도 전승되었다. 최소한 학생 운동권의
존재가 희미해진 2천 년대 이전까지는 고리키의 파급력이 제법 남
아 있었던 것 같다. 90학번 노문학도 2인의 회고를 들어본다.

　　헌책방에 가보면 『어머니』가 정말 많아요. 그 책이 얼마나 많
　　이 팔렸는지 입증하는 흔적이기도 할 텐데요. 요즘엔 헌책방도
　　잘 안 가서 모르겠는데 전에는 헌책방 갈 때마다 『어머니』가 정
　　말 많았어요. 당시 대학생들이 선물용으로도 많이 나누었던 책
　　중 하나였나봐요. 어쩌면 서울대 근처 헌책방이어서 그랬을 수
　　도 있겠고요. 기억을 더듬어보자면, 예전 살던 동네가 서울대와
　　가까워서 신림4거리 쪽에서 놀고는 했는데 거기 지금 김부겸 씨
　　(전 행안부 장관)가 하는 사회과학 서점이 있었어요. 저는 안 다녔
　　지만 그때 언니는 고등학생이었고 그 서점에서 당시 금서였던
　　책들—유시민, 김지하 등등—을 종종 사왔고 대학생이 되어서도
　　얼마간 그 서점에 다녔던 것 같아요. 그중에 『어머니』도 있었던
　　것으로 기억해요. 언니가 읽어보라고 했는지 아닌지는 기억 안
　　나는데, 암튼 혁명의 기수가 되어가는 『어머니』의 이야기를 무
　　척 감동적으로 읽었고(저도 고등학생일 때) 대학에 와서 그 책으로
　　인해 노문과에 오신 분들이 있다는 것도 알게 되었지요. 책에 나
　　온 작가 소개에 막심 고리키가 최대의 고통(!)이라는 필명이라

『골키 문학론』과
『골키선집』(광복 이후)

고 쓰여 있었는데 그것도 참 멋지다고 생각했어요. 혁명이라는 단어도 그렇고요. 『어머니』의 영향으로 대학에 입학해서는 고리키의 다른 책들을 다 샀던 거 같아요. 단편집과 대학 3부작 등. 대학 3부작도 감동적으로 읽었던 거 같은데(러시아 노동자의 삶!) 이탈리아 기행인가는 재미없어서 읽다 말았던 기억이. 첼카시라는 단편(포켓용 사이즈)을 연대 구내서점에서 샀던 기억은 비교적 선명하네요.

그런데 저는 『어머니』보다 전태일을 나중에 읽었는데 이소선 여사의 삶을 알고 나서는 『어머니』의 감동이 많이 탈색되었어요. 『어머니』도 실화가 있겠지만 전태일 평전을 읽을 때와는 다른 느낌이었으니까요. 학위 마치고 돌아와서 얼마 되지 않았을 때 서울대에서 수업하면서 한 번인가 『어머니』를 읽었던 거 같은데, 2000년대 초반이었겠지요. 학생들이 그때도 『어머니』 막상 읽으니 재밌다고 했었어요, 분량이 많긴 해도 싫어하지 않았던 기억이...[26]

제가 고3 때였던 것 같아요. 1989년, 학교의 젊은 윤리 선생님께서 『어머니』란 책을 소개해주시면서 이 책이 너무너무 훌륭한 러시아 소설이다, 그동안은 러시아문학이 다 일본어나 영어에서 번역된 것이었는데, 이번에는 젊은 소장 학자가 이 책을 번역했다, 꼭 읽어봐라, 하면서 권해주셨어요. 번역자 이름이 참 특이하다 생각했던 기억이 나고 그리고 책 표지가 노란색이었던 것도 기억이 나요. 어찌되었든 한두 명 읽기 시작했던 것이 학교에 『어머니』 바람이 불어 모두가 감동하고 눈물을 흘리기도 하며 그 책을 돌려 읽었습니다. 뭘 모르는 고3이었지만 박종철 사건도 알려졌던 때였고, 여러 가지 이유로 뭘 잘 모르면서도 이게 굉장히 중요한 책이구나, 이런 삶도 있구나 감동하며 읽었던 기억이 납니다.[27]

시대가 읽은
고리키 문학

해방기와 민주화기

1990년에 책 한 권이 출간된다. 1920~1948년까지 나온 고리키 관련 글 모음집 『고리끼와 조선문학』이다.[28] 왜 1990년이란 시점에 일제 강점기와 해방기의 고리키 자료집이 필요했을까? '서거 54주년 기념 논문선'이라고 부제가 달려 있지만, 서거 54년은 명목상 숫자고, 실제로는 페레스트로이카와 동구권 개방이라는 "혼돈과 착오"(엮은이 말)의 소용돌이 속에서 다시금 혁명의 중심축(고리키)을 부여잡겠다는 의도가 숨어 있었다. 그러나 실상은, 페레스트로이카 이전에 이념 서적 붐을 타고 준비한 고리키 자료집이 그만 간발의 시간차로 시대착오적 산물이 되어버린 터였다.[29]

고리키는 분단 후 80년대에 이르도록 한반도 남쪽에서 금지된 작가였다. 자료집을 엮은 김송본은 고리키 연구의 단절 원인을 냉전 이데올로기와 러시아문학 연구자의 근시안적 태도, 진보적 연구자들의 책임 방기로 치부하면서, 새삼 "고리끼 문학에서 무엇을 배우고 계승할 것인가"의 과제를 환기하고자 했다. 전향의 시대에 비전향의 원칙을 역설한 셈이다.

그러나 광주민중항쟁 이후 새롭게 태동한 운동의 구심과 변혁이념의 발전 과정에서 막심 고리끼는 너무나 선명하게 우리 앞에 등장한다. 불후의 명작 『어머니』를 다시 접하게 됨으로서 그간 빈약한 골격으로 진행되어온 우리 노동계급의 문학예술운동은 다시금 올바른 세계관과 더불어 역사와 운명의 주체로서 자기를 인식해야만 당면의 변혁운동을 실천적으로 담보할 수 있다는 교훈을 얻게 된 것이다. (…) 우리는 긴박하게 전개되는 동구권의 변화, 개방과 개혁을 주창하는 소비에트문학계의 변모를 보면서 적지 않은 혼돈과 착오에 빠져 있다. 부르주아 저널리즘의 천박한 상업주의와 맞물린 듯 부화뇌동하는 평단의 현실을 볼 때, 새삼 '위대한 작가, 인생의 교사'로써 막심 고리끼에 대한 올바른 이해가 절실한 의미를 갖는다.[30]

김송본이 엮은 『고리끼와 조선문학』에는 1920~1947년까지의 관련 글과 1922~1948년까지 나온 번역물이 목록으로 정리되었고, 함대훈·한설야·김온·김남천·이기영·임화·이효석·이태준 등 일제 강점기 주요 문인들의 평문과 단상이 망라되었다. 책을 통해 확인되는 것은 고리키가 일제 강점기 지식인의 애독서였다는 점, 그리고 그들이 공유한 고리키 독법의 방향성이 이념적으로 뚜렷했다는 사실이다. 앞서도 언급했지만, 고리키의 영향력과 이념적 방향성은 4~50년의 휴지기를 거쳐 다시 표면에 떠올라 1980년대 현상을 만들었다.

사실 반세기 전 독법이 여전히 유효한 작가는 많지 않다. 근대기에 읽었던 톨스토이는 현대에 읽는 그 톨스토이일 수 없으며, 빈궁문학으로 받아들였던 도스토옙스키는 독자 모두가 가난에 허덕이던 일제 강점기의 특수 현상이었을 뿐이다. 그러나 고리키 독법은 과거의 그 궤도를 따라 정확히 되풀이되고 있었다. 다시 말해, 고리키로 수렴된 시대적 요구와 사회적 당위성이 그대로 재현되고 있었다.

고리키가 처음 소개된 것은 1920년 『개척』 1권 1호에 실린 오천석의 「고리끼에 대하여」라고 알려졌지만,[31] 실은 훨씬 이전인 1909년으로 거슬러 올라간다. 일본 유학생 진학문이 '몽몽夢夢'이란 필명으로 쓴 단편 「요조오한四疊半」에서였다.

이층 위 남향한 '요조오한'이 함영호의 침방, 객실, 식당, 서재를 겸한 방이라. 장방형 책상 위에는 산술교과서와 수신교과서와 중등외국지지 등 중학교에 쓰는 일과책을 꽂은 책가가 있는데, 그 옆으로는 동떨어진 대륙문사의 소설이나 시집 등의 역본이 면적 좁은 게 한이라고 늘어 쌓였고, 신구간의 순문예잡지도 두세 종 놓였으며, 학교에 매고 다니는 책보는 열십자로 매인 채 그 밑에 버렸으며, **벽에는 노역복을 입은 고리키와 바른손으로 볼을**

버틴 투르게네프의 소조가 걸렸더라.[32] (인용자 강조)

    15세 소년 학생 함영호의 하숙방을 그린 이 대목의 기능은 방 내부 묘사를 통해 유학생 주인공의 내면을 보여주는 것이다. 톨스토이를 애독하는 친구 '채'와 달리, '함'의 정신적 지향점은 "노역복을 입은 고리키와 바른손으로 볼 버틴 투르게네프"를 향해 있다. 즉, 당시 일본에 유입되어 유행하기 시작한 '첨단'의 사상, 다시 말해 러시아 진보사상과 민중주의의 영향권이 조선 엘리트 유학생에게도 미치기 시작했음을 말해준다. 주인공의 원본인 진학문 자신은 13세에 일본으로 유학 와 경응의숙을 거쳐 와세다대학 예과에 입학했다가 "도스토옙스키, 투르게네프, 고리키에 심취"해 도쿄외국어학교로 재입학한 제1호 노문학도로, 귀국 후인 1922년에는 고리키의 단편 「체르캇슈Челкаш」와 「의중지인Болесь」을 처음 번역 소개했다.[33]

    한편, 본격적 소개글인 오천석의 평문은 아나키스트 P. 크로폿킨의 『러시아문학: 이상과 현실』에 기초한 것으로 추정된다. 혁명사상가이자 민중예술론자였던 크로폿킨이 망명 후 서구인을 위해 강연한 내용으로 이루어진 이 입문서는 1905년에 영문으로 발간된 후 일본을 포함해 전 세계적으로 번역되며 인기를 끌었다. 러시아 문학에 관심을 둔 조선 지식인들에게도 널리 참고되어서, 가령 주요한은 크로폿킨의 문학사를 "감동이 남아 있는" 외국 작품 중 하나로 손꼽을 정도였다.[34] 미국 유학파였던 오천석을 위시해 김남

블라디미르 노소프, 「고리키 「첼카시」에 부쳐」(1967)

천, 한설야, 홍효민, 임화 등의 고리키론은 모두 크로폿킨을 바탕으로 기술되었다. 당시 고리키에 대해 통용되던 "러시아문학의 젊은 태양"이라는 표현도 크로폿킨 것이다.

크로폿킨의 영문 원서를 참조했으리라 여겨지는 오천석의 글은 "투르게네프, 도스토옙스키, 톨스토이의 뒤를 이어 노국 문단에서 세계 독보의 활동을 한" 고리키의 생애와 작품 경향을 조명한 후, 역작 「첼카시」의 마지막 대목을 옮겨 소개했다. 크로폿킨은 작가 고리키의 미덕을 예술성과 내용에서 찾았던 것인데, 오천석이 그중에서도 감동적인 특징으로 꼽은 것은 인물이 지닌 "강한 힘과 용기"였다.

> 그의 작을 읽고 먼저 감촉되는 것은 힘이다. 약한 자의 생활이다. 그가 그린 사람은 모두 불행한, 빈한한, 정처 없는 사람이었다. 그러나 어떤 것이든지, 강한, 지지 않는, 운다든지 한탄하지 아니하는 사람이다. (…) 그는 노동계급 사람, 부랑 사회 사람을 그렸다. 그러나 단지 그들은 노동자 부랑자가 아니고 강한 힘의 생활자였다. 고리키 자신의 그림자였다. 거짓과 꾀임과 헛됨과 욕심이 가득한 자본가계급을 논박하여 "타인의 땀과 타인의 피로 말미암아 풍요한 생활을 한다 ─ 상업은 법률이 허락한 도적이다"고 「프만 고듸에프[포마 고르데예프]」에 썼다.[35]

크로폿킨의 책은 1905년에 나온 것인 만큼, 고리키에 대한 평가가 부랑하는 노동자의 자유의식과 인간 존엄성을 찬미한 「첼카시」

류의 초기 작품에 국한되어 있었고, 실제로도 1930년대 이전까지 조선 땅에서의 고리키 수용은 비판적 리얼리즘과 낭만적 초인주의 경향에 집중되었다.[36] 무엇보다 「첼카시」를 위시해 고리키의 초기 작품이 그려낸 현실 상황 자체가 조선 독자의 상황과 흡사했고, 따라서 남의 이야기 같지 않다는 느낌과 함께 자기 연민의 감동을 일으킬 수밖에 없었다.

1세대 노문학도인 함대훈의 경우가 대표적이다. 부친이 운영하던 남포의 곡물무역회사에서 짐 나르는 인부들을 관리하며 상업을 배우던 시절 틈나는 대로 창고에 숨어 책을 보았는데, 그중 한 권인 "고리키의 「체르캇슈」 같은 작품은 그 항구가 어쩐지 내가 있는 그때 정경 같아서 눈물 속에 읽었다" 한다. 그런데 그때 짝사랑하던 여성이 노동자인 자신을 비웃는 듯하여 평양 유학을 결심하고, 마침내 도쿄외국어학교 노어과 유학까지 하기에 이른 것이다.[37] 이처럼 고리키 영향으로 인생의 길을 정하게 된 함대훈은 이후 고리키 희곡 『밤주막』을 번역하는 한편, 여러 편의 소개 기사도 발표했다.[38]

함대훈은 고리키 문학을 이념 문제와 연결시키지 않은 예외적인 경우에 속한다. 그는 가령 자신의 남포 부둣가 시절이 고리키의 볼가강 방랑 생활과 유사하고, 자신의 남독 취미가 고리키를 닮았다는 점에서 친연성을 느꼈고, "질곡과 같은 소시민성과 상인 사회의 속박에서 자유의 세계로 탈출하려는" 고리키의 고민에서 자신의 고민을 읽었다고 단언했다.[39] '로맨티스트' 함대훈과는 다른 차원에서지만, 서정주는 당시로서는 드물게 아예 고리키 문학에서 등을 돌렸다. 광주학생운동 주모자로 몰려 중앙고보를 퇴학당한 후 빈둥거리던 '사회주의 소년' 시절 고리키 전집을 빌려 읽었는데, 한 단편소설을 읽으면서부터 흥미를 잃었고, 결국 사회주의에 회의를 품게 되었다고 한다.

> 사회주의 정치 승리의 소련 최고 원로작가 막심 고리키의 이 단편소설 하나가 아직도 소년이었던 나로 사회주의에서 떠나게 할 줄은, 막심 고리키 그 자신도 예상 못했겠지만 이 소품 하나가 내 정신의 발걸음의 방향을 돌리게 한 원동력이다. 사회주의 행동의 세계가 결국 이 이상일 수 없는 것이라면, 인생의 그 여러 감정들이 필요한 문제들을 어떻게 잘 풀어 해결해줄 수 있겠느냐는 의문이 일어나서 내 마음을 붙들고 놓아주지 않았기 때문이다.[40]

　서정주는 자신을 사회주의로부터 멀어지게 한 고리키 소품의 정체는 밝히지 못했으나(제목을 기억할 수 없다고 했다), 대신 그를 문학의 길로 끌어준 작품이 투르게네프의 『그 전날 밤』이라는 것은 확실히 기록했다. 고리키냐 투르게네프냐의 양 갈래 길에서 "이렇게 나는 사회주의를 버리면서 문학을 하는 소년이 된 것이다"라고 한 시인의 진술은 1930년대 문학장의 전반적인 흐름과는 상반된 양상을 증언한다.[41]
　1930년대의 고리키 수용은 사실 도스토옙스키 수용사와도 밀접한 관계가 있다. 당시의 도스토옙스키 수용 흐름은 크게 두 갈래로 나뉘어, 하나는 이기영·송영 등의 좌익 계열 작가들이 주를 이룬 현실 비판적 리얼리즘 문학의 길, 다른 하나는 염상섭·서정주·김동리·김춘수 등이 관심을 둔 철학적 관념론의 길로 이어지는 추세였다. 고리키를 향한 경도는 그중 첫 갈래 길과 연결된다. 도스토옙스키의 빈궁 소설을 통해 현실 비판적 문학론에 쏠리게 된 카프 계열 작가들이 의식의 발전 단계에서 그다음 순서로 택한 작가가 고리키였다. 월북 작가 송영은 문청 시절을 이렇게 회고했다.

> 그러나 그때, 그런 습작을 할 때에도 세계적으로 저명한 문호가 되어 보자는 막연한 이상만은 가지고 있었다. 노르웨이 작가 그누뜨 한슨의 장편 소설 『주림』은 내가 그때 외국 소설을 제일 첫 번으로 본 것인데 거기에서 깊은 감명을 받은 것은 그 소설의 주인공이 가난한 그 점이다. 그것은 나의 생활과 흡사했기 때문이다. 다음으로 읽은 외국 소설이 도스토예프스키의 『죄와 벌』이다. 나는 이 소설에서도 그 주인공이 빈궁과 기아에 허덕이고 있는데 대하여 공감하였던 것이다.
>
> 이래서 그 빈궁의 원인이 어디 있는가를 알려고 하는 대신 다만 그 빈궁을 실컷 말해보고 싶고, 동시에 세상을 저주하는, 말하자면 룸펜 프로레타리아적인 니힐리즘에 빠졌었다.
>
> 그 후 나는 도스토예프스키의 일련의 빈궁 소설을 거의 다 통독하였다.
>
> 그 영향으로 하여 이 시기에 습작한 나의 두 장편에서는 빈궁을

폭로하고 저주하고 영탄하는 무력한 젊은이가 주인공으로 되어
있다.

열아홉 살이 되자 나는 레닌의 『무엇을 할까?』, 맑스의 『자본, 임
금, 잉여 가치』, 『공산당선언』 및 10월 혁명에 대한 일본말 팜프
레트 등 사회주의 서적을 읽기 시작하였다. 동시에 문학 작품으
로서는 도스토예프스키에게서 싫증을 느끼고 막심 고리끼의 작
품들, 즉 단편 「체르캇슈」, 장편 『참회』, 『세 사람』, 『애국자』 등을
탐독하게 되었다. 그때부터 나는 조선의 고리키가 되겠다고 생
각하였다. 고골리와 체호브의 희곡에도 깊은 흥미와 공감을 느
끼고 동시에 발자크와 모리에르의 작품들도 애독하였다.
그중에서도 고리키의 『최하층』, 고골리의 『검찰관』, 모리에르의
『인간 증오』 같은 것을 더 열심히 읽었고, 그 시기에 그런 작품들
을 모방한 많은 습작 희곡까지 썼다.[42]

이기영의 궤적도 비슷하다. 고리키에게 등을 돌린 후 투르게네
프를 읽음으로써 문학의 길로 들어선 서정주와는 정반대로, 이기영
은 도쿄 유학 시절 애독하게 된 러시아문학, 그중에서도 고리키를
통해 계급문학의 길로 들어선 경우이다.

하루는 그[도쿄에 함께 간 친구]가 얻어다 주는 사회주의 서적 —『자
본주의의 기구』라는 팜프레트를 나는 처음 읽어보았다. 그 후 맑
스주의 서적을 탐독하였다.

나는 더욱 계급의식에 눈을 뜨게 되었다. 그와 동시에 나는 처음으로 현대 세계문학 작품들을 섭렵하고 로씨야 문학을 알게 되었다. 나는 뿌쉬낀, 고골리, 똘스또이, 뚜르게네브, 체호브, 고리끼의 작품 등을 읽었는데 그중에도 고리끼의 작품을 더욱 애독하였다.

(…)

참으로 쏘베트문학은 나의 인생관과 세계관을 확 바꿔놓게 하였다. 나는 그때까지 계급 사회의 모순을 분명히 해명하지는 못하였다. 이 세상이 옳지 않은 것은 알았지만, 무슨 까닭으로 그렇게 되었는지 과학적, 이론적으로 그 원인을 해명할 수 없었다. 그것은 마치 운애가 낀 먼 산을 바라보는 것과 같은 유심론의 너울이 가리어서 나의 심안에 계급 사회의 윤곽이 뚜렷이 보이지 않았다. 그랬던 것이 쏘베트 문학-프로레타리아 문학 작품과 사회주의 서적을 읽어감에 따라서 나는 계급의식에 눈을 뜨게 되었다.[43]

이기영은 도쿄 대지진 이후 귀국해서도 고리키를 많이 읽었다. 그가 고리키에 경도된 배경에는 극빈 생활, 방랑 생활, 노동자들과의 친분과 같은 전기적 유사점이 크게 작용했는데, "유년 시대의 농촌 생장과 곤궁한 가정환경이, 그리고 고대 소설과 외국 문학 — 그중에서도 고상한 로씨야문학, 쏘베트문학 작품들을 읽은 것이 나로 하여금 후일에 작가로 되게 하는 문학 자료의 '축적'을 한 것이었다"라는 설명이다.[44]

고리키는 빈궁 소설에서 혁명 소설로 진화 중이던 급진 좌익 문학의 나침판이었다. 당대 문청 세대가 고리키를 통해 문학의 길로, 더불어 민중혁명운동의 길로 뛰어들었음은 엄연한 사실이며, 그것은 문학도 사이에서만의 현상도 아니었다. 1930년대 조선 문단에서 톨스토이에 버금갈 만큼 조명 받은 러시아 작가가 다름 아닌 고리키였고, 이는 소련에서 열린 1928년의 고리키 문학 40년 기념제와 사회주의 리얼리즘이 주창된 1934년의 소비에트작가대회 그리고 1936년 고리키 사망 등과 연동된 현상이었지만,[45] 본질적으로는 1930년대 시대상, 즉 프롤레타리아 문학장의 지배 구도가 고리키 문학이라는 좌표로 수렴되던 사회 분위기가 중요했다.

고리키는 당대 현실 비판의식의 거울이자 촉매제였고, 불온사상의 꼬리표였다. 일례로 이병주 역사소설 『지리산』에서 중학생 주인공이 잉여인간형 지식인 멘토를 통해 구해 읽는 책이 바로 고리키의 수필집,『나의 대학』,『영락자의 무리』 그리고 『어머니』 등이다. 불온성을 의심받아 경찰에 불려갔다 나온 주인공은 일본인 교장 앞에서 고리키에 대한 자신의 존경심을 이렇게 설명한다. "가난하게 자라, 고생하면서 혼자 공부해가지고 그처럼 훌륭한 사람이 되었다는 데 감동했습니다.""어려운 환경을 이겨나가는 사람이 되고 싶을 뿐입니다."[46]

1930년대의 시대색은 작품 경향이나 성향상 유관성이 별로 없어 보이는 이효석에게도 고리키 문학, 특히 소설 『어머니』의 위대함을 각인시켜주었다.

고리끼의 초기에 속하는 『나락』도 인상 깊은 작품이지만, 제2기에 속하는 『어머니』 — 즉, 제1기의 무정견의 룸펜물 시대에서 비약하여 나아간 계급적 각성의 제2기의 소산인 작품인 만큼 전위의 노동자와 운동의 약동을 그려서 작품으로서 거의 완벽에 가깝다. 엄밀한 의미에서 청산하여야 할 요소도 품지 않은 바 아니겠지만, 후기의 그의 『40년』을 제하고 그의 작품으로 가장 깊은 느낌과 생생한 인상을 주는 것은 이 『어머니』겠다. 어머니가 점심 그릇 속에 삐라를 묻어가지고 공장으로 들어가던 장면, 아들이 가두에서 시위하다 붙들리는 장면 등등 수많은 장면이 언제까지든지 잊히지 않고, 신선한 인상을 가지고 눈앞에 살아 나오리만큼 감동 깊은 작품이었다.[47]

고리키 문학은 계급적 각성의 문학이었다. 앞서 나온 월북 작가 송영 말대로, 고리키는 도스토옙스키의 '룸펜 프롤레타리아적 니힐리즘'이 깨우쳐준 현실 비판 인식에서 한 걸음 더 진보하여 앞으로 나가야 할 투쟁의 방향과 방식을 가르쳐주었고, '조선의 고리키가 되겠다'는 생각은 문학과 실생활의 혁명적 개조 모두에 적용되는 다짐이었다. 1951년에 이르러 임화는 약 반세기 간 고리키 영향권에 속했던 조선 작가들의 활동상을 「조선문학 발전 위에 끼친 막씸 고리끼의 큰 영향」이라는 평문에서 정리한 바 있다.[48] 1930년대까지는 고리키 문학을 네 시기로 구분하는 것이 일반적이었지만,[49] 분단 이후 임화는 조선문학의 관점에서 바라본, 다시 말해 조선 혁명문학의 발전 과정에 반영된 고리키의 영향력을 6단계로 나누어 분석했다. 표로 정리해본다.

	시기	작품	영향권 작가들	영향 내용
1	20세기 초엽	「체르캇슈」, 『최하층』, 「해연의 노래」		일본제국주의의 압박과 착취에 대한 반항과 투쟁
2	1917~1924		최서해, 이상화, 박팔양 등의 신경향파 소설과 시	압제와 착취에 반대하고 사회제도에 반항하는 강력한 인간, 혁명적 로맨티시즘
3	1925년 카프 결성 무렵	『최하층』, 『어머니』, 「적」	이기영, 한설야, 송영	고리키 문학의 사상적 예술적 영향이 조선문학에 전면적으로 나타나 "조선문학의 발전과 장성에 기본방향"을 이룸
4	1930년대 초 ~카프 해체	『어머니』, 제1차 소베트작가대회(1932)에서의 연설과 기타 논문	김남천, 이북명, 이태준	노동문학 출현의 밑바탕, "소위 휴머니즘 이론과의 투쟁"을 위해 활용
5	1937~1945	『아르타모노프의 일가』, 『포마 고르데예프』	이기영, 한설야, 김남천	"조선이 중세로부터 현대로 넘어오는 과도기"의 역사적 묘사로 인도, "새로운 시대는 승리한다는 역사의 법칙 증명"
6	광복기		이기영, 한설야, 이태준	사회주의적 리얼리즘, "조선 인민과 작가들의 불멸의 태양"

임화의 지형도가 시사하듯, 고리키는 지식인 독자의 의식화 과정에서 교과서적 역할을 담당했으며, 그런 의미에서 그는 문학을 넘어 조선 사회주의 혁명(즉, 북조선 건설) 자체의 지도자-멘토였다. '빈궁'의 한탄에 멈추었던 도스토옙스키와 달리, 고리키는 구체적으로 '무엇을 할 것인가'를 가르쳐준 작가였다. 특히 『어머니』는 김남천, 이기영, 송영 등이 생산한 카프 문학의 직접적 원천이었고, 결국 조선 노동문학의 효시가 되었다고 임화는 평가했다. 이기영의 「제지공장촌」과 「고향」, 김남천의 「공우회」와 「공장신문」, 이북명의 「질소비료공장」과 「기초공사장」 등 "로동자들의 파업 투쟁과 비합법적 정치 활동과 그 지도자들을 묘사하는 문학 작품" 출현의 밑바탕이 되어준 것이 고리키였다. 그렇게 해서 고리키 문학은 초기 북한문학의 좌표가 될 수 있었다.

소련의 고리끼의 작품, 중국의 노신의 작품들은 다 누구나 한번 읽어야 할 훌륭한 작품들입니다. 이러한 문학 작품들은 인간에 대한 참된 사랑과 낡은 사회를 미워하고 새 사회를 무한히 동경하며 그것을 건설하려는 전투적 정신으로 일관되어 있습니다.[50]

북한에서 말하는 고리키와 조선문학 간 상관론은 지나치게 단순화된 경향을 보이는 것이 사실이다. 단적으로 말해, 조선에서 나온 모든 진보 문학은 고리키와 연결되어 있으며, 또 앞으로도 그래야만 한다는 창작론적 교시에 가깝다. 예를 들어, 김민혁이 쓴 「막심 고리끼와 조선문학」에서 이상화와 이기영의 작품 속 폭풍우 장면은 고리키의 혁명적 분노를 상징하는 것으로, 또 최서해의 「탈출기」는 인민주의 정신 면에서 고리키의 「단코」와 상통하는 것으로 해석된다. 한설야의 「과도기」, 「씨름」, 『황혼』과 이기영의 「원보」, 「제지공장촌」, 『고향』 같은 "사회주의적 사실주의의 고전적 작품들"도 모두 "『어머니』에서 구현시킨 사회주의적 사실주의 창작 방법의 기본적 원칙"을 재현한 것으로 평가된다.[51] 상호텍스트성 문제를 따져볼 때도, 중요한 것은 작가와 작가의 관계나 작품과 작품의 관계가 아니라 마스터 플롯의 준수 여부, 그리고 그보다 더 필수적으로는 당성의 충실도 여부다. 그 면에서 북한의 고리키 문학은, 최소한 '주체적' 문예 원칙이 확립되기 전까지는 그것을 대신해줄 하나의 대체물이자 일종의 대명사에 불과했다.

1980년대 민주화 시기의 고리키 현상 역시 일제 강점기의 고리키 현상과 상당 부분 유사하다. 현실 사회주의의 몰락과 환멸의 시기에 타오른 고리키 문학 붐은 60~70년대부터 한국문학장을 지배해온 리얼리즘 논쟁의 최고점에 해당하는 사건이지만, 동시에 90년대 문학의 단절과 변화를 예고해준 분기점이기도 했다. 1980년대 '운동으로서의 문학'이 억압했던 문학적 자율성이 1990년대의 '문학주의'로 분출되었다는 것은 평론가들 사이에서의 일반론이다.[52] 이는 순문학주의를 향한 90년대의 방점이 80년대 이념문학주의에 대한 반작용 아니었겠냐는 질문에서 나온 해석이다.

1980년대에 와서 재연된 고리키 붐은 단순히 『어머니』와 같은 작품의 유행으로만 발현되지 않고 고리키를 바라보는 시각과 해석, 더 나아가 문학을 바라보는 시각의 획일화로 이어졌다. 80년대 독자들이 읽은 『강철』과 『어머니』는 광장의 문학이었다. 그것은 상상이나 낭만 따위와는 거리가 먼 현실 삶의 거울이자 돌파구로서 스스로 의미를 확정지은 문학이었다. 초반부에 살펴본 최인훈의 밀실형 독법이 과연 80년대 독자들에게도 가능했을지는 의문이다. 가령 함대훈이 고리키의 볼가강 부랑자에 자신의 처지를 투영하고, 이호철이 일본어 문고판을 읽으며 "무지막지한 러시아 촌놈"과 자신을 동일시했던 식의 개인사적 독법이 허용되었을지도 의문이다.[53]

80년대 운동권과 노동자 민중과 그들의 어머니들이 소비에트 작품에 자신의 삶을 대입하며 자극받은 것은 사실이지만, 그 독법은 공동체적으로, 집단적 기획과 합의에 따라 이루어졌다는 점에서 과거의 독법과 차이가 있다. 시대는 사적인 것과 집단적인 것의 구분을 필요로 하지 않았다. 근대와 현대의 두 시대가 문학의 이념성을 공유한 것은 맞지만, 80년대의 고리키 붐은 일제 강점기 작가들이 향유한 현상 중에서도 공적인 성격의 목적성을 내세운 채, 그리고 과거보다는 훨씬 광범위한 민중적 지지와 참여 속에서 시대를 풍미했다. 그것이 "이른바 '혁명'을 서사로 익히고 상상적 '혁명' 속에서 살았던 시기"[54]의 현상이었다. 일제 강점기 프로문학이 축적한 혁명 이념의 '집단 기억'은 그로부터 반세기가 흐른 시점에 다시 한 번, 과거보다 짧고도 강렬한 방식으로, 문화 정치의 한 시대상을 만들어낸 것이다.[55]

제 6 장

모스크바에는 아무도 없다

러시아 1990년대와

아득한 추억처럼 희미해진 페레스트로이카 이야기다. 소련이 무너지자 좌표도 사라졌다. 이데올로기의 전령을 자처해온 문학은 이제 무엇을 말해야 하나? 그 물음과 함께 출현한 것이 시대적 징후로서의 후일담 문학과 여행 문학이다. 자포자기적 패배주의, 혼돈의 자아 정체성, 새로운 목표 탐색이 혼재된 복잡한 심상의 서사가 펼쳐졌다. 혹은 단절의 시기, 혹은 어둠과 절망의 시기, 혹은 내면성의 시기로 지칭되는 90년대 문학에서도 러시아와 소련의 자리는 의미심장했다. 소련의 붕괴가 가져다준 충격은 물론 컸지만, 페레스트로이카는 러시아와의 재회를 가능케 해주었으며, 새로운 생명력과 우정과 화합의 길을 열어주었다.

대략적으로 말해, 한국에서는 약 50년을 주기로 러시아를 향한 관심 고조가 되풀이되어왔다. 개화기, 해방기, 개방기를 거치며 사회 기득권의 지배 담론과 민중의 저항 담론 양편을 모두 뒷받침해준 것이 러시아라는 참조점이다. 개방기 러시아를 향한 관심 고조 역시 한국이 겪은 정체성 변신과 밀착된 현상이었다.

페레스트로이카와 후일담 문학

백무산·황지우

김정환·김영현

페레스트로이카 씨

70여 년 동안 당신은 너무 무료하고 권태로웠습니까

그래서 이 나라 시장에라도 와보고 싶었습니까

내 친구 뱃놈 하나가 당신 나라 뱃놈에게 들었다는 말은

70여 년 동안이나 기다려라 기다려라는 말뿐이었다고 합니다

그것이 사실이라고 해서, 기다려라 기다려라 해놓고

당신 나라 전위집단들이 퍼질러 자빠졌다고 해서

그래서 그 뱃놈이 70여 년 기다렸다고 해서

(그 70여 년이 고통이 과연 이 나라 노동자의

일 년의 고통보다도 심했을까요)

강령을 불태우고 지도자의 동상을 파괴하고

아아 러시아 전제주의 삼색깃발까지 들고 거리로 나오고

레닌 동상 철거

아아 제국주의와 화해를 선언해버리는

오오 위대한 나라여 위대한 당신이여

아아 제국주의와 화해를 선언해버리는

오오 위대한 나라여 위대한 당신이여

당신은 이 나라 민중의 슬픔을 모릅니다

오오 당신은 이 나라 노동자의 눈물을 모릅니다

당신의 조국이 앞장섰던 그 깃발은

당신의 조국이 주창했던 국제주의는

지상의 수많은 나라 수많은 노동자의

찢긴 가슴에 뜨겁게 심어놓고

오오 당신은 이제 만국의 노동자의 눈물을 잊었습니다

　　　　　　　　　ㅡ백무산, 「페레스트로이카 귀하」 부분[1]

　이제는 아득한 추억이 되어버린 페레스트로이카 이야기다. '소련'이 '구소련'으로 바뀌고, 현실 사회주의가 실효성을 잃어가던 그 시기에 한국 사회는 진보적이고 사회주의적인 이념의 절정을 향해 있었다. 지식인 독자와 지식 전파자(연구자, 번역자)의 관심은 혁명과 소련에 쏠렸으며, 소비에트 문화예술, 혁명, 사회주의·공산주의 관련 서적의 출간량은 페레스트로이카 시기인 1988~1990년 사이, 특히 1989년에 급증세를 보였다.

　『실천문학』 1991년 3월호에 실린 백무산 시인의 장시 「페레스트로이카 귀하」는 노동 운동가 관점에서 페레스트로이카를 향해 터뜨린 분노와 좌절의 외침이었다. 백무산은 시집 『만국의 노동자여』로 1988년에 데뷔했다. 박노해, 김해화 등과 같은 시기에 등장한 그는 "[1987년] 7, 8월 투쟁을 통해 비로소 우리 앞에 실체를 드러낸, 고대하고 고대하던 대규모 단지 산업 노동자의 해방 노래꾼"이자 '문예 전사'였다.[2] 시는 1990년 현대중공업의 128일 투쟁을 마치고 쓴 연작시집 『동트는 미포만의 새벽을 딛고』와 거의 동시에 쓰인 것으로, '만국의 노동자여 단결하라'는 레닌 강령을 기치 삼아 한국 노동운동이 정점에 다가선 순간 맞닥뜨린 소련 붕괴의 충격을 주제 삼았다. 한국 노동자의 1년 고통이 소련 민중의 70년 고통보다 더하다는 과장법적 비교 논리는 사회주의 종주국의 '변절'에 대한 극한 절망감의 표출이었다.

하지만 『동트는 미포만의 새벽을 딛고』에도, 그다음 시집 『인간의 시간』에도 시는 포함되지 않았다. 이유를 확실히 알 수야 없지만, "운동은 거쳐 가는 것이고 그 이후가 중요한 것"이라는 시인의 깨달음에서 실마리를 찾을 수 있겠다. 폴란드의 노벨문학상 수상 작가 W. 쉼보르스카Szymborska는 정치 현실과 타협하여 사회주의 리얼리즘 풍으로 썼던 옛 시집 두 권을 자신의 작품 기록에서 삭제해버린 바 있다. 백무산의 입장에서도 「페레스트로이카 귀하」의 즉각적 분노는 문학 본연의 세계와 거리가 멀다고 느꼈을 법하다.

켄 로치 영화에 이런 대사가 나옵니다. "우리가 무엇에 저항하는

지는 알겠는데, 우리가 무엇을 원하는지는 모르겠다." 우리도 지금 당장 무엇에 저항해야 하는지 알죠. 당장의 문제가 있고, 당장의 폭력과 억압이 눈에 보이잖아요. 그건 부정의 투쟁입니다. 그런데 사실 그 다음이란 걸 생각하지 않죠. 어떠한 삶을 만들어갈 것인가 하는 부분이죠. 저항은 부정성이죠. 그 이후를 말할 때라야 저항시가 완성되는 거라고 생각합니다.[3]

페레스트로이카가 '부정의 투쟁'에서 '긍정의 투쟁'으로 향하는 길목의 사건이었다고 볼 때, 페레스트로이카 시기의 한국 시인은 해방기라는 또 하나의 과도기를 살아낸 선배 시인의 초상과 오버랩된다. 제1장에서 살펴본 바와 같이 해방기의 오장환은 혁명기 시인 예세닌에 자신의 모습을 투영하면서 "과도시대 좁은 틈바구니서 삐져난/ 이 몸의 불운"(「나의 길」)을 노래했다. 앞을 향해 달려가면서도 뒤를 돌아볼 수밖에 없는 시인, 달리 말해 마음은 사라지는 시대와 함께하면서도 눈으로는 앞서가는 시대를 좇을 수밖에 없었던 과도기적 자의식이야말로 예세닌과 오장환 그리고 90년대 한국 시인·작가 공통의 운명이었다. 그 공통의 운명 앞에서 혁명기 러시아 시인은 자살을 선택했고, 해방기 시인은 월북을 택했다. 그렇다면 개방기 시인에게는 어떤 길이 있었을까?

민중 혁명의 명분에 동조하며 사회 개혁을 꿈꿨던 한국의 문인에게는 '후일담 문학'이라는 출구가 있었다. 그것은 좌표의 실종 앞에서 느끼는 자포자기적 패배주의, 혼돈된 자아 정체성, 새로운 목표 탐색이 혼재된 복잡한 심상의 서사였다. 후일담 문학의 골자는 남아 있는 자들의 이야기지만, 그 이야기의 정조는 서술자의 의식이 어디로 향하는가에 따라 달라진다. 가령 "나, 이번 생은 베렸어"라고 말하는 황지우 시인의 무기력증은 아직 반도 읽지 못한 채 서가에 꽂혀 있는 이념서(마르크시즘과 관련된 책들)의 무용성을 닮았다.

> 나, 이번 생은 베렸어
>
> 다음 세상에선 이렇게 살지 않겠어
>
> 이 다음 세상에서 우리 만나지 말자
>
> (…)
>
> 흔적도 없이 지나갈 것
>
> (…)
>
> 지나가기 전에 흔적을 지울 것
>
> (…)
>
> 서가엔 마르크시즘과 관련된 책들이 절반도 넘게
>
> 아직도 그대로 있다
>
> 석유 스토브 위 주전자는 김을 푹푹 내쉬고
>
> ―황지우, 「거울에 비친 괘종시계」[4]

한국문학에서 "90년대가 어떤 '단절'의 시기였던 것만은 분명하다"라고들 평하는데,[5] 그 단절감은 "민중적 정체성의 신화가 사라진 정신적 폐허에서 자신이 누구인가 하는 물음과 맞닥뜨린 결과”였다.[6] 황지우의 90년대 시집은 바로 그 질문을 하고 있다. 이데올로기가 무용지물이 되어버린 시대에 이데올로기의 전령이었던 시인은 무엇을 위해 살아야 하나? 그는 쓸모없어진 것들 — 쓸모없는 책, 쓸모없는 삶, 쓸모없는 자아 — 사이에서 허탈감을 느끼며 자살 충동을 느끼기도 하고(“2미터만 걸어가면 가스 밸브가 있고/ 3미터만 걸어가도 15층 베란다가 있다”) 또는 “이데올로기가 사라지니까 열광은 앳된 사랑 하나”(「몹쓸 동경」)라며 감각의 충족감을 구하기도 한다. “격정 시대를/ 뚫고 나온 나에게 가장 견딜 수 없는 것은 지루한 것이었다”라는 이 시인에게 “앳된 사랑”은 목표 잃은 권태감을 치유해 줄 대중 요법이었을 수 있다. 어떻든 공동체적 명분(이데올로기)과 사적 명분(사랑)의 자리바꿈 현상은 ‘내면성의 문학’ 시대인 90년대의 한 징후로 손꼽힌다.

역시 비슷한 맥락에서 시대적 단절감을 노래한 또 한 명 시인이 있다. 김정환은 페레스트로이카 시기를 훌쩍 넘긴 2006년에 『레닌의 노래』라는 저돌적인 제목의 붉은색 시집을 냈다. 표제시 「레닌의 노래」는 한때 빛났던 ‘붉은 별’의 이상 대신 봉천동 밤거리를 뒤덮어버린 변두리 자본의 불야성을 배경으로 한다. 일찍이 다 같이 열창했던 ‘레닌의 노래’가 이제는 “인간의 조직이 일순 아름다웠던/ 시절”의 “화음의 광채”로만 남게 된 밤거리에서 시인이 불러보는 것은 다름 아닌 노래의 실종에 대한 노래이다.

현실 사회주의의 영광과 좌절, 그리고

멸망은 어디로 사라졌을까?

노래는 그렇게 한국형 천민자본주의의

변두리 밤풍경 위로 부유하다가

조금씩 제 무게를 이기지 못해 풍경 속으로 내려앉으며

(…)

레닌은 어디에

그의 노래가 그 위로 겹쳐진다

지워지는, 짓밟히는, 메마른

풍경과 질문 위로

레닌은 어디에 레닌은 어디에

그의 노래가 액화,

인간의 조직이 일순 아름다웠던

시절은 화음의 광채로만 남아

생애가 차라리 슬프다는 풍문에 달한다

레닌은 어디에

레닌은 어디에

그의 노래가 거리 풍경과 살을 섞으며

합쳐진다. 그것만이 위로가 된다는 듯이

그때 우리는 모두 레닌이다

지워진 것들의

윤곽이 슬픔으로 명징해질 때

그때 우리는 모두 노래다

그리고 레닌이 된 우리 모두가 묻는다

레닌은 어디에, 레닌은 어디에?

그 질문은 결코 메마르지 않는다

—김정환, 「레닌의 노래」 중에서[7]

"레닌은 어디에, 레닌은 어디에?"라며 레닌을 찾고 있는 오늘의 노래는 대답 없는 수사적 질문에 불과하다. 레닌은 더 이상 어디에도 존재하지 않기에 그 노래는 기표만 남은 노래이며, 과거의 의미와 기능을 상실해버린 기호다. 그럼에도 불구하고 김정환의 노래가 지표 잃은 존재의 넋두리로 끝나지 않는 것은 "결코 메마르지 않는" 보편의 노래를 향한 그의 중단 없는 확신 때문이다. 김정환의 이데올로기는 '앳된 사랑' 따위로 대체 가능하지가 않고, 오히려 대체 불가능한 신념으로 남는다. 비록 소련은 실패한 현실이 되었지만, 그렇다고 해서 이상 자체가 부정되는 것은 아니기 때문이다. "내일은 오늘 부르는/ 노래에 달렸"(「내일: 사랑노래 1」)다는 시인 말대로, 오늘의 노래는 내일의 귀환을 약속하는 가능성으로 남는다. 그런 의미에서 김정환의 노래는, 흡사 '님의 침묵'을 휩싸고 도는 한용운의 사랑 노래처럼, 레닌의 부재를 메꾸어줄 주술적 "희망의 정수박이"가 되는 것이다.

1980년대 문학운동의 강도에 비해 볼 때 90년대 후일담 문학의 등장이 너무 빠른 것 아니었냐는 자책도 한편으로는 표출된다.[8] 대표적인 예가 김영현의 후일담 소설 『풋사랑』이다.

변화! 변화야말로 시간 속에 존재하는 모든 존재의 본질이 아니고 무엇이겠는가. (…) 그러나 나는, 불행한 나는, 변화하는 새 시대의 태양을 맞으러 가기 전에, 깨어지고 부수어지고 내팽개쳐진, 지난 시대의 창고로 들어가보고 싶은 욕망에 시달리지 않으면 안 되었다. '눈을 돌려라. 세상은 변하였다!' 그래. 돌리마. 그러나 너희들처럼, 너희 기회주의자들처럼, 재빨리가 아니라 천천히… 천천히… 그러나 분명하게, 그러나 깊게, 눈물이 글썽하게 배인 눈으로 천천히… 눈을 돌리마. 그러기 전에 나는 먼저, 죽은 자들 속에 남아 죽은 자들의 장사부터 지내주어야겠다.[9]

『풋사랑』은 1987년 한 해의 운동권 대학생과 그 주변 일상을 기록한 소설이다. 1987년은 전봉준, 레닌, 스텐카 라진의 궤적을 좇아 민중운동에 뛰어들었던 대학생 세대의 혁명 열기가 마침내 정상에 달했다고 생각되던 즈음이다. 바로 그때 소련이 무너지자, 진보의 희망은 완전히 사라진 것만 같았다. '명분cause'의 상실로 인한 엄청난 방황과 환멸과 자기 회의가 팽배했다. 그 정조가 90년대 후일담 문학을 구성한다는 이야기는 앞에서 했다.

그런데 김영현의 후일담 소설이 주목한 것은 패배주의 혹은 그 반대급부인 청산주의와는 또 다른 어떤 것이었다. 소설에서는 월남 세대인 반공주의자, 70년대 허무주의자, 80년대 급진 운동권 등이 직면한 다양한 삶의 화두와 세계관이 갈등 구조를 이루는데, 작가의 관심은 그중 어느 한 이념의 승리나 패배가 아니라 그 모든 것

의 각축장이었던 80년대라는 시대, 그중에서도 1987년 한 해에 집
중된다. "아무런 추억도, 그리움도 없이, 마치 버스를 갈아타기라
도 하는 것처럼" 무심하게 등 돌려 새로운 시대를 맞는 것은 옳지
않다고 보았기에, 작가는 그 시대에 마지막 시선을 할애하고자 했
던 것이다.

> 도대체 어떤 일들이 일어났던가. 우리를 그토록 분노와 슬픔과
> 열정에 떨게 했던 그 시대의 정체는 무엇인가. 그리고 그렇게 많
> 은 젊음들이 불꽃처럼 사라지고 난 뒤에, 그 대신에, 우리들 속에
> 남아 있는 것은 무엇인가. 아무런 추억도, 그리움도 없이, 마치
> 버스를 갈아타기라도 하는 것처럼 새로운 시대를 맞이하러 나서
> 는 것은 과연 옳은 일인가.[10]

　풋사랑을 다시 되새기듯 80년대를 재소환한 김영현의 후일담 소
설은 '유예의 서사'에 속한다. 80년대에 좀 더 머물기 위해, 즉 시대
와의 충분한 작별 인사를 나누기 위해 쓴 소설이라는 말이다. 그러
나 어떻든 90년대는 왔고, 소련은 붕괴했다. 소련이 붕괴한 곳에는
50년 만에 개방된 러시아 땅이 있었다. 개방의 시기인 1990년대는
'이념'에서 '소비'로 넘어가는 시대인 동시에[11] 처음으로 활짝 열린
해외여행의 시대이기도 했다. 해방기 이후 오직 상상의 공간으로
만 존재했던 러시아가 실체로 다가왔을 때, 그곳을 앞 다퉈 찾은 이
들 중에는 지식인-작가가 많았다. 새로운 여행기와 여행 소설 붐도

이어졌다. 이데올로기의 변절이 만들어낸 분노와 좌절과 허탈감의 후일담 반대편에서는 '낯설지 않은 낯선 곳' 러시아를 향한 호기심과 그리움과 탐구의 기록이 등장하고 있었다.

다시 쓰는
러시아 여행기

서정주 · 송영

대략적으로 말한다면, 한국에서는 약 50년을 주기로 러시아를 향한 관심 고조가 되풀이되었다. 개화, 해방, 민주화처럼 국가적 정체성이나 자의식의 큰 변화를 겪는 시점마다 러시아는 강력한 우방, 혹은 사회주의 유토피아의 전범, 혹은 사회주의 신념의 배반자인 동시에 반면교사로서 모습을 드러냈다. 그리고 그때마다 동양(중국)에 반하는 서양으로 인식되거나, 제국주의(일본)에 반하는 반제국주의로 추종되거나, 반자본주의 운동에 역하는 자본주의 물결의 예증인 양 해석되면서 한국 사회를 지배하는 시각과 이데올로기에 상대주의적 관점을 제공해주었다. 러시아를 향한 관심 고조는 실은 한국이 겪어온 정체적 변신과 관련된 징후였을 따름이다. 그런 까닭에 각 시기의 러시아 여행기는 러시아를 말하는 것 이상으로 그 이웃 나라인 한국에 관해 말해준다.[12]

러시아 여행기는 1890년대의 친러주의, 1940년대의 친소주의, 1990년대의 지知러주의라는 세 단계의 변곡점을 거치며 진화했다. 구한말 친러주의를 대표하는 민영환의 『해천추범』에서 러시아 제국은 '우월한 서양'의 표본으로 비쳐졌다. 해방기 친소주의 여행자에게는 소련(노농 러시아)이 '우월한 사회주의 국가'의 표본이었다. 러시아/소련은 항상 조선의 발전 모델이었고, 따라서 러시아/소련의 제도는 견학과 모방 대상이 되었다. 먼 과거 여행객들은 각각 '근대 문명' 또는 '사회주의 유토피아' 이상향이라는 개념의 눈으로 러시아/소련을 관찰했기에, 그들의 여행기는 '있는 그대로'를 넘어 '원하는 바대로'의 기록에 가까웠다.[13]

그런데 세 번째 붐인 페레스트로이카 이후의 구소련 여행에 오면 성격이 달라진다. 1989년 1월 1일 해외여행 자유화가 이루어지고, 1년 후인 1990년 초에는 소련이 자국민의 해외여행을 자유화했다. 동시에 한국인의 구소련권(동구권) 여행도 가능해졌고, 부랴부랴 그곳을 찾는 이들의 발걸음이 이어지면서, 마치 신세계를 발견한 듯 다양한 형태의 여행 서사가 등장했다. 이 글을 쓰고 있는 나 자신도 그중 한 명이었다. 고르바초프의 페레스트로이카가 세계를 놀라게 하고, 그러나 아직 한러수교는 이루어지지 않았던 1989년의 공산권 시절, 미국 교환학생단에 섞여 페테르부르크 게르첸대학에서 4개월 연수 과정을 밟았다. 그리고는 돌아와 『레닌그라드 일기』(1990)라는 책도 출간했다. 돌이켜보면 겸연쩍게 느껴지지만, 고작 4개월 체류 후 한 달 만에 책 한 권을 써낼 만큼 당시의 하루하루는 호기심과 순정의 나날들이었다. 될 수 있는 한 많은 것을 보고, 모든 것을 흡수하고자 했다. 1896년 2개월 좀 넘게 '피득보(페테르부르크)'에 머물렀던 민영환이 『해천추범』을 쓰고, 1946년 9주간 소련을 방문했던 이태준이 『소련기행』을 써낸 것과 유사한 밀도의 목적의식이 있었기에 가능했던 일이다. 물론 그것은 개화기나 해방기 여행자들처럼 '원하는 바대로' 보고자 하는 개념적 목적의식이 아니라, 실상의 수수께끼에 대한 탐구욕이었다. 러시아문학 전공자에게 소련은 '그저' 궁금한 곳이었다. 위대한 문화유산의 박물관이자, 이념의 타자이자, 정치적 적국으로 상상되어온 대국이 마침내 모습을 드러냈으니, 직접 눈으로 봐야만 했다. 그것이 개방기 여행객 대부분이 공유했던 탈정치적, 탈이념적 여행 동기였다.

그러나 훨씬 더 복잡하고 복합적인 의도를 품은 여행자도 있었다. 러시아는 일제 강점기를 경험한 누군가에게는 동경 어린 이국이었고, 해방기를 경험한 월남민에게는 어린 시절의 기억이었으며, 또 사회주의 이념을 추종해온 열혈 운동권 인사에게는 혁명 신화가 탄생했다가 자진 해체된 놀라운 역사 현장이기도 했다. 모두에게는 그곳에 가서 '확인'해야 할 무엇이 있었다. 그것이 90년대 들어 다시 쓰는 러시아 여행기 장르의 속성이다.

원로 문인 중에는 서정주 시인이 거의 일착으로 소련 땅을 밟았다. 일제 강점기에 문단 활동을 시작해 한때 김동리와 함께 도스토옙스키에 심취했던 서정주는 중앙고보 2년 때인 1930년(15세)에 이른바 '사회주의병'에 걸렸다가, 고리키와 투르게네프를 비교해 읽고는 결국 사회주의를 버리고 문학의 길을 택한 터였다.[14] 시인은 1990년 5~6월간 유고슬라비아, 헝가리, 러시아, 중국을 단체로 여행한 데 이어, 78세 때인 1992년 여름에는 급기야 3년 예정의 러시아 '유학' 길을 떠나기도 했다. 원래 "세계적인 장수촌 코카서스 지방에서 아내와 함께 정양도 하고 시도 쓰며 삶의 원기를 찾으려 했으나 민족 분규로 인심이 하도 흉흉해 모스크바와 페테르부르크 등 대도시만 둘러보고" 두 달 만에 되돌아왔다.[15] 귀국 후에는 "단절된 러시아 유학의 꿈을 시로 채우겠다"며 쓴 '해방된 라씨야에서의 시'(총 8편)를 '1990년의 구 공산권 기행시'(총 11편)와 함께 제14 시집 『늙은 떠돌이의 시』(1993)로 엮었다.[16] 이후 다시 한 번 러시아 바이칼 호수를 여행하고 「씨베리아 미인들의 황금이빨 웃음」과 「1994년 7월 바이칼 호수를 다녀와서 우리 집 감나무에게 드리는 인사」 두 편을 마지막 시집 『80소년 떠돌이의 시』(1997)에 실었다.

서정주 시인의 여행은 일제 강점기 지식인의 러시아 동경과 방랑벽이 50년 휴지기를 건너뛰어 재연된 경우이다. 말년의 시인은 러시아문학 공부를 위해 현지 유학을 꿈꾸었다고 한다. 장수촌 코카서스 지방에서 시문학을 공부하고, "젊을 때 밤을 새워 읽었던 도스토예프스키의 소설을 원어로 읽고 싶어 유학을 결심했다"는 것이다.[17] 그에게 러시아는 일종의 생래적 그리움의 공간이었는데,[18] 그 그리움은 러시아행 비행기 안에서 후각적으로 감지된 운명의 동질성으로부터 비롯된 것이다.

부다페스트에서 모스코로 날아가는

러시아 비행기 안에서 러시아 맥주를 마시고

화장실엘 들어갔더니

아 그 우리네 옛날만 같은

또 우리네의 시골만 같은

찐한 찌린내가 온몸에 풍겨 들어서

'야! 이건 도스토예프스키의 찌린내구나!

그의 『죄와 벌』속의

쏘냐의 찌린내구나!

마음에도 없는 괴로운 매음을 당하고

뒷간에 갔을 때의 바로 그 쏘냐의 찌린내구나!

레오 톨스토이의 『부활』속의 카츄샤 마슬로바의

씨베리아 유형 중의 그 찌린내구나!

그 쩌릿턴 찌린내구나!'

이런 생각을 하고 있었다.

그리고 또

'이런 찌린내도 감추지 않고

다 냄새 맡게 해주어서 고맙구나!

다 개방해 주어서 정말로 고맙구나!'

이런 생각도 하고 있었다.

—「부다페스트에서 모스코로 날아가는 러시아 여객기 화장실 속의 그 찐한 찌린내」 전문[19]

그 어떤 여행기도 러시아와 한국(조선)의 친연성을 이처럼 감각적인 차원에서, 이토록 적나라하게 표출한 예는 없다고 생각된다. 근대기 내내 선진 제도의 나라, 배워야 할 나라였던 러시아가 '찌린내'라는 일상의 후진성을 통해 과거 우리 모습을 불러내는 격세지감의 상황이야말로 50년 만의 개방이 드러낸 민낯이었다. 개방 초기 러시아를 여행한 이들은 실제로 그곳의 궁핍한 현실에서 60년대 한국의 기시감을 느끼곤 했다. 그 기시감이 두 나라의 경제적 우열 관계는 물론, 공산주의와 자본주의라는 두 국가 이념 간 우열을 증명하는 식으로 쉽게 받아들여진 것도 사실이다. 그러나 서정주 시인이 감별해낸 러시아의 "찐한 찌린내"는 그같이 피상적인 비교를 위한 연결고리가 아니었다. 시인은 그것을 러시아문학 속 매춘부 여주인공들이 감내한 고통의 냄새로 인지했으며, 그것을 또한 "우리네 옛날만 같은/ 또 우리네의 시골만 같은" 그리움의 냄새와 연결 지었다. 애초 근대 지식인들이 러시아문학에 대해 품었던 동경의 근원은 고통 받는 인간을 향한 연민의 휴머니즘이었다. 소냐, 카추샤 등 학대받은 러시아 민중의 아픔이 학대받는 식민 조선인의 운명과 겹치면서 그 운명 공동체적 교감 속에서 러시아문학도 '우리의 문학'이 될 수 있었다. 시인이 알아본 "찐한 찌린내"는 바로 소련과 한국, 과거와 현재를 이어주는 통시성의 지표였던 셈이고, '개방'의 참 의미는 거기 있었다.

모스크바에서 황혼녘에 바라본 붉은 구름이 먼 옛날 밤새워 읽었던 『백치』의 기억과 이어지고,[20] 또 페테르부르크에서 본 러시아 꽃 이름 '쉬뽀브니끄(들장미)'가 '쉬 뽑히지 말라'는 우리말 뜻으로 각인되는 등,[21] 서정주의 기행시는 러시아를 '나(우리)'와의 연결 선상에서 바라본 연대의식의 기록이다. 러시아 여행은 결국 '나에게 러시아는 무엇인가(무엇이었던가)'라는 정체성 확인의 과정이며, 러시아와 나(우리)의 친연성은 당연히 반가움과 고마움의 대상일 수밖에 없었다.

개방 초기 러시아를 찾은 기성 문인과 그 밖의 여행객들도 러시아와의 친연성을 자주 강조하곤 했다. 비록 50년간 금지된 땅이기는 했어도, 러시아는 최소한 문학을 통해서는 익히 친숙한 선험적 공간이었다. 그런 이유에서 러시아는 특히 문인들에게는 마치 고향처럼 '향수'해온 공간이었다.

1992년 가을 시인·작가들로 구성된 구소련 단체 여행이 조직되었다. 단체의 일원이었던 소설가 최인훈과 송영은 각각 『화두』(최인훈), 「발로자를 위하여」(송영, 1998), 「라면 열 봉지와 50달러」(송영) 등을 썼다. 두 기록 모두 소설과 비소설(에세이)의 경계에 위치하는 것으로, 최인훈은 바로 그 장르적 모호성을 변호라도 하려는 듯, 작품 서문에 "이 소설은 소설이다"라는 동어 반복적 언술을 남겼다.

이 소설의 부분들은 대부분 사실에 근거하지만 그 부분들의 원래의 시간적, 공간적 위치는 소설 속에서 반드시 원형과 일치하지 않는다. 즉, 이 소설은 소설이다.[22]

송영의 경우 「발로자를 위하여」와 「라면 열 봉지와 50달러」 외에
도 1992년 이후의 개인 여행 기록인 「고려인 니나」와 미완성 유작
「나는 왜 니나 그리고르브나의 무덤을 찾아갔나」는 모두 러시아를
배경 삼은 에세이 형식의 글이다. 뒤이어 살펴볼 공지영의 단편도
마찬가지인데, 왜 90년대 러시아 여행기가 "대부분 사실에 근거하
지만" 동시에 소설을 빙자하는지도 주목해볼 부분이다. 그 문제는
왜 러시아를 배경으로 한 소설이 곧잘 여행기 형식을 띠는가로 바
꿔 생각해볼 수 있다. 90년대가 여행 문학의 시대였음은 주지된
바,[23] 개방 직후 그리고 그 이후에도 여전히, 러시아 여행 문학은
대부분 있는 그대로의 '사실'을 서술함으로써 자전적 요소를 의도
적으로 드러내는, 일종의 내면 고백처럼 읽히곤 한다. 화자는 보통
1인칭 시점이고, 작가인 '나'의 실제 경험과 그 배경이 되는 러시아
의 이모저모는 극사실주의로 기술된다. 소설은 러시아 여행안내서
역할을 겸하면서, 주인공의 운명과 결부되어온 시대상을 드러내는
일에 집중한다고 볼 수 있다. 그 시대상은 정치적으로나 이념적으
로 러시아와 엮여 있는 만큼, 결국 러시아 여행 서사는 한러 관계사
에 기초한 공동체적 운명의 서사를 부분적으로나마 대신하게 마련
이다.

　개방기 러시아 땅을 밟은 한국인 여행자에게 역사적, 정치적 참
조점 없이 벌어지는 사건이란 있을 수 없다. 그것이 한국인의 러시
아 여행 서사를 지배하는 중심축이고, 그 점이 다른 여행 서사와의
차별점일 것이다. 공지영의 「모스크바에는 아무도 없다」(1995), 윤

후명의 「여우사냥」(1995)과 「하얀 배」(1997), 박범신의 『침묵의 집』(1999), 그리고 2천 년대 작인 이나미의 『얼음가시』(2000), 이장욱의 「이반 멘슈코프의 춤추는 방」(2010) 등은 모두 개방기의 정치 변혁을 배경으로 일상의 변화를 추적한 여행기 소설에 해당한다.

송영의 러시아 여행기는 그중에서도 가장 반소설적으로, 오랜 기간 동경해온 '금지된 땅'에 첫발을 디디게 된 견학생의 흥분감과 흡인력이 곳곳에 배어 있다. 사회주의 유토피아의 실체를 확인하며 감격했던 해방기 여행자들과 송영의 차이점이 있다면, 그것은 그의 관심이 사회가 아닌 사람, 제도가 아닌 실생활에 집중되어 있다는 것이다. 작가가 러시아를 향해 느끼는 무조건적 친근감의 근원은 이념이 아니라 '문학'이라는 DNA다.

한국의 문인들 치고 러시아 문학의 신세를 지지 않았다면 거짓말이다. 정도의 차이는 있겠지만 특히 소설가의 경우는 더욱 그렇다. 요즘 신세대 작가들은 조금 다른 것 같지만 1960~1970년대 작가들은 도도한 러시아 산문의 세례를 누구나 다 받아왔다. 조금 심한 경우는 도스토옙스키의 도박벽을 흉내 내느라고 밤에 어느 아지트에 몇 사람이 모여서 푼돈을 늘어놓고 눈이 벌게지는 새벽녘까지 포커 게임에 몰두하는 장면도 목격한 바가 있다. 이제 얘기지만 1970~1980년대 광풍처럼 불어온 이른바 민중문학이란 것도 그 흐름을 보면 다분히 러시아의 고골리, 고리키, 예세닌과 맥이 통하는 것을 느낄 수가 있다.[24]

송영이 합류한 1992년 단체여행은 소설가협회가 조직한 염가 해외여행 프로그램이었고, 최인훈, 김승옥, 이문구, 박범신 등 '저명인사'를 포함하여 서른 명 정도의 남녀 문화인이 참여했다. 모스크바-페테르부르크-모스크바로 이어지는, 1주일 기간의 지극히 표준화된 관광 여정이었다.

1992년의 첫 여행 이후에도 작가는 1995년, 2005년, 2012년에 개인적으로 러시아를 재방문하는데, 첫 단체 여행에서 가장 눈에 띄는 대목은 일행이 공식 일정을 제치고 문화적 기념비로 향하는 부분이다. 상식적인 러시아 관광에서는 가장 먼저 찾는 곳이 크레믈의 붉은 광장이어야 한다. 바실리 성당과 레닌 묘와 굼 백화점을 둘러본 후 참새언덕의 모스크바대학을 구경하고, 모스크바 강가를 달려 고리키공원이나 승리공원을 향하고, 저녁에 볼쇼이 발레를 구경하고, 이즈마일로프 벼룩시장에 들러 기념품 쇼핑하고, 시간이 허락하면 차리치노나 노보데비치 같은 교외 명승지를 다녀오는 식으로 일정은 꾸며지기 십상이다. 그런데 작가들이 제일 먼저 향한 곳은 크레믈이 아닌 페레델키노의 파스테르나크 기념관이었다. 그것도 순전히 송영 작가의 고집 때문이었다. 기념관이 닫힌 바람에 비록 밖에서 사진 찍는 일로 만족할 수밖에 없었지만, "페레델키노에 가자고 했을 때 그렇게도 시큰둥해하던 동료들이 막상 그곳에 와서는 사진을 찍어대느라고 여념이 없는 걸 보고"[25] 작가는 실소를 금치 못한다.

"역사와 문화의 박람회장"이자 "라스콜리니코프의 도시"인 페테르부르크에서 가장 깊은 인상을 주는 곳도 문화 예술인의 묘지가 있는 넵스키 사원이다. 레닌의 기념관이나 묘지를 건너뛰는 대신 예술인의 기념관과 묘지를 향하는 이 탈이념적 여정은 이전에는, 그리고 어느 관광 단체에서는 찾아볼 수 없는 일탈이다. 송영에게 는 모스크바 붉은 광장의 레닌 묘보다 문 닫힌 파스테르나크 기념관이 의미가 있고, 페테르부르크에서도 혁명의 시발점인 아브로라 호號나 레닌 집무실이었던 스몰니 같은 이념적 사적지는 관심 대상이 아니다. 대신 "세계 3대 미술관인 에르미타쥬, 지상의 천국이라는 여름 궁전, 유럽의 세 번째 큰 성당이라는 성 이삭 성당"[26]과 푸시킨 카페, 도스토옙스키 기념관이 기록 대상으로 오른다.

송영의 여정에서 페테르부르크가 모스크바에 비해 훨씬 깊은 인상을 남기는 것은 도시 자체의 문화적 가치도 중요한 이유겠지만, 무엇보다 그곳에서 만난 현지 안내원과의 관계 때문이다. 그 안내원이 바로 블라디미르 티호노프, 발로자[볼로쟈], 이후 한국으로 귀화해 오늘의 '박노자'로 성장하게 될 "겨우 스무 살을 갓 넘긴 홍안의 러시아 청년"이었다. 당시 페테르부르크국립대학교 동양어과 2년생이던 '발로자'의 능숙한 한국어, 박학다식 그리고 가식 없는 우애 덕에 여행의 '격'이 높아졌음은 물론,[27] 여행객과 가이드의 관계 또한 오랜 시간을 두고 이어질 '우정'으로 발전하게 된다.

송영의 여행 기록은 낯선 타자와 이국에서 맺게 되는 우정의 기록이다. 자신의 여행 목적이 신기한 경관이나 이름난 명승지가 아니라 "현지에서 새로운 친구나 인물과 만나고 사귀는 것", "나와 다

른 땅에서 다른 언어와 풍속으로 살아온 인간과 만나 서로 대화하고 생각을 교환하는 것"에 있었다면서,[28] 송영은 러시아인과의 우정을 기리기 위해 무려 4편의 기행문을 이어서 썼다. 작가가 쓴 기행문의 주요 제재는 러시아에서 만난 볼로쟈 티호노프, 고려인 니나, 고려인 작가 A, 무덤에 묻힌 고려인 노파 니나 그리고로브나 등의 많은 이방인들(그 안에는 외국에서 만난 동족도 포함된다)이었다. 평론가 장석주는 송영의 여행기에 대해 "세계의 바깥으로 내쳐진 채 그 안쪽을 동경하면서도 선뜻 뛰어들지 못하고, 중간과 문턱에서 서성이는 자의 망설임과 의혹을 묘사하면서 바깥을 떠도는 창백한 소지식인이라는 정체성을 다시 한 번 명확하게 드러내 보인다"라고 평한 바 있다.[29]

그런데 송영은 러시아에 대한 애정 어린 찬미나 우정만을 이야기하지 않으며, 그것이 예컨대 서정주 시인의 향수 어린 관점과 본질적으로 다른 면이다. 작가의 반복된 여행 기록이 추적하는 대상은 1992년의 첫 단체여행 이후 다시 찾은 러시아, 그리고 다시 만난 러시아인의 향방과 관계 변화다. 즉, 그의 '소설'은 페레스트로이카 이후 몇 년을 거치며 러시아라는 나라와 그 나라 사람들의 삶이 어떻게 변해왔는가에 대한 문화인류학적 보고서라 할 수 있다. 불행히도 그 보고서 속 러시아인들은 과히 행복해 보이지 않는다. 자본주의로 돌아선 러시아의 경제 상황이나 일상은 더 나아지기는커녕 오히려 후퇴하고, 알코올 중독이나 매춘은 개선되지 않고, 더 나은 삶을 찾으려는 일반 시민의 희망은 철저히 좌절되며, 러시아인들

페레델키노 정경
(2011)

사이에는 불신과 반목이 싹튼다. 서정주 시인에게는 정겹기만 했던 "우리네 옛날만 같은/ 또 우리네의 시골만 같은" 러시아 현실이 압축 성장과 경제 발전을 경험한 보통의 한국 관광객 눈에는 사회주의 제도로 인해 '헐벗고 못 사는 나라'로 전락해버린 구소련 역사의 증거로만 비치는 것도 사실이다.

송영은 그 실상을 외면하거나 미화하거나 폄훼하는 대신, 함께 안타까워하며 동감하는 길을 택한다. 그것이 그의 '우정'이다. 유망한 청년 지식인 볼로자와 주변 가족은 보다 나은 삶을 위해 백방으로 안간힘을 써보지만, 그 노력은 대부분 좌절당한다. 맨 처음 만남에서 송영은 팁 50달러를 거부하는 볼로자에게 라면 열 봉지를 대신 안겨주고 돌아온다. '라면 열 봉지'는 자본의 힘을 물리친 우정의 상징이며, 동시에 자본주의로 전환한 소련이 수년간 견뎌야 할 궁핍의 상징이기도 하다. 훗날 박사학위를 마치고 대학 강사가 된 볼로자의 월급이 바로 50달러였던 것이다.

한번 말문이 열리자, 그 뒤로부터 발로자는 가끔 전화로 소식을 알려왔다. 그러나 그의 궁색한 생활에 어떤 변화가 있다는 말은 듣지 못했다. 그는 지금도 영국으로 호주로 끊임없이 영문 이력서를 타이프로 찍어서 보내고 있지만, 그쪽에서 신통한 답신은 오지 않는다고 말했다. 발로자와 통화할 때 언제나 빠지지 않는 메뉴 하나는 뻬쩨르부르그에 관한 소식이다. 발로자 자신도 최근 일 년 동안 그곳에 찾아가지는 못했고 겨우 전화로 소식을 듣고 있었다. 그가 전한 소식에 의하면 발로자의 부모님은 이스라엘로 귀환하기 위해 아파트도 처분하고 한때는 짐까지 꾸려놓았는데 아무래도 뻬쩨르부르그를 떠날 수가 없어서 출국을 미루다가 지금은 귀환을 포기했다고 한다. 핀란드의 트럭 운전사에게 재가한 누이는 남편이 무뚝뚝한 성격이긴 해도 술은 아예 입에 댈 줄도 모르는 사람이라 그런대로 잘 살고 있다는 것이다. 빠샤는 지금도 술병을 입에 차고 다니며 하루걸러 네프스끼 대로에 나와 그림을 그리고 있다고 한다. 전화 통화를 끝낼 때마다 발로자는 후렴처럼 한마디 덧붙이는 걸 잊지 않았다. 다음에는 꼭 좋은 소식을 전하겠다는 것이다. 그런데 그 말이 내 귀에는 긴 여운으로 남아서 가끔 발로자의 신음 소리로 변할 때가 있다.[30]

푸틴이 집권한 2천 년 이후 러시아는 최소한 내부적으로 안정을 되찾았고, 에너지 강대국으로서 마침내 신냉전 체제의 한 축을 재점유하기에 이르렀다. 2020년대 시점에서는 상상하기 어려운 '월급 50달러'의 현실이 그러나 불과 30년 전 구소련에서는 가감 없는 실정이었다. 하나의 체제에서 반대 체제로 전환하는 과정에 러시아를 찾았던 여행객 대부분은 바로 '월급 50달러'의 피상을 목격했던 것인데, 그 인상이 한국 땅에서 마주친 러시아인(보따리장수, 윤락업계 종사자 등으로 국한된)의 값싼 이미지, 그리고 60년대 분단 한국의 서글픈 기억과 교차하면서 때로는 너무 가볍게 자본주의적 우월감으로 표출된 면도 없지 않다. 물론 이념을 떠나, 혁명 이전의 제국주의 러시아와 고대 러시아까지 아우르는 2천 년 역사·문화의 저력을 인정하는 쪽에서는 그 같은 경박한 상대주의를 일찍부터 경계해왔고, 그 대표적인 예가 송영의 기록이다.

후일담
문학의 해체

공지영의 〈모스크바에는 아무도 없다〉

80년대 내내 혁명 러시아의 깃발을 좌표 삼아온 운동권이 90년대 소련 현실을 목격하며 느꼈을 충격과 소회에 대해서도 논의가 필요하다.

개방 초 여행객의 눈길을 끈 러시아 풍경 중 단연 으뜸은 '인터걸'이었다. 외국인을 대상으로 한 러시아 매춘녀는 송영의 기행문에도, 최인훈의 소설에도 어김없이 등장한다. 기대에 부푼 관광객이 러시아에서 마주친 일상의 수많은 '없는 것'(안락과 풍요, 효율성, 이방인을 향한 친절 등) 가운데 확실하게 '있는 것' 중 하나가 바로 자본주의적 모순성의 상징물인 '인터걸'이다. 성매매라는 측면에서 '자본주의적 모순성'이라고 표현했지만, 그 모순성의 핵심은 '인터걸'과 같은 매춘 행위가 체제 변화 이전에 이미 성행했으며, 그 절정이 페레스트로이카 기간이었다는 사실이다. 공지영의 「모스크바에는 아

무도 없다」에 등장하는 모스크바국립대학 엘리트 여학생처럼 그들
의 존재는 과도기적 혼돈과 이중적 정체성의 상징이었다.

송영의 거듭된 러시아 방문과 관련 기록이 계속하여 '그곳에 무
엇이 있는가/있었는가'를 상기시키고 있는 것과 정반대로, 후일담
문학의 일종인 공지영의 단편 「모스크바에는 아무도 없다」(1995)는
'그곳에 무엇이 없는가'란 사실에 집중한다.[31] 화자인 '나'(작가의 자
전적 인물)는 386세대 운동권 출신 작가로 영화감독인 남편을 따라
"꿈꾸던 북국의 한 도시, 모스크바"에 와 있다. 모스크바에 온 그녀
의 희망 사항은 유적 방문이나 문화 유람이 아니고, 오직 모스크바
에서 살고 있는 옛 친구들과 다시 한 번 '뭉치는' 것이다.

> 우리가 함께 대학을 다녔던 신촌이나, 술을 마시던 인사동의 길
> 거리에서와는 다른 만남을 갖고 싶었던 것이 내 희망이었다. (…)
> 남편의 걱정에도 불구하고 이곳까지 자신 있게 따라온 것은 사실
> 그들이 있었기 때문이라고 해도 과언은 아니었다. C와 B와 그리
> 고 K 게다가 여기는 모스크바가 아닌가 말이다. 파리도 뉴욕도
> 동경도 아닌 곳, 살아서는 아마도 밟지 못할 거라고 상상했던 땅,
> 몰래 읽은 혁명사와 레닌 전기 속에서 살아 숨 쉬던 곳이었다. 우
> 리는 어쩌면 예전처럼 어깨동무를 하고 스텐카 라진, 스텐카 라
> 진, 노래를 부르며 모스크바의 밤거리를 걷게 될지도 몰랐다.[32]

모스크바가 "파리도 뉴욕도 동경도 아닌" 특별한 곳인 이유는

그곳이 "살아서는 아마도 밟지 못할 거라고 상상했던 땅"이며, "몰래 읽은 혁명사와 레닌 전기 속에서 살아 숨 쉬던 곳"이며, 한 마디로 현실이 아닌 개념으로서의 공간이기 때문이다. 공지영 소설은 그 개념의 껍데기를 통과해 들여다본 러시아의 속살, 그리고 개념에 사로잡혔던 한 시대의 속살을 보여준다.

화자가 원하는 바는 신촌 대학가와 인사동을 어깨동무하고 배회하던 옛 시절(1983년), 그리고 이후 광주 망월동 묘지를 참배하고 바닷가에서 술 취해 절규했던 기억의 재연이다. 그러나 소설 제목이 암시하듯 과거로의 회귀는 이루어지지 않는데, 그것은 무엇보다 옛 시절의 관념적 배경이 되어주어야 할 그 장소에 아무(것)도 없기 때문이다. 모스크바는 일찍이 상상했던 곳이 아니며, 만나기를 기대했던 옛 친구들은 공교롭게도 그곳에 부재중이다. 그리고 이런 부재의 현실이 안겨다 주는 당혹감, 공간 상실감, 이질감, 외로움, 모멸감은 화자 개인에게만 국한된 사적 경험이 아니라, 그녀 세대가 겪은 집단적 좌절과 패배감의 연장선상에 놓여 있다.

모스크바에는 택시가 없고, 모스크바에는 새가 없고, 모스크바에는 산이 없고, 비닐우산도 없고, 쇼핑백은커녕 비닐봉지조차 없고, 휴지가 없고... 그렇다면 있는 것은 무엇인가? 그곳에는 산 대신 언덕이 있고, 인터걸이 있고, 붉은 광장 종탑 위의 붉은 별 대신 "맥도날드의 M자가 노란빛으로, 크고, 선명하게, 혼자서 반짝이고 있"다. 모스크바 관광객이라면 누구나 그러하듯, 화자는 붉은 광장에 가는데, "광장은 이상하리만치 고요"하다. "기름때 묻은 얼굴로 모여든 노동자들"도 없고, 오벨리스크 탑보다 높고도 날카로운 함성과 자작나무 숲보다 빽빽한 붉은 깃발의 휘날림도 없다. 그 웅장한 정경이 모두 헛 상상에 지나지 않았단 말인가? 붉은 광장은 약 반세기 전 이태준 등의 월북 인사들이 찾아 감회에 젖었던 그곳이 아니다. 오늘의 이 고요함은 단순히 줄어든 방문객 때문에 생긴 적막함이 아니라, 근본적으로 "이제 결과가 마음에 들지 않는다고 그 동기조차 경멸하는" 개방기의 시류 때문이다. 혁명은 폐기 처분되었다.

그 면에서 공지영의 레닌 묘 서술 부분은 의미심장한 삽입부라 할 수 있다. 과거 그토록 많은 참배객에 둘러싸여 경외감과 추앙의 대상이 되었던 혁명의 아이콘에 대해 작가는 "죽은 레닌"이라는 객관적 단언을 감히 서슴지 않는다.

우리는 마치 저승으로 통하는 것처럼 깊고 어두운 침묵이 깔린 계단으로 줄을 서서 내려갔다. 어두운 지하 세계로 내려가자 핀 조명이 밝혀진 곳에 밀랍 인형 같은 병정이 서 있었다. 검지손가락을 들어 입술에다 세로로 대고 조용히 하라는 신호를 하지 않았다면 그것은 정말 잘생긴 인형처럼 보였을지도 모르겠다. 발 밑을 분간하기 힘든 계단을 몇 바퀴 돌아 우리는 레닌 묘에 다다랐다. 어렸을 때 우리 집 서랍장 위에 놓여 있던, 한복을 입고 장구를 치는 예쁜이 인형처럼, 레닌은 투명한 유리 상자 속에 누워 있었다. 연극 무대처럼 조명이 밝혀진 곳에 혼자 누워 있는 그는

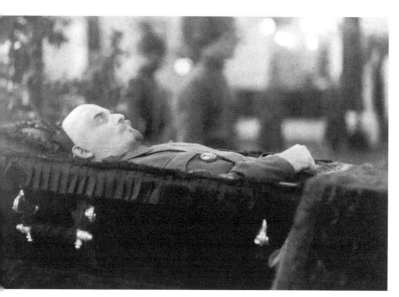
영면에 든 레닌

참 작았다. 키가 158센티미터의 단구라고 했던가. 그가 죽었을 때 그를 해부한 의사들은 말했다고 했다. 이렇게 뇌가 졸아들 때까지 살아 있을 수 있는 사람은 아무도 없습니다. (…) 아무튼 뇌가 졸아들 때까지 버티며 레닌이 바랐던 것은 무엇일까. 이미 스탈린에게 권력을 장악당한 혁명 소비에트연방의 한복판, 혁명이 그 처음의 신성함을 서서히 잃어가고 있을 때, 뇌가 졸아들도록 그를 버티게 했던 것은... 지하의 무덤 속에서 긴 침묵이 흘렀다. 언뜻 김과 나의 눈이 레닌의 유리관을 사이에 두고 마주쳤다. 모스크바에는 새가 없다. 모스크바에는 산도 없고, 모스크바에는

아파트뿐, 단독 주택이 단 한 채도 없지... 택시도 없고, 영어를
알아듣는 종업원들도 없는 호텔, 창녀는 없지만 인터걸이 있고
산은 없지만 언덕이 하나 있고, 이제 여기 죽은 레닌이 있다... 김
이 나의 시선을 피해 고개를 떨구었다. 빅토르 박이 천천히 대열
을 인솔하고 있었다. 살아 있는 우리는 죽은 레닌을 거기 남겨둔
채 지하의 어두운 묘지를 빠져나왔다.[33]

참고로 1946년에 붉은 광장을 찾았던 이태준은 레닌 묘를 이렇
게 묘사했었다.

어디서인가 불그스럼한 광선이 얼굴에 쪼여 그런지, 그분의 성
해聲咳 아직 이 방에 사라지지 않은 고대 눈감은 얼굴 같다. 뺨에
솜털까지 그대로, 입술의 고요함도 잠시 쉬는 것 같은 가벼움이
다. 입술 빛깔도 조곰도 어둡지 않다. 귀가 약간 야윈 것이 병석
을 느끼게 할 뿐, 얼굴 정면에는 조금도 병고의 그림자가 비껴 있
지 않다. 기적이다!
반듯한 얼굴과 두 손이 드러나 있다. 손도 과히 야위지 않았다.
다만 '대 레닌 선생'으로는 작어 보이는 것이다. 사실인즉 보통
사람보다는 머리가 뛰어나게 큰 선생이나 사진들로 동상들로 성
세로 우리 머릿속에 존재한 레닌 선생은 보통 사람의 천배대千倍
大, 만배대萬倍大의 거인이였는데, 지금 우리 시각 앞에 계신 레
닌 선생은 보통 인간의 일배대도 아닌, 인간으로의 실재인 것이

다. 저 고요한 입이, 저 자그마한 손이 그처럼 위대한 것을 웨치고 써내고 하셨든가! 인간은 위대하다! 실재는 적으나 인간은 무한히 클 수 있도다![34]

비교를 위해 백남운의 기록도 겹쳐 확인해본다. 1949년에 북조선 정부 방소사절단 일원으로 모스크바를 방문했던 때의 기록이다.

우편 즉 남측으로 3단의 석계를 올라가노라니 잠든 듯이 눈을 감은 얼굴 반편이 측면으로 보인다. 그 계상階上에서 직선으로 바라보니 북으로 남을 향하여 반뜻이 누어서 두 손은 옆구리 위에 놓인 채로 잠들어 있는 레닌이다. 산 사람의 피부처럼 윤기 있는 살결 푸리수룸한 핏줄기가 큰 대머리 세장細長하게 거무레한 눈썹 안청眼睛은 깊고 콧날은 분명하게 일어섰다. 그러나 특히 융기된 편은 아니다. 구각口角은 일자형으로 횡장橫長한 편이고, 위아래 수염이 거무레하게 조금 있다. 귀는 비교적 단소短小한 편이다. 대체로 체구가 단소한 편이고 두부頭部가 원대圓大한 것이 특징적이다.

평소에 사진으로는 몇 백 번이나 본 바 있고 정신적으로는 일생을 같이 산 사람보다도 더 친숙한 레닌 선생이다. 아무리 보아도 잠든 모습이다. 주름살과 솜털까지도 그대로 보이지 않는가!

쏘베트 국장國章이 국가의 최상의 존경을 올리고 붉은 기가 좌우로 받드러 모신 진공의 유리관 안에 그 하반신은 검은 포장으로 가리우고 양복 가슴에 적기 훈장赤旗勳章을 붙인 채로 영원히 잠든 레닌 선생이다. 그만 일어나시지요 하면 반겨 맞어줌직한 모습이다.

아 — 레닌 선생이시여!

선생의 혁명적 이론은 인류 발전의 앞길을 밝혀주는 영원의 횃불이였으며 선생의 웨치는 말씀은 전 세계의 근로 인민을 해방하는 지상 명령이였으며 선생의 참된 사랑은 전 지구상에 공산 사회를 건설하는 인류 평화의 태양이시였나이다![35]

반세기를 사이에 둔 레닌 묘 참배 서사는 이처럼 대조적이다. 월북 지식인 이태준과 백남운에게 레닌은 죽은 인물이 아니었다. 다만 영원히 잠들어 있는, 즉 영원히 살아 있는 '태양'이었을 뿐이다. 그러나 공지영에게 레닌의 죽음은 너무도 자명하다. 레닌은 "연극 무대처럼 조명이 밝혀진" 지하 묘지 안 유리 상자 속에 '인형'처럼 누워 있고, "살아 있는 우리"는 마치 연극을 구경하듯 그 꾸며진 주검을 구경한다는 것이 '사실'이다. 1940년대 지식인은 '거인' 레닌의 위대함에 감탄했지만, 그녀는 레닌이 실제로 얼마나 작은 사람이었는지("158센티미터의 단구")를 재확인한다. 과거의 참배객이 "보통 사람보다는 머리가 뛰어나게 큰 선생"을 언급했던 것과 반대로, 레닌의 뇌가 실제로는 얼마나 작았는지(졸아들어 있었는지)의 과학적 증언도 기억해낸다. 1940년대와 1990년대의 차이이자, 해방기 좌익 지식인과 개방기 진보 지식인 여행자의 이 관점 차이는 삶과 죽음의 거리만큼이나 극명하다.

해방기 좌익 지식인으로서는 '살아 있지 않은 레닌'을 상상조차 할 수 없었겠지만, 개방기의 여행객은 "살아 있는 우리는 죽은 레닌을 거기 남겨둔 채 지하의 어두운 묘지를 빠져나왔다"고 담담히 기술한다. 그것이 '사실'이다. '레닌은 없다(죽었다).' 만약 이 지점에서 소설이 끝이 났다면, 이야기는 패배자의 후일담으로 그치고 말았을 것이다. 그러나 화자가 명료히 인식하고 있는바, 90년대 시점이 요구하는 것은 지겨워진 후일담 대신 "좀 다른 이야기"다.

> 기자들은 내게 충고했다. 이제 좀 다른 이야기를 쓰시지요. 팔십 년대 한물갔잖아요. 이젠 뭐랄까, 이런 말씀드린다고 기분 나쁘게는 생각지 마세요. 후일담, 지겨워요...[36]

"살아 있는 우리는 죽은 레닌을 거기 남겨둔 채 지하의 어두운 묘지를 빠져나왔"던 것처럼, 90년대 소설은 이제 죽은 자의 세계에서 살아 있는 자의 세계로 눈을 돌려야만 한다. 그것이 후일담 이후의 이야기가 될 것이며, 공지영 소설이 궁극적으로 말하는 바가 그것이다.

보통 관광객이라면 모스크바 도착 첫날 일착으로 방문했을 붉은 광장 레닌 묘를 소설 속 화자는 떠나기 전날 찾는 것으로 설정되어 있다. 그곳에서 그는 레닌의 죽음을 시각과 감각으로 체험한다. 공지영 작가가 떠나온 개념 여행은 일련의 부재 현상을 거쳐 마침내 레닌의 부재 현장을 확인함으로써 완결되는 것인데, 여행기는 거기서 끝나지 않고 집으로 돌아가는 이야기, 즉 '없는 것' 이후를 예고하며 마무리된다는 사실에 의미가 있다. 화자는 모스크바를 떠나는 공항에서 집으로 전화 걸어, 아직 말도 하지 못하는 자신의 어린 애를 바꿔달라고 한다. 그리고는 새로 태어난 아이에게 생명의 첫 단어인 '엄마'를 가르친다. "아가야, 엄마야. 엄마, 해봐."

> 서울에 도착하면 제일 먼저 아이를 보러 가게 되리라. 아이에게 엄마라는 말을 가르치기 위해 하루 종일 씨름을 하게 될지도 모른다. 엄마라는 말과 아빠라는 말, 맘마라는 말과 산이라는 말… 그리고 별과 새와 나무와 강, 자동차와 우산이라는 말… 아이가 좀 더 크면 푸르스름하다거나 어둑어둑하다거나 언뜻, 문득, 새록새록, 이런 말을 가르치게 되리라.[37]

반복하건대, 공지영 소설의 궁극적인 메시지는 후일담 이후의 이야기, 곧 '종말'이 아닌 '시초'에 초점이 맞춰져 있다. 그런 의미에서 후일담 문학의 해체를 꾀한 소설로 규정할 수 있을 것이다. 해체주의deconstructionism 문학 이론을 설명할 때 태양의 비유를 들곤 한다. 태양은 그 누구도 보지 못했으며(태양을 직시하는 순간 눈이 멀므로), 그래서 한 번도 제대로 묘사된 적 없으며, 따라서 태양에 대해 말해 온 것은 실은 모두 태양이 아닌 것에 관해서였다는 식이다. 무엇에 관해 말한다는 것이 실은 무엇이 아닌 것에 대해 말한다는 사실을 직시함으로써 새로운 담론은 시작된다.

공지영의 모스크바 여정이 바로 그와 같다. 작가가 연속적으로 확인하는 것은 젊은 날 바쳐 몰두했던 이념, 레닌, 모스크바가 실은 그 이념, 그 레닌, 그 모스크바가 아니었다는 사실이다. 이념이나 레닌이나 모스크바가 실제로 존재하지 않았다는 얘기가 아니라, '나'의 또래가 안다고 생각했던 그것이 아니었다는 뜻이다. 이와 같은 해체주의적 인식을 발판 삼아 작가는 새로운 여정을 시작하는데, 그것이 '집'으로의 귀환이다. 그녀는 아이에게 말을 가르치고, 역사나 이념이나 명분이 아닌, 지극히 단순한 소시민적 삶으로 회귀한다.

이념 때문에, 이념을 위해서, 권력을 위해서, 그래서 시작한 것이 아닌 것처럼, 그렇게 맥없이 항복하고 들어가기 위해서가 아니었던 것처럼… 그러니 처음 시작처럼, 모욕당하고 포박당하면서도 결코 패배이지 않았던 처음 그 시작처럼, 그렇게…[38]

모스크바에서 재회하기로 되어 있던 80년대 친구들은 각자 갈 길을 가고, 그녀도 일상으로 돌아오지만, 그렇다고 해서 그것이 과거에 대한 자기 부정이나 패배의식이 아닌 것만은 분명하다. 과거는 과거였고, "옳은 것은, 사실 옳았던 것이다." 그 사실을 깨닫고 인정할 때, 작품 맨 앞에 등장하는 김정환의 시구는 올바른 의미를 되찾는다.

보라, 옳은 것은, 사실 옳았던 것이다

남은 것은 역사 속에

남은 자의 몫일 뿐이다

남의 자의 기억은 옳지 않았다

피비린 기억보다 더 많은 것이 이룩되었다.

—김정환, 「스텐카 라진」 부분[39]

좌절감과 함께 시작된 여행이 건강하고 이성적인 현실감으로 마무리되는 것은 결국 화자의 시점이 과거에서 미래로 전향하는 것과 관계가 있다. 그것은 오직 모스크바로의 여행이 있었기에, 그리고 그곳에서 과거와 현재의 분리가 충분히 이루어졌기에 가능한 일이며, 프로이트 식으로 해석하자면, 모스크바라는 죽음의 현장에서 상실에 대한 애도가 완료됨으로써(그것이 1985년의 광주 망월동 묘지에서는 불가능했다) 마침내 가능해진 일이다.

「모스크바에는 아무도 없다」는 공지영 작가가 2001년 제7회 21세기문학상을 수상하면서 수상자 자선작으로 재수록한 작품이다. 입양아 문제를 다룬 수상작 「우리는 누구이며 어디서 와서 어디로 가는가」는 "과거의 진실로부터 몸을 돌려 현실 세계로 돌아옴으로써 진실 대신 현실을, 그리고 과거 대신 현재를 선택하여 스스로의 운명과 정체성을 결정하는 용기"를 보여주었다는 평가를 받았다. 자선작 「모스크바에는 아무도 없다」에 대해서도 같은 평가를 할 수 있다. 이제는 지겨운 후일담과 작별하고 뭔가 새로운 이야기를 시대적 요구에 따라, 그리고 무엇보다 자기 자신의 내적 회복력에 따라 시작하는 용기의 선언이기 때문이다. 여행기는 이륙 순간의 비행기 안 장면으로 막을 내린다. 작가는 마침내 모스크바를 떠나고 있었다. 새 여정의 시작이었다.

> 창밖으로 내다보이는 모스크바의 어두운 불빛들이 기우뚱하며 멀어져가기 시작했다. 언젠가 읽었던 소설의 한 구절처럼, 나는 모스크바를 떠나고 있는 것이다.[40]

<〈벽〉이 무너지다

윤후명의 〈여우사냥〉

한편, 해체가 아닌 합일의 경지를 말하는 소설도 있다. 「여우사냥」
(1995)과 「하얀 배」(1997)의 작가 윤후명 역시 일찌감치 러시아 땅을
찾은 문인 중 한 명이다. 개방 직후의 혼란기였음에도 단독으로 개
인 여행을 시도했으며, 모스크바·페테르부르크 관광지에서 그치
지 않고 중앙아시아라는 미지의 공간까지 진출했다는 점, 그리고
그곳에서 '고려인'이라는 한민족 역사와 마주했다는 점은 그의 러
시아 여행을 동시대 다른 작가의 여행으로부터 차별 짓는다. 윤후
명 역시 자신이 실제로 겪었음 직한 사실들을 소재 삼아 "일종의 수
학여행"과도 같은 여정의 디테일을 상세히 기록해놓았다. 그러므
로 허구와 비허구의 경계를 넘나든 장르적 혼종성은 여타 여행 소
설들과 비슷하겠는데, 다만 이 작가의 특징은 일종의 우주적 깨달
음과도 상통하는 에피파니(epiphany, 顯現)의 순간이 결론으로 제시

된다는 점이다. 답이 있는 소설이라고 볼 수 있겠다. 그렇기에 그의 러시아 여행 소설을 읽는 것은 그 자체로서 기승전결의 탄탄한 행로를 따라 '돈오頓悟'의 정상에 다다르는 등정 체험과 흡사하다.

윤후명 작가는 '떠남'의 작가로 일컬어져 왔다. "소설은 기실 떠남의 이야기가 아닐까요. 자기로부터, 여기로부터 떠나보는 겁니다. 떠나야만 자기 성찰이 가능하니까요"라고 그는 말한 바 있다.[41] 스스로는 "사랑을 찾아서" 떠나는 것이라고 부연했지만, 사실 그의 떠남은 '존재의 근원'에 대한 탐구로 해석되곤 한다. 여행은 '저곳의 타인'을 통해 '이곳의 나'를 찾으러 떠나는 존재의 운송 수단이며, 소설은 단절, 고립, 회의, 불안과도 같은 실존적 난제에서 출발해 결국에는 화합과 조화와 사랑의 일체감으로 마무리된다.

「여우사냥」은 페테르부르크 근교의 사냥 여행을 소재로 삼은 작품이다. 삶에 지친 주인공 화자(프리랜서 기자)가 프랑스 출장길에 페테르부르크를 경유하면서 그곳에 체류 중인 대학 동창과 만난다. 80년대 세대가 폐기된 혁명과 같은 시대적 절망감을 짊어진 경우라면, 그보다 윗세대인 윤후명의 주인공이 느끼는 절망감은 무기력한 삶의 관성에서 비롯된 것이다. 그는 사회라는 제도와 화해하지 못한 개인주의자고, 최인훈의 분류에 따르면 다분히 '밀실'형 인물이다. 6·25전쟁과 반공 시대의 기억에 사로잡힌 그에게 러시아는 여전히 믿지 못할 나라이며 무서운 나라로 각인되어 있다. "우리에게 러시아가 어떤 나라인가 말이다."[42] 한편 그의 동창 친구는, 비록 투사는 아니었지만 혁명을 꿈꿨던 이상주의자로, 소련이 개방되자마자 언어연수를 핑계 삼아 러시아에 들어와 살고 있다. 주인공은 친구의 아내를 사랑한다.

> 내게는 분명히 할 말이 있었다. 그렇지만 그와 마음을 열어놓을 겨를이 없다는 것이 나를 끈질기게 괴롭히고 있는 것이었다. 서로 마음을 열어놓는다? 이 문제에는 내가 그에 대해서 느끼고 있는 벽을 그도 내게 마찬가지로 느끼고 있을 것이었다. 이 벽은 언제부터인가 우리 사이에 퇴적물처럼 쌓이기 시작했다는 생각이 들었다. 그것을 허물려면 아예 우리 관계는 처음부터 새로 맺어져야 하는지도 몰랐다. 이것이 내가 러시아로 향할 때부터 내 가슴을 짓눌러온 빗장이었다.[43]

두 친구 사이를 서먹서먹하게 만든 요인으로는 연적戀敵으로서의 개인사적 갈등 외에도 이념이라는 집단적 선입관이 개입되었다. 이념의 측면에서 친구와 '나' 사이에 퇴적물처럼 쌓여온 관계의 '벽'은 러시아와 한국 사이에 형성된 단절의 벽을 환유하는 것이어서, 군건하고도 위협적인 이 벽은 혁명 러시아와 '우리' 사이에 있고, 러시아인과 한국인 사이에 있고, 러시아어와 한국어 사이에 있으며, 주인공 여행자와 그가 러시아에서 만나는 모든 것들 사이에 버티고 있다. 다시 인용하는데, "그들이 누구이며, 거기가 어디인가 말이다." "우리에게 러시아가 어떤 나라인가 말이다."

지금껏 우리는 남북으로 나라가 갈려 첨예하게 대치하고 있으며, 예전에 북쪽의 후견자 노릇을 하던 그 붉은 소련을 위해 외치던 만세라는 뜻의 러시아 말 '우라'가 나이든 사람들의 귀에는 아직도 쟁쟁하다고 하는 게 아니던가 말이다. (…) 요컨대 문제는 빵을 무엇이라고 하느냐가 아니라 공산주의라는 이데올로기가 무엇이냐는 데 있으며, 바로 그 점에서 러시아가 우리에게 무엇이었느냐 하는 물음만이 남아 있는 것이다.[44]

비록 개인사를 얘기하고 연애도 얘기하지만, 소설 「여우사냥」의 핵심은 결국 "러시아가 우리에게 무엇이었느냐"는, 집단의식의 문제다. 그리고 과거형으로 제기된 이 질문은 궁극적으로는 현재 진행형의 답변, 즉 "우리에게 러시아가 어떤 나라인가"에 대한 답변을 향하게 된다. 소설은 그 과정의 기록이다. 과거에 존재했던, 혹은 존재한다고 생각해왔던 러시아(인)와 한국(인) 사이의 벽이 조금씩 균열을 보이다가, 마침내 완전히 무너져 내리는 대단원의 장면에 이르렀을 때, 독자는 그 벽이 어쩌면 애초부터 허상에 불과했으며, 더 이상 존재할 아무 이유가 없다는 걸 깨닫고 인정하기에 이른다. '경계 허물기'에 해당하는 이 사건은 베를린 장벽이 무너지고 한국과 소련이 국교를 트는 1990년 당시의 시대 상황을 비유적으로 재현했다고 보지만, 보다 근원적인 메시지를 지닌다. 이념, 역사, 문화, 현실 상황에 걸친 모든 관계에서 자기 고립적 폐쇄성이 해소된 후, 적대적이고 이질적이었던 타자들의 세계가 하나 되는

김홍수, 「마법 이야기 Волшебная сказка」 (1993년 러시아 전시 화집 수록)

카타르시스 경험을 묘사한다는 점에서 그러하다.

　소설은 "조계사 앞 길모퉁이를 지나다가 문득 발견한 러시아 문자에 나는 발걸음을 멈추었다"라는 문장으로 시작한다. '조계사'와 '러시아 문자'의 생경한 조합은 결코 우연이나 인위가 아니다. 그것은 실제로 1993년 모스크바 푸시킨기념미술관에서 개최될 한국 추상화가(김홍수 화백)의 개인전 포스터에 대한 설명이며, 동시에 '러시아가 우리에게 무엇인가'라는 관계성의 화두이기도 하다. 전시될

화가의 그림 세계가 "한 폭의 그림을 구상과 추상의 두 부분으로 나누어 그리는 방법으로" 이루어져 있다는 점도 기묘한 연결성을 갖는다. 화가의 그림이 상반된 두 세계로 이루어져 있는 것처럼, 「여우사냥」이라는 소설 자체가 서로 다른 두 세계의 것들로 이루어진 '한 폭 그림'인 까닭에서다.

「여우사냥」의 모든 것은 일종의 사슬과도 같은 관계로 서로 얽혀 있는 동시에 어느 지점에선가 단절된 것으로 표상된다. 소통이 불가한 것도, 서로가 상대를 신뢰하지 않는 것도 관계의 단절 때문인데, 반대로 그것이 풀리는 순간이 오면 신기하게도 전혀 연관성 없는 것들조차 상응의 질서 안에서 조화를 이룬다. 예컨대 서로 무관한 '흘레브(хлеб, 빵)'와 '흘레바리(짐승들의 교미)'가 음성의 유사성에 의해 의미론적 동질성을 얻고, 러시아어 '갈리나(칼리나, калина)'와 한국어 '까마귀밥나무'가 소리는 달라도 동일 대상을 지칭함으로써 하나로 연결되는 식이다. 이처럼 소설은 상이한 것들끼리 불현듯 하나로 합쳐지는 동화同化 작용의 연속으로 진행해나간다. 푸시킨과 아무 관계없는 모스크바 한 미술관이 '푸시킨기념미술관'이라 이름 붙여지고, 그곳에서 러시아와 아무 관계없는 한국 화가가 전시회를 열고, 또 그 미술관에 러시아와는 아무 관계없는 프랑스 미술품들이 전시되고, 또 그 안에서 현실과는 아무 관계없음에도 너무나 현실적인 그림(앙리 루소의 「재규어의 공격을 받는 말」)을 보게 되고, 그 자리에서 돈오頓悟를 방불케 하는 '눈뜸'의 사건이 일어난다.

'재규어의 공격을 받는 말'이라는 제목 아래 재규어가 말의 목

앙리 루소, 「재규어의 공격을 받는 말」(1910)

덜미를 끌어안고 있는 이 사냥 그림은 이후 전개될 여우 사냥 장면의 프롤로그로 해석되어야 할 것이다. 루소 그림은 공격을 말하면서도 실은 사랑의 장면을 암시한다. 실제로 그림을 살펴보면, 재규어가 말을 공격한다기보다는 오히려 말이 재규어를 물어뜯고 있는 격인데, 거기에는 그 어떤 공격성이나 적대감의 표정도 없고, 오히려 교미의 순간을 연상시키는 무구한 얽힘이 있을 뿐이다. 사냥(공격)이 사랑으로 돌변하는 이 놀라운 그림 속 현실이 곧 윤후명 소설의 메시지다.

그렇다면 대체 무엇이 그토록 생경하고 심지어 적대적인 것들을 하나로 연결시켜주는 것일까? 질문하지 않을 수 없다. 흘레브가 흘레바리가 되고, 갈리나가 까마귀밥나무가 되는 식의 연상 작용으로 조금씩 허물어진 경계가 마침내 여우 사냥을 통해 완전히 용해되기까지 작가의 서사 전략은 꾸준하고도 치밀하다. 주인공은 친구를 따라 러시아인들과 여우 사냥을 떠난다. 그런데 사냥을 하기 위해 당도한 러시아 옛 농노의 오두막 안에서 주인공 화자는 자기 자신이 볼모가 된 듯한 공포심을 느낀다. 러시아 사냥꾼들이 전직 군인이며, 그들이 엽총과 단도를 소지한 우락부락한 사내들이라는 점은 이념적 적대의 역사를 상기시키기에 충분하다. 인적 없는 오지의 농가에 들어와 겁먹게 된 주인공은 자신의 불안을 숨기기 위해 방안을 서성이는데, 이때 눈에 띄는 책이 있어 떠듬떠듬 제목을 읽어본다. 푸пу... 슈ш... 킨кин.

나는 푸슈킨의 시집을 전날 처음 친구의 집에서 본 이래 다시 그 시골 농노의 집에서 보게 되었던 것이다. 그리고 그것을 보게 되자마자 내 마음은 즉시 어떤 다른 상황으로 급회전하기에 이르렀다. 내가 지금 말하고자 하는 것은 바로 이것이다. 내 마음의 불안은 그야말로 눈 녹듯이 녹아 사라졌다. 그것은 일종의 불가사의한 일이었다. 오랜 세월 페치카와 램프의 그을음에 찌든 벽 구석 선반에 놓여 있는 한 권의 시집이 내 마음을 그렇게 평온하게 해줄 수 있다는 것은 나로서도 진귀한 경험이었다. 그 시집의 내용이 무엇인지도 나는 모르고 있었다. 그러나 그것은 시집이었다. 거기에 푸슈킨의 이름이 있었다.

알렉산드르 세르게에비치 푸슈킨.

감자 농사를 짓든 양귀비 농사를 짓든 밤이면 외롭게 고양이를 벗 삼아 시집을 읽고 있는 사내가 흉악한 강도 따위로 돌변할 수는 없다는 믿음이 나를 지배하기 시작한 것이었다.

(…)

그날 밤 나를 안정시켜준 것만으로도 그 시인은 위대했다. 위대한 시인은 그 이름만으로도 뭇 영혼을 구제한다. 어릴 적 그 시인의 시를 붙여놓고 있는 차장 누나의 얼굴이 환하게 미소 짓고 있는 느낌이었다. 삶이 그대를 속일지라도 노여워하거나 슬퍼하지 말라…[45]

"위대한 시인은 그 이름만으로도 뭇 영혼을 구제한다." 소설의 맥락으로 부연하자면, 위대한 시인의 이름은 모든 적대적이고 낯선 것들의 벽을 허물어준다. 이튿날 아침 일찍 여우 사냥을 떠난 일행이 숲에서 여우를 발견하는 순간, "자야츠! 여우다!"라는 외침이 들리고, 사냥개 '아무르'는 뛰고, '탕!'하는 엽총 소리가 울리면서 사냥꾼들은, 마치 유예된 관성의 봇물이 터지듯, 일제히 달려 나간다. 동시적이며, 일체적인 폭발력이다. 모두 하나 되어 한 방향을 향해 달리는 이 에피파니의 정경을 두고 작가(화자)는 "모두가 하나 됨을 노래하는 세계가 거기에 있었다"라고 설명한다. 놀랍도록 시적으로 묘사된 그 정경이야말로 서로 다른 두 세계의 '한 폭 그림'이 완성되는 순간이며, 소설이 화두로 삼은 질문 "우리에게 러시아가 어떤 나라인가"에 대한 궁극의 답변이 아닐 수 없다.

　　나는 그가 새로운 삶을 향해 그렇게 내닫고 있다고 여겨졌다. 유예되었던 시간은 끝났다고 누군가 소리치는 것을 나는 들었다. **그것은 그의 이상이 참다운 이상으로 현실 속에 구현됨을 꿈꾸는 소리였으며, 나의 현실이 참다운 현실로서 이상 속에 구현됨을 꿈꾸는 소리였다.**
　　"조심해!"
　　나는 목청껏 소리쳤다. 그림 속의 모든 사물들이 살아서 움직였듯이 모든 무생물과 생물들이 한데 어울려 살아나 소리치는 느낌이었다. 나는 있는 힘을 다해서 그의 뒤를 따라 달려가며 한 뜀차례마다 '조심해!'를 가슴속으로 외치고 있었다.

너, 욜카여, 사스나여, 베료자여, 러시아의 숲이여, 크롭체카의 향내여, 갈리나의 열매여, 그림 속에 갇혀 있는 옛 풍물들이여, 사람들이여, 유예된 시간 속에 갇혀 있는 모든 사연들이여. 너 러시아의 자야츠여, 한국의 여우여.

나는 외쳤다.

"조심해!"

나는 있는 힘을 다해 눈을 헤치고 달려 나갔다. 침엽수의 바늘잎들이 커다란 노처럼 하늘의 배를 젓고, 시가 꽃잎처럼 흩뿌려지며 향내가 대기에 가득 찼다. 나뭇가지가 팔을 벌려 우리를 받아들이는 곳에 대자연은 춤추고, 모든 삶은 호수의 거울 속에 새 얼굴을 드러내고 있었다. **모두가 하나 됨을 노래하는 세계가 거기에 있었다.**

너, 숲이여, 강물이여, 호수여. 엽총을 들고 칼을 찬 사냥꾼들이여, 통나무집이여, 흐린 램프여, 땅속의 매머드여, 땅 위의 짐승들이여, 하늘의 새들이여, 호수 속의 물고기들이여, 러시아의 아무르여, 한국의 사랑이여.

달려가는 내 몸에서는 그 어느 때보다도 힘이 넘치고 있었다. 눈발이 한 꽃잎 두 꽃잎 흩날리고 있었다.[46](인용자 강조)

사족이 될 수도 있겠으나, 덧붙이고 싶은 말이 있다. 사실 러시아어 '자야츠зая́ц'는 '여우'가 아니라 '토끼'다. 오래전 대학 수업 시간에 윤후명 작가를 초청한 적이 있어 그 얘기를 했다. 아마도 통역자가 순간적인 오류를 범했거나, 아니면 작가가 잘못 받아 적었거나의 문제였을 것이다. 아무튼 오역을 지적했더니, 선생께서는 난감해하셨다. 그러나 이후 제목이 정정되었거나, 각주 형식으로라도 어딘가에 설명되었다는 얘기는 듣지 못했다. 물론 '여우'를 '토끼'로 바꾸는 순간, 작품의 파토스는 사라져버린다. '여우사냥'이 '토끼사냥'이 될 수는 없는 일이다.

그러나 처음부터 내게는 달리 생각한 바가 있다. 소설의 세계는 관계없는 것들 사이의 벽을 허물고, 그럼으로써 모든 것이 서로서로에 화답하는 상응의 관계를 만들어낸다. 그것이 윤후명 소설의 의미론적 체계였다고 볼 때, '자야츠'가 '여우'가 되는 것이 불가능한 일만은 아닐 것이다. 그런 역설마저 일순간 가능해지는 소설이 바로 「여우사냥」의 세계다.

공지영은 「꿈」이라는 단편(『창작과비평』 가을)에서 "나는 길을 가고 있었던 것이 아니라, 길을 표시해놓은 표지판 위에서 버둥거리고 있었던 것이었는지 모른다"는 비통한 고백을 하고 있고, 김영현은 「등꽃」(둥지)에서 우리는 이제 그리워할 아무것도 갖고 있지 않다고 말한다. 『실천문학』 가을호에 실린 세 시인들의 경우도 우리 문학의 현주소를 보여주는 좋은 예이다.

신진 시인 최영미는 "혁명이 시작되기도 전에 혁명이 진부해졌다"고 말한다. 최영미와 더불어 우리는 "혁명은 안 되고 나는 방만 바꾸어 버렸다"고 하던 김수영보다 더 기막힌 시대를 살고 있다. "나는 능욕 당했어 내가 속한 시대에/ 너무 늦게 오거나 너무 일찍 온 게 아닐까"하는 황당한 느낌은 정종목의 시를 쓸쓸함과 외로움으로 채색하고 있다. 감옥으로부터 돌아온 백무산의 신작 시 11편은 '어둠 한줌을' '두레박으로 건져 올릴 수 없고' 저 대중의 바다 '수많은 발길' '사람들 물결 속'으로 가야 한다는 단호한 의지를 여전히 표명하고 있지만, 전체적인 어조는 '운동도 조금씩 꼬여버린 세상'의 변화를 참담하게 바라보는 화자의 정서에 의해 침울하게 가라앉아 있다.[47]

1993년에 나온 이 신문 월평은 당대의 한국문학을 어둠과 절망이란 단어로 요약해놓았다. 소련의 붕괴, 즉 좌표의 상실이 가져다준 충격은 물론 컸지만, 그러나 그 결과가 어둠과 절망의 문학으로만 이어진 것은 아니다. 특히 러시아를 배경으로 한 작품들을 살펴보았을 때, 페레스트로이카는 러시아와의 재회를 실현해 주었으며, 공지영과 윤후명의 여행 소설에서 확인하듯, 새로운 생명과 화합의 길을 열어주었다. 그때로부터 30년이라는 거리감을 두고 되돌아보면, 문학은 결코 어둠과 절망으로 멈추지 않는다는 믿음이 확실해진다.

제
7
장

길 위의 민족

고려인
디아스포라 문학

‘고려인’이라는 명칭은 조명희의 1928년 시 「짓밟힌 고려」에서 유래했다는 설도 있고, 그렇지 않다는 설도 있다. 고려인 문학의 시원과 발전사에 대해서도 서로 다른 시각이 존재한다. 변하지 않는 사실은 소련 전역에 이산된 한민족이 일본과 소련 제국 정책의 희생양이 되었던 역사, 그리고 민족 정체성에 대한 위기감이다.

실은 모두가 디아스포라의 일부다. 만물이 디아스포라의 운명에 따라 그 자리에 흩뿌려진 존재라면, 디아스포라 문학은 아예 민족 정체성과는 별개로 "심상의 조국을 향한 지속적 상상"이 될 수도 있다. 태어난 곳이 아니라, 살고 싶은 곳을 조국 삼고자 했던 플로베르의 논리가 그런 것이었다. 탈북 망명 작가 한진의 마지막 작품에서처럼, 고향 못지않게 중요한 장소는 사람이 마지막으로 정착하는 곳, 즉 죽어 묻히는 땅이 될 것이다. "사람이 태어난 곳은 고향이라는데 사람이 묻히는 땅은 뭐라고 하느냐?" 이 물음은 민족적 정체성 너머 삶의 의미를 파고드는 질문이다.

언어의 뿌리
민족의 뿌리

윤후명의 〈하얀 배〉

윤후명은 「여우사냥」에 이어 중앙아시아 지역을 배경 삼은 또 한 편의 여행 소설 「하얀 배」(1997)를 썼다. 「여우사냥」이 "모든 것이 하나 됨을 노래하는 세계"의 찬가인 것처럼, 「하얀 배」 역시 '언어'라는 공통분모를 통해 '하나 됨'의 의식을 기리는 작품이다.

　윤후명 작품에서 감지되는 특징적 구도가 있다. 치밀하게 계산된 복선을 따라 차곡차곡 축적된 감정과 인식의 파편들이 마침내 하나로 뭉쳐지며 절정의 폭발력을 발휘하게 되는 것이다. 흡사 분열과 융합 과정을 통한 원자력의 생성 원리를 보는 듯도 하다. 「여우사냥」에서 그 폭발력은 서로 무관하고 심지어 적대적이었던 것들 사이의 경계를 완전히 허물어버리는 힘으로 작동했다. 소설 마지막 장면에서 '러시아의 자야츠'는 '한국의 여우'로, '러시아의 아무르'는 '한국의 사랑'으로 상응하며 일체를 이루었고, 땅과 하늘과 호수는 화답하고 눈발은 꽃잎 되어 흩날렸다. 평소 무기력했던 주인공을 새로운 생명력으로 뛰쳐나가게 만든 힘은 그와 같은 합일의 에너지였다.

「하얀 배」 또한 합일의 황홀경을 노래하는 작품이다. 다만 여기서는 그것이 한민족이라는 민족 공동체 문제로 구체화한다. 페레스트로이카의 수확 중 하나는 그동안 소련 내 소수민족으로 떠돌던 고려인의 존재를 인식하게 되었다는 점이다. 19세기 중엽부터 국경을 넘기 시작한 조선 민중이 일본과 소련 제국 정책의 희생양으로서 민족적 정체성을 위협받아온 아픈 역사도 차츰 알려졌다. 바로 그 시기에 윤후명은 비극의 역사 현장인 중앙아시아를 여행하며 「하얀 배」라는 소설을 썼다.

「여우사냥」이 조계사 근처에서 눈에 띈 전시회 포스터의 러시아어 알파벳에서 시작했다면, 「하얀 배」에서의 발단은 '안녕하십니까'라는 한국어 인사말이다. 어느 날 화자에게 고려인의 편지가 배송된다. 한국말을 처음 배우기 시작한 고려인 소년이 홀로 언덕에 올라 '안녕하십니까! 이 말은 우리 민족 말입니다!'라고 외치자, 천산(톈산)을 위시해 주변 자연이 다 함께 메아리치더라는 내용이다.

"안녕하십니까! 이 말은 우리 민족 말입니다!" 그러자 야생 양귀비 꽃밭이 먼저 수런거렸습니다. 숲속의 들고양이들이 귀를 쫑긋거리고 쳐다보았습니다. 커다란 까마귀들이 전나무 가지를 치고 날았습니다. 들판 저쪽에서 사막쥐들이 이리 뛰고 저리 뛰었습니다. 돌소금이 하얗게 깔린 사막으로는 큰바람이 일고 있었습니다. 천산에서 빙하가 우르르르 무너지는 소리가 들렸습니다. 소년의 말은 다시 한 번 크게 울렸습니다. "안녕하십니까! 이 말은 우리 민족 말입니다!"[1]

　　소설 플롯은 편지의 발송자인 '류다'를 찾아가는 내용이 전부지만, 전작인 「여우사냥」이 그러하듯, 방점은 '파블라'(시간 순서대로의 이야기 흐름)이 아닌 '슈제트'(이야기가 어떻게 서술되는가의 과정)에 조준된다. 중앙아시아 여행길의 이모저모와 현지 사정이 상세히 기록되는 가운데 외국어와 모국어 사이의 관계도 여담으로 곳곳에 삽입된다. 언어의 '낯설게 하기' 현상을 이용한 삽입 서사라고 볼 수 있다. '안녕하십니까'처럼 평소 낯익게 사용해온 단어가 외국인(사실 이 외국인은 한국어를 모르는 한민족인 관계로 이중의 '낯설게 하기' 효과를 지닌다)에 의해 발설될 때 생경한 감동을 주는 것과 같이, 늦여름을 뜻하는 낯선 러시아어 단어 '바비에 레토бабье лето'가 '여자 여름'이라는 보통명사로 번역될 때는 마치 오래 알고 있던 단어인 양 이유 없는 친근감이 느껴지기도 한다. 낯섦과 낯익음은 양날의 칼과도 같다. "고려니 조선이니 한국이니 하는 곳은 다 같은 곳"일 수 있지만, 실은 그렇지 않고, 특히 떠돌이의 땅인 외지에서는 별개의 것들이다. 한국말, 고려말, 조선말 역시 모두 다 같은 언어인 동시에 또 서로 다른 언어다.

　　낯설어졌다 다시 낯익어지는 언어의 동화 작용은 소설의 핵심

주제인 한민족의 하나 됨을 비유한다. 예를 들어 중앙아시아에 옮겨 심어진 '사이프러스' 나무는 프랑스의 '시프레'이자, 한국의 '따끔이' 나무이자, "외국 화가들의 그림에 많이 등장하는 나무"이자, 중앙아시아에서는 희귀 품종인 '키파리스'다. 식물계의 디아스포라 현상이 그렇다고 한다면, 한국인-조선인-고려인이라는 한민족 디아스포라의 운명 역시 크게 다르지 않을 것이다. 사이프러스 나무가 원래는 중앙아시아에 없는 이식된 나무이듯, 러시아의 고려인 역시 이식된 민족이다. 한민족은 세계 각국에 있다. 사이프러스 또한 이식쿨 호숫가에도 있고, 그루지아에도 있고, 서울의 화자 집 축대 옆(하필이면 이웃집과 경계하는 곳에)에도 있다. 세계 어디에나 있으며, 명칭과 생김새에는 조금씩 변형이 있을지라도, 침엽수과 향나무종이라는 혈통은 변치 않는다. 소설의 기본 명제는 이것이다.

때로는 사사로운 말장난에 머물고 때로는 심오한 인식론 차원으로까지 발전할 수 있는 언어적 상호 연관성에 대해 화자의 자의식은 집요할 정도다. 언어학에서 정체의 '변별성distinctive feature'은 비교 대상과의 차이점을 근거로 규명되지만, 윤후명 소설에서는 상이한 것끼리의 관계가 동질성의 고리로 다시 엮인다. 소설을 통해 일관되게 작동하는 작가 고유의 언어론은 다름을 드러내는 것이 아니라 같음의 성질을 부각하고, 특이성이 아닌 보편성을 말하기 위해, 즉 디아스포라 현상의 뿌리를 강조하기 위해 만들어진 논리 도구이다. 그 논리가 가령 강 이름 '깡트'를 철학자 칸트와 연결 짓고, 러시아어 '레스토랑Ресторан'을 라틴 알파벳의 '펙토파'로 읽게 만든

Типы Владивостока.—Types de Vladivostok. № 21.
Корейцы.—Les Goréens.

Изд. П. Ничечъ.

1900년대 초 블라디보스토크의 조선인 모습을 담은 사진엽서다. 분명 말장난이지만, 단순한 말장난이라고만은 할 수 없다.

햄릿과 감레트(햄릿의 러시아식 표기)는 하나이고, 아가피아와 그 이름의 애칭인 아가샤도 하나이며, 예카테리나와 애칭 카추샤도 하나이다. 그러므로 유추의 논증법을 따른다면, 깡트가 칸트와 하나 되지 못할 리 없고, 레스토랑이 펙토파와 하나 되지 못할 리 없다. 물론 극단적인 주장이고 일종의 패러디가 될 수 있겠으나, 서로 달라 보이는 것들 사이를 엮어주는 근원적 일체성의 원칙은 건재하다. 그리고 그 원칙에 따를 때, 세상에 흩뿌려진 만물은 모두 어디선가 서로 연결되어 있기 마련이다. 역으로 말하면, 모든 만물은 디아스포라의 운명에 따라 그 자리에 흩뿌려진 것이라는 논리도 가능해진다.

소설을 이끌어가는 것은 바로 이 같은 논리의 세계관이다. 화자가 대한민국의 서울을 떠나 카자흐스탄의 우슈토베와 알마티를 거쳐 마침내 키르기스스탄 이식쿨 호숫가, 사이프러스 나무 옆에 선 고려인 '류다'를 발견하게 되는 일련의 과정은 디아스포라 세계관의 물리적 재현에 해당한다. 화자 역시 떠나고 있다. 고려인 강제 이주의 현장인 우슈토베로 향하기 전, 모국어를 배우는 고려인 소년을 생각하는 화자에게 "그 소년이 바로 나일 수도 있다는, 혹은 나일지도 모른다는 엉뚱한 생각"이 떠오르는 것은 그리고 보면 전혀 엉뚱한 생각이 아니다. 굶주림에 지쳐 국경을 넘던 조선 시대 유랑민, 스탈린 시대 때 연해주에서 중앙아시아로 강제 이주 당한 고려인, 소련 붕괴 후 다시 살 곳을 찾아 떠나는 중앙아시아 고려인,

유신 시대에는 쫓겨 다니는 신세였고 지금은 동포의 흔적을 좇아 중앙아시아 사막길을 헤매고 있는 화자. 이들은 모두 삶의 본향을 뒤로한 채 '길 위'에서 떠도는 조선인-고려인-한국인의 초상이기 때문이다. 본질적으로 디아스포라의 운명을 공유한다는 점에서 그들은 하나다.

화자는 단어의 뿌리인 어원에도 천착한다. 캅체카이 호수가 '흰 모래'를 뜻하고, 이식쿨은 '뜨거운 호수'를 뜻하고, 아크쿠AKKyy는 '하얀 새'를 뜻한다는 식으로 고유명사의 어원을 되짚어보는 그의 언어학적 탐구심은 민족적 뿌리를 향한 자의식으로 수렴된다. 디아스포라의 역설은 뿌리를 잊지 않는 데 있다. 민족적 정체성의 뿌리가 민족어일진대, 고려인은 러시아어를 사용하며 살아왔다. 뿌리를 망각 당한 채 살아온 셈이다.

비탈리가 까닭 모르게 나를 경계하는 눈치였으나, 그것은 동포끼리라도 이역에서 처음 만난 사람은 어쩔 수 없이 이방인이라는 점에서 충분히 이해가 되었다. 그들은 그들 나름의 대화에 열심이었다. 레닌에 의해 세워진 소비에트연방이라는 나라가 칠십여 년 동안 남긴 가장 심대한 영향은 공산주의도 뭣도 아니라, 그 십오 개 공화국, 백오십 여 민족에게 러시아 말과 글을 가르친 게 아닐까, 나는 그들의 러시아 말을 들으며 생각하고 있었다. "예"를 "다"라고 말하고 "아니오"를 "네"라고 말하는 그 말을. H=ㄴ, P=ㄹ, X=ㅎ으로 소리 나는 그 글을.[2]

러시아어는 소비에트연방이 백오십 여 민족에게 하나 됨을 강제한 제국의 언어였다. 그것은 모든 언어가 어느 지점에선가 동질성의 고리로 엮여 있다는 화자의 근원 의식에 역행한 인위적 통합수단이었으며, 제국의 통합은 가져왔을지 몰라도 개별 민족에는 단절을 불러왔다. 민족적 뿌리인 언어의 상실이 칠십 년 소련 역사의 "가장 심대한 영향"이었음을 화자는 인식한다.

페레스트로이카와 소련 제국의 붕괴가 강제 이주와 강제 이식의 역사를 해체함으로써 민족 정체성의 복원을 약속하는 듯했던 것은 사실이다. 그러나 그것은 영토와 자치권을 가진 민족의 경우였고, 그렇지 못한 고려인은 중앙아시아 독립 국가들(우즈베키스탄, 키르기스스탄, 카자흐스탄, 타지키스탄)의 민족주의로 인해 또다시 떠돌이 신세가 될 참이다. 소설에 나오는 중앙아시아 고려인은 저마다 새로운 살길을 찾아 뿔뿔이 흩어지고 있다. 그들이 사용해온 러시아어는 이제 지워져야 할 언어가 되었고, 그들이 사용해야 할 고유의 민족어(한국어)는 이미 오래전에 지워졌다. 페레스트로이카 시기에 러시아역사는 진보하는 듯했으나, 고려인의 역사는 반드시 그런 것도 아니었다. 어쩌면 1937년 강제 이주 때로 퇴보하는 것도 같았다.

전작인 「여우사냥」에서와 마찬가지로 「하얀 배」는 바로 이 혼돈의 막막함 가운데 번개처럼 현현하는 깨달음의 기록이다. 한민족의 대면을 주제로 한 이 소설에서 '안녕하십니까!'는 깨달음의 화두이자 깨달음의 촉매제이며, 또한 깨달음의 메아리다. 무엇을 깨닫는가? 저 먼 중앙아시아 척박한 땅에 한민족 동포가 존재하고, 그

우즈베키스탄으로 강제 이주된 고려인 선전용 사진

들의 고단한 역사는 되풀이되고 있으며, 비록 언어와 문화는 단절
되었지만 근원의 뿌리를 향한 그리움은 계속 이어진다는 사실이다.
그리고 여기, 연민과 동질 의식의 감동 안에서 그 그리움의 외침에
화답하는 동족이 있다는 사실이다. "이식쿨의 물이 밑바닥에서 바
이칼 호수와 통해 있다"는 키르기스스탄 사람들의 믿음처럼 중앙
아시아의 고려인과 대한민국의 한국인은 밑바닥에서 통해 있다. 그
리고 실은 민족의 경계를 넘어 다른 모든 만물과도 통해 있다.

만물의 일체감을 보여주는 소설 끝부분을 인용하고자 한다. 고
려인 류다가 '안녕하십니까!'를 발화하고, 모국어 구사자인 화자가

그 말을 "엉겁결에 똑같이 따라" 했을 때, 천산에서는 빙하가 무너지고, 온갖 동식물과 산과 호수가 제창한다. 인간의 경계와 제국이 사라진 자리에서 본래의, 자연의 제국이 복원되고 있음을 알리는 신호이기도 하다.

"아, 안녕하십니까!" 나는 엉겁결에 똑같이 따라하고 말았다. 그와 함께 나는 그 단순한 인사말이 왜 그렇게 깊은 울림으로 온몸을 떨리게 하는지 형언할 수 없는 감동에 휩싸였다. 개양귀비 꽃밭이 수런거리고, 숲속의 들고양이들이 귀를 쫑긋거리고, 커다란 까마귀들이 전나무 가지를 치고 날았으며, 사막쥐들이 이리 뛰고 저리 뛰고, 돌소금이 하얗게 깔린 사막으로는 큰바람이 이는 광경이 눈에 어른거렸다. 천산에서 빙하가 우르르르 무너지는 소리가 들린다고도 생각되었다. 나는 호수 건너 눈 덮인 천산을 바라보았다. '그러나'라고 미진했던 마음이 그녀의 '안녕하십니까'에 눈 녹듯 스러지는 듯싶었다. 건너편 천산이 내게 '안녕하십니까'의 새로운 의미를 배워주고 있다고 받아들여졌다. 멀리 동방의 조상 나라를 동경하며 하얀 배를 그리는 모습이 거기 있음을 알 수 있었다. 그녀가 그 그늘에 서 있던 나무가 바로 러시아 말로 '키파리스'인 사이프러스였다. 스타니슬라브는 그 나무가 본래 중앙아시아에는 없는 나무로서 그루지아에 나가야 많다고 설명해주었다. 아마도 유원지가 북적거리던 시절, 무슨 기념으로 심은 나무일 것이라고도 했다. (…) 키르기스스탄의 사이프러스 나무 아래 우리 민족의 말인 '안녕하십니까'의 의미를 전혀 새롭게 말하는 처녀가 있었다. 나는 돌아오는 차 안에서도 내내 그 모습이 머리에서 떠나지를 않았다. 그리고 그 나무 아래서 호수를 바라보았을 때 물에 비치던 하얀 만년설의 산봉우리를 눈에 그렸다. 그리고 그것이 바로 하얀 배의 또 다른 모습이라고 깨달은 나는 입속으로 가만히 "안녕하셨습니까"를 되뇌었다.[3]

경계의 문학

고려인 문학에 대한 문제의식

근현대 한국 문학사 기술에서 쉽게 해결되지 않는 두 과제가 있다. 분단 이후의 남북 문학을 어떻게 포괄할 것인가, 그리고 일제 강점기 이후 국외로 퍼져나간 디아스포라 한민족의 글쓰기 역사를 어떻게 분류하고 평가할 것인가 문제다. 90년대 이후 '해외동포문학편찬사업추진위원회' 같은 국가 주관 사업의 해외동포문학 발굴과 연구가 활발히 진행되어온 편이지만, 아직 역사나 개념이 하나의 컨센서스로 자리 잡았다고는 보기 어렵다. 이 면에서 한국문학과 러시아문학은 유사한 운명을 갖는다. 러시아문학 역시 혁명 후 국외에서 전개된 망명문학과 소비에트 체제에서 비공식적 방법으로 출간되거나(타미즈다트тамиздат, 사미즈다트самиздат) 아예 발표되지 못한 채 '지하'에(즉, 서랍 안이나 기억 속에) 묵혀두었던 언더그라운드 문학을 어떻게 다룰 것인가가 숙제로 남아 있다. 사회주의 리얼리즘의 도형에 따라 무한 복제되던 일부 소비에트문학은 또 어떻게 할 것인가도 여전히 남아 있는 문제다.

> 문학적 전통은 그 자체가 초역사적인 것이 아니라, 사회적인 제도와 규약에 의해 집단적 기억으로 유지되고 관리된다. 문학사는 이렇게 정전 작품을 관리하고 전승하는 기능을 하지만, 다른 한편으로는 정전의 의미에 대해 계속 질문을 제기하고 재구성하는 담론이다.[4]

문학사와 문학적 전통을 논하는 것이 "문학적 과거를 구성하는 것이고, 다른 한편으로는 그 담론의 정체성에 대해 비판하는 것"이라는 논지는 당연하다.[5] 그런데 재러 한국문학은 다른 디아스포라 문학에 비해 논의 접근이 더 어려운 편이다. 우선 강제 이주와 소수민족 탄압과 같은 제국주의 정책이 '한국어' 또는 최소한 '한국적 정서'의 자의식을 오랜 기간 지워버렸다. 언어도, 자치권도 인정되지 않았다. 애초 한민족의 뿌리를 그리워하며 지키고자 했던 1, 2세대 동포는 오래전 세상을 떠났고, 3세대 이상의 완전히 러시아화한 고려인에게는 민족이 무엇이고 민족적 정체성이 무엇인지를 묻는 것이 새삼스러울 수 있다. 페레스트로이카 이후 유입되는 신흥 이주민 수와 이주 성격도 극히 제한적이다. 소비에트-러시아 '제국'에서의 '고려인 문학'은 범주화 자체가 쉽지 않다.

물론 고려인 3세, 5세로 이어지는 훌륭한 문학적 성과가 없는 것은 아니지만, 러시아어로 창작한다는 점에서 매체로 사용하는 언어의 문제가 걸릴 뿐만 아니라, 내용적 측면에서조차 정체성이 모호해지는 경우가 많기 때문에, 보편적인 문학의 범주에서 다룰 수는 있을지 몰라도 '민족문학'의 범위에서 다루기엔 여러 가지 난점이 있다. 즉, '민족문학'의 확장이라는 측면에서 구소련 지역 고려인들의 문학에 대한 연구가 이제 시작되었는데 연구 대상은 곧 사라져버릴 수도 있는 급박한 상황인 것이다.[6]

'경계 넘기', '경계 허물기', '다문화 다민족', '초국가 초문화' 같은 개념이 혼재된 21세기에 '디아스포라(이산, dia: ~을 넘어서 + speiro: 뿌리다)'는 실존의 한 방식일 뿐 특이 현상이라고 말하기 어렵다. 디아스포라 문학은 좁은 의미로는 "민족국가적 기원에서 벗어난 이들이 겪는 이산의 경험을 형상화하고 이를 사유하는 문학"으로 정의되어왔다.[7] 그러나 오늘의 디아스포라 문학이 반드시 "이산의 경험"만을 형상화하고 사유하는 문학은 아니다. 현실적으로 범위를 넓힌다면, "재외의 어느 문인이 살아가는 형편에 따라 살고 있는 그 나라의 국적을 취득하고 모국의 국적을 버렸을지라도, 문화적·의식적 차원에 있어서 한국인이기를 포기하지 않았다면 그가 쓴 문학을 재외 한국문학이라 부르지 못할 바 없다."[8] 다만 이 또한 논쟁의 여지를 지니는 것이, '문화적 의식적 차원에 있어서 한국인이기를 포기하지 않는다'는 조건이 무척이나 모호할 뿐 아니라, 자칫 강압

적 민족주의의 느낌마저 풍길 수 있다.

근래 유행하는 탈식민, 탈제국주의 담론에 편승해 "디아스포라는 우선 '국민국가Nation'의 연장선상에 있는 서구 제국주의의 희생자들이다"[9]라고 단호한 비판의 날을 들이댈 수도 있겠는데, 19세기 중엽에 러시아로 자발적 망명을 떠났던 이주민마저 '서구 제국주의의 희생자'로 포함하는 것은 논리적 과장이다. 역사적 맥락에서 볼 때, 고려인 디아스포라는 상당히 다양하고 복잡한 층위의 서사를 필요로 하는 집단이다. 고려인 내에서도 러시아에 정착한 시기에 따라 이주자 성격이 다르고, 1937년 강제 이주의 집단 트라우마를 겪기는 했으나 그 경험을 공유하지 않는 고려인도 있으며, 특히 사할린 출신 동포(그들은 '고려인'으로 지칭되지 않는다)는 원동·중앙아시아 출신 고려인과 동일한 정체성 의식을 지니지 않는다. 그러므로 고려인이라는 이름으로 그 어떤 단일 문화를 재구성하는 것은 자칫 정체성을 묘사하는 것이 아니라 '만들어내는' 오류가 될 수도 있다. 그러니 디아스포라 논의를 아예 탈민족, 탈국가적 차원으로 넓혀보는 것도 한 방법이겠다.

디아스포라에 대해 최소한의 정의를 내리자면, 그것은 하나 이상의 역사, 하나 이상의 시간과 공간, 하나 이상의 과거와 미래에 속해 있는 느낌을 의미한다. 디아스포라는 여기와 저기, 지금과 그때 모두에 속해 있음을 시사한다. 디아스포라는 하나의 땅이나 사회로부터 배제된 채 새로운 곳에서 아웃사이더로 남아 있어야 하는 항시적 고통을 가리킨다. 디아스포라는 상실과 분리의 결핍과 과잉 모두를 뜻하지만, 동시에 새로운 정체성의 모험, 정복되지 않는 심상의 조국을 향한 지속적 상상을 뜻하기도 한다.[10]

고려인이라는 명칭에도 논란의 측면은 있다. '고려인'은 1928년 소련으로 망명한 조명희의 산문시 「짓밟힌 고려」(1928.10)에서 비롯되었다는 설이다. "고려는 본래 러시아인들이 부르는 국가 명칭이었으나, 고려인들은 러시아혁명과 함께 사회주의화의 국제주의를 표방하면서 스스로를 '고려인'이라 칭"했으며, 그 첫 주자가 「짓밟힌 고려」의 조명희였다고 설명한다.[11] 그러나 이러한 '설'은 19세기 중엽 이후 일제 강점기까지 공식적으로 사용된 '조선인'이라는 지칭이 어느 날 갑자기 '고려인'으로 바뀐 현상을 해명하기에 자연스럽지 않아 보인다.

실제로 '고려인'은 페레스트로이카 이후 정치적 중립성을 고려하여 도입된 임의적 명칭이라는 반대 증언도 존재한다.

> 작년 이래 『레닌기치-고려일보』호의 논조를 본다면 이 신문이 쏘베트 나라 신몽新夢의 체제를 이탈하는 방향으로, 지나치게 한국을 미화하는 방향으로 가지 아니하는가 하는 감을 느끼지 않을 수 없습니다. (…) 조선 반도에 두 나라가 있는 것이 현실이고 그 각자가 전조선, 전조선 민족을 자기 나라 테두리 속에 넣고 있지만, 쏘련 공민인 쏘련 조선인을 '한국인, 조선민주국조선인'이라

는 것은 절대 부당. '쏘련 조선인'이란 것은 КНДР인[북한인]이란 것이 아니고 우리 민족의 본명이며 '고려'란 나라가 없으니까 '고려인'이란 말도 부당하다고 생각합니다. (…) 최근에 와서 『고려일보』호는 한국을 지나치게 미화하는 한편, 한반도, 북한, 이북, 재쏘한인(쏘련조선인을), 전조선을 '한국'으로, 한국 소식을 '조국 소식', 한국을 '우리 조국, 모국, 고국…' 등 용어가 고정화된 데 대하여 어떻게 생각하시는지요?(…) 작년 5월에 Москва[모스크바]에서 진행된 조쏘조선인 대표자대회에서 '조선 사람'을 '고려인'으로 개명하자는 '결정'을 내리웠다 하는데 대처 이러한 결정을 할 권한이 있는가요? 어떤 민족 명칭을 개칭하자면 권위 있는 과학 기관에서 세밀한 연구와 그의 건의에 의하여 립법기관 парламент에서만이 결정할 권한이 있다는 것은 일반 상식으로도 판단할 수 있지 않아요? 세계 여러 나라들에서 우리 민족이 살고 있지만 '고려인'이라 하는 데는 쏘련 이외에는 없습니다.[12]

'조선인'이 왜 어느 날 갑자기 '고려인'으로 둔갑했는가, 그것이 남북한 관계를 의식한 개칭 아니었겠냐는 문제의식은 일리가 있어 보인다. 단적인 예로, 개방기인 1989년에 발표된 한 한인 회고록에는 "조선인 출신의 우리 소비에뜨 시민들" 혹은 "소련 사람"이라는 표현만 등장할 뿐, '고려인'이라는 명칭은 나오지 않는다.[13] '고려사람', '고려말'이라는 명칭이 1991년 소연방 해체 후 한글 일간지 『고려일보』와 러시아어 주간지 『고려』 창간을 기해 공식화되었다는 사실 만큼은 인정할 수 있을 듯하다.

'고려인 문학'의 시원에 대해서도 상이한 견해가 있다. 일반적으로는 원동(블라디보스토크, 연해주 지역)에서 한글 신문 『선봉Avant garde』이 창간된 1923년 3월 1일을 '쏘베트 조선문학'의 출발점으로 삼는다. 그때 조선말로 쓴 조선사람들의 문학 작품이 소련에서 처음 출판되기 시작했다는 이유에서다.[14] 박 보리스는 이때를 가리켜 "원동 변강 조선문학의 사회주의 르네상스 시기였다"고 회고한다. 1926년에는 『선봉』에 고리키 작품이 실리고, 『선봉』의 고려인 기자들과 고리키 사이에 서신도 왕래하게 된다. 1932년에는 블라디보스토크에 '고려극장(조선극장)'이 설립되고, 1934년에는 하바롭스크에서 사회주의 리얼리즘에 입각한 문예 작품집 『로력자의 고향』이 출간된다. 1937년 강제 이주 후에는 카자흐스탄 크질오르다에 '고려극장(국립조선극장)'이 설립되며, 1938년에는 『선봉』을 대신하여 『레닌기치』(레닌의 기치)가 창간되었다. 이 신문이 1991년 1월 1일부터는 『고려일보』로 개명되어 한글-러시아어 병용 신문으로 나오기 시작했다. 인터넷판 『고려사람』도 뒤이어 출범했다.

블라디보스토크 출신으로 1945년부터 1955년까지 북한에서 활동한 정상진(정률)은 "소련 고려인 문학이 본격화되기 시작한 것은 포석 조명희 선생이 1928년 소련에 망명한 시기부터"라고 못 박고 있다.[15] 조명희가 소련 망명 후 쓴 첫 작품 「짓밟힌 고려」를 민족 공동체 정신의 중심축으로 삼은 것이다.

『선봉』과
『레닌기치』

1930년 초 포석 선생의 시편 「짓밟힌 고려」는 그 당시, 한 세대 조선 청년들의 애국심을 불덩이로 바꾸었다. 조선인 청년들은 어떤 모임에서든지 포석 선생의 시들을 낭송하였는데, 그의 「짓밟힌 고려」는 어디에서든지 어느 때나 조선인들로 하여금 꺼지지 않는 애국심의 눈물을 흘리게 하였다. 그의 영향 아래서 소련 조선인 문단의 대표적인 시인 강태수, 유일룡, 김해운, 한아나톨리, 조기천, 전동혁, 김중송, 이은영의 창작이 활기를 띠기 시작하였다. 이들은 진실한 의미에서 포석 선생의 제자들이다.[16]

한편, 고려인 연구자 김필영은 소비에트 중앙아시아 고려인 문학의 시발점을 강제 이주기인 1937년으로 잡는다. '고려인'으로서의 정체성이 강제 이주로부터 형성되었다는 전제에서 나온 생각이다. 김필영에 의하면, 고려인 문학은 총 네 시기로 구분된다.

1. 형성기(1937~1953): 조기천 등 원동에서 『선봉』을 중심으로 활동하던 고려인들 참여. 사회주의 리얼리즘, 스탈린 찬양, 미군·미제국주의 혐오.
2. 발전기(1954~1969): 망명한 조선 유학생 출신 젊은 작가들과 사할린 출신 작가들 합세.
3. 성숙기(1970~1984): 카자흐스탄 작가동맹 산하에 조선인 작가 분과 설립.
4. 쇠퇴기(1985~1991): 개방기. 강제 이주 등 금지되었던 주제

허용. 고려인 1세가 사라진 후 고려인 문학의 흐름 쇠퇴.[17]

그 밖에도 연구자에 따라 1937~1950년대 중후반까지를 초창기로, 1960~1970년대를 이행기로, 1980~90년대를 정착기로 분류하는가 하면,[18] 연해주 시기(1925~1937), 강제 이주기(1937~1953), 재건기(1953~1986), 개혁 개방기(1986~)의 네 단계로 나누기도 한다.[19]

현재까지 정리된 바로는, 러시아 내에서 형성된 한민족 문화의 성격이나 역사를 단일 서사로 확정하는 일은 아직 요원해 보인다. 분단 상황이 해소되지 않는 한, 그리고 모든 자료가 확보되어 근거로써 뒷받침되지 않는 한, 어떠한 논의건 충분한 설득력을 확보하기란 힘들 것이다. 북한의 시각도 당연히 고려되어야겠는데, 문예 이론 자체가 획일화되어 있는 사회인만큼, 북한 측이 기술한 고려인 문학사를 전적으로 인정할 수는 없을 것 같다.

앞서 언급했지만, 고려인 문학을 반드시 민족 정체성과 연결시켜야 하는가에 대해서도 시대 흐름에 맞는 재고가 필요하다. 한민족의 뿌리 의식을 지키면서 단일한 역사와 운명을 기록하고자 한 고려인 문학(주로 초기에 해당한다)이 있는가 하면, 러시아 내 소수민족으로서의 정체성 문제에 집중한 고려인 문학도 있고, 또 아예 언어나 민족의 경계를 초월하고자 한, 그러나 단순히 고려인 혈통이라는 이유에서 고려인 문학으로 분류되는 경우도 있다.

여러 범주에 속하는 여러 한민족 작가들이 있지만, 그중에서도 분단과 이산의 경험을 안고 영원한 경계인으로서 정체성을 지키며

한진, 연극 《산 부처》 포스터(1982)

작품 활동을 한 한진(본명 한대용, 1931~1993)의 예를 간략히 조명해본다. 그의 삶은 끝나지 않은 분단과 소비에트 체제의 역사 그대로였다.

평양 출신인 한진은 김일성대학 노문과를 거쳐 소련 유학 7기생으로 모스크바 영화대학 시나리오과에서 수학하던 중 1958년 6월 망명했다. 김소영 감독의 2019년 영화《굿바이 마이 러브 NK: 붉은 청춘》에 나오는 8진 가운데 한 명이다. 잘 알려진 바대로, 소련 유학생 8명의 집단 망명은 흐루쇼프의 제20차 소련공산당 전당대회 연설 후 북한의 김일성 우상 숭배를 노골적으로 비판하면서 벌어진 사건이다.[20] 물론 북한 체제를 비판하였다고 해서 사상적 신념 자체가 흔들렸던 것은 아니고, 그들은 모두 "도덕적으로도 공산주의자답게 손색없는 인간"이 되자는 서로의 다짐을 지키며 소련 땅에 끝까지 남아 생을 마쳤다.[21]

극작가, 소설가, 번역가로 활동하며 『레닌기치』 기자와 고려극장('국립조선극장') 문예부장을 역임한 한진의 문학은 초기에는 소비에트 혁명 예찬과 항일 투쟁, 이후에는 고려인의 일상적 현실과 풍습 등을 담은 이야기로 구성된다. 극장의 절정기를 이끌면서 궁예의 일대기를 다룬 희곡 『산 부처』(1979)를 위시해 『토끼의 모험』(1981), 『나 먹고 너 먹고』(1983), 『폭발』(1985), 『나무를 흔들지 마라』(1987) 등의 대표작을 썼다. 1980년대가 되면서는 소련 현실 비판도 다루고, 동시에 반미·반전 메시지도 표출했다. 1985년 작 『폭발』은 기지촌을 무대로 남한 사회의 절망적인 현실을 폭로하는 작품인데, "재소고려인들이 생산한 모든 장르의 문학 작품을 통틀어 5·18광주민주화운동을 다룬 유일한 작품"으로 손꼽힌다.[22] 『나무를 흔들지 마라』는 6·25전쟁 중 홍수를 만난 남한 출신의 두 병사가 한 나무에 올라 대피하며 목숨을 구한다는 얘기다. 분단과 망명의 아픔을 지닌 작가 개인의 절규로 평가받는다.

북한 출신 망명 작가로서 공산주의 이념을 지켜온 한진에게 페레스트로이카가 어떤 충격으로 다가왔을지 쉽게 단정하기는 어렵지만, 망명 후 20년간 소련 공민증을 거부한 채 무국적자로 남을 정도로 분단 조국의 운명에 충실했던 입장에서라면 급작스런 '전향'에는 동의하기 어려웠으리라 짐작된다. 소련 현실을 풍자하면서 또 한편으로는 반미·반전 의식을 자극하는 작품들을 1980년대 후반까지 발표한 이력은 그를 온전한 경계의 작가, 망명의 작가 자리에 위치시킨다. 동기생 리경진에 대해 한진 자신이 남긴 말처럼, "그에게는 동강난 한반도가 영원한 조국"이었다.[23]

그런 의미에서 그의 말년작인 단편 「공포」(1989)와 「그 고장 이름은?」(1990)을 주목한다. 이념적 정체성의 문제를 떠나, 중앙아시아 고려인 정체성에 대한 탐구로 일관된 두 작품 중 「공포」를 한진은 자신의 대표작으로 꼽았다.[24] 강제 이주 후 벌어진 크질오르다 조선사범대학 고서적 분서 사건을 다룬 이 작품에서 주인공은 목숨 걸고 책을 구해내 카자흐스탄 국립중앙도서관에 이주시키는 고려인 지식인으로 설정되어 있다. 이야기는 "1937년 가을 쏘련 연해주의 조선 사람들은 한날한시에 모두 '승객'이 되"어야 했던 역사적 사건으로 시작해서 이듬해 '안전한 정착지'를 찾아 떠나가는 책들의 '자발적 이주'로 끝을 맺는다.

> 요란한 기적소리가 크슬오르다의 밤하늘에 울려 퍼졌다. 기차
> 가 천천히 움직이기 시작하였다. 리 선생의 책들이 떠나는 것이
> 였다.
> 기차는 차차 속력을 가하며 인차 어둠속에 사라져버렸다. 렬차
> 뒤의 빨간 불빛이 아주 없어질 때까지 리 선생은 오랫동안 기차
> 를 바래주고 있었다.
> "귀중한 책들아, 부디 잘 가거라! 무사히 목적지에 당도하여라.
> 그 어떤 시련도 굳세게 이겨내여 오래오래 사람들의 공대를 받
> 아다오. 다시 만날 날이 꼭 있을게다. 그날까지 부디부디 잘 있
> 어라!" [25]

기차 '승객'이 되어 떠나가는 책들이 한 해 전 강제 이주 당한 한
민족의 비유이자, 그들이 겪은 비극을 정신적으로나마 보상해줄 축
원의 상징물임은 자명하다. 조선 고서적의 보존이 중요한 것은 그
것이 민족적 정체성의 원형이기 때문인데, 한진이 생각할 때 이념,
분단, 강제 이주도 말살할 수 없는 민족 정체성의 원형은 다름 아닌
언어에 깃들어 있다. 물론 진부하다고 볼 수 있는 메시지이다. 그러
나 민족어에 대한 한진의 뚜렷한 자의식은 마지막 작품인 「그 고장
이름은?」에 이르러 죽음과 연결되면서 민족 정체성 이상의 근원적
문제의식으로 발전한다. [26]

카자흐스탄 알마티의 고려인(2007)

작품의 제재는 알마티에 정착한 고려인 노인의 최후이다. 발트 해 지역으로 이주해 사는 딸이 고향에서 홀로 죽어가는 어머니를 찾아와 임종을 지킨다. 그런데 예상치 못했던 문제가 생긴다. 평소 러시아말로 소통해온 어머니가 죽음의 순간에 이르자 조선말을 고집하게 되면서다. 임종 전 어머니가 이성의 언어인 러시아어로 하는 마지막 말은 이것이었다.

> 모든 일이 시작과 마지막이 중요하듯 사람도 마찬가지일 게야. 죽는 일도 중요한 일이지... 그런데 말이다. 사람이 태어난 곳은 고향이라는데 사람이 묻히는 땅은 뭐라고 하느냐? 그곳의 이름은? 그것도 이름이 있어야 할 거야. 고향이란 말에 못지않게 정다운 말이 있어야 할 거야...[27]

소련 전체를 고향으로 알고, 고향이 아닌 곳을 '타향'의 개념으로만 생각해온 딸에게 어머니의 말은 놀라움을 가져다준다. 고향의 의미가 민족성과 민족어 그리고 삶과 죽음의 문제와 직결되어 있음을 처음으로 깨닫게 되었기 때문이다.

> 까쮸샤는 깜짝 놀랐다. 어머님이 이렇게까지 깊이 인간 문제를 생각하고 계실 줄은 정말 꿈에도 생각해본 일이 없었다. (…) 정말 그 고장 이름은? 인차 까쮸샤의 머리에 떠오른 말은 '고향'의 반의어인 '타향'이란 말이었다. 그러나 타향은 고향의 반의어이

면서도 고향의 어근인 낳다는 말에 대한 반의어는 아니다. 그런 말이 없는 것이 당연하리라. 옛날엔 사람들이 자기가 태여난 땅에서 자라 일하며 살다가 그 땅에 묻히는 것이 보통 일이였었으니까 고향이란 말에는 묻히는 곳이란 뜻도 포함되여 있었으리라. 그러나 오늘은 사정이 다르다. 지금 이 세상에는 고향에서 살다가 거기서 죽는 사람이 과연 몇 사람이나 된단 말인가?

(…)

부모를 자기 마음대로 고를 수 없는 것처럼 사람들은 고향도 자기 마음대로 고를 수가 없다. 그러나 사람이 죽을 땅은 미리 알 수 있다. 고향이 그리운 것은 젊었을 때가 그립기 때문일 것이다. 그러나 늙은 서러움이 그리울 수는 없다. 그래서 죽어 파묻히는 고장의 이름은 없는 모양이다. 그 고장에도 이름이 있어야 한다는 어머님의 말씀은 그 고장도 아끼고 사랑하란 말씀이 아닌가? 정답게 부를 수 있는 이름이 있었으면 죽는 것도 그렇게 서럽지 않았겠다는 말씀인가?[28]

그러므로 "그 고장 이름"은 어머니와 딸 모두에게 중요한 화두이다. 한민족의 뿌리를 간직한 어머니에게 '그 고장'을 뭐라 부를 것인가 문제는 생사의 순간과 연결되어 있다. 태어난 곳을 일컬어 '고향'이라 한다면, 죽는 곳에 대해서도 못지않은 이름이 필요할 것이다. 그것은 경계인으로서 생애의 공간성에 대한 질문이며, 궁극적으로는 삶의 의미를 향해 던지는 마지막 물음에 해당한다.

애초 딸에게는 그런 문제의식이 없어 보인다. 그녀는 레닌그라드(페테르부르크)에서 러시아어를 가르치는 선생이다. '어머니-조국-러시아' 이외에 다른 고향의식을 가져야 할 이유가 없었던 소련 공민이다. 딸이 생각하기를, '고향родина'은 '낳다родить'에서 파생된 명사이며, 그 상대어는 '타향чужбина'이고, 그런데 그 말은 '죽다умирать'라는 동사와 무관하다. 이것이 러시아어로 사유하는 딸의 언어 논리다.

반면에 어머니 논리는 다르다. 그녀는 경계인의 논리로써 사유하며, 그렇기에 죽음의 순간에 이르러서는 디아스포라의 정착지가 무엇인가를 생각하기에 이른다. 어머니가 실제로 찾는 것은 죽는 장소를 위한 구체적인 이름이라기보다는, 지나온 전 인생과 화해하는 하나의 방식일 따름이다. 뿌리 뽑혔던 자가 다시 뿌리 내려 정착한 '제2의 고향'을 존중한다면, 그것은 곧 자신의 유린당한 존엄성을 회복하는 길이 될 것이다. 딸이, 비록 언어로는 알아듣지 못하지만, 본연의 인간 본능으로 깨닫게 되는 바가 그것이다. "그 고장 이름은?" 이 질문은 고려인 어머니의 것이자, 러시아화한 딸의 것이자, 종국에는 떠돌이 운명을 지닌 현대인 모두의 것일 수밖에 없다. 인생의 종착역이 된 소설에서 한진의 마지막 시선은 마침내 민족적 정체성 경계 너머 인간 보편의 '고향'을 향하고 있었다.

한국인·러시아인·세계인

아나톨리 김의 세계관

'경계인'으로서 작가 정체성은 아나톨리 김이 평생을 통해 몰두해 온 문제이다. 그는 한국인인가 러시아인인가? 그의 문학은 한국문학인가 러시아문학인가? 러시아어로 썼으므로 러시아문학인 것이 당연하겠으나, 아나톨리 김 자신에게는, 그리고 주류 러시아인 작가에게는 그리 당연하다고만은 할 수 없는 질문이다.

190여 민족으로 이루어진 러시아 '제국' 안에서 한민족은 0.11% 분포율의 소수민족에 해당한다. 최대 민족 집단인 러시아인이 80%, 그다음으로 타타르인이 약 4%, 우크라이나인이 1.5% 채 못 되는 전체 분포도 안에서 그 정도를 차지한다. 그런데 소수민족 얘기를 할 때 한 가지 기억해야 할 것이 '혈통'이란 개념의 허구성이다. 대다수에 달하는 러시아인과 한 자리 숫자에도 못 미치는 비율의 여러 소수민족이 함께 살아온 기나긴 역사에서 혈통적 순수성을 주장하

는 것은 무리다. 제국의 역사는, 그것이 강제적이었건 자발적이었건, 동화와 흡수의 역사이기 때문이다. 특히 소연방 시절에는 혼혈인 경우 자신의 공식 혈통을 주체적으로 결정해 등록증(여권)에 명기할 수 있었다. 차별과 탄압의 기준으로 작동했던 '민족성'은 실은 그 자체로서 인위적 맹점을 지닌 제도였다. 가령 유대인과 고려인 혼혈아가 고려인으로, 고려인과 러시아인 사이의 혼혈아가 러시아인으로 등록되었다면, 이는 물론 정치·행정적 이익과 불이익 사이에서 택해진 선택의 결과다. 비근한 예로 고려인 3세 아버지와 러시아인 어머니 사이에서 태어난 록 가수 빅토르 초이B. Цой의 등록증상 민족성은 '러시아인'으로 나온다. 그리고 그는 자신의 한국계 혈통에 대해 뚜렷한 자의식을 가졌던 것 같지도 않다.

한편, 아나톨리 김은 순수 한국계 혈통의 고려인 3세로, 자신의 민족적 특수성을 문학의 소재로 삼아 데뷔했고, 또 최소한 중반기까지는 그 점을 부각해왔다.[29] 동시에 "고려인 작가가 아니라 러시아 작가"로서의 작가의식 또한 분명히 밝히면서, "러시아인의 정신적 가치와 도덕적 유산의 보고"를 자신의 문학적 원천으로 지목하기도 했다.[30] 얼핏 자기 모순적 양면성으로 비칠 수도 있을 이 자의식은 아나톨리 김이 재러 동포 작가 중에서 국내에 가장 많이 알려진 데다 세계적으로도 명성을 얻은 까닭에 훨씬 문제적인 것이 사실이다. 혹자는 "아나톨리 김만큼 자신의 정체성에 대해 고민해보지 않은 고려인 작가도 드물 것이며, 고려인 작가 중에서 그만큼 작품이 한국의 뿌리에서 자라나지 못한 작가도 드물 것"이라고까지

주장하는데,[31] 사실과는 거리가 먼 피상적 견해인 듯하다.

무엇이 그의 정체성인가? 아나톨리 김 문학은 일찍이 다성악적 환상 소설의 계보로 분류되어왔다. 그의 소설이 난해하다는 평을 얻는 이유이기도 한데, 대표작인 『연꽃』이나 『다람쥐』, 『아버지 숲』처럼 화자의 시점과 목소리군#이 뒤얽힌 작품을 두고 작가의 민족적 정체성 운운할 수는 없겠고, 대신 "자신을 드러낸 채" 단일한 시점과 목소리로 삶의 이야기를 풀어나간 자전 에세이를 바탕으로 문제에 접근해볼 만하다.

이른바 '1940년대 세대'(40년대에 태어나 해빙 시대에 활동을 시작한 자유주의 작가들)에 속한 아나톨리 김은 공산당원이었던 적도 없고, 어떤 정치적 성향의 흐름에 가담했던 적도 없다. 그러나 어떻든 소비에트 문화제도 안에서 성장해 자리 잡은 유명 작가다. 따라서 고르바초프의 급작스런 체제 개혁을 보는 관점도 단순하지는 않았다. 페레스트로이카라는 이름의 졸속 행정, 특히 전통 문화 단절과 농촌의 소멸 같은 파국을 우려했던 그는 소련 붕괴 후인 1990년대 초반 한국에 머물며 강의와 창작에 몰두했다. 자전 에세이는 그때 시작되어 한국외국어대학교 김현택 교수의 번역으로 잡지에 연재되다가, 러시아 귀국 후인 1998년까지 이어졌다. 러시아어 원본은 1998년에 저명 문예지 『10월Октябрь』을 통해 "지나온 나날들: 소설Моё прошлое: повесть"이라는 평범한 제목으로 소개되었고, 1, 2권으로 묶인 한국어 번역본은 2011년이 되어서야 출간되었다.[32]

자전 에세이를 통해 종합되는바, 아나톨리 김의 삶과 문학은 다

름 아닌 '경계인'으로서의 자아 정체성을 탐구해 정립해온 과정이
었다. 그는 자신의 혼종적 정체성을 정확히 인식하여 기회 있을 때
마다 언명해왔을 뿐만 아니라, 혼종성을 더 높은 차원의 단일성으
로 재해석하는 작업에 몰두해왔다. 한마디로, 정체성에 대한 자의
식의 진화 과정이 곧 그의 문학이라고 할 수 있겠다. 그의 정체적
양면성은 어린 시절 원동(극동)에서 체득한 조선인의 민족적 뿌리와
역시 그곳 러시아인 농촌 마을에서 취득한 러시아적 삶의 뿌리에서
출발하는 것이다. 이후에는 사할린의 조선인, 중앙아시아의 고려
인, 대한민국의 현대 한국인, 그리고 다람쥐, 나무, 버섯 등 각종 생
명체와 켄타우로스 같은 신화적 존재마저 포괄하는 범우주적 '다
중성'으로 범위를 넓혀, 마침내 모든 경계를 넘나드는 범민족·범인
류적 '세계성'으로 확장해나갔다.

    33세 나이에 단편 「수채화」와 「묘코의 찔레꽃」으로 데뷔했던 당
시를 그는 이렇게 회고한다.

> 사실 작가가 되기로 마음먹은 후부터 내가 가장 두려워했던 것
> 은 몸속에 러시아인의 피라고는 한 방울도 흐르지 않는 아나톨
> 리 김이라는 인물이 만들어지면서 과연 유전자 사슬 한 마디만
> 이라도 순수한 러시아어를 자유로이 구사할 수 있는 연결고리가
> 있을까 하는 의문이었다. (…) 따라서 러시아어가 내가 나중에 성
> 장하면서 배운 제2의 언어라는 점과 이민족 출신 특유의 고치기
> 힘든 러시아어 '어투'를 지니고 있는 사실이 결국 여러 사람 앞

에 '드러날' 지도 모른다는 불안과 걱정이 작가 수업을 하고 있던 힘든 나날 속에서도 줄곧 나를 무겁게 억눌러왔다.[33]

아나톨리 김의 자의식은 언어에만 국한된 것이 아니다. '순수'(즉, 주류) 러시아인 혈통에서 빗겨난 까닭에 도저히 문학의 중심에 범접할 수 없다는 운명적 열등감이 애초부터 그를 슬프고도 고독한 경계인의 자의식으로 몰아넣었다고 보는 편이 옳다.

게다가 내가 한국계 러시아인이라는 사실은 왠지 자신의 운명에 대해 늘 의심을 품게 하고, 또 자신의 능력에 회의를 느끼게 하는 요인으로 작용했다. 뿐만 아니라 내가 누구 앞에서든 러시아 작가가 되려고 한다는 말을 하면 모두 같은 이유를 들어 그것이 가능하겠느냐는 투의 회의적인 반응을 보이기 일쑤였다.[34]

이 문제는, 흥미롭게도, 아나톨리 김이 작가로 성공한 후 처음 한국을 방문해 느꼈던 소외감과 내용적으로 겹친다. 러시아 문학계 일부가 그를 "진정한 러시아 작가가 아니라 다만 글을 러시아어로 쓰는 소수민족 출신 작가"로 규정하며 차별주의적 입장에 섰던 것과 마찬가지로, 한국에서는 일부 평론가가 그를 "한국문화와는 아무런 상관없는 작가"로 단정함으로써 한국문학과의 연관성을 일축했다. "러시아에서 일부 인사들이 나를 러시아 작가로 인정하지 않았듯, 이 모국인 한국 역시 나를 낯선 이방인으로 취급하고 있다는"

사실은 아나톨리 김에게 단순한 섭섭함의 감정을 넘어, "나라는 사람이 과연 어떤 존재인지"를 진지하게 사유하도록 만든 계기가 되었다.[35]

> 언어와 민족 문화라는 널리 통용되는 기존의 틀 속에서 내가 쓴 문학 작품들의 의미는 과연 어떻게 정의할 수 있을까? 한국인의 피를 타고나서 한국 사람의 성격을 갖고 있는데다가, 내가 쓴 단편과 중편의 인물 가운데 상당수가 한국 사람들인데, 그런 나는 러시아 작가일까? 아니면 한국 작가일까?[36]

아나톨리 김이 최종적으로 취하게 될 '세계인'으로서의 작가관은 '나는 누구인가'라는 질문으로부터 출발한 것이다. 그리고 그 질문은 "러시아인이자 고려인인, 그리고 동시에 러시아인도 고려인도 아닌"[37] 정체성이 둘 중 어느 한 편을 선택하기보다, 모두를 포괄하는 융합적 사유의 길로 이어졌다.

> 태초에 말씀이 있었다. 나는 인간 안에 있는 태초의 말씀을 통해 인간 안에 심어졌고 길러진 바로 그것을 표현하고자 했다. 그 어떤 언어에 속한 것으로서 음운들의 결합으로써 이루어진 그 '말'을 의미하는 게 아니라 태초의 성경적 의미에서의 말씀을 의미하는 것이다. 나는 모든 사람에게 있어 한 가지인 인간 영혼의 언어에 대해서 이야기하는 것이다. 바로 이 언어로써 이 땅에 살던

모든 영혼들이 자신의 마음 속 감정을, 선한 감정이라고 부를 수 있는 그러한 감정을 표현해왔다. 러시아어이든 혹은 다른 어떤 언어이든, 나에게 있어서 그것은 태초의 언어를 번역하기 위한 수단으로서 필요한 것이었다. 내 작품들의 어조는 전 세계적인 고독에서 오는 슬픔으로 채색되어 있다. 이는 내가 이 세상에서 이방인이기 때문에 그런 것이 아니라, 모든 사람들이 전 세계적으로 다 이방인들이기 때문이다. 나는 이것에 대해서 글을 쓴다. 아마 이것은 운명인 것 같다. 왜냐하면 나는 전 인류는 하나의 민족이라는 것을, 그리고 그 민족의 명칭은 '인간'이라는 것을 깨달았기 때문이다. 그리고 나는 전 인류의 민족 작가가 되었다.[38]

문학이 곧 "태초의 언어를 번역하기 위한 수단"이라는 말은 최초의 위대한 시인을 '번역가'라 지칭했던 마리나 츠베타예바M. Цве-таева의 역설을 연상시킨다. 츠베타예바는 최초의 시인이야말로 "말해지지 않은, 그리고 말해지지 않는 것을 자신의(범인류의) 언어로 옮겨놓은 자"라고 했다.[39] 그것은 푸시킨 문학의 절대적 독창성을 가리키기 위한 역설이었다. 아나톨리 김의 경우, 자신의 문학을 자찬하기 위한 비유는 물론 아니었고, 다만 문학의 본질이 '영혼'에 있으며, 그 안에서 모든 인간은 한 민족이라는 의미였다고 생각된다. 그 어떤 민족이나 국가에도 온전히 속하지 못했던 떠돌이 작가 아나톨리 김은 결국 '문학'의 범인류적 영토 안에서 진정한 고향을 찾고자 했던 것이다.

마리나 츠베타예바

고향을 잃고 내가 태어난 러시아 땅에서 영원한 이방인으로 존재하던 나는 '글쓰기' 즉 언어를 통한 창조 작업을 통해서 나의 조국을 찾을 수 있었으며, 또 생존의 기쁨도 누릴 수 있었다.[40]

그러므로, 작가 자신의 말을 빌려, 아나톨리 김의 문학관을 종합하자면 이렇다.

그 예술 언어가 러시아어이든 그렇지 않든, 내게 있어 그것은 태초의 언어를 옮기는 도구일 뿐이었다. 작가로서 나의 관심은 각 개인만이 갖고 있는 유일무이한 성품을 표현하는 것이다. 어떤 민족의 이름을 앞에 내걸고 행동하지도 또 내가 쓴 글이 어느 특정 민족 문화에 속한다고 생각하지도 않는다. 내가 소설 속에서 표현하고 싶었던 것은 각 개인의 인종적, 심리적, 사회문화적 기반이 아니라 그 인물의 영혼 깊은 곳에 간직되어 있는 그 무엇이었다. 작품들은 이 우주적 고독 속에 스며 있는 슬픔이 가득 배어 있다. 내가 이 세상에 적응하지 못하는 떠돌이여서가 아니라, 사실 우리 모두는 이 우주의 방랑자이기 때문이다. 바로 이것을 나는 글 속에 담고 싶고, 또 그것이 내 운명이라 생각했다.

(…)

이런 나에게 지구상 전 인류의 국적은 단 하나, 바로 인간이라 불리는 단일 국적이 그것이라고 생각된다. 그리고 나는 인간이라고 불리는 바로 그 민족의 작가이다. 글을 쓰면서 내가 사용한 언어는 러시아어였으며, 모든 작품들은 이 언어로 기록되었다. 글로 형상화되기 전에 내 속에 아련히 배어 있는 무성의 언어는 어느 시기를 막론하고 이 세상에 태어나서 삶을 살았던 모든 사람들이 이해하고 느낄 수 있는 인간의 가슴에서 울려 나오는 보편적 언어이다.

(…)

당신의 형상에 따라 인간을 창조하면서 하느님은 영원히 그분을 감싸고 있는 것을 우리 인간에게도 나누어주셨다. 신은 홀로이셨으니 외로움은 그분의 숙명일 수밖에 없었다. 운명의 부름에 따라 나는 하느님의 절대고독과 닮은, 인간의 외로움을 보듬어주는 작가가 되었다. 그리고 영겁의 세월 속에서 단 한 번 각 개인에게 일어나는 일들을 양심껏 기록했다. 지금까지 내가 해온 모든 기록은 인간 개개인의 형상에 대해서였다.

그 과정에서 내게 주어진 문학 언어가 러시아어였을 뿐이다.[41]

아나톨리 김이 소련 붕괴 즈음 문예지『신세계Новый мир』에 발표한 소설『켄타우로스의 마을Поселок кентавров』이 있다. 한국어로는 2000년에 번역되었다. 번역본의 서문을 쓴 이장욱은 켄타우로스라는 분열적 존재가 곧 작가 아나톨리 김의 분신임을 시사해주었다. 이중의 존재이자 불확정의 존재, 즉 "이것과 저것 '사이'의 존재"인 반인반마半人半馬의 켄타우로스에게 "말인가, 인간인가?"라는 질문은 간단치 않은 것이다. "모순적이며 분열적인 존재의 자기증명에 대한 요구"인 그 질문은 질문을 던지는 자와 받는 자 모두에게 고통스러운 화두이기 때문이다.

켄타우로스는, 무엇보다 '경계'의 존재이다. 아마존의 여인들과 야생의 말 사이에서 태어난 이 반인반마의 종족은, 불가피하게 이것과 저것 '사이'의 존재일 수밖에 없다. 켄타우로스는 단일하고 안정된 하나의 정체성으로 환원될 수 없는 분열적 존재이다. 그 분열에 의해 수많은 질문이 제기된다. 문화와 야만, 기억과 망각, 인성과 수성, 이성적 사유와 생물학적 본능의 간극이 켄타우로스라는 가상의 존재에 겹쳐진다. 이 책의 끝 부분에서 "켄타우로스는 말인가, 인간인가?"라는 철학자 에우클리드의 질문은 그래서 결코 단순할 수 없다. 단순할 수 없을 뿐 아니라, 그것은 어쩌면, 질문을 던지는 자와 받는 자 모두에게 고통스러운 화두일 것이다. 왜냐하면 그것은 이 모순적이며 분열적인 존재의 자기 증명에 대한 요구이기 때문이다. (…)

그 나른한 오후의 강연회에서, 낮은 톤의 목소리로 우리 시대 러시아 문학의 좌표를 설명하던 그는, 확실히 한국인의 얼굴과 한국인의 표정과 한국인의 골격을 지니고 있었다. 그러나 그가 사용하는 언어는 저 넓은 북구 대륙의 언어였는데, 그것이 근대를 전후한 한인의 수난사와 관련이 있는 것은 물론이다.

그 이중의 정체성, 그러니까 한민족이되 한국인일 수 없고 러시아인이되 러시아 민족일 수 없는 모순이 그의 문학적 자양분이었을 것은 명백하다. 그것은 『사할린의 방랑자들』 같은 작품에 나타나는 바와 같지만, 더욱 중요한 것은 그가 이 모순과 분열을 토대로 보편적 인간학에 접근해가고 있다는 사실이다.[42]

소설에서 켄타우로스는 '말인가, 인간인가?'라는 고통스러운 질문에 답하지 않는다. 실은 묻지도 않는다. 그 질문에 고통스러워하며 답하고자 하는 존재는 오직 인간일 따름이며, 아나톨리 김이 결론으로 찾은 답변은 "세계는 하나라는 코스모폴리타니즘"이다. 그리고 중요한 것은, 그것이 다만 이론적으로, 어쩌면 자신의 소외감을 해소하기 위해 머릿속에서 생각해낸 답변이 아니라, 실제의 오감을 통해 체득한 깨달음이었다는 사실이다.

여권의 국적 란에 표기된 조국으로부터 제 아무리 멀리 떨어진 그 어느 곳에 가 있어도 결국 내 땅 위에 서 있다는, 즉 세계는 하나라는 코스모폴리타니즘은 내 가슴속에 처음으로 인류 전체에 대한 절실한 사랑의 감정을 가득 불어넣어주었으며, 그때부터 나는 형용하기 힘든 그 신비로운 감정의 포로가 되고 말았다. 처음으로 그것을 체험한 것은 낯선 북방 도시 헬싱키 시내의 이름 모를 다리 위에서였다.

(…)

그런데 그때 놀라운 일이 일어났다. 그 어린아이가 바로 나 자신이었던 것이다. 이것을 먼저 눈치 챈 것은 어린애 쪽이었다. 내가 가까이 다가가자 아이는 숄 아래로 살며시 눈을 뜨고는 의미

막스 프레이,
「켄타우로스」(1928)

심장한 눈빛으로 찬찬히 나를 바라보았다. 이처럼 어떤 나라를 처음 방문할 때마다 그 사람들 속에서 나는 이전에는 생각조차 못하던 나 자신의 모습을 수없이 발견하곤 했다. 다른 사람들 속에서 내 자신의 영혼을 발견했다고 해서 내가 미친 것은 아니었다. 내 정신이 어떻게 된 것이 아니라, 내 영혼 속에는 수많은 다른 영혼들이 자리하고 있었기 때문이다.

(…)

내 짧은 지혜를 통해 세상에는 정말 나와 닮은 수많은 사람들이 살고 있고, 또 우리들 각자가 갖고 있는 얼굴, 국적, 체격, 문명화 정도의 차이 등은 아무 의미도 없음을 깨닫게 되었다.[43]

"러시아어로 소설을 쓰는 사람들에게 자신이 고려인 작가인지 러시아 작가인지 그 정체성을 분명히 밝히라는 요구", "고려인 작가는 고려인들에 대해서 민족어로 글을 써야 한다"라는 견해야말로 고려인 문학을 '소수민족'의 '작은 문학'으로 전락시킨다고 또 한 명의 고려인 작가 알렉산드르 강은 강변한 바 있다.[44] 자율적이고 주체적인 '경계인'의 입장이 그러하다. 진정한 '디아스포라' 논의의 관심은 혈통상의 뿌리를 찾는다거나 민족과 민족 또는 영토와 영토 사이의 경계를 밝히는 문제에 있지 않다. 21세기의 디아스포라 이론이 깨우쳐 주장해온 '경계 허물기'의 과제를 아나톨리 김은 일찍이 실존적으로 터득해, 각 개인이 곧 인류 전체라는 우주적 원리로써 답했던 것이다.

제
8
장

왜 체호프인가

《앵화원》에서
《벚꽃동산》까지

1920년대는 체호프의 시대였다. 러시아문학의 최고 전성기였던 그 시절, 소설과 희곡 분야에서 가장 많이 번역된 작가가 체호프다. 일본의 체호프 열풍에 영향을 받은 것인데, 근대문학이 형성되고 있던 조선 문단에서 체호프는 계몽주의 신파소설이 예술주의 단편으로, 대중 신파극이 본격 현대극으로 진화하는 도정의 이정표와 다름없었다. 30년대 조선 작가들은 체호프 문학에 비추어 식민지 현실의 절망감을 대리 분출함과 동시에 체호프극 메시지 안에서 '절망 속의 희망'을 찾고자 했다.

체호프는 셰익스피어 다음으로 재해석과 개작이 빈번한 작가다. 국내 체호프 공연사는 페레스트로이카를 기점으로 본격화되었다. 러시아 유명 극단의 내한 공연을 시작으로 1990년대 말부터 유학파 연극인들이 왕성한 활동을 펼치고, 번안극의 시도도 다양하게 이루어졌다. 일제 강점기의 독법과 달리 희극성에 대한 강조가 눈에 띄는데, 체호프가 의도한 웃음의 의미에 대해서는 앞으로 좀 더 숙고가 필요해 보인다.

《앵화원》

〈환멸기〉의 러시아와 조선

A. 체호프A. Чехов는 1860년에 태어나 1904년에 사망했다. 그가 의과대학생 신분으로 유머러스한 소품을 발표하기 시작한 1880년부터 마지막 희곡 『벚꽃동산』이 초연된 1904년까지의 20여 년은 사회적으로 암울한 혼돈기였다. 농노해방을 실현하고 사회제도 전반의 개혁을 꾀하던 진보 성향 군주 알렉산드르 2세가 1881년에 암살당하자, 뒤를 이은 알렉산드르 3세의 통치는 자연히 보수 반동화했다. 지식인 계층이 주도한 민중운동(브나로드운동)은 정작 운동의 대상이던 농민 계층으로부터 외면당한 채 동력을 잃었고, 대신 테러를 수단 삼은 급진 혁명운동이 기세를 떨쳤다. 황제를 암살한 주체역시 '민중의 의지Народная воля'라는 이름의 혁명운동 단체였다.

체호프는 혁명 전야의 세기말 상황에서 좌절하고 무기력해진 상류 계급의 삶을 무심한 듯 조명해 보여준 작가다. 농민 80%와

중상류층 14%로 구성된 불균형 사회의 구성원 중 후자 쪽, 그중에서도 몰락하고 소외된 인텔리겐치아와 일상의 관성에 빠진 이기적 소시민이 그의 무대에서 스포트라이트를 받았다. 이상을 상실한 '환멸기'의 실존적 자의식이 체호프 문학의 주조로 자리 잡은 것이다.

'환멸기'라는 용어는 원래 근대 일본의 러시아문학 연구를 주도한 노보리 쇼무昇曙夢의 러시아문학 개론서(『노국 현대의 사조와 문학』, 1915)에 나오는 표현으로, 김기진·박영희·함대훈도 그대로 되풀이해 사용했다.[1] 근대 한국의 러시아문학 수용 경로를 재확인하게 되는 대목이다. 그들의 논지는 두 가지 측면에서 일치했다. 첫째는 19세기 후반 러시아의 시대 상황에 20세기 초반의 조선을 대입했다는 것이고(비록 의미는 다를지라도), 둘째는 체호프 문학의 궁극적 메시지를 낙관적으로 받아들였다는 점이다. 모든 과도기가 그러하듯, 저물어가는 기성세대의 '환멸기'는 뜨고 있는 신진 세대의 '여명기'를 의미하는 법이다. 세대 교차와 시대 교차의 기점을 다룬 체호프 문학, 특히 희곡의 결말은 양면적으로 읽고 해석될 수밖에 없으며, 세대와 시대는 사실 언제 어디서나 교차 중이다. 체호프가 근본적으로 현재적이자 동시대적 작가가 될 수 있는 이유는 이것이다.

체호프의 열린 결말을 비관적으로 보느냐 낙관적으로 보느냐는 문제에서 20세기 초 한국의 독자들은 후자 쪽으로 기울었고, 그 배후에는 역시 P. 크로폿킨П. Кропоткин이라는 권위 있는 목소리가 버티고 있었다. 김동인과 오천석 등이 피력한 톨스토이-도스토옙스키 비교론도 실은 크로폿킨의 개인적 평가를 따른 것이었으며,[2] 근대기의 체호프 독법도 크로폿킨의 사상적 견해에 빚진 감이 있다. 크로폿킨은 자신의 책에서 체호프를 전향적인 진보 작가로 소개했다.

> 그럼에도 불구하고 체호프는 엄격한 어휘적 의미에서의 비관론자가 아니다. 만약 그가 절망했더라면, 그는 인텔리겐치아의 파탄을 불가피한 운명으로 간주했을 것이다. 예를 들어, fin de siècle 같은 단어가 그에게 위안이 되었을 수 있다. 그러나 더 나은 삶이 가능하고 또 도래할 것이라고 굳게 믿었던 체호프는 그러한 단어에 만족할 수 없었다. 그는 개인 서신에서 이렇게 썼다. "나는 어릴 적부터 진보를 신봉했다. 내가 매를 맞던 시대와 더 이상 매 맞지 않던 시대[60년대]의 차이란 엄청난 것이었기 때문이다."[3]

체호프극의 결말은 표면상으로는 비극적이다. 4대극만 보더라도 《갈매기》(1895)의 여주인공 니나는 3류 배우로 전락하고 좌절한 주인공 트레플료프는 자살한다. 《바냐 삼촌》(1897)의 주인공 바냐와 조카딸 소냐에게 남은 희망은 죽음의 안식에 드는 순간까지 시련을 견뎌내는 일밖에 없는 듯하다. 《세 자매》(1900) 역시 꿈을 잃은 세 자매가 무대 위에 남아 왜 사는지, 왜 살면서 고통 받아야 하는지 알 수 없어 하며 끝난다. 마지막 희곡인 《벚꽃동산》(1903)은 아름다운 영지가 경매로 팔리면서 행복하고 화려했던 구시대는 막을 내리는 것으로 마무리된다. 4대극 모두 한 시대의 종말과 꿈의 상실로 끝맺는다는 점에서 일맥상통한다.

그러나 다른 한편으로 체호프극은 종말과 상실 너머의 여지를 남긴다는 점이 특징이다. 인물들은 더할 나위 없는 절망의 현장을 뒤로한 채 내일을 향해 떠나고, 설령 그들의 내일이 또 다른 실패로 이어질지언정, 좌절에 안주하지 않는다. 《갈매기》의 니나는 자신의 불행에도 불구하고 삶에 대한 믿음을 버리지 않고(최소한 말로는), 《바냐 삼촌》의 소냐 또한 고통 끝에 올 종국의 안식을 굳게 확신한다(최소한 말로는). 《세 자매》의 슬픔에는 '그럼에도 불구하고 살아야 한다'는 확고한 의지가 들어 있다(최소한 말로는). 《벚꽃동산》에서 동산은 팔려 사라지지만, 여주인공의 딸 아냐는 앞으로 더 멋진 새 정원을 만들겠다며 엄마를 위로한다(최소한 말로는). 무대에 홀로 남겨진 늙은 하인은 자신의 시간이 다했음을 인정하면서 아무렇지도 않게 몸 눕혀 죽음을 맞이한다. 말로 하는 약속이 아닌 실제의 확실한 결말은 이 죽음뿐이다. 분명한 것은 희망과 절망을 오가는 모든 인간의 삶에 기한이 있고 그의 생명이 다하면 새 생명이 그 자리를 채우게 된다는 순환과 연속의 자연법칙이다. 그러므로 체호프극을 비극이냐 희극이냐 나누는 것 자체가 원론적으로 우스운 일일 수 있다. 드라마는 희극인 동시에 비극인 삶 자체의 재현이기 때문이다.

그럼에도 불구하고 크로폿킨은 체호프극의 메시지를 '절망 뒤의 희망'으로 해석했는데, 이는 체호프 드라마에 대한 해석이라기보다는 본인 자신의 진보적 역사관에 더 가까웠다. 체호프가 "미래를 희망적이고 긍정적으로 바라보기 시작했다"라는 말은 곧 크로폿킨 자신이 러시아를 그렇게 바라보았다는 말이고, 더불어 그의 강연을 접한 전 세계 대중이 그렇게 보고 믿어야 한다는 뜻이기도 했다. 그의 세계관 안에서 '벚꽃동산'은 러시아의 한 귀족 영지가 아니라, 세계 인류가 꿈꾸며 가꿔나가야 할 보편적 이상향, 즉 유토피아의 상징이었다.

러시아에서 삶이 덜 암울해지고, 산업 시대 노동자 계층이 러시아의 더 좋은 미래에 대한 희망을 싹틔우며 젊은 피의 운동을 전개하고, 교육받은 청년층은 또 그들의 부름에 즉각 화답하고, 그리하여 다시 부활한 '지식인층'이 러시아 민중의 자유를 쟁취하기 위해 자신을 기꺼이 희생하게 됨에 따라 체호프도 미래를 희망적이고 긍정적으로 바라보기 시작했다. 그의 '백조의 노래'였던 《벚꽃동산》의 마지막 대사는 더 좋은 미래를 향한 희망으로 충만하다. 꽃이 만발할 때면 동화 나라가 되고 수풀 속에서는 꾀꼬리가 노래하던 귀족 영주의 벚꽃동산은 돈 있는 중간 계층 인물에 의해 무자비하게 잘려나간다. 벚꽃도 없고, 꾀꼬리도 없고, 대신 돈뿐이다. 그러나 체호프는 그 너머 미래를 내다본다. 그는 다시금 새로운 인간의 손에 넘겨진 장소를 본다. 그곳엔 예전의 동산이 아닌 새로운 동산이 만들어질 것이고, 모든 사람은 새로운 환경에서 새로운 행복을 찾게 될 것이다. 평생 자기 자신만을 위해 사는 사람들은 절대 가꿀 수 없는 그런 동산을 여주인공 아 냐와 그녀의 친구인 '영원한 대학생' 같은 인간이 일으키게 될 날 이 머지않아 올 것이다.[4]

크로폿킨의 체호프론은 근대 조선의 체호프론에 무리 없이 흡수 되었다. 절망의 암흑기를 견디며 광명의 미래를 기다려야 한다는 점에서 러시아 망명 지식인과 식민지 조선 지식인의 현실 인식이 부합한 것이라고 볼 수 있다. 몇 가지 예를 들어본다.

> 그가 그리는 비애는 고전문학에 있던 비장극도 아니였고 로맨틱 이나 센티멘탈리스트의 눈물의 무대도 아니었었다. 다만 보통 평범한 일상생활의 고민과 우울과 애상이 흘러넘치는 무대였다. 그러나 암흑에서도 늘 체호프는 **미약한 희망과 광명**이 처녀의 가 냘픈 웃음과 같이, 던져주는 무엇이 있다.
> —박영희[5](인용자 강조)

> ○○ 전 소위 로서아의 암흑 시기에 처하였던 그이다. 따라 그의 작품 중에는 회의의 빛이 농후하고 이 회의를 통하여 분명히는 보이지 않으나 저 건너 피안에서 반짝이는 일점의 서광이 밧뜩 인다[번뜩인다]. 이것은 현실 생활의 환멸로부터 **신생의 섬광**을 찾 으려 애쓰는 당시 정치적으로나 경제적으로 난암暗暗하였던 로

서아 현실의 상징이었다.

—김온[6](인용자 강조)

무에서 그 무엇을 찾으려고 하는 헛된 노력 그리고 고민한 끝에 오는 것은 죽엄뿐이었다. 이것이 당대의 '인테리'의 전체이었으며 또한 여기에서 '체홉'의 창작 의욕이 발동되었다. 그리고 그에게는 **절망 가온데에 미소**가 있고 **암흑 가온데에 서광**이 있다. 여기에 그의 예술의 특이성이 있고, 인간미와 진실성이 있는 것이다.

—한성[7](인용자 강조)

체홉은 흔히 사회에 대한 개성의 패배자를 묘사한 것이다. 환경에 지배되어서 주위의 사정에 운명적으로 굴복하는 연약한 개성을 취급한 것이다. 그러나 그러면서도 그것을 결코 뒤에서 채찍질을 하지 않고 다만 어디까지든지 온화하고 인정다운 동정심이 가득한 눈으로 미소를 띄우면서 우리 인생을 바라보는 것이다. 그리고 우수憂愁한 염세적인 회색 빛깔 속에서 새로운 운명을 예상하면서 **아름다운 신생활의 서광**을 무한히 기대하는 것이다.

—홍해성[8](인용자 강조)

체홉을 내가 친하게 된 것은 그가 가지는 **불안 우수 환멸 애상 속에서나마 광명을 향하야** 부단한 노력을 한다는 데 있는 것이다.

—함대훈[9](인용자 강조)

《앵화원》 공연을 알리는 『조선일보』 사고 (1934년 12월 8일자)

　　위 논평가들 가운데 도쿄외국어학교 졸업생인 함대훈은 1930년
대 지면을 독점하다시피 한 러시아통으로, 번역·비평·소설·연극·
언론 분야를 아우르며 15년 가까이 활발한 행보를 이어갔다.[10]
1920년대에 체호프 단막극 《곰》, 《구혼》, 《백조의 노래》, 《결혼》을
번역한 도쿄외국어학교 노어과 선배 김온에 이어, 1930년대에 장
막극 《앵화원(벚꽃동산)》을 번역해 무대에 올린 인물도 함대훈이다.

《앵화원》은 홍해성 연출로 1930년(이화여고보 공연)과 1934년(극예술연구회 공연)에 공연되었는데, 역자 함대훈이 주목한 인물은 영지를 잃게 되는 귀족 부인 라넵스카야도, 그 영지를 손에 넣는 농노 출신 로파힌도 아닌, 트로피모프라는 인물이었다.

트로피모프는 한때 라넵스카야 집안의 가정교사였고, 이후 여러 해가 지나도록 대학 주변을 맴돌다가 다시 돌아온 20대 후반의 대학생이다. 연극에서는 몰락하는 귀족 계급과 신흥하는 자본가 계급 사이에서 진보에 대한 확신과 노동의 필요성을 설파하며, 마침내 귀족의 딸 아냐와 함께 새로운 미래를 찾아 떠나는 인물로 설정되어 있다. 크로폿킨은 아냐와 트로피모프 같은 인간형이 궁극에는 새로운 동산을 가꾸어나갈 것이라고 믿었던바, 함대훈을 위시한 당대의 조선 독자들 역시 이 만년 대학생을 《벚꽃동산》의 사상적 중심축으로 간주하지 않았나 싶다. 《벚꽃동산》에 대한 역자 해설에서 함대훈이 길게 인용한 부분은 트로피모프의 다음 대사였다.

인류는 자기의 능력을 완성하면서 한 걸음 한 걸음 전진하고 있습니다. 현재로는 우리가 도달치 못하는 모든 일이라도 가까운 장래에 명료하게 될 날이 있을 겁니다. 그것은 오직 일하는 것뿐입니다. 그리고 우리는 진리를 찾는 사람을 도와주지 않으면 안 될 것입니다. 그렇지만 현재 도시에서 소수의 사람만이 일하고 있을 뿐입니다. 내가 알고 있는 지식계급의 대다수는 지금 아무것도 탐구하지도 않고 또 일도 하지 않고 노동이란 것에 대

해서는 아무 능력이 없습니다. ...[11]

함대훈은 끝까지 인용하지 않았지만, 제2막에 나오는 '영원한 대학생' 트로피모프의 긴 연설은 그 뒤로도 이어지다가 이렇게 마무리된다.

그리고 우리가 나누는 번지르르한 대화들은 전부 자기와 남의 눈을 가리기 위한 것이라는 점도 분명합니다. 사람들이 틈만 나면 떠들어대는 그 탁아소라는 건 도대체 어디 있습니까? 도서실은 어디 있습니까? 그런 건 소설에만 나올 뿐이지, 실제로는 전혀 존재하지 않습니다. 있는 것이라곤 그저 오물과 천박함과 야만성뿐이죠. ... 나는 너무 심각한 표정들이 무섭고 싫습니다. 심각한 대화들이 무서워요. 차라리 잠자코 있는 편이 낫지요![12]

과연 체호프는 대학생 트로피모프의 이 대사를 《벚꽃동산》의 사상적 핵심으로 간주했던 것일까? 대답은 '네'와 '아니오' 양쪽 모두 가능하다. 대사만 떼어놓고 읽는다면, 트로피모프라는 인물이 마치 진리의 담지자처럼 보일 수도 있다. 그가 하는 말은 그 자체로 옳다. 그러나 체호프의 인물형을 아이러니 없이 액면 그대로 받아들이는 것은 불가능하며, 트로피모프야말로 극 안에서 가장 모순적인 인물에 해당한다. 그의 존재 자체가 그가 하는 말의 반증이기 때문이다. '영원한 대학생вечный студент' 트로피모프는, 비록 안쓰럽

긴 하지만, 결코 진지하게 받아들여지지 않는다. 그가 대변하는 '영원한 대학생'은 19세기 말 러시아에서 철학적 진리와 사회 개혁을 말로만 논할 뿐 실행에 옮기지 못한 채 시들어가던 잉여적 지식인의 전형이다. 그러므로 노동과 진보를 논하는 그의 톤이 진지하면 진지할수록 그의 웅변은 풍자가 되고 우스꽝스러워질 수밖에 없으며, 실제로도 그는 아냐를 제외한 다른 등장인물에게 언제나 조롱받는다. 트로피모프의 장광설과는 대조적으로, 마치 그의 말을 비웃기라도 하듯, 로파힌이 자신의 노동을 설명하는 언어는 이렇듯 단순한 것이다.

> 보세요. 나는 새벽 네 시에 일어나서 아침부터 저녁까지 일을 해요. 그리고 항상 내 돈이나 남의 돈을 관리해야 되기 때문에 주변에 있는 사람들이 어떤 사람들인지 보입니다. 무엇이든 일단 일을 시작해보면, 세상에 정직하고 올바른 인간이 얼마나 드문지 알 수 있어요. 잠이 안 올 때면 나는 이런 생각을 합니다. '하느님, 당신은 우리에게 거대한 숲과, 광활한 들판과, 멀고 먼 지평선을 주셨습니다. 그러니 거기에 살려면, 우리 자신이 진정한 거인이 되어야 할 것입니다.…' [13]

크로폿킨은 체호프가 19세기 말 지식인의 "도덕적 파산moral bankruptcy"을 누구보다도 잘 포착한 위대한 작가라고 논평했다. 만약《벚꽃동산》을 '도덕적으로 파산한' 지식인 집단(라넵스카야 등의 귀족 계급)과 신흥하는 젊은 지식인층(트로피모프와 아냐)의 세대교체 이야기로 보고자 했다면, 그 구도 안에서 트로피모프의 인물형이 아이러니를 띨 수 없는 것은 자명했다. 그것이 크로폿킨의 해석이었고, 홍해성이 연출한 극예술연구회 공연에서 역시 트로피모프의 아이러니는 지워졌다. 트로피모프 역을 맡은 이헌구의 연기에는 "대학생으로서의 서정적인 분위기와 로맨틱한 동작"을 담았으며,[14] 트로피모프와 아냐가 대화를 나누는 2막에서는 "벚꽃동산의 자취를 삭제한 대신, 서로를 연모하는 두 남녀의 비중을 상대적으로 격상시켰다."[15]

> 으스름한 지평선 위에는 달이 떠오른다. '트로피모프'와 '아냐'의 새로운 세계는 여기서 시작된다. 아냐는 깊은 생각에 잠긴 음성으로 대학생에게 "달이 떠오릅니다" 하면서 희망에 가득 찬 얼굴로 달을 바라보면서 미소를 한다. (…) '아냐'와 '트로피모프'는 둥글게 솟아오른 월광을 웃음으로 안고 새로운 미래를 꿈꾸며 자유의 천지인 강변으로 걸어간다.[16]

이런 연출에 대한 부정적 견해도 있었는데, 공연 감상평을 쓴 안영일은 트로피모프가 "너무 목가적인 로맨틱한 환상 속에 공허한 부르짖음을 절규하는 것 같았다"라고 지적하면서, "앞으로 전진하자는 일말의 광명이 좀 더 탄력 있게 무대 전면에 압출押出"되어야 했고, "전진할 방향을 확실히 파악 못하는 면을 좀 더 풍자적으로

전면에 내놓아야" 했다는 식으로 아쉬움을 표하기도 했다.[17]

작품에서 무엇을 읽는가는 무엇을 읽고자 하는가와 불가분의 관계에 있다. 독자는 무의식중에라도 자신의 당면 과제에 대한 응답을 작품에서 찾고자 하며, 그 면에서 근대 조선의 체호프 독법과 연출 방식은 당대의 시대 분위기와 관심사를 반영해준다. 1920년대 이후 체호프 다음으로 많이 읽히기 시작한 작가가 고리키인데, '환멸기'를 거쳐 혁명기에 도달한 M. 고리키M. Горький도 체호프에 대한 글(회상)을 남겼다. 고리키 역시 체호프를 위대한 작가로 간주했다. 그러나 크로폿킨과 달리, 그의 관점에는 '절망 속의 희망'과 같은 온건한 낙관주의가 들어있지 않다. 대신 암울하고 지루한 러시아 현실 앞에서의 비관과 연민이 있을 뿐이다.

《벚꽃동산》의 옛 주인인 울보 라넵스카야와 나머지 인물들은 어린애처럼 이기적이고 노인처럼 무기력하다. 제때에 죽지 못한 그들은 푸념하며 훌쩍이기나 할 뿐, 자신의 주변에서 아무것도 보지 못하고 아무것도 이해하지 못한다. 다시금 삶에 기숙할 능력조차 없는 기생충과도 같다. 변변치 못한 대학생 트로피모프는 노동의 필요성을 웅변하면서도, 실은 빈둥거린다. 그가 하는 일이라고는 게으름뱅이들을 위해 쉴 새 없이 일하는 바랴를 멍청하게 놀려대며 자신의 지루함을 달래는 것이 고작이다.

베르시닌[《세 자매》의 등장인물]은 3백 년 후의 삶이 얼마나 좋을지 꿈꾸며 살면서, 정작 자신 옆에서는 모든 일이 무너져 내리고 있다는 사실도, 눈앞의 솔료니가 권태와 어리석음으로 인해 불쌍한 투젠바흐 남작을 죽일 것이라는 사실도 눈치 채지 못한다.

사랑의 노예, 어리석음과 게으름의 노예, 지상의 풍요를 향한 탐욕의 노예가 끝없는 행렬로 눈앞을 지나간다. 삶에 대한 무지스런 공포의 노예들이 걸어간다. 혼탁한 불안에 떨며 현재 안에서는 자신의 자리를 찾지 못한 채 미래에 대한 뜬금없는 얘기로 삶을 메꿔가는 자들…

때로는 그 음울한 군중 속에서 총성이 터져 나오기도 한다. 그것은 이바노프나 트레플레프가 드디어 자신이 해야 할 일을 깨닫고 하는 행동, 즉 죽음을 택하는 소리다.

그들 중 다수는 2백 년 후의 삶이 얼마나 좋을지에 대한 아름다운 꿈을 꾸면서도, '만약 우리가 이처럼 꿈만 꾼다면 대체 누가 삶을 아름답게 만들 것인가'라는 단순한 질문은 머릿속에 단 한 번도 떠올리지 못한다.

이 모든 무기력한 인간들의 지루하고 음울한 군상 옆을 한 명의 위대하고 현명하고 만사 주의 깊은 사람이 스쳐 지나갔던 거다. 그들의 지루한 삶을 보고 그는 슬프게 미소 지으며 부드럽지만 깊은 질책의 어조를 담아 절망의 애수에 젖은 얼굴과 마음으로, 아름답고 진지한 목소리로 이렇게 말했던 거다. "여러분, 혐오스러운 삶을 사시는군요!"[18]

크로폿킨과 고리키는 둘 다 혁명적이었음에도 상반된 방향에서 체호프를 읽었다. 귀족 출신 크로폿킨이 환멸기 러시아의 출구를 새롭게 부활한 지식인층에서 찾고자 했다면, 20세기 초반의 민중 작가 고리키는 '출구 없는 러시아'의 절망을 뚫고 나갈 초인형 '인간Человек'을 찾고 있었다. 크로폿킨은 체호프 문학 안에서 희망의 불씨를 발견했지만, 고리키는 체호프 문학 밖에서 그것을 창조했다. 초기 고리키 문학이 개념화한 불굴의 대문자형 '인간'은 체호프의 소문자형 인간에 대한 반항적 대안에 다름없었다.

…영혼이 지쳐버린 시간, — 기억이 과거의 그림자를 되살려 마음에 찬바람을 불러오고, 상념은 무심한 가을 태양처럼 현재의 끔찍한 카오스에 빛을 비추며 대낮의 혼돈 위를 불길하게 맴돌 때, 그래서 위로 상승해 앞으로 날아갈 힘을 잃었을 때, — 영혼이 지쳐 괴로운 시간에 나는 '인간'의 위대한 형상을 눈앞에 떠올린다. '인간!' 내 가슴에 태양처럼 떠올라, 찬란한 빛 속에서 앞으로! 더 높이! 비극적으로 아름다운 '인간'이 천천히 걸어간다.

(…)

당당한 머리를 다시 높이 처들고, 위대하고 자유로운 그가 천천히, 그러나 굳센 발걸음으로, 낡은 편견의 유해 위를 걸어간다. 회색빛 방황의 안개를 홀로 통과해간다. 뒤에는 과거의 무거운 먹구름이, 앞에는 그를 무심하게 기다리는 한 무리의 수수께끼가 있다.

끝없는 하늘의 별처럼 수수께끼는 무수하다. '인간'이 걷는 길도 끝없는 길이다!

반항하는 '인간'은 성큼성큼 걸어간다. 앞으로! 높이! 좀 더 앞으로! 좀 더 높이![19]

고리키의 이 '인간'은 울거나 불평하거나 애걸하지 않으며, 절망과 추악의 나락에서도 고개 숙이는 법 없이 "앞으로! 높이! 좀 더 앞으로! 좀 더 높이!" 성큼성큼 걸어간다. 체호프가 미래에 대한 질문에 명확한 답을 내놓지 못한 것과 마찬가지로, 고리키(최소한 혁명 전의 고리키) 또한 미래는 "한 무리의 수수께끼"라 했다. 그러나 고리키가 형상화한 이상적 '인간'은 회의나 멈춤 없이 당당하게 앞을 향해 나아간다. 빈민굴을 배경으로 한 《밑바닥에서》(1902)의 인본사상("인-간! 당당하게 들리는 말 아닌가! 인간! 인간을 존중해야 해!")은 시골 영지를 무대 삼은 체호프극의 적막한 일상성과 너무도 대조적이다.

러시아 '환멸기'의 두 얼굴이라 할 체호프와 고리키가 '환멸기' 조선의 맥락에서 나란히 애독되었다는 사실은 시사하는 바가 있다. 체호프 문학에 배어든 무기력한 지식인의 절망감과 고리키 문학에 담긴 민중적 연대의식이 조선 현실에 비추어 함께 읽고, 논하고, 연기됨으로써 식민지 시대 '엘리트 하층민'의 이중적 자의식은 자연스럽게 대리 분출될 수 있었다. 극예술연구회가 《앵화원》(함대훈 번역·홍해성 연출)을 공연한 것이 1934년 12월, 보성전문연극부가 《밤주막(밑바닥에서)》(함대훈 번역·김승일 연출)을 공연한 것은 1933년 11월이다. 함대훈이 번역한 고리키 대본은 원래 극예술연구회 5회 공연

레퍼토리에 포함되었으나, 내부 사정상 백철·임화·송영 등 카프 소속 문인들이 활동하던 보전연극부로 넘겨졌다고 한다. 당시 연극부 감독이던 유진오는 고리키의 '밑바닥'을 당대 조선이 처한 절망적 암흑으로 인식했다.[20] 해외문학파가 주축이 된 극예술연구회의 《앵화원》 역시 시대의 몰락에 대한 감상성을 극대화했다.[21] 그러나 그 감상성이 절망감만의 감정은 아니었다. 연출가 홍해성은 연극 마지막 장면의 벚꽃나무 베는 도끼 소리를 "과거를 추도하는 처량하고도 비창한 소리인 동시에 미래의 환희의 규성"으로 해석했으며, 체호프와 고리키 모두를 번역한 함대훈의 회고에 보더라도, 조선의 '환멸기'는 단지 허무와 절망만의 암흑기가 아니었다.

> 그때 우리들의 이상은 마치 19세기 말 로서아 청년들이 느끼는 허무, 불안, 환멸의 세계에 붙들려 있었다. 이상은 무너지고 현실은 맘대로 되지 않으나 그러나 무슨 이상에 불타는 그 가슴엔 무언지 모를 불길이 속속들이 불붙고 있었다.[22]

함대훈의 회고는 앞서 설명했던 '절망 속의 희망' 혹은 '절망 속의 신념' 같은 시대 의지의 동어반복이나 다름없다. 박영희, 김기진, 홍해성 등의 체호프론에서도 공통으로 감지되는 이 막연한 낙관주의는, 다시 말하지만 크로폿킨이라는 사상적 마중물의 영향을 받았다. 그런데 흥미롭게도 그와 같은 독법이 동시대 일본에서는 그리 두드러지지 않는다. 체호프와 크로폿킨의 수용 모두 일본을 경유했음에도 불구하고 나타나는 이 차이는 제국과 식민지라는 정반대의 사회상과 연동하여 이해할 수밖에 없겠다.[23]

일본에서 체호프가 번역되기 시작한 것은 1903년으로, 1908년에는 유머러스한 초기 소품 위주의 『노국 문호 체홉 걸작집』이 등장했다.[24] 1910년에는 일본 신극 운동의 선구자 오사나이 가오루 小山內薫가《벚꽃동산》을 첫 무대에 올렸다. 1920년대가 "새로운 시대의 취미에 적합한 고상하고 재미있는" 체호프극의 시대였다면, 1930년대는 체호프극을 염세적인 방향에서 받아들였다. 어쩌면 30년대를 휩쓴 도스토옙스키적 '불안'에 상응하는 경향일 수 있겠는데,[25] 체호프의 잉여인간형 주인공은 현대 일본인의 자화상에서 크게 벗어나지 않았던 것 같다. 군국주의 국가관이 지배한 1940년대에는 체호프극 공연과 번역이 현저하게 감소했다. 우울과 나약함이 당시의 국가관에 부합하지 않았던 탓이다. 그런가 하면, 패망 후인 1945년 12월 시점에《벚꽃동산》이 공연되었을 때에는 "일본 미래의 서광"이라는 극찬이 쏟아졌다. 정신적 황폐함이 극에 달했던 상황에서 무대에 올려진 체호프극을 "전후 부흥의 망치소리"로 받아들인 관객도 많았다.[26] 이제는 일본이 '환멸기'의 절망 속에서 희망을 찾아야 할 차례였다.

체호프의 애수

이태준이 읽은 체호프

"이씨에겐 체홉 류의 애수가 있다." 임화의 1937년 문단 평에 따르면, 카프 해체 후 "체홉적 애수, 싸닌적 에로티즘, 루진적 무기력, 티이크적 도피"가 조선문학의 자리를 차지했고, 그중에서 '체호프적 애수'를 대표한 작가가 이태준이었다.[27]

이태준 외에도 체호프를 사숙한 작가는 많다. 현진건, 이효석도 체호프에 비유되었는데, 현진건에게는 아예 '조선의 체호프'이라는 타이틀이 따라다녔을 정도다.[28] 러시아 사관학교 출신인 큰 형(현홍건)은 대사관 통역관을 지냈고, 빙허 자신은 아르치바셰프, 고리키, 치리코프, 투르게네프를 번역(중역)했지만, 정작 체호프는 번역하지 않았다. 그러나 단편 「키스Поцелуй」를 따라 습작한 「까막잡기」(1923), 「잠자고 싶어Спать хочется」의 주제를 빌려 쓴 「불」(1925), 「애수Тоска」와 상황 설정이 비슷한 「운수 좋은 날」 등 체호프의 자취

현진건

가 발견되는 작품이 더러 있고, 또 단편소설에 집중했다는 점에서 한때 "한국적 '안톤 체홉'"으로 통한 바 있다.[29] 그런데 단편소설 작가였고 작품 소재를 빌렸다는 것 이상의 연관성은 밝히기가 어렵다. 일찍이 나도향도 지적한바, "체홉 냄새가 나면서도 체홉은 아니"라는 것이다. 현진건의 1925년 발표작 「B사감과 러브레터」에 관한 논평에 나온다.

그것 꽤 음침하던데! 빙허의 작품은 얼핏 보면 체홉의 단편 같애. 개벽 정월호의 「불」로 말할지라도 체홉작에 어떤 계집애가 종일 괴롭게 일하다가 나중 어린애를 죽이는 데가 있는데 「불」도 그렇게 체홉 냄새가 나면서도 체홉은 아니예요. 모파상에는 비길 수 없으나 어떤 독특한 기분이 있습니다.[30]

"체홉 냄새가 나면서도 체홉은 아니"라는 말은 곧 구체적 연관성을 찾기 어렵다는 뜻이기도 하다. 예컨대 「잠자고 싶어」와 「불」

은 신체적으로 모질게 착취당해온 어린 여자애가 결국 무의식적으로 폭력을 행사한다는 내용의 유사성이 있을 뿐이고, 「애수」와 「운수 좋은 날」도 도시의 가난한 노동자(마부/인력거꾼)가 하나뿐인 가족을 잃는다는 기막힌 상황 외에는 연관성이 보이지 않는다.

체호프와 이효석의 상관관계는 그보다는 좀 더 구체적이어서, 정한모의 초기 비교론에 의하면 주제와 인물, 문체 면에서 공통점이 있다. 체호프가 그린 몰락 계급의 비애·권태·우수 등이 일제의 강압 아래 있던 이효석 문학의 시대 배경과 연결되고, 패배자·낙오자가 주인공이라는 점에서 일치하고, 시적 분위기와 구성이 유사하다는 점에서다.[31] 일제 강점기 지식인 대부분이 그러했듯, 이효석도 러시아문학에 경도되어 체호프·도스토옙스키·고리키에 대해서는 상찬의 글을 남겼다.[32] 생애 마지막 시점에 "세상의 소설가는 도스토옙스키 한 사람"이라며 그의 절대 이념을 '사랑'으로 지목했고, 진보적 이데올로기와 동반하던 1930년대 초반에는 고리키의 『어머니』를 가장 감동 깊은 소설로 손꼽았다. 체호프는 10대 시절에 통독한 작가로, "무슨 멋으로 그맘때 하필 체홉을 그렇게 즐겨했는지 모른다"고 회상했다.

체홉의 작품을 거의 다 통독한 것이 고등 삼사 년급 때 십육칠 세 경이었으니 무슨 멋으로 그맘때 하필 체홉을 그렇게 즐겨했는지 모른다. 미묘한 작품의 향기나 색조까지를 알았을 리는 만무하고 아마도 개머루 먹듯 하였을 것이나 어떻든 끔찍이도 좋아하

이효석

여 검은 표지의 그의 작품집과 그의 초상화를 몹시도 아껴하였
다. 좀 더 철늦게 그를 공부하였던들 소득이 많았을 것을 잘 읽
었던지 못 읽었던지 한번 읽은 것을 재독할 열성은 없어서 지금
까지 그를 숙독할 기회를 못 얻은 것은 한 손실이라고 생각한다.
(…) 그러나 그에게서 리얼리즘을 배운 것은 사실일 것이다. 체홉
이 리얼리즘의 대가임은 사실이며, 그의 작품이 극도로 사실주
의적이기는 하나, 그러나 그의 작품같이 소설로서 풍윤한 것은
드물다. 아무리 '지리한 이야기'라도 소설로서는 무척 재미있는
것이 그의 문학이다. 리얼리즘이라고 하여도 훌륭한 예술일수록

그 근저에는 반드시 풍순한 낭만적 정신과 시적 기풍이 흐르고
있는 것이니 체홉의 작품이 그 당시의 것으로는 그 전형인가 한
다. 그러기 때문에 체홉의 작품에 심취하는 마음과 투르게네프
의『그 전날 밤』이나, 혹은 위고의 제작諸作을 이해하는 마음과의
거리는 그다지 먼 것이 아니다.[33]

이효석이 말하는 체호프 문학의 특징은 리얼리즘에 기초한 "낭
만적 정신과 시적 기풍" 그리고 "재미"이다. 그가 체호프에 빠져들
던 1920년대는 국내 독서계의 러시아문학(소설) 전성기였고, 그중에
서도 체호프의 시대였다. 당시 대중적 인기를 끈 러시아 작가(체호
프, 톨스토이, 투르게네프, 고리키) 가운데 소설과 희곡 분야에서는 체호프
가 단연 최고였으며, 체호프 편중 경향은 일본에서 더욱 뚜렷했던
것으로 조사된다.[34] 일본을 참조하여 진행된 조선 문단의 성장 과
정에서 1910년대 계몽 문학의 자리를 이어받는 것이 1920년대 순
수문학이다. 문단의 무게 중심은 '조선의 톨스토이'로 불린 이광수
에서 김동인 쪽으로, 문학이 가르치는 사상(내용)에서 문학이 추구
하는 예술성(형식)의 방향으로 옮겨가는 중이었고,[35] 톨스토이와 투
르게네프에 이은 체호프 열풍은 그 진행 과정에 나타난 유의미한
현상 중 하나다. 계몽주의 신파소설이 예술주의 단편으로 이행하
고, 대중 신파극이 본격 현대극으로 진화하는 도정의 이정표가 바
로 체호프였다.

가장 많이 읽은 것은 체호프의 단편집이었다. 십사오 세에 체호프를 읽는단들 그 멋을 알고 정확히 이해할 수는 만무하다고 생각되나 일종의 문학의 분위기를 그런데서 터득했던 것은 사실일 듯하다. 북국의 자연 묘사라든가 각색 인물의 변화에 모르는 속에 흥미를 느껴갔던 듯하다. 한 가지 그릇된 버릇은 어디서 배웠던 것인지 작품 속에서 반드시 모럴을 찾으려 애쓴 것이어서, 가령 단편 「사랑스러운 여자」처럼 주제가 또렷하고 모럴의 암시가 있는 작품만을 좋은 것이라 여긴 것이었다. 이런 버릇은 문학 공부에 화되면 화되었지 이로울 것은 없었고, 더구나 체호프를 이해함에 있어서는 불필요한 것이었다. 당시 체호프를 읽되 그의 진미는 모르고 지냈던 것이다. 지금 와서야 겨우 체호프 문학의 동기라든지 멋을 참으로 알게 되었음에랴.[36]

그러므로 이렇게 볼 수도 있겠다. 이효석의 시대가 환호한 체호프의 "낭만적 정신과 시적 기풍"은 '주제와 모럴'이라는 고정관념의 상대적 개념이다. 이전의 조선문학이 교훈적 메시지와 사상에 치중했다면, 체호프는 문학이 그 이상의, 그 외의 것이 될 수 있음을 보여준 예증이었고, 따라서 체호프 열풍은 "작품 속에서 반드시 모럴을 찾으려" 하는 "그릇된 버릇"의 반작용적 현상이기도 했다. 체호프는 사회의식이 아니라 문학에 대한 의식의 진화 과정에서 필요한 작가였던 것이다. 체호프에게서 "일종의 문학의 분위기"를 터득했다는 이효석의 회고는 그 점을 확인시켜준다.

이태준의 체호프와 관련된 개념어 '애수'도 마찬가지다.[37] 애수는 애초 크로폿킨과 고리키의 체호프론에 등장한 단어다. 그들은 비록 체호프의 사상적 메시지에 관한 해석은 달랐지만, 애수라는 정조에 대해서만큼은 생각이 일치했다. 크로폿킨은 체호프 문학의 특징으로 삶의 천박함과 속물근성 앞에서 느끼는 '애수sorrow'를 손꼽았고, 체호프의 슬픔은 고골의 풍자가 만들어내는 눈물('웃음 속의 눈물')보다 훨씬 더 예민하고 섬세한 것이라고 단언했다.[38] 한편, 고리키는 체호프의 세계를 '늦가을의 슬픈 날'로 비유했는데, 그때의 슬픔("애수 어린 냉기тоскливый холод")은 "가엾은 작은 인간들маленькие жалкие люди"을 향한 연민에 가까운 절망감이었다. 동시대 두 논평가가 본 체호프적 애수의 원천은 삶과 사회에 대한 비판의식이었다.

체호프 단편을 읽을 때면 헐벗은 나무와 다닥다닥 붙은 집과 음울한 사람들이 너무나도 투명한 공기 속에 그 모습을 선명히 드러낸 늦가을의 어느 슬픈 날 같은 느낌이 온다. 모든 것이 외롭고 정적이고 무기력하여 너무도 이상하다. 푸르고 깊은 저 먼 곳은 황량하고, 창백한 하늘과 하나 되어 지상의 얼어붙은 진창에 애수 어린 냉기를 뿜어낸다. 가을 햇빛과도 같은 작가의 생각은 낡아빠진 도로와 굽은 골목길과 답답하고 더러운 집을 잔인할 정도로 명료하게 비추고 있다. 그곳에서 가엾은 작은 인간들은 권태와 게으름으로 숨 막혀 하며 아무런 생각 없이, 반쯤은 잠에 빠진 상태로 소동을 일으킬 뿐이다.[39]

1930년대 이태준이 향유한 체호프의 애수는 사회의식에 바탕을 둔 정조와는 결이 다르다. 수필 「안톤 체홉의 애수와 향기」에 의하면, 이태준은 도쿄 유학 시절인 1920년대 후반의 비 내리는 어느 가을날 "아조 조고마한 단편"을 읽으며 체호프에 빠져들었고, 이후 체호프는 가장 큰 감화를 준 작가로 자리 잡았다.[40] 다음은 그가 처음 읽었다는 단편 「분홍 스타킹 Розовый чулок」의 도입부다.

비 내리는 흐린 날. 구름이 오래도록 하늘을 가려, 비가 그칠 낌새는 영 보이지 않는다. 마당에는 진창과 웅덩이와 비 젖은 갈가마귀, 방은 어둡고 추워 벽난로라도 때고 싶은 지경이다. 이반 페트로비치 소모프는 서재 구석에서 구석을 왔다 갔다 하며 날씨에 불평을 쏟아 부었다. 창문에 눈물처럼 흘러내리는 빗줄기와 방안의 어둠이 그에게 애수를 불러온다.

이태준은 체호프의 이 이야기를 "차표가 떨어져 학교에 못가고 빗소리와 벌레소리에 차인 벌판 외딴집에 누워 있던 그 ○○가을날"에 읽었다. 읽는 이의 공간 배경이 이야기의 공간 배경과 겹친다. 비 내리는 무사시노(당시 도쿄의 외곽 지역) 하숙집에서 느낀 가난한 식민지 유학생의 애수와 체호프 작품 속 비 내리는 날의 애수 역시 하나로 합쳐진다. 아마도 그런 이유에서 이태준은 이 작품을 제일 먼저 골라 읽었을 수 있는데, 접점은 그것이 전부다.

체호프의 「분홍 스타킹」으로 말하면 1880년대 러시아의 논쟁거리 중 하나였던 여성 문제를 가볍게 풍자한 소품에 지나지 않는다. 편지 한 통 제대로 쓸 줄 모르는 아내를 답답해하던 남편이, 그렇지만 똑똑한 여자들이 얼마나 억세고 다루기 힘들지를 상상하며 '블루 스타킹'은 "여자도 아니고 남자도 아닌 반쪽자리"라고 일축하는 내용이다. 이 짧은 페미니즘(동시에 안티-페미니즘) 풍자화를 두고 이태준은 이렇게 평했다.

> 나는 그때 「붉은 양말」을 읽고 참으로 감탄하였고 황홀해하였고 오래 눈을 감고 생각하였다. 제목부터 그리 대수롭지 않은 조그만 작품이었으나 그 조그만 소설은 며칠 밤을 새어 읽은 긴 이야기처럼 나의 가슴 속 밑까지 스며드는 눈물과 온정이 얽히어 있었던 것이다.[41]

「분홍 스타킹」은 요즘 읽는다면 재치 있고 귀여운 작품이라고 미소 지을지 몰라도(입장에 따라서 분노할 수도 있다), 애수를 느끼게 하지는 않는다. 그런데 이태준은 "가슴속 밑까지 스며드는 눈물과 온정"을 느낀다고 했다. 여성 문제를 다룬 또 한 편의 단편 「사랑스러운 여자Душечка」(1899)에 대해서도 "체호프적 향기와 애수를 가장 짙게 풍기"는 작품이라고 평가했다.[42] 남성을 향한 헌신적 사랑을 통해서만 자신의 존재 의미를 찾던 '올렌카'의 일생은 누군가에게는 제목 그대로 '사랑스러운 여자'의 초상이고, 또 누군가에게는 정반대로 신랄한 풍자가 된다. 체호프가 날카로운 통찰력으로 올렌

이태준

카의 '사랑스러움'에 모순의 이중성을 부여했기 때문이다. 그러나
이태준은 체호프의 섬세한 아이러니는 끝까지 읽어내지 못한 채 오
직 애수의 프리즘을 통해서만 작품을 보고자 했다. 봉건적 여성관

에 함몰된 근대기 남성 집단의 문제였다고 넘길 수도 있고, 이태준이 건지했던 애수의 개념 자체에 의문을 던져볼 수도 있다.

「안톤 체홉의 애수와 향기」를 읽다 보면 "하늘하늘하는 애수", "눈물어린 눈", "애조", "정", "슬픈 편지", "가슴 아프다", "멍-하니" 같은 단어가 눈에 띈다. 모두 내면적 정서의 표현이다.

> (…) 하늘하늘하는 애수가 전편에 흐르면서도 저가의 감상이 아니요, 생화의 향기처럼 경건한 분위기, 이런 것들이 그의 작품이 가지고 있는 특색일까 생각한다.
>
> 무엇보다 내가 체호프의 작품을 존경하는 것은 그의 작품은 작자 자신에게 이용, 유린되지 않은 예술품이기 때문이다. 그는 입센이나 톨스토이나 또 요즘 흔한 작가들과 같이 무슨 선전용으로 무슨 사무적 조건에서 예술품을 제작하지 않았다. 그는 누가 보든지 가장 미더운 눈물어린 눈으로 사물을 보았고 가장 침착하고 평화스러운 마음으로 생각하면서 우리 인간의 편편상片片像을 기록했다.
>
> (…)
>
> 체홉의 애수 ― 센티멘탈이라고 냉소하는 쾌장부도 있으리라. 그러나 나는 핏발이 일어서 붉은 눈보다 눈물이 어린 눈을 더 믿고 더 사랑할 것이다. 나는 먀링스보다 채플린을 더 좋아한다. 베토벤도 좋지만은 슈베르트의 애조는 더욱 우리의 정을 끄는 것이다. 체홉은 채플린 슈베르트와 같은 맥의 예술가라 생각한

다. 이들은 모두 우리에게 슬픈 편지를 가져오는 배달부들이다. 이들의 작품을 대하고 날 때마다 나는 가엾은 친구의 소식을 들은 것처럼 가슴 아프다. 멍-하니 눈을 감고 생각하는 것이다.[43]

'하늘하늘하다(하느작거리다)'라는 말은 현대에 와서는 잘 사용되지 않지만, 사전적으로 "가늘고 길고 부드러운 나뭇가지 같은 것이 계속하여 가볍고 멋있게 흔들리다"라는 뜻이다. "하늘하늘하는 애수가 전편에 흐르면서도 저가의 감상이 아니요, 생화의 향기처럼 경건한 분위기"라 함은 이태준 자신이 심취했던 고아한 상고주의 취향의 미적 조건이다. 이태준은 "하늘하늘하는 애수"와 더불어 "작자 자신에게 이용, 유린되지 않은 예술품"이라는 점을 체호프 문학의 미덕으로 칭송했다. "입센이나 톨스토이나 또 요즘 흔한 작가들과 같이 무슨 선전용으로 무슨 사무적 조건에서 예술품을 제작하지 않았다"는 것이다. 경향문학 대 순수문학의 대립 구도에서 체호프는 후자로 분류되었고, 1930년대 구인회 시절의 이태준이 기울었던 것도 후자 쪽이다. 그런 맥락에서 애수의 개념은 일정한 문학적 방향성에 침윤되어 있다. 단순한 감상의 키워드가 아니다. 그래서 "나는 핏발이 일어서 붉은 눈보다 눈물이 어린 눈을 더 믿고 더 사랑할 것이다" 같은 이태준의 문장이 선언적으로 들린다.

이태준을 매료한 '체호프의 애수'는 작품 분위기에서 풍겨 나오는 문학적 정취, 그리고 그로 인한 감정의 잔잔한 동화 작용을 바탕으로 한다. 체호프 작품은 메시지 전달이 아닌 감성적 교감의 매개체였고, 따라서 내용과 무관하게 공감의 눈물과 온정을 느끼게 해주었다. 그것이 '애수'로 통칭될 '문학성'의 눈물과 온정이었다. 임화가 1937년 한 해의 문단을 결산하며 "이씨에겐 체홉 류의 애수가 있다"고 평했을 때의 배경은 카프 해산 이후 통일된 방향성을 잃어버린, 임화로서는 "너무나 우수憂愁한 시대"였다. 박영희가 카프를 탈퇴하며 남긴 명언 "다만 얻은 것은 이데올로기며, 상실한 것은 예술 자신이었다"[44]를 뒤집어 생각한다면, 잃은 것은 이데올로기요 얻은 것이 예술이 될 수도 있는 시대였다. 임화는 이데올로기를 잃고 "방황하는 문학정신"이 "체홉적 애수, 싸닉적 에로티즘, 루진적 무기력, 티이크적 도피"로 발현되었다고 보았는데, 그중에서 "체홉 류의 애수"만큼은 이태준의 사상적 공백을 보완해줄 '유니크'한 특징으로 인정했다.

이씨의 스케치풍의 단편은 제쳐놓고 그래도 조선 사회, 조선 청년 남녀라는 것을 취급한 일련의 장편『화관』등을 보면 실로 한 개의 감상가로서밖엔 사상가로서의 작가의 모랄이란 것을 발견할 수는 없다. 아마 이점은 사상이란 것을 전통적으로 경시해온 소위 순문학 작가의 가장 큰 결함의 하나일 것이다. 더구나 순문학 작가의 사회생활에 대한 관심이 비교적 높아지는 차제 우리는 이점을 특히 유의하고 싶다. 그러나 이씨에겐 '체홉' 류의 애수가 있다. 씨의 미려한 필치와 더불어 여태까지 대부분의 단편을 물들인 색조로서 이것은 씨로 하여금 유니크한 단편 작가로

서의 금일이 있게 한 소중한 요소다.[45]

애수와 관련하여, 이태준의《벚꽃동산》관람 체험 또한 흥미로운 논의거리다. 그는 서울과 모스크바 두 곳에서 10년 남짓의 시차를 두고 체호프극을 관람했다. 짐작 못할 바는 아니지만, 1934년과 1946년 관극평이 완전히 대조적이다. 1934년 12월 홍해성 연출의《앵화원》에 대해서는 수필「여정의 하루」에 기록되었다.

> 8일 밤 극연劇研의《앵화원》이 제3막째 끝나는 것을 보고 우리는 일어섰다. 중간에서 보되 그 맛이 나고, 중간에서 그만 보되 또 그 맛이 넉넉한 것은 소설에서도 보는 체호프의 맛이었다.
> 애수, 그리고 가련한 고아를 보는 듯한 가엾은 희망, 그런 우울한 향가에 젖은 우리는 '낙랑樂浪'을 다녀 나와 인사도 없이 헤어졌다. 김군이 동대문 차에 오르는 것을 보고 나는 경성역을 향해 혼자 걸었다.[46]

이태준 일행이《앵화원》4막극 중 3막까지만 보고 일어선 이유는 드러나지 않으나, 눈길을 끄는 것은 그 이후의 행적이다. 체호프극의 애수에 젖은 이태준은 무작정 경원선 기차에 올라타 북쪽을 향했다. 예정에는 없었다지만, 그가 정류하게 되는 곳은 원산이고, 그는 원산에서 만 하루를 보낸다. 왜 원산인가?

내가 낳던 해라 한다. 아버지는 덕원 고을이던 이곳의 지배자로와 있었다. 내가 여섯 살 먹던 해에 아버지는 조선을 사랑했기 때문에 이 땅을 버리지 않을 수 없는 운명에서 노국露國 상선에 우리를 싣고 영원히 조선을 뒤로하시던 그 슬프던 항구가 이 원산이었다. 그 뒤 이 철없는 자식만 살아 돌아와 외롭던 소년기의 30여 년을 유리流離하던 곳이 또한 원산 아닌가!

이렇게 생각하는데 차창 밖에는 벌써 전등이 군데군데 보이기 시작했다. 원산, 불이 보이는 원산! 현실의 원산이 눈 아래 접어든다. 나는 어느덧 눈이 매끄러워진다. 모자를 벗겨 들었다. 원산은 나에게 옛날만의 원산은 아니다.[47]

이태준의 "원산은 '옛날'이 있는 곳"이되 "옛날만의 원산은 아니다." 그의 부친은 구한말 덕원 원산포의 감리서 지사(구한말의 통상 업무 담당 기관장)였는데, 한일 병탄 후 가족을 이끌고 블라디보스토크로 망명해 그곳에서 사망했다. 1934년의 원산은 그 아버지가 한때 '지배'했던 30년 전 옛날과 30년 후 현실이 교차하는 지점이다. 그는 "희미한 기억의 거리"를 홀로 걷고, 신작로가 아닌 옛길의 뒷골목을 따라 추억을 더듬어보지만, 옛 동네는 "형편없이 갈려서 옛날의 주인집, 옛날의 그 소요하던 골목들은 찾아볼 자최조차 분명치 않"다. 대신 오늘의 부둣가에서는 절박한 "생활의 비명"만이 울려 퍼져 "최대의 환멸"을 느끼게 할 따름이다.

함경선이 완통完通되기 때문에 여객과 화물까지도 대부분을 빼앗긴 듯, 부두는 사랑스러운 기선 한 쌍 안고 있지 못하였다. (…) 부두는 군데군데 가볼수록 신산만스럽다. 너무나 한 그릇의 밥만이 절박한 듯 딱하리만치 화장을 잊은 여인들은 갈쿠리처럼 굳어버린 손가락으로 죽지 않으려고 펄펄 뛰는 대구의 며가지를 땄고, 육지에는 너 같은 여인밖에 없느냐는 듯이 아침에 상륙한 선인船人들은 절망한 눈으로 피녀彼女들을 조롱하고 있다. 물에 뜬 것은 생선 뼈다귀, 헤어진 지까다비짝, 길에는 썩은 고기비늘과 고기창자들, 그리고 그것을 주워 먹으러 나왔다 구루마에 치인 듯, 참혹히 역살轢殺을 당한 쥐새끼…

"이 새끼야 무스거 밤낮 이 노릇만 하다 죽갱이…"

"체, 네간나 새낀 벨쉬 있능야…"[48]

　신산한 원산 시내에서 이태준을 슬프게 하는 것이 옛것의 부재와 미적 품격의 실종이라면, 반대로 그를 위로해주는 것은 명사십리의 고요한 자연이다. 과거는 현재와 교차하고, 슬픔은 위로와 공존한다. 마치 1930년대 조선 땅에 옮겨진 체호프극 같은 분위기다. 몰락한 귀족의 아름다운 영지가 신흥 자본가 손에 넘어가 별장 지대로 뒤바뀌게 되는《벚꽃동산》은 관점의 삼각 구도로 이루어졌다. 현실감 없이 옛것에만 매달리는 라녭스카야, 미적이고 정서적인 고려 없이 현실성만 강조하는 로파힌, 그리고 막연히 사회주의 유토피아 건설을 꿈꾸는 청년 세대(아냐와 트로피모프)가 한 무대에서 울고

웃는 이 드라마는 봉건주의에서 자본주의를 거쳐 혁명으로 넘어가는 역사적 진보의 재현 무대다. 동시에 저마다 "생활의 비명"을 지르며 고통에 대한 이해와 위안을 갈구하는 혐오스러우면서도 애처로운 삶의 현장이다. 이태준의 원산 이야기에도 삼각 구도가 있어서, 옛날을 기억하며 쓸쓸해하는 화자(이태준), 오늘의 생존에만 매달리는 현지인, 그리고 짝사랑을 외면당해 절망에 빠진 친구가 삶의 서로 다른 관점을 제시해 보여준다. 이것은 또 하나의 '벚꽃동산'이다. 오늘의 원산은 경매로 넘어간 지점에서 멈춰버린 '벚꽃동산'의 미래이기도 하다.

홍해성 연출의 《앵화원》은 일본으로 전수된 스타니슬랍스키식 해석을 이어받아 "한 시대의 몰락에 대한 쓸쓸함과 허무가 가득"한 분위기를 재현했다고 한다.[49] 그래서인 듯, 이태준의 감상은 벚꽃동산에 대한 "애수, 그리고 가련한 고아를 보는 듯한 가엾은 희망, 그런 우울한 향가"로 채워져 있다.[50] 3막까지만 보고 일어선 것이 그 애수를 더는 견딜 수 없었기 때문이었는지 모르겠다. "중간에서 그만 보되 또 그 맛이 넉넉한 것"이라는 말의 문맥상 '이것으로 족하다'는 느낌 아니었을까 싶다. 3막은 라넵스카야 저택에서 "이별의 연회"와도 같은 마지막 무도회가 열리는 가운데 경매 결과가 알려지고, 영지의 새 주인이 된 농노 출신 로파힌이 나타나 감격과 흥분의 객기를 부리고, 아냐는 울고 있는 엄마(라넵스카야)를 위로함으로써 끝난다. 벚꽃동산의 운명은 극의 클라이맥스인 3막에서 결정되며, 시대와 계급과 세대의 교체도 3막에서 완결된다. 4

막은 일종의 에필로그와도 같은 여분의 것, 곧 '여정餘情'의 서사라 할 수 있다.

홍해성이 연출한 《앵화원》 4막은 거의 신파조였던 것으로 기록된다.[51] 이태준 일행이 신파조의 뻔한 결말을 무대 위에서 지켜보는 대신, 극장 밖으로 나가 각자 마음속에서 체호프극의 '여정'을 해소했으리라는 추정은 가능하다. 벚꽃동산이 팔렸다는 소식에 순간 절망했던 극중 인물들이 마음을 추슬러 각자의 갈 길을 가는 것처럼, 관객들 역시 마치 추도식을 거행하듯 애수에 젖어 다방에 앉아 있다가 인사 없이 헤어져 각자의 집으로 갔다. 이태준의 경우는 현재의 집이 아닌 '옛날의 집' 원산에 가서, 자신의 잃어버린 '벚꽃동산'을 실제 무대 삼아 미처 풀리지 않은 여정을 달랬다고도 볼 수 있다.

그로부터 10년도 더 지난 1946년 9월 5일, 이태준은 모스크바 현지에서 다시 한 번 《벚꽃동산》을 감상했다. 주지하는 바와 같이, 한때 순수문학파 대표 작가였던 이태준의 해방 후 행보는 1946년 8월 방북, '조쏘문화협회' 사절단으로서 9주간의 소련 방문, 1947년 5월 『소련기행』 출간, 그리고 월북으로 긴박하게 이어졌다. 그의 급작스런 전향과 월북이 동시대인들에게는 쉽게 납득되지 않았는데, 이태준은 『소련기행』을 통해 그 배경을 설명하고자 했다.[52] 이태준은 그곳에서 '옛것'이 아닌 '새것'을 보았고, '새것'의 우월함을 증명하는 '제도'를 확인했으며, 유토피아 사회의 실체를 체험했다. 실제로 보았다기보다, 앞당겨 예견하며 상상한 관념의 청사진이었을 수 있

蘇聯紀行

李泰俊 著

発行　朝鮮文學家同盟・朝蘇文化協會

이태준, 『소련기행』(1947)

다.《벚꽃동산》의 트로피모프와 아냐가 상상했던 2백 년 후의 행복한 세상을 믿어 의심치 않았던 그는 소련 체류 기간을 "참으로 황홀한 수개월"로 표현했다.

소련에서 본《벚꽃동산》의 감흥도 새롭고 황홀할 수밖에 없었다. '모스크바예술좌MXAT' 무대에 오른 이 공연을 이태준 일행은 2막부터 보았다. 시간에 늦었다고 한다. 한마디로 "도취의 밤"이었던 그날의 공연은 이렇게 서술된다.

> 낭하에서 종이 운다. 다시 착석되는 관객들은 반 이상이 여성들, 어린애는 하나도 없는 **체홉의 가벼운 유모어**를 하나도 놓치지 않을 세련된 팬들뿐이다.
>
> 고요히 불빛 낮어지며 막이 들린다. 여기는 징 뚜드리는 소리는 없다. 무대에서보다 관객들이 정신을 바짝 채리는 옷자락 소리가 난다. **퇴락해진 별장 경내에서 꺼져가는 귀족 사회의 운명**이 한 사람 몸짓에서, 한 사람 말소리에서 자꾸 점철되기 시작한다. 새로 올 사회에는 도저히 있을 수 없는, 이미 그들로서의 난숙된 인물들이다. 막을 거듭해 이들이 무르익어갈수록 **새 시대의 싹 대학생이 쑥쑥 자란다**. 모두 영절스럽다. 몸짓 하나까지라도 행하니 외워 있는 배우들이요 우리는 듣지 못하는 말맛에까지 반하는 여기 관객들은 하득하득 숨차지다가 막이 끝나면 우루루 일어서 무대 앞으로 밀려 나오며까지 박수를 한다. 막이 들린다. 배우들이 답례한다. 막은 나렸으나 박수는 그치지 않는다. 배우

들은 아모리 다음 준비가 가빠도 두세 번은 박수에 답례를 하게 된다. 그중에도 충복 역을 하는 노배우에게 가장 뜨거운 경의들을 표하였다. 그는 정부의 훈장을 탄 '인민의 배우'라 한다.

참말 연극들을 즐긴다. **관객과 함께 되는 예술**, 이 연극은 이렇듯 열광하는 팬들이 없이 저 혼자 발달되었을 리 없다.[53](인용자 강조)

1946년의《벚꽃동산》관람 기록은 감상의 정조와 시각 모두 1934 년《앵화원》때와 대조적이다. 당연히 해방 후의 입장 변화에서 비롯된 차이일 테다.[54] 1946년 모스크바의《벚꽃동산》은 몰락한 귀족에서 "새 시대의 싹 대학생"으로의 시대 교체가 "영절스럽다(아주 그럴듯하다)"라고 느껴지는 무대이며, "체홉의 가벼운 유모어"가 전달되는 무대다.

이태준의 시선은 관객석을 향해 있다. 열광하는 그들이야말로 연극 속 아냐의 예견대로 새롭게 만들어진, 더 화려한 동산의 새 주인들이다. 모스크바의 이태준은 연극이 "관객과 함께 되는 예술"임을 깨닫는다. 그가 진정으로 감탄하며 바라본 드라마는 체호프의 《벚꽃동산》이 아니라 관객들의 '벚꽃동산', 즉 신흥 소비에트러시아였다. "쏘베트는 무엇보다도 인간들이 부러웠습니다. 그전 문학에서 보던 사람들은 없었습니다"[55]라고 했던 이태준에게 그것은 연극이 아닌 실증의 무대였다.

왜
체
호
프
인
가

체호프극
현대의

왜 체호프인가? 무엇이 체호프적인가?

　체호프는 그 자신이 수수께끼의 인물이며, '체호프적'이라는 표현의 실제 의미 또한 수수께끼로 남아 있다.[56] '누구의 죄인가?Кто виноват?'와 '무엇을 할 것인가Что делать?' 두 질문으로 구축된 러시아문학의 비판적 리얼리즘 전통이 무색하게도 체호프는 직접적인 답을 주지 않는다. 투르게네프, 도스토옙스키, 톨스토이, 고리키와 달리 설교하지도, 선동하지도 않는다. 예술가의 의무는 문제를 올바로 제기하는 것이지 그것을 해결하는 것이 아니라고 체호프는 믿었다.[57] 그는 자연과학도였으며, 유능한 의사인 동시에 자기 자신이 20년간 결핵을 앓으며 죽어간 환자였다. 좋은 의사가 환자를 신중히 관찰하며 경청할 뿐 섣불리 투약하지 않듯이, 작가 체호프는 '삶'이라는 병증을 관찰하며 정확히 진단하고자 했을 따름이다. '인

생이란 무엇인가?'라는 아내의 질문에 "그건 '당근이란 무엇인가?'
라는 질문과 같은 거지. 당근은 당근이고, 그 이상은 아무도 알 수
없다"라고 답했던,[58] 다분히 포스트모던적이라 할 체호프의 예술
관은 항상 열려 있는 상태로 새로운 해석과 재창조의 시도를 독려
한다.

   체호프는 셰익스피어 다음으로 재해석과 개작이 빈번한 작가이
다. 러시아 내에서는 원작에 충실한 고전적 연출과 더불어, 페레스
트로이카 이후 그 전통에 반기를 든 새로운 시도들이 다양하게 이
루어져왔다.[59] 국내 연극계에서도 페레스트로이카는 체호프 공연
사의 분기점을 예고해주었다. 그즈음에 러시아로 유학을 떠났던 연
극인들이 귀국 후 본격적인 활동을 시작하면서 국내 체호프 붐이
일게 되는 때문이다. 1930년대부터 1980년대까지 반세기 동안 무
대화된 체호프극이 단 14편에 불과한 데 반해, 1990년대 이후 2004
년까지의 15년 동안은 39편을 기록했으며, 그중 대부분이 1990년
대 후반 이후의 실적이다.[60] 체호프에 대한 인지도와 애독률에 비
해 실제 공연은 1990년대 전반까지도 빈약했고, 1990년에 최초로
내한한 말리극장(레프 도진 연출)의《벚꽃동산》이 역사적 계기를 마련
하기는 했지만, 국내 기성극단의 체호프 공연은 1998년까지 전무
에 가까운 상태였다.[61]

   1967년 국립극단 46회 공연으로《세 자매》를 올린 이해랑은 연
출 노트에 다음과 같이 적었다.

《세 자매》 공연 포스터 (1967)

국립극장에서 나에게 연출하고 싶은 작품을 추천해달라는 부탁을 받고 나는 즉석에서 체홉의《삼자매》를 추천하였다. 체홉까지 가자는 것이 연극에 눈을 뜬 후의 나의 숙원이었다.[62]

이해랑과 함께 1960년대 리얼리즘 연극을 이끈 이진순에게도 체호프는 각별했다. 1966년에《갈매기》를 한국 초연으로 무대에 올린 그는 생애 마지막 작품도《갈매기》(극단 광장, 1983)로 마감하기까지 총 네 번 작업했으며, "10여 년간 간직해온 비장의 작품"으로 발표한《벚꽃동산》(1967)을 포함해 체호프 4대극을 모두 연출했다. 마지막《갈매기》연출 노트에 이렇게 쓰여 있다.

왜 그런지 체홉의 작품에 나는 유달리 끌리는 바가 있다. 그래서 내가 가는 곳마다 체홉의 작품을 들먹였다.[63]

체호프는 시대를 불문하고 한국의 연극인 모두에게 전설이었다. 그러나 '체호프까지 간다'는 것, 즉 '최후의 관문'으로서의 체호프에 대한 컨센서스가 실제 공연 행위로서 실현되는 시점은 21세기가 가까워지면서부터다. 냉전 시대의 종식과 활발해진 해외 문화 교류, 그리고 탈근대적 세계관의 등장이 20세기 초반 '환멸기'의 체호프 붐 현상을 20세기 말의 '여명기'적 분위기 속에서 다시 꽃피운 셈이다. 1998년에 개최된 제1회 '안톤 체홉 페스티벌'(전훈 주최), 같은 해 공연된 극단 '백수광부'의 실험적 해체극《굿모닝? 체홉》(이성열 연출), 1999년의 정통 장막극《벚꽃동산》(시립극단, 전훈 연출), 2001년의 체호프 4대 장막극 페스티벌《4Comedy 4Why》(지구연극연구소, 김태훈 연출) 등이 열풍의 원동력이었다. 연출가 전훈과 김태훈은 러시아 솁킨연극대학(말리극장 산하) 출신 유학파이고, 이성열은 유학파는 아니지만 '체호프의 대가'라는 타이틀을 얻으며 체호프 연출을 계속해왔다. 전훈은 체호프 장막극을 직접 번역해 출간했을 뿐 아니라, '안똔체홉극장'을 설립해 체호프학회와 연기아카데미까지도 운영 중이다. 급작스런 체호프 붐에는 2010년 탄생 150주년과 2014년 서거 110주년을 기해 거행된 많은 공연, 학술 활동, 페스티벌도 영향을 미쳤다. 오늘날 체호프는 매해 새로운 관극 경험이 가능한 공연 예술의 대명사로, 그리고 흥행 성공의 보증 수표로 자리 잡았으며, 4대 장막극의 공연 빈도는 대략《갈매기》,《벚꽃동산》,《세 자매》,《바냐 삼촌》순으로 파악된다.[64]

러시아 유학파가 중심이 되어 물꼬를 튼 근래의 체호프 공연에서 가장 먼저 눈에 띄는 경향은 희극성이다.[65] 체호프가《갈매기》와《벚꽃동산》을 '희극komedия'으로 명시했고, 스타니슬랍스키의 비극적 분위기 연출법에 반대했던 것은 사실이다. 그러나 체호프가 의미한 희극성이 과연 어떤 성질의 것인지에 대해서는 역시 뚜렷한 답이 없으며, 따라서 독자와 연구자를 항상 곤혹스럽게 하는 것도 사실이다. 체호프극이 유도하는 웃음은 단순하게 웃고 즐기는 희극적 웃음이 아니다. 체호프가 보여주고자 한 것은 거리를 두고 바라보는 일상성에서 포착된 하찮고 지루하고 서글프기도 하고 우습기도 하고 그래서 매우 인간적인 삶의 단면이며, 이때 희극성은 '삶'의 질병을 치유가 아닌 진단 목적으로 관찰하는 무심함에서만 나오는 반응일 것이다. 그의 『사할린 섬Остров Сахалин』(1891~1893) 기록에서처럼, 직접 관여되지 않은 아웃사이더가 지적 호기심과 선량한 관심을 품고 관찰하는 인간사 만상의 흥미로움이 '희극적'이라는 객관적 인상을 형성하게 되는 것이다. 희극성은 일상성이다. 일상적인 것이 왜 희극적이냐에 관해서는 이런 설명도 가능하겠다.

> 체호프극은 한 임상의의 무심한 눈에 비친 '인간 희극'의 광경을 보여준다. 그 광경이 자연주의적이거나 사실주의적이지 않고 근본적으로 희극적인 이유는, 인물들이 자신의 모든 결점과 약점을 지닌 상태 그대로 자기도 모르게 불시에 포착당하기 때문이다.[66]

평생 체호프 극에 강한 애착을 보인 이진순은 생애 마지막 연출 노트에서 '어리둥절함'이라는 단어를 사용했는데, 그 또한 비슷한 맥락으로 이해된다.

> 그들[체호프극의 인물들]이 산 어려웠던 시대, 더욱 한 시대의 전환기의 틈바구니에서 즉, 낡은 것과 새것의 틈바구니에서 과거도 버리지 못하고 새것에도 어리둥절한 그들의 모습은 어쩌면 체호프 자신이 작품 표제에 붙인 '희극'이라고 한 것과도 같이 어리둥절한 그들의 인생이 희극처럼 느껴졌을지도 모르나, 한편 비

극도 될 수 있고 심각할 수도 있고 새로운 오늘과 내일을 설계할 수도 있는 그런 것이 아닐까?[67]

러시아 유학파를 위시한 현대 연극인들은 체호프극의 대중화를 위해, 그리고 체호프 원전에 충실하겠다는 의도에서 희극성을 부각했을 것이다. 그러나 '왜 희극인가'라는 질문에 답함으로써 체호프를 제대로 해석해보겠다는 의도가 대중적 공연성에 대한 욕구와 맞물려 과장된 웃음을 버릇처럼 자아내게 될 때, 체호프의 본질은 사라져버린다. 체호프극은 폭소를 터뜨리기 위해 보는 드라마가 아니어서, 우스꽝스러울 정도로 희극화 된 체호프 연출과 연기는 자칫 '파스farce'에 가까운 코미디로 전락할 수 있다.[68] 가령 2001년의 페스티벌《4Comedy 4Why》는 체호프의 4대 장막극을 '왜 코디미인가'라는 관점에서 기획한 것이었는데, 우선 체호프가 4대극 모두를 '희극'으로 지정하지는 않았고, 체호프의 희극성이 폭소를 자아내는 제스처나 억양의 산물이 아니라는 점은 간과된 듯하다. 2008년 이윤택 연출의《세 자매》가 "체홉의 웃음이 돋보인 수작"으로 호평을 받은 바 있으나, 흡사 블랙 코미디처럼 "괜히 시비를 걸고 싸우거나 갑자기 신경질을 부리는 돌출 행위들"의 '과장된 희극성'이 "이 땅에서 공연된 가장 훌륭한 체홉 중 하나"로 격찬 받는다는 것은 쉽게 납득되지 않는다.[69]

소설가이자 희곡 작가였던 최인훈의 체호프에 대한 이해는 그런 것이 아니었다. 소설『화두』 뒷부분에 보면, 러시아 여행 마지막 날

노보데비치 사원에서 체호프와 고골 묘지를 참배하는 장면이 나온다. 흥미롭게도 두 작가의 무덤은 2미터쯤 거리를 둔 채 서로 마주보고 있다. 서로 시대 배경도 다르고, 민족 배경도 다르고, 또 일반적으로 느끼는 정서도 다르건만, 최인훈은 그 자리에서 고골과 체호프를 동일 '혈통'의 작가로 연관시키는데, 그 연결고리가 바로 희극성이다.

> 그러나 실상 이 두 사람 사이에 그렇게 심각한 금 긋기는 성립하지 않는다. 거꾸로 매우 가까운 사람들이다. 체홉의 적지 않은 단편들, 그의 희곡들에서는 고골리의 선율이 도처에 스며 있다. 특히 그의 희곡은 『데깐까 근동 이야기』적인 것, 『코』와 『외투』적인 것이 있다기보다 한 꺼풀만 벗기면 바로 고골리라고 말하고 싶게 하는 그런 세계다. 그가 《벚꽃동산》을 희극으로 연출해달라고 주문했다는 이야기는, 그로서는 이런 사정을 말한 것으로 짐작된다. 그러니 이 무덤 동네에서 여전한 러시아의 달이 밝은 밤이면 두 사람은 각자의 작품을 상대방에게 읽어주고는 피차에 농담과 장난 이야기만 썼군, 하면서 더욱 즐거워할지도 모른다.[70]

희극성과 더불어 2천 년대 이후 체호프 공연사의 또 한 가지 특징인 시대극 각색 유행도 비슷한 의미에서 아쉬운 감을 남긴다.[71] 각색adaptation에는 여러 층위가 있을 터인데, 현대 체호프 변형극은 원극의 구조나 대사 등은 거의 바꾸지 않고 다만 시대와 장소만 옮

노보데비치 사원 묘지의 체호프와 고골 무덤

거 번안하는 경우가 많다. 예컨대 1930년대 일제 강점기나 해방기, 1970년대 개발년도 등을 배경으로 체호프극을 재현하는 것이다. 체호프극은 원래 시대적 변화의 경계선상에 선 인물 간 갈등이 중심 주제이며, 체호프 자신도 '전환기'적 작가로 분류되어왔다. 따라서 식민지 시기의 서양 문명 도입, 지주제 붕괴, 1940년대 초 만주, 새마을운동 시기의 토지 재개발, 광주민주화운동 직후의 벌교 등과 같은 과도기적 시대상이 체호프극 틀을 빌려 이야기되는 것은 충분한 개연성이 있다. 그러나 동시에 단순하고 기계적인 각색이 되어버릴 위험성도 지닌다.

일례로 1930년대 후반 황해도 연안을 배경으로 한 한일 합작극 《가모메》(성기웅 각본·타다 준노스케 연출, 2013)에서 여주인공 순임(니나)은 신파극 여배우를 꿈꾸는 처녀로, 차능희(아르카디나)는 '내지(일본)'에서 활동하는 신파극 배우로, 아들 류기혁(트레플료프)은 신극 운동가로, 쓰카구치(트리고린)는 삼류 연애소설을 쓰는 일본인 작가로 설정되었다. 한일 합작으로 동아연극상 작품상·연출상·시청각디자인상을 받는 등 호평 받은 작품이다.[72] 대본을 쓴 성기웅의 각색 의도는 "근대와 도시"라는 두 화두를 통한 "나의 뿌리와 정체성" 탐구에 있었다고 한다.

근대 연극의 역사도 100년이듯 이 땅의 많은 것들이 20세기 초에 시작되었습니다. 근대 초기에 대한 관심은 어쩌면 역사 혹은 옛이야기에 대한 호기심을 넘어 우리의 기원에 대한 관심이라고 할 수 있을 것 같습니다. 나의 뿌리와 정체성 그리고 이 도시의 문화가 어떻게 형성되었는지에 대해 이 시대가 많은 열쇠를 가지고 있는 것 같아 매력을 느낍니다. 근대와 도시, 이 두 가지가 제 화두인데 1930년대는 근대적인 의미의 도시가 형성되기 시작한 시기이다보니 자꾸 관심이 가는 것 같습니다.[73]

한일 양국의 역사의식을 바탕으로 과거를 극복해 나가고자 한 작가 성기운과 연출가 타다 준노스케의 합작 시도는 평가할 만하다. 1930년대 식민지와 '선진 문명'(일본)의 대비, 신파극과 신극 운동의 경쟁 관계를 주제로 하는 점이 전혀 억지스럽지 않은 것은, 시대적 맥락이 자명하기 때문이다. 그러나 자국의 역사적 맥락과 체호프 원극의 맥락은 별개 차원의 것이며, 따라서 질문하지 않을 수 없다. '왜 체호프인가?' 러시아적 체호프와 한국적 체호프의 두 마리 토끼를 다 잡는 것이 쉬운 일은 아니겠지만, 단순한 개연성만으로는 흥미 이상의 감동이 없고, 체호프라는 '틀'(원본)의 의미도 사라져버린다.

《가모메》외에도 1930년대 통영을 배경으로 한 《벚꽃동산―꼬메디 노스딸지아》(임형택 연출, 2007), 《바냐 아저씨》를 재창작한 《순우 삼촌》(김은성 작, 2009), 《갈매기》를 모티브 삼은 《뻘》(김은성 작, 2011), 1930년대부터 2000년대까지의 한국 사회를 담아낸 《종로 갈매기》, 《능길 삼촌》, 《쯔루하시 세 자매》, 《연꽃정원》의 체호프 4대극 번안 프로젝트(김연민 연출, 2022) 등 최근까지 이어지고 있는 일련의 각색-

재창작 시도에서 느끼게 되는 일말의 실망감은 그것이다. 어쩌면 러시아문학 전공자로서의 보수적인 반응일 수 있겠는데, 자명한 플롯 연결성 이상의 상호텍스트성을 찾기가 어렵다. 즉, '왜 체호프인가?'에 대한 답이 비어 있다.

그런 의미에서 전혀 색다른 체호프 관련 창작물《공포》를 주목하게 된다. 고재귀 희곡, 박상현 연출의《공포》는 2013년 그린피그 극단이 초연한 후, 2014년과 2018년에 재공연되었다. 앞서 언급한 번안·각색극이 아니라, 인간 안톤 체호프에 대한 연구이며 오마주라 할 수 있는 "한국산 체홉극"이다.[74] 브로드웨이에서 성공한 닐 사이먼의 체호프 오마주 극《굿 닥터》도 있지만,《공포》는 동명의 체호프 단편을 바탕으로 하되 원작의 재해석을 넘어 체호프라는 수수께끼와 삶의 수수께끼를 조명한다는 점에서 독특하고, 그래서 결코 단순하지 않다.

단편 「공포Crpax」(1892)는 체호프가 사할린 방문 후 돌아와서 발표한 짧은 이야기로, 플롯 상의 사건은 대학을 졸업하고 시골로 내려가 농지를 경영 중인 인텔리겐치아, 그의 아내 그리고 그의 친구인 화자 사이에 벌어지는 삼각관계가 전부다. 친구의 집에서 친구의 아내와 하룻밤을 함께하고 그것을 친구에게 발각당한 화자는 자신의 이해하지 못할 행각에 공포를 느끼며 그곳을 떠나 다시는 찾아가지 않는다. 사건은 그뿐이지만 인물들('생각하는' 인물들)은 삶을 산다는 것의 불가해성과 진부함에 공포를 느끼며, 그것이 이야기의 핵심이다. '왜? 어째서? 무엇을 위해서?'라는 질문 끝에는 결국 아

《공포》 공연 포스터

무엇도 이해할 수 없는 인간의 자괴감이 자리 잡고 있다. "안개처럼 애매모호한 얘기"일 뿐이라는 점에서 현실의 삶은 사후의 유령 세계보다 더 무서운 것이다.

고재귀는 단편의 화자를 체호프에 대입하고, 체호프가 사할린 여행 직전과 직후에 친구 영지를 찾아가 부인과 관계를 맺는 것으로(그러니까 한 번이 아니라 두 번이 된다) 플롯을 바꾸었다. 그리고 '40명의 순교자'라는 별명이 붙은 술꾼 하인 가브릴라 이야기를 확장해 반항적 인간의 나약함과 열정을 부각하고, 조시마 신부라는 제3의 인물을 등장시켜 인간의 죄와 신이라는 도스토옙스키적 화두를 환기했다. 극 군데군데『사할린 섬』기록을 인용함으로써 8개월 남짓 시베리아-사할린 여행을 감행한 작가 체호프의 내면 의식도 조명했다. 결과적으로《공포》는 단순 각색극이나 모방작을 뛰어넘어 작가 체호프와『사할린 섬』과 단편「공포」와 소설가 도스토옙스키라는 여러 겹의 텍스트가 착종된 '팔림프세스트(palimpsest, 상호텍스트성 이론에서 말하는 겹겹의 덮어쓰기)' 작품으로 탄생했다.[75] '각색'이나 '재해석'과 같은 단어와는 무관한, 전혀 다른 차원의 현대적 작업이며, 러시아문학이 전유해온 삶의 관념적 화두를 전면화했다는 점에서《공포》는 보기 드문 창작물이다. 작가 자신은 의식적으로 염두에 둔 바 없다고 설명하지만,[76] 도스토옙스키의 그림자(조시마 신부, 자살 모티브, 욕정과 동정, 죄와 구원, 굴종과 자유 등의 주제)가 짙고, 그중에서도『카라마조프 형제들』과의 상호 연관성 문제는 세심하게 살펴볼 가치가 있다.

연출가 박상현의 말을 참고한다.

체홉보다 더 깊은 작가적 사색 끝에 고재귀는 《공포》를 내놓았
다. 신을 믿지 못하여, 그래서 무지의 경계를 벗어나지 못하여 인
간은 수시로 알 수 없는 두려움에 처한다. 체홉 시절의 그것은 혁
명 전의 떨림이었을까. 그럼 미증유의 지금 이 전조는 무엇을 예
고하는 것일까. 고재귀의 '공포'는 21세기 초반의 우리에게 어떤
숙제로 던져진 것인가. 그 숙제를 스스로 떠안고, 맞는지 틀리는
지도 모르고, 무대 위에 답을 써본다.[77]

체호프 단편 속 인물들이 느낀 '공포'는 사실 신과의 문제에서
연유한 것이 아니었다. 도스토옙스키와 달리, 체호프는 추상적이
거나 윤리적인 것과 직면하고자 했던 작가가 아니다. 그러나 고재
귀는 체호프의 화두인 공포를 인간 본성의 문제로, 신과 인간의 거
래에 대한 문제로 확장시켰다고 생각되며, 그 점에서 도스토옙스키
적이라는 인상을 강하게 풍긴다. 도스토옙스키에게 인간은 수수께
끼였다.

인간은 비밀이야, 풀어야 할 비밀이야. 평생을 바친다 해도 시간
을 허비하는 게 아니지. 나는 이 비밀에 골몰하고 있단다. 왜냐
하면 인간이 되고 싶으니까.[78]

고재귀 작가는 이렇게 말한다.

제가 체홉의 작품에 매료되었던 것은 그의 이야기 속 인물들이
짝수나 홀수가 아니라 소수처럼 느껴졌기 때문입니다. 1과 자기
자신으로밖에 나누어지지 않는 어떤 숫자들처럼 체홉의 인물들
은 알 것 같으면서도 끝내 불가해하고, 존재하지만 어디에도 속
하지 못하는 느낌을 주곤 합니다. 부러 장식품처럼 모호함을 만
들어내는 것과는 좀 다르지요.[79]

다시,
톨스토이냐
도스토옙스키냐

베스트셀러와
스테디셀러

'톨스토이냐 도스토옙스키냐'는 오래된 논쟁 주제다. 베르댜예프는 인간 영혼에 톨스토이 쪽으로 기우는 타입과 도스토옙스키 쪽으로 기우는 타입이 있다고 보았다. 한국 사회는 대중적으로는 톨스토이, 전문적으로는 도스토옙스키 쪽에 기울어왔다. 톨스토이의 인지도는 '인생의 스승'이란 의미에서 확고했던 반면, 도스토옙스키는 1930년대 이후 프로문학의 시대색과 일본 관념 철학의 풍토 안에서 본격적인 예술과 사색 모델로 추앙받기 시작했다. 식민 후기 일본 유학생 작가들이 몰입했던 형이상학적 도스토옙스키는 한국 현대 문인 전반의 사숙 경향으로 나타났고, 문화예술계가 뽑은 고전 명작은 언제나 『카라마조프 형제들』이었다.

그런 배경에서 볼 때, 2017년을 기점으로 나타난 『안나 카레니나』 유행은 돌출적이다. 톨스토이 대작의 예술성이 한국 독서계를 움직여 베스트셀러 현상을 일으키고, 불과 10년 사이에 8종의 새 전문 번역이 등장했다. '톨스토이냐 도스토옙스키냐'의 지형이 바뀌고 있다.

드미트리 메레시콥스키, 『톨스토이와 도스토옙스키』

2017년의 반전

도스토옙스키에서 톨스토이로

『카라마조프 형제들』이 '세계 최고'의 문학이며, "이 작품을 안 읽었으면 문학 작품 읽었다 할 수 없다"는 식의 고정관념은 1930년대의 산물이겠는데, 일본 지성계의 영향과 식민지 현실의 맥락 안에서 근대 지식인의 머릿속에 자리 잡은 그 고정관념이 21세기의 문단과 대학에서도 여전히 유효해 보인다. 대학이 개설하는 러시아문학 강좌와 수강생 수를 조사하면 더 정확한 근거를 얻을 수 있을 것이다. 내가 가르치는 대학만 보더라도 도스토옙스키의 인기도는 뚜렷하다. 무릇 지식인이라면 도스토옙스키를 알아야 한다는 일반론이 학생으로 하여금 도스토옙스키 강좌 수강을 일종의 '스펙'으로 인식하게 하고, 교수자 역시 톨스토이보다는 도스토옙스키를 강의하고 싶게 만든다. 『전쟁과 평화』와 『안나 카레니나』 완독의 만족감이 어쩌면 더 클 수도 있겠으나,

그것은 극소수 특별한 학생의 경우일 것이다. 일반교양과목으로 개설된 도스토옙스키는 매년 4~5백 명의 수강생이 등록하는 반면, 톨스토이는 교양과목으로 개설되어 있지 않고, 개설된다 하더라도 그만한 성공을 거둘지 의문이다.[1]

톨스토이와 도스토옙스키의 국내 수용에 관한 한, 2017년은 분기점으로 기억되어야 할 것이다. 2017년 시점까지도 유효했던 위의 진단은 바로 그해에 실효성을 잃고 말았다. 이후 톨스토이 수용의 지형도는 달라졌으며, '대중적 인지도'와 '전문적 평판도'라는 대립적 기준 역시 재고되어야 할 상황에 이르렀다. 그 반전의 중심에 소설『안나 카레니나』가 있다.

『안나 카레니나』는 1969년에 첫 완역본이 나왔다. 동완 번역의 정음사 판본이다.[2] 앞서 김광주가 엮은『세계문학순례』제6권에 다이제스트 형태로 소개된 적이 있지만, 20쪽 남짓의 간단한 요약본에 불과했다. 1959년에 김광주가 총 8권으로 발간한 이 기획물에는 체호프의「사랑스러운 여인」, 도스토옙스키의『학대받은 사람들』, 『죄와 벌』,『백치』, 톨스토이의『전쟁과 평화』와『부활』, 투르게네프의『전야』, 아르치바셰프M. Арцыбашев의『사닌』, 고리키의《검찰관》등도 포함되었다.

근대 한국에서 톨스토이가 그리스도와 석가에 버금가는 도덕적 스승으로 추앙받았음은 익히 알려진 사실이다.[3] 작품 번역에서도 『전쟁과 평화』나『안나 카레니나』같은 대작은 뒤로 밀린 채 말년의 교훈적 소품이 주를 차지했으며, 이 같은 한국적 수용 양상은 2003년 『톨스토이 단편선』(박형규 역)이 일으킨 톨스토이 붐으로 이어졌다. '단편'이라는 이름 아래 수록된 작품은 「바보 이반」, 「사람은 무엇으로 사는가」 등의 우화들이었고, 단순하고도 선한 인류 보편의 도덕적 메시지는 20세기 초에 비견되는 대중적 확산력으로 21세기 초의 한국 독서계를 휩쓸었다. 대문호 톨스토이의 명성, 쉽게 잘 읽히는 현대적 번역, 젊은 취향의 장정과 삽화, 더불어 각종 홍보 효과의 행운까지 겸비한 『톨스토이 단편선』은 발간 즉시 200만 부 넘는 판매 실적을 올리며 베스트·스테디셀러로 자리 잡았다.

러시아문학 작품으로서 유례없는 이 기록은 도덕적 인생론을 주축으로 한 톨스토이 '시장성'의 청신호와도 같았다. 1990~2016년 9월까지 나온 톨스토이 작품집 중 60% 정도가 우화집이고 '바보 이반'과 '사람은 무엇으로 사는가'의 제목 중심으로 중복 출간되어온 흐름이 말해주듯, 한국의 톨스토이 문학은 '도덕'이라는 불변의 화두로 틀지어져 단순화된 면이 있다.[4]

한 가지 특기할 점은 사상가-톨스토이 문학이 어린 독자층을 타깃 삼아 시장을 장악했다는 사실이다. 20세기 초의 계몽적 맥락 속에서 톨스토이가 '소년'과 '청춘'의 스승 역할을 비유적으로 수행했다면, 21세기 초의 톨스토이는 비유가 아닌 실제적 의미에서 그러했다. 『톨스토이 단편선』을 위시한 동종의 책자들은 대부분 청소년용에 해당하는 삽화와 서체, 표지 장정을 사용함으로써 톨스토이 문학의 교육적 효용성을 마케팅에 활용했다. 아예 '한국톨스토이'

라는 명칭을 딴 아동문학 전문 출판사도 생겨났을 정도인데, 말년
의 톨스토이가 견지했던 민중주의 문학관의 관점에서는 환영할 만
한 현상이었다. 그러나 다른 한 편에서 볼 때, 성장기 필독서로 낙
인찍힌 톨스토이가 장년기의 필독서로까지 인정받는 데에는 그만
큼 장애도 뒤따랐다. 어린 시절 '아동도서'로서 교훈적 톨스토이를
섭렵했던 젊은이라면 그다음 단계에서는 톨스토이가 아닌 다른 '본
격문학', 예컨대 도스토옙스키 같은 '진짜' 문학가의 작품을 택할
가능성이 높았기 때문이다.

대중적 인지도 면에서는 톨스토이가, 전문적 평판도 면에서는
도스토옙스키가 점유해온 독서계의 지형도에는 이와 같은 배경이
있다. 그것은 『톨스토이 단편선』과 『카라마조프 형제들』로 양분된
최근까지의 독서 문화 현상에만 국한된 문제가 아니라, '도덕적 스
승' 톨스토이를 거쳐 '문학적 스승' 도스토옙스키로 이어진 20세기
문학·지성사의 흐름으로서 형성된 경향이다. 이광수 이후 1930년
대 프로문학의 시대색과 일본에서 유행한 셰스토프 철학에 영향 받
아 새로운 문학을 도모하던 문청 세대에게 창작의 모델은 단연 도
스토옙스키였다. "톨스토이나 투르게네프의 것보다는 도스토옙스
키의 것과 고리키의 것들이 마음에 들었다"(염상섭)[5]는 진술은 '도
스토옙스키적 작가' 염상섭 개인의 취향을 넘어 그 시대와 지식인
사회 전반을 대변한 입장이었다. 빈궁과 핍박의 사회 현실에 대항
했던 경향파 작가들은 물론 좌익 이념과는 무관했던 김동리, 서정
주, 김춘수, 말년의 이효석까지도 모두 도스토옙스키에 경도되었

염상섭

으며,[6] 실제로 30년대 이후의 한국 대표 문인에게서 톨스토이적 서
사의 스케일이나 감동이 재현된 경우는 찾기 보기 힘들다. '대하소
설'이라는 서사 방식의 유사성은 지목할 수 있을지 몰라도(가령 박경
리, 조정래 소설), 톨스토이를 사숙했다고 직접 고백하는 주요 작가는

쉽게 눈에 띄지 않는다. 요컨대 영향 관계나 창작 경향에 있어 황순원, 김춘수, 이병주, 최인훈, 박경리, 이문열, 박영한, 최상규, 김성종, 정찬, 장정일, 김연경, 한강, 이장욱, 장강명 등으로 이어지는 '도스토옙스키적 작가'는 있어도, 그에 비견될 만한 '톨스토이적 작가'의 계보는 확실히 드러나지 않는다.

> 도스토옙스키는 말하자면 지독하게 '보수적인' 작가였다. 그가 주장하는 것은 '지배 권력에 대한 복종', '법에 대한 무조건적 복종', '교회에 대한 복종' 같은 것이었다. 그런데도 아직도 대다수의 한국 작가들이 도스토옙스키를 사숙하고 있다는 사실은 나를 아연케 할 수밖에 없다.[7]

톨스토이와 도스토옙스키 중 누가 더 '보수적'인가에 대해서는 논란의 여지가 있겠다. 종교적이고 사상적인 측면에서는 도스토옙스키가 수구적인 듯하지만, 도덕적 측면이나 예술철학 면에서는 톨스토이의 완고함이 더 두드러져 보인다. 일찍이 김동인은 만년의 톨스토이를 "광포한 설교자"로 낙인찍는 한편, "예술가로서 평할 때는 도스토옙스키보담 톨스토이가 아무래도 진짜"라고 판정한 바 있는데,[8] 이는 김동인의 독자적인 평가라기보다 메레시콥스키나 크로폿킨 같은 당대 망명 지식인이 설파해 자리 잡은 정설의 메아리였으며, 동시에 이광수와의 경쟁 심리에서 촉발된 이분법적 논리이기도 했다. 사상가로서의 톨스토이와 예술가로서의 톨스토이를 나누어 평가함으로써 실제로는 톨스토이 사상을 신봉한 이광수와 예술적 제자를 자처한 김동인 자신을 대립시켰고, 결과적으로는 후자의 손을 들어준 셈이 되었기 때문이다.[9]

그러나 1930년대부터 작가들의 사숙 대상은 도스토옙스키 쪽으로 완연히 기울어서, 젊은 작가들은 도스토옙스키의 사상이 아닌 예술 기법을 창작 교본으로 삼기 시작했다. 『죄와 벌』을 읽은 이무영이 "이것이 문학이다! 이것이 예술이리라!"며 흥분한 것도, "이 작품을 안 읽었으면 문학 작품 읽었다 할 수 없지요"라는 일본인 교사의 말을 듣고 김동리가 "세계 최고"인 『카라마조프 형제들』을 읽기 시작한 것도 그 무렵이다. 이효석 경우도 "시기가 늦게 도스토엡스키를 읽으면서 세상의 소설가는 도스토옙스키 한 사람임을 새삼스럽게 느꼈다"라고 자신의 말년 수필에서 밝혔다.[10]

이후 한국 문인들의 도스토옙스키 사숙 경향은 일반론으로 자리잡아 작가들을 대상으로 한 설문조사 결과의 향방을 뚜렷하게, 그리고 서구와는 다른 방향으로, 결정지어왔다. 예컨대 2004년에 문인들을 대상으로 한 '세계명작소설 100선' 설문에서는 단연 『카라마조프 형제들』이 『부활』에 앞서 2위에 올랐고,[11] 2012년 문화예술계 명사들을 대상으로 한 '파워클래식' 앙케이트에서도 『카라마조프 형제들』이 『전쟁과 평화』나 『안나 카레니나』를 멀리 제치고 다수 추천을 받았다.[12] 반면, 비슷한 시기 영미권에서는 작가들이 뽑은 애독서 1위가 다름 아닌 『안나 카레니나』였으며, 그에 반해 『카라마조프 형제들』은 아예 순위에도 들지 못했음을 볼 수 있다.[13]

그런데 2017년에 들어서면서부터 경향이 바뀐다. 2017년 4월까지만 해도 예스24가 공개한 10년간(2007년 이후 2017년 초까지) 서양 고전 누적 판매량에서 『톨스토이 단편선』이 2위, 『카라마조프 형제들』은 3위를 차지했다. 당시 『안나 카레니나』와 『죄와 벌』은 23위였다.[14] 그런데 알라딘이 집계한 2017년도 한해의 러시아문학 베스트셀러 순위에서는 『사람은 무엇으로 사는가』, 『카라마조프 형제들』, 『안나 카레니나』가 각각 1, 2, 3위에 올랐다.[15] 2017년부터 감지된 『안나 카레니나』의 약진은 눈에 띄는 것이어서, 2018년 알라딘 집계는 1위 『안나 카레니나』(민음사 세트), 2위 『카라마조프 형제들』(민음사 세트), 3위 『죄와 벌 1』(민음사), 4위 『안나 카레니나』(문학동네 세트)로 조사되고, 2019년에도 2위 『안나 카레니나』, 3위 『카라마조프 형제들』로 『안나 카레니나』가 도스토옙스키 소설을 연거푸 앞지르는 상황이 벌어졌다.[16]

인터파크 베스트셀러 조사 결과도 유사하다. 2017년에는 민음사판 『카라마조프 형제들』이 1위, 민음사판 『안나 카레니나』 2위, 문학동네판 『안나 카레니나』 3위를 기록하더니, 2018년에는 순위가 바뀌어 1위 민음사판 『안나 카레니나』, 2위 문학동네판 『안나 카레니나』, 3위 민음사판 『카라마조프 형제들』이 되었다. 2019년에는 1위 『톨스토이 단편선』, 2위 『안나 카레니나』로 톨스토이의 대중적 인기가 도스토옙스키에 비해 강세였고, 그 배후에 역시 『안나 카레니나』가 있었다.

2017년에 시작된 지각 변동이 2018년부터의 독서계 판도를 뒤바꿔놓은 것은 분명해 보인다. 그렇다면 그 해에 과연 무슨 일이 있었던가? 2017년 7월 tvN 예능프로그램 '알쓸신잡'(알아두면 쓸데없는 신비한 잡학사전)에서 김영하 작가는 무인도에 가지고 갈 단 한 권의 책으로 "작가들이 좋아하는 작품" 『안나 카레니나』를 꼽았다. 그것이 결정적 기폭제로 작용한 듯하다. 우습게 여겨질 수도 있겠지만, 사실이 그렇다. 상기하건대, 2003년의 톨스토이 붐은 TV 프로그램 '느낌표!'를 통해 소개된 『톨스토이 단편선』의 파급 효과였다. 2000년에 나온 피비어-볼로혼스키R. Pevear & L. Volokhonsky 영역본 『안나 카레니나』가 미국 독서계를 강타한 것도 실은 2004년 오프라 윈프리의 TV 북클럽을 통해서였다.

'알쓸신잡' 현상에서 주목할 부분은 『안나 카레니나』가 김영하 작가 한 개인의 선택을 넘어 "작가들이 좋아하는 작품"으로 전제되었다는 점이다. 즉, 『안나 카레니나』가 무인도에서 구조될 때까지 시간 보내기에 좋은 긴 소설이고, 상·중·하권 중 중권은 뛰어넘어도 될 만큼 내용이 단순함에도 심리 묘사가 뛰어나다는 식의 덕목 이전에, 『안나 카레니나』 홍보의 핵심은 무릇 작가들이 인정한 '진짜' 명작으로서의 권위에 있었다. 그런 의미에서 '알쓸신잡'은 그동안 상대적으로 방치되어온 톨스토이 정전正典의 가치를 김영하라는 인기 작가의 목소리를 통해, 그리고 일찍이 그 책을 읽은 다른 유명 출연진(유시민, 황교익, 정재승 등)의 추임새를 통해 대중적으로 노출하고 확인시키는 계기가 되었고, 그 결과가 2017년 하반기부터의 『안나 카레니나』 현상으로 발현된 것이다.

흥미롭게도 같은 시기(2017년 7월) JTBC 프로그램 '효리네 민박'에서는 가수 아이유가 출연해 제주도에서 읽는 『카라마조프 형제들』 장면을 연출하기도 했다. 이 또한 기존의 도스토옙스키 소설 판매도에 다시 한 번 박차를 가했음은 물론이다. 유명인의 TV 프로그램 출연은 관련 신문 보도, 인터넷 기사 및 블로그 등의 2차 정보 공유를 통해 무한대로 확산되는 홍보 효과를 지닌다. 그런데 대중적으로 이미 공인된 고전을 연예인이 읽는 장면과 그렇지 못했던 고전을 인기 작가가 추천하는 양상은 사뭇 대조적이며, 그 의미 또한 다를 수밖에 없다. 아이유의 도스토옙스키 독서가 모방 본능을 자극한다면, 김영하의 톨스토이 독서는 관심의 환기를 유도하며, 전자가 인기의 확인이자 유행의 재현인데 반해, 후자는 인기와 유행을 새롭게 창조해낸다.

　『안나 카레니나』가 "작가들이 좋아하는 작품"이라는 사실에는 전거가 있다. 근래 들어 유명인의 독서목록 소개 책자(예컨대 『문재인의 서재』, 『안철수의 서재』, 유시민의 『청춘의 독서』)나 지식인의 추천도서 소개 책자(『책의 유혹』, 『한국 작가가 읽은 세계문학』, 『배수찬의 서양고전 읽기』, 『책은 도끼다』 등)가 대거 등장했다. 그 자체가 분석을 요구하는 문화 현상이겠는데, 『안나 카레니나』와 관련해서도 판도 변화가 눈에 띈다. 대선급 정치인의 독서목록에는 문학이 아예 없고, 2009년 발간된 유시민의 책(『청춘의 독서』)에는 『죄와 벌』, 『대위의 딸』, 『이반 데니소비치의 하루』가 언급되어 있다. 하인리히 뵐 이외의 다른 문학 작품은 포함되어 있지 않은 이 책에서 러시아문학만 세 작품이 거론

되었음은 특이점이라 하겠다.

2011년에 나온 베스트셀러『책은 도끼다』는 광고인 박웅현의 인문학적 독서법 소개서이다. 이 책에서 비교적 상세히 분석된 작품이 바로『안나 카레니나』로, 톨스토이 소설의 미학을 대중적으로 홍보한 계기가 되었다. 출판계에서 영향력을 지닌 저자 박웅현은 이후 인문학 강연과 속편 저술(『다시, 책은 도끼다』, 2016)을 통해서도 도스토옙스키가 아닌 톨스토이 소설『안나 카레니나』를 소개했다.[17]

2013년에 이어 2018년 증보판이 간행된『한국 작가가 읽은 세계문학』(문학동네)의 경우도 징후적이다. "한국의 대표작가 134인이 읽은 불멸의 세계문학 150선"에 들어간 러시아문학 작품은 총 13편인데, 도스토옙스키가 포함되지 않았다. 책 간행 목적이 출판사 간행물 홍보에 있어 보이며, 따라서 자사가 출간한 세계문학만을 설문 대상으로 삼았을 수 있다. 그 경우 흥미로운 것은 어떤 의도에서건 도스토옙스키가 해당 출판사의 세계문학 번역출간 기획에서 배제되었다는 사실이다. 아무튼 이 출판사의 세계명작목록에 톨스토이는 세 작품(『안나 카레니나』,『전쟁과 평화』,『부활』)이나 포함되었으며, 그 중에서도『안나 카레니나』는 두 작가에 의해 복수 추천되었다.[18] 대표 소설 세 편이 모두 '등극'한 작가는 톨스토이가 유일하다.

종합하자면, 국내『안나 카레니나』붐은 '알쓸신잡' 이전에 이미 지식인 사이에서 뿌리내리기 시작한 현상이다. 김영하가 지나가는 말처럼 발설한 "작가들이 좋아하는 작품"은 바로 이 현상의 대변이었고, 도스토옙스키에서 톨스토이 쪽으로 기울고 있는 전문가적 평판도의 반영이었다. 그 현상이 대중적으로 흡수된 결과가 2017년 이후의 도서 판매율이다. 곧이어 2018년, 2019년에 공연된 러시아 뮤지컬 『안나 카레니나』의 성공도 소설의 대중적 성공과 직결되어 있지만,[19] 중요한 것은 그 이전에 확립된 명작으로서의 명성이라고 판단된다. 참고로 작품의 명성이 확산되기 이전에 나온 톰 스토파드T. Stoppard 각본·조 라이트J. Wright 감독의 2012년 영화나 2005년의 에이프만Б. Эйфман 발레 『안나 카레니나』는 당시 소설 판매도에 별 영향을 미치지 못했다.

마지막으로 2017년 이후의 번역·출판 동향에 관한 언급이 필요하다. 1969년부터 2007년까지 나온 『안나 카레니나』 번역은 총 13종으로 조사되는데,[20] 이후 2019년까지의 약 10년간 새로 등장한 완역본이 최소 8종이다.[21] 그중에서도 작품이 대중적으로 주목받기 시작한 2017년 하반기 이후 2019년 사이에만 3종의 신역본이 등장했고, 모두 러시아문학 전공자에 의해 완역되었다. 비록 2017년 이전에 출간된 번역이더라도 작품이 인기를 얻자 메이저 출판사마다 앞 다퉈 합본 특별판 또는 스페셜 에디션 명목의 재간행을 하는 터다.[22] 압축 경제에 버금가는 압축 번역, 압축 출간의 『안나 카레니나』 전성시대고, '번역 전쟁'이 벌어지고 있다 해도 과언은 아니다.[23]

번역자 입장에서 번역은 작품을 가장 잘 이해하게 도와주는 기본 과정이자, 동시에 그 이해의 정도를 가장 노골적으로 드러내는 증거물이기도 하다. 그래서 번역은, 특히 『안나 카레니나』 같은 소설 번역은, 쉽게 도전하기 어려운 '일생일대의 작업'일 수밖에 없다. 대중 매체의 영향력이 독서 열풍을 설명해줄 수야 있겠지만, 번역 열풍마저 충분히 설명해주는 것은 아니다. 세계적인 대작이 그토록 빠른 기간 안에 집중적으로 쏟아져 나오게 된 이 현상은 전문가의 명작 번역 작업 역시 자본의 방향계에 종속될 수밖에 없다는 한국적 현실을 말해줄 따름이다. 상대적으로 너무 많은 인력과 노력이 한쪽으로 쏠려 잉여의 경쟁 상황을 만든 것은 분명 안타까운 일이고, 또한 새롭게 출현한 번역물의 질적 평가에 있어 출판계나 학계가 냉담한 것도 문제가 아닐 수 없다. 번역의 '질적 문제'에 관한 논의는 톨스토이 문학의 예술적 가치와 더불어 번역의 문학적 가치 또한 독자 대중의 의식 안에 확고히 자리 잡았을 때 가능해진다. 『안나 카레니나』 현상이 『전쟁과 평화』로도 이어질지 궁금하다.

참고로 2000년에 출간한 영역본 『안나 카레니나』로 돌풍을 일으켰던 피비어-볼로혼스키 부부는 이어서 2016년에 『전쟁과 평화』도 상자했다. 햇수로 15년 걸린 작업이다. 그러나 그 번역본은, 아마존 측 설명에 의하면, "원본 파일의 질적 문제significant quality issues with source file"를 이유로 현재 유통이 중단된 상태라고 한다.[24]

《안나 카레니나》

새로운 번역의 가능성

10년 사이에 8종의 『안나 카레니나』 번역이 등장한 것은 세계적으로 유례없는 현상일 듯하다. 물론 각각이 오랜 각고의 결과물일 테지만, 고전 명작 시장을 향한 출판사들의 투자 경쟁과 독서계 추세가 맞물려 생겨난 붐 현상임은 틀림없다. 번역의 문학적 가치를 제고하는 차원에서 최근 각축 중인 6종 번역물을 몇몇 핵심 장면 중심으로 비교해보고자 한다. 어느 번역이 더 좋은가에 대한 평가나 오역에 대한 단순 지적을 하자는 것이 아니라, 톨스토이 원작의 이해를 높이고, 또 다른 번역의 가능성을 확인하려는 의도에서다. 일종의 '메타 번역'이라 이름 붙일 수 있는 시도이다. 비교 대상으로 포함한 번역은 다음과 같다. 이후 A, B, C, D, E, F로 지칭한다.

A. 연진희 역, 『안나 카레니나』, 민음사, 2009, 2019.

게르니흐 마니제르,
「안나 카레니나」(1904)

B. 박형규 역, 『안나 카레니나』, 문학동네, 2009, 2020.[25]

C. 윤새라 역, 『안나 카레니나』, 펭귄 클래식, 2011, 2019.

D. 장영재 역, 『안나 카레니나』, 더클래식, 2017, 2019.

E. 이명현 역, 『안나 까레니나』, 열린책들, 2018.

F. 최선 역, 『안나 까레니나』, 창비, 2019.

에피그라프

A. "원수 갚는 것은 내가 할 일이니 내가 갚아주겠다." 각주 제공.

B. 원수 갚는 것은 내가 할 일이니 내가 갚아주겠다. 각주 제공.

C. 복수는 나의 것이니 내가 갚으리라.

D. 에피그라프 누락

E. 원수 갚는 것은 내가 할 일이니 내가 갚아주겠다. 각주 제공.

F. 복수는 나의 것, 내가 되갚아주리라. 긴 각주 제공.

에피그라프는 소설 전체의 메시지를 함축한 키 프레이즈key phrase로서, 번역에서 누락함은 있을 수 없는 일이다. 『안나 카레니나』는 톨스토이가 쓴 『죄와 벌』로 일컬을 만큼 모든 주요 등장인물이, 그리고 사회 전체가 '죄'와 '벌(복수)'의 그물에 얽혀 있다. 오블론스키, 안나, 브론스키, 카레닌, 레빈, 키티는 소설의 어느 시점에 이르면 각자 '내게는 잘못이 없다'라고 말하는데, 그것은 그들 모두 안고 있는 죄의식의 고백이기도 하다. 인간이라면 죄를 지을 수밖에 없고, 그러나 그들은 한결같이 자신의 죄를 정당화하면서 죄 없는 자로 남고자 한다. 그럼으로써 행복해지고자 한다. 자신은 죄가 없기 때문에 불행해질 수 없다는 것이 그들의 기본 논리이며, 인물 각자의 입장으로 들어가볼 때, 죄는 실제로 없을 수도 있다. 죄를 범하지 않아서가 아니라, 그 죄가 충분히 이해받고 용서받을 만하기 때문이다.

그러므로 "원수 갚는 것이 내게 있으니 내가 갚으리라"는 문장은 복수와 벌이 아니라, 용서와 화목에 대한 메시지로 읽어 마땅하다. 신약성경 『로마서』 12장에서 그 구절이 등장하는 부분의 전후 맥락은 원수를 사랑하라는 얘기("아무에게도 악을 악으로 갚지 말고 모든 사람 앞에서 선한 일을 도모하라. 할 수 있거든 너희로서는 모든 사람과 더불어 화목하라. (⋯) 네 원수가 주리거든 먹이고 목마르거든 마시게 하라." 12:17~20)임을 기억해야 한다.

톨스토이는 신약에 나오는 교회슬라브어 문구("Мне отмщение, и Аз воздам") 그대로를 에피그라프 삼으면서 그 출처는 밝히지 않았다. 도스토옙스키와 대조적인데, 가령 『카라마조프 형제들』의 에피그라프("내가 진실로 진실로 너희에게 이르노니 한 알의 밀이 땅에 떨어져 죽지 아니하면 한 알 그대로 있고 죽으면 많은 열매를 맺느니라")는 『요한복음』 12장 24절이라고 분명히 명시되어 있다. 톨스토이의 경우 중요한 것은 인간 마음속에서 울려 나오는 깨달음의 목소리이지 위로부터 내려온 하나님의 목소리가 아니며, 그렇기 때문에 톨스토이 소설은 성서적 진리라 할지라도 종교적 틀을 초월한 보편성의 차원에서 그 가치를 역설한다. 아우스테를리츠 전투에서 부상당해 쓰러진 안드레이가 머리 위에 펼쳐진 광대한 하늘을 보며 삶의 의미를 깨닫는 에피파니 장면이 대표적인 예이겠고, 『안나 카레니나』의 에피그라프도 같은 맥락에서 복음서의 출처를 생략한 채 기재되었다.

에피그라프와 관련하여 한글 번역본에는 대부분 길거나 짧은 각주가 붙어 있다. 짧게는 신약성서의 출처만 밝히기도 하고, 길게는 구약성서나 쇼펜하우어 책의 관련 부분에 대해서까지 장황한 설명을 덧붙였다. 교회슬라브어만을 통해서도 성서적 문맥이 확실해지는 러시아어와 달리 그것이 불가능한 한글 문화권에서는 주석이 필요할 수 있다. 한편 모드 부부Louise and Aylmer Maude나 피비어-볼로혼스키 부부의 영역본에는 각주가 없다. 너무 많은 각주는 독서를 방해하므로 번역자 각주를 최소화하는 것이 일반적인 관례이기도 하다. 그런 의미에서 우리말 번역에 대부분 따라붙은 각주는 생각해볼 사안이다. 고전문학의 학술적 정본 번역을 목표로 치밀한 주해를 원칙 삼을 수 있겠으나, 그렇다면 에피그라프뿐만 아니라 소설 전체의 각 곳에(아마도 아주 많은 부분에)도 동등한 밀도의 각주가 따라야 마땅할 터인데, 그렇지는 않다. 유독 에피그라프에만 힘에 들어간 셈이다.

여기에는 두 가지 문제가 있다. 우선 번역인가 해석인가의 기본적인 질문이 대두된다. 생경한 문화권의 작품을 옮김에 있어 부차적 설명이 불가피하고, 그래서 번역자는 종종 그 생경함을 자국 문화에 맞춰 풀어 옮길 것인가, 아니면 그대로 옮기되 각주를 달 것인가의 갈림길에 놓인다.[26] 어떤 선택을 하건 일관성이 있어야 함은 당연하고, 동시에 번역과 해석(혹은 해설) 사이의 경계에 대해 또렷한 자의식이 필요하다. 번역은 근본적으로 해석과 겹쳐질 수밖에 없지만, 그것은 언어의 선택과 문체를 통해 우회적으로 전달되는 것이지, 별도의 서술로써 주입되어야 하는 정보가 아니다. 해석은 번역의 밑 과정일 뿐 번역의 목적이 아니기 때문이다. '문화 해독력cultural literacy'과 관련된 복잡한 주제이기도 한데, 문학 작품의 번역에서 해석은 근본적인 동시에 잉여적인 측면을 지닌다. 자국어 문학 작품에 원저자가 해석을 제공하는지(예외적인 경우에는 그렇게 한다)와 비교해보면 자명한 사실이다.

원작자는, 특별히 의도한 경우가 아니라면, 주석을 달지 않는다. 그것은 독자를 믿기 때문이기도 하고, 독자 개개인이 아는 만큼 읽을 수 있다고 생각하기 때문이다. 또한 독자에게 해석의 자유를 허락하기 때문이다. 톨스토이가 에피그라프 출처를 굳이 밝히지 않은 것도 그런 이유에서일 것이다. 톨스토이 소설의 모든 주인공이, 그리고 모든 독자가 각자의 목소리로 생각하고 판단하는 심판과 절대자의 궁극적인 심판은 별개의 층위에 놓여 있지만, 그 무게는 무턱대고 차별되지 않는다. 톨스토이의 긍정적 주인공들은 인간의 가치에서 신의 가치로 이어지는 사고와 인식의 사다리를 거치며 성장하게끔 되어 있다. 톨스토이는 그 점을 존중했고, 개개인의 경험과 깨달음에 가치를 두었다. 톨스토이의 에피그라프는 성서만의 문구도, 철학자만의 논지도 아니고, 모두에게 열려 있는 목소리다. 그러므로 원작의 의미를 존중한다면, 원작 그대로의 각주 없는 '열린' 에피그라프가 더 적합할 수도 있다.

소설 도입부: 1부 1장

A. 행복한 가정은 모두 모습이 비슷하고, 불행한 가정은 저마다 나름의 이유로 불행하다.

B. 행복한 가정은 모두 고만고만하지만 무릇 불행한 가정은 나름나름으로 불행하다.

C. 행복한 가정은 서로 닮았지만, 불행한 가정은 모두 저마다의 이유로 불행하다.

D. 행복한 가정은 모습이 다들 비슷비슷하지만 불행한 가정은 저마다 다른 이유가 있다.

E. 모든 행복한 가정은 서로 닮았고, 모든 불행한 가정은 제각각으로 불행하다.

F. 행복한 가정은 모두 서로서로 닮았고, 불행한 가정들은 각각 나름대로 불행하다.

『안나 카레니나』의 첫 문장이야말로 번역자에게는 최대 도전이 아닐 수 없다. 톨스토이의 문장에 빗대어 말하자면, 모든 번역자는 하나의 야심으로 이 문장을 번역하지만, 각각의 번역자는 나름의 이유로 번역에 실패한다. 원문의 완벽함에 다다르지 못한다는 의미에서 실패할 수밖에 없다는 얘기다.

번역에는 원문의 정확한 이해와 더불어 자국어를 구사하는 솜씨와 스타일이 요구되는데, 톨스토이 소설의 첫 문장은 후자를 필요로 한다. 6종의 번역문을 보면, 모두 비슷하면서도 또 각자 차이가 있다. 큰 변형이 있을 수 없는 이 문장을 어떻게 하면 기존 번역과 달리 할 수 있을까가 모든 번역자에게 고민스러웠으리라 짐작된다.

> *Все счастливые семьи похожи друг на друга, каждая несчаст-ливая семья несчастлива по-своему.*
>
> 모든 행복한 가정은 서로 닮았지만, 각각의 불행한 가정은 각자 나름으로 불행하다.

톨스토이의 복합 평문은 단순 명쾌한 대조법으로 이루어졌다. '행복한 가정'과 '불행한 가정'은 '모든-각자все vs. каждая', '서로 닮다-나름으로похожи друг на друга vs. по-своему'로 쌍을 이룬 문장 요소들에 의해 구분되는데, 문학사상 가장 유명한 첫 문장 중 하나인 이 도입부에 너무 큰 의미를 부여하며 마치 작품 해독의 열쇠라도 되는 양 강조하는 것은 무리라고 생각할 독자도 있다.[27]

반면 이 한 문장에 모든 것이 담겨 있다 할 독자도 존재한다. 톨스토이의 첫 문장은 분명 심도 있는 언어학적 분석 대상이다. 언어학 이론까지는 끌어오지 않더라도, 문장을 이룬 두 대구對句의 기본 원리가 통합integration과 분열disintegration의 이중성임에는 의문의

여지가 없다.

통합된 흐름 속에 조화로운 관계가 이어지는 안정 상태와 각각의 부분이 궤도에서 벗어나 우왕좌왕하는 불안정 상태는 행불행의 속성을 단적으로 표현해준다. '한마음 한뜻', '콩가루 집안'과 같은 우리말이 그 면에서 실감 나는 비유라 하겠다. 조화를 이루는 일체성은 톨스토이의 기본 이상이며, 가정, 사회, 국가, 세계 등 인간 세상의 모든 단위에 적용되는 행복의 기본 원칙이다. 레빈의 눈에 비친 농사꾼 가족의 건강하고 유쾌한 노동, 그리고 저 유명한 경마장 사건의 어긋난 움직임은 행불행이 엇갈리는 순간에 관한 대단히 사실적이면서도 상징적인 통찰이 아닐 수 없다.

그런 배경에서 톨스토이의 첫 문장은 극도로 중요하며, 번역에서도 결코 단순치 않은 주의를 요구한다. 성공적인 번역의 핵심은 통합과 분열의 대비를 정확히 드러내는 것이고, 그것을 얼마나 압축적으로, 톨스토이만큼 명쾌하게 서술하는가에 있다.

카레닌의 귀: 1부 30장

A. '아, 어쩜! 저이의 귀는 어째서 저렇게 생긴 걸까?'

B. '세상에! 어째서 저이의 귀는 저렇게 생겼을까?'

C. "아, 맙소사! 저이의 귀는 왜 저렇게 생겼을까?"

D. '아, 그이의 귀는 얼마나 잘 생겼는지!'

E. 〈어머나, 하느님 맙소사! 저이의 귀는 왜 저렇게 생겨 먹었을까?〉

F. '아, 맙소사! 왜 귀가 저 모양이지?'

브론스키와 사이에 열정의 싹이 튼 안나는 역에 마중 나온 남편을 보는 순간 본능적으로 혐오감을 느낀다. 안나의 눈에 띈 남편 귀의 낯섦이 그 혐오감의 대변인 동시에 브론스키를 향한 육체적 사랑의 고백임은 두말할 나위 없고, 이것이 형식주의자가 말하는 '낯설게 하기 기법отстранение'의 대표적 사례임도 주지하는 바다. 그러므로 '그이의 귀는 얼마나 잘 생겼는지!'라고 한 D 번역의 경우, '그이'가 남편을 가리키는지 아니면 브론스키를 가리키는지 확실치 않은데, 전자라면 톨스토이 소설을 잘 모른다는 것이고, 후자라면 지나친 의역의 혐의가 짙다.

원문은 "Ах, Боже мой! отчего у него стали такие уши?"로, 모드 영역본은 "Great heavens! What has happen to his ears?", 피비어-볼로혼스키는 "Ah, my God! what's happened with his ears?"라고 옮겼다. 우리말 번역은 대부분 '어째서 저렇게 생겼을까' 식으로, 귀 생김새의 원천적 기괴함에 초점을 맞추었다.

그러나 톨스토이 원문을 정확히 읽는다면, 문제는 귀 자체의 이상함이라기보다 그것을 비로소 인식하게 된 안나의 눈이다. 사실 귀(또는 그 무엇이 되었든)처럼 너무나 익숙한 나머지 평소 봐도 보지 못했던 것들 중에는 막상 자세히 들여다보면 이상하게 다가올 형상이 많은데, 안나에게 바로 그 같은 시선의 변화가 일어난 것이다. 톨스토이는 안나로 하여금 '귀가 왜 저렇지?отчего у него такие уши?' 대

신, '귀가 왜 저렇게 된 거지?отчего у него стали такие уши?'라고 묻게
만들었다. '대체 그사이 남편의 귀에 무슨 일이 일어난 것인가'의
질문은 '대체 그사이 그녀에게 무슨 일이 일어난 것인가'의 질문과
일맥상통한다. 심리 묘사의 모범이 되는 그 구절에서 놓치지 말아
야 할 부분인데, 대개의 번역은 간과해버린 듯하다. 반면 두 영역본
은 이 문제를 포착했다고 여겨진다.

말줄임표: 1부 31장

A. "당신은 믿지 않겠지. 내가 얼마나 익숙해지고 말았는지…"

B. "당신은 믿지 않을지도 모르지만 나는 이제 혼자 식사하기가
영…"

C. "당신은 믿지 않을지 모르지만 난 정말 익숙해졌다오…"

D. "당신은 아마 모를 거야. 내가 그동안 얼마나 혼자 먹는 데 익
숙해졌는지…"

E. "내가 당신한테 얼마나 길들여졌는지, 당신은 모를 거요…"

F. "당신은 모를 거야, 내가 얼마나 습관이 들었는지…"

말줄임표 문장을 어떻게 처리하는가도 간단치 않은 과제이다.
말줄임표로 생략된 메시지의 골자는 일단 화자와 청자가 맥락을 공
유할 때에만 이해가 가능하다. 소통의 관계자에게는 너무도 분명
한 메시지여서 굳이 끝까지 말할 필요가 없을 때, 또는 노골적 발화

행위가 대화자만이 인지하는 메시지의 친밀함을 해친다고 생각될 때, 또는 차마 끝까지 말하기가 어려울 때 말을 줄이기 십상인데, 어떤 경우가 되었건 말을 줄인다는 것은 그 맥락이 그만큼 명확하다는 뜻이다.

그러나 대화자 사이에 확실한 맥락이 작가와 독자 사이에도 확실하다는 법은 없어서, 때로는 미처 못다 한 말줄임недоговоренность의 불확실성이 의미 확장을 도모하는 시학적 도구로 활용되기도 한다. 톨스토이가 겨냥한 바는 그것이다.

문제의 문장은 역으로 마중 나온 카레닌이 아내와 잠시 헤어질 때 하는 말이다. '이제 혼자 식사하지 않아도 되겠다'는 말에 이어 차마 끝맺지 못할(끝맺지 않아도 되는) 한 마디를 건네면서 카레닌은 안나의 손을 꼭 잡은 채 "특별한 미소"를 짓는다. 앞서 '그로테스크한 귀'로 대변된 혐오감을 기억한다면, 남편이 당연하게 표하는 친밀함의 각종 '언어'가 안나에게 어떤 반응을 일으킬 것인지, 그리고 그것이 어떤 의미를 지니는지에 대해 당사자를 제외한 작가와 독자는 모를 리 없다. 그렇기 때문에 최소한 소설의 이 지점에서만큼 카레닌을 향한 감각적 혐오감은 독자들 사이에서도 공감대를 형성하기에 이른다.

Опять буду обедать не один, - продолжал Алексей Александрович уже не шуточным тоном. - Ты не поверишь, как я привык...

И он, долго сжимая ей руку, с особенною улыбкой посадил ее в карету.

이제 홀로 식사하지 않게 되었군, ─ 어느새 진지한 어투로 알렉세이 알렉산드로비치가 말했다. ─ 당신은 믿지 못할 거요, 내가 얼마나 길들어 …

그리고는 특별한 미소를 머금은 채 그녀를 마차에 태우며 그 손을 오래 꼭 눌러 잡았다.

과연 카레닌이 무엇에 익숙해진(길든) 것인지, 무슨 말을 하다 만 것인지는 독자가 판단할 몫이다. 그러나 카레닌의 말줄임이 홀로 먹는 저녁 식사를 뜻한다고 보는 것은('как я привык обедать один' 식으로) 지나치게 형식적인 문법적 해석에 지나지 않는다. 전후 맥락을 보건대, 카레닌은 안나가 부재한 최근 사흘간의 변화가 아니라, 그녀와 부부로 함께한 9년 세월의 익숙함을 말하고 있다. 즉, 잠깐의 부재가 중단시켰던 부부생활이 그만큼 그리웠다는 고백을 하고 있는 것이다. 그 고백의 '언어'가 바로 은근한 어투, 꼭 쥐는 손의 감촉, 의미심장한 미소와 같은, 부부 사이라면 말없이도 통용되는 육체적 밀착의 사인sign이다.

미처 끝내지 않는 말줄임은 부부의 일상화된 친밀함 중에서도 가장 친밀한 차원의 일체감을 전제로 한다. 카레닌이 발화한 말줄임의 언어가 화답되지 않고 무시당하는 순간, 부부의 불행은 이미 시작된 것이라고 볼 수 있다. 물론 번역은 그 침묵의 의미 전달에 최대한 충실해야 한다.

경마 장면: 2부 25장

A. 그런데 바로 그 순간 브론스키는 끔찍하게도 말의 움직임을 따라잡지 못한 자신이 안장 위에 내려앉으면서 도저히 용서받을 수 없는 나쁜 짓을 했다는 것을 깨달았다. 그 스스로도 어찌된 영문인지 알 수 없었다.

B. 그러나 그 순간 브론스키는 끔찍하게도 자기가 말과 움직임을 같이하지 않고 스스로도 이해할 수 없으며 용서할 수 없는 동작을 한 것을 느꼈다. 그는 너무 빨리 안장에 내려앉아버린 것이었다.

C. 그러나 바로 그때 브론스키는 말의 동작을 따라잡지 못했음을 느끼고 경악했다. 그리고 어찌된 영문인지 안장에 내려앉으며 엄청난 실수를, 용서받지 못할 짓을 저지르고 말았다.

D. 그런데 그때, 브론스키는 말의 움직임에 리듬을 맞추지 못한 자신이 착지를 하면서 되돌릴 수 없는 잘못을 저질렀다는 것을 깨달았다. 그는 왜 그렇게 되었는지 도저히 알 수가 없었다.

E. 그러나 바로 그때, 너무나 유감스럽게도 브론스끼는 말의 움직임을 따라잡지 못한 채 말안장에 내려앉으며 스스로도 어처구니가 없고 용서할 수 없을 정도로 끔찍한 행동을 저지르고 말았다.

F. 하지만 바로 그 순간 브론스끼는 크게 경악하며 자신이 말의

니콜라이 티르사,
「경마」(1939)

동작을 따라잡지 못했고, 어떻게 된 건지 모르지만 자신이 안
장에 내려앉는 몹쓸 짓, 용서 못할 동작을 한 것을 감지했다.

소설을 통틀어 가장 유명한 대목 중 하나인 이 장면은 승마의 기
초를 모른다면 쉽게 이해되지 않는다. 대체 무슨 일이 일어난 것인
가? 원문은 이러하다.

но в это самое время Вронский, к ужасу своему, почувствовал, что,
не поспев за движением лошади, он, сам не понимая как, сделал
скверное, непростительное движение, опустившись на седло.

그러나 바로 그 순간 브론스키는 자신이 말의 동작을 따라잡지 못
한 채 스스로가 공포스럽게도, 스스로도 이해할 수 없이, 안장 위
에 내려앉아버렸음을 느꼈다. 용서받지 못할, 끔찍한 일이었다.

모드와 피비어-볼로혼스키의 영문 번역은 사건의 전말을 보다
친절히 설명해주는 편이다.[28] 경마의 가장 중요한 기술은 질주하
는 말의 리듬에 올라타는 것이고, 따라서 말의 움직임에 역행하는
신호는 금물이다. 기수와 말의 호흡이 어긋나 집중된 일체감이 무
너지면, 질주는 더 이상 계속될 수 없다. 브론스키의 조련사가 마지
막까지 당부하는 바도 '서두르지 말라, 장애물 앞에서 저지하거나
재촉하지 말라, 말이 원하는 대로 선택하게 하라'("Не торопитесь, (...)
не задерживайте у препятствий и не посылайте, давайте ей выбирать, как она

хочет." II:24)는 '함께함'의 원칙이다.

브론스키의 낙마는 장애물을 뛰어넘던 말의 흐름이 저지되는 순간 일어난다. 점프와 함께 공중에 떠올라 있어야 할 몸이 반대로 안장에 내려앉음으로써 말과 기수 사이의 연결이 깨지고, 폭력적인 충돌의 충격이 발생하는 것이다. 아름다운 프루프루의 등뼈가 부러지는 것은, 톨스토이가 소설 도입부에서 말한 행불행의 원칙 그대로, 두 존재의 움직임이 서로에게서 분리되며 일어나는 비극적 사건이다. 그 장면은 안나와 브론스키 두 연인의 어긋난 관계에 대한 징표이자 안나의 파멸에 대한 예고이며, 한 걸음 더 나아가 왜 그렇게 될 수밖에 없는지에 대한 답변이기도 하다.

사고 직후 브론스키는 두 갈래의 상반된 반응을 보인다. 즉각적이고도 본능적인 폭력 행위(그는 쓰러진 말의 복부를 발로 차며 고삐를 당긴다)와 자신이 한 일에 대한 뼈아픈 인식("내가 무슨 일을 저질렀단 말인가?")이 그것이다. 흥분으로 일그러진 얼굴의 창백함과 턱뼈의 떨림은 승마 사고와 더불어 안나와의 최초 정사(2부 11장) 직후 그의 얼굴에 나타나는 공통적 현상으로, 톨스토이가 볼 때 브론스키가 관련된 두 사건은 모두 명백한 '범죄' 행위에 속한다. 그 맥락에서 정사 직후 희생양-안나(바닥에 쓰러져 굴종의 눈으로 가해자를 쳐다보는)와 살인자-브론스키('자신의 손으로 생명을 앗아버린 시체'에 다시 한 번 '폭력'을 가하는) 간에 형성된 위계 관계는 승마 사고 직후의 희생양-말(자신의 주인에게 '말하는 시선говорящий взгляд'을 보내는)과 가해자-기수(쓰러진 말에게 다시 한 번 폭력을 가하는) 관계와 정확히 일치하는 것이다.

브론스키는 폭력과 자책 모두의 능동체이다. 그는 본능적으로 폭력을 행사하고 순간적으로 자책하는데, 쉽게 분출하고 쉽게 후회하는 브론스키의 가벼운 능동성은 성찰적 인간의 조건과는 거리가 멀다. 승마 사고 장면은 브론스키의 그 같은 성격을 보여주는 단적인 예로서, 긴 복문으로 이어진 까닭에 번역이 간단치 않다. 번역자들은 대부분 복문을 두 문장으로 짧게 나누어 문제를 해결하거나, 한 문장으로 옮기더라도 번역의 매끄러움을 위해 상황의 인과 관계를 흐려버린 경향이 있다. 그러나 브론스키의 인간적 미성숙을 드러내기 위해서는 문장에 들어 있는 두 가지 삽입 부사구—к ужасу своему, сам не понимая как—사이의 종속 관계가 정확해져야만 한다.

'끔찍함'과 '이해할 수 없음'은 브론스키가 동시에 또는 순차적으로 느끼는 등가의 감정이 아니기 때문이다. 원문에 따르면, 브론스키는 '자신도 모르게сам не понимая' 실수를 저질렀다는 바로 그 사실에 끔찍함을 느낀다к ужасу своему, почувствовал, что....고 되어 있다. 순간적으로 벌어진 행동에 대한 때늦은 인식(Ааа! что я сделал!)이 브론스키로 하여금 자신의 죄를 인정하고 자책하게 만드는 것이다(И своя вина, постыдная, непростительная!). 그러나 그 깨달음은 언제나 뒤늦게 오며, 또 오래 지속되지 않는다는 데 브론스키의 비극이 있다.

쓰러진 말을 사살하기로 결정한 후, 브론스키는 "몸을 돌려повернулся" "어디로 가야 할지도 모른 채сам не зная куда" 현장을 떠난다. 그런데 브론스키가 보여주는 이 망연자실의 반응은 본질적으로 가볍고 냉정한 그의 성정을 말해줄 뿐, 정작 애통한 자책감의 진정성을 담보하지 않는다. 브론스키는 말을 죽음으로 내몬 사고 당일 밤에도 안나와의 밀회를 즐길 것이며, 죽어가는 안나로 인해 자살을 시도한 이후에도 다시 동일한 관계로 되돌아갈 것이다. 당연히 이 같은 반복적인 행동 양식은 안나의 죽음 이후 취해진 브론스키의 행보(세르비아 전쟁 참전)에 대해서도 일말의 의문을 품게 만든다.

인물 브론스키를 말해주는 여러 단초 중에서도 낙마 사건이 의미심장한 것은 그 장면이 단순한 성향(가령, 공명심이 높다거나 과시욕이 있다거나 등)을 넘어 운명의 도식인 양 읽혀지기 때문이다. 그래서 번역도 특별한 주의를 요구한다. 그 장면은 자신의 무지로 인한 비극에 놀라 몸서리치는 오이디푸스적 인물 브론스키, 그러나 결과적으로는 곧 현장에서 눈을 돌리고 말 반反오이디푸스적 인물 브론스키에 대한 톨스토이의 신탁과도 같다. 톨스토이의 긴 복문이 신체적 움직임 이상의 내면적 움직임으로서 정확히, 그 움직임의 순서대로 번역되어야 하는 이유는 그것이다.

도스토옙스키 번역물 중에는『톨스토이 단편선』이나『안나 카레니나』같은 돌출적 베스트셀러가 눈에 띄지 않는 대신『죄와 벌』과『카라마조프 형제들』이 스테디셀러 자리를 지켜왔다. 일본의 경우 2006년『카라마조프 형제들』새 번역이 발간 1년 만에 1백만 부 팔리는 돌풍을 일으킨 적이 있다. "획기적인 새 번역"을 통해 세계 명작의 부활을 꾀하고자 했던 도쿄외국어대학 이쿠오 카메야마龜山郁夫 교수의 시도였다. "지금 살아 숨 쉬는 언어로", "지금 살아 숨 쉬는 리듬으로", "물 흐르듯 흐르는 이야기"를 만들어낸다는 기획이 적중한 것이다. 일반 독자들이 어려워하는 러시아 인명을 과감하게 간소화하고, 한자 대신 히라가나를 사용하고, 긴 단락을 짧게 나눔으로써 젊은 세대가 마치 만화 읽듯 대작의 재미에 빠져들 수 있도록 했으며, 책 포맷도 5권짜리 포켓북 형식으로 가볍게 디자인했다. 뜻한 바대로 대중적인 성공을 거두었지만, 한편으로는 고전 명작의 위상을 떨어뜨렸다는 비판을 받았다.

한국에서는 도스토옙스키가 본격적인 번역 논쟁에 휘말렸던 적도 없는 듯하다. 김동인의 톨스토이·도스토옙스키 비교론(「자기의 창조한 세계: 톨스토이와 도스토예프스키를 비교하여」)을 능가하는 작가론이 다시 대두하지도 않았고, 일본의 '도스토옙스키파'(시나이 린조, 하니야 유타카, 타케다 토모쥬)에 해당하는 작가군이 존재하는 것도 아니다. 일본의 도스토옙스키 붐은 19세기 말 『죄와 벌』 독서와 함께 시작되어 1910년대 시라카바白樺파의 인도주의, 1930년대 셰스토프 현상('불안의 철학'), 1950년대 전후파의 실존주의 등을 통과하면서 자국문학의 흐름에 깊이 관여해왔다. 후타바테이 시메이, 아쿠타가와 류노스케 등 근대기 작가부터 오에 겐자부로, 무라카미 하루키 같은 현대 작가에 미친 도스토옙스키의 영향력은 비교적 뚜렷하다. 일찍이 "일본이 도스토옙스키에 의해 가장 괴롭힘을 당하고 있다"라고 한 고바야시 히데오小林秀雄의 진단은 오늘날까지도 유효해 보인다.[29]

비록 일본과 같은 밀도의 도스토옙스키 현상을 경험하지는 못했어도, '조선의 도스토옙스키'로 일컬어진 염상섭 이후 도스토옙스키의 '사도'들은 한국 문단 안에서 꾸준히 이어져왔다. 적지 않은 작가들이 도스토옙스키를 사숙했으며, 도스토옙스키 문학의 주제나 모티브를 노골적으로 활용하는가 하면, 소설가 황순원과 김연경처럼 직접 번역에 뛰어들기도 했다.[30]

世界名作遍踏 (6)

떠스터, 에푸스키原作

罪와罰 (一)

花山學人

떠스터, 에푸스키는 一八二一년에 나서 一八八一년에 죽은 러시아의 작가중에서 가장 우수한 작품을 만히 써내인 사람은 누구나 하는 범위안에 뚜려나오는 작가이다. 그는 가난한 사람이다.……

「세계명작순례」에 소개된 『죄와 벌』(『동아일보』 1929년 8월 11일자)

『죄와 벌』이 경개역輕改譯 형태로나마 처음 소개된 것은 1929년이다. 화산학인(이하윤)이 『동아일보』「세계명작순례」 난에 9회에 걸쳐 줄거리를 연재한 것이었는데, 가난한 대학생 주인공이 도끼로 전당포 노파를 살해한 후 도망쳐 나온 범행 사건에만 초점을 맞추었을 뿐, 정작 중요한 메시지(도스토옙스키의 심오한 사상이나 주인공 라스콜니코프와 다른 인물들이 겪는 내적 고민 등)는 과감히 생략해버린 일반 대중용 요약본이었다.[31] 진지한 독자들에게는 별 의미가 없는, 번역 아닌 번역이었다고 할 수 있다.

물론 당시의 지식인 독자층은 일본어로, 일본을 경유하여, 도스토옙스키를 읽었기 때문에 굳이 충실한 완역본이 요구되는 상황도 아니었다. 일본의 영향 아래 1930년대 들어 나타난 도스토옙스키 열풍은 두 갈래 성격을 띠는데, 하나는 프로문학 관점에서 도스토옙스키 소설에 나오는 '가난한 사람들'과 '학대받은 사람들'의 운명을 식민지 현실에 겹쳐 읽으며 공감하는 방식이었다. "주인공이 빈궁과 기아에 허덕이고 있는 데 대하여 공감"해 "그 빈궁의 원인이 어디 있는가를 알려고 하는 대신 다만 그 빈궁을 실컷 말해보고 싶었고 동시에 세상을 저주하는, 말하자면 룸펜 프롤레타리아적인 니힐리즘에 빠졌다"라는 월북 작가 송영의 경우가 대표적이다.[32] 도스토옙스키 리얼리즘 문학의 사숙기를 거쳐 사회주의 사상의 세례를 받고, 마침내 '고리키의 길'(혁명의 길)로 들어서게 되는 것은 이념적 독법의 정해진 수순이었다.

한편 이념이 아닌 관념의 눈으로 도스토옙스키를 바라보는 또 다른 길도 있었다. 사실 도스토옙스키를 이념적으로 읽는다는 것은 그를 오독하는 것이나 다름없다. 왜냐하면 도스토옙스키야말로 이념이 낳은 행동의 헛됨과 우스꽝스러움을 조롱한, 즉 이념을 넘어선 작가이기 때문이다. 그는 부조리한 현실 사회와 악의 문제를 간과하지 않고 파헤쳤지만, 마지막 해결책만큼은 인간 사회 너머에서 찾고자 했다. 악은 사회 제도가 아니라 인간 본성의 일이고 그것은 신의 영역과 직결된 문제였기에, 제도에 대한 반항은 자기희생과 박애 정신으로, 신을 향한 저항은 궁극의 참회와 사랑으로 극복되어야만 했다. 이와 같은 세계관은 사회 개혁을 꿈꾸는 혁명적 작가들로서는 받아들일 수 없는 관념에 불과했겠으나, 인간의 내적 고통과 자유의지를 존중하는 사색적 독자들에게는 실존의 명제로 여겨졌다. 이것이 일본에서 프롤레타리아 문학 퇴조 후 나타난 도스토옙스키 열풍의 핵심이다.

니체와 도스토옙스키를 연결한 셰스토프의 『비극의 철학』이 1930년대 일본 지식인 세대의 불안감을 대변해주었다면, 프랑스문학도였던 고바야시 히데오는 「『미성년』의 독창성에 대하여」(1933), 「『죄와 벌』에 대하여」(1934, 1948), 『도스토옙스키의 생활』(1939), 『카라마조프의 형제』(1941~1942) 등의 '깊이 읽기'를 통해 내면화된 도스토옙스키 독법의 전통을 열어주었다.[33] 인간 개인의 정신적 고투에 집중한 고바야시식 해석은 당대 조선 지식인 계층, 특히 고바야시가 책을 쓰고 강의하던 시기의 일본 유학생들에게 그대로 전파되었는데, 단적인 예가 황순원, 이병주, 김춘수다.

황순원은 10대 후반에 『카라마조프 형제들』을 처음 읽었다 한다. '10대 후반'이라는 말로 미루어 일본 유학 직전 경이라 추정되는데(19세 때인 1934년부터 1939년까지 와세다 제2고등학원과 대학에서 유학), 이후 70대 나이에 이르도록 자신을 "붙들고 놓아주지 않았다"면서 소환하는 소설 한 대목이 있다. 16세기 종교재판 시기 스페인을 배경으로 한 예수와 대심문관의 대면 장면('Pro와 Contra')이다. 이반 카라마조프가 동생 알료샤 카라마조프에게 읽어주는 서사시 형태의 이 드라마에서 대심문관인 추기경은 재림한 예수를 화형에 처하고자 한다. 이제껏 '기적과 신비와 교권'을 무기로 세워놓은 지상 왕국의 체계를 재림 예수가 '자유'의 이름으로 뒤흔들어놓는다는 이유에서다. 이념으로서의 지상 낙원과 믿음으로서의 천상 낙원이 충돌하는 이 대목에 관해 작가는 다음과 같은 평을 남겨놓았다.

> 나는 『카라마조프의 형제』를 10대 후반에 처음 읽고, 중간에 다시 읽고, 이번에 다시 또 읽었는데 이 소설 속의 '대심문관'이 역시 나를 붙들고 놓아주지 않았다.
>
> 이 세상이 존속하는 한 '죄수'는 언제 어디에 또 나타날는지 모르지 않는가. 지난날 3년간 지상에서의 공생애 때 모습대로, 사람들의 눈에 띄지 않게끔 슬며시, 아니, 지금 막 세계 어느 곳, 우리나라 어느 곳에서 예수는 누군가의 힐문을 당하고 있는 중인지도 모를 일이다. 그리하여 사람들로 하여금 다시 예수를 택하느냐 대심문관을 택하느냐 하는 영원한 딜레마에 서게 하고 있

는 중인지도 모를 일이다.

어쨌든 이처럼 도스토예프스키가 설치해놓은 함정에서 빠져나오기란 힘들다. 그리고 여기서 그가 아무것도 아닌 듯하게 아주 효과적인 기법을 하나 쓰고 있다는 데에 주목하고 싶다. 이반으로 하여금 자기의 서사시를 얘기하기 전 알료샤에게, **우스꽝스러운 것이긴 하지만 너한테는 꼭 들려주고 싶다**고 말하게 하고, 다 듣고 난 알료샤로 하여금, **그건 터무니없는 얘깁니다, 하고 외치며 얼굴까지 사뭇 붉히게** 하고 있는데, 이렇게 함으로써 도리어 그 환상적 이야기의 리얼리티를 독자의 심중에 은근히 심어주고 있다는 비법에.[34]

작가를 평생 "붙들고 놓아주지 않았다"는 '대심문관'의 문제란 무엇인가? 도스토옙스키의 대심문관은 "자유라는 것과 누구에게나 넘쳐날 만큼의 지상의 빵은 양립할 수 없다свобода и хлеб земной для всякого вместе немыслимы"고 말하는 인물이다. 대다수 인간에게 필요한 것은 '지상의 빵'이지 '천상의 빵'이 아니며, 예수가 가르친 영혼의 자유(선악을 선택할 자유의지)는 양심의 고통만 더해줄 뿐이다. 그러므로 그는 지상의 빵을 보장하는 대신 자유의지를 빼앗고, 그럼으로써 인간 사회를 하나의 '개미집'으로 만들어 지배하고자 한다. 그는 마음속 깊이 천상의 빵을 믿고 갈구하면서도, 그것을 부정할 수밖에 없는 인간이다. 부조리의 반항이다.

그런데 대심문관 개인에게 자유의지의 진짜 문제는 단순히 선악을 구분하는 것이 아니라, 선악을 엄연히 구분하면서도 '인간이기에' 악을 선택할 수밖에 없다는 데에 있다. "사람들로 하여금 다시 예수를 택하느냐 대심문관을 택하느냐 하는 영원한 딜레마에 서게 하"는 것이 도스토옙스키의 '함정'이라고 황순원은 지적하지만, 대심문관 자신의 심리적 딜레마는 그보다 복잡하고 고통스러워 보인다. 예수를 사랑하면서도 예수를 선택하지 말아야 하는 자기모순 때문이다. 항변을 마친 대심문관에게 예수가 아무 말 없이 입 맞추는 대목에서 도스토옙스키는 이렇게 썼다. "입맞춤은 노인의 가슴 속에서 불타오르지만, 그래도 그는 여전히 자신의 이념을 고수한다." 여기 대심문관의 문제가 있고, 그의 고통의 근원이 있는 것이다. 평생 대심문관에 붙들려 있었다는 황순원의 윤리적 문제의식이 그것이었다고 짐작된다.

문학적 문제의식 면에서는 사상을 어떤 방식으로 리얼하게 전달하는가의 '기법'("아주 효과적인 기법")이 당면 과제였을 법하다. 황순원이 포착한 도스토옙스키의 창작 기법은 심오한 중심 사상을 "환상적 이야기"로 포장함으로써("우스꽝스러운 것이긴 하지만 너한테는 꼭 들려주고 싶다", "그건 터무니없는 얘깁니다") 오히려 이야기의 리얼리티를 극대화하는 역설적 기술을 의미한다. 황순원은 실존의 진리를 "터무니없는 얘기"로 치부하는 순간 얼굴 붉히는 주인공의 모습에 주목했다. 그리고 그것을 도스토옙스키가 교묘하게 사용한 심리적 사실주의의 원리로 보았다.

황순원이 도스토옙스키의 실제 번역자라는 사실은 특히 중요하다. 1955년에 동료 소설가 허윤석과 공동으로 작업한 『죄와 벌』은 시대를 대표하는 한국 소설가가 번역한 명작 장편으로서, 또 한국 최초의 도스토옙스키 장편 완역본으로서 의의를 지닌다. 번역은 작품을 가장 깊이 읽는 방법이자 가장 충실한 습작의 길이기도 하다. "실제로 황순원 소설과 도스토옙스키의 관련성은 『죄와 벌』 번역 이후에 나타나기 시작한다"라는 진단대로라면,[35] 황순원 문학의 참조점으로서 도스토옙스키 소설을 함께 읽어야 할 이유는 충분하다. 그러나 두 작가를 비교할 때 어떤 구체적인 연결고리 없이는 참조의 근거를 확보하기가 어려워진다. 인간 본성, 선과 악의 대립과 같은 주제의식을 공유한다는 사실만으로 작품들 사이의 상호텍스트성이 성립되지는 않으며, 또 도덕적이고 윤리적인 질문, 원죄의식과 속죄의 구도 과정은 도스토옙스키가 없었더라도 신앙인-소설가 황순원을 사로잡았을 만한 주제이다.

그 점을 염두에 둔 듯, 황순원은 자신의 작품을 루쉰의 것과 단순 비교한 비평가에게 불쾌감을 표하면서, 비교의 의미에 대해 일침을 놓았다.

'노신급' 운운의 말을 듣고 좋아할 작가도 있다고 생각할지 모르나, 독자성을 어느만큼 지닌 작가에게는 이런 식의 비교란 욕이 될 수 있다는 것을 알아야 할 것이다. 진정으로 노신과의 비교를 하려거든 모름지기 피상적인 것이 아닌, 두 작가를 버티어주고 있는 정신의 구조를 비교해야 할 것이다.[36]

이 지적은 비교문학의 덫에 관해 시사하는 바가 크다. 작품들 사이의 피상적 유사성만 짚어보는 것은 호기심 충족 이상의 별 의미가 없으며, 그렇다고 해서 "두 작가를 버티어주고 있는 정신의 구조"를 비교하는 일은 벅찬 과제일뿐더러 자칫 작위적 겹쳐 읽기로 그쳐버릴 수 있다. '그래서 어떻다는 말이냐'는 질문 앞에서 두 접근법은 여지없이 무력해진다. 그럼에도 불구하고, 황순원을 도스토옙스키적 작가로 지목할 수 있다면, 그것은 다음 사실을 바탕으로 함으로써다.

그는 형이상학적 주제에 몰입했던 1930~40년대 일본 풍토(특히 고바야시 히데오시의 연구) 안에서 도스토옙스키를 깊이 읽었고, 그 독법의 연장선상에서 도스토옙스키 문학을 이해했다. 인생 후반기에 연재한 산문 단상 「말과 삶과 자유」 중 도스토옙스키와 관련된 부분은 유독 긴 지면을 차지하며 두 차례나 등장한다. 황순원은 다른 어떤 작가도 그렇게 길게 반복해서 언급한 적이 없다. 내용은 앞서 인용한 대심문관 부분과 도스토옙스키의 기독교적 세계관에 대해서며, 대부분 고바야시를 참조한 것으로 확인된다.[37]

두 번째 글에 이런 문장이 나온다. "도스토옙스키를 평생 붙들고 놓아주지 않은 것이 예수의 인간상이었다." 이어서 이렇게 계속된다.

그만큼 예수에 대한 그의 관심과 애정은 남달랐다고 할 수 있다. 이는 곧 적잖은 굴절을 거쳐야 하긴 하지만 인간 자체에 대한 그의 남다른 관심과 애정과도 통하는 것이리라.

(…)

도스토예프스키는 러시아 정교를 믿고 있었음이 틀림없으나, 그는 평생 동안 무신론과 유신론 사이에서 고민했다. 이는 조금이라도 더 신의 존재를 확인하려고 한 흔적으로 봐야 할 것이다.

(…)

무엇을 긍정하느냐 부정하느냐를 결정짓기가 어렵다고 하지만, 긍정도 부정도 하지 못할 때의 괴로움이 더 클 수도 있다.

(…)

바깥세상에 일어나는 일만이 사건이 아니다. **작품을 읽는 것이 개인의 한 사건이 될 수 있고, 작품을 통해 작가와 만나는 것이 인간의 내적 유대의 한 사건이 될 수도 있는 것이다.** 그런데 자칫 바깥세상의 사건에 대해서는 즉각 반응하면서도 이 문학적 사건에 대해선 숫제 무신경하게 넘겨지는 수가 예사인 것 같다.[38](인용자 강조)

도스토옙스키의 '대심문관'이 황순원 자신을 평생 "붙들고 놓아주지 않았다"라고 고백한 것은 이보다 2년 앞선 글에서다. 1986~1988년 사이에 『카라마조프의 형제』를 세 번째로 읽으면서 도스토옙스키 문학에 다시금 빠져들었던 그가, 의식적이었건 무의식적이었건, 자신과 도스토옙스키를 각각 대심문관과 예수의 인간상이라는 대척점으로 나누어 위치시키고 있음은 두 작가의 '정신적 구조'를 비교하는 실마리이다. 대심문관과 예수는 찬반(Pro와 Contra) 양

이반 크람스코이,
「황야의 그리스도」(1872)

극으로 대립된 세계관의 길항을 대변한다. 소설에서 대심문관 편에 선 이반 카라마조프와 예수의 인간상으로 형상화된 알료샤 카라마조프 두 형제는 "인간이기 때문에" 겪는, 그리고 제각각의 방식으로 풀어갈 수밖에 없는 고통의 화두를 통해 서로 충돌하며 또 화해한다. 여기서 '고통'이란 신의 세계를 부정하는 반항적 실존의 자취를 의미하는데, 인간은 부정과 반항의 고통을 통과함으로써 구원에 이를 수 있다는 것이 도스토옙스키의 근본 사상임을 황순원은 일찍이 『죄와 벌』 역자 서문에서 적시했었다.

> 우리가 신에게 나갈 때 우리의 조그만 선이나 악은 문제되지 않는다. 신 앞에 나갈 때, 그때는 우리가 지상에서 겪은 고통, 즉 인간이기 때문에, 인간이 되지 않을 수 없기 때문에 어차피 겪게 될 고통이 문제되는 것이다. 인간이기 때문에 오는 허무나 그 허무 뒤의 캄캄한 믿음을 겪은 자취가 문제되는 것이다.[39]

도스토옙스키에 관한 단상은 소설 이외의 '잡문' 쓰기를 멀리해 온 황순원으로서 매우 드문 경우로, 집필 활동을 마무리하는 단계에서 나왔다.[40] 도스토옙스키 문학은 내용과 형식 양면에 걸쳐 황순원 문학과 얽혀 있는데, 우선 내용 면으로는 '고통을 통한 구원'이라는 사상 안에서 인신人神 예수 편을 지향한 도스토옙스키와 인간(대심문관·라스콜니코프·이반 카라마조프) 입장에 머무른 황순원의 '정신적 구조'가 대칭 관계를 이룬다. 형식 면에서는 대심문관 관련 단상

440

에서 강조된 도스토옙스키의 리얼리즘 기법("환상적 이야기의 리얼리티를 독자의 심중에 은근히 심어주고 있다는 비법")이 황순원 자신의 리얼리즘과 교차한다. "작품을 읽는 것이 개인의 한 사건이 될 수 있고, 작품을 통해 작가와 만나는 것이 인간의 내적 유대의 한 사건이 될 수도 있"다고 그는 단상 말미에 적었다. 자신의 도스토옙스키 독서 체험에 관한 최종 결론으로 읽어 마땅하다.

도스토옙스키는 1940년대 일본 유학생 이병주와 김춘수에게도 일생일대의 '사건'이었다. 이병주는 서양 고전 편력서인 『허망과 진실』(1979년 초판)과 일련의 자전적 소설(『소설·알렉산드리아』, 『관부연락선』, 『지리산』 등)을 통해 비교적 상세한 정황 파악이 가능하다. 그는 『죄와 벌』을 처음 접한 중학생 때는 '탐정소설' 정도로밖에 읽지 못했다가, 일본에서 법학도들 사이의 치열한 논쟁을 목격한 후부터 『죄와 벌』, 『악령』, 『카라마조프 형제들』, 『죽음의 집의 기록』, 『작가일기』 순으로 본격적인 독서를 이어갔다. 『카라마조프 형제들』은 졸업 논문 주제로 삼기도 했다. 당시 일본의 도스토옙스키 열독 분위기, 특히 메이지 대학에서 직접 강의를 들은 고바야시 히데오의 영향이 컸다.[41]

황순원을 사로잡은 소설이 『카라마조프 형제들』이었다면, 이병주를 사로잡은 '한 권의 책'은 다름 아닌 『악령』이었다. 혁명 조직을 폄훼했다는 이유로 출간 당시부터 진보주의자들에게 배척당했던 『악령』은 다른 도스토옙스키 소설에 비해 여전히 덜 읽히고 예술적으로 덜 평가받는 작품이다. 그러나 이병주는 『죄와 벌』을 '산술'에, 『악령』을 '고등 수학'에 비교할 만큼, "신이 아니고선 보여줄 수 없는 인간의 그 벅찬 고난의 드라마"에 처음부터 압도되었다. "『악령』에서 시달림을 받은 덕택으로" 『카라마조프 형제들』은 수월하게 읽어낼 수 있었다고 한다.

> 누구에게나 '한 권의 책'이 있을 것이다. 다시 말하면 결정적인 의미로서 자기의 인생에 영향을 끼친 '한 권의 책' 말이다. 내게 있어서 그 '한 권의 책'은 도스토예프스키의 『악령』이었다. 나는 아직도 그 주박呪縛에서 풀려 나오지 못하고 있다. 이건 내 미숙함을 말하는 것이기도 하려니와, 이 작품이 제시한 문제의 심각함도 동시에 뜻하고 있는 것이다. 처음 내가 이 작품을 읽은 것은 20세 되던 해의 여름이다. 동경 고마고미駒込의 하숙방에서 방장을 책상 둘레에 치고 밤을 새워 읽었다.[42]

"아직도 그 주박에서 풀려나오지 못하고 있다"라는 표현의 원천은 『악령』으로 거슬러 올라간다. 원어 제목이 '악마들Бесы'이고, 영어로는 보통 '악마에 들린 사람들The Possessed'이라고 번역되며, '악령'은 일본에서 한국어 번역본으로 전파되었다. 황순원이 '붙들려 있었다'(자신은 대심문관에, 도스토옙스키는 예수의 인간상에)는 표현을 거듭 사용하고, 이병주 자신이 '주박'(즉, 저주의 굴레)이라는 단어를 쓴 것이 바로 『악령』이라는 소설의 '굴레'였다. 훗날 김춘수가 상자할, 온전히 도스토옙스키의 세계로만 이루어진 시집도

『악령』 수고

Le Ra   Raphae
                              R
        Rach
Rachel   Rachel

        Rachel   Paris

    Rachel   Rachel

『들림, 도스토옙스키』다.

이병주의 도스토옙스키 독서 편력은 그의 창작물에도 그대로 반영되어 「소설·알렉산드리아」, 『관부연락선』, 『지리산』 등의 자전적 주인공들은 모두 도스토옙스키 애독자이거나 최소한 도스토옙스키식 자의식에 골몰하는 인간형이다. 예컨대 도스토옙스키를 읽으며 라스콜니코프의 나폴레옹적 꿈에 대해 생각하는 『지리산』 속 주인공 박태영이 있다. 중학생 때 읽은 고리키에 이어 도스토옙스키에 몰입하는 이 지식인 주인공은 해방과 분단에 이르는 시대의 소용돌이 안에서 결국 "지리산 마지막의 파르티잔"으로 최후를 맞이한다.

중학생 박태영은 고리키를 읽는다는 이유로 경찰에 불려갔다 나온 후 일본인 교장 앞에서 고리키에 대한 존경심을 이렇게 설명한다. "가난하게 자라, 고생하면서 혼자 공부해가지고 그처럼 훌륭한 사람이 되었다는 데 감동했습니다. (⋯) 다만, 어려운 환경을 이겨나가는 사람이 되고 싶을 뿐입니다."[43] 이것이 1930년대의 시대색이라면, 1940년대의 시대색은 다르다. 일본으로 건너가 고학을 시작하며 독립운동에 뛰어들 장기 계획을 세운 박태영은 도스토옙스키의 『죄와 벌』을 통해 영웅적 초인상에 대한 '관념'을 완성해간다. 『죄와 벌』의 라스콜니코프에게는 나폴레옹이 초인의 전범이자, 자신이 감행할 행위의 정당화였다. 그러나 박태영은 라스콜니코프의 초인사상에 의문을 제기한다. 고학을 위해 우유 배달원이 된 그는 가난한 대학생 라스콜니코프의 사상적 패착을 분석하며 그의 한계를 넘어서고자 하는 것이다.

아니, 나폴레옹적 인물이 되어야겠다고 고집은 못할망정, 라스콜리니코프적인 인물이 될 수는 없지 않은가. 그러니까 나는 절대로 라스콜리니코프를 모방하지 않을 끼다. 우유 배달은 할망정, 노파의 침대 밑엔 기어들지 않겠단 말이다. 그런데 문제는 남는다. 나폴레옹이 우유 배달을 할까 하는 문제다. (…) 라스콜리니코프의 결점, 아니 그의 실수는 자기 자신에 대한 지나친 자만심에 있었다고 생각해. 그에게 있어서 가장 큰 문제는 자존심이었지. (…) 말하자면 자기가 나폴레옹이 되어야겠다고만 생각했지, 무엇을 하기 위해 나폴레옹이 되어야겠다는 사상도 없었고, 나폴레옹이 돼갖고 어떻게 하겠다는 목표도 없는 기라. 자존에의 망집만 있는 기지. 이蝨와 같은 존재밖에 안 되는 노파쯤은 죽어도 무방하다고 생각하면서, 이 세상에 어떻게 해서 그런 노파가 존재할 수 있게 되었는가의 원인과 조건은 생각지도 않거든. 똑바로 생각을 하자면, 노파에게 도끼를 휘둘러야 할 게 아니라 그런 노파를 있게 한 사회의 불합리성에 도끼를 휘둘러야 할 게 아닌가. 노파 하나를 죽여 만 명을 구할 수 있다면 하나의 죄로써 만 명의 이득을 만드는 것이니 1대 만의 수학 문제가 아닌가 하고 문제를 설정하지만, 그 문제 설정이 틀린 기라. 그 노파 하나를 죽여봤자 수백만 가운데 하나를 죽인 셈인데, 남은 수백만을 그냥 두고 어떻게 만 사람의 이득을 마련할 수 있느냐 말이다. 그런 노파를 있게끔 한 원인은 외면하고 나타난 지엽말절枝葉末節만을 문제로 한 라스콜리니코프는 사람 구실을 못 하는 기라. 병적 인물의 표본이 될 뿐이지. 그래서 그는 우유 배달을 할 수 없었던 기라. 그러나 나는 그렇지 않다. 내게도 자존심이 있지만, 동시에 내겐 우리나라의 독립이란 이상이 있고 목표가 있다. 내겐 나폴레옹이 되어야 할 이유가 있고 목표가 있단 말이다.[44]

주인공 박태영의 목표는 민족 독립이고, 그것이 그가 나폴레옹이 되어야 하는 이유다. 즉, '나폴레옹이라면'이라는 가정의 이론을 증명하기 위해서가 아니라, '사회의 불합리성'이라는 실제에 도끼를 휘두르기 위해 제2의 나폴레옹이 되고, 심지어 나폴레옹이라는 벽마저 뛰어넘어야 한다. 그 면에서 박태영은 라스콜니코프의 한계를 극복하는 인물이고, 그를 통해서 작가 이병주는 마치 작가 도스토옙스키와 사상적 경주를 벌이는 것처럼도 보인다. 도스토옙스키와 달리, 이병주의 관심은 자아의 범주를 벗어나 시대와 민족의 범주에서 고뇌하는 청년-지도자의 의식 세계에 집중된다. 그것은 실험이 아닌 실행하는 주인공을 그려냄으로써 한 시대의 심리와 정신을 파헤치려는 시도의 일환이며, 그것이 '실록대하소설'이라고 이름 붙인 『지리산』의 장르적 자격 요건이기도 하다.

이병주 자신은 "세상이 나를 작가로 만들었다"고 했다.[45] 등단작인 「소설·알렉산드리아」(1965)로부터 『지리산』(1972~1985)에 이르기까지 그의 문학은 이데올로기 대립 양상이 만들어낸 민족 비극의 폐부를 파헤치는 데 집중되었는데, 평론가 조남현은 "주인공으로서의 이데올로그, 보조 존재로서의 일인칭 인물, 관념적 서술" 등을 이병주 문학의 공통분모로 적시하면서, "실제로 이병주의 소설에서는 이데올로기 비판보다는 이데올로그 비판이 더욱 강한 어조로 울려나"온다고 보았다.[46] "사상이란 인간을 부자연하게, 그러니까 불행하게 만드는 작용 이상도 이하도 아닌 것"이라는 「소설·알렉산드리아」의 논제를 1933~1955년 사이 한반도의 이념 투쟁 공간으로 옮겨놓은 것이 바로 『지리산』의 대서사다. 주인공 박태영은 이데올로기와 이데올로그의 부조리를 인식해 거리를 두지만, 그럼에도 불구하고 자신의 꿈에 충직하기 위해 지리산에 남는다. 그것이 "수천만의 인간이 노예의 오욕 속에서 살고 있는 가운데 이 박태영이 오직 스스로의 주인으로서 행세하다가 주인으로서 죽었다"[47]라는 '영광'을 획득하는 길이다.

"스스로의 주인으로 행세"하고자 한 박태영의 신조에서 도스토옙스키의 그림자를 지워버릴 수는 없을 듯하다. 도스토옙스키에 따르면, 진정한 자유란 "항상, 어느 순간이고 스스로의 진정한 주인이 될 수 있는 도덕적 상태를 획득할 만큼 자기 자신과 자신의 의지를 극복하는 것"(『작가일기』, 1877.2)[48]이다. 마지막 소설 『카라마조프 형제들』에서도 도스토옙스키는 고통의 용광로를 거치는 가운데 악에 굴하지 않고 선을 선택할 수 있는 자유의지를 인간에게 부여했다. '지상의 빵' 대신 '영혼의 자유' 편에 섰던 예수의 형상을 본받아 '스스로의 주인'이 되는 것은 인간의 궁극적인 숙제였다.

그러나 박태영의 시계視界는 도스토옙스키의 형이상학적 도덕론과는 거리가 멀다. 박태영 자신이 속한 세계가 근본적으로 그쪽이 아니기 때문이다. 그가 읽는 책은 도스토옙스키의 『죄와 벌』이지만, 정작 그가 속한 현실 세계는 『악령』이다. 도스토옙스키가 동시대 혁명 선동가 네차예프의 살인 사건에 기초해 『악령』을 쓴 것처럼, 이병주는 "선동과 조종을 받아" 죽어간 동시대 수많은 청년에 대한 '의분'에서 『지리산』을 썼다.[49] 네차예프 조직의 폭력이 "무한한 자유에서 출발해 무한한 전제로 끝날 수밖에 없는"[50] 혁명 운동의 아이러니라면, 지리산 파르티잔의 비극 역시 사상의 제도화에 수반된 불가피한 운명이었다. 소설 『지리산』의 역사관에는 도스토옙스키의 『악령』이 버티고 있다. 이병주는 도스토옙스키가 혁명에 대해 품었던 혐오를 다음과 같은 방식으로 해석했다

> 어떤 사상이라도 사상의 형태로 있는 한 무해하다. 그런데 아무리 좋은 사상이라도 그것이 정치적인 목표를 갖는 조직으로서 행동화될 때는 자연 악을 포함하게 된다. 심지어는 원래의 목적에서 일탈하여 악의 작용만 남는다.[51]

유교, 불교, 그리스도교, 공상적 사회주의 등 그 어떤 사상이라 할지라도 제도로 고착되는 순간 악이 초래된다는 사실을 이병주는 일찍이 『악령』에서 터득했다. 그리고 그러한 깨달음은 소설 창작은 물론 실제 삶에 영향을 미쳐 일본에서의 학창 시절, 중국 소주에서의 학도병 시절, 해방 직후의 정치적 혼란기를 거치는 동안 그는 일체의 결사나 조직(서클)에 가담하지 않았다. 일본 대학생들의 게오

르그 짐멜G. Simmel 독서 모임 참여를 거부한 것도, 우익계 학생 조직(동방청년회)과 공산주의 학도병 서클 가입 모두를 거절한 것도 20세 때 읽은 『악령』의 영향이었다.[52]

그러므로 도스토옙스키 문학이 없었더라면, 그리고 N. 베르댜예프H. Бердяев, E. H. 카Carr, 고바야시 같은 도스토옙스키 문학의 선행 가이드가 없었더라면, 이병주의 문학과 삶은 달라졌을 것이다. 세상의 아웃사이더로서 도스토옙스키가 감내해야 했던 삶은 곧 이병주 자신이 살아온 삶의 원형이기도 했다. 다만 관념적 서술과 역사적 서사로 이루어진 이병주 문학에서 신의 존재, 구원, 실존적 반항과 같은 도스토옙스키의 형이상학이 빠져 있다는 점은 다시 한번 지적하지 않을 수 없다. 이병주 자신도 그 점을 의식하면서 도스토옙스키와의 경주를 계속했던 것 같다. 『지리산』 완간 인터뷰에서 밝힌 그의 포부는 "『죄와 벌』과 같은 철학 소설을 쓰고 싶다"는 바람이었다.[53]

도스토옙스키 문학을 철학적 화두 삼아 평생 숙독해온 또 한 명의 작가 김춘수 시인에 대해서는 간략히만 언급하고자 한다. 시는 소설과 달라서 화자나 주인공의 삶과 현실 세계를 통일성 있는 이야기로 풀어나가기보다(이것을 '서사화'라고 한다), '서정적 자아'라고 일컫는 시적 자아의 상상력과 의식 흐름에 집중하는 편이다. 일반적으로 그렇다는 말이고, 시와 산문의 경계가 항상 뚜렷한 것은 아니니 오해 없기 바란다.[54] 연작시나 극시, 서사시 같은 경우는 플롯을 따라 이야기가 진행되기도 하며, 그 안에 하나가 아닌 다중의 목소리와 의식이 섞일 수도 있다. 바흐친은 도스토옙스키 소설의 시학을 논하면서 주인공/서술자의 의식이 여러 목소리로 분화하여 서로 부딪치며 대화해나가는 '다성악polyphony'적 '대화성dialo-gicity'을 소설 장르의 특성인 양 설명했지만,[55] 다성악적 대화성이 소설만의 전유물은 아니겠고, 그 반증의 예를 다름 아닌 김춘수의 도스토옙스키 연작시집 『들림, 도스토예프스키』(1997)에서 발견한다.[56]

> 도스토예프스키를 읽으면 들리게 된다. (…) 나는 오래전부터 도스토예프스키를 되풀이 읽어왔다. 그때마다 나는 그에게 들리곤했다. 그러는 그 자체가 나에게는 하나의 과제였고 화두였다. 이것을 어떻게 풀어야 하나? 나는 나대로 하나의 방법을 얻었다. 그의 작중 인물들끼리 서로 대화를 나대로 시켜봄으로써 나는 내 과제, 내 화두의 핵심을 나대로 다시 짚어보고 암시를 받을 수있을 것 같았다. 그것을 내가 오래 길들여온 시로써 해보고 싶었다. 시는 이미지를 뽑아내는 일이다. 즉, 육화 작업이다.[57]

김춘수는 75세 때인 1997년에 평생의 도스토옙스키 독서 편력을 결산하며 『들림, 도스토예프스키』라는 독특한 형태의 시집을 출간했다. 여러 인물의 목소리가 서간문이나 극적 독백dramatic mono-logue을 통해 서로 교신하면서 소설에 나오지 않은 또 다른 이야기를 펼쳐 보이는 대화주의 시집으로, 바흐친의 폴리포니 이론대로라면 우선 그 형식 자체가 도스토옙스키적이다.『죄와 벌』,『악령』, 『백치』,『카라마조프 형제들』,「지하생활자의 수기」,「가난한 사람들」 등 거의 모든 주요 작품 속 인물들이 원작에서 뛰쳐나와 김춘수가 갈아엎은 시의 영토에 자유롭게 뒤섞이는가 하면, 간혹 도스토옙스키 소설과 무관한 인물(키예프의 창녀, 대심문관의 시동 등)이나 공간(중국, 남미 등)과도 연계해 제2의 상상계를 만들어낸다. 이반 카라마조프가 라스콜니코프를 상대로 대화하고, 소냐가 그루센카에게 언니라 부르며 말 걸고, 스비드리가일로프는 데부시킨에게 욕정의 심리를 열어 보이는 식이다.

김춘수 자신은『들림, 도스토예프스키』에 대해 말하기를, 도스토옙스키에 '들린' 한 시인이 그 '들린' 상태를 풀어낸 "육화 작업"이라고 했다.『들림, 도스토예프스키』라는 시집은 두 작가 간 상호관계성이 단순한 영향이나 사숙의 경지를 넘어 주술적 창조 행위로 이어진 경우이다. 일차적으로는 도스토옙스키와 그의 문학이 김춘수를 통해 제2의 삶을 살게 되는 것이지만, 동시에 김춘수가 도스토옙스키의 문학을 빌려 또 다른 삶을 살게 되는 면도 있다. 즉, 양방향에서 벌어지는 '빙의' 현상이다. 문학적 '윤회' 개념으로도 설명될 수 있을 법하다. 개별 작가나 작품이 별도의 일회적 삶을 사는 것이 아니라, '영원 회귀' 원칙을 따라 무한대의 삶을 반복 진행하면서 '문학'이라는 하나의 큰 종種을 형성하는 것이다. 그때 모든 작가와 작품과 작품 속 인물들은 문학이라는 핏줄의 연결망 안에서 하나로 엮이게 된다. 실제로『들림, 도스토예프스키』에는 두 편의 윤회 시(「윤회」, 「또 윤회」)가 수록되었다. 김춘수의 시적 육화 작업에서 윤회의 철학을 읽게 되는 근거이다.

> 아코카과 산의 염소처럼/ 얼마나 많이 걸었으면. 보라,/ 펑퍼짐 내려앉은 구두 한 켤레/ 그 콧등, 이제/ 높새가 불고 밤이 와서/ 들쥐들 눈이 퍼렇게 불을 켠다./ 언제 보았나, 다시/ 보일 듯 보일 듯/ 너는 무슨 흔적일까,/ 조금 전에도 누가 낙엽을 밟고 간, 1871년 10월 30일[58]

니혼대학 예술학과에서 수학(1941~1943)한 시인은 대학 시절의 도스토옙스키 독서 경험을 다음과 같이 회고했다.

> 나는 도스토예프스키의 모든 작품을 낱낱이 다 읽었다. 그중에서도 『죄와 벌』, 『악령』, 『카라마조프가의 형제들』은 몇 번이고 되풀이 읽고 또 읽었다. 너무도 벅찬 감동이었다. 그 감동은 되풀이 읽고 또 읽어도 줄어들지 않았다. 그것은 소설이라기보다는 나에게는 하나의 계시였다. 도스토예프스키를 읽으면 우리가 얼마나 왜소한 삶을 살았는가를 절감하게 된다. 왜소하다 함은 천박하다는 말과도 통한다. 가령 김동인의 소설 「감자」에 나오는 복녀와 『죄와 벌』에 나오는 소냐를 비교해보라. 복녀는 육체가 무너지자 영혼도 함께 무너진다. 구원될 길이 없다. 그러나 소냐는 육체가 무너졌는데도 영혼은 말짱하다. 소냐는 우리에게

는 수수께끼와도 같은 인물이다. 납득이 안 된다. 그러나 슬라브 민족의 피 속에는 그런 괴물스런 패러독스가 숨어 있다. (…) 대학에 들어가자 도스토옙스키를 읽게 되고 셰스토프와 베르댜에프를 읽게 되자 나도 내 나름의 철학을 가지고 싶은 욕구가 불현듯 솟아나곤 했다. 도스토옙스키나 셰스토프나 베르댜예프는 내 눈에 철학적 도그마의 화신으로만 비쳤다. 그것이 그들의 매력이요 나에게는 선망의 타깃이었다. 혀 짧은 소리가 되더라도 나도 내 철학을 가져야 할 것만 같았다.[59]

황순원, 이병주, 김춘수가 도스토옙스키를 읽고 육화한 통로는 '철학'이었다. 이는 도스토옙스키 문학을 고리키의 예비 단계쯤으로 흡수했던 초기의 이념적 접근법에서 한층 진화된 수용 방식이었으며, 결과적으로는 "형이상학적 절대에 대한 관심의 결여"로 비쳤던 한국의 리얼리즘 문학을 보완해주었다.[60] "혀 짧은 소리가 되더라도 나도 내 철학을 가져야 할 것만 같았다"라는 자의식은 가령 "도스토옙스키의 『죄와 벌』을 읽을 때에 라스콜리니코프가 소냐 앞에 엎드려 '나는 전 세계 인류 고통 앞에 무릎 굽힙니다' 하는 데 이르러 가슴이 후끈하도록 감격"[61]했다던 조명희식 휴머니즘과도 전혀 다른 차원의 독법이었다. 도스토옙스키를 좋아하고 영향 받았다는 작가들은 많지만, 사상과 철학의 치열한 자의식으로 자아와 내면 탐구에 몰두했다는 점에서 이들만큼 '도스토옙스키적'인 작가는 그 이전은 물론 이후에도 보기 힘들다.

셰스토프와
베르댜예프

'한국문학과 도스토옙스키'는 한 권 책으로도 소화하기 어려울 만큼의 방대한 주제다. '도스토옙스키와 나'라는 제목으로 여러 작가의 유관 텍스트만 엮는다 해도 단행본 분량이 넘을 것이다. 황순원, 이병주, 김춘수 외에 서정주와 김동리 같은 문단의 거목들은 모두 도스토옙스키의 세례를 받았는데, 서정주는 스무 살 학생 시절 밤새워 읽은 『백치』를 '나의 고전'으로 꼽았고,[62] 김동리 역시 "세계 최고"인 『카라마조프 형제들』을 통해 도스토옙스키의 세계에 입문했다. 절친했던 두 문인은 문청 시절 서로를 『악령』에 나오는 키릴로프와 샤토프로 바꿔 부를 정도였다.[63]

　김동리 소설 『사반의 십자가』(1955) 속 사반(로마시대 유대 민중 독립운동가)이나 이문열 소설 『사람의 아들』(1979) 속 신학생 주인공 민요섭의 저항적(반기독교적) 세계관은 『카라마조프 형제들』의 예수와 대심문관 장면을 떠나서는 상상하기 어려우며, 최상규, 이청준, 이승우, 정찬 등의 이른바 '관념소설'도 도스토옙스키를 직간접적으로 소환한다. 이청준 말마따나 '영혼'을 이야기하는 문학의 근저에는 도스토옙스키의 그림자가 어른거리기 마련이다.[64]

　꼭 영혼의 문제를 다루지 않더라도, 러시아문학 전공자인 이장욱과 김연경의 작품은 도스토옙스키와 자명한 연관성을 띠며, 특히 김연경은 도스토옙스키 주요 장편 소설 완역과 함께 『미성년』 같은 패러디 소설 창작을 병행해왔다. 또한 전공자가 아니라 하더라도, 장정일은 도스토옙스키 소설을 자유롭게 짜깁기한 환상추리소설 『보트하우스』(1999)를 일찍이 선보였고, 장강명 역시 '연세대학교 도스토옙스키 독서 클럽'이라는 반⏀자전적 경험을 바탕으로 도스토옙스키 장편에 기초한 환상추리소설 『표백』(2011)과 『재수사』(2022)를 내놓았다.

도스토옙스키 문학과 현대 한국의 사회 현상을 접목해 두뇌적 플레이의 작품을 만들어낸 장강명의 향후 저작을 기대해볼 만하다. 그는 자신의 '인생의 책 1호'로 『악령』을 꼽았다.[65] "들여다봐서는 안 될 심연을 본 느낌"처럼 충격적이었다고 한다. "말하기 부끄럽지만, 21세기 대한민국 버전의 『악령』을 쓴다고 생각"하면서 연쇄자살을 감행하는 젊은이들에 대한 소설을 쓴 것이 데뷔작 『표백』이다. 『재수사』는 데뷔작을 확장한 작품인데, 그는 인터뷰에서 이렇게 덧붙였다. "도스토옙스키가 『죄와 벌』 이후 더 묵직한 소설들을 쓰게 되었던 것처럼, 나 역시 『재수사』 이후 좀 더 묵직하고 진지한 문제의식을 지닌 소설을 쓰고 싶다."[66] 선배 소설가 이병주가 『죄와 벌』 류의 철학 소설을 쓰고 싶어 한 것처럼, 오늘의 소설가 장강명 또한 쓰고 싶어 하는 '묵직한' 도스토옙스키적 작품은 과연 어떤 것일지가 궁금하다.

도스토옙스키와 20세기 한국문학을 생각할 때면 떠오르는 시가 있다. 19세기 페테르부르크의 범죄 현장과 20세기 서울의 소시민적 '범죄' 현장을 하나로 합쳐 철학적 포즈의 아이러니를 만들어낸 김수영 시인의 1963년 발표작이다. 해석은 독자 몫으로 남겨둔다.

죄와 벌

남에게 희생을 당할 만한
충분한 각오를 가진 사람만이
살인을 한다.

그러나 우산대로
어편네를 때려눕혔을 때
우리들의 옆에서는
어린놈이 울었고
비오는 거리에는
사십 명가량의 취객들이
모여들었고
집에 돌아와서
제일 마음에 꺼리는 것이
아는 사람이
이 캄캄한 범행의 현장을
보았는가 하는 일이었다.
– 아니 그보다도 먼저
아까운 것이
지우산을 현장에 버리고 온 일이었다.

이념의 토포그라피

광장과 밀실의
러시아 · 문학

해방 이후 약 반세기 동안 한국 사회를 관통한 러시아문학의 궤적에 비추어 광장과 밀실의 이분법은 결코 생경한 구도가 아니다. 사회주의냐 민족주의냐, 소련이냐 미국이냐, 북조선이냐 남조선이냐로 갈리게 된 분단 현실은 러시아문학 독법에 양분화를 가져왔고, 개인의 내면에도 분단의 갈등을 불러왔다.

　최인훈의 『화두』는 여러 겹의 길 떠남 이야기다. 회령 출신인 작가는 원산에서 소련 체제를 경험하고, 1950년에 월남했다. 북조선에서 학급 소년단원에게 추궁당한 자아 비판회 사건과 「낙동강」 감상문을 써 학급 전체 앞에서 칭찬받은 사건은 광장과 밀실에 대한 작가 평생의 화두로 남았던바, 소련이라는 장벽의 붕괴는 그 화두에 대한 깨달음의 계기를 마련해준다. 『화두』는 해방에서 개방으로 이어진 "기억의 밀림" 속에서 스스로 맥락을 찾아가는 대장정의 기록이다. 작가의 화두는 분단 현실을 겪어온 한민족 전체의 화두에 해당하며, 따라서 그의 소설은 집단 역사 서술을 대신한다.

『광장』 초판본(1961)

광장과 밀실

문학의 이분법
읽기의 이분법

"광장은 대중의 밀실이며 밀실은 개인의 광장이다."[1] '광장이냐 밀실이냐'의 대립 명제로 시작한 소설 『광장』은 주인공 "눈에 비친 푸른 광장", 즉 그의 제3 선택지이자 마지막 선택지인 바다에서 결말을 맞이한다. "『광장』은 (…) 내가 1945년에서 1950년까지 북한에서 생활했기 때문에 쓸 수 있었던 소설이었다"라는 작가 최인훈의 소회대로,[2] 소설에 나타난 이분법적 사유 구조는 남북 분단의 엄연한 현실과 관련이 있다. 이른바 '해방 공간'부터 분단 직전까지를 특징짓는 강퍅한 대립의 틈새에서 형성된 사유 틀인 것이다. 분단에 이르는 운명과 그 이후의 과제 앞에서 소설 속 젊은이는 자살을 선택하지만, 살아남은 소설가는 "'문학'이라는 돛대에 자기 몸을 묶는 일"로써 그 소용돌이를 헤쳐 나간다. 작가 자신의 표현을 다시 한 번 빌리자면, 그의 말년 대작 "『화두』는 그러한 항해자의 기록이다."[3]

해방 이후 약 반세기 동안 한국 사회를 관통한 러시아문학의 궤적에 비추어 '광장과 밀실'의 이분법은 결코 생경한 구도가 아니다. 이 점에서 최인훈의 화두와 러시아문학의 운명이 겹친다. 최남선이 민족 계몽의 목적으로 톨스토이 우화를 처음 소개한 1909년 시점부터 러시아문학은 '광장'에 속한 문학이었다. 개인을 넘어 시대가 읽고 집단이 감동한 문학이었다는 뜻이다. 톨스토이, 투르게네프, 도스토옙스키, 고리키로 이어진 일제 강점기 러시아문학 붐은 계몽, 방랑, 빈궁, 민중의식, 저항정신으로 전개된 시대색의 자극제 요 대리 발언대였다. 짓밟힌 민족에 대한 분노와 연민의 목소리인 한편, 근대 지식과 감성과 문화의 유입 통로이기도 했다. 그런 이유로 러시아문학의 독법과 수용사가 곧 20세기 한국의 사회문화사를 형성한다는 주장이 가능해진다.

비교적 단순명료해 보이는 이 현상은 '이념'의 장벽이 물리적으로(관념적이 아니라) 들어서는 해방 이후 복잡한 양상을 띠게 된다. 이념 대립 문제는 조선공산당이 발족한 1920년대 중반부터 표면으로 부상했지만, 그렇다고 사회주의 이데올로기가 식민 현실에서 민족 대립을 유발했던 것은 아니고, 초기에는 반제국·반봉건 민족주의 노선과 연동해 오히려 통합적 역할을 한 편이었다. 문제는 공동의 외적(일본 제국)이 돌연 사라지고, 대신 정권 쟁취를 목표로 한 민족 내 노선 대립으로 전선이 형성되면서다. 사회주의냐 민족주의냐, 소련이냐 미국이냐, 북조선이냐 남조선이냐로 갈리게 된 분단 현실은 러시아문학 독법에 양분화를 가져오며 수용 양상의 지각 변동을 불러왔다. 결과적으로 정치 이념에 따라 각 지형이 선점하는 러시아문학의 목록과 의미가 나뉘고, 광장에서 읽는 문학과 밀실에서 읽는 문학도 정반대 방향으로 갈라졌다.

식민 후반기의 문화 탄압과 전시 시국은 문학 번역 활동에 전반적 침체기를 불러와, 해방 전 5년간 지면에 소개된 러시아문학 작품은 산문 5종에 불과했던 것으로 조사된다.[4] 한편 "해방 이후 3년 정도의 기간에 출간된 대략 1천 700종의 도서들을 살펴보면 '해방 공간'의 출판 상황이 좌익 출판에 의해 주도되었음"을 알 수 있다.[5] 해방 후 전쟁 발발까지 5년 기간 동안 집계된 러시아문학 번역물 70편 중 거의 대부분이 소비에트혁명문학, 전쟁문학, 레닌주의에 속한 것이었다. 1970년대 남한의 제한적 환경에서 집계된 거친 통계가 그러하며, 같은 시기 북조선 출간물까지 정확히 따져 포함할 경우 쏠림 현상은 더 극적인 모양새를 띨 것이다.

이것이 겉에 드러난 상황이지만, 표면을 뚫고 들어가면 또 다른 갈림 현상이 포착된다. '분단'과 '분열'은 개인 내면에서도 경험되는 갈등의 경로였다. 최인훈의 『화두』는 바로 그 이야기를 한다. 작가-화자의 자기 분열적 화두는 그의 아버지 서고를 차지한, "국민학교를 나온 사람으로서는 어울리지 않다 싶은" 책들의 혼재에서 익히 예견되는 바다. 백남운의 『조선 경제사』와 러셀의 『사회 개조의 원리』에서 문고판 소설 『신사는 금발을 좋아한다』와 『김립시집』을 넘나드는 장서 목록의 개방성이랄까 무원칙성은 분단 세대에는 허용되지 않는 조건이다. 아들은 광장의 책과 밀실의 책이 엄격히 분리된 시대를 살아야 하며, 광장의 독법과 밀실의 독법 사이에서 위험한 줄타기를 이어가야만 한다.

N. 오스트롭스키H. Островский의 『강철은 어떻게 단련되었는가』가 서로 다른 두 메시지의 작품으로 읽히는 것은 그런 맥락에서다. 해방기 북조선의 필독서였던 이 소설은 어린 소년이 온갖 난관을 극복하면서 의식화 과정을 거쳐 마침내 영웅적 혁명 전사로 성장한다는 이야기다. 소설은 밝고 쾌활하고 희망찬 유토피아 사회를 그려주며, 소설을 통해 독자는 또 한 명의 혁명 전사로 거듭나게 되어 있다. 이것이 사회주의 리얼리즘 문학의 공식이고, 그렇게 읽어내는 것이 표준형 '광장의 독법'이다. 그러나 최인훈의 자전적 인물-화자는 그렇게 읽지 않는다.

10월혁명과 국내전쟁, 그리고 전후 건설 초기의 시대를 산 주인공은 언제나 자기가 있는 자리에서 제일 어려운 일을 앞장서서 하고 있었다. 그러나 그런 노력에 비해서는 주인공이 마지막에 이른 자리는 좀 쓸쓸해 보였다. 어릴 적 일이 제일 행복하고 주인공도 쾌활해 보였다. 어른이 되어갈수록 주인공의 느낌이 무거워 보였다. 겉으로 보기에 행복할 것이 없었던 어릴 적이 작품의 가장 밝은 부분이고, 그가 공산주의자로서 존경받는 생활을 하고 있는 뒤쪽에 가면서 책의 느낌은 어두워갔다. 실지로 주인공은 시력을 잃어버리게 되니 말 그대로 주인공의 세계는 어두워진 것이다. 더구나 첫사랑의 여자가 주인공에게서 떠나는 처

베라 무히나,
「노동자와 여성 콜호스 대원」(1937)

사는 섭섭하였다. (1:66)

　중등학생인 소년 화자는 소설을 '낯설게' 읽는다. 그는 소시민 가정 출신이고, 사회주의 리얼리즘 문학의 공식에 무지하거나 무심한 채, 자신의 현실 인식에 따라 책 세계를 문자 그대로 해석하기 때문이다. 그가 기대했던 것은 "선량하고 용기 있는 소년이 세상을 이기고 씩씩한 청년이 되어 이쁘고 영리한 색시를 얻는 이야기", 즉 소비에트판 『집 없는 아이』의 해피엔딩이건만,[6] 소설은 기대를 무너뜨린다. 소설 속 주인공은 첫사랑에 실패하고, 생활의 윤택함도 보장받지 못하고, 게다가 시력까지 잃어 삶 자체가 온통 어둠에 잠겨버린다. 어두운 삶은 행복하지 않은 삶이며, 사회주의 유토피아가 약속한 밝고 쾌활한 세계와도 거리가 멀다. 그렇다면 오스트롭스키 소설의 메시지는 오히려 반혁명적일 수 있다. 이것이 화자가 견지한 독법, 곧 '밀실의 독법'이다.

　최인훈 소설에는 또 하나의 주요 기저 텍스트로 「낙동강」이 등장한다. 「낙동강」은 1927년 『조선지광』에 발표된 단편소설로, 작가 조명희는 그 이듬해 소련으로 망명했다. 소설이 나오기 전인 1924년, 일본에서 갓 귀국한 조명희는 투르게네프 장편 『그 전날 밤 Накануне』을 번역해 연재한 바 있다.[7] 모스크바대학에 유학 온 불가리아 청년 인사로프가 조국 해방운동을 이끌기 위해 귀국하던 중 병사하자, 대신 그의 반려자인 러시아 귀족 여성 옐레나가 죽은 남편의 뜻을 잇는다는 내용의 이 소설은 일제 강점기 조선 독자들에게 큰 호응을 얻었다. 주인공 인사로프는 당대 조선인 남성 독자의 분신이고, '여필종부'의 길을 걷는 아름답고도 강인한 옐레나는 그들의 이상적 여인상에 다름없었다.[8]

조명희의 「낙동강」은 인물과 서사 구조 모두 투르게네프 소설과 유사성이 두드러진다. 주인공 박성운은 '북국'에서 독립운동에 전념하다 고향에 돌아와 사회주의운동을 이끌고, 그의 동반자 '로사'(로사 룩셈부르크를 따라 개명한 이름)는 박성운이 모진 고문 끝에 숨지자, 러시아의 옐레나가 그랬던 것처럼, "애인이 밟던 길"을 따라 타국으로 향한다. 국문학계는 『그 전날 밤』과 「낙동강」의 영향 관계를 인정하면서도 조명희 문학의 '주체성'을 강조해왔다. 투르게네프 소설이 "조명희 소설 창작의 유력한 동인"이긴 하지만, 참조 소설로 그쳤을 뿐이라는 것이다.[9] 그러나 투르게네프 원작의 당대적 의미를 아는 독자에게 조명희 소설은 러시아 원작의 '압축 번안'에 더 가깝게 여겨진다. 기왕에 원작을 번역한 조명희로서는 개혁을 꿈꾸던 19세기 중반 러시아의 사회 현실을 20세기 초반의 식민지 조선으로 옮겨 급진적인 계급투쟁 모델로 삼고자 했을 법하다. 그 과정에서 러시아 귀족-지식인 계층인 등장인물은 조선의 민중-지식인 계층으로, 사건의 무대는 모스크바와 베니스 같은 문명 도시와 동떨어진 낙동강 어구 어촌 마을로 바뀌고, 플롯 또한 원작의 연애 플롯이 과감히 배제된 채 혁명의식의 계승으로 단선화했다. '민족적 형식에 사회주의적 내용'을 담은 조선 사회주의 리얼리즘 예술의 시조 「낙동강」은 그렇게 탄생했다.[10]

『낙동강』(1946)

　「낙동강」을 일종의 번역물로 간주할 때, 조명희가 '번역'한 것은 투르게네프의 소설 텍스트가 아닌 소설의 '맥락' 그 자체다. 신념을 향한 자기 헌신이라는 공통 운명 아래, 충실한 내조자 엘레나는 식민 조선의 토양에 옮겨져 혁명의 계승자 로사로 환생하고, 로사는 사회주의 리얼리즘 소설의 마스터 플롯에 따라 멘토(박성운)가 수행해온 투쟁 역사를 재현한다. 「낙동강」 마지막 대목에서 여주인공 로사가 결행하는 '북행'은 그녀의 멘토 박성운이 밟았던 길인 동시에 그녀의 창조자 조명희가 곧이어 밟게 될 실제 망명의 길이다.

「낙동강」이 번역과 창작의 경계를 넘나드는 것과 마찬가지로, 조명희의 삶과 문학 사이에도 뚜렷한 경계선은 그어지지 않는다. 요컨대 원본과 번역본, 작가와 주인공, 문학과 삶은 서로의 영역에서 넘쳐흘러 하나로 합류하고, 투르게네프를 번역하는 조명희, 그것을 자신의 소설로 다시 쓰는 조명희, 혁명의 고향을 찾아 떠나는 조명희의 세 갈래 길은 모두 소설 속 주인공들을 통해 하나로 이어진다. "낙동강 7백 리 길이길이 흐르는 물은 이곳에 이르러 곁가지 강물을 한 몸에 뭉쳐서 바다로 향하여 나간다"라는 소설 첫 문장은 역사의 포괄적 유장함에 대한 은유이며, 그것이 「낙동강」을 읽고, 기억하고, 또 재연하는 독자-작가 최인훈의 역사관이다. 시작과 끝은 서로 맞닿아 있다.

최인훈이 「낙동강」을 읽는 방식은 해방기 북조선 사회가 가르친 '광장의 독법'과 무관하다. 그에게 「낙동강」은 사회주의 리얼리즘 교본이 아니라 자신의 『화두』를 여닫는 열쇠고, 자신의 역사의식을 싹틔워 완성하는 수단이며, 무엇보다 자신을 작가로 만들어주는 계기이다. 소년 최인훈의 책 읽기는 밖에서 주입된 집단적 방식을 따르는 대신 스스로 구축한 '책 환상'의 논리를 따른다. 그리하여 오스트롭스키의 『강철은 어떻게 단련되었는가』를 소비에트 판 『집 없는 아이』와 겹쳐 읽고, 조명희의 「낙동강」과 이광수의 『흙』을 겹쳐 읽는 엉뚱한 독법이 가능해진다.

나는 작품을 여러 번 읽었다. 나는 박성운과 로사가 허숭과 유순과 같은 생각이 들었다. 그들이 맺어졌더라면 그렇게 되었으리라 싶었다. 유순이 매를 맞아 죽는데서 분하고 서러웠던 일이 「낙동강」에서 고쳐진 듯하였다. 허숭은 살여울을 떠나지 말고 새벽길에서 유순에게 한 다짐을 지켰더라면 그다음의 비극들은 일어나지 않아도 되었을 것 같았다. 그러면 허숭은 박성운처럼 죽게 된다는 말일까. 그렇게 되면 로사 아닌 유순이 그 새벽에 옥수수 보자기만 건네주고 돌아서던 그 길을 스스로 밟아 살여울역에서 먼 길을 떠나게 되고 작품의 이름은 '흙'이 아니라 '살여울'이 된다는 말이겠지.(1:99)

조명희와 이광수의 겹침 현상은 책 세계에 한정되지 않고 한 걸음 더 나아가 실제 삶의 세계로 확장되기도 한다. 「낙동강」을 읽던 무렵 소년 최인훈은 고향에서 잠깐 다니러 온 외사촌 누이와 시간을 보내며 함께 책도 읽고 음악도 듣고 했다. 그 누이가 떠나가는 기차역 이별 장면이 이렇게 묘사된다.

기차를 따라가면서 우리가 흘리고 있는 눈물이 모두 하나가 되었다. 마침내 기차는 사라졌다. 내 마음에서 그것은 마치 다른 유순과 진짜 로사가 그렇게 떠나는 것같이 나를 뒤흔들었다.(1:101)

떠나가는 외사촌 누이가 「낙동강」과 『흙』의 여주인공으로 합쳐지는 이 대목은 삶과 소설이 별개의 것이 아니라 서로의 현실을 재현하는 호환적 공간임을 말해준다. 문학(일명 '말나라')이 실제와 허구가 자유로이 융합되는 무경계 지대라는 사실을 작가는 생래적으로 터득했던 듯하다. 학생 최인훈이 숙제로 제출한 「낙동강」 감상문은 바로 그 같은 문학론의 최초 습작품이다. 여느 소년 공산당원('피오닐')처럼 「낙동강」의 이념적 메시지를 제재 삼은 감상문을 쓰는 대신, 미래의 유망 작가는 소설을 읽는 삶에 대한 또 하나의 '소설'을 쓰는데, 그 안에 「낙동강」이 있고, 조명희가 있고, 외사촌 누이가 있고, 작문을 칭찬해주는 선생님이 있다. 그리고 그 '소설'의 기억 안에 『화두』가 있다.

'유망한 신진 소설가'로 인정받는 이 "축복된 소명의 의식"(1:92) 직전에 중학생 최인훈은 자아 비판회라는 또 다른 충격적 사건을 경험해야 했다. 학급 벽보 주필 자격으로 쓴 글의 한 문장을 두고 학급 소년단원과 지도 선생님 앞에서 추궁당한 그때 기억은 트라우마로 남는다. 자아 비판회는 방과 후 촛불 켜진 어두운 교실에서 진행된다. 밀실의 재판이다. 이와 대조적으로 그가 쓴 비규범적, 탈이념적 「낙동강」 감상문은 수업 시간 중 전체 학생 앞에서 칭찬받는다. 광장의 재판이다. 소년 최인훈이 경험한 해방 공간은 모순적이며 이중적이어서, 한편에서는 광장의 글쓰기가 강제되고, 또 다른 한편에서는 밀실의 글쓰기가 격려 받는다. 밀실이 광장의 글쓰기를 제어하는가 하면, 광장이 밀실의 글쓰기를 인용한다. 축복과 저주는 동시적 사건이다.

「낙동강」 일화는 "'현실'과 '책 읽기'와 '글쓰기' 사이를 잇는 실 핏줄이 생겨나는 움직임 비슷한 일"(1:91)로 묘사된다. 실제로 「낙동 강」은 밀실과 광장을 잇는 실핏줄이다. 이 작품을 통해 광장형 읽 기-쓰기와 밀실형 읽기-쓰기가 교차되고, 사상의 이름으로 상처받 은 자의식은 문학의 이름으로써 치유받기에 이른다. 분단의 경계 선이 그어지기 시작하던 바로 그 시점, 즉 해방 공간에서 최인훈이 조명희 소설을 읽었다는 사실이 의미심장한데, 결국 반세기 가까운 세월이 흘러 냉전의 경계가 무너지는 개방기에 최인훈은 러시아 여 행을 매개로 다시 한 번 망명 작가 조명희와 이어지게 되어 있다. 경 계를 긋고, 경계를 횡단하고, 그 사이를 '실핏줄'로 잇는 사건은 겹 겹으로 포개어져 일어난다.

『화두』는 광장과 밀실의 세계가 씨줄과 날줄처럼 다중으로 직조 되어 있다. 광장의 책과 밀실의 책, 광장의 독법과 밀실의 독법, 광 장의 행위 규범과 밀실의 행위 규범, 광장의 이념과 밀실의 이념 등 을 넘나드는 이중의 세계관은 분단과 월경(월남) 경험을 지닌 인간- 작가 최인훈의 분열적 삶으로 연결된다. 그는 안팎으로 양다리를 걸친 인간이다. 어린 시절 체득한 두 가지 대립 방식의 읽기와 쓰 기, 두 학교, 두 국어 선생님, 두 평가, 두 세상에 대한 인식은 분단 시대라는 이분법적 삶의 조건과 맞물려 평생의 화두로 남는다.

《화두》

최인훈의

러시아 여행

『화두』는 여러 겹의 '길 떠남' 이야기다. 북에서의 월남(1950년), 미국 작가 워크숍 참여와 체류(1973~1976년), 러시아 방문(1992년)이 서사의 중심을 차지하지만, 그 외에 월북 작가(이용악, 박태원, 이태준, 임화), 망명 작가(김사량, 김태준, 조명희), 전 세계 한인 디아스포라의 궤적을 좇는 정신적 여행도 있고, 문학 작품이나 민담 전설의 시공 횡단도 있고, 심지어 저자-원고-편집자-인쇄자-옛 소장자(독자)-현 소장자 손을 전전하는 한 권 책(고서적)의 운행도 있다. 최인훈 소설에서 여행은 온갖 범주의 움직임을 통칭한다.

『화두』에 서술된 여행은 단순한 물리적 공간 이동을 넘어 환생, 윤회, 빙의 같은 철학적 개념이 수반된 역사의식이다. 존재는 일회적 사건으로 사라지는 것이 아니라 다른 존재와 전후·상하로 이어졌는데, 그 존재(들)는 통시적으로는 시간의 흐름에 따라 나란히 나열되고, 공시적으로는 하나로 포개어진다. '나'라는 존재도 하나가 아니라 별개의, 별개 시점의 '나'들로 합쳐진 구성체며, 기억은 "옛날의 자기를 지금의 내가 연기한 것"(1:320)에 지나지 않는다. 역사의 흐름 속 모든 사물과 존재는 제각각 길 떠나 움직이다 하나의 정거장으로 모여드는 나그네 형상이다. 복잡해 보이지만 실은 단순한 원리인데, 이 문제는 뒤에서 좀 더 다루고, 여기서는 소설의 클라이맥스인 러시아 여행에 집중하겠다.

개방을 계기로 앞 다퉈 러시아를 찾은 많은 한국인에게 그 여행은 '귀향'의 성격을 띠는 것이었다. 누군가에게는 동경의 이국이고, 어린 시절의 기억이고, 혹은 이념 신화의 현장이었을 장소를 다시 찾아 돌아가는 일종의 '감상 여행'이었던 셈이다. 특히 소련 체제를 본뜬 초기 북한 사회의 체험자에게 러시아는 대리 고향이나 마찬가지였으며, 따라서 그들의 러시아행은, 소설 속 문장 그대로, "정신의 추억으로 가득한 여행"일 수밖에 없었다. 소련의 구호 대상이었던 그 시절 북조선 인민은 러시아어를 배우고, 러시아 책을 읽고, 문학 속 주인공 파벨 같은 러시아인을 생활의 모범 삼았다. 최인훈도 그런 인민에 속했으나, 월남 이후 소련은 최소한 공식적으로는 그의 삶에서 지워졌다. 그러므로 그의 러시아 여행은, 추억의 감상 여행을 넘어 소련이란 존재의 확인 작업이어야 했다. 기억의 망막에 비친 소련과 '지금 여기'의 망막에 비친 소련, 광장이었던 소련과 밀실이었던 소련 중 "어느 쪽이 참다운 소련의 모습인가?"(2:281) 러시아 여행은 과거와 현재의 연속적 저울질로 이루어졌다.

그렇다. 얼마나 행복한 여행인가. 비록 처음 발을 디디는 고장인데도 이렇게 가는 곳마다 정신의 추억으로 가득한 여행. 이런 여행은 다시는 어디도 어느 시점에서도 없으리라. 배신과 죽음의 이야기조차 감미로운 야릇한 이, 정신의 곡절.(2:439)

동궁東宮. 이것이 그 장소였다. 해방되고부터 1950년 월남할 때까지의 북한 생활에서 온갖 기회에 ─ 신문에서, 대중 집회에서, 교과서에서 그렇게 자주 접하게 되던 그 낱말 '동궁'의 현물이었다. 여행이란, 낱말 공부의 한 방식이기도 하였다. '동궁'이 실지로 있다니. 흰 벽과 금색의 장식, 천장에 그려진 천사들, 거대한 샹들리에, 대리석 기둥, 모자이크 마루, 성화들, 부조들, 벽걸이, 온갖 그릇들, 금그릇, 은그릇, 도자기들 ─ 방마다 그득그득한 이런 미술품들의 홍수들은 그러나 여기서 처음 보는 것들은 아니었고 ─ 이 미술관 소장품을 미술품 자체로 보는 경우에는 그것들은 분명 이곳밖에는 없는 것들이지만 ─ 미술관이면 거기에는 미술품이 있다는 의미에서는 다른 미술관 경험과 특별히 다를 것은 없는 일이었고, 그런 미술관 본래 경험보다는 이 건물 자체, '동궁'에 대해서 내 안에서 형성돼 있던 '의미'와 '현실'을 일치시키려는 마음의 운동에 휘말려서 방에서 방으로 걸음을 옮겼다. 그 운동은 이 범람하는 공간적 사물들보다 더 멀미를 일으켰다. 그것은 자칫 범람하고 싶어 하는 '시간의 흐름' '시간의 축적'이었다. '시간'은 그렇게 다루기 힘들었다. 이렇게 넓은 면적을 차지하면서 눈에 보이게 전개되어 있는 공간은 그것 자체로는 오히려 그들이 형성되기 위해서 필요했던 시간을 되레 가리는 가리개였다. 그것들은, 자기 자신이 자기 자신의 가리개였다. 그것들은 그것을 보는 사람들의 마음속에서 '시간'으로 변환되었을 때에만 진정한 그것들이 될 수 있었다. 그리고 그 '시간'이란 나의 전 생애였다.(2:457)

최인훈의 여행은 기억 속 러시아와 '현물' 러시아를 대조하고, 과거의 의식과 현재의 의식을 비교하는 "마음의 운동"이지만, 이는 둘 중 어느 쪽이 참다운가를 결정하기 위해서가 아니라, 양쪽 다 참다우며 그 둘을 합친 것이 '실체'라는 깨달음을 얻기 위한 구도의 과정이다. 대립과 배척을 극복한 균형과 포용의 길이 되는 것이다. "내 안에서 형성돼 있던 '의미'와 '현실'을 일치시키려는 마음의 운동"인 러시아 여정은 과거의 나와 현재의 나, 광장의 나와 밀실의 나 사이를 잇는 '실핏줄'의 경로와 병행한다.

베를린 장벽 붕괴를 다룬 『화두』 2권 7장은 소설 전체 중 가장 짧은 단 한 장짜리 챕터다. 독일의 빌리 브란트도 예측 못하고, 미국의 부시도 냉전의 지속이라고 밖에는 생각 못하던 찰나, 1989년 11월 9일, "그 순간까지 아무도 상상하지 못한 일"(2:268)이 벌어졌다. 동독이 사라진다.

8장은 포석 조명희가 1928년 소련 망명 후 '인민의 적'이란 죄명으로 총살되기까지의 10년 행보를 약술한다. 조명희의 운명은 인민을 해방한 소련(광장의 소련)과 인민을 억압한 소련(밀실의 소련)의 자기모순을 보여주지만, 그것은 "각기 다른 이해관계에 있는 두 입장이 각각의 입장에서 본 소련"(2:282)의 두 얼굴이며, "갈림길은 자신이 어느 편에 서 있느냐, 설 작정이냐에 달려 있"(2:282)는 것이라고 화자 스스로 납득한다. 조명희의 설명할 길 없는 희생에 대해서도, 대의를 배반하지 않기 위해 자신의 억울한 죽음을 기꺼이 받아들였을 것이라는 잠정적 해석을 내놓는다.

조명희

9장은 소련 제국 멸망 전후의 정세 기록과 분석이다. 소련 붕괴는 전 세계를 뒤흔든 역사적 대전환인 동시에 최인훈이 "선택한 생업의 대선배들의 그토록 많은 부분에서 '운명'이었던 존재"(II:304)가 소멸하는 충격적 사건이다. 어린 시절 한때 '고향'으로 기능했던 소련, 분단 현실의 한 축이던 소련, 그리고 선배 문학가들의 '운명'이던 소련이 영영 사라져버리는, 그 누구도 예측하거나 의도하지 않은 이 반전 역사를 어떻게 이해할 것인가?

최인훈의 관점에서 보면, "소련 멸망은 이태준의 「해방 전후」의 후일담의 의미"(2:304)를 지닌다. 일본 제국의 소멸은 소련 군대 입성으로 이어지고, 분단과 냉전을 불러옴으로써 한반도 운명을 결정지었다. 한반도와 함께 최인훈 개인의 운명도 뒤바꿔놓았다. 그는 선배의 단편을 다시 읽으며 "해방 전후를 이만하게라도 가깝게 어느 인물의 심경에 밀착해서 묘사한 작품도 얼른 생각나지 않는다"(2:304)고 평한다. 그러면서도 그는 이태준보다 훨씬 진전된 수준의 사유를 도모한다. 단순한 개인 심경 묘사에서 한 걸음 더 나아가, 역사의 작동 원리 자체를 설명하고자 하는 것이다. 그 결과가 바다거북이 비유를 통한 역사관이다. 거칠게 윤곽만 설명하면, 인류 문명의 역사는 흡사 수많은 바다거북이들이 모여 공동의 철갑과 이동 바퀴를 갖춘 거대한 집단 운동체('철갑 구성체')로서 느리게 이동하는 형상과 같다. 최인훈이 파악한 개체와 집단, 부분과 전체의 관계는 톨스토이가 『전쟁과 평화』에서 거듭 피력한 역사관의 핵심 사상과 일치하는데, 낱낱의 바다거북이와 철갑 구성체는 유기적으로 연결된 것이 아니라서 개인의 움직임(개인 생애)과 전체의 움직임(역사) 사이에 괴리가 있고, 개인은 전체의 움직임을 인식하지도 못한다. 개인 생애와 역사 간에는 그 어떤 필연성도 없다. 그러나 둘의 움직임은 여전히 직결되어 있다.

이러한 역사의식을 바탕으로 최인훈은 러시아를 여행한다. 실제로 그런 역사의식 단계에서 여행이 이루어졌는지 여부는 알 수 없으나, 『화두』의 전개 방식에 의하면 그렇다. 10장의 러시아 여행은 소설 클라이맥스에 해당하고, 화자의 역사의식 또한 그 대목에 이르러 완성된다. 돈오의 순간이 여행 마지막 지점에 찾아오기 때문이다.

"소련이 망한 이듬해인 1992년 첫가을의 어느 맑은 날"(2:375) 최인훈은 러시아작가협회 초청을 받아 스무 명 남짓 동료 문인들과 러시아로 떠난다. 앞서 이 책 6장에서 다루었던 송영 작가도 포함된 소설가협회의 문인 단체여행이었다. 최인훈의 기록은 송영의 여행기 못지않게 상세하며, 때로는 묘사가 훨씬 구체적이기도 하다. 중요한 특이점은 시선의 방향성이 될 터인데, 그의 초점은 송영과는 정반대로(그리고 필경 대부분 여행객과 달리) 내면 의식 세계를 향해있다. 러시아인을 만나고 러시아 풍경을 볼 때도 그의 눈은, 그리고 언어는, 자신의 내면을 바라보며 분화된 자신의 의식과 대화한다. 가장 분열적인(도스토옙스키적인) 형태의 여행 기록이 아닐 수 없다.

장장 2백 쪽 넘는 분량의 이 기록이야말로 이태준의 「소련기행」 '후일담'에 합당할 것이다. 특히 망명 작가 조명희의 행방, 레닌 묘 참배, 그리고 역사의식 기술에서 최인훈 소설은 이태준의 선행 여행기를 계승·보완한다. 소련으로 간 조명희에 대해서는 이태준도 여행 첫날부터 궁금해하며 수소문했으나, 십여 년 전에 확인된바 이후는 '모른다'는 답을 들어야 했다.[11] 1938년의 처형에 관해 아무도 알 수 없던 시절이다. 반대로 최인훈에게는 조명희의 최후가 소련 붕괴를 기해 낱낱이 밝혀진 터였다. 그러므로 그의 1992년 여행은 조명희의 자취를 찾기 위해서가 아니라 조명희라는 존재와 함께, 조명희를 빙의하여 따라가는 길이 된다. 십중팔구 모스크바를 와보지 못했을 망명객의 몫까지 짊어져야 할 의무가 그에게 있었다.

아까 버스를 타고 얼마 지나고부터 나는 한 가지 의문에 사로 잡혀 있었다. 포석 조명희는 모스끄바에 와보았을까 하는 물음이다. 보통 같으면, 1928년 망명하여 1938년에 총살되었다면 10년이나 소련에 살았으니 그동안 모스끄바에 한 번도 와보지 않았다는 일은 있기 어렵다. (…) TV에 나왔던 포석의 딸이 말하던 그들 집안의 생활로 미루어보면 그의 행동 범위는 이곳 명칭으로 원동이라고 부르는, 우리 식으로는 노령 연해주라고 부르는 지역에서 벗어나지 않은 것일 듯싶다. (…) 섭섭한 일이다. 세상에 오이를 거꾸로 먹어도 제 멋이라고(나는 이 취미에 찬성이다) 세상에 한도 갖가지여서 나는 포석을 위해서 그 점이 섭섭하다. 그런데 생각은 여기서 그쳤으면 좋겠는데 사실은 그렇지 못하고 아까부터 내 생각은 이 섭섭함에서 한 번 더 건너뛰어 이상한 생각에 사로잡혀 있다. 포석 조명희가 내 곁에 딱 달라붙어서 나와 함께 러시아 여행을 하고 있다는 생각이다. 우리 여객기가 중·소 국경의 어디쯤 아마 하바로브스끄에서 그리 멀지 않은(공중 거리로는) 상공으로 들어서는 순간 포석의 영혼이 훌쩍 솟아올라 내 곁에 와 앉았다는 환각이 슬며시 형성되기 시작한 것이었다.(2:429-431)

조명희는 최인훈 옆에 와 앉는 수준을 넘어 실은 그를 "숙주 삼아 (…) 들어앉아"(2:431) 여행한다. 최인훈이 곧 조명희다. 여행 둘째

날부터 일어난 이 빙의 현상은 여행 끝에서 둘째 날 최인훈이 밤새
워 읽는 KGB 비밀 서류로 절정에 달한다. 그가 입수한 비밀문서는
조명희의 '연설문'이다. 그 안에는 혁명 후 초기 체제 성립 과정, 전
시 공산주의 이후 신경제정책 도입의 필요성 등이 피력되어 있다.
혁명의 목적과 수단은 분리되어야 하며, 개량주의와 평화주의는 혁
명 완성의 전주곡과도 같은 일시적 타협과 속임수라는 내용이다.
일견 수정주의자의 자기 변론처럼 읽히기도 하는데, 끝에 가서는
다시 당성을 강조하며 마무리된다.

> 그러나 우리는 단단히 유념하지 않으면 안 된다. 당은 결코 무작
> 정 위대한 우정인 것이 아니라 외부의 적과의 심각한 투쟁을 거
> 쳐, 그리고 필요하다면 내부의 적과의 심각한 투쟁에 의하여 그
> 대열을 정비할 때만, 신중하게 그리고 필요한 경우에는 사정없
> 이 혁명의 대의에 심혼을 바치는 노동자 계급 속의 최량의 분자
> 를 선택함으로써만 위대한 공동체가 된다는 것을, 바꾸어 말하
> 면, 위대한 공동체가 되자면, 당은 위대한 선택을 거치지 않으면
> 안 되는 것이다!(환호)(2:551)

이는 물론 조명희 목소리를 빈 최인훈의 생각이다. 그가 조명희
를 숙주 삼아 자기 말을 하는 것이다. 최인훈이 희곡 작가라는 사
실,『화두』안에서도 삶 자체의 '연극성'(모두의 모든 순간이 '연기'다)에
대한 철학적 사유가 계속된다는 사실을 잊어서는 안 된다. 최인훈

이 대신 쓴 조명희 연설문(대사)은 자기모순적 내용을 담고 있다. 혁명의 정통주의자가 수정주의를 변호하고, 그러면서도 마지막에는 다시 수정주의와 투쟁하는 정통주의 편에 섬으로써 스스로를 배반의 함정에 빠뜨리는 격이 되어버린다. 자기 자신을 '내부의 적'으로 고발하여 처형("위대한 선택")을 초래하는 자가 당착의 증언이며, '자아비판'의 결정판이다. 연설 끝의 '환호'가 총알의 환호(총살)로 들리는 것도 그 때문이다. 그러나 생각해보면 과연 누가 '내부의 적'인가? 신념을 배반한 측은 누구였으며, 조명희를 자아비판의 궁지로 몰아넣은 것은 누구였던가?

> (…) 그렇게 된 곡절이었군요. 이처럼 조리 있게 시작된 출발이 주인을 쫓아낸 찬탈자들에 의해 다른 길에 들어서면서 자기도 속이고 남도 속여 오다가 결국 망한 것이로군요.(2:552)

소련 몰락의 근본 원인은 초심의 상실에 있다. 그 자리에 있지 않을 사람들이 그 자리를 지배했다. 이것이 최인훈의 최종 판단인데, 그러자 그의 의식 속에서 조명희가 조언한다. "너 자신의 주인이 돼라."(2:552) 교훈은 자기를 빼앗기지 않고 스스로의 주인이 되는 것이다. 그런데 스스로의 주인이 되는 것과 '환생, 윤회, 빙의' 같은 중첩 현실은 무슨 관계일까? 중첩된 자아와 단일 자아의 관계는 무엇일까? 이런 질문에 답하기 위해서는 '시간' 개념의 풀이가 뒤따라야만 한다.

러시아 여행에서 화자에게 각인된 강렬한 인상 중 하나로 푸시킨 시市(차르스코예 셀로)에서 보게 되는 잡초가 있다. 길가에 돋아난 잡초를 보며 그는 인간인 '나'와 '풀'이 '생명 구성체'로서 서로의 형제라는 생각을 한다. 삶의 주기를 가진 자연 생명체라는 의미다. 그러나 동시에 인간인 '나'는 '풀'과 달리 "시간의 퇴적으로 이루어진 '시간 구성체'"(2:470)라고도 생각한다. 시간 구성체의 기억을 갖추었다는 점에서 "나는 풀이면서 풀이 아니다."(2:469) 시간 구성체로서의 '나'와 생명 구성체로서의 '나' 사이에는, 바다거북이 비유와는 또 다른 층위에서, 유기적 관계가 있다. 똑같은 '나'다. 그렇다면 '나' 안에 축적된 시간과 '나'는 또 어떻게 연관된 것일까?

소설 속 다른 주요 에피소드인 레닌 묘 참배 장면의 환기가 필요하겠다. 제6장에서도 이미 언급한 붉은 광장의 레닌 묘는 모스크바 방문객이라면 누구나(이념과 무관하게) 제일 먼저 찾는 관광 명소로, 소련의 상징과도 같다. 러시아의 국가 행사는 여전히 레닌 묘가 위치한 크레믈 성벽 앞에서 행해진다. 과거 좌익 지식인들(이태준, 백남운, 이기영 등)은 유리관 속 레닌을 두고 '잠들어 있다' 혹은 '살아 있다'고 표현했다. 레닌은 '영원한 태양' 곧 신이었다. 한편, 소련 멸망 후 모스크바를 찾은 80년대 운동권 소설가 공지영 같은 경우는 서슴지 않고 '죽은 레닌'이라는 직언을 던졌다. "연극 무대처럼 조명이 밝혀진" 지하 묘지에서 '살아 있는 우리'는 마치 연극 구경하듯 '죽은 레닌'을 구경하는 것이었다.

최인훈의 관점은 다르다. 모스크바 관광 첫날, 으레 그렇듯, 일행은 붉은 광장에 가서 레닌 묘로 향한다. 레닌 묘는 본체 위에 "아크로폴리스 신전의 모형" 같은 구조물이 얹혀 있고, "본체 부분에는 검은색 돌의 띠가 둘러쳐져 있어서 상장喪章처럼 보인다."(2:419)

> 레닌의 얼굴은 자그마하고 노랗게 보였다. 대머리 부분이 있어서 상대적으로 얼굴이 작아 보여서 그런지 어딘지 얌전한 어린이 같았다. 가슴 아래는 담요로 덮여 있고 레닌의 팔은 그 담요 위에서 두 손을 얌전하게 포개고 있었다. 이것이 레닌이었다. [...] **이것은 무덤을 방문하고 있는 것이 아니라, 장례식이 진행되고 있는 현장이었다. 레닌은 묻혀 있는 것이자, 묻히기 직전 상태에서 마지막 회견을 하고 있는 것이었다. 이곳은 과거가 묻혀 있는 곳이자, 사건이 지금 계속 되고 있는 것이기도 했다. 이 영묘가 지어진 이래 장례식은 아직 끝나지 않고 있는 것이었다.** [...] 장례식에 참석하는 형식이 되는 관광이다. 그것이 시간을 제한한다는 방법으로 이런 자동적인 관객 참여 연극을 성립시킨다. 우리는 그렇게 레닌의 영결식에 참여하고 다시 붉은 광장으로 나왔다.(2:419-420, 인용자 강조)

최인훈에 의하면, 레닌 묘는 "연극 무대처럼 조명이 밝혀진" 곳이 아니라, 실제 '연극 무대'다. 그곳의 모든 참배객은 공연의 구경꾼인 동시에 출연자이고, 삶과 죽음을 경계 짓는 '사건'은 영원히 진행 중이다. 이 무대에서 레닌은 배우인가, 관객인가, 아니면 무대

소품인가? 살아 있다고도, 죽었다고도 할 수 없는 레닌은 다만 삶과 죽음의 '문지방'에 영원히 머물러 있다. 레닌뿐 아니라 인간 모두가 실은 삶과 죽음, 지상과 지하, 과거와 미래의 경계 위에 서 있다. 현재는 "사건이 지금 계속되고 있는", 끝없는 문지방이다. 그 문지방에서 과거·현재·미래는 하나로 응축된다.

　레닌이 살았다 죽었다 말하는 대신 장례식 한가운데 있다고 본 기록자는 최인훈이 유일할 것 같다. 그 관점은 삶을 '연극 무대'로 보아온 희곡 작가로서의 습성과도 관련 있지만, 더 근본적으로는 '시간'을, 즉 역사를 바라보는 고유한 사유 체계와 연관이 있다. 최인훈이 생각하는 역사는 일직선도 나선형도 아닌, 중첩의 원리다. '생물 구성체'와 '문명 구성체(시간 구성체)'의 유기적 통합은 과거·현재·미래의 중첩으로서(써) 이루어지며, 인간은 뒤돌아봄의 힘을 통해 생물 구성체의 한계인 '현재의 노예' 상태에서 벗어날 수 있다. 이 원리를 한눈에 보여주는 상징적 형상물이 바로 러시아 민속품 마트료시카matрёшка다.

인간은 언제나 시간 속에 있다. 인간이 시간이다. 다만 그 시간
이 풀들의 시간이 되지 말고 인간의 것 답게 하라. 결국 어디에
있건 그런 시간 속에 사는 것은 그 사람의 선택에 달려 있었다.
체홉의 무덤에 온 것은 잘 한 일이었고, 고골리조차도 만나게 되
었다. 이렇게 사물들의 시간은 모두 연결되어 있었다. 옳은 연결
을 따라가라. (2:565)

러시아 여행 중 최인훈은 레닌 외에도 페테르부르크 넵스키 사
원의 도스토옙스키와 차이콥스키 묘, 그리고 모스크바 노보데비치
사원의 체호프와 고골 묘를 찾는다. 위 인용문은 여행 마지막 날 체
호프와 고골의 무덤 앞에서 얻는 깨달음에 관한 부분이다. 레닌 묘
가 '영원히 진행 중인 영결식', 즉 영원한 현재형의 무대라면, 예술

가의 무덤은 완결된 현재를 말해주는 듯하다. 무덤은 죽은 자와 산자의 영역을 경계 짓는다. 그래서 최인훈 일행은 차이콥스키 무덤에 헌화하고, 도스토옙스키 무덤 앞에서 한국식 제사도 지내고 하는 것이다. 그러나 여행 마지막 날 체호프와 고골의 무덤 앞에 선최인훈은 또 다른 차원의 생각을 하게 된다. 체호프와 고골이 특별한 메시지를 계시했다기보다는, 인접한 두 무덤을 보며 그동안 축적되고 진화해온 최인훈 자신의 사유가 마침내 완성 단계로 정리되기 때문이다. 그것은 삶과 죽음의 경계마저 뛰어넘어 "사물들의 시간은 모두 연결되어 있"다는 깨달음이다. '체호프와 고골'들의 사유를 거쳐 '조명희'들의 사유가 나왔고, 다른 "인간다운 이성"(2:565)들의 사유가 나왔다. 모든 것은 하나로 관통하며, '기억'의 길 위에서 과거는 현재로 되살아난다. 과거가 현재고 또 미래다. 그 반대방향으로도 말할 수 있을 것이다. 과거와 현재와 미래는 횡적으로펼쳐지기도 하고, 종적으로 포개어지기도 한다.

> 트로이 성은 트로이 성에만 있지 않다. 그것은 우리 기억 속에 있다. 우리가 가는 곳이면 어디서나 트로이 성은 다시 지을 수 있다. 그러므로 우리 자신이 트로이 성이다. 내가 트로이 성이다. 트로이 성은 나다. 내가 진리요 길이다.(2:574)

노보데비치 사원을 나온 최인훈은 기념품 가게에 들려 마트료시카를 산다. "인형 속에 또 인형이 있는 인형"(2:576)인 이 민속품이야

마트료시카

말로 최인훈의 사변적 역사관을 단 한마디로 축약해줄 '엠블럼 emblem'과 다름없다. 마트료시카 인형은 일렬로 나란히 늘어놓을 수도, 또 모든 인형을 가장 큰 인형 안에 차곡차곡 겹쳐 넣을 수도 있다. 보통 러시아 처녀의 모습을 하고 있지만, 정치인, 혁명가, 예술가 그 어떤 인물로도 대체할 수 있으며, 이론적으로는 무한 증식이 가능하다. 수없이 많은 인형이 단 하나의 인형으로 수렴되고, 단하나의 인형은 수없이 많은 인형으로 순간 늘어난다. 나열과 중첩의 동시성, 마트료시카는 깨달음이다.

> 인형 속의 인형 속의 인형 속의… 나의 속의 나의 속의 나의 속의… 우주 속의 은하계 속의 태양계 혹의 태양계 혹의 지구 속의 한국 속의 서울 속의 우리 집 속의 나의 속의 나의 속의 나의 속의… 고골리 속의 도스또예브스끼 속의 체홉 속의… 똘스또이 속의 뚜르게네프 속의 뿌쉬낀 속의… 러시아 속의 모스끄바 속의 인터내셔널 속의 '그젤' 가게 속의 마뜨료쉬까 인형 속의 인형 속의 인형 속의… 인형을 보고 있는 나 속의 인형을 보고 있는 나 속의 인형을 보고 있는…(2:578)

『화두』에는 여러 비유가 나온다. 모두 개별 삶의 순간순간이 더 큰 삶(집단, 역사)의 부분임을 역설하는 크고 작은 도구들이다. 평자들이 이미 지적했고 또 작가 자신도 강조했듯이, 『화두』의 화두는 '기억'인데, 이 기억이라는 것의 반경이 개인 생애로 그치지 않고 전생과 내생까지를 포함해 여러 생애와 여러 시대의 전·후 관계에 걸쳐진다. 문명의 알레고리인 '바다거북이', 역사의 알레고리인 '공룡의 비늘', 소설 맨 마지막의 대표 엠블럼 마트료시카 인형까지를 통틀어 표상된 바는 인류 사회의 거시적이고도 미시적인 작동 메커니즘이다. 인간은 한 마리 바다거북이 또는 한 조각 비늘에 불과하지만, 바다거북이는 집단을 이루어 공동의 철갑을 두른 채 바다로 이동하고, 비늘은 머리-몸통-꼬리로 이루어진 거대한 공룡의 일부로 남아 본체의 움직임을 감식한다. 전체와 부분은 하나이며, "모래알 하나에서 세상을 본다To See a World in a Grain of Sand"는 윌리엄 블레이크Blake 식 예지는 "비유가 아니라 사실이다." 그러므로 '부활'과 '윤회' 역시 생애 주기의 사건을 넘어, 매일 또 매순간 일어나는 사건일 수 있다.

> 개인의 생애 자체가 나날의 부활, 날마다 겪는 '윤회'다.
>
> '전생前生의 나'는 '전일前日의 나'의 비유에 지나지 않는다.
>
> 우리는 매일 '윤회'하고, 매일 '부활'할 뿐만 아니라, 하루 중에도 매초 매순간 '윤회'하고 '부활'한다 ―이 파악은 비유가 아니라 사실이다.
>
> 선행한 자기를 자기라고 붙들 수 있는 의식의 힘― 즉 '기억'이다.
>
> '기억'은 생명이고 부활이고 윤회다. (1:15-16)

기억과 부활에 관한 이 아포리즘은 『화두』 2002년도 판본 서문 "21세기의 독자에게"에서 따온 것이다. 1994년 초판본 서문에서 작가는 '공룡의 비늘'이란 비유를 사용했었다. "아직 공룡의 몸통에 붙어 있는 한 비늘의 이야기"(1:19)로 정의되었던 90년대의 역사의식은 10년 가까운 세월을 거치며 부활과 불멸에 대한 한결 선명한 확신으로 이행되었다. 그것은 '나'가 다만 전체와 연결된 부분으로 그치는 것이 아니라, '나'가 곧 전체의 주인이며 부활이라는, 거의 종교에 가까운 세계관으로의 안착을 말한다. "내가 진리요 길이다." 러시아 여행 말미에 나오는 조명희의 조언("너 자신의 주인이 돼라")은 최인훈의 작가적 삶에서, 의식에서 마침내 믿음의 '말씀'으로 실현되기에 이른다.

> 나 자신의 주인일 수 있을 때 써둬야지. 아니 주인이 되기 위해 써야 한다. 기억의 밀림 속에 옳은 맥락을 찾아내어 그 맥락이 기억들 사이에 옳은 연대를 만들어내게 함으로써만 나는 나 자신의 주인이 될 수 있겠다. 그 맥락, 그것이 '나'다. 주인이 된 나다. (…) 원고지를 꺼내놓고 마주 앉는다. 첫 문장을 적는다. — 낙동강 700리, 길이길이 흐르는 물은 이곳에 이르러 곁가지 강물을 한 몸에 뭉쳐서 바다로 향하여 나간다… 이 소설은 어느 가을밤에 그렇게 시작되었다. (2:586)

『화두』는 '낙동강'에서 시작해 '낙동강'으로 끝난다. 더 정확히 말하면, 소설 「낙동강」을 읽고 있는 W시 고등학교 교실에서 시작해 「낙동강」으로 시작하는 소설 『화두』를 쓰고 있는 서울 집필실에서 끝난다. 해방에서 개방에 이르는 "기억의 밀림" 속에서 '맥락'을 찾아 떠난 대장정의 기록 『화두』. 이는 시대를 대표하는 월남 지식인 개인의 서사이자, 두말할 나위 없는 한민족 전체의 집단 서사다. 최인훈은 『광장』이 "1945년에서 1950년까지 북한에서 생활했기 때문에 쓸 수 있었던 소설"이라고 했다. 그렇다면 『화두』는 최인훈이 1950년 이후 남한에서 생활했기에 쓸 수 있었던 소설이다. 소련 붕괴와 개방이라는 역사적 전환을 목격했기에 비로소 쓸 수 있었던 소설이다. 분단 민족의 정체성과 기억과 이념의 뒤엉킴을 추적한 그 혼신의 궤적 위에서 러시아와 러시아문학의 자취는 한 번도 사라졌던 적이 없다.

후기

광장과 밀실은 하나다

'광장인가 밀실인가.'

『광장』에서 시작된 최인훈의 문학적 '항해'는 그로부터 33년 후 『화두』의 정박지에 당도했다. 『화두』는 해방에서 개방에 이르는 "기억의 밀림" 속에서 스스로 '맥락'을 찾아가는 대장정이다. 작가의 사유는 이분법적 골격을 갖추었으나, 그것이 정확하게 둘로 나누어진 이분법이 아니라는 점에서 실제 현실은 "착란적인 상황"을 야기한다. 소설이 거듭 되풀이해 재생하는 기억과 자기 검증과 논증의 언술은 불균형 상황에서 균형의 실마리를 찾으려는 정신의 암중모색과도 같다.

이것은 대단히 착란적인 상황이다. 낙관과 비관이 2분적으로 나누어졌더라면 얼마나 편리했겠는가. 그렇지 않았기 때문에 상황은 생활자에게 환상과 절망을 동시에 주었다. 어느 쪽을 강조해도 그것은 바른 인식이 아니었고, 바르지 못한 인식에서는 예상하는 결과가 나오지 않았다.

20세기를 이제 몇 해 남겨놓지 않은 이 시점에서도 20세기의 두 얼굴은 마치 우리를 유혹하는 악마의 얼굴처럼, 천사의 얼굴처럼 우리를 착란과 희망의 소용돌이 속으로 몰아놓는 듯싶다.

각자에게는 각자의 대처 방법이 있을 것이다.

—최인훈, 1994년 제6회 이산문학상 수상 소감, 『화두』(1:9-10)

최인훈의 대처 방법이 문학이라면, 나의 대처 방법은 문학을 읽고 문학을 통해 생각하는 문학도의 길이다. 일제 강점기에서 분단에 이르는 소용돌이를 직접 몸으로 겪은 대작가와 달리, 나는 일제 강점기도, 해방도, 전쟁도, 분단의 비극적 개인사도 겪지 않았다. 80년대 청년들이 몸 던져 참여했던 격변의 시기에도 나는 현장에 없었다. 거의 모든 20세기의 소용돌이는 간접으로, 타자의 경험과 기록을 통해 겪다시피 했다. 생생한 사적 기억이 부재한 사람에게 타인과 집단의 기억이 밀려 들어와 아우성치며 서로 자리다툼하는 상황 역시 착란적이기는 마찬가지다. 이 책은 해방에서 개방에 이르는, 많은 부분 직접 겪지 못한 격변의 '사실들' 가운데 맥락과 균형을 찾아가며 '스스로의 주인'이 되고자 한 내 나름의 방식이다.

소설을 통해 최인훈은 조명희를 비롯한 여러 인물과의 '빙의' 현상을 설명하고 있다. 그 인물들이 하나로 모여 '여러 겹의 나'를 이루게 된다는 총체적 자아 정체성 인식은 '마트료시카'의 단순하고도 선명한 원리로써 한눈에 깨우쳐진다. '화두'의 정착지가 마트료시카다. 마트료시카는 시간과 공간 개념상 횡적이고 종적인 움직임의 동시성을 보여준다. 중첩과 교차의 역사성을 말하는 개념 형상물이다.

톨스토이가 『전쟁과 평화』에서 다양한 역사 서술을 병치하며 자신의 역사관을 거듭거듭, 마치 자기 자신도 못미더운 양, 각종 비유를 통해 말하고 또 새로 말하고 하는 것은 나폴레옹 전쟁이라는 대사건의 정황을 원리적으로 납득하기 위해서다. 애당초 프랑스 혁명을 이해하기 위해 시작된 탐구('역사란 무엇인가'), 즉 신의(神意, providence)와 인간 의지, 필연과 우연, 전체와 개인, 영웅과 민중 같은 대립항 사이의 일정 원칙을 찾아내려 한 프랑스 학자들로부터 톨스토이에 이르기까지, 역사는 한 인간의 미시적 시야로는 결코 예측할 수도, 관측할 수도 없는 대상이었다. 20세기 격변의 전후·좌우 맥락을 한국인의 관점에서 풀어 연결해보려는 최인훈의 시도 역시 동일한 난맥상을 뚫고 나와야 했다.

역사학의 문외한인 나로서 말하기 조심스럽지만, 톨스토이를 위시한 서양 논자들의 역사의식이 최인훈이 도달한 '중첩의 시간성' 개념에 미치지 못했던 것 아닌가 싶다. 동양과 서양 정신의 차이일 수도, 역사가와 문학가의 관점 차일 수도 있다. 과거를 분석하는 것이 아니라 되사는 것, 역사를 대상화하는 대신 자신이 그 일부로 환원되어버리는 것은, 일직선이 되었건 나선형이 되었건 시간의 절차성에 입각한 역사학의 논리에서 벗어나는 일탈 행위다. 윤회, 환생, 부활과는 또 다른 '빙의' 현상은 문학에만 허용된 시공時空 의례일 것이다. 과거와 현재가 하나로 합쳐지는 '사건'은 최인훈 소설에서는 언제나 일어나고 있다. 역사에 대해 그토록 많은 말을 한 톨스토이도 그런 생각은 하지 않았다. 노자 사상이나 범신론에 가까웠음에도 불구하고, 그의 기독교적 세계관이 근본적으로 빙의의 삶을 포용하지 못한 것 같다.

최인훈이 조명희에, 또는 이태준에 빙의하는 것처럼, 문학도에게는 자신이 택한 작가나 작품에 빙의하여 그 세계를 동반 재연할 권리와 의무가 있다. 나는 타자의 세계 안으로 들어가 그때 그곳의 논리와 언어로써 보고 말한다. 나는 그 세계를 품는다. 문학도의 길에서 '그때 그곳'과 '지금 여기'는 하나다.

> 개구리 몸에는 올챙이가 붙어 있지 않다. 과거는 '허물 벗고' 지금 모습으로 산다. 그러나 '사회'라는 생활 단위는 자기 현재 신체에 그가 진화해온 모든 단계를 뭉뚱그려 가지고 있다. (…) 사회는 이를테면 자신의 '원죄'를 자신 속에 지니고 산다. 사회 전체도 그렇고 개인도 그렇지만, 인간의 의식은 자신의 '자기 동일성'의 이와 같은 '과거 현존성'에 대해서 대체로 확실한 자각을 가지기 힘들다. 자기 속에 있는 과거를 사회나 개인이나 모두 잘못 평가하기 쉽다. 그것을 자칫, 뒤떨어진 것, 허물처럼 벗어던져야 할 것, 극복의 대상, ― 결국 현재에 방해되는 부정적인 것

으로만 보기 쉽다. 그러나 그렇지 않다.

(…)

지식에는 돈오돈수頓悟頓修가 없다. 자신의 '자기 동일성'에 대한 이런 부정확한 인식은 대단히 위험하다. 첫째로 앞서 말한 대로 자신의 자신이 되기 위한 시간적 절차에 대한 인식이 부족하므로 자기 교육의 효율성을 떨어뜨린다. 둘째로 어떤 점에서는 그보다 더 큰 위험의 원인이 된다. 나비는 결코 나방으로 전락하거나, 개구리가 올챙이로 퇴행하거나, 닭이 알로 되돌아가는 일은 없다. 그러나 사람에게는 이 퇴행이 가능하다. 사람은 생물적 종으로서는 퇴행이 불가능하지만, '사회적 종'으로서는 얼마든지 시간을 역행할 수 있다. 이 '시간 역행 능력'은 인간의 개선을 위한 능력이자, 동시에 인간의 반사회성을 위한 능력이라는 모순된 특징이다. 자기가 거쳐 온 진화의 단계는 한 사회 속에 계층적으로 공존하며, 개인의 마음속에 중층적으로 공존하면서, 조건이 주어지면 세력 관계를 변화시킨다.(2:506-507)

'빙의'에 대한 나의 인식은 최인훈의 시간관과 역사관 앞에서 한없이 경박할 따름이다. 나는 관념적인 사람이 아니라서 '사회적 종'이냐 '생물학적 종'이냐, '시간 구성체'냐 '생물 구성체'냐 등의 계통학적 세계관은 꿈도 꿔본 바 없다. 다만 집단의 일원으로서 내가 거쳐 간(또는 나를 거쳐 간) 사회적 진화 단계, 그리고 전체 움직임 속 나의 자리 같은 것을 짚어보려는 마음만큼은 진심이었다. 푸시킨의 『대위의 딸』, 톨스토이의 『전쟁과 평화』, 파스테르나크의 『닥터 지바고』 같은 역사소설을 처음 읽었을 때부터 품어온 인식의 갈증 같은 것이다. 내 안에 중첩돼 존재하는 한국 사회와 러시아문학의 수많은 '그들'과 '그것들'을 통해 오늘의 나를 바라보는 것, 그것이 문학도인 나의 길이다. 최인훈은 그 길의 멘토 겸 안내자였다. 그의 '화두' 안에서 러시아와 러시아문학의 퇴적층을 마주친 '사건'은 대단한 행운이었다.

『광장』에는 『화두』의 거의 모든 것이 들어 있다고 생각되지만, 분단 문학과 개방 문학의 삼십여 년 격차가 작가의 역사관과 세계관에도 명백한 변화를 불러온 것은 사실이다. 『광장』의 주인공에게 광장과 밀실은 대립적 공간이었다. "그는 어떻게 밀실을 버리고 광장으로 나왔는가. 그는 어떻게 광장에서 패하고 밀실로 물러났는가."[1] 『광장』은 이분법의 비극성에 관한 이야기다. 그것이 저 유명한 부채꼴 비유의 처절함으로 드러난다.

> 그의 삶의 터는 부채꼴, 넓은 데서 점점 안으로 오므라들고 있었다. 마지막으로 은혜와 둘이 안고 뒹굴던 동굴이 그 부채꼴 위에 있다. 사람이 안고 뒹구는 목숨이 꿈이 다르지 않으니. 어디선가 그런 소리도 들렸다. 그는 지금, 부채의 사북자리에 서 있다. 삶의 광장은 좁아지다 못해 끝내 그의 두 발바닥이 차지하는 넓이가 되고 말았다.[2]

남과 북의 '광장'에서 "접은 지름 3미터의 반달꼴 광장"(동굴)으로 후퇴하여 결국 "부채꼴 사북까지 뒷걸음질 친" 인간에게 남은 공간은 또 다른 세상의 광장("푸른 광장")인 죽음뿐이었다. 광장과 밀실은 공존할 수 없었다.

삼십 년 후 『화두』에서는 사정이 다르다. 마트료시카의 세상에서는 광장과 밀실이 통한다. 사회가 분단에서 개방으로 진화한 까닭도 있겠으나, 무엇보다 의식의 진화가 가져다준 놀라운 깨달음이다. 나와 너, 개인과 집단, 시간과 공간, 과거와 현재, 죽음과 삶, 이념의 동과 서(남과 북) 같은 일체의 이분법을 넘어 하나로 만나는 '광장'이 그곳에 있다. 광장과 밀실의 이분법 "사이를 잇는 실핏줄이 생겨나는 움직임 비슷한 일"이 일어난 것이다. 최인훈은 자신이 두 발 딛고 선 러시아의 모스크바, 크레믈 옆 호텔 안 기념품 가게, 그 안의 마트료시카와 마주한 순간 직관했다. 더 이상 선택할 이유도, 균형 잡으려 안간힘 쓸 필요도 없어진 광대한 압축 세계가 그 앞에 펼쳐졌다.

주

제1장 '붉은 산'과 '붉은 기' 사이: 혁명기 시인 오장환과 예세닌

1) 에비하라 유타카, 「오장환의 예세닌론: 당대 일본의 예세닌론과 비교를 통하여」, 56쪽.

2) 『詩神: セルゲイ · エセーニン硏究号』(1929, 5券 12號)

3) 尾瀨敬止 譯, 『エセーニン詩集』, 素人社書店, 1930; 八田鐵郞 譯, 『エセーニン詩抄』, 白馬社, 1936.

4) Lu Hsun, "Some Thoughts on Our New Literature," *Selected Works of Lu Hsun*, Vol. 3, pp. 51-56; C. A. Manning, "The Tragedy of Esenin." 콜롬비아대학 교수였던 매닝의 글은 1929년에 중국어로 번역되었다. 중국의 예세닌 수용에 관한 기초 자료는 Ван Шоужень. Есенин и Китай; Б. Н. Горбачев. Есенин в Китае 참조.

5) 「소비에트문학 10년: 사회적 반영으로서의 각파 上·下」, 『동아일보』, 1927. 11.4.~5; 박영희, 「10주를 맞는 노농로서아 4: 특히 문화 발달에 대하여」, 『동아일보』, 1927.11.10. 전자는 필자가 밝혀져 있지 않으나, 동일 시기에 나온 동일 내용의 기사인 것으로 미루어 당시 카프 맹원이었던 박영희가 집필했을 가능성이 커 보인다. 기사 말미에 "『문예전선』 11월호에 기초"했다고 명시되어 있다.

6) 「하느님의 틀린 얼굴」, 毒人 譯, 『중외일보』, 1927.11.29~30.

7) "시골에서 떠나온 후 내가 생활의 방식을 납득하기까지는 오랜 시간이 걸렸다. 혁명기에는 전적으로 10월 편이었지만, 그건 모두 내 식으로, 농민의 방식으로 받아들인 혁명이었다." С. Есенин, О себе. 예세닌의 혁명관에 대해서는 C. V. Ponomareff, *Sergey Esenin*, pp. 34-48 참조.

8) 임화, 「시와 현실과의 교섭」, 『인문평론』, 1940.5. 이명찬, 『1930년대 한국시의

근대성』, 204쪽에서 재인용.

9) 콜키, 『문학론』. 개조사에서 간행한 일본어 책을 바탕으로 영문판을 참조했다고 번역 서문에 밝혀져 있다.

10) 가령 첫 행 "검은 땅으로 이루어진(Черная, потом пропахшая выть!)"은 형용사형의 성별과 부호(,)에 주의하지 않았을 때 생길 수 있는 실수이고, "적은 둠벙(лужная голь)"은 수식어 лужная의 원형을 луга(초원, 들판)가 아닌 лужа(웅덩이)로 보았을 때 가능한 오역이다.

11) 남기택, 「조벽암 시의 포즈와 근대: 월북 이전 시세계를 중심으로」, 111쪽.

12) 고봉준, 「고향의 발견: 1930년대 후반시와 '고향'」, 313쪽.

13) 이명찬, 『1930년대 한국시의 근대성』 참조. 저자는 1930년 후반 한국시의 "특징적 시공성이 고향의식으로 혹은 고향의식과의 관련 하에 구체화"(11쪽) 되었음을 보여준다.

14) 실제로 1930년대 중반 이후 출간된 70여 권 시집 중 상당수가 고향과 향수의 정서를 시화(詩化)했던 것으로 조사된다. 고봉준, 「고향의 발견: 1930년대 후반시와 '고향'」, 314쪽.

15) "사랑하는 나의 고국이여/ 내 떨리는 가슴에 햇발이 물결칠 때면/ 통곡하는 너의 푸른 수풀 속에/ 이 몸을 감추고 싶노라/ 논두렁에 피어나는 '레제다'와 '카쉬카'의 선물/ 인자스런 여승인 백양수는/ 염주를 부비며 벗을 부른다/ (…) / 가림없이 받으며 가림없이 반기자/ 진심으로 토로함이 우없는 기쁨이며/ 하루바삐 이 모두를 던져버리고자/ 이 땅에 찾아온 이 몸이 아니던가?"

16) 유종호, 『다시 읽는 한국 시인』, 173-174쪽.

17) 향토적 리얼리즘의 유사성을 근거로 윤곤강은 젊은 이용악을 예세닌적 시인으로 꼽았다. 윤곤강, 「람보-적 에세-닌적 시에 관한 변해(辯解)」, 『동아일보』, 1940.7.5.

18) 김병철의 『한국근대번역문학연구사』에 따르면, 서구 시인 중에서는 바이런이 1920년대에 두 차례 단독 번역되고, 1930년대에는 한 권도 없다가, 1946년에 이르러 『예세닌시집』이 등장했다.

19) 오장환의 문청시절 산문에는 프랑스·독일·영미권 작가들(보들레르, 베를렌느, 랭보, 니체, 하이네, 아서 시몬즈, 에드가 앨런 포우, D. H. 로렌스 등)의 이름만 주로 거론될 뿐, 러시아 작가는 극히 제한되어 있다. 가령, 현실 참여의 문학을 다짐하는 대목에서 톨스토이 일기를 인용한다거나(「문단의 파괴와 참다운 신문학」), 자신의 향방 없는 소시민성을 자책하는 가운데 고골의 단편 「코」를 떠올리는(「팔등잡문」) 정도이다. 그러나 해방 후부터는 『예세닌시집』을 출판하고, '소시민 인텔리' 소월과 예세닌을 비교하고(「자아의 형벌: 소월 연구」), 농민 시인 디에브 곰야코브스키[sic.](「농민과 시」, 디에브 곰야코브스키는 데에브 호먀콥스키의 오기)와 백석 번역의 이사콥스키 시를 인용하고(「토지 개혁과 시」), 소비에트 아동문학가 마르샥의 반자본·반제국주의 풍자시 「뛰스터-씨」를 번역한다.

20) 예컨대 해당 기간 중 발표한 「귀향의 노래」(『춘추』 1941.7)를 보더라도 향후 예세닌 번역 서문에 포함시키게 될 「귀향」(Возвращение на родину)과는 내용이나 정서가 다르다.

21) 김동석, 「시와 혁명: 오장환 역 『예세닌시집』을 읽고」(『예술과 생활』, 1947. 6.10), 『김동석 비평 선집』, 220-222쪽.

22) 김동석, 『김동석 비평 선집』, 220쪽.

23) "탁류의 음악"은 김동석이 쓴 오장환론 제목이다. 김동석, 「탁류의 음악: 오장환론」(『민성』, 1946.5~6), 『김동석 비평 선집』, 56-63쪽.

24) 김동석, 『김동석 비평 선집』, 221쪽.

25) 오장환, 「예세닌에 관하여」, 『오장환 전집』, 454쪽. 이후 오장환 텍스트 인용문은 이 전집에 의거하여 괄호 안에 쪽수만 밝힌다.

26) 에비하라, 「오장환의 예세닌론: 당대 일본의 예세닌론과 비교를 통하여」, 60-66쪽.

27) 茂森唯士, 「エセーニン的傾向の淸算」, 『日露芸術』 23, 1928.

28) "누구보다도 성실하려는 예세닌이 위대한 혁명 완수에 두 팔 걷고 나선 자기의 조국을 팽개치고 미국인으로까지 귀화할 수는 없는 일이다."(456) "역시 그

에게는 적으나마 그의 성실이 있었던 것이다. 그러나 성실이라는 것도 마음과 노래로만 읊는 것이 성실은 아니다."(457) '성실'이 해방기 오장환의 가장 강력한 윤리적 강령이었음의 전거는 홍성희, 「이념과 시의 이율배반과 월북 시인 오장환」, 89-96쪽 참조.

29) Л. Троцкий, Памяти Сергея Есенина. Правда. 19 Январь, 1926.

30) Я тем завидую, / Кто жизнь провел в бою, / Кто защищал великую идею. / А я, сгубивший молодость свою, / Воспоминаний даже не имею. // Какой скандал! / Какой большой скандал! / Я очутился в узком промежутке. / Ведь я мог дать / Не то, что дал, / Что мне давалось ради шутки. // Гитара милая, / Звени, звени! / Сыграй, цыганка, что-нибудь такое, / Чтоб я забыл отравленные дни, / Не знавшие ни ласки, ни покоя. // Я знаю, грусть не утопить в вине, / Не вылечить души / Пустыней и отколом. / Знать, оттого так хочется и мне, / Задрав штаны, / Бежать за комсомолом.

31) "過度時代の狹い空隙に生まれた身の不運だ." 八田鐵郞 譯, 『エセ-ニン詩抄』, 228.

32) 僕は新しい人間ではない! / 何を隱さう-/ 去年から僕は一本足の男になつてしまつたのだ. / 鋼鐵の軍隊に追ひ付かうと焦つて驅け出し / 立つて轉んで, たうたう片足フイにしたのだ. 八田鐵郞 譯, 『エセ-ニン詩抄』, 223.

33) 에비하라 유타카, 「오장환의 예세닌론: 당대 일본의 예세닌론과 비교를 통하여」, 53-60쪽.

34) 한세정, 「해방기 오장환 시에 나타난 예세닌 시의 수용 양상 연구」, 74-75쪽. 필자가 명시한 예세닌 시 창작 연대 중 八田鐵郞의 번역본에서 가져왔다고 되어 있는 부분에 오류가 있어 정정하여 표에 밝혔다. 예세닌 시는 별도의 제목이 없는 경우가 많은데(많은 러시아 시들이 그러하다), 그 경우에 첫 행을 말줄임 표(…)와 함께 제목 삼는 것이 관례이다. 필자는 「예세닌에 관하여」에 인용된 2편 시(「목로술집의 모스크바」와 「귀향」)까지 합쳐 『예세닌시집』에 수록된 시를 총 16편으로 집계했다. 그런데 애초 4편의 신작시 모음이었던 「목로술집의

모스크바」는 맨 처음 『말썽꾼의 시(Стихи скадалиста)』(베를린, 1923)에서 선보일 때는 네 부분으로 나뉜 장시처럼 편집되었다가, 이듬해 예세닌이 러시아에 돌아와 간행한 『목로술집의 모스크바(Москва кабацкая)』(레닌그라드, 1924)에서는 「목로술집의 모스크바」라는 제목 아래 두 편이 더 추가된 여섯 편의 연작시로 재편집되었다. 오장환이 사용한 요다 번역본이 1923년 베를린 판본의 편성을 따랐기 때문에, 오장환 또한 「목로술집의 모스크바」를 한 편의 장시로 간주했던 것인데, 오늘날의 예세닌 시집에서는 「목로술집의 모스크바」라는 연작시를 찾아볼 수 없고, 대신 각각의 6편이 독립시로 수록된다. 현대의 정본 예세닌 시집에 따를 때, 오장환이 산문에서 인용한 3편 시는 「그래, 이제 정해졌다. 돌아감 없이…(Да, теперь решено. Без возврата…)」도입부, 「노래하라, 노래하라. 저주받은 기타 위로…(Пой же, пой. На проклятой гитаре…)」종결부, 그리고 「귀향(Возвращение на родину)」부분이다.

35) 러시아문학에서 '눈보라'는 신의 섭리에 의한 역사적 대사건의 전조를 비유한다. 푸슈킨의 『대위의 딸』, 블로크의 「눈 가면」 연작시, 파스테르나크의 『닥터 지바고』 등이 대표적인 예이며, 예세닌의 비유 또한 이 전통에 해당한다.

36) 유종호, 『다시 읽는 한국 시인』, 156쪽; 한세정, 「해방기 오장환 시에 나타난 예세닌 시의 수용 양상 연구」, 72쪽; 박민규, 「나 사는 곳 시절의 오장환 시편과 고향 형상 재고: 일제 말기 발표작을 중심으로」, 120쪽 참조.

37) '편집'이라는 단어를 꼬집어 사용하지는 않았지만, 유종호는 유사한 맥락에서 『병든 서울』과 『나 사는 곳』 발간에 담긴 오장환의 숨은 의도를 추정한 바 있다. "8.15를 계기로 해서 그는 혁명적 인민 시인에서 자기 정체성을 찾으려 하였다. (…) 그러한 자각적 노력 속에서 『병든 서울』 시편이 씌어졌다고 생각된다. 이러한 의식적 정치 시편을 통해서 시인의 정체성을 확립하려던 그는 그러한 뼈대에 걸맞은 작품 위주로 시집을 꾸몄고 그 테두리에서 벗어난 시편은 언론의 자유가 극히 제약되었던 해방 전의 소작이라고 말했던 것이라고 생각된다. 그리고 일단 『병든 서울』로 혁명적 정치 시인의 위상을 확립하고 나서는 규격화된 테두리에서 벗어난 시편을 상당수 보여주면서 변명처럼 해방 이전

의 소작이라고 했다고 추정된다." 유종호, 『다시 읽는 한국 시인』, 156쪽.

38) Жизнь входит в берега. / Села давнишний житель, / Я вспоминаю то, / Что видел я в краю. / Стихи мои, / Спокойно расскажите / Про жизнь мою.

39) 『붉은 기』이전까지의 오장환 후기 시에 나타난 '옛 고향-어머니'와 '새 고향-이념' 간 길항 관계에 관해서는 박민규, 「오장환의 후기 시와 고향의 동력: 옛 고향의 가능성과 새 고향의 불가능성」, 209-237쪽 참조. 박민규를 비롯한 국문학계 연구자들은 서울과 북조선을 오장환의 '새 고향'으로 규정하지만, 궁극적 이상향으로서 새 고향의 범주에는 '붉은 기'의 원천지인 소비에트 러시아가 포함되어야 할 것이다.

제2장 언어의 기념비: 해방기 조소친선의 서사와 수사

1) A. L. Strong, "Russians and Koreans," *Inside North Korea: an Eye-witness Report*, p. 11.

2) 미군정의 직접 통치와 소군정의 간접 통치 방식 및 양측 전략에 대해서는 방선주, 「한반도에 있어서의 미·소군정의 비교」 참조.

3) 임유경, 「조소문화협회의 출판·번역 및 소련 방문사업 연구」, 499쪽.

4) 안함광, 『조선문학사』, 393쪽. 안함광은 해방 이후의 문학을 평화적 민주 건설 시기(1945~1950), 조국 해방 전쟁 시기(1950~1953), 전후 인민 경제 복구 건설 시기(1953.7 이후)로 분류했다.

5) 안함광, 『조선문학사』, 356-360쪽.

6) 조소문화협회의 기관지 발행사는 복잡하다. 『조쏘문화』는 처음엔 발행 시기가 계간 등으로 일정치 않다가 1949년 신년호부터 월간으로 발행되었으며, 1949년 10월~1954년 8월 기간에는 『조쏘친선』이라는 제호로, 1954년 9월~1960년대까지는 다시 『조쏘문화』로 발간되었다. 1949년 10월에 계간지 『조쏘문화』를 별도로 발행하면서 원 기관지의 제호를 바꾸었다는 설명이 있다. 한상언,

「『조쏘문화』 및 『조쏘친선』 목차 소개」, 546쪽. 그러나 제호 변경은 1949년 10월에 거행된 '조쏘친선과 쏘베트문화순간(旬間)'(1949.10.11~20) 사업과도 무관하지 않을 듯싶다. 조쏘문화/친선협회는 잡지 연속물과 별도로 주간신문 『조쏘친선』(1956.4~1962.12) 또한 발행했다.

7) 주한미공보원의 모태 격인 미군정 민정공보국(OCI: Office of Civil Information) 설치는 1947년 7월로 역시 소련 측에 뒤졌다.

8) 조쏘문화협회·『조쏘문화』 관련한 연구는 국문학계를 중심으로 2000년대 이후 본격화되었으며, 서지학적 자료도 상당히 축적되었다. 대표적인 연구로 다음이 있다. A. 란코프, 「창건 초기 소련의 대북한 문화정책」; 임유경, 「조소문화협회의 출판·번역 및 소련 방문사업 연구」; 류기현, 『1945~1950년 조소문화협회의 조직과 활동』; 「『조쏘문화』, 『조쏘친선』의 권호와 목차(자료)」; 고민정, 『신문 「조쏘친선」 기사와 구호로 본 북한의 소련 담론 변화』 등. 미군정기의 공보 활동에 관해서는 김균·원용진, 「미군정기 대 남한 공보정책」; 허은, 「1950년대 주한 미공보원(USIS)의 역할과 문화전파 지향」 참조.

9) P. Hollander, *Political Pilgrims: Travels of Western Intellectuals to the Soviet Union, China, And Cuba 1928~1978*, pp. 102-176; L. Stern, *Western Intellectuals and the Soviet Union, 1920~40: From Red Square to the Left Bank*, pp. 92-174.

10) 해방기 소련 이미지의 변천에 대해서는 남원진, 「한설야의 「모자」와 해방기 소련 인식」 참조. 소련 군대 입성 후 1946년 초반까지도 불식되지 않았던 공포 이미지에 대한 기록은 박남수/현수, 『적치 6년의 북한 문단』, 45-46, 159-170쪽 참조.

11) 임유경, 「조소문화협회의 출판·번역 및 소련 방문사업 연구」, 501쪽.

12) 전현수 편저, 『쉬띄꼬프일기: 1946~1948』.

13) 「시집 『응향』에 관한 북조선문학예술총동맹 중앙상임위원회 결정서」, 『문화전선』 3(1947.2), 82-85쪽; 백인준, 「문학예술은 인민에게 복무하여야 할 것이다: 원산문학가동맹 편집시집 『응향』을 평함」, 『문학』 3(1947.4), 71-73쪽. 서울의 조선문학가동맹 기관지인 『문학』 3호에는 「잡지 『별』과 『레닌그라드』에 관한

1946년 8월 14일부 소련 공산당 중앙위원회의 결정서」도 함께 실려 있어 두 사건의 밀접한 연관성을 확인할 수 있다. 응향 사건에 관한 국문학계의 다수 연구물 중 대표적으로 오태호, 「해방기 남북문단과 『응향』 결정서」; 유임하, 「북한 초기 문학과 '소련'이라는 참조점: 조소문화 교류, 즈다노비즘, 번역된 냉전 논리」; 박민규, 「응향 사건의 배경과 여파」 참조.

14) 1946년 12월 30일자 슈티코프 일기 참조.

15) 란코프에 의하면, 1945~1950년 북한에서 출판된 번역 작품 70여 건 중 러시아 고전은 단 2권이었다. A. 란코프, 「창건 초기 소련의 대북한 문화정책」, 314쪽.

16) 이태준, 「소련기행」, 19-21쪽. 1933~1937년 사이에 번역된 책은 대부분이 사상서였다.

17) 정상진, 『아무르 만에서 부르는 백조의 노래』 참조. 정상진은 '정률'이라는 가명으로 1945~1957년까지 북한에 체류하는 동안 함흥 조소문화협회 위원장, 『응향』 발행인, 『문학예술』 편집·발행인, 문화선전성 제1부장 등의 직책을 맡아 문화예술정책에 깊이 관여했던 소련파 지식인이다. 1957년 소련으로 망명했다.

18) 『조선문학』의 전신인 『문화전선』은 1946.7~1947.8 기간 동안 5호가 나왔다. 1947년 9월 창간된 『조선문학』은 2호 발행 후 중지되었고, 대신 『문학예술』이 1948년 4월부터 1953년까지 발행되었다. 1953년 이후 현재까지는 다시 『조선문학』으로 발간되고 있다. 해방기 문예지 현황에 대해서는 이상숙, 「『문화전선』을 통해 본 북한시학 형성기 연구」 참조.

19) E. Renan, "What is a nation," Homi K. Bhabha ed., *Nation and Narration*, p. 11.

20) 류기현, 『1945~1950년 조소문화협회의 조직과 활동』, 62쪽. 류기현이 집계한 통계는 Suzy Kim, *Everyday Life in the North Korean Revolution, 1945~1950*, p. 130에 인용된 김태우(Kim Tae-woo)의 통계와 소소한 차이를 보인다.

21) 란코프, 「창건 초기 소련의 대북한 문화정책」, 314쪽.

22) 순간 행사의 상세 정보는 류기현, 『1945~1950년 조소문화협회의 조직과 활동』,

62-66쪽 참조. 본문에 명시한 통계는 류기현(66쪽)과 란코프(317-318쪽)의 자료를 참조한 것이다.

23) А. Гитович и Б. Бурсов. Мы видели Корею. С. 133. 한글 번역본은 А. 기토비차·В. 볼소프, 『1946년 북조선의 가을』, 218쪽. 번역본은 1949년의 중국어본에서 중역된 것으로, '기토비차'와 '볼소프'는 '기토비치'와 '부르소프'의 오기이다. 부르소프는 제2차 세계대전에 참전하여 소일전쟁 때 종군 기자로 활약했으며, 이후 레닌그라드대학 문학부 교수로 재직했다. 기토비치는 중국과 한국 고전시를 번역한 레닌그라드 시인·번역가로, 북한 방문 후 여행시집(Стихи о Корее)을 별도로 출간했다. 그가 쓴 조선 시편과 번역시는 1953년 「아시아의 별 아래서(Под звездами Азии)」에 재수록되었다.

24) 류기현, 『1945~1950년 조소문화협회의 조직과 활동』, 64-65쪽.

25) 「'조쏘친선과 쏘베트문화순간'에 대하여」, 『조쏘친선』, 1949.10, 5쪽.

26) 「'조쏘친선과 쏘베트문화순간'에 대하여」, 『조쏘친선』, 1949.10, 3-5쪽.

27) B. Anderson, *Imagined Communities: Reflections on the Origin and Spread of Nationalism*.

28) 임화, 『임화전집 1: 시』, 263쪽.

29) 『영원한 친선』, 29-30쪽.

30) 이어지는 인용문 중 한병천의 즉흥시는 기토비치·부르소프의 북조선 여행기에서 가져왔다. Гитович и Бурсов, Мы видели Корею. С. 12. 이찬 시 두 편의 출처는 『이찬시전집』, 285, 307쪽. 우혁 시 출처는 『해방의 은인』, 97쪽.

31) 안함광, 『문학과 현실: 암함광 평론선집 4』, 174-176쪽.

32) K. Clark, *The Soviet Novel: History as Ritual*, p. 15.

33) Clark, *The Soviet Novel: History as Ritual*, p. 18.

34) 따옴표로 표시된 구절은 모두 안함광, 『조선문학사』, 394-399쪽에서 가져왔다.

35) 안함광, 『문학과 현실』, 177쪽.

36) 『조선문학』 역시 1959년 10월호와 11월호의 2회에 걸쳐 「영원히 쏘련 인민

과 함께」라는 제목 아래 수필, 시, 평론으로 이루어진 조소친선 특집을 기획하였다.

37) 해방 15주년을 기념해 발간된 『위대한 친선』(평양, 조쏘출판사, 1960) 역시 똑같은 방식으로 기획된 친선문집이다. 오체르크, 소설, 단편소설, 수필, 회상기 등 총 19편이 수록된 이 문집은 조선에 관한 소련인의 수기 3편으로 끝맺는다.

38) 리기영, 「『해방의 은인』 발행에 제하여」, 『해방의 은인』, 5-6쪽.

39) 이태준은 스이훈 격리 생활 후 별도로 병원에서 정밀 검사를 받았고, 두 번째로는 여행 중 당한 교통사고로 입원했다. 이태준, 「소련기행」 참조.

40) 이기영은 1946년(조선인민사절단), 1949년(푸슈킨 150주년 준비위원회 초청), 1952년(고골 서거 100주년 기념제 참석), 1953년(조쏘문화협회 대표단)의 총 네 차례에 걸쳐 소련을 방문했으며, 각각에 대한 인상기를 남겼다. 두 번째부터 네 번째까지의 인상기는 『리기영선집: 기행문집』에 수록되어 있다.

41) 백남운, 『쏘련인상』; 이찬, 「모쓰크바의 병창에서」, 『이찬시전집』, 340-341쪽; B. Myers, *Han Sŏrya and North Korean Literature: The Failure of Socialist Realism in the DPRK*, p. 80 참조.

42) 이기영, 『리기영선집: 기행문집』, 95-96쪽.

43) 한설야, 「남매」, 『초소에서: 한설야단편집』, 268-270쪽.

44) 한설야, 『초소에서: 한설야단편집』, 317쪽.

45) "작가들이 의사와 간호사의 아름다움을 강조하는 경향은 있지만, 그들과 환자 사이에 에로틱하거나 로맨틱한 관계는 결코 형성되는 법이 없다. (…) 소비에트 여주인공이 자신의 보호 대상에게 느끼는 사랑은 그 어떤 결과도 구하지 않는 이타적 모성애에 해당한다. 대부분의 한국인 등장인물이 절실한 순간에 필요로 하는 것은 그와 같은 종류의 사랑이다." B. Myers, "Mother Russia: Soviet Characters in North Korean Fiction," p. 87.

46) "소련의 원조와 기술적 우월성을 보여줌에 있어 병원은 붉은 군대보다 훨씬 효과적인 상징이었다. 외국인에게 배타적인 조선 독자에게는 어머니형 의

사가 외국인 남성 외국보다는 호소력이 있었다. 외교적인 기능 면에서도 기존의 해방군 모티브보다 나았다. 모자간 결속의 비유는 모성적인, 즉 무조건적인 도움과 보호의 명백한 탄원인 동시에 영원한 복속을 뜻한다는 점에서 소련 측을 만족시켰다." B. Myers, *Han Sŏrya and North Korean Literature: The Failure of Socialist Realism in the DPRK*, pp. 67-68.

47) 이춘진, 「안나」, 『북한문학』, 180-184쪽.

48) 『해방의 은인』, 6쪽.

49) 안함광, 『조선문학사』, 392쪽.

50) Гитович и Бурсов. Мы видели Корею. С. 9-10. 『1946년 북조선의 가을』, 19-20쪽. 동일한 내용을 담은 시 「생명의 뿌리: 조선의 전설(Корень Жизни: корейская легенда)」는 Гитович. Стихи о Корее. С. 14-22.

51) Гитович, Стихи о Корее. С. 22.

52) 「모자」의 개작과 관련된 논의는 남원진, 『한설야의 욕망, 칼날 위에 춤추다』, 103-138쪽 참조. 박남수(현수)는 「모자」 필화 사건에 대해 "「모자」가 실린 『문화전선』은 판매가 중지되었고 「모자」는 그 작품집에서도 제외되었다. 이 「모자」에 대하여 평필을 드는 일도 금지된 모양이다. 이 작품으로 쏘련군 사령부는 한설야를 의심하였다"라고 썼다. 『문화전선』이 실제로 판매 중지 당했는지는 확인되지 않으나, 출판물 일체를 사전 검열했던 소련군 사령부의 불만만큼은 충분히 납득 가능한 일이다. 철통같은 검열제도에도 불구하고 작품이 출판되었던 것은 "그들이 한설야를 신임하고 그 작품을 읽지 않았던 데 기인"하며, 「모자」 이후 북한의 검열은 한층 강화되었다는 증언이다. 박남수/현수, 『적치 6년의 북한 문단』, 73-74쪽.

53) 한설야, 「모자」, 『과도기』, 370-376쪽.

54) 한설야, 「모자」, 『문화전선』 1(1946.7), 214-215쪽.

55) 개작본에 붙은 부제는 "어떤 소비에트 전사의 수기"이다.

제3장 스탈린의 '태양' 아래: 김일성 형상의 원형을 찾아서

1) 한재덕, 『김일성을 고발한다』, 60-69쪽.

2) 소련군정 사령부 정치국장이었던 메클레르(Mekler)와 정치사령관 레베데프(Lebedev)의 증언이다. 남원진, 「한설야의 문제작 「개선」과 김일성 형상화에 대한 연구」, 178-179쪽에서 재인용.

3) 평남인민정치위원회 위원 자격으로 집회에 참석했던 오영진(이후 월남)과 한재덕(이후 귀순)의 회고에 의하면, 김일성의 첫 등장은 성공적이지 않았을 뿐더러 오히려 '가짜'라는 의심만 확고하게 해주었다. 오영진, 『소군정하의 북한: 하나의 증언』, 90-92쪽; 한재덕, 『김일성을 고발한다』, 66쪽.

4) 표도르 째르치즈스키, 『김일성 이전의 북한: 1945년 8월 9일 소련군 참전부터 10월 14일 평양 연설까지』, 116쪽. А. Гитович и Б. Бурсов. Мы видели Корею. С. 21. 째르치즈스키는 고향, 생년월일 등 김일성과 관련된 많은 '팩트'가 날조된 것이라는 여러 증언을 책에 담았다.

5) 문일(1913~1968)은 해방 후 소련군과 함께 북한에 파견되어 김일성 통역비서로 일했다. 그러나 그의 역할은 단순 '비서' 이상이었던 것으로 알려지며, 스탈린과의 관계도 밀접했다고 한다. 스탈린 사후 김일성과 결별하고 소련으로 돌아갔다.

6) 본명 정상진(1918~2013). 연해주 출신인 그는 소련군 장교로 북한에 체류하며 문예총 부위원장, 김일성종합대학 러문학부장, 문화선전성 제1부상 등을 지냈다. 종파투쟁에 휘말려 숙청당한 후에는 소련 카자흐스탄으로 귀환해 언론인으로 활동했다. 회고록 『아무르만에서 부르는 백조의 노래』가 있다.

7) Гитович и Бурсов. Мы видели Корею. С. 24.

8) 신형기, 「이야기의 역능(力能)과 김일성」, 301-306쪽 참조. 실제로 김일성 가짜설은 만경대의 가족과 친지가 공개되고, 이에 관한 대대적 보도가 나온 후에 가라앉았다는 설도 있다. 김국후, 『비록 평양의 소련군정』, 82쪽. 남원진, 「한설야의 문제작 「개선」과 김일성 형상화에 대한 연구」, 179쪽에서 재인용.

9) 한설야, 『한설야선집(8)』, 136쪽. 「개선」은 한설야의 다른 작품들과 마찬가
지로 개작의 역사를 지닌다. 1948년 8월 판본(『단편집(탄갱촌)』 수록), 1955
년 6월 판본(김사량 외, 『개선』 수록), 1960년 5월 판본(『수령을 따라 배우
자』 수록), 1960년 8월 판본(『한설야선집(8)』 수록)부터 복권 후인 1986년
(『조선문학개관(2)』)과 1994년(『조선문학사(10)』) 판본이 있다. 「개선」의 창
작 배경과 판본 문제에 관해서는 남원진, 「한설야의 문제작 「개선」과 김일
성 형상화에 대한 연구」, 169-172쪽 참조.

10) 「인간 김일성」과 「영웅 김일성」의 1946년 원본은 찾을 수가 없고, 대신 1960
년 판본 「영웅 김일성 장군」과 「인간 김일성 장군」을 통해 내용 추정이 가능
하다. 남원진, 「한설야의 문제작 「개선」과 김일성 형상화에 대한 연구」, 156
쪽, 각주 5 참조. 1946년의 「김일성 장군 인상기」에 대한 정보는 http://naver.
me /5SBKJqHC 참조. 1947년의 전기 『영웅 김일성 장군』에 대한 정보는 임
유경, 「나의 젊은 조국: 1940년대 한설야의 '부권 의식'과 '청년-지도자 서
사'」, 216-218쪽 참조.

11) 한재덕 외, 『우리의 태양(김일성장군찬양특집)』 수록.

12) 「개선」에 관하여 더불어 기억할 점은, 앞서 언급한 한설야의 기존 저작은 물
론 한재덕의 「김일성장군개선기」(1945.10, 『평양민보』 연재, 『문화전선』 창
간호 재수록), 「김일성장군 유격대전사초」(『김일성장군개선기』, 민주조선
출판사, 1947 수록) 등 관련 문헌들과의 상호텍스트성이다. 요컨대 「개선」
은 체제가 기획하고 생산한 '집체 창작물'로서의 성격을 띠며, 작품에 기록
된 '사실'과 그것이 서술된 기법(즉, 수사학) 역시 체제의 산물이기는 마찬
가지다.

13) 한설야, 『한설야선집(8)』, 110-111쪽.

14) 한설야, 『한설야선집(8)』, 113쪽.

15) 한설야, 『한설야선집(8)』, 118쪽.

16) 한설야, 『한설야선집(8)』, 120쪽.

17) 한설야, 『한설야선집(8)』, 118쪽.

18) 한설야, 『한설야선집(8)』, 126쪽.

19) 한설야, 『한설야선집(8)』, 128-129쪽.

20) 한설야, 『한설야선집(8)』, 131쪽.

21) 신형기·오성호, 『북한문학사』, 104쪽.

22) 그 밖에도 동시대 시편에 등장하는 태양 수사의 몇 가지 예를 더 들자면 다음과 같다. "백두성봉 향운을 헤치고/ **인민의 태양** 김일성 장군 떠오르셨네/ 역사에 말하라 유격대의 전사들…"(김우철, 「노예의 슬픔 원치 않고」); "오! **우리의 태양** 인민의 벗인/ 김일성 장군은 새 역사의 시조로. 우리들 앞길을 똑똑히 가리켜 주시나니/ 아! 새로운 조선의 기원은 빛나도다!"(한식, 「우리의 태양! 김일성 장군」, 인용자 강조); "장군의 과거는 우리 영예/ 지금의 장군은 **우리의 태양**/ 그대가 가는 곳에 인민이 있고/ 인민이 가는 곳에 장군이 있다."(박석정, 「김일성 장군」, 인용자 강조) 모두 뒤에 언급될 엄호석의 평문 「조선문학에 나타난 김일성 장군의 형상」(『문학예술』 3권 5호)에서 인용하는 예다.

23) "天無二日[하늘에 두 해가 없고] 土無二王[땅에 두 왕이 없고] 國無二君[나라에 두 임금이 없고] 家無二尊[집에 두 높은 이가 없으니]." 『禮記』 제49, 喪服 중에서. 고문헌에 나타난 해의 권력 상징성에 대해서는 이윤석 연세대학교 명예교수께서 알려주셨다.

24) 홍군 지도자 모택동이 태양신으로 형상화되는 과정은 유연, 『마오쩌둥 도상연구: 마오쩌둥 도상회화의 형성, 숭배, 비판을 중심으로』, 15-43쪽 참조. 유연에 따르면 모택동은 1943년 창작된 인민 가요 「동방홍」("동방 홍, 태양 승, 중국에 마오쩌둥이 나타났다. 그는 인민에게 행복을 주고, 그는 인민들의 구세주…")에서 처음으로 "동방에 뜨고 있는 태양"에 비유되었는데, 이는 이후 마오 형상의 기본으로 자리 잡았다. 문화대혁명 시기의 표준화된 표상도 "마오쩌둥 인물 뒤에 태양같이 비추는 후광"이었다고 한다.

25) 김소연, 『북한 포스터 연구: 인물 표상의 시각기호와 전형성을 중심으로』, 40쪽.

26) "기호학자가 문자언어와 이미지 양자에 관해 기억해야 할 것은 그것들이 신화의 입구로 다가서는 기호들이라는 점이다"라고 바르트는 『신화론』에서 썼다. 롤랑 바르트, 『신화론』, 26쪽. 김소연, 『북한 포스터 연구: 인물 표상의 시각기호와 전형성을 중심으로』, 33쪽에서 재인용.

27) "그대는 밤에도 우리의 태양이다"(「두 태양」), "레닌은 쾌활하고도 밝은 태양!"(「새 태양」) 등 레닌을 태양에 비유한 혁명기 찬양시의 몇몇 예들은 『문학예술』 6권 6호(1953)에 번역 게재된 브. 므. 씨젤리니꼬브의 글 「쏘련 인민들의 창작에 나타난 쓰딸린의 형상」(125-133쪽)에서도 확인할 수 있다.

28) "А потом,/ пробивши/ бурю разозленную,/ сядешь,/ чтобы солнца близ,/ и счищаешь/ водорослей/ бороду зеленую/ и медуз малиновую слизь./ Я/ себя/ под Лениным чищу,/ чтобы плыть/ в революцию дальше." Маяковский. Владимир Ильч Ленин(1924~1925).

29) "Но эта пакость -/ Хладная планета!/ Ее и Солнцем-Лениным/ Пока не растопить!/ Вот потому/ С большой душой поэта/ Пошел скандалить я,/ Озорничать и пить." Есенин. Ответ(1924).

30) J. Brooks, *Thank You, Comrade Stalin!: Soviet Public Culture from Revolution to Cold War*, p. 94. 스탈린 찬양시와 포스터에 등장하는 태양의 상징성에 대해서는 A. Pisch, *Personality Cult of Stalin in Soviet Posters, 1929-1953: Archetypes, Inventions and Fabrications*, pp. 203-209; Золотая книга: стихи и песни о Сталине, советский плакат 1930-50-х гг., творческое наследие И. Джугашвили 참조.

31) Romain Ducoulombier, "Henri Barbusse, Stalin and the Making of the Comintern's International Policy in the 1930s" 참조.

32) H. Barbusse, *Stalin: A New World Seen Through One Man*.

33) Barbusse, *Stalin*, pp. vii-viii.

34) 고리키, 「블라디미르 레닌이 죽었다」, 『가난한 사람들』, 295-335쪽 참조.

35) Barbusse, *Stalin*, pp. 275-276.

36) Barbusse, *Stalin*, pp. 282-283.

37) 명월봉의 북한 체류 시기 활동에 대해서는 우동현, 『1945~1950년 재북 소
    련계 조선인의 활동과 성격』, 29쪽 참조.

38) 통일뉴스(http://www.tongilnews.com) 2001.4.23.

39) 엄호석, 「조선문학에 나타난 김일성 장군의 형상」, 『문학예술』 3:5, 1950, 23-
    24쪽.

40) Крупская Н. К. Письма к М. Горькому. «Октябрь», № 6, 1941. С. 25-27.
    1946년 소련을 방문한 이태준이 레닌박물관에 가서 고리키의 「레닌의 회
    상」을 기억해내는 것으로 미루어 이 전기는 일제 강점기 지식인 사이에도
    널리 알려졌던 듯하다. 이태준, 「소련기행」, 171-172쪽.

41) 레닌은 소비에트 공산주의 혁명 자체를 단순성/평범성의 체현으로 보았다.
    "러시아의 대중에게는 그들의 이성이 쉽게 이해할 수 있는 아주 단순한 무
    언가를 보여줘야만 합니다. 소비에트와 공산주의처럼 단순하게 말이죠." 고
    리키, 『가난한 사람들』, 312쪽. 이 번역문에서는 '단순함'으로 옮겨졌지만,
    러시아어 'простота/простой'는 '평범함', '평이함' 그리고 계급적 '평민성'
    등의 복합적 의미를 가진 단어이다.

42) "우리는 쓰딸린과 말하는 것이 레-닌과 말하는 것이며 쓰딸린과 가치 가는
    것이 레-닌과 같이 가는 것이다 라는 구절을 읽을 때 불란서의 혁명작가 앙
    리 바르브쓰의 '쓰딸린—이 이는 오늘의 레-닌이다'라는 말을 회상케 된
    다." 명월봉, 「쏘베-트 시문학에 있어서의 쓰딸린 스승의 형상」, 『문학예술』
    3권 5호, 1950, 36-37쪽.

43) 여기서 사용된 '고상한'이라는 수식어의 계보를 따져보고 싶은데, 1915년
    일본 '예술좌' 내한 공연 때 『카츄시야』『싸로메』『마구다』가 "고상한 사회
    극"으로 홍보되었으며(『매일신보』, 1915.11.9), 그 경우의 '고상한'은 현대
    정통 극예술이라는 선진적 형식 외에도 작품에 담긴 도덕적 메시지를 가리
    키는 형용어였다. 과거의 죄업을 씻고 새로운 인간형으로 거듭난다는 의미
    에서 '고상함'은 도덕적 '숭고함'과 동의어이며, 이는 사회과학적으로 혁명
    이 꿈꾸는 새로운 인간 세계의 당위성과 접점을 갖는다.

44) 명월봉, 「쏘베-트 시문학에 있어서의 쓰딸린 스승의 형상」, 43쪽.

45) 명월봉, 「쏘베-트 시문학에 있어서의 쓰딸린 스승의 형상」, 39-40쪽. 잠불 시
원문은 다음과 같다. "Сталин, солнце весеннее - это ты! / Как посмотришь
и, словно от теплых лучей, / Колосятся поля, расцветают цветы, / Сердце
бьется сильнее, и кровь горячей… / / Дважды юности в теле цвести на
дано. / Я старик, у меня серебро в бороде, / Но увидеться тебя я мечтал
так давно, / Что, увидев, я сразу помолодел. / / Снова юность, как чудо,
Джамбулу дана, / Будто кровь, как кумыс забурлила, звеня, / Будто снова
моя разогнулась спина, / Будто белые зубы растут у меня. / / Молодой в
свои девяносто лет, / Жизнь прожив, как самый послежний кедей, - / Я
принес тебе, Сталин, народа привет / И любовь, возрожденных тобою
людей. / / Что мы знали? Тоску, нищету и мрак. / Что мы видели? Цепи,
камчу и штык. / Богатеи держали нас хуже собак, / В темноте угасад наш
подавленный крик. / / Но как солнце, взойдя, разгоняет мрак, / Ты
пришел, и народы тобой спасены. / И сковали мы герб, и подняли мы
флак / Самой светлой и самой счастливой страны. / / Сталин-солнце!
Гори, не сгорая, в Кремле." Золотая книга. С. 60-61.

46) 엄호석, 「조선문학에 나타난 김일성 장군의 형상」, 27-31쪽.

47) Н. Грибачев. Непокоренная Корея. 15편의 창작시와 4편의 번역시로 이루
어진 시집 내용은 다음과 같다. 「동해에서」, 「평양의 아침」, 「남포」, 「원산」,
「춤추는 최승희」, 「들판에서」, 「아리랑」, 「우화」, 「노래하는 아이」, 「굴복하
지 않으리!」, 「친구들에게」, 「그렇게 될 것이다」, 「해방의 산 모란봉」, 「스탈
린에게 바치는 시」(김재규), 「다롄강」(민병균), 「친구」(김상오), 「전쟁전야」
(조기천), 「김일성: 서사시」. 그리바초프의 북한에서의 활동상에 관해서는
박남수(현수)의 짧은 인상 기록이 있다. 박남수, 『적치 6년의 북한 문단』,
157-170쪽.

48) 니콜라이 그리바쵸브, 『김일성장군』. 조기천이 번역한 그리바초프의 서사

시에 대해서는 발간 즉시 『문학예술』에 감상평이 실렸다. 이정구, 「위대한 수령의 형상: 조기천 번역 니꼬라이 크리바초프 원작 장시 『김일성장군』을 읽고」, 『문학예술』 4권 2호, 1951, 86-92쪽.

49) 그리바쵸브, 『김일성장군』, 1쪽. 원문은 다음과 같다. "Приветлив, радушен, спокоен, / с прищуром улыбчивых глаз / сидел он, беседой доволен, / и слушал внимательно нас"(친절하고, 다정하고, 침착하고, / 가늘게 뜬 눈으로 웃음 지으며, / 담화에 만족해하며 앉아서 / 우리 말에 귀 기울였다)

50) 백남운, 『쏘련인상』, 83-87쪽.

51) 그리바쵸브, 『김일성장군』, 10쪽. 원문: "в маленьком зале, / где Сталин смотрел в стены"

52) 그리바쵸프, 『김일성장군』, 27쪽. 원문: "Как жизнь нашу сделать получше, / с ним Сталин беседовал сам!"

53) 그리바쵸브, 『김일성장군』, 26쪽. 원문: "Он наш! Из крестьян! От земли!"

54) 스탈린의 혁명 동지 카가노비치(Kaganovich)의 회고. Barbuss, *Stalin*, p. 68.

55) 그리바쵸브, 『김일성장군』, 52쪽.

56) 그리바쵸브, 『김일성장군』, 61-62쪽.

57) 백남운, 『쏘련인상』, 264쪽.

58) 한설야, 「스탈린은 우리와 함께 살아 있다」, 33쪽.

59) 한설야, 「스탈린은 우리와 함께 살아 있다」, 37쪽.

60) 실제로 이후 북한에서 스탈린의 자취는 점점 사라지며, 스탈린을 본떠 만들어졌던 김일성 형상(문학, 미술 등에 걸쳐)도 수정되면서 차츰 주체의 징표들이 자리를 차지하게 되었다. '붉은 광장'을 개념적으로 본뜬 '김일성 광장'이 조성되고(1954년), '스탈린 거리'는 '승리 거리'로 개명되고(1959년), 조소친선의 해방탑 대신 스파스카야 종탑을 연상시키는 주체사상탑이 세워지고(1982년), 그 위에 붉은 별 대신 주체의 붉은 횃불을 밝히는 식이었다.

61) 조영출, 『조영출전집』 2, 178-179쪽.

62) 조영출, 『조영출전집』 2, 533쪽.

63) 혁명송가 「조선의 별」 원문은 남원진, 「보이지 않는 포식자: '불멸의 혁명송가'의 발견」, 583-610쪽에서 확인. 남원진은 이 혁명송가가 '발굴'된 것이 아니라 '발명'된 과거라는 입장이다.

64) 초기에는 김일성을 '태양'으로 부르는 것이 금지되었다는 설도 있다. 박남수(현수)에 따르면, 소련 검열관이 태양은 오직 위대한 스탈린 하나뿐이라는 이유에서 김일성에게 "우리의 태양이신" 대신 "민족의 영웅이신"으로 바꿔 쓰도록 명했다고 한다. 박남수, 『적치 6년의 북한 문단』, 165쪽.

65) 유르착, 『모든 것은 영원했다, 사라지기 전까지는』, 89쪽.

66) 가령, 여전히 스탈린 형상 공식 그대로인 다음의 주체기 김일성 형상을 보라. "아 김성주! 한별동지! 저렇듯 조선혁명의 앞길을 명철하게 밝혀주시는 위대한 령도자를 어찌 한별로만 모시랴... 하면서 그이를 태양으로, 그이의 존함을 김일성 동지로 모신 것이다. (⋯) 너무나 소박하신 모습으로 유격대원들 속에 계시는 장군님을 뵙게 되었을 때 '대통령감'[김혁]은 놀랐었다. 대원들과 별로 다름없는 군복을 입고 계시는 장군님! 무서운 전염병으로 앓아누운 대원들의 초막에도 서슴없이 들어가시어 환자들의 이마를 짚어보시며 돌보시는 장군님!" 조영출, 『조영출전집』 2, 534-545쪽.

제4장 문학사와 이념성: 한국적 맥락에서 읽는 러시아 문학사

1) A. Kahn, M. Lipovetsky, I. Reyfman, S. Sandler, *A History of Russian Literature*.

2) 이 글을 쓰던 당시에는 D. 라리오노프의 인터뷰(D. Larionov, "A History without a Canon, a Literature with Conflicting Readings")와 B. 드랄류의 신문 서평(B. Dralyuk, "Bagging Monsters") 외에 본격적인 학술 서평이 눈에 띄지 않았으나, 이후 몇 건의 호평이 등장했다. 대표적인 예가 C. 에머슨의 2020년 글이다. C. Emerson, "Review," *Slavonic and East European Review*, Vol. 98, No. 1(Jan. 2020), pp. 152-156.

3) M. Nicholson, "Maurice Baring, D. S. Mirsky, and the Anglo-American

History of Russian Literature" 참조.

4) 김진영, 『시베리아의 향수: 근대 한국과 러시아문학, 1896~1946』, 194-196쪽.

5) D. S. 미르스끼, 『러시아문학사』. 이 번역서는 이후 1988, 1995, 2001, 2008
년 각기 다른 출판사를 통해 재간행 되었다. 미르스키 문학사 러시아어본은
2008년이 되어서야 러시아어로 번역 출간되었다.

6) '문학사 이후의 문학사'는 한국문학사 기술의 새로운 시도를 모색한 국내
연구자들의 공동 저술서 명칭이다. 천정환 외, 『문학사 이후의 문학사: 한국
현대문학사의 해체와 재구성』.

7) Alicia Chudo(G. S. Morson), *And Quiet Flows the Vodka: or When Pushkin
Comes to Shove: The Curmudgeon's Guide to Russian Literature with the Devil's
Dictionary of Received Ideas*.

8) C. Emerson, *The Cambridge Introduction to Russian Literature*, pp. 3-4.

9) 이에 관해서는 각주 2에 언급된 D. 라리오노프의 인터뷰 기사와 2018년 5
월 29일자 옥스퍼드대학 세인트 에드문드 홀(St. Edmund Hall) 뉴스의 온라
인 인터뷰 기사를 참조할 것.

10) Nicholson, "Maurice Baring, D. S. Mirsky, and the Anglo-American History
of Russian Literature," p. 243에서 재인용.

11) "The necessary woman"(p. 476). 남성의 잉여인간형에 대응하는 개념으로
사용된다.

12) Kahn, Sandler, Reyfman, Lipovetsky, *A History of Russian Literature*, pp. 1-2.

13) 페레스트로이카 이후 러시아 내부에서 대두한 문학사 기술 문제에 대해서
는 이항재, 「러시아 문학사의 시기 구분과 구성의 문제」, 71-76쪽 참조.

14) 비록 출신 국가는 다르다 해도, 옥스퍼드 문학사 집필진은 모두 세계문학 논
의의 중심지인 미국 대학(하버드, 콜럼비아 등)에서 가르치거나 교육받은
연구자들이다. 최첨단 포스트모더니즘 문학 비평의 쟁점인 세계문학론과
문화연구의 제 문제가 이들의 문학사 집필에 미친 영향은 문학사의 구성은
물론 서문과 참고문헌을 통해서도 확인된다. 예컨대 하버드대학 세계문학

전공 주임교수인 D. 담로쉬의 세계문학론(D. Damrosch, *How to Read World Literature*), J. 길로리의 문학문화학연구(J. Gillory, *Cultural Capital: The Problem of Literary Canon Formation*), 굼브레흐트의 문학사 기술론(H. U. Gumbrecht, "Shall We Continue to Write Histories of Literature?") 등이 새 러시아 문학사 기술의 이론적 전거로 열거됨을 보라.

15) 소련 '제국' 해체와 포스트 콜로니얼리즘의 겹침 현상은 영미권 대학 내 러시아(슬라브)문학 연구의 향방과 지속 가능성에 대한 문제의식을 유발하여 21세기 초반의 열띤 논쟁 주제로 자리 잡았다. 대표적으로 C. Emerson, "Slavic Studies in a Post-communist, Post 9/11 World: For and against Our Remaining in the Hardcore Humanities"; V. Chernetsky, N. Condee, H. Ram, G. Spivak, "Are We Postcolonial? Post-Soviet Space"; K. M. F. Platt, "Will the Study of Russian Literature Survive the Coming Century?(A Provocation)"; J. A. Buckler, "What Comes after 'Post-Soviet' in Russian Studies?" 등 참조.

16) 1906년 『조양보』 5호와 10호에 톨스토이가 이미 언급되기는 했으나, 『전쟁과 평화』와 『안나 카레니나』의 작가로서 본격적으로 소개되고 번역된 것은 1909년의 『소년』(2권 6호)을 통해서다. 첫 번역(「사랑의 승전」)과 소개글의 필자로 알려진 최남선은 1908년 창간호에서 톨스토이를 "유명한 어진 사람"으로 지칭한 후, 1910년에는 "톨쓰토이 선생 하세기념" 특집호(『소년』 3권 9호)에서 조시와 추가 번역물을 발표했다.

17) 홍효민, 『로서아문학사』, 서문.

18) 이강은·이병훈, 『러시아문학사 개설』, 2-3쪽.

19) 홍웅선의 『개관세계문학사』에서 러시아문학은 총 130쪽 중 9쪽에 불과하며, "문화가 아직 젊고, 그 문학도 기껏해야 1세기 반밖에 거슬러 올라갈 수 없기 때문"에 더 이상 기술하지 않겠다는 방침이다. 물론 혁명에 관한 언급은 없고, 고리키도 '낭만주의자'로 분류된다. 유정 편역의 『세계문학대관』에서 역시 러시아문학은 책 맨 뒤, 총 371쪽 중 13쪽의 지면을 통해 정리되었다. 편역자에 따르면 "쏘련과 중국의 현대문학은, 엄밀한 의미에 있어서,

그것이 문학(내지는 예술)이라고 할 수 있는 것인지 어떤지, 아무도 말할 수 없는 것이므로" 다루어지지 않았다.

20) 좌익 계열 문학가들은 해방 직후부터 소비에트 예술 문학 방법론을 번역하여 문학 교육의 교재로 삼았다. I. A. 비노그라도프, 『문학입문』, 조선문예연구회(나선영·김영석) 역, 1946; V. M. 프리체, 『구주문학발달사』, 송완순 역, 1949; I. M. 누시노프 & A. G. 세이트린, 『문학원론』, 백효원 역, 1949. 1947년 7월부터 북한에서 발간된 문예잡지(『문화전선』, 『문학예술』, 『조선문학』, 『조쏘문화』, 『조쏘친선』 등)에서는 해방 이후 주체사상 도입 전까지 북한 문화예술의 본(本)을 이루었던 소비에트문학·문학 이론 수용 경향에 관해 확인할 수 있다. 북한 내 러시아문학 연구사의 실체를 현재로서는 정확히 파악할 수 없지만, D. D. 블라고이의 1953년 러시아 문학사가 충실히 번역되어 있음으로 보아(『로씨야 문학사 4: 18세기 편』, 리세희 역, 평양: 평양교육도서, 1957), 북한에서는 소련학계의 정론에 의거한 러시아문학 교육이 체계적으로 기획되었던 듯하다.

21) D. S. 미르스끼, 『러시아문학사 I』, 341쪽.

22) 『문학원론: 러시아문학을 중심으로』, (형성사) 편집부 편, 1985. 1946년 출간 시 "8.15 이후 최초로 나온 문학입문서"로 지칭된(이원조 서문) 비노그라도프의 『문학입문(Теория литературы учебник для средней школы)』(1934)은 "예술문학이란 무어냐, 하는 걸 이해하기 위해서 꼬리키이의 『어머니』를 분석해보자"라고 서두에서 밝힌 것처럼, 소비에트 러시아문학의 원형을 『어머니』로 확정지었다.

23) R. 힝글리, 『러시아의 작가와 사회』(원저, Russian Writers and Soviet Society, 1917-1978); M. 슬로님, 『소련현대문학사』.

24) 이철 외의 『러시아문학사』, 김문황의 『러시아문학사』 시리즈, 홍기순·김성일의 『러시아문학사』 시리즈 등.

25) 조주관, 『러시아문학의 하이퍼텍스트』의 다음 서문을 보라. "브리태니카 백과사전과 다른 몇 가지 백과사전을 항해하니 작가에 대한 족보와 정보는 기

존의 문학사 책보다 더 잘 정리되어 있었다. 학생들이 국내에 번역되어 있는 작가 위주의 러시아 문학사와 공동 저술로 치장한 러시아 문학 입문서를 외면하는 이유를 알 것 같았다. 변화의 세기에 살고 있다는 깨달음은 독자와 공유하고 공감할 수 있는 책을 쓰도록 암중모색하게 하였고, 그 과정에서 선택한 제목이 바로 '러시아문학의 하이퍼텍스트'이다."

제5장 강철과 어머니와 고리키: 80년대 운동권의 러시아 문학정신

1) 느. 오쓰뜨롭쓰끼, 『강철은 어떻게 단련되었는가』, 『쏘련문학선집 1』, 모스크바 외국로동자출판부 역, 조선문화협회, 1947.

2) 이 번역본은 인하대학교 특수자료실에 소장되어 있다.

3) 이 글을 쓰기 위해 온누리출판사 김용항 발행인과 전화 인터뷰를 시도했더니, 그의 첫 마디가 "민망한 일입니다"였다. 1980년대 운동권 세대가 공유했던 독서·출판 현황에 대해서는 정종현, 「투쟁하는 청춘, 번역된 저항: 1980년대 운동세대가 읽은 번역 서사물 연구」 참조. 정종현 논문에도 인용되어 있는데, 같은 세대인 류동민의 회고록 『기억의 몽타주』는 서울대학교 경제학과 대학원생으로서 마르크스 『자본론』 번역에 참여했던 1988년 상황을 상세히 묘사하고 있다. "그 당시 우후죽순처럼 생겨났던 사회과학 출판사들은 '아침'이나 '새날'처럼 한글 이름을 즐겨 붙였고, 좌파 성향의 젊은 이들에게는, 그로부터 한참 뒤에야 알게 되는 용어를 빌려 말하자면, 일종의 벤처 비즈니스 같은 성격을 지니고 있었다. 학생운동을 하다가 제적당하거나 성적이 불량해 정상적인 취업이 어렵기도 하거니와 기득권 체제에 들어가고 싶지 않은 청춘들이 최소한 먹고살 만큼의 돈을 벌면서 이른바 '이론적 실천'을 하고 있다는 약간의 자존감까지 갖게 해주기에 적절한 곳이었으므로." 류동민, 『기억의 몽타주』, 25쪽. 윤재걸은 1980년 후반부 "'지식인의 대량 학살'에 따른 '지식인의 대량 영입'을 통해 출판계가 '의식의 병영', '의식의 요새'가 되었다"라고 이념 서적 범람의 시대상을 요약했다. 윤재걸,

「심층취재―금서」, 27쪽.

4) 니꼴라이 오스뜨로프스끼, 『강철은 어떻게 단련되었는가』.

5) 당시로서는 베스트셀러를 기록한 셈인데, 수익은 대부분 술값으로 나갔다고 발행인은 회고했다.

6) K. Clark, *The Soviet Novel: history as ritual*, p. 15.

7) 최인훈, 38-39쪽. 『강철』의 독서 경험은 자전소설 『화두』에도 등장한다. 최인훈, 『화두 1: 최인훈전집 14』, 66-67쪽.

8) 이호철, 『남녘사람, 북녘사람』, 65쪽.

9) 이는 애초 북한에서 작품을 읽고 학습했던 경향과 일치점을 보인다. 『조선문학』에 작품론을 쓴 윤두헌은 『강철』이 해방기에 번역된 소련 작품 중 가장 많이 읽히고 영향력이 컸다면서, 이 작품을 통해 새 사회를 짊어질 새 인간형의 조건을 익히고, 어떻게 문학을 할 것인가의 자세를 배워야 한다고 했다. 윤두헌, 「『강철은 어떻게 단련되었는가』에 대하여」, 『조선문학』 1950, 3:1, 71-81쪽.

10) 민주화운동기념사업회 오픈 아카이브(https://archives.kdemo.or.kr/isad/view/00197360) 참조.

11) 정종현, 「투쟁하는 청춘, 번역된 저항: 1980년대 운동세대가 읽은 번역 서사물 연구」, 104쪽.

12) https://m.blog.naver.com/kyorai/120057939684.

13) 『어머니』는 북한에서 1949년에 처음 번역 출간되었다. 『어머니』, 강정희 역, 조쏘문화협회, 1949; 『어머니』(상), 강정희 역, 조쏘문화협회, 1950; 『어머니』(하), 강정희 역, 조쏘문화협회, 1951. 남한에서는 정식 번역서가 출간되기 훨씬 전인 1960년대부터 번역 노트 형식으로 읽혔다고 한다. 정종현, 「투쟁하는 청춘, 번역된 저항: 1980년대 운동세대가 읽은 번역 서사물 연구」, 110쪽, 각주 42. 북한 번역서의 필사본이 아니었을까 추측되는데, 1980년대에 나온 소련 문헌 번역물 중에는 실제로 기존 북한 번역물에 기초했거나 그대로 재간행한 것들이 제법 있었다. 단적인 예가 1946년 나온 I. 비노그라도프의 『문학입문』을 원저자와 역자는 감춘 채 복간한 『문학원론: 러시아문학을 중

심으로』다.

14) 막심 고리끼, 『어머니』, 15쪽.

15) 심상정, 『당당한 아름다움』, 30쪽.

16) 정종현, 「투쟁하는 청춘, 번역된 저항: 1980년대 운동세대가 읽은 번역 서사물 연구」, 110쪽.

17) 정종현, 「투쟁하는 청춘, 번역된 저항: 1980년대 운동세대가 읽은 번역 서사물 연구」, 111쪽.

18) 김준희, 「나는 노동자, 노동자 세상을 만들기 위해」, 유경순 엮음, 『같은 시대, 다른 이야기: 구로동맹파업의 주역들, 삶을 말하다』, 82쪽. 김준희의 회고는 정종현, 「투쟁하는 청춘, 번역된 저항: 1980년대 운동세대가 읽은 번역 서사물 연구」를 통해 접할 수 있었다.

19) 김경태, 「'영원한 노동자' 전태일의 어머니 이소선: "태일아, 내 가슴 속에 사는 태일아"」; 신윤덕, 「한국판 '고리키의 어머니' 전계순의 삶」.

20) 백기완, 「나를 움직인 이 책: 막심 고리키 『어머니』」.

21) "「『피바다』] 남편이 일본군에게 화형당해 죽어도 슬픔에서 머물지 않고, 오히려 자신의 무명옷을 나무껍질로 물들여 군복으로 만들어 유격대에 참가하는 아들에게 입히는 어머니의 품성, 모진 고문을 당해도 끝까지 조직을 말하지 않고 지혜롭게 항거하는 어머니. 온갖 슬픔을 딛고 마지막에는 스스로 총을 드는 어머니에게서 보여지는 혁명적 낙관주의(혁명적 낙관주의란 '과학적 정세관'과 '역사 발전의 필연성'에 기초하여 언제나 혁명의 전도를 낙관하고, 일시적인 시련과 난관을 뚫고 혁명의 승리를 위해 낙천적으로 싸워나가는 혁명정신이다)에서 우리는 당시 투쟁했던 주체적인 혁명 전통을 볼 수 있다." 『강철서신』, 24쪽.

22) 이강은 교수와의 심층 면접은 2019년 11월 7일 경북대학교 연구실에서 이루어졌다. 이병훈 교수와는 여러 차례의 전화 면담을 통해 당시 상황을 전해 들었다.

23) 이에 관해서는 김진영, 『시베리아의 향수』, 133-137쪽 참조.

24) 풍자(김규종), 「20대 몽상가를 후려갈긴 쇠도리깨『변혁기 러시아의 리얼리즘 문학』」, https://m.blog.naver.com/PostView.naver?isHttpsRedirect=true&blogId=satira44&logNo=120208517504.

25) 김영현, 『풋사랑』, 78-91쪽.

26) 심지은 경상대학교 학술연구교수(연세대학교 90학번) 회고.

27) 안지영 경희대학교 교수(연세대학교 90학번) 회고.

28) 한설야 외, 김송본 엮음, 『고리끼와 조선문학』.

29) 이 점에 대하여 정종현은 "기묘하게도 1980년대말부터 1990년대 초반은 그러한 세계사적 흐름[현실 사회주의 붕괴]과는 거꾸로, 한국사회에서는 어떤 이념적 교조성과 도그마화가 확대화된 측면이 있다"고 해석한다. 실제로 사회주의 도그마 청산과 전향의 시점은 1993년을 전후한 시기에 왔다는 것이다. 정종현, 「투쟁하는 청춘, 번역된 저항: 1980년대 운동세대가 읽은 번역 서사물 연구」, 118쪽.

30) 한설야 외, 『고리끼와 조선문학』, 11-12쪽.

31) 오천석, 「고리끼에 대하여」, 『개척』 1권 1호, 1920, 8-11쪽. 해당 원문을 제공해준 소장자 함태영 박사(한국근대문학관)께 감사드린다.

32) 몽몽, 「요조오한」(『대한흥학보』, 1909), 『송뢰금(외)』, 112쪽.

33) 「체르캇슈」, 『동아일보』, 1922.8.2.~9.16; 「의중지인」, 『신생활』 7, 1922, 139-147쪽. 진학문에 대한 자세한 서술은 김진영, 『시베리아의 향수』, 143-150쪽 참조. 진학문의 「요조오한」 외에도 최남선의 일기(「一日一件」, 『청춘』, 4호, 1915)와 이광수의 수필(「金鏡」, 『청춘』, 3호, 1915)이 오천석에 앞서 고리키를 언급한 문헌에 속한다. 조시정, 『한국 근대문학 속에 나타난 고리끼 신화의 해체와 재구성』, 82-83쪽 참조.

34) 주요한, 「내가 감격한 외국작품」, 『삼천리』, 1931.1, 41쪽.

35) 오천석, 「고리끼에 대하여」, 10쪽.

36) 한국에서의 고리키 수용에 대한 대표 연구로 이강은, 「막심 고리끼 문학의 수용 양상 연구」; 조시정, 『한국 근대문학 속에 나타난 고리끼 신화의 해체

와 재구성』 참조.

37) 함대훈, 「낭만의 감정 길러준 남포항의 추억」, 『조광』 4:7, 1938.7, 95-97쪽
    참조.

38) 함대훈, 『밤주막』, 조선공업문화사출판부, 1949. 고리키 관련 평문으로는 대
    표적으로 「노농문단의 기린아 막심 고리끼 연구—문단 생활 40년을 기념하
    여」, 『조선일보』, 1932.11.23~12.27; 「볼가강과 고리끼의 방랑」, 『신동아』 4:8,
    1934.1.1; 「막심 고리끼의 문학수업의 여정」, 『조선일보』, 1934.9.26-30; 「고리
    끼를 논함: 고리끼 호 추락의 보를 듣고」, 『조선일보』, 1935.5.24~31; 「빈곤과
    고난의 작가—고리끼의 생애와 예술—그의 돌연한 부보를 접하고」, 『조선
    일보』, 1936.6.21~7.1; 「인간의 교사 막심 고리끼를 조함」, 『비판』 4권 5호,
    1936.7.20; 「막심 고리끼—1주기에 제하여」, 『조광』 3권 6호, 1937.6.1.

39) 함대훈, 「볼가강과 고리끼의 방랑」, 『신동아』 4:8, 1934.8.

40) 서정주, 「聞雉軒密語(문치헌밀어): 낙향전후기」, 『미당 수상록』, 195쪽.

41) 서정주가 투르게네프의 『그 전날 밤』을 읽고 이념에 등 돌렸다는 사실부터
    가 예외적이기는 하다. 『그 전날 밤』을 번역하고 그 영향으로 「낙동강」을 쓴
    조명희를 비롯해 당시의 지식인들이 과연 투르게네프를 고리키의 대척점에
    놓았을지 의문스럽기 때문이다.

42) 송영, 「어두운 밤 폭풍을 뚫고」, 『우리 시대의 작가 수업』, 104-105쪽.

43) 이기영, 「이상과 노력」, 『우리 시대의 작가 수업』, 80-82쪽.

44) 이기영, 「이상과 노력」, 88쪽.

45) 조시정, 『한국 근대문학 속에 나타난 고리끼 신화의 해체와 재구성』, 109쪽.

46) 이병주, 『지리산』 1권, 64-71쪽.

47) 이효석, 「'소포클레스'로부터 '고리끼'까지」, 『조선일보』, 1933.1.27.

48) 임화, 「조선문학 발전 위에 끼친 막씸 고리끼의 큰 영향」, 『조쏘친선』,
    1951.7, 37-40쪽. 조소친선 시기부터 전쟁기까지 이어진 임화의 소비에트문
    학론에 대해서는 박태일, 「전쟁기 임화와 『조쏘친선』의 활동」 참조.

49) 고리키 문학의 4시기론은 함대훈, 한식, 한설야 등의 고리키론에 어김없이

등장한다. 소련과 일본을 통해 유입된 그 일반론에 따르면, 고리키 문학은 "부랑인 등 룸펜 프롤레타리아의 생활과 기분을 주로 취급한"1891~1900년의 제1기, "사회적 정치적 견해 하에서 노동계급의 제 문제와 관련한"1900~1909년의 제2기, "우화의 세계에의 은둔, 환상과 현실의 혼효"로 이탈리아에서 요양하던 1913년경의 "구신(求神)적 경향의 시대"인 제3기, 그리고 제4기인 1917년 혁명 이후로 나뉜다. 한설야는 그러나 이 같은 시기 구분에 반대하면서, 고리키 문학을 밑바닥에서 절정으로 상승한 일관된 방향성의 진화 과정으로 결론지었다. "고리끼의 예술적 수직선은『맨 밑바닥』(1902)에 이르러서 비로소 '부랑인' 시대에 창작적 결말을 고하였"고, 그로써 노동자 계급에의 접근에 완성을 이루었다고 본 것이다. 한설야,「막심 고리끼의 예술에 대하여」,『조선일보』, 1936.7.25~8.5.

50)『김일성저작선집』, 2권, 357쪽.『고리끼와 조선문학』, 316쪽에서 재인용.

51) 김민혁,「막심 고리끼와 조선문학」(『조선문학』, 1956.6), 한설야 외,『고리끼와 조선문학』, 311-313쪽.

52) 조연정,「『문학동네』의 '90년대'와 '386세대'의 한국문학」, 224쪽.

53) 이호철이 이북에서 19세 나이로 혈혈단신 월남할 때 뒷주머니에 꽂고 나선 일본어 문고관 책이 막심 고리키의『3인의 추억』이었다고 한다. 이호철,「나의 문학 생활 반세기: 분단과 그 극복, 그리고 통일」,『이호철의 쓴 소리』, 136-138쪽.

54) 정종현,「투쟁하는 청춘, 번역된 저항: 1980년대 운동세대가 읽은 번역 서사물 연구」, 118쪽.

55) 참고로 박선영은 일제 강점기에 경험했던 '프롤레타리아 물결(the proletarian wave)'의 '집단 기억'이 남한과 북한 양쪽 사회에서 현재까지 작동하고 있다고 진단했다. Sunyoung Park, *The Proletarian Wave: Literature and Leftist Culture in Colonial Korea, 1910~1945*.

제6장 모스크바에는 아무도 없다: 1990년대와 러시아

1) 백무산, 「페레스트로이카 귀하」, 『실천문학』 1991.3, 40-41쪽.

2) 김형수, 『만국의 노동자여』 해설, 청사, 1988, 163-168쪽.

3) 「백무산 시인과의 대화」, 『작가들』 2016 가을호, 인천작가회의, 233쪽.

4) 황지우의 「거울에 비친 폐종시계」와 뒤이어 인용된 「동경」은 모두 1998년
   시집 『어느 날 나는 흐린 주점에 앉아 있을 거다』에 수록되었다.

5) 조연정, 「『문학동네』의 '90년대'와 '386세대'의 한국문학」, 226쪽. 한국 문
   단에서 90년대에 나타난 변화에 대해서는 김원, 「80년대에 대한 '기억'과
   '장기 80년대'」; 신수정 외, 「다시 문학이란 무엇인가」(좌담); 정홍수, 「'이념
   의 시대'로부터 '2000년대 소설'까지」; 황종연, 「내향적 인간의 진실」, 『비루
   한 것의 카니발』 등 참조.

6) 신수정 외, 「다시 문학이란 무엇인가」(좌담), 390쪽.

7) 김정환, 『레닌의 노래』, 16-18쪽.

8) "[80년대 민중문학론의] 그 뜨거웠던 논자들이 90년대를 전후하여 러시아와
   동유럽 사회주의의 붕괴 이후 논지를 너무 쉽게 바꿔버렸거나 아예 비평 현
   직에서 명퇴해버린 사실은 진정한 민족문학의 발전을 위해서 슬픈 추억이
   었다. 그리고 이 뜨거웠던 투쟁이 한낱 '후일담'으로 남게 만든 것 역시 너
   무 빨리 포기한 게 아니냐는 자책으로 남는다." 임헌영, 「1980년대 무크지
   를 통한 문학운동」, 124쪽.

9) 김영현, 『풋사랑』, 서문.

10) 김영현, 『풋사랑』, 서문.

11) 강준만, 『한국 현대사 산책: 1990년대 편』, 서문 "'이념의 시대'에서 '소비의
    시대'로" 참조.

12) 김진영, 『시베리아의 향수』, 48-49쪽.

13) 두 시기의 러시아/소련 여행기에 관한 보다 상세한 서술은 김진영, 『시베리
    아의 향수』, 19-49, 383-424 참조.

14) 자전시 「사회주의 병」, 「사회주의를 회의하게 되었음」 참조.

15) 『중앙일보』, 1992.11.11. 서정주, 「백건우와 그의 피아노 소리」, 『미당 서정
주전집 9』, 391쪽.

16) 「1990년의 구 공산권 기행시」에는 러시아와 관련된 3편(「부다페스트에서
모스코로 날아가는 러시아 여객기 화장실 속의 그 찐한 찌린내」, 「마스끄바
서쪽 하늘의 선지핏빛 덩어리 구름」, 「씨베리아 항공편」)이 포함되어 있다.
「해방된 롸씨야에서의 시」에 포함된 8편은 다음과 같다. 「레오 톨스토이의
무덤 앞에서」, 「1992년 여름의 페테르부르크에서」, 「1992년 여름의 롸씨야
황소」, 「롸씨야 미녀찬」, 「마스끄바에 안개 자욱한 날」, 「롸씨야의 암무당」,
「에또 프로스또 말리나!」, 「페테르부르크의 우리 된장국」.

17) 「시인 서정주씨 러시아 유학길에... 3년 체류계획」, 『한경뉴스』, 1992.7.17.

18) 박해현, 「나는 떠돌이 기질이고 참으로 그리워하는 사람이야: 내가 만난 미
당」, 『주간조선』, 2015.1.18. 참조. 기사 내용에 의하면, 서정주 시인은 6.25
전쟁 직후 "스탈린에게 항의하기 위해" 러시아어를 잠깐 공부한 적이 있다
고 했다.

19) 서정주, 『미당 서정주전집 5』, 294-295쪽.

20) "내가 이 세상에 생겨나서 스무 살 되던 해 한여름 밤에/ 밤새여 읽으며 쫄
딱 반해 버렸던/ 도스토예프스키의 『백치』의 여주인공 나스타샤의/ 그 아름
답고도 멋들어지고도 서러웁던 매력이/ 멧돼지 같은 흉한 라고젠의 칼에 찔
리어/ 버둥거리며 죽어갈 때 흘리던 선지피!/ 몸서리치는 그 선지핏빛으로/
오늘 1990년 5월 28일 황혼/ 또 오히려 마스끄바의 서쪽 하늘에 어리어 나
온/ 참 기가 막히는 구름 한 덩이!"—「마스끄바 서쪽 하늘의 선지핏빛 덩어
리 구름」 부분.

21) "노아의 홍수 뒤에 소생해 나온/ 사람들의 세상이랄까,/ 아니면 환난의 에
짚트를 빠져나와서/ 홍해의 바닷속에 기적으로 열린 길을 통해/ 간신히 뺑
소니쳐 나온 모세의 족속들이랄까,/ 모든 것이 허전한 환상만 같은/ 페테르
부르크의 어떤 구석에/ 가시투성이의 분홍 해당화 한 그루 꽃 피어 있어서/

"이걸 롸씨야말로 무어라고 하느냐?"고/ 내가 물었더니/ "쉬뽀브니끄"라고 / 노녀(露女) 안내원은 대답해준다./ 그래 나는 이걸/ '쉬 뽑히지 말라'는/ 우리말로 고쳐 들으며/ '너희들도 인제부터는 절대로 쉬 뽑히지 마라'고/ 마음속으로 가만히 기도해본다."—「1992년 여름의 페테르부르크에서」 전문.

22) 최인훈, 『화두 1: 최인훈 전집 14』, 19쪽.

23) "90년대 소설의 다양한 현상들에서 가장 주목할 점은 여행 서사가 많이 등장했다는 것이다." 이미림, 「1990년대 여행소설의 탈근대적 사유와 타자성」, 201쪽.

24) 송영, 「라면 열 봉지와 50달러」, 『나는 왜 니나 그리고르브나의 무덤을 찾아갔나』, 177-178쪽. 표제작인 「나는 왜 니나 그리고르브나의 무덤을 찾아갔나」에는 대학 시절 이후 작가가 문학과 삶의 스승으로 삼아온 톨스토이에 대해 야스나야 폴랴나 국제회의에서 읽은 발표문 「나의 톨스토이」가 실려 있다. 삶의 지표로서의 톨스토이를 말한 이 발표문을 듣고, 한 러시아 작가는 "당신 가슴에도 톨스토이, 내 가슴에도 톨스토이, 그러니까 우리는 같은 스승을 둔 친구요"라고 말했으며, "카레이가 왜 선진국 반열에 올라섰는지 그 이유를 이제 알았"다고까지 격찬한 청중도 있었다 한다. 같은 책, 110-116쪽.

25) 송영, 『나는 왜 니나 그리고르브나의 무덤을 찾아갔나』, 187쪽.

26) 송영, 『나는 왜 니나 그리고르브나의 무덤을 찾아갔나』, 196-197쪽.

27) 페테르부르크의 가이드 볼로자는 모스크바의 '심통쟁이' 가이드와, 또 페테르부르크에서 개별적으로 고용했던 한국인 유학생 가이드와 확연한 대조를 이룬다.

28) 송영, 『나는 왜 니나 그리고르브나의 무덤을 찾아갔나』, 190-191쪽.

29) 장석주, 「외부를 사유하다: 송영의 유작 소설집에 부쳐」, 『나는 왜 니나 그리고르브나의 무덤을 찾아갔나』, 327쪽.

30) 송영, 「발로자를 위하여」, 54-55쪽. '발로자'(박노자)는 이후 노르웨이 오슬로대학 한국학과에 정착했고, 한국인으로 귀화하여 한국 사회의 대표적 좌파 논객이 되었다.

31) 공지영, 「모스크바에는 아무도 없다」(『창비』, 1995 겨울호), 『제7회 21세기 문학상 수상작품집』, 57-106쪽 수록. 처음 발표 때와 1999년 단행본 『존재는 눈물을 흘린다』에 수록될 때는 '모스끄바'로 표기되었다.

32) 공지영, 『제7회 21세기문학상 수상작품집』, 60-61쪽.

33) 공지영, 『제7회 21세기문학상 수상작품집』, 103-104쪽.

34) 이태준, 「소련기행」, 154-155쪽.

35) 백남운, 『소련인상』, 58-59쪽.

36) 공지영, 『제7회 21세기문학상 수상작품집』, 72쪽.

37) 공지영, 『제7회 21세기문학상 수상작품집』, 105쪽.

38) 공지영, 『제7회 21세기문학상 수상작품집』, 106쪽.

39) 전문은 다음과 같다. "그것은 먼 나라보다 가까운 젊은 날의/ 방황, 다만 속절없이 거대하게/ 출렁거리는 무엇이 거대하게/ 무너지고 그곳에 우리의 길이/ 세상보다 더 거대하게 열리는가/ 앞으로 우리들의 생애가/ 창백하고 친근한 동안 그것은/ 뒤돌아보지 않은 수천만 명이/ 피를 흘리던 시간의, 젊은 날의 영화/ 다만 거대하게/ 탕진되는 무엇이 거대하게 무너지고/ 그곳에 끔찍하지 않은 세상이/ 둥지를 틀고 잠을 잘 것인가 보라/ 역사를 강물로 비유하는 것은 옳지 않았다 세월도/ 보라 옳은 것은, 옳았던 것이다/ 남은 것은 역사 속에/ 남은 자의 몫일 뿐이다/ 남은 자의 기억이 옳지 않았다/ 피비린 기억보다는 더 많은 것이 이룩되었다."

40) 공지영, 『제7회 21세기문학상 수상작품집』, 106쪽.

41) 이광표, 「나의 책: 윤후명, 「여우사냥」」, 『동아일보』, 1997.7.1에서 재인용.

42) 윤후명, 「여우사냥」, 『여우사냥』, 238쪽.

43) 윤후명, 『여우사냥』, 281쪽.

44) 윤후명, 『여우사냥』, 238-239쪽.

45) 윤후명, 『여우사냥』, 266-268쪽.

46) 윤후명, 『여우사냥』, 287-288쪽.

47) 김철, 「윤후명 소설 「여우사냥」(문학월평)」, 『서울신문』, 1993.9.1.

제7장 길 위의 민족: 고려인 디아스포라 문학

1) 윤후명, 「하얀 배」, 『하얀 배』, 27-28쪽.

2) 윤후명, 『하얀 배』, 58쪽.

3) 윤후명, 『하얀 배』, 63-64쪽.

4) 라영균, 「포스트모더니즘의 역사 기술과 문학사 기술」, 123쪽.

5) 라영균, 「포스트모더니즘의 역사 기술과 문학사 기술」, 125쪽.

6) 김종회, 「중앙아시아 고려인 문학 개관」, 『중앙아시아 고려인 디아스포라 문학』, 37-38쪽.

7) 정은경, 『밖으로부터의 고백: 디아스포라로 읽는 세계문학』, 13쪽.

8) 김종회, 「중앙아시아 고려인 문학에 대하여」, 『해외동포문학: 중앙아시아 고려인 소설 1』, 322-323쪽.

9) 정은경, 『밖으로부터의 고백: 디아스포라로 읽는 세계문학』, 17쪽.

10) "By 'diaspora', minimally defined, I mean a sense of belonging to more than one history, to more than one time and place, more than one past and future. Diaspora suggests belonging to both here and there, now and then. Diaspora suggests the omnipresent weight of pain of displacement from a land or society, of being an outsider in a new one. Diaspora suggests both lack and excess of loss and separation, yet also the possibility of new adventures of identity and the continued imagining of unconquerable countries of the mind." J. Docker, *1492: The Poetics of Diaspora*, p. vii-viii.

11) 우정권·임형모, 「고려인 문학의 성격과 전개 양상: 1940~1960년대 레닌기치 문예면에 나타난 고려인 문학의 특징 고찰」, 249쪽.

12) 전 『레닌기치』 기자이자 소설가인 박성훈이 한진에게 보낸 1991년 4월 7일 자 편지 중에서. 한진, 『한진 전집』, 964-965쪽.

13) 스쩨빤 김, 「해외 한인의 편지: 스탈린의 한인 강제 이주와 잃어버린 모국

어」. 원문은 Нация и мир. 4. 1989.

14) 한진, 『한진 전집』, 673-674쪽.

15) 정상진(정률), 『아무르 만에서 부르는 백조의 노래』, 189쪽.

16) 정상진, 『아무르 만에서 부르는 백조의 노래』, 190쪽.

17) 김필영, 『소비에트 중앙아시아 고려인 문학사: 1937~1991』.

18) 윤정헌, 「중앙아시아 한인문학 연구: 호주 한인문학과의 대비를 중심으로」.

19) 김정훈·정덕준, 「재외 한인문학 연구: CIS 지역 한인문학을 중심으로」.

20) 작곡가 정추와 의학도 최선옥까지 포함하여 유학생 망명 집단을 총 10명으로 보는 입장도 있다. 영화대학 출신 망명 유학생 '8진'은 허웅배(허진), 리경진(리진), 한대용(한진), 최국인, 정린구, 양원식, 김종훈, 리진황 등이다. 1958년의 소련 유학생 망명 사건의 전말에 관해서는 김병학, 「한진의 생애와 작품 세계」, 한진, 『한진 전집』, 706-724쪽 참조.

21) 망명 유학생 결의 사항. 정린구가 한진에게 보낸 1958년 12월 21일 편지 기록. 한진, 『한진 전집』, 724쪽.

22) 한진, 『한진 전집』, 758쪽.

23) 망명 유학생 대부분은 오랜 기간 무국적자로 남아 있다가 1970년대 말에야 소련 공민권을 취득했다. 무국적자는 자유로운 이동이 불허되는 터라 실생활에 큰 불편을 가져왔음에도 "공민증을 받는다는 것은 애초의 망명의 목적을 잊어버리고 현실과 타협한다는 의미"로 생각되었기에 20여 년을 버틴 것이고, 유학생 그룹 중 리경진 한 명은 마지막까지 무국적자로 남았다. "그에게는 동강난 한반도가 영원한 조국이지 소련은 결코 조국이 될 수 없었던 것"이라고 한진은 말했다. 한진, 『한진 전집』, 753-754쪽.

24) 한진, 『한진 전집』, 763쪽.

25) 한진, 「공포」, 『한진 전집』, 654쪽.

26) 한진은 1993년 7월 13일 지병(위암)으로 사망했다. 생전에 마지막으로 발표한 작품은 「그 고장 이름은?」이었고, 희곡 「서울 손님」이 미완성으로 남았다.

27) 한진, 『한진 전집』, 663쪽.

28) 한진, 『한진 전집』, 664쪽.

29) 아나톨리 김에 관한 대표적인 연구물로 김현택, 「한국계 러시아 작가 아나
톨리 김의 문학세계 연구」 1·2; 정덕준, 「CIS 지역 고려인 소설 연구─아나
톨리 김, 알렉산드르 강의 작품을 중심으로」; 박산향, 「아나톨리 김의 단편
소설과 사할린」 등 참조.

30) "내 작품에 한민족의 특성이 전혀 없는 것은 아니지만, '(한)민족문학'이라
고는 전혀 생각하지 않는다. 나는 고려인 작가가 아니라 러시아 작가이다."
정덕준과의 인터뷰, 2006. 정덕준, 「CIS 지역 고려인 소설 연구─아나톨리
김, 알렉산드르 강의 작품을 중심으로」, 463쪽.

31) 장사선·김현주, 「CIS 고려인 디아스포라 소설 연구」, 24쪽.

32) 『초원, 내 푸른 영혼』과 『나의 삶, 나의 문학』의 총 2권으로 이루어진 아나톨
리 김 자전 에세이는 2011년 뿌쉬낀하우스가 최종적으로 발간했다. 그중 1
권에 해당하는 부분은 『전망』 잡지에 게재되었다가 1995년에 단행본 『초원,
내 푸른 영혼』으로 출간되었다. 2권은 1권 출간 후 『문학사상』에 게재된 내
용을 엮은 것이다.

33) 아나톨리 김, 『나의 삶, 나의 문학』, 116쪽.

34) 아나톨리 김, 『나의 삶, 나의 문학』, 55쪽.

35) 아나톨리 김, 『나의 삶, 나의 문학』, 234-235쪽.

36) 아나톨리 김, 『나의 삶, 나의 문학』, 243쪽.

37) 정덕준, 「CIS 지역 고려인 소설 연구─아나톨리 김, 알렉산드르 강의 작품을
중심으로」, 467쪽.

38) 아나톨리 김, Моё прошлое. Октябрь, 1998, С. 74. 『고려사람』, 2009에 재
게재. 정확히 일치하지는 않으나, 한국어본 『나의 삶, 나의 문학』, 236-239
쪽에 해당하는 부분이다.

39) "사람들은 내게 되풀이해 말한다. 푸시킨은 번역되지 않는다고. 그렇지만
말해지지 않은, 그리고 말해지지 않는 것을 이미 자신의(범인류적) 언어로
번역하고 옮겨놓은 사람이 어떻게 번역되지 않을 수 있단 말인가? 단, 그러

한 번역가를 번역하는 이는—시인이어야만 한다." М. Цветаева. Из письма 1936 г. Мой Пушкин. С. 200.

40) 아나톨리 김, 『나의 삶, 나의 문학』, 48쪽.

41) 아나톨리 김, 『나의 삶, 나의 문학』, 239-248쪽.

42) 이장욱, 「북구적 환상 서사」, 아나톨리 김, 『켄타우로스의 마을』, 6-8쪽.

43) 아나톨리 김, 『나의 삶, 나의 문학』, 271-279쪽.

44) 정덕준, 「CIS 지역 고려인 소설 연구—아나톨리 김, 알렉산드르 강의 작품을 중심으로」, 472쪽에서 재인용.

제8장 왜 체호프인가: 《앵화원》에서 《벚꽃동산》까지

1) 김기진, 「마음의 폐허」(『개벽』, 1923.12), 『김팔봉문학전집』 4, 237-53쪽; 박영희, 「체엑호프 희곡에 나타난 로서아 환멸기의 고통」(『개벽』, 1924.6), 『박영희전집 3』, 23-43쪽; 함대훈, 「노서아문학과 조선문학」(『조선문학』, 제2권 제1호, 1934). 김기진은 "지금이야 조선은 위대한, 체호프의 환멸기에 당도하엿다"면서 인민을 위한 예술의 필요성을 역설했고, 박영희 역시 실생활의 의지를 강조했다. 그로부터 10년 뒤 함대훈은 조선문학이 "환멸기의 노문호 안톤 체홉"을 모범 삼아 지식인 계급의 고민을 다루어야 한다고 제안했다. 김기진·박영희의 체호프론에 관해서는 이원동, 「조선적 환멸과 환상 해체의 방법론: 박영희 초기 문학 담론에 나타난 자기 구성의 문제」 참조.

2) 자세한 사항은 김진영, 『시베리아의 향수』, 194-197쪽.

3) P. A. Kropotkin, *Russian Literature: Ideals and Realities*, pp. 343-344.

4) Kropotkin, *Russian Literature: Ideals and Realities*, pp. 345-346.

5) 박영희, 「체호프 희곡에 나타난 로서아 환멸기의 고통」(『개벽』, 1924.6), 『박영희전집 3』, 25쪽. 인용자 강조.

6) 김온, 「로서아극문학에 대한 소고」, 『조선지광』 76, 1928.2, 64-71쪽. 인용자 강조.

7) 한성, 「안톤·체홉 편: 고금세계문인소개 2」, 『문학』 1:2, 1936, 4, 76쪽. 인용자 강조.

8) 홍해성, 「명희곡의 추억: 안톤 체홉 작《앵화원》을 더듬어」(『신가정』, 1935.5), 『홍해성 연극론전집』, 177쪽. 인용자 강조.

9) 함대훈, 「체홉의 생애와 예술―그의 작품《앵화원》상연에 당하야」. 『조선일보』, 1934.12.2~6. 인용자 강조.

10) 러시아 문학도 함대훈에 관해서는 김진영, 『시베리아의 향수』, 158-166쪽.

11) 함대훈, 「앵화원에 대하야: 역자로서 일언」, 『극예술』 제2호(1934.12), 21쪽.

12) 체호프, 『체호프희곡선』, 374쪽.

13) 체호프, 『체호프희곡선』, 374-375쪽.

14) 이헌구, 「문사극의 첫 무대: 앵화원의 대학생」, 『삼천리』 8:11(1936.11), 174쪽. 1934년의 극예술연구회 공연 당시 라넵스카야 역은 시인 모윤숙, 아냐 역은 시인 노천명, 트로피모프 역은 프랑스문학도 이헌구가 맡았다.

15) 김남석, 『조선 신극의 기치 극예술연구회』 1, 595쪽. 1934년《앵화원》공연에 대한 자료는 같은 책, 578-641쪽 참조.

16) 홍해성, 『홍해성 연극론전집』, 179쪽.

17) 안영일, 「제7회 극연 공연《앵화원》을 보고(1)」, 『조선일보』, 1934.12.18.

18) М. Горький. А. П. Чехов. Полное собрание сочинений. Т. 6. С. 55-56. 고리키의 이 회고는 체호프가 사망한 1904년에 집필되었고, 1914년에 몇 부분의 회고가 덧붙여졌다.

19) М. Горький. Человек. Полное собрание сочинений. Т. 6. С. 35-42.

20) 유진오, 「당래 문학의 특징은 침통의 일색일까」, 『동아일보』, 1935.1.1. 양윤석, 『고려대학교 연극백년사 1918-2017』, 37쪽에서 재인용. 보전연극부의《밤주막》공연에 관해서는 같은 책, 36-39쪽 참조.

21) 체호프의 원래 의도와 달리 스타니슬랍스키는《벚꽃동산》을 비극으로 해석했고, 오사나이 역시 모스크바예술극장 형식에 따라 '애수'와 '분위기'의 연극을 만들었으며, 오사나이의 츠키지소극장 배우 출신 홍해성의《앵화원》

도 그 같은 전통적 연출법을 고수한 것으로 보인다. 일본에서 오사나이 가오루가 재현한 스타니슬랍스키 식 《벚꽃동산》과 홍해성이 1934년에 연출한 《앵화원》에 대해서는 이진아, 「안톤 체호프 장막극의 무대 해석에 대한 연구(1): 홍해성, 이해랑, 이진순의 연출 작업을 중심으로」, 174-189쪽 참조.

22) 함대훈, 「천국에서 온 음성」, 『조광』, 1940.9, 135쪽.

23) 일본의 체호프 수용에 대해서는 Pexo Ким. Русская классика и японская литература. С. 230-264; J. T. Rimer, "Chekhov and the Beginnings of Modern Japanese Theatre, 1910~1928"; 안숙현, 『한국 연극과 안톤 체홉』, 63-91쪽 참조. 근대 한국의 체호프 수용사를 정리한 오원교는 비록 식민지성과 연관시키지는 않았으나, "체홉에게서 미래에 대한 희망과 믿음을 발견하지 못했던 일본인들의 수용 태도"와는 달리 "당대 한국에서의 체호프 수용이 제한적이나마 일본에 비해 훨씬 체호프 문학의 본래적 모습에 더 가까이 다가갔음을 암시해준다"며 1930년대 일본과 한국의 독법 차이를 인정했다. 오원교, 「1920~30년대 한국문학 비평에서 체홉」.

24) 이 선집에 실린 단편 「사진첩(Альбом)」을 순성 진학문이 번역해 유학생 잡지 『학지광』 10호(1916년)에 실었다. 도쿄 유학생의 졸업을 축하하는 의미에서 특별히 선택된 첫 체호프 번역물이다. 이후 1924년에 권보상 번역으로 『로국문호체홉단편집』(경성, 조선도서주식회사)이 나왔다.

25) 1930년 일본의 도스토옙스키적 '불안 사조'에 대해서는 조시정, 『1930년대 후반 한국문학의 모색과 도스토예프스키』 참조.

26) 니시도 고진(西堂行人), 「일본에서의 체호프」, 77쪽.

27) 임화, 「방황하는 문학정신」, 『동아일보』, 1937.12.12.~15, 『문학의 논리: 임화문학예술전집 3』, 202쪽. 사닌(Sanin)은 아르치바셰프(M. Artsybashev)의 소설 제목이자 주인공, 루딘(Rudin)은 투르게네프의 동명 소설 주인공, 티크(J. L. Tieck)는 독일 낭만주의 작가를 가리킨다. 모두 당시에 애독된 작가, 작품들이다.

28) "현진건씨는 년(年) 31 경성산(産)의 미목수려한 풍모를 가졌을 뿐더러 조

선의 '체홉'이라 하리만치 단편소설 작가로 유명하다."「인재 순례」, 『삼천리』 4, 1930.

29) "빙허는 러시아의 작가 '안톤 체홉'을 능가하리만큼 단편소설에 있어서 그 특기를 보여주었다. 그는 분명히 한국적 '안톤 체홉'이었던 것이다." 홍효민, 「문학의 역사적 성장: 자조와 신경향파에 대한 고찰」, 『현대문학』, 1955.7, 135쪽. 현진건과 체호프에 대한 비교 연구로는 문석우, 「체홉과 현진건: 「키스」와 「까막잡기」의 상관적인 비교분석」; 정보라, 「잔혹한 세상의 약자들: 체호프의 '잠자고 싶어(Спать хочется)'와 현진건의 '불'」; 김혜순, 「체호프의 「우수」와 현진건의 「운수 좋은 날」에 나타난 소외 구조 비교」; 채진홍, 「현진건의 「운수 좋은 날」과 체홉의 「애수」 비교 연구」; 김승미, 『현진건과 체호프 단편소설의 상호텍스트성 연구』 등이 있다.

30) 나빈, 「B사감과 러브레터」에 관하여」, 『조선문단』, 1925.

31) 정한모, 「효석 문학에 나타난 외국 문학의 영향」, 55쪽.

32) 러시아문학에 관한 이효석의 수필로는 「'소포크레스'로부터 '고리끼'까지」 (1936), 「나의 수업시대」(1937), 「노마의 십년」(1940), 「독서」(1942) 등이 있다.

33) 이효석, 「나의 수업시대」(『동아일보』, 1937.7.25.~29), 『이효석전집』 5, 195-196쪽.

34) 김병철, 『한국근대번역문학사연구』, 440-448쪽 참조.

35) 김동인은 1920년 평론 「자기의 창조한 세계: 톨스토이와 도스토에프스키를 비교하여」에서 톨스토이를 사상이 아닌 예술성의 표본으로 자리매김했고, 이 같은 이분법적 구도를 통해 기존의 문단 권력자였던 '조선의 톨스토이' 이광수에 대한 문학적 도전을 꾀했던 것으로 보인다. 이에 관해서는 김진영, 『시베리아의 향수』, 186-201쪽 참조.

36) 이효석, 「노마의 십년」((『문장』, 1940.2), 『이효석전집』 5, 343-344쪽.

37) 이태준과 체호프의 비교 연구는 2천 년대 초반에 나온 러시아문학 연구자 강명수의 논문이 대부분인데, 소설의 서사 비교에 치중된 감이 있다. '애수'라는 키워드를 중심으로 이태준과 체호프를 다룬 본격적인 논문은 안미영

의 것이 유일하다. 안미영, 「이태준의 애수의 배경과 단편관 연구: 안톤 체
호프의 사숙과 영향을 중심으로」 참조.

38) Kropotkin, *Russian Literature*, pp. 341-342.

39) М. Горький. А. П. Чехов. Полное собрание сочинений. Т. 6. С. 54-55.

40) 이태준, 「내게 감화를 준 인물과 그 작품: 안톤 체홉의 애수와 향기」(『동아
   일보』, 1932.2.18.), 『무서록 외: 이태준전집 5』, 244-246쪽.

41) 이태준, 『무서록 외: 이태준전집 5』, 244쪽.

42) 이태준, 「체호프의 '오렝카'」(『삼천리』 12:10, 1940.12), 『무서록 외: 이태준
   전집 5』, 361쪽. 이태준의 체홉 해석에 관한 상세 분석은 김진영, 『시베리아
   의 향수』, 292-302쪽 참조.

43) 이태준, 『무서록 외: 이태준전집 5』, 245-246쪽.

44) 박영희가 「최근 문예이론의 신전개와 그 경향」(『동아일보』, 1934.1.)에서 쓴
   말이다.

45) 임화, 『문학의 논리: 임화문학예술전집 3』, 202쪽.

46) 이태준, 「여정의 하루: 원산은 보들레르와 아미엘이 함께 있는 시향(詩鄕)」
   (『조선중앙일보』, 1934.12.13~19), 『무서록 외: 이태준전집 5』, 277쪽.

47) 이태준, 『무서록 외: 이태준전집 5』, 278쪽.

48) 이태준, 『무서록 외: 이태준전집 5』, 281-282쪽.

49) 이진아, 「안톤 체호프 장막극의 무대 해석에 대한 연구」, 199쪽.

50) 안미영은 이태준이 "벚꽃동산을 잃은 몰락한 토착 지주에게 감정을 이입"
   하였고, 그것이 "지나간 것에 대한 애틋함을 향수"하는 "상고 취향과 합치"
   한다고 보았다. 《앵화원》에 대한 이태준의 감상은 구인회 시기의 부르주아
   관점을 반영하고 있다는 해석이다. 안미영, 「이태준의 애수의 배경과 단편
   관 연구: 안톤 체호프의 사숙과 영향을 중심으로」, 440쪽.

51) "(…) 때 찾아서 불어오는 가을바람 쓸쓸하게 울리는 마차 방울 소리에 이끌
   려서 불쌍한 그들은 지나간 옛날에 정든 집을 눈물에 잠기면서 떠나간다. 낙
   엽을 밟고 가는 그들의 심정! 우리 생활의 무상한 변천이여! 어딘가 멀리서

"응"하면서 이상한 음향이 들려온다. 새로운 세계가 점차로 가까이 온 것이다." 홍해성, 『홍해성 연극론전집』, 181쪽.

52) 이태준의 소련 여행 기록에 관한 상세 설명은 김진영, 『시베리아의 향수』, 383-424쪽 참조.

53) 이태준, 「소련기행」, 『이태준문학전집 4』, 71쪽.

54) 이태준의 1946년 《벚꽃동산》 관람에 대한 안미영의 해석은 이러하다. "해방 이후 이태준은 과거에 젖은 인물이 아니라 미래를 만들어갈 인물에 주목했다. 그는 '애수'와 결별하고 현실에 소용이 되는 일들을 모색한다. 해방 이전에는 체호프의 작품에서 과거의 잔영에 주목했다면, 해방 이후에는 도래할 현실에 주목했으며, 그 결과 체호프 작품에 내재해 있는 리얼리즘을 읽어 들인다. 동일 작품에 대한 새로운 시각은 해방 이후 이태준의 의식 변모를 보여준다." 안미영, 「이태준의 애수의 배경과 단편관 연구: 안톤 체호프의 사숙과 영향을 중심으로」, 442쪽.

55) 상허, 「서울문학가동맹여러분에게」, 『문학』, 1946.11, 23쪽.

56) J. D. Clayton & Y. Meerzon eds., *Adapting Chekhov: The Text and its Mutations*, pp. 3-5.

57) 1888년 10월 27일 수보린(Суворин)에게 쓴 편지. А. П. Чехов. ПСС в 30-ти томов. Т. 14. С. 208.

58) 1904년 4월 20일 올가 크니페르(О. Книпер)에게 쓴 편지. А. П. Чехов. ПСС в 30-ти томов. Т. 20. С. 275.

59) 극소수의 예만 들면, 1980년대 소비에트 시대로 무대를 옮긴 류드밀라 페트루솁스카야(Л. Петрушевская)의 《푸른 옷 입은 세 처녀(Три девушки в голубом)》나 빅토르 슬랍킨(В. Славкин)의 《굴렁쇠놀이(Серсо)》, 포스트 소비에트 러시아 현실로 재해석한 니콜라이 콜랴다(Н. Коляда)의 《오긴스키 폴로네즈》(Полонез Огинского), 블라디미르 소로킨(В. Сорокин)의 해체주의 패러디 《기념제(Юбилей)》, 체호프 극의 속편 격인 보리스 아쿠닌(Б. Акунин)의 추리극 《갈매기(Чайка)》나 류드밀라 울리츠카야(Л. Улицкая)

의 《러시아 잼(Русское варенье)》 등이 새로운 시도에 속한다. 이와 관련해서는 Marie-Christine Autant-Mathieu, "Rewriting Chekhov in Russian Today: Questioning a Fragmented Society and Finding New Aesthetic Reference Points," *Adapting Chekhov: The Text and its Mutations*, pp. 32-56 참조. 러시아의 체호프 공연사에 대한 간략한 소개로는 전정옥, 「러시아 무대에서의 체호프」 참조.

60) 김민경, 『1990년대 이후 국내 체홉극의 무대화 양상 연구』, 3쪽. 김주연, 「2000년대 이후 국내 연극계의 체홉 공연」, 295-296쪽에서 재인용.

61) 송현옥, 「1990년대 이후 한국에서의 체호프 공연」, 62쪽.

62) 이해랑, 「삼자매」, 『허상의 진실』, 111쪽.

63) 이진순, 「갈매기: 갈매기와 호수의 밀어」, 『지촌 이진순선집 3』, 188쪽.

64) 김주연, 「2000년대 이후 국내 연극계의 체홉 공연」, 315-316쪽에 나오는 2000~2013년 공연 목록에 의거했다.

65) "1990년대 후반에서 2000년대 초반에 걸쳐 일어난 첫 번째 체홉 공연 러시아에서 가장 뚜렷하게 드러나는 특성은 희극성의 강조라 할 수 있다." 김주연, 「2000년대 이후 국내 연극계의 체홉 공연」, 298쪽.

66) J. D. Clayton, "Diagnosis and Balagan: The Poetics of Chekhov's Drama," J. D. Clayton & Y. Meerzon eds., *Adapting Chekhov: The Text and its Mutations*, p. 27.

67) 이진순, 『지촌 이진순선집 3』, 188쪽.

68) 체호프가 의도했던 것은 '인생의 희극성'인데, 실제 국내 공연에서는 '파스적 코미디'에 집중해 초점이 어긋나 있는 것 같다고 체호프 연구자 김혜란도 지적한 바 있다. 김주연, 「2000년대 이후 국내 연극계의 체홉 공연」, 299쪽, 각주 13 참조.

69) 이윤택 연출작의 희극성에 대한 호평은 김미도, 「리뷰: 체홉의 웃음이 돋보인 수작」, 『객석』 2008:5, 120쪽.

70) 최인훈, 『화두 2: 최인훈전집 15』, 561쪽.

71) 한국 체호프 공연사의 현대적 각색 유행에 대해서는 김주연, 「2000년대 이후 국내 연극계의 체홉 공연」, 302-313쪽 참조.

72) 《가모메》 공연사(2013년 초연부터 2018년 일본 재공연까지)에 대해서는 성기웅, 「한일 합작 연극 《가모메カルメ丯》의 한국 초연 회고와 일본 공연 보고」 참조.

73) 성기웅 인터뷰, 『객석』, 2008년 11월호, 161쪽. 김주연, 「2000년대 이후 국내 연극계의 체홉 공연」, 309쪽에서 재인용.

74) "한국산 체홉극"이란 표현은 '문화예술의전당'(http://www.lullu.net)의 2018년 제39회 서울연극제 공식 선정작 《공포》 홍보 기사에 등장하는 말이다.

75) 상호텍스트성으로서의 팔림프세스트 이론은 제라르 쥬네트가 정리한 것에 따른다. G. Genette, *Palimpsestes: La Littérature au second degré*.

76) 2024년 2월 29일 고재귀 작가와의 개인 대화.

77) 「공포, 연극 공포, 제39회 서울연극제 공식 선정작 '공포', 고재귀 작, 박상현 연출, 그린피그」, 『문화예술의전당』, https://www.lullu.net/8217.

78) 도스토옙스키가 동생에게 보낸 1839년 8월 16일 편지. Ф. М. Достоевский. Полное собрание сочинений. Т. 28. С. 63.

79) 2024년 3월 12일 고재귀 작가와의 개인 대화.

제9장 다시, 톨스토이냐 도스토옙스키냐: 베스트셀러와 스테디셀러

1) 김진영, 「한-러 문화 교류 30년: 성과와 회고」, 『한-러 문화예술 교류 30년』, 51쪽.

2) 김성일, 「고전번역 비평—최고의 번역본을 찾아서 59: 톨스토이 '안나 카레니나'」.

3) 톨스토이 초기 수용사에 대해서는 대표적으로 권보드래, 「『소년』과 톨스토이 번역」; 박진영, 「한국에 온 톨스토이」; 김진영, 『시베리아의 향수』, 175-226쪽 참조.

4) 톨스토이 문학 출간 경향은 『러시아문학 및 한국문학 번역서지 목록집』, 2018 현황 조사표 참조.

5) 염상섭, 「문학소년시대의 회상」, 『염상섭전집』 12, 215쪽.

6) 김진영, 『시베리아의 향수』, 202-222쪽. 근대기 한국문학의 도스토옙스키 현상을 정밀하게 추적한 연구로는 조시정, 『1930년대 후반 한국문학의 모색과 도스토예프스키』. 한국 근대 소설에 미친 도스토옙스키 소설 『죄와 벌』의 파장에 대해서는 김경수, 「근대 소설과 『죄와 벌』: 수용사 개관을 겸하여」 참조.

7) 마광수, 「도스토예프스키의 소설에 대하여」.

8) 김동인, 「자기의 창조한 세계: 톨스토이와 도스토예프스키를 비교하여」(『창조』, 1920.5), 『김동인전집』 16, 152쪽.

9) 김동인의 톨스토이·도스토옙스키 비교론에 내포된 함의에 대해서는 김진영, 『시베리아의 향수』, 186-201쪽 참조.

10) 30년대 작가 3인의 인용문은 이무영, 「내가 사숙하는 내외작가: 기선부지(其先不知)의 나」, 『동아일보』, 1935.7.21; 김동리, 『나를 찾아서: 김동리 전집 8』, 91쪽; 이효석, 「독서」, 『이효석전집 5』, 396쪽.

11) 「세계명작소설 100선」, 『문학사상』, 2004.3, 129-136쪽.

12) 「101명이 추천한 파워클래식」, 『조선일보』, 2012.12.31.

13) 「영미권 작가들은 톨스토이 팬... 애독서 1위 '안나 카레니나'」, 『동아일보』, 2007.2.26.

14) 「10년간 가장 사랑받은 서양 고전, 햄릿, 톨스토이 단편선, 카라마조프가의 형제들 등」, 『뉴스페이퍼』, 2017.4.21. 국내 도서 판매량과 관련된 통계는 2019년 2학기 연세대학교 노어노문학과 개설과목 '러시아문학과 한국문학' 학기말 보고서 중 김자연의 「지금, 한국에서의 러시아문학」에 따른 것이다.

15) http://www.aladin.co.kr.(김자연 검색)

16) 해당 연도 1위는 나보코프의 『창백한 불꽃』이 차지했다.

17) "'이 사람의 것'이라면 믿을 만하다고 여겨지는 독법은 있다. 그가 추천했다

는 말에 오래전에 출간됐던 책이 다시 베스트셀러 목록에 올라가기도 했고, 절판되어 시중에서 구할 수 없었던 책이 재출간되기도 했다." 출판사(북하우스) 서평, ridibooks.com/books/1287000122.

18) 이현우, 「가장 위대한 사회소설이 말해주는 것」, 『한국 작가가 읽은 세계문학』(증보판), 18-22쪽; 백영옥, 「작가들이 꼽은 최고의 고전문학」, 같은 책, 23-27쪽. 톨스토이의 세 소설 외에 포함된 러시아문학 추천 작품은 『왼손잡이』(레스코프), 『우리 시대의 영웅』(레르몬토프), 『코틀로반』(플라토노프), 『바보들을 위한 학교』(소콜로프), 『아버지와 아들』(투르게네프), 『절망』(나보코프), 『감상소설』(조슈첸코), 『P세대』(펠레빈), 『롤리타』(나보코프), 『은 둔자』(고리키) 등이다.

19) 2016년 모스크바에서 초연된 뮤지컬 『안나 카레니나』는 한국계 러시아 시인 율리 김이 대본을 쓰고 한국계 러시아 가수 세르게이 리가 주인공 역을 맡아 특히 의미 있는 작품으로 홍보되었다. 세르게이 리는 한국 초연 시에도 안나 카레니나 역의 옥주현과 호흡을 맞췄고, 또한 2018연 제작된 영화 버전 뮤지컬은 신예지가 음악 감독으로 참여했다.

20) 김성일, 「고전번역 비평─최고의 번역본을 찾아서 59: 톨스토이 '안나 카레니나'」.

21) 연진희(민음사, 2009), 윤우섭(작가정신, 2010), 윤새라(펭귄클래식, 2011), 서상원(스타북스, 2013), 맹은빈(동서문화사, 2016), 장영재(더클래식, 2017), 이명현(열린책들, 2018), 최선(창비, 2019) 등.

22) 민음사, 문학동네, 더클래식 외에도 범우사는 1987년 초판된 고(故) 이철 역, 『안나 카레니나』를 2018년 11월에 재발간했다.

23) 영미권에서도 톨스토이-도스토옙스키 번역간 경쟁이 치열해서 뉴요커 잡지의 서평가 D. 렘닉은 '번역 전쟁'이라는 표현을 사용하기도 했다. 특히 『안나 카레니나』 번역의 경우가 그러한데, 가장 클래식한 20세기 초의 콘스턴스 가넷(C. Garnett) 번역과 모드 부부(Louise and Aylmer Maude) 번역이 여전히 큰 비중을 차지하는 가운데 2000년에 나온 피비어-볼로혼스키(R.

Pevear & L. Volokhonsky) 부부의 뉴펭귄 번역본이 베스트셀러 반열에 올랐고, 이어서 2014년에는 옥스퍼드대학출판사의 발렛(R. Barlett) 번역과 예일대학출판사의 슈바르츠(M. Schwartz) 번역이 동시 출간되었다. 과연 어느 번역이 우월한가에 대한 평가는 의견이 분분하고, 각 번역의 특징을 언급한 서평들은 존재한다. 대표적으로 C. Kelly, "Review: *Leo Tolstoy: Anna Karenina*. Translated by Richard Pevear & Larissa Volokhonsky"; D. Remnick, "The Translation Wars"; R.L.P. Jackson, "Defining Moments in *Anna Karenina*"; M. Gessen, "New Translations of Tolstoy's 'Anna Karenina'."

24) https://www.amazon.com/War-Peace-Translated-Volokhonsky-Classics-ebook

25) 박형규 번역은 1977년 동서문화사에서 처음 출판되었으나, 이후 다른 출판사를 거쳐 2009년부터는 문학동네에서 출판하고 있다.

26) 1부 17장에 나오는 단적인 예를 들겠다. 브론스키가 돈으로 살 수 있는 여자를 '클라라'로 통칭해 부르는 대목이다("От этого-то большинство и предпочитает знаться с Кларами."). 클라라 같은 류의 여자들과 관계하는 편이 남자에게는 더 편하다는 뜻인데, 이 경우 각주 없이는 전혀 뜻이 통하지 않는다(А: "대부분의 사람들은 클라라와 관계를 갖는 편이 더 낫다고 생각하지").

27) 이현우는 톨스토이의 첫 문장을 '맥거핀'(중요하지 않은데 중요한 것처럼 처리된, 실은 아무것도 아닌 것)이라고 말한다. 이현우, 「가장 위대한 사회소설이 말해주는 것」, 『한국 작가가 읽은 세계문학』(증보판), 21쪽.

28) 다음을 비교할 것. 모드 번역본: "But at that very moment Vronsky, to his horror, felt that something terrible had happened. He himself, without knowing it, had made the unpardonable mistake of dropping back in his saddle and pulling up her head." 피비어-볼로혼스키 번역본: "but just then Vronsky felt to his horror that, having failed to keep up with the horse's movement, he, not knowing how himself, had made a wrong, an unforgivable movement as he lowered himself into the saddle."

29) 일본의 도스토옙스키 열풍은 T. 모치즈끼, 「일본에서의 도스토예프스키」; M. Numano, "Haruki vs. Karamazov: The Influence of the Great Russian Literature on Contemporary Japanese Writers" 참조.

30) 황순원은 1955년에 『죄와 벌』을 최초로 완역함으로써 본격적인 도스토옙스키 번역의 시대를 열었다. 이후 『악령』도 번역했다는 설이 있기는 하나, 확인되지 않은 사실이다. 이경민, 『황순원과 도스토예프스키 장편소설 비교연구』, 115쪽 참조. 김연경은 민음사 판 『카라마조프 형제들』, 『죄와 벌』, 『악령』의 역자로서 21세기 도스토옙스키 번역장을 주도해온 소설가이다. 세 번역본은 각각 2007년, 2012년, 2021년에 나왔고, 현재 『백치』도 번역 중이다.

31) 화산학인, 「세계명작순례: 죄와 벌」, 『동아일보』, 1929.8.11~8.20. 1959년에는 소설가 김광주가 비슷한 성격의 다이제스트 『죄와 벌』을 '세계명작순례' 형식으로 소개한 바 있다. 김광주 편, 『세계명작순례』 제4권, 7-28쪽. 김광주의 요약본은 이하윤의 것보다는 원작에 충실했지만, 역시 줄거리 전달이 주목적이었고, 라스콜니코프의 초인사상과 죄의 구원이라는 핵심 메시지는 언급되지 않은 채 다만 주인공이 순결한 매춘부 소냐의 사랑에 의해 희망을 얻는 것으로 마무리되었다.

32) 송영, 「폭풍의 밤을 뚫고」, 이기영 외, 『우리 시대의 작가 수업』, 105쪽.

33) 그러나 고바야시의 '주체적' 도스토옙스키론도 실은 앙드레 지드의 영향 아래 형성되었다는 견해가 있다. 남상욱, 「근대 일본의 도스토예프스키 '감정' 번역과 공공성: 고바야시 히데오의 도스토예프스키 수용을 중심으로」, 129-130쪽.

34) 황순원, 「말과 삶과 자유」, 『황순원전집 11: 시선집』, 232-233쪽.

35) 이경민, 『황순원과 도스토예프스키 장편소설 비교연구』, 31쪽. 이경민의 학위논문은 『인간접목』(1957)과 『죽음의 집의 기록』, 『나무들 비탈에 서다』(1960)와 『죄와 벌』, 『움직이는 성』(1973)과 『카라마조프 형제들』의 일대일 비교에 많은 부분을 할애하고 있다.

36) 김윤식의 비평을 두고 한 말이다. 황순원, 『황순원전집 11: 시선집』, 223쪽.

37) 이경민, 『황순원과 도스토예프스키 장편소설 비교연구』, 29쪽.

38) 황순원, 『황순원전집 11: 시선집』, 253-255쪽.

39) 도스또에프스키이, 『죄와 벌』, 4쪽.

40) 1984.12~1988.2까지 『현대문학』에 연재한 「말과 삶과 자유」는 황순원의 마지막 산문으로, 이후 몇 편 시를 제외한 더 이상의 작품 활동은 이어지지 않았다. 도스토옙스키 관련 단상은 1986년 12월에 나왔다.

41) 이병주의 도스토옙스키 편력에 대해서는 이병주, 『허망과 진실』, 25-192쪽 참조. 2차 자료로는 황호덕, 「끝나지 않는 전쟁의 산하, 끝낼 수 없는 겹쳐 읽기: 식민에서 분단까지, 이병주의 독서 편력과 글쓰기」 참조.

42) 이병주, 『허망과 진실』, 86-87쪽,

43) 이병주, 『지리산』 1권, 65쪽.

44) 이병주, 『지리산』 2권, 32-34쪽.

45) 1985.11.19. 『중앙일보』 인터뷰 「민족의 비극을 덮어둘 수 없었다」에서.

46) 조남현, 「이데올로그 비판과 담론 확대 그리고 주체성」, 이병주, 『소설·알렉산드리아』, 295-307쪽.

47) 이병주, 『지리산』 2권, 24쪽.

48) "…настоящая свобода - лишь в одолении себя и воли своей, так чтобы под конец достигнуть такого нравственного состояния, чтоб всегда во всякий момент быть самому себе настоящим хозяином." Русское решение вопроса // Дневник писателя. Февраль 1877 год.

49) 이병주, 『지리산』 7권, 378쪽.

50) 도스토옙스키 소설 『악령』에서 혁명주의자 표트르 베르호벤스키의 비밀결사대원 중 한 명인 시갈료프가 설파하는 사상이다. "Выходя из безграничной свободы, - говорит Шигалев, - я заканчиваю бесконечным деспотизмом." Достоевский. Бесы. Часть 2. Глава 7:2.

51) 이병주, 『허망과 진실』, 99쪽.

52) 이병주, 『허망과 진실』, 87-90쪽.

53) 1985.11.19. 『중앙일보』 인터뷰 「민족의 비극을 덮어둘 수 없었다」에서.

54) 시와 산문의 무/경계에 관해서는 유종호, 「시와 산문」, 『문학이란 무엇인 가』, 77-94쪽 참조.

55) M. Bakhtin, *Problems of Dostoevsky's Poetics*.

56) 바흐친의 대화주의 이론을 언급한 『들림, 도스토예프스키』 연구로는 다음 두 편이 도움이 된다. 배대화, 「김춘수의 『들림, 도스토예프스키』에 대한 시 론적 연구」; 오주리, 『김춘수 '형이상시(形而上詩)'의 '존재와 진리' 연구: '천사'의 변용을 중심으로』.

57) 김춘수, 『들림, 도스토예프스키』, 92-93쪽.

58) 김춘수, 『들림, 도스토예프스키』, 71쪽. '아코카과 산'은 남미 최고의 산이 라고 시인이 각주를 붙여놓았다.

59) 김춘수, 『꽃과 여우』, 104-140쪽.

60) "형이상학적 절대에 대한 관심의 결여"는 정명환이 염상섭 문학을 논하며 사용한 표현이다. 정명환, 「염상섭과 졸라」, 329쪽.

61) 포석, 「늣겨본일몃가지」, 『개벽』, 1926.6.22. 쪽.

62) 서정주, 「나의 고전」(『여성중앙』, 여성중앙, 1975.10), 『미당 서정주전집』 11, 354쪽.

63) 김동리 초기작 「젊은 초상」(1936)에 나오는 두 친구가 도스토옙스키를 좋아 해 서로를 그렇게 부르는데, 작가 자신과 서정주를 모델로 한 것이라는 설이 다. 황석영, 「황석영이 뽑은 한국 명단편: 김동리 '역마'」, 『경향신문』, 2012. 3.16.

64) 이청준은 마지막 소설집(『그곳을 다시 잊어야했다』)에 관한 기자 간담회 (2007.11.27.)에서 "도스토예프스키나 괴테가 제기했던 영혼의 문제를 이 야기하고 그런 작품들이 활발하게 쓰여졌으면 좋겠다"라고 말했다.

65) 장강명, 「장강명의 내 인생의 책: 악령」, 『경향신문』, 2018.3.11.

66) 최재봉, 「장강명, 불안과 공허 기원을 쫓아서 한국사회 '재수사'」, 『한겨레 신문』, 2022.8.19.

제10장 이념의 토포그라피: 광장과 밀실의 러시아 · 문학

1) 최인훈, 「1961년판 서문」, 『광장/구운몽: 최인훈 전집 1』, 15쪽.

2) 최인훈, 「『광장』의 주인공 이명준에 대한 생각」, 『길에 관한 명상: 최인훈 전집 13』, 198쪽.

3) 최인훈, 「20세기의 개인(1994년 제6회 이산문학상 수상 소감)」, 『화두 1: 최인훈 전집 14』, 10쪽. 이후 등장하는 『화두』 인용문은 본문에 권수와 쪽수만 밝히기로 한다.

4) 톨스토이의 「바보 이반」, 솔로구브의 「미소」, 크르일로프 우화 5편, 백석 번역의 바이코프 소설 「초혼조」와 『밀림유정』을 말한다. 김병철, 『한국근대번역문학사연구』, 808쪽.

5) 조상호, 『한국 언론과 출판 저널리즘』, 나남, 1999, 76쪽. 강준만, 『한국 현대사 산책: 1940년대 편 1권』, 155쪽에서 재인용.

6) 『강철은 어떻게 단련되었는가』를 『집 없는 아이』의 소비에트판 번안으로 읽는 장면은 최인훈의 또 다른 자전적 소설 『회색인』에도 등장한다.

7) 『조선중앙일보』 1924.8.4.~10.20 연재. 단행본은 1925년 7월 박문서관에서 출간됐다.

8) 근대기 남성 독자가 러시아문학을 통해 구축한 이상적 여성상에 대해서는 김진영, 『시베리아의 향수』, 289-291쪽 참조.

9) 손성준, 「조명희 소설의 외래적 원천과 그 변용: 투르게네프와 고리키를 중심으로」, 298쪽. 관련 주제에 대한 그 밖의 선행 연구로는 다음이 대표적이다. 이화진, 「조명희의 「낙동강」과 그 사상적 기반」; 최문형, 『한국 근대 소설과 투르게네프: 『그 전날 밤』 수용을 중심으로』, 23-43쪽.

10) 국문학계에서는 「낙동강」을 한국 사회주의 리얼리즘 문학의 선구로 평가하는 경향이 일반적인 가운데, 그것이 과대평가이며 조명희는 "B급 작가"에 불과하다는 반론도 제시되었다. 최강민, 「B급 작가 조명희와 뼈다귀 소설 「낙동강」」, 『문화 다』(웹진), 작성일 2017.5.23, 검색일 2024.1.7.

11) 이태준, 「소련기행」, 21-22쪽.

후기: 광장과 밀실은 하나다

1) 최인훈, 『광장/구운몽: 최인훈전집 1』, 16쪽.
2) 최인훈, 『광장/구운몽: 최인훈전집 1』, 168쪽.

참고문헌

한국어

강준만. 『한국 현대사 산책: 1940년대 편 1권』, 인물과사상사, 2004.

_____. 『한국 현대사 산책: 1990년대 편 1권』, 인물과사상사, 2006.

고리키. 『어머니』, 최민영 역, 석탑, 1985.

_____. 『가난한 사람들』, 오관기 역, 민음사, 2018.

고민정. 『신문 「조쏘친선」 기사와 구호로 본 북한의 소련 담론 변화』, 이화여자대학
     교 석사학위논문, 2020.

고봉준. 「고향의 발견: 1930년대 후반시와 '고향'」, 『어문론집』 43, 2010.

고재귀. 《공포》, 『2018 서울연극제 희곡집』, 서울연극협회, 2018.

고진, 니시도(西堂行人). 「일본에서의 체호프」, 『연극평론』 33, 2004.

공지영. 『제7회 21세기문학상 수상작품집』, 도서출판 이수, 2000.

_____. 『존재는 눈물을 흘린다』, 창비, 1999.

구갑우. 「북한 소설가 한설야(韓雪野)의 '평화'의 마음(1), 1949년」, 『현대북한연구』
     18, 2015.

권보드래. 「『소년』과 톨스토이 번역」, 『한국근대문학연구』 12, 2005.

그리바쵸브, N. 『김일성장군』, 조기천 역, 평양: 민주조선사, 1951.

기토비차, A.·B. 볼소프. 『1946년 북조선의 가을』, 최학송 역, 글누림, 2006.

김 스쩨빤. 「해외 한인의 편지: 스탈린의 한인 강제 이주와 잃어버린 모국어」, 『역
     사비평』 10, 1990.

김 아나톨리. 『나의 삶, 나의 문학』, 뿌쉬낀하우스, 2011.

김 아나톨리. 『초원, 내 푸른 영혼』, 대륙연구소출판부, 1995.

김 아나톨리. 『켄타우로스의 마을』, 심민자 옮김, 문학사상사, 2000.

김경수. 「근대 소설과 『죄와 벌』: 수용사 개관을 겸하여」, 『서강인문논총』 45, 2016.

김경태. 「'영원한 노동자' 전태일의 어머니 이소선: "태일아, 내 가슴 속에 사는 태일아"」, 『우리교육』 69, 1995.

김국후. 『비록 평양의 소련군정』, 한울, 2008.

김균·원용진. 「미군정기 대 남한 공보정책」, 『미국은 우리에게 무엇인가: 한미 관계의 역사와 우리 안의 미국주의』, 백의, 2000.

김기진. 『김팔봉문학전집』, 문학과지성사, 1989.

김남석. 『조선 신극의 기치 극예술연구회 1』, 연극과인간. 2023.

김동리. 『나를 찾아서: 김동리 전집 8』, 민음사, 1997.

김동석. 『김동석 비평 선집』, 현대문학, 2010.

김동인. 『김동인전집』, 조선일보사, 1988.

김민경. 『1990년대 이후 국내 체홉극의 무대화 양상 연구』, 동국대학교 석사학위논문, 2006.

김병철. 『한국근대번역문학연구사』, 을유문화사, 1975.

김성일. 「고전번역 비평―최고의 번역본을 찾아서 59: 톨스토이 '안나 카레니나'」, 『교수신문』, 2007. 2. 5.

김소연. 『북한 포스터 연구: 인물 표상의 시각기호와 전형성을 중심으로』, 국민대학교 박사학위논문, 2018.

김승미. 『현진건과 체호프 단편소설의 상호텍스트성 연구』, 제주대학교 석사학위논문, 2014.

김영현. 『풋사랑』, 실천문학사, 1993.

김원. 「80년대에 대한 '기억'과 '장기-80년대': 지식인들의 80년대 해석을 중심으로」, 『한국학연구』 36, 2015.

김재용. 『북한문학의 역사적 이해』, 문학과지성사, 1994.

김정환. 『레닌의 노래』, 문학1판, 2006.

김정훈·정덕준. 「재외 한인문학 연구: CIS 지역 한인문학을 중심으로」, 『한국문학이론과 비평』 31, 2006.

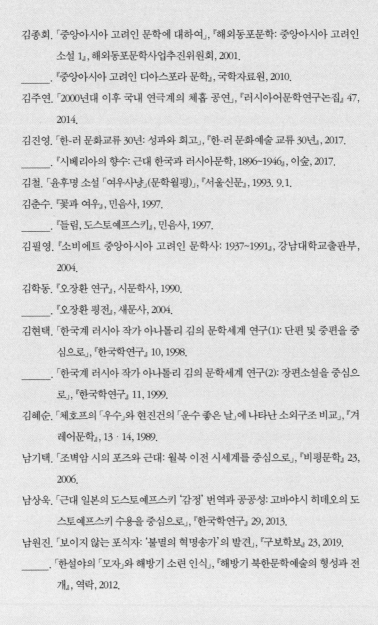

김종회. 「중앙아시아 고려인 문학에 대하여」, 『해외동포문학: 중앙아시아 고려인
소설 1』, 해외동포문학사업추진위원회, 2001.

_____. 『중앙아시아 고려인 디아스포라 문학』, 국학자료원, 2010.

김주연. 「2000년대 이후 국내 연극계의 체홉 공연」, 『러시아어문학연구논집』 47,
2014.

김진영. 「한-러 문화교류 30년: 성과와 회고」, 『한-러 문화예술 교류 30년』, 2017.

_____. 『시베리아의 향수: 근대 한국과 러시아문학, 1896~1946』, 이숲, 2017.

김철. 「윤후명 소설 「여우사냥」(문학월평)」, 『서울신문』, 1993. 9. 1.

김춘수. 『꽃과 여우』, 민음사, 1997.

_____. 『들림, 도스토예프스키』, 민음사, 1997.

김필영. 『소비에트 중앙아시아 고려인 문학사: 1937~1991』, 강남대학교출판부,
2004.

김학동. 『오장환 연구』, 시문학사, 1990.

_____. 『오장환 평전』, 새문사, 2004.

김현택. 「한국계 러시아 작가 아나톨리 김의 문학세계 연구(1): 단편 및 중편을 중
심으로」, 『한국학연구』 10, 1998.

_____. 「한국계 러시아 작가 아나톨리 김의 문학세계 연구(2): 장편소설을 중심으
로」, 『한국학연구』 11, 1999.

김혜순. 「체호프의 「우수」와 현진건의 「운수 좋은 날」에 나타난 소외구조 비교」, 『겨
레어문학』, 13 · 14, 1989.

남기택. 「조벽암 시의 포즈와 근대: 월북 이전 시세계를 중심으로」, 『비평문학』 23,
2006.

남상욱. 「근대 일본의 도스토예프스키 '감정' 번역과 공공성: 고바야시 히데오의 도
스토예프스키 수용을 중심으로」, 『한국학연구』 29, 2013.

남원진. 「보이지 않는 포식자: '불멸의 혁명송가'의 발견」, 『구보학보』 23, 2019.

_____. 「한설야의 「모자」와 해방기 소련 인식」, 『해방기 북한문학예술의 형성과 전
개』, 역락, 2012.

_____. 「한설야의 문제작 「개선」과 김일성 형상화에 대한 연구」, 『비평문학』 44, 2012.

_____. 『한설야의 욕망, 칼날 위에 춤추다』, 도서출판 경진, 2013.

누시노프, I. M. & 세이트린, A. G. 『문학원론』, 백효원 역, 문경사, 1949.

도스또예프스키[도스토옙스키], F. 『죄와 벌』, 황순원·허윤석 역, 명신사, 1955.

도스또에프스키이[도스토옙스키], F. 「죄와 벌」, 『세계명작순례』 제4권, 김광주 편, 계명문화사, 1959.

라영균. 「포스트모더니즘의 역사 기술과 문학사 기술」, 『외국어문학연구』 37, 2010.

란코프, A. 「창건 초기 소련의 대북한 문화정책」, 『소련의 자료로 본 북한 현대정치사』, 김광린 역, 오름, 1995.

류기현. 『1945~1950년 조소문화협회의 조직과 활동』, 서울대학교 석사학위논문, 2016.

류동민. 『기억의 몽타주』, 한겨레출판, 2013.

마광수. 「도스토예프스키의 소설에 대하여」, 『한겨레신문』, 2008.11.5

명월봉. 「쏘베-트 시문학에 있어서의 쓰딸린 스승의 형상」, 『문학예술』 3:5, 1950.

모치즈끼, T. 「일본에서의 도스토예프스키」, 『러시아연구』, 민음사, 1991.

몽몽(진학문). 「요조오한」(『대한흥학보』, 1909), 『송뢰금(외)』, 범우, 2004.

문석우. 「예세닌과 오장환 시에 나타난 고향의 모티프」, 『세계문학비교연구』, 22, 2008.

_____. 「체홉과 현진건: 「키스」와 「까막잡기」의 상관적인 비교분석」, 『비교문학』 9, 1985.

미르스끼, D. S. 『러시아문학사 I』, 이항재 역, 홍성사, 1984.

박남수/현수. 『적치 6년의 북한 문단』, 보고사, 1999.

박민규. 「나 사는 곳 시절의 오장환 시편과 고향 형상 재고: 일제 말기 발표작을 중심으로」, 『한국문학이론과비평』 19:4, 2015.

_____. 「오장환의 후기 시와 고향의 동력: 옛 고향의 가능성과 새 고향의 불가능성」, 『한국시학연구』 46, 2016.

_____. 「응향 사건의 배경과 여파」, 『한민족문화연구』 44, 2013.

박산향. 「아나톨리 김의 단편소설과 사할린」, 『한국문학이론과 비평』 84, 2019.

박영은. 『안톤 체홉이 한국의 근대 연극에 끼친 영향』, 중앙대학교 석사학위논문, 2000.

박영희. 『박영희전집』, 이동희·노상래 편, 영남대학교출판부, 1997.

박진영. 「한국에 온 톨스토이」, 『한국근대문학연구』 12, 2005.

박태일. 「전쟁기 임화와 『조쏘친선』의 활동」, 『국제언어문학』 30, 2014.

방선주. 「한반도에 있어서의 미·소군정의 비교」, 『미군정기 한국의 사회 변동과 사회사 I』, 한림대학교 아시아문화연구소, 1999.

배대화. 「김춘수의 『들림, 도스토예프스키』에 대한 시론(試論)적 연구」, 『세계문화비교연구』 24, 2008.

백기완. 「나를 움직인 이 책: 막심 고리키 『어머니』」, 『한국일보』, 2002.3.30.

백남운. 『쏘련인상』, 선인, 2005.

백무산. 「페레스트로이카 귀하」, 『실천문학』 1991.3.

백무산. 『만국의 노동자여』, 청사, 1988.

블라고이, D. D. 『로씨야 문학사 4: 18세기 편』, 리세희 역, 평양: 평양교육도서, 1957.

비노그라도프, I. A. 『문학입문』, 조선문예연구회(나선영·김영석) 역, 선문사, 1946.

서정주, 『미당 서정주전집』, 은행나무, 2015~2017.

서정주. 『미당 수상록』, 민음사, 1976.

성기웅. 「한일 합작 연극《가모메カルメギ》의 한국 초연 회고와 일본 공연 보고」, 『한국연극학』 71, 2019.

손성준. 「조명희 소설의 외래적 원천과 그 변용: 투르게네프와 고리키를 중심으로」, 『국제어문』 62, 2014.

송영. 「발로자를 위하여」, 『문예중앙』, 1998 겨울호.

_____. 『나는 왜 니나 그리고르브나의 무덤을 찾아갔나』, 문학세계사, 2018.

송현옥. 「1990년대 이후 한국에서의 체호프 공연」, 『러시아어문학연구논집』 47, 2014.

스트롱, 안나 루이스. 「북한, 1947년 여름」, 『해방 전후사의 인식 5: 북한편』, 한길사,
    1989.

슬로님, M. 『소련현대문학사』, 임정식·백용식 역, 열린책들, 1989.

신수정 외. 「다시 문학이란 무엇인가」(좌담), 『문학동네』, 2000 봄.

신윤덕. 「한국판 '고리키의 어머니' 전계순의 삶」, 『월간말』, 1992. 12.

신형기. 「이야기의 역능(力能)과 김일성」, 『현대문학의 연구』 41, 2010.

신형기·오성호. 『북한문학사』, 평민사, 2000.

심상정. 『당당한 아름다움』, 레디앙, 2008.

씨젤리니꼬브, 브. 므. 「쏘련 인민들의 창작에 나타난 쓰딸린의 형상」, 『문학예술』
    6:6, 1953.

안미영. 「이태준의 애수의 배경과 단편관 연구: 안톤 체호프의 사숙과 영향을 중심
    으로」, 『현대소설연구』 59, 2015.

안숙현. 『한국 연극과 안톤 체홉』, 태학사, 2003.

안함광. 『문학과 현실: 안함광 평론선집 4』, 박이정, 1989.

_____. 『조선문학사』(평양: 교육도서출판사, 1956), 한국문화사, 1999.

양윤석. 『고려대학교 연극백년사 1918~2017』, 연극과인간, 2021.

엄호석. 「조선문학에 나타난 김일성 장군의 형상」, 『문학예술』 3:5, 1950.

에비하라 유타카. 「오장환의 예세닌론: 당대 일본의 예세닌론과 비교를 통하여」,
    『비교문학』 49, 2009.

염상섭. 『염상섭전집』, 민음사, 1987.

오스뜨로프스끼[오스트롭스키], 니꼴라이. 『강철은 어떻게 단련되었는가』, 김규종
    번역, 열린책들, 1990.

오쓰뜨롭쓰끼[오스트롭스키], 느. 『강철은 어떻게 단련되었는가: 쏘련문학선집 1』,
    모스크바 외국 로동자 출판부 역, 모스크바: 조선문화협회, 1947.

오영진. 『소군정 하의 북한: 하나의 증언』(초판본 『하나의 증언』, 부산: 국민사상지
    도원, 1952), 중앙문화사, 1983.

오원교. 「1920~30년대 한국문학 비평에서 체홉」, 『슬라브연구』 22:1, 2006.

오장환. 『오장환 전집』, 김재용 엮음, 실천문학사, 2002.

오주리. 『김춘수 '형이상시(形而上詩)'의 '존재와 진리' 연구: '천사'의 변용을 중심으로』, 서울대학교 박사학위논문, 2015.

오태호. 「해방기 남북문단과 응향 결정서」, 『해방기 북한문학예술의 형성과 전개』, 역락, 2012.

우동현. 『1945~1950년 재북 소련계 조선인의 활동과 성격』, 서울대학교 석사학위논문, 2016.

우정권·임형모. 「고려인 문학의 성격과 전개 양상: 1940~1960년대 레닌기치 문예면에 나타난 고려인 문학의 특징 고찰」, 『현대소설연구』 44, 2010.

유경순 엮음. 『같은 시대, 다른 이야기: 구로동맹파업의 주역들, 삶을 말하다』, 메이데이, 2007.

유르착, A. 『모든 것은 영원했다, 사라지기 전까지는: 소비에트의 마지막 세대』, 김수환 역, 문학과지성사, 2019.

유연. 『마오쩌둥 도상 연구: 마오쩌둥 도상회화의 형성, 숭배, 비판을 중심으로』, 국민대학교 석사학위논문, 2012.

유임하. 「북한 초기 문학과 '소련'이라는 참조점: 조소문화 교류, 즈다노비즘, 번역된 냉전 논리」, 『해방기 북한문학예술의 형성과 전개』, 역락, 2012.

유정 편역. 『세계문학대관』, 학우사, 1955.

유종호. 『문학이란 무엇인가』, 민음사, 1995.

_____. 『다시 읽는 한국 시인』, 문학동네, 2002.

윤재걸. 「심층취재—금서」, 『신동아』, 1985.6.

윤정헌. 「중앙아시아 한인문학 연구: 호주 한인문학과의 대비를 중심으로」, 『비교한국학』 10:1, 2002.

윤후명. 『하얀 배: 1995 이상문학상 수상작품집』, 문학사상사, 1995.

_____. 『여우사냥』, 문학과지성사, 1997.

이강은. 「막심 고리끼 문학의 수용 양상 연구」, 『러시아·소비에트문학』 3, 1992.

이강은·이병훈. 『러시아문학사 개설』, 한길사, 1989.

이경민. 『황순원과 도스토예프스키 장편소설 비교연구』, 서울대학교 석사학위논문, 2014.

이광표. 「나의 책: 윤후명, 「여우사냥」」, 『동아일보』, 1997.7.1.

이기영 외. 『우리 시대의 작가 수업』, 역락, 2001.

이기영. 『리기영선집: 기행문집』, 평양: 조선작가동맹출판사, 1960.

이명찬. 『1930년대 한국시의 근대성』, 소명출판, 2000.

이미림. 「1990년대 여행소설의 탈근대적 사유와 타자성」, 『세계한국어문학』 1, 2009.

이병주. 『소설·알렉산드리아』, 한길사, 2006.

_____. 『지리산』, 한길사, 2006.

_____. 『허망과 진실: 나의 문학적 편력(上)』, 기린원, 1979.

이상숙. 「『문화전선』을 통해 본 북한시학 형성기 연구」, 『한국근대문학연구』 23, 2011.

이완범. 「북한 점령 소련군의 성격: 1945.8.9~1948.12.26」, 『국사관논총』 25, 1991.

이원동. 「조선적 환멸과 환상 해체의 방법론: 박영희 초기 문학 담론에 나타난 자기 구성의 문제」, 『어문론총』 65, 2015.

이진순. 『지촌 이진순선집』, 김의경·유인경 편, 연극과인간, 2010.

이진아. 「안톤 체호프 장막극의 무대 해석에 대한 연구(1): 홍해성, 이해랑, 이진순의 연출 작업을 중심으로」, 『한국연극학』 56, 2015.

이찬. 『이찬시전집』, 소명출판, 2003.

이춘진. 「안나」, 『북한문학』, 문학과지성사, 2007.

이태준. 「소련기행」, 『소련기행·농토·먼지: 이태준문학전집 4』, 깊은샘, 2001.

_____. 『무서록 외: 이태준전집 5』, 소명출판, 2015.

_____. 『쏘련기행·중국기행 외: 이태준전집 6』, 소명출판, 2015.

이항재. 「러시아 문학사의 시기 구분과 구성의 문제」, 『러시아소비에트문학』 7, 1996.

이해랑. 『허상의 진실』, 새문사, 1991.

이호철. 『남녘사람, 북녘사람』, 민음사, 2002.

_____. 『이호철의 쓴 소리』, 우리교육, 2004.

이화진. 「조명희의 「낙동강」과 그 사상적 기반」, 『국제어문』 57, 2013.

이효석. 『이효석전집』, 서울대학교출판문화원, 2016.

임유경. 「나의 젊은 조국: 1940년대 한설야의 '부권 의식'과 '청년-지도자 서사'」, 『현대문학의 연구』 44, 2011.

_____. 「조소문화협회의 출판·번역 및 소련 방문사업 연구」, 『대동문화연구』 66, 2009.

임헌영. 「1980년대 무크지를 통한 문학운동」, 『작가연구』 15, 2003.

임화. 「조선문학 발전 위에 끼친 막씸 고리끼의 큰 영향」, 『조쏘친선』, 1951.7.

_____. 『문학의 논리: 임화문학예술전집 3』, 소명출판, 2009.

_____. 『임화전집 1: 시』, 박이정, 2000.

장사선·김현주. 「CIS 고려인 디아스포라 소설 연구」, 『현대소설연구』 21, 2004.

전정옥. 「러시아 무대에서의 체호프」, 『연극평론』 33, 2004.

전현수 편저. 『쉬띄꼬프일기: 1946~1948』, 국사편찬위원회, 2004.

정덕준. 「CIS 지역 고려인 소설 연구—아나톨리 김, 알렉산드르 강의 작품을 중심으로」, 『한국문학이론과 비평』 36, 2007.

정명환. 「염상섭과 졸라」, 『염삼성 문학연구』, 권영민 편, 민음사, 1987.

정보라. 「잔혹한 세상의 약자들: 체호프의 '잠자고 싶어(Спать хочется)'와 현진건의 '불'」, 『한국노어노문학회 학술대회 발표집』, 2010.

정상진. 『아무르 만에서 부르는 백조의 노래』, 지식산업사, 2005.

정은경. 『밖으로부터의 고백: 디아스포라로 읽는 세계문학』, 파란, 2017.

정종현. 「투쟁하는 청춘, 번역된 저항: 1980년대 운동세대가 읽은 번역 서사물 연구」, 『한국학연구』 36, 2015.

정한모. 「효석 문학에 나타난 외국 문학의 영향」, 『국어국문학』 20, 1959.

정홍수. 「'이념의 시대'로부터 '2000년대 소설'까지」, 『문학과사회』 100, 2012.

조시정. 『1930년대 후반 한국문학의 모색과 도스토예프스키』, 서울대학교 박사학위논문, 2015.

_____.『한국 근대문학 속에 나타난 고리끼 신화의 해체와 재구성』, 서울대학교 석사학위논문, 2009.

조연정.「『문학동네』의 '90년대'와 '386세대'의 한국문학」, 『한국문화』 81, 2018.

조영출.『조영출전집』 2, 소명출판, 2013.

조주관.『러시아문학의 하이퍼텍스트: 테마로 읽는 러시아문학』, 평민사, 2002.

째르치즈스키, F.『김일성 이전의 북한: 1945년 8월 9일 소련군 참전부터 10월 14일 평양 연설까지』, 한울, 2018.

채진홍.「현진건의「운수 좋은 날」과 체홉의「애수」비교 연구」, 『비교문학』 36, 2005

천정환 외.『문학사 이후의 문학사: 한국 현대문학사의 해체와 재구성』, 푸른역사, 2010.

체호프, A. P.『로국문호체홉단편집』, 권보상 번역, 경성: 조선도서주식회사, 1924.

_____.『체호프 단편선』, 박현섭 옮김, 민음사, 2002.

_____.『체호프 희곡선』, 박현섭 옮김, 을유문화사, 2012.

최문형.『한국 근대 소설과 투르게네프:『그 전날 밤』수용을 중심으로』, 동국대학교 석사학위논문, 2018.

최인훈.『최인훈 전집』, 문학과지성사, 2008.

콜키[고리키], M.『문학론』, 조벽암 역, 서울출판사, 1947.

크로포트킨, P. A.『러시아문학 오디세이』, 문석우 역, 작가와비평, 2011.

프리체, V. M.『구주문학발달사』, 송완순 역, 개척사, 1949.

한상언.「조쏘문화 및 조쏘친선 목차 소개」, 『근대서지』 19, 2019.

한설야 외.『고리끼와 조선문학』, 김송본 엮음, 좋은책, 1990.

한설야.「모자」, 『문화전선』 1, 1946.7.

_____.「스탈린은 우리와 함께 살아 있다」, 『문화예술』 6:3, 1953.

_____.『과도기』, 문학과지성사, 2011.

_____.『초소에서: 한설야단편집』, 평양: 문화전선사, 1950.

_____.『한설야선집(8)』, 평양: 조선작가동맹출판사, 1960.

한세정.「해방기 오장환 시에 나타난 예세닌 시의 수용 양상 연구」, 『한국시학연구』

44, 2015.

한재덕 외. 『우리의 태양(김일성장군찬양특집)』, 평양: 북조선예술총연맹, 1946.

한재덕. 『김일성을 고발한다』, 공산권문제연구소, 1961.

한진. 『한진 전집』, 인터북스, 2011.

허은. 「1950년대 '주한 미공보원(USIS)'의 역할과 문화전파 지향」, 『한국사학보』 15, 2003.

홍성희. 「이념과 시의 이율배반과 월북 시인 오장환」, 『한국학연구』 45, 2017.

홍웅선. 『개관세계문학사』, 연구사, 1953.

홍해성. 『홍해성 연극론전집』, 서연호·이상우 엮음, 영남대학교출판부, 1998.

홍효민. 「문학의 역사적 성장: 백조와 신경향파에 대한 고찰」, 『현대문학』, 1955.7.

_____. 『로서아문학사』, 서울동방문화사, 1947.

황순원. 『황순원전집 11: 시선집』, 문학과지성사, 1993.

황종연. 『비루한 것의 카니발』, 문학동네, 2001.

황지우. 『어느 날 나는 흐린 주점에 앉아 있을 거다』, 문학과지성사, 1998.

힝글리, R. 『러시아의 작가와 사회』, 이항재 역, 푸른산, 1989.

「『조쏘문화』, 『조쏘친선』의 권호와 목차(자료)」, 『근대서지』 19, 2019.

「백무산 시인과의 대화」. 『작가들』, 2016 가을호.

『강철서신』. 도서출판 눈, 1989.

『러시아문학 및 한국문학 번역서지 목록집』. LTI Korea, 2018.

『문학원론: 러시아문학을 중심으로』. 편집부 편, 형성사, 1985.

『영원한 친선: 쏘련군환송기념시집』. 평양: 문화전선사, 1949.

『위대한 친선: 8·15 해방 15주년 기념』. 평양: 조쏘출판사, 1960.

『한국 작가가 읽은 세계문학』(증보판). 문학동네, 2018.

『해방의 은인』. 평양: 조쏘출판사, 1959.

러시아어

Брагин, С. Чехов в Корее // Вопросы литературы. М., 1960.

Ван, Шоужень. Есенин и Китай // Есенин академический: Есенинский сборник. Выпуск II. М.: Наследие. 1995.

Гитович, А. и Б. Бурсов. Мы видели Корею, Л.: Молодая гвардия, 1948.

Гитович, А. Стихи о Корее, Л.: Советский писатель, 1950.

Горбачев, Б. Н. Есенин в Китае // Азия и Африка сегодня. 2017, No. 8.

Горький, М. Полное собрание сочинений в 25-и томах. Т. 6. М.: Наука, 1970.

Грибачев, Н. Непокоренная Корея. М.: Советский писатель. 1951.

Достоевский, Ф. М. Полное собрание сочинений в 30-и томах. Т. 28. М.: Наука, 1985.

Есенин, С. А. Полное собрание сочинений в 7-и томах. М.: Наука-Голос, 1995.

Ким, Анатолий. Моё прошлое // Октябрь, 1998.

Ким, Джин-Йонг. Русская литература во время сжатой модернизации: Мета-история русской литературы в Корее // Lie Wenfei ed., Beijing Slavic Review 1: The National Histories of Russian Literature. Beijing: The Oriental Press, 2016.

Ким, Рехо. Русская классика и японская литература. М.: Художественная литература, 1987.

Крупская, Н. К. Письма к М. Горькому // Октябрь, № 6, 1941.

Ли, В. Чехов в Корее // Литературное наследство: Чехов и мировая литература. Книга третья. М., 2005

Троцкий, Л. Памяти Сергея Есенина // Правда. 19 Январь, 1926.

Хруслова, В. В. Восприятие реализма А. П. Чехова в странах Дальнего Востока. М., 1976.

Цветаева, М. Из письма 1936 г. // Мой Пушкин. М., 1981.

Чехов, А. П. Полное собрание сочинений в ПСС в 30-ти томов. М: Академий наук, 1974~1983.

Золотая книга: стихи и песни о Сталине, советский плакат 1930-50-х гг., творческое наследие И. Джугашвили. М.: Чента, 2007.

영어

Anderson, B. *Imagined Communities: Reflections on the Origin and Spread of Nationalism*, Rev., Verso, 1991.

Bakhtin, M. *Problems of Dostoevsky's Poetics*, ed. & trans. C. Emerson, Univ. of Minnesota Press, 1984.

Barbusse, H. *Stalin: A New World Seen Through One Man*, Macmillan Company, 1935.

Bhabha, Homi K. ed., *Nation and Narration*, Routledge, 1990.

Brooks, J. *Thank You, Comrade Stalin: Soviet Public Culture from Revolution to Cold War*, Princeton University Press, 2000.

Buckler J. A. "What Comes after 'Post-Soviet' in Russian Studies?." *PMLA*, Vol. 124, No 1. (Jan. 2009).

Chernetsky V, Condee N, Ram H, Spivak G. "Are We Postcolonial? Post-Soviet Space." *PMLA*, Vol 121, No. 3 (May 2006).

Chudo A. (G. S. Morson). *And Quiet Flows the Vodka: or When Pushkin Comes to Shove: The Curmudgeon's Guide to Russian Literature with the Devil's Dictionary of Received Ideas*. Northwestern University Press, 2000.

Clark, K. *The Soviet Novel: History as Ritual*, Chicago University Press, 1981.

Clayton, J. D. & Y. Meerzon eds., *Adapting Chekhov: The Text and its Mutations*, Routledge, 2013.

Damrosch, D. *How to Read World Literature*, Wiley, 2017.

Dobrenko, E. & Balina M. ed. *The Cambridge Companion to Twentieth-Century Russian Literature*. Cambridge: Cambridge University Press, 2100.

Docker, J. 1492: *The Poetics of Diaspora*, Bloomsbury Academic, 2001.

Dralyuk, B. "Bagging Monsters," *TLS*, 2018.6.19.

Ducoulombier, Romain. "Henri Barbusse, Stalin and the Making of the Comintern's International Policy in the 1930s," *French History* 30:4 (Dec. 2016).

Emerson, C. "Review," *Slavonic and East European Review*, Vol. 98, No. 1 (Jan. 2020).

_____. "Slavic Studies in a Post-communist, Post 9/11 World: For and against Our Remaining in the Hardcore Humanities." *Slavic and East European Journal*, Vol. 46, No. 3 (Autumn 2002).

_____. *The Cambridge Introduction to Russian Literature*. Cambridge University Press, 2008.

Gillory, J. et als. *Cultural Capital: The Problem of Literary Canon Formation*, Univ. of Chicago Press, 1993.

Gumbrecht, H. U. "Shall We Continue to Write Histories of Literature?," *New Literary History*, 39(2008).

Hollander, P. *Political Pilgrims: Travels of Western Intellectuals to the Soviet Union, China, And Cuba 1928~1978*, Oxford University Press, 1981.

Kahn, A, Lipovetsky M, Refman I, Sandler S. *A History of Russian Literature*. Oxford University Press, 2018.

Kelly, C. *Russian Literature: A Very Short Introduction*. Oxford University Press, 2001.

Kim, S. *Everyday Life in the North Korean Revolution, 1945~1950*, Cornell University Press, 2013.

Kropotkin, P. A. *Russian Literature*, McClure, Philips & Co, 1905.

_____. *Russian Literature: Ideals and Realities*, Black Rose Books, 1991.

Lu, Hsun, *Selected Works of Lu Hsun*, Beijing: Foreign Languages Press, 1956.

Manning, C. A. "The Tragedy of Esenin," *Slavonic and East European Review*, Vol. 7 (1928.1).

McVay, Gordon. *Eesenin: A Life*, Ardis, Ann Arbor, 1976.

Merezhkovsky, D. S. *Tolstoi as Man and Artist: with an Essay on Dostoevski*. Archibald Constable & co, ltd., 1902.

Morson, G. S.(Alicia Chudo). *And Quiet Flows the Vodka: or When Pushkin Comes to Shove: The Curmudgeon's Guide to Russian Literature with the Devil's Dictionary of Received Ideas*, Northwestern Univ. Press, 2000.

Myers, B. "Mother Russia: Soviet Characters in North Korean Fiction," *Korean Studies*, 16 (1992).

_____. *Han Sŏrya and North Korean Literature: The Failure of Socialist Realism in the DPRK*, Cornell University. 1994.

Nicholson, M. "Maurice Baring, D. S. Mirsky, and the Anglo-American History of Russian Literature." Lie Wenfei ed., *Beijing Slavic Review 1: The National Histories of Russian Literature*. Beijing: The Oriental Press, 2016.

Numano, M. "Haruki vs. Karamazov: The Influence of the Great Russian Literature on Contemporary Japanese Writers," *Renyxa*, 3 (2012).

Park, Sunyoung. *The Proletarian Wave: Literature and Leftist Culture in Colonial Korea, 1910~1945*, The Harvard University Asia Center, 2015.

Pisch, A. *Personality Cult of Stalin in Soviet Posters, 1929~1953: Archetypes, Inventions and Fanrications*, Australian Natonal University Press, 2016.

Platt, K. M. F. "Will the Study of Russian Literature Survive the Coming Century?(A Provocation)." *Slavic and East European Journal*, Vol. 50, No. 1 (Spring 2006).

Ponomareff, C. V. *Sergey Esenin*, Twayne Publishers, Boston, 1978.

Rimer, J. T. "Chekhov and the Beginnings of Modern Japanese Theatre, 1910~1928," in J. T. Rimer ed., *Hidden Fire: Russian and Japanese Cultural Encounters 1868~1926*, Stanford Univ. Press, 1995.

Stern, L. *Western Intellectuals and the Soviet Union, 1920~40: From Red Square to the Left Bank*, Routledge, 2007.

Strong, A. L. "Russians and Koreans," *Inside North Korea: an Eye-witness Report*, Montrose, California, 1949.

Terras, V. ed. *Handbook of Russian Literature*. Yale University Press, 1985.

Wachtel, A. B. & Vinitsky I. *Russian Literature*. Polity Press, 2009.

기타

茂森唯士,「エセーニン的傾向の清算」,『日露芸術』23, 1928.

尾瀬敬止 譯,『エセ-ニン詩集』, 素人社書店, 1930.

八田鐵郎 譯,『エセ-ニン詩抄』, 白馬社, 1936.

Genette, G. *Palimpsestes: La Littérature au second degré*, Seuil, 1982.

찾아보기

수록 도판 크레디트

22쪽 세르게이 예세닌(출처 위키피디아 커먼즈)

27쪽 예세닌의 고향 땅, 오카 강변의 높은 둑(ⓒ Евгений Хомутский, 2016, 출처 wikivoyage)

46쪽 『에세-닌시집』(1946, 동향사) 속표지와 차례(출처 국립중앙도서관)

48쪽 『나 사는 곳』(1947, 헌문사) 속표지(출처 국립중앙도서관)

57쪽 오장환(출처 위키피디아 커먼즈)

64쪽 소군정기 북한, 미국 국립문서기록관리청 소장(출처 국사편찬위원회 전자사료관)

71쪽 『조쏘친선』(1949년 11월)과 『조쏘문화』(1961년 11월), 미의회도서관 소장 (출처 North Korean Serial Collection)

75쪽 조쏘친선과 쏘베트문화순간 경축대회(1949), 미국 국립문서기록관리청 소장(출처 국사편찬위원회 전자사료관)

79쪽 해방탑, 미국 국립문서기록관리청 소장(출처 국사편찬위원회 전자사료관)

86쪽 리기영(출처 위키피디아 커먼즈)

106쪽 소련군 환영대회 석상의 김일성(1945, 출처 위키피디아 커먼즈)

111쪽 여성 대의원들과 함께한 김일성(1946년경, 출처 위키피디아 커먼즈)

122쪽 빅토르 고보르코프(Виктор Говорков), 「스탈린은 크레믈에서 우리 모두를 보살핀다(О каждом из нас заботится Сталин в Кремле)」(1940)

127쪽 레닌과 스탈린(출처 위키피디아 커먼즈)

131쪽 보천보 사건 『동아일보』 호외(1937년 6월 5일자, 출처 위키피디아 커먼즈)

136쪽 6·25전쟁 중 발행된 『해방일보』에 함께 등장한 스탈린과 김일성(1950년 8월 15일자, 출처 위키피디아 커먼즈)

148쪽 옥스퍼드 『러시아 문학사』 표지(2018)

총서 ⏛ 知의회랑을 기획하며
arcade of knowledge

대학은 지식 생산의 보고입니다. 세상에 바로 쓰이지 않더라도 언젠가는 반드시 인류에 필요할 지식을 생산하고 축적하며 발전시키는 일을 끊임없이 해나갑니다. 오랫동안 대학에서 생산한 지식은 책이란 매체에 담겨 세상의 지성을 이끌어왔습니다. 그 책들은 콘텐츠를 저장하고 유통시키며 활용하게 만드는 매체의 차원을 넘어, 인간의 비판적 사유 능력과 풍부한 감수성을 자극하는 촉매의 역할을 충실히 해왔습니다.

이와 같은 '책을 읽는다'는 것은 단순히 지식과 정보를 습득하는 데 멈추지 않고, 시대와 현실을 응시하고 성찰하면서 다시 그 너머를 사유하고 상상함을 의미합니다. 그러므로 '세상의 밑그림'을 그리는 책무를 지닌 대학에서 책을 펴내는 것은 결코 가벼이 여겨선 안 될 일입니다.

이제 우리는 다양한 방식으로 존재하는 지식과 정보, 그리고 사유와 전망을 담은 책을 엮어 현존하는 삶의 질서와 가치를 새롭게 디자인하고자 합니다. 과거를 풍요롭게 재구성하고 미래를 창의적으로 기획하는 작업이 다채롭게 펼쳐질 것입니다.

대학의 심장부에 해당하는 도서관이 예부터 우주의 축소판이라 여겨져 왔듯이, 그곳에 체계적으로 배치된 다양한 책들이야말로 이른바 학문의 우주를 구성하는 성좌와 다름없습니다. 우리는 그 빛이 의미 없이 사그라들지 않기를, 여전히 어둡고 빈 서가를 차곡차곡 채워가기를 기대합니다.

앎을 쉽게 소비하는 시대를 살고 있지만, 다양한 앎을 되새김함으로써 학문의 회랑에서 거듭나는 지식의 필요성에 우리는 공감합니다. 정보의 홍수와 유행 속에서도 퇴색하지 않을 참된 지식이야말로 인간이 가야 할 길에 불을 밝혀줄 수 있기 때문입니다. 앞으로 대학이란 무엇을 하는 곳이며, 왜 세상에 남아 있어야 하는 곳인지 끊임없이 되물으며, 새로운 지의 총화를 위한 백년 사업을 시작하겠습니다.

총서 '知의회랑' 기획위원

안대회 · 김성돈 · 변혁 · 윤비 · 오제연 · 원병묵

총서 知의회랑 arcade of knowledge 총목록

지은이 김진영

휘튼칼리지(Wheaton College, Mass.) 러시아어문학과를 졸업하고 예일대학교 (Yale University) 슬라브어문학과에서 푸시킨 연구로 석·박사 학위를 받았다. 1991년부터 연세대학교 노어노문학과 교수로 재직 중이다.

저서로『푸시킨: 러시아 낭만주의를 읽는 열 가지 방법』,『시베리아의 향수: 근대 한국과 러시아문학, 1896~1946』, 번역서로『예브게니 오네긴』,『코레야 1903년 가을: 세로셰프스키의 대한제국 견문록』,『땅 위의 돌들』(러시아 현대시 선집), *Так мало времени для любви*(정현종 러시아어 번역시 선집) 등이 있다.『푸시킨』단행본은 2016년 러시아아로 번역, 출간되었다(*Пушкин: Десять очерков о русском романтизме*, Ст. Петербург, Петрополис).

🏛 知의회랑
arcade of knowledge
045

광장의 문학
격변기 한국이 읽은 러시아, 해방에서 개방까지

1판 1쇄 인쇄 2024년 10월 20일
1판 1쇄 발행 2024년 10월 30일

지 은 이 김진영
펴 낸 이 유지범
책임편집 현상철
편   집 신철호·구남희
마 케 팅 박정수·김지현

펴 낸 곳 성균관대학교출판부
등   록 1975년 5월 21일 제1975-9호
주   소 03063 서울특별시 종로구 성균관로 25-2
전   화 02)760-1253~4 팩스 02)762-7452
홈페이지 http://press.skku.edu

ISBN 979-11-5550-645-5 93890

⊙ 이 저서는 2018년 대한민국 교육부와 한국연구재단의 지원을 받아 수행된 연구임 (NRF-2018S1A6A4A01034038).